講談社文庫

数奇にして模型

NUMERICAL MODELS

森 博嗣

講談社

目次

NUMERICAL MODELS

by

MORI Hiroshi

1998

PAPERBACK VERSION

2001

数奇にして模型

しかし次の日、私はその機械に乗って上って行きました。それは下から見ると曇りがちの日でしたが、高く上ってみると、頭上には眼のように楽しい青空がひらけて、そして羊毛のようにつやつやしく輝いた雲は私の脚下に渦巻き乍ら流れていました。「雲はどれでも皆銀色の裏地を持っている」と云った人は、それを本当に見なかったでしょう。が、自分が何事を指しているかについてはよく知っていたでしょう。私は暫くその辺を飛廻ってから、何の懸念もなしにハンドルを圧しました。木と布と針金と、そこに据付けてある発動機とその前に結び付けられている私とを合わして、総体半噸ほどの重量は、小石のように雲を抜けて落ちて行きました。私は、今や逆転をするのに充分な動量に対したと思った時、再びハンドルを引きました。飛行機は美しい曲線を描いて一転したのでした。私は、平均を取返したと同時に快よげに唸り出したエンジンの力で、又雲を抜けて上って行って、幾回ともなくそれを繰返しました。こんな有様を地上では妻だけが見守っていたのでした。

（稲垣足穂／逆転）

登場人物

遠藤彰《えんどうあきら》……医師
遠藤昌《えんどうまさる》……彰の息子、二年まえに自殺
長谷川貞生《はせがわさだお》……飛行機模型マニア
筒見豊彦《つつみとよひこ》……M工業大学・教授
筒見紀世都《つつみきよと》……豊彦の息子、彫刻家
筒見明日香《つつみあすか》……豊彦の娘、モデル
武蔵川純《むさしがわじゅん》……フィギュアモデルマニア
河嶋慎也《かわしましんや》……M工業大学・助教授
寺林高司《てらばやしこうじ》……M工業大学・社会人大学院生
上倉裕子《かみくらゆうこ》……M工業大学・大学院生
井上雅美《いのうえまさみ》……銀行員、裕子の友人
大御坊安朋《だいごぼうやすとも》……作家、模型マニア
西之園萌絵《にしのそのもえ》……N大学工学部・４年生
金子勇二《かねこゆうじ》……N大学工学部・４年生
牧野洋子《まきのようこ》……N大学工学部・４年生
反町愛《そりまちあい》……N大学医学部・４年生
犀川創平《さいかわそうへい》……N大学工学部・助教授
喜多北斗《きたほくと》……N大学工学部・助教授
国枝桃子《くにえだももこ》……N大学工学部・助手
諏訪野《すわの》……西之園家の執事
儀同世津子《ぎどうせつこ》……雑誌記者

プロローグ

十一月下旬の土曜日に、寺林高司《てらばやしこうじ》の身の上に降りかかった災難こそ、この特記すべき事件の始まりだった。だが、それはちょうどレコード盤の上に置かれた針が発する耳障りな軽い雑音と同じ一過性のものなのか、あるいは、地表に忽然と現れた大断層のように太古より受け継がれた不連続性の証《あか》しなのか、寺林本人には、よくわからなかった。ただおそらく、社会の記憶として刻まれた印象は前者だっただろう。通常、針が置かれたときには、レコードは既に充分な回転速度に達している。また、やがてスピーカから流れ出る調べによって、最初の小さな雑音など、たちまち忘却されてしまう。これが、現代社会の「回転」である。

寺林高司は、茨城県つくば市にある某大手企業の中央研究所に勤務していた。肩書きは主任研究員だった。ただし、今年の四月から、彼は、愛知県那古野《なごの》市の中心部に位置する国立M工業大学の大学院博士課程に在籍している。これは、社会人入学と呼ばれる、一般にはあまり知られていない大学の制度で、会社を辞めずに、つまり、会社から給料を受けたままの身分で、大学院に入学することができる、サラリーマンであると同時に正式な学生でもある、という少々複雑な立場となる。寺林は、四月から那古野市内にアパートを借り、約十年ぶりの学生生活を楽しんでいた。

今回の事件の発端となった問題の土曜日の夜、寺林高司は、大学の実験室で、同じ研究室の大学院生、上倉裕子《かみくらゆうこ》と八時から実験の打ち合わせをする約束だった。

*

その実験室は、研究棟の三階の一室で、上倉裕子はそこに一人でいた。彼女は、つい十分ほどまえに戻ってきたところだった。中学生相手の家庭教師のバイトが、先方の都合でいつもより早く終わったのだ。それが七時頃。少し時間があったので、買い物などの寄り道をしたあと、大学の近くにできたばかりのコンビニエンス・ストアで弁当を買ってきた。その弁当は今、測定器や実験用のスタンドが立ち並んだ木製デスクの上に置かれたままで、まだ手がつけられていない。弁当と一緒に買ってきた二つのフローズン・ヨーグルトは、薬品でいっぱいの冷蔵庫に入れた。

上倉裕子は壁に掛かった時計を見る。既に約束の時刻である八時を十五分も過ぎていた。

部屋の中央には、化学実験用の器具が組み上げられ、その真上の天井からは、換気のための大きなダクトがかぶさっていた。揮発性溶剤に対処するための防臭シールドとして、厚手の透明シートが周囲に垂れ下がっていたが、今はその片側は巻き上げられている。スタンドを駆け巡るガラスとゴムのパイプラインは、ネオン管のように曲がりくねり、蛍光灯の青白い光を反射していた。室内で音を立てるものは、何もなかった。

廊下から足音が聞こえ、やがて、部屋に二つあるドアの一つが、廊下側に引き開けられた。

「あれ……、上倉さん、一人だけ？」メガネをかけた河嶋慎也《かわしましんや》助教授の顔が、実験室の中を覗き込んだ。「今夜も、実験だったっけ？」

「いえ、今日はまだ、準備だけです」上倉裕子は立ち上がって答える。「あの、寺林さんと八時からここで打ち合わせの約束なんですけれど……、まだ、いらっしゃらないものですから……。ずっと待っているんですけど」

「寺林さんか……。彼だったら、今日は、そこの公会堂だよ」河嶋助教授がにやりと微笑む。「今日と明日は、スワップミートだから」

「スワップミートって、何ですか？」上倉裕子は首を傾げる。

「はは……、変な想像しないでくれよ」河嶋助教授は、目を細めた。「模型の交換会のことなんだ。まえに、ほら、話してただろう？　公会堂でやっているんだ。寺林さん、今日の午後はずっとそこにいたはずだよ。僕も行きたかったんだけどね、土曜日だっていうのに、入試関係の委員会があったもんだからさ」

「あの、それ、こんな時間までやっているんですか?」

「会議?」

「あ、いえ……、その公会堂のスワップ……」

「ああ、いや、えっと……、五時まで」河嶋助教授は左手の腕時計を見た。「そうだね。あと片づけがあるにしても、もう終わっている時間だなあ」

「ですよね……」

「君との約束、寺林さん、忘れたんじゃないの? もう、帰ったら?」

「はい……、でも、もう少しだけ、待ってみます」そう言いながら上倉裕子は椅子に腰掛け直す。

「僕、もう帰るから」河嶋助教授は、片手を広げて、またにやりと微笑んだ。その表情を、彼は一日に五十回は披露するので、学生たちから、スマイリィ・カワシマと呼ばれている。

ドアが閉まり、河嶋助教授の足音が遠ざかった。

再び静かになる。

上倉裕子は立ち上がり、部屋の隅にあった古いラジカセのスイッチを入れにいく。それは、彼女がこの講座に配属されたときからあった。学生の誰かが持ち込んだまままずっと残っているものだろう。大学には、所有者が不明の備品が沢山ある。

お世辞にも良い音とはいえないが、軽快なリズムの音楽が部屋中に広がった。椅子に戻って、彼女はしばらくそれに耳を傾ける。しかし、落ち着かなかった。決心して再び立ち上がり、壁に掛かっている電話のところへ行く。受話器を取り、ボタンを押してから、彼女は肩で壁にもたれかかった。

「あ、もしもし、雅美《まさみ》？　私だよ」

「裕子？」二秒ほど遅れて、友人の眠そうな声が雑音まじりに聞こえる。

「帰ってた？」時計を見ながら上倉裕子はきいた。

「うん、何？」

「暇してない？」

「なんで？」

「うんとね、時間があいちゃいそうでさ……、今夜、ちょっと行っていいかな？」

「え……、今から？　うーん。うち、何もないけど……」

「大丈夫、何か買って持ってく」そう言って、彼女はまた時計を見た。八時二十分だった。

上倉裕子は、友人の井上《いのうえ》雅美と、このとき十五分ほど話をした。つまり、電話は、八時二十分から三十五分までだったことになる。電話の間、上倉裕子のいた実験室に、誰か（特に、不審な人物）が入ってきた様子はなかった、と井上雅美はのちに警察の質問に答えている。

*

数十分後の、ちょうど九時頃。河嶋慎也助教授は、忘れものを取りに研究室に戻ってきた。月曜日までに調べておきたい文献があったことを急に思い出した、というのが、のちに警察の質問に対して河嶋が語った理由だった。

河嶋は自分の部屋でコピィを取り、その数枚をクリアファイルに入れてから鞄に仕舞った。部屋を出たところで、廊下の斜め向かいの実験室を覗いていこう、と彼は思った。ついさきほど、上倉裕子が一人でいた部屋だ。まだ照明が灯っていたし、室内から微《かす》かに音楽が聞こえた。同じフロアには、他にもまだ明かりの漏れる部屋が幾つかあったが、河嶋研究室の数部屋の中では、明るいのは実験室だけだ。彼は火元責任者でもあるので、帰るときには学生たちが残っている部屋を覗いて回り、注意する習慣だった。

実験室のドアのノブを河嶋は摑《つか》んだ。

ドアには鍵がかかっていた。

少し離れたもう一方のドアも同じだった。二つあるドアは、どちらも開かなかった。

ノックをしてみたが返答がない。

これが昼間や平日の夜であったなら、どこかに食事にでも出かけたのだろう、と考えたかもしれない。ただ、さきほどの状況から考えて、上倉裕子が照明と音楽を消し忘れて帰った可能性もある。土曜日の夜であったし、実験室の火元責任者である河嶋は、そのドアのスペアキーを取りに、もう一度自分の部屋に引き返した。

研究棟は、昨年すべての部屋のドアが電子ロックに切り換えられたばかりだった。鍵は、普通のものよりも多少大きい。コピィが簡単にはできないタイプのものである。一つの部屋に対して鍵は三つだけ。実験室の鍵の場合、一つは、河嶋自身の部屋のデスクの引出に、もう一つは、実験室を一番多く使用している大学院生の上倉裕子が持っていた。

河嶋助教授はこのとき、三つ目の鍵の所在を知らなかった。それは、院生たちが共同で利用していたもので、実はその夜、この三つ目の鍵を借りていたのは、寺林高司だった。

河嶋助教授は、自分の部屋のデスクから取り出した鍵で、実験室のドアを開けた。

そして、彼はそれを見た。

ドアからすぐの場所。

実験机の近くの床に、白衣を着た上倉裕子が仰向けに倒れていた。

口から舌が出ている異様な状態だった。

しかし、河嶋助教授は、冷静な判断で救急車を呼んだ。警察はすぐに駆けつけた。警察が来るまで、河嶋はその場を離れなかったという。

上倉裕子は死んでいた。

翌日になって、扼殺《やくさつ》と断定された。

＊

誰が見ても、寺林高司にとって極めて不利な状況といえるだろう。つまり、上倉裕子が殺されていた実験室は施錠されていて、二つの鍵は、ほぼ使用が不可能な状態にあったと判断できる。残るもう一つの鍵、すなわち、使われた可能性が最も高い唯一の鍵を、寺林が持っていた。

それだけではない。寺林は、殺人のあったその場所へ来る予定だった。八時に上倉裕子と会う約束をしていたことは、河嶋助教授が、上倉裕子自身から聞いていたし、寺林自身も警察に対してその事実を認めている。

さらに悪い条件は、上倉裕子と寺林の関係だった。二人の関係は、まったくの白紙とはいえなかった。

だが、ここまでが半分。

彼にとって不利な条件は、これだけではなかった。

＊

時刻は多少前後するが、七時四十分頃のことである。

寺林高司は、M工業大学から数百メートルのところにある那古野市公会堂の四階にいた。この建物は、JR中央線鶴舞《つるまい》駅の目の前にある。

上倉裕子との約束の時刻、八時までには、大学の実験室に戻らなくてはならない、と彼は時計を気にしていた。五分もあれば歩ける距離だったが、そろそろ出ようと考えていた。

那古野市公会堂は古い建築物である。四階が最上階で、このフロアには、大きな講堂と、それを取り囲むゆったりとした幅の広い通路、さらに三つの控室があった。

今日と明日の二日間、この四階の講堂で、那古野市近辺の模型マニアの集い、〈モデラーズスワップミート〉なるイベントが開催されていた。寺林高司も、そのイベントの主催サークルの一員だったので、主要スタッフとして参加している。一日目が無事に終了し、最後まで残っていた数人の仲間たちも帰ったところだった。メイン会場となっている講堂は既に施錠され、四階の東北の角にある控室の一つに、寺林だけが残っていた。一階にいる守衛の老人から内線電話がかかり、鍵をかけて早く下りてくるように、と注意されたばかりだった。

実は、予定外のことで彼は拘束されていた。その控室で、寺林は自分の模型作品の修復をしていたのである。

展示会場にそれを残しておくのが心配だった。彼はスタッフの特権を行使し、自分の作品だけは控室に保管しておこうと考えた。ところが、それが逆効果だった。運んでいるときに、運悪く人とぶつかり、持っていた作品の一部が壊れてしまった。

幸い、大したことはなかった。小さな部品が幾つか外れただけである。だが、寺林は、冷静ではいられなかった。頭に血が上り、すぐに修復しなくては気がすまない。この手のことになると、理屈ではわかっていても、自制が利かなくなる。しかも、作業を始めてみると、これまたいつものことで、ついつい時間を忘れてしまう。もう少し、もう少し、と思っているうちに際限なく手を加えることになる。そんな彼の様子を見て、仲間たちでさえ呆れていた。

寺林にしてみれば、避け難い不可抗力だったわけだが、こんな時刻になるまで一人だけで残業していたのは、以上のように、傍《はた》から見れば実に理由が曖昧《あいまい》で、非常識かつ不自然で、限りなく説得力のない状況だったといえる。

ようやく、多少なりとも納得がいく修復を終えたところ。彼は、作業の出来を確認し、いろいろな角度から、それを眺めていた。

寺林の作品は、一般に「フィギュア」と呼ばれる二十センチほどの大きさの人体模型、つまり人形である。いや、人体模型などとは、誰も認識していない。むしろ、「アニメ・キャラクタの三次元化」と説明されることが一般的だ。最も簡単にいえば、「プラモデルの人形」である。その多くは、女性をモデルとしたもので、寺林の作品も同様だった。アニメや漫画に登場するロボットなども含めて、フィギュアは、模型の中では最も新しいジャンルといえるだろう。

透明のアクリルで自作したケースを慎重に被せると、寺林は今一度、恍惚とした目を細め、自分の作品を眺めた。

彼は今年で三十三歳になるが、まだ独身だった。少なくとも、自分が創造することができる小さな妖精たちよりも魅力的な実物大の存在に、彼はまだ出会っていない。それは、彼の模型仲間たちが冗談混じりで口にする言葉だったけれど、つい半年ほどまえまでは、そのまま事実だった。

今は、そうではない。

彼は、実物大の妖精、生きているキャラクタに、初めて本当の興味を抱いた。否、興味を抱く、という動詞では表現が不適切、つまり不足である。「興味を抱く」程度の感情ならば、これまでの人生で幾度か経験したことがあるからだ。

たとえば、「恋愛」などといった低レベルの対象ではない。

彼は、そう信じている。

もっと純粋な……、

もっと高尚な評価だ。

これまで、彼が作り上げたどのフィギュアよりも、完璧な美を有する対象。

それが、たまたま、実物大の生きた人間だった、というだけのことである。

それは、模型となるために生まれたような、戦慄すべき真のプロトタイプ。

たった今、補修した最新作も含めて、この半年の間に彼が精魂を込めて造形した作品のすべてが、その一人の人物を明確にイメージしたものだった。

けれど彼には、それらが完全な失敗作だとわかっている。

つまり、再現が無理なのだ。

どんな技術も及ばない、と感じつつあった。

寺林は静かに溜息をつく。

模型とは、元来、実物の模写。

縮小された偽物を眺め、その背後に存在する実物、プロトタイプを見通す目こそが目的であり、模型工作の心髄といえる。

寺林には、それがわかっている。

しかし、このときの彼は、そんな深い考察を続けていたわけではない。修復作品を眺め、感慨にふけったのは、ものの数十秒のことだった。

この上なく平和的な心境から、寺林は、すぐ現実に意識を引き戻した。もう行かなくてはならない。もちろん、実験室で上倉裕子と打ち合わせをすることも、一応は平和的といえるだろう。こんな平穏な生活がずっと続くのだろうか、と苦笑してしまうくらいだ。

寺林はドアを開け、控室の中をもう一度見渡してから、すぐ近くの壁にあるスイッチで照明を消した。

一瞬何も見えなくなった。彼はポケットから鍵を取り出して、ほとんど手探りの状態で、ドアの鍵穴にそれを差し込んだ。

そのときだった。

彼は後頭部に強い衝撃を感じた。

正確には、その僅か直前に、何者かが近づく気配が確かにあった。

衝撃は彼の躰に一瞬で広がり、たちまち拡散した彼の記憶には、この暴力の痕は曖昧にしか残らなかった。

＊

幸いにも彼は生きていた。

翌日の朝、寺林高司は発見される。

彼は、控室の中に倒れていた。その部屋の鍵は、彼のシャツの胸ポケットに入っていたし、一つしかない出入口のドアは、施錠されていた。

四階のその控室の鍵は、一階の守衛室にもう一つだけ存在したが、その晩は持ち出されていない。したがって、彼が倒れていた部屋のドアは、彼の持っていた鍵を使わなければロックできない理屈になり、この点だけでも、充分に不思議な状況といわざるをえない。

ところが、それだけではなかった。

驚くべきことに……。

寺林高司が倒れていた密室には、彼以外に、もう一人いた。それは、筒見明日香《つつみあすか》という名の若い女性で、寺林の知り合いだった。

この「知り合い」という表現も、不適当で、不足だ。

彼女こそ、寺林高司にとっての特別な存在。すなわち、彼が理想とする造形美の所有者であり、真のプロトタイプの……、いや、それはのちほど、明らかになる。

いつの間に、そして何故、筒見明日香がその控室にやってきたのか、寺林は知らなかった。それは、彼が気を失っている間に、起こったことだ。

彼にはまったくわからない。

警察にも正直にそう話した。

筒見明日香は、死んでいた。

殺されていた。

鍵がかかった部屋に、死体と一緒に、彼は倒れていたのである。

＊

さて、もちろん、筒見明日香を殺したのは寺林ではない。

そんなことは、彼自身が一番よく知っていたし、彼にとっては疑いのない事実、真実であった。当然ながら、自分に対してそれを立証する必要などない。

しかし、彼の主張を世間が簡単には納得しないことも、また同じくらい事実だった。

死んでいるのが筒見明日香であることは、彼にはすぐわかった。彼にしてみれば、それは一目瞭然だった。筒見明日香の形の良い腕、いや、その綺麗な指先の爪の形を見ただけでも、判別は容易だ、と彼は警察に主張した。しかし、警察は逆に、そのことで寺林を怪しんだ。

警察は、彼の言い分を理解しなかった。何故、死んでいる女性が、筒見明日香だと断言できるのか、と繰り返し彼に質《ただ》した。

これは無理もないことだ。

筒見明日香の死体には、首がなかったからである。

彼女は頸部を切断されていた。

彼女の頭部は、その部屋にはなかった。

公会堂にも、近くのどこにも、それはなかったのだ。

*

以上が、本事件の概要である。

突然降りかかった最大級の危機から、孤独な模型マニア、寺林高司はどう逃れることができたのか。これが、この物語の主題となる。

以下の章では、事件発生以前に時間を戻し、さらに、関係者の周辺にも観察の目を向けて、この奇怪な密室・猟奇殺人事件のディテールが、ほぼ時系列に記述されている。

第１章　土曜日はファンタジィ

1

大御坊安朋《だいごぼうやすとも》は、極端な人格だ。

人格が可視化されるはずもなく、非合理な話ではあるが、彼の場合はとにかく見た目にすぐわかる人格といえる。

歳は、犀川創平《さいかわそうへい》や喜多北斗《きたほくと》と同じ。しかし、大御坊だけが幾分老《ふ》けて見えた。二人に比べて、彼の頭髪の絶対量（この場合、体積あるいは重量である）は確かに少ない。結果的に額が広くなる。だが、首から上の基本的な印象は、三十代の平均的な造形だった。

体格にも、特に特徴はない。背は高くもなく、低くもなく、太ってもいないし、痩せてもいない。犀川や喜多に比べれば、がっちりとした体格に見えた。しかし、やはり平均的といえる。もし、一生物として、大御坊安朋が図鑑に載っていた場合でも、個人的な特徴はどこにも見つからないかもしれない。人類、特に日本人の代表的な風貌といって差し支えないだろう。

極端な人格だ、という印象は、しかし強烈なのである。

ガムを噛んでいて、銀紙の破片が混ざっている場合と同じくらい（それ以上かもしれない）鮮明な違和感だ。

それは、異質な人格が装っている、と表現することもできる。

大御坊安朋は、黒尽くめの衣裳で、ヒールが持ち上がった長いブーツを履いていた。ただのブーツではない。前面には装飾的な縫い目があり、側面には馬鹿馬鹿しいほど目立つ白い植物的な模様が描かれている。それに、ぴったりとした艶のあるズボンが「粘着質」を見事に表現している。上半身はさらに大袈裟で、刺々《とげとげ》しくかつ生々しく胸の部分に大きな刺繍《ししゅう》が施された、実に形容し難い衣裳だった。それは、たぶん、フラメンコの踊り子の衣裳を継《つ》ぎ接《は》ぎして作ったように艶《なまめ》かしい。「たぶん」といったのは、そんな実物を、犀川が見た経験がなかったからである。

追い打ちをかけるように、薄い茶色に染まった大御坊安朋の短い髪は、水切りの悪いサラダみたいに油で輝き、プラチナの大きなピアスが、無限大の不気味さを主張する太々《ふてぶて》しい光を発散していた。

遠いどこかの小国の伝統的な民族衣装かもしれない、という淡い期待もないわけではないが、まず望み薄である。

犀川創平は、親友の喜多北斗が連れてきた、この宇宙魔術師（あえて名づければ、アンドロメダ・カウボーイ）のような男（そう、紛《まぎ》れもなく男性なのだ）を見たとき、一瞬にして、六とおりの可能性を思いついた。
1、口に出して言いたくはないが、あまり美しくない男装の麗人（そんな矛盾した形容の言葉が成立し、かつ、性差別だと批判されることなく現代社会に通用すれば、の話であるが）。
2、喜多が夜の街で知り合ったプロフェッショナル（といって、具体的に何のプロなのかは、深く考えたくはない。犀川はあまりつき合ったことがないが、喜多は一人でよく飲みに出かけるようだったし、犀川が見たことのない世界を熟知している可能性が大いにある）。
3、スター・ウォーズの類のSFミュージカルを、どこかでやっているのだろうか、というおぼろげな可能性（ローラ・スケートを履いていたら、この可能性も幾分高くなるが）。
4、存在自体がコマーシャル機能を有するプロフェッショナル。わかりやすくいえば、意図された、あるいは人工的な、歩くネオンサインみたいな労働的行為である（しかし、その意図するところは極めて不鮮明なので、職業的行為としては成立しないように思われる）。
5、明らかに、人生から逃避しているのか、もしくは、その反動から、世間に対する個人的な嫌がらせを意図した偏屈《へんくつ》な行動に出ている社会派（だとしたら、あまりにも微笑ましい抵抗といえよう)。

6、以上の1から5のいずれでもない場合(これが、一番危険ではないか、と予感した)。

正解は、どうやら、6のケースのようだ。こういった突飛な人間に対しても、違和感を抱くことが比較的少ない犀川だったけれど、さすがに少し頭痛を感じた。それはおそらく、この大御坊という男の過去、つまり、このように磨きがかかる(そう、ピカピカになるまでだ)以前の原型を、犀川が知っていたためだろう。まったくの他人だったら、何ということもなかったに違いない。

情報を持っていることが障害となる好例である。

「犀川君、私のこと覚えてる?」大御坊はきいた。男性の声にしては高い部類かもしれないが、特に、女性的な声をしているわけではない。

「覚えてるよ」犀川は無表情だった。彼は少しだけ口もとを持ち上げて答える。「しかし、今の君を見ていると、もう間もなく、これまでの記憶は一掃されそうだね」

「あの頃のことって、思い出すと恥ずかしいからさ、お願い、忘れて、忘れて」大御坊は不気味に微笑みながら言った。

(今は恥ずかしくないのか?)という言葉が喉まで上がってきたが、唾を飲み込んで押し止めた。友人とはいえ、多少失礼な表現に思えたし、ちょうどウエイトレスがコーヒーを運んでテーブルにやってきたからだった。

犀川は黙って煙草に火をつける。

犀川も喜多も、それに大御坊も、那古野市内の私立の男子校で同期生だった。中学・高校の六年間である。三人が同じクラスになったことも確か一度だけあったはず。犀川の印象では、大御坊は大人しい真面目な男だった。今でも、本質は大人しい真面目な男なのかもしれないが、一般的な評価としては、逸脱していると判断せざるをえない。

「俺も、こいつに声をかけられたときは、びっくりしたな」喜多がコーヒーカップを持ち上げながら言った。「すぐにはわからんかった。どちら様でしょうか、ってな感じでさ」

「喜多君も犀川君も、全然変わってないんだもの」大御坊が笑う。

「ずっと那古野にいたの？」犀川は尋ねる。

「いいえ、東京にいた。そう……、戻ってきて、もう五年になるかしら」大御坊は首を微妙に傾ける。きっと毎晩、鏡の前で分度器を使って練習していることだろう。気持ち悪いというよりも微笑ましい、と犀川は思う。

土曜日の午後二時だった。

犀川創平にとっては、土曜日も日曜日も平日と大して違いはない。雑多な入力が遮断され、周囲が静かな分、多少本来の仕事に集中できる、といった差があるだけだ。

犀川と喜多は、国立N大学に勤務している。二人とも工学部の助教授である。もっとも、犀川は建築学科、喜多は土木工学科で、研究室も遠く離れているので、頻繁に顔を合わせているわけではない。

犀川がいつもどおり研究室でのんびりと仕事をしていると、喜多から電話がかかってきた。ちょうどお昼頃だったから、また、一緒に生協で食事をしよう、という誘いだと思った。

「いや、ちょっと懐かしい人物がいるんだ。驚くと思うな、絶対。午後、時間とれない？」と喜多はきいた。

それで、車で出てきたのである。今、三人がいるのは、ＪＲの千種《ちくさ》駅の近く、ガラス張りの巨大なビルの一階にある「の広場」という奇妙なネーミングの喫茶店だった。

喜多北斗は、犀川の親友である。彼以上に親しい友人は、犀川にはいない。犀川にとっては、親友というもの自体が、それほど意味のある存在ではなかったし、喜多でさえ、特に不可欠だと感じたことは、過去に一度もなかった。その観点からいえば、犀川は基本的に身軽な男だ。

犀川の方から喜多に会おうと思ったことはほとんどない。一方的に、喜多の方から電話をかけてくる。だいたいは意味のない用件を押しつけてくることが多かった。この親友は、声が大きく、実に気さくで、開けっぴろげで、単純な性格を、犀川の前では演じているようだ。それはそれで好ましい。その種の単純さは、犀川くらいの年齢になると、もう身近からすっかり姿を消していて、引出の奥に仕舞い込んだ昔の年賀状みたいに、捨てた覚えはないのに二度と見つからない代物《しろもの》だからである。

　喜多は、犀川を映画や演劇に誘ったり、本やCDやゲームソフトを貸してくれたりした。無趣味な犀川は、親友に対する最低限の礼儀のつもりで、これらを拒否しなかったし、貸してくれたものは、一とおり見たり読んだりもした。意識していたわけではないが、それは犀川にとって、世間の窓ともいえる貴重な存在だったし、あるいは、喜多もその効果を意図して、孤立癖のある親友に世話をやいているのかもしれなかった。もっとも、二人の専門分野は非常に近かったので、喜多と犀川の普段の会話の九十パーセントは、数値解析手法に関する話題だった。したがって、それ以外の十パーセントにバラエティを持たせようという、喜多特有の気まぐれだったともいえる。この気まぐれは生まれつきのもののようだ。少なくとも、気まぐれに関しては、三ランクほど喜多の方が上級だった。

　喜多北斗という男は、犀川に比べればはるかに交際範囲が広い。特に異性に関しては、犀川と比べなくても、群を抜いていた。ところが、これまでに喜多が犀川に紹介した幾人かの友人はすべて男性で、女性だったことは一度もない。今日、彼が連れてきた大御坊安朋という人物も、ある意味では、際疾《きわど》いところで厳選されたマテリアルだったといえなくもない。そのジョークを思いついて、犀川は内心微笑んだ。

　大御坊安朋の職業については、喜多は「作家」だと言い、大御坊は「クリエータ」と自己紹介した。かなり有名らしいが、犀川には、一般的な「有名」という形容はまったく価値を持たない。また、「クリエータ」にしても、広義に捉えれば、人間のあらゆる職業はクリエータだし、逆に狭義に捉えれば、そもそも職業として成り立たない行為に他ならない、と犀川は考えていた。おそらく、その両者の間で中途半端な位置を維持することが、「有名なクリエータ」になる必要条件だろう。

「実は、俺と大御坊はさ……」喜多は、自分と大御坊の間で片手を往復させて、大きな声で言う。「同じ趣味なんだ」

すぐ隣のテーブルにいた四人組の若い女性たちが、急に押し黙った。

「あそう……」犀川は煙草を吸いながら僅かに片目を細くする。「それは、さすがに知らなかった」

「あ……、創平、お前……、勘違いするなよ」喜多が慌てて、身を乗り出す。

大御坊は、ハンディのビデオカメラを片手に持っていて、喜多にファインダを向けた。

「喜多君……、笑って」

「違うって!」喜多が表情を固くする。

「勘違いを狙った発言じゃないとしたら、頭が回っていない証拠だ」犀川は無表情で答える。「気分転換に、ディスプレイを液晶に変えたらどう?」

「うわあ……、何の話?」大御坊が目を丸くする。

「違うってば」喜多が吹き出して、片手を額に当てる絶望のポーズで上を向いた。「失言、失言。確かに頭回ってない」

「偶然なのよね」苦笑している喜多を横目で見ながら、大御坊が嬉しそうに説明する。「喜多君と再会したのも、それがきっかけなの。鉄道模型……、私たち、同じサークルの会員なの」

　隣のテーブルの女性たちを意識してか、大御坊は、最後の「私たち」からあとのフレーズだけを強調して話した。

「その……、私たち、ってのだけは、頼むからやめてくれないか」喜多が言う。「せめて、私と喜多君とかさ、言い方があるだろう」

「同じよね」今度は犀川の方にカメラを向けて、大御坊は微笑んだ。「犀川君、服が地味ね。今度、何かプレゼントするわ」

「創平も、機関車好きだよな」喜多は犀川を指さす。話をするときのアクションが大きいのが彼の特徴である。「お前、中学のときから蒸気機関車とか追っかけていただろう？」

「それは喜多につき合っていただけだよ」犀川はきっぱりと否定した。「今はもうやってない」

「そりゃそうよう。だって、もう蒸気なんていないもの」大御坊は肩を必要以上に竦《すく》めた。

大御坊も喜多も、身振りが大きい。しゃべるためのエネルギィを発電しているみたいだった。

「外国に行かないとな……」喜多が横から言う。

「犀川君は、模型には興味ないの？　プラモデルくらいなら作ったことあるんでしょう？」

「創平は、飛行機だろう？」

「プラモならあるよ」犀川は答える。「でも、子供のときだね」

「無趣味なんだよ、こいつ」喜多がまた口を挟む。「どんどん無趣味になっているよな。そのうち、何もしなくなるぞ」

「昔から真面目だったもんね」と大御坊。彼は、ビデオカメラを止めて、テーブルに置いた。

「まあ、多趣味ではない」犀川は灰皿に煙草を押しつける。

「子供のときの遊びって、一生の趣味になるんだから」大御坊が真面目な顔で言った。「男の趣味ってね、全部そんなノスタルジィから発しているのよ。そうね、この歳になったら、そろそろ何か始めた方がいいと思うわ」

「男の趣味ね」犀川は小声で囁く。

「そうよ、男の趣味よう」大御坊が胸を張った。その胸には、黒いレースの刺繍がある。客観的に見ても、あまり説得力のある光景ではない。しかし、不思議なことに「男」という単語が際立つ効果は充分にあった。これが世にいう「逆説」という現象か、と犀川は思う。

ずいぶん以前になるが、犀川は喜多に呼ばれて、彼のマンションを訪れた。この親友は、犀川のマンションへは頻繁に遊びにやってきたが、その逆は稀《まれ》だった。ちょうどその頃に引っ越したばかりの部屋で、犀川は初めてだった。喜多が見せたかったのは、十五時間以上もかかる海外のテレビドラマで、犀川の部屋にはテレビもビデオもなかったので、しかたなく本人を連れてきたというわけだ。土曜日から日曜日にかけて、徹夜でそのビデオを見せられた。このとき、犀川は、散らかった喜多の部屋の片隅に、ドアほどの大きさの一枚のベニア板が立て掛けられているのに気がついた。

その板には、模型の線路が取り付けられていた。ぐるりと板を一周し、ポイントで内側に枝分かれした部分には、直径三十センチほどのターンテーブルもあった。もちろん、ほぼ垂直になっているので、車両は置かれていない。近くにもそれらしいものは見当たらなかった。線路以外のもの、たとえば駅とか車庫とかといった建築物も取り付けられていない。

「これ何？」

「線路だよ」

という簡単な問答があっただけで、それ以上の会話の展開はなかったが、犀川は、親友が鉄道のおもちゃで遊んでいることを、このとき初めて知った。もちろん、特に興味があったわけでもないので、すぐに忘れてしまっていた。ただ、それを見たときには、確かに多少の（おそらく米粒大ほどの）羨《うらや》ましさを感じたことは事実だ。それは、たった今、大御坊が口にしたノスタルジィに起因した感情だったのに違いない。

犀川だって、子供の頃には人並みに、科学雑誌などに掲載されている鉄道模型、ラジコン飛行機、無線機、天体望遠鏡、昆虫や化石の標本、高性能カメラ、エトセトラ……、といったアイテムに、目を輝かせる少年だった。いつの頃から、その指向が失われたのだろう。それに替わる、それを追い出した新しい指向とは、何か……？

否、失われても、追い出されてもいない、と思う。

形を変えただけだ。

それを「失った」と認識する精神に問題がある。

犀川はそう考えた。

それから一時間ほど三人は話をした。

一度も仕事の話題は出なかったし、模型に関係した話もそれっきりだった。彼らは三人とも独身だったから、家庭の話題も出ない。おおかたは、共通する古い友人の消息、あるいは、指導を受けた教師に関連する内容だった。

割り勘でコーヒー代を支払ったあと、喜多と大御坊は、近くの那古野市公会堂で開催されている模型マニア向けのイベントに行くと言って、喜多の黒いセダンで駐車場から出ていった。

犀川が愛車に乗り込んでエンジンをかけたとき、ちょうど中央線の電車がホームから発車するところが見えた。この駅から中津川《なかつがわ》まで、D51の写真を撮りに出かけたことがある。中学生だっただろうか。もう二十年以上もまえのことだ。

その記憶が約三秒間、彼の動作を止めた。

しかし、今の犀川には、その種の思慕に浸る余裕はなかった。研究室に早く戻って没頭したい素敵な問題たちが、彼の頭脳の内側から、キツツキみたいに刺激し始めているのだ。

余裕を失うことほど、幸せなことは、人間にはないだろう。

2

儀同世津子《ぎどうせつこ》は、仕事で那古野に来ていた。ほぼ一年ぶりの那古野だった。

いつもどおりの仕事、雑誌社の下請け、そのための取材である。

世津子の住まいは横浜、会社は川崎にある。今日は、彼女にとって本当に久しぶりの仕事だった。

というのも、先月の初めに、彼女は子供を産んだからだ。出産後一ヵ月半で仕事に復帰(しかも、いきなり出張)するなんて尋常ではない。たまたま、彼女の場合、母体の回復が奇跡的に早かったこと、それに、生まれたのは双子の女の子で、まだ保育器から出られなかったこともある。

この一ヵ月半、自分から生じた生命たちをぼんやり眺めているだけで、世津子はまったく退屈などしなかった。だが、自分の体調が戻ると、ちょっとした気晴らしに一日だけでも会社に出てみたくなった。それで、つい三日まえの午後、会社に顔を出した。そこで、彼女より十歳も若いバイトの学生が、那古野まで出張するという話を聞きつけたのだ。

仕事は、作家で模型マニアの大御坊安朋の取材である。ちょうど那古野市内で、その日に、彼の所属する模型サークルが主催するマニアの交流会が開かれるということだった。模型マニアとしての彼のライフスタイルをピックアップしようという企画が、マニアックな男性誌で持ち上がったのである。

「大御坊安朋なら、私、伝手《つて》があります」世津子は上司のデスクの前に立って言った。

「伝手なんか必要ないよ。もう、話はいってるんだ」彼女の上司は、二重顎をさらに三重四重にしたが、その摩擦を振り切って首を横に動かした。「いいからいいから、儀同君、ゆっくり休んでなよ。こんなときくらいしかさ、休めないんだから」

「だけど、どうせ記事を起こすときには、あの子、私のところに電話をかけてくるんですよぉ」世津子は食い下がる。「もう何回、病院に電話してきたと思います？　看護婦さんが、ストーカですかって心配したくらいなんですからぁ」

あの子というのが、そのバイトの学生のことだ。彼は、世津子の産休を補うために臨時で雇われていた。「わからないことがあったら電話して」と親切に言ったのは確かに世津子の方だったが、電話は文字どおり毎日かかってきたし、病院の事務室のファックスも毎回頼み込んで使わせてもらっていたのだ。某有名国立大学文学部の学生だというが、日本語はほぼ壊滅状態。それに、可笑《おか》しくも、面白くもない、センスのかけらもない文章しか書けない。結局のところ、世津子がいろいろ質問して、情報を引き出し、なんとかでっち上げる。病院か自宅にいるというだけの差で、最近では、ほとんど世津子が仕事をしているのに等しい状況だった。

「お願いです。私に行かせて下さい」

「二人分の出張費がいるよ」太った上司は渋い顔をした。

「いえ、私一人で結構です」

そんなやり取りがあって、彼女は久しぶりに新幹線に乗ったのである。いつも必要以上に重くなる荷物も、今回は思い切ってカメラとMDだけに絞った。夫には休みを取ってもらったが、彼は、世津子の代理で病院へ出向くことに、緊張しつつも喜々として興奮し、昨夜は遅くまで育児の本を広げていた。

出かけてみると、案の定、気分は爽快だった。躰も軽い。一言でいえば、解放感。これまでは当たり前だったこんな感覚が、これからはきっと貴重なものになるんだな、と世津子は思った。

大御坊安朋という作家に面識があったわけではない。ただ、世津子の友人で、那古野市に住んでいる西之園《にしのその》萌絵《もえ》が、彼の遠縁に当たることを聞いていたのである。だから、昨夜、世津子は西之園萌絵に電話をかけ、約束を取りつけた。彼女と会うのも、ほぼ一年ぶりのことだった。

「遠縁じゃありませんよ」コンコースを歩きながら、西之園萌絵は言った。「母の姉が、大御坊家に嫁《とつ》いでいるんです。安朋さんは、その私の伯母様のご主人のご長男です」

「じゃあ、えっと、従兄妹《いとこ》ってことね？」

「ええ、そうです。でも……、安朋さんは、私の伯母様の子供ではないんです」

「再婚だったのね？」

「いいえ、その……、なんていうのか……」

「ああ、うん、わかるわかる」儀同世津子は頷いた。「お妾《めかけ》さんの子ね？」

萌絵は黙って頷いた。

「そういうのは、お嬢様のボキャブラリィにはないわけ？」

「いいえ、そんなことは……」

「つまり、従兄妹とはいっても、西之園さんとは、血は繋《つな》がってないんだ」

「はい。でも、私、小さい頃、よく遊んでもらいました」

「どんな人？」

「とっても素敵な方ですよ」

「ふうん」

西之園萌絵が表現する「素敵な方」というのが、どのような定義なのか把握できないので、世津子は聞き流した。過去三年余りのつき合いの中で、萌絵の価値観が微妙に、いや非常にズレていることは学習していたが、世津子にはまだ正確に捉えきれていない。

約束どおり、ＪＲの那古野駅まで西之園萌絵は迎えにきてくれた。

「仕事なんだからさぁ。タクシーを使うって」と世津子は断ったのだが、結局、いつものパターンになってしまった。

萌絵の愛車は、以前は赤いスポーツカーだったのだが、ロータリィに駐車されていた車は、屋根以外は真っ白だった。どうやら、新車のようだ。

「うわ、ポルシェじゃない？」世津子は立ち止まって振り向いた。萌絵は、魅力的に微笑み返す。彼女がその笑顔を見せると、もう何も言えなくなる。この友人には、生まれつき備わった、そんな能力がある。それはきっと、ポルシェのロゴのように、西之園家のブランドが培《つちか》った機能だろう。

西之園萌絵とは、たまに電子メールを交換する仲である。儀同世津子の兄、Ｎ大学工学部の助教授、犀川創平が、萌絵の指導教官でもあった。彼女はまだ二十二歳、世津子より六つも歳下だ。実のところ、〇・〇一パーセントよりは確率が高い、と世津子は予測していたが、万が一、兄の創平が萌絵と結婚するようなことになれば、彼女のことをどう呼べば良いのだろう、とときどき考える。

双子の出産に関しては、萌絵には一切話していない。内緒にしようと考えていたわけではないが、なんとなく話すきっかけがこれまでになかった。もちろん、創平は知っている。だが、今日久しぶりに会って、萌絵が出産のことを言い出さなかったのは、創平が萌絵に話していないことを示している。黙っているのは彼らしい、ともいえるし、創平と萌絵の関係が想像したほど接近していない、ともいえる。

西之園萌絵の運転する白いツーシータは、那古野市公会堂に向かっていた。時刻は、午後三時。メインストリートの両側に立ち並ぶ銀杏《いちょう》は、黄色の葉を半分ほど落していた。萌絵は、臙脂《えんじ》一色のセータに黒のジーンズで、彼女にしては極めて大人しいファッションだった。薄紫色のシックなキャップをかぶっていたが、そこから伸びるストレートの髪は、以前に比べると長くなっていて、それに比例するかのように、少年のようだったイメージから、女性的な印象に変化しつつある。

「最近、忙しいの？」世津子は尋ねた。

「そうですね。卒論で、ちょっとだけ」

生まれたばかりの二人の娘の話がしたかったけれど、世津子はそれを我慢した。そのせいか、いつものように話が弾まない。西之園萌絵も何故か今日は口数が少なかった。

車は大きな交差点で右折し、高架のハイウェイと並行する広い道路で車の流れにのっている。

「うちの旦那もね、こんな車が欲しかったのよ」世津子は横を見て言う。スモークレッドを基調とした車内は狭く、シートの後ろにはスペースがない。低い天井は折畳式らしい。

「ああ！　もう、駄目！」萌絵は前を見たまま叫んだ。

世津子が驚いて一瞬返事を躊躇《ちゅうちょ》していると、萌絵はこちらを見て、にっこりと笑った。

「どうして、赤ちゃんのこと、話してもらえないの？」

「え？　知っているの？」世津子は苦笑しながらきき返す。

「いつ生まれたんですか？　男の子？　女の子？　それとも両方？」萌絵は前を向いて、きいた。

「ああ、双子だってことも知っているのね……。先月の初め。予定より早かったの。女の子よ、二人とも」

「わあ！」萌絵はまた、儀同を見る。「本当に本当？」

「本当に本当に本当」

「すごーい。見たい！」

「創平君が話したのよね……。何て言ってた？」

「あ、ええ、双子が生まれるっていうことだけです」萌絵はまた一瞬だけ横を向いて微笑んだ。「でも、そうじゃなくても、旦那様がこんな車が欲しかったって、儀同さん今、過去形でおっしゃったじゃないですか。それだけでも充分にばれますよ。この車、二人しか乗れないから……」

「そう、一気に四人だもんね」

「あの、おめでとうございます。女の子かあ……。旦那様、大喜びなさったのでは？」

「どうして？」

「そう言いません？」

「平安時代ならね」

「いいなあ……」萌絵の口が開いたままになる。彼女はステアリングを握っていた片手を口に当てる。「赤ちゃんって、触ってみたいなあ」

「子犬みたいに言うわね」

「あ、そうだ、儀同さん、大丈夫なんですか？　仕事なんかして……。それに、赤ちゃんだって……」

「マル高、近いしね。双子だしぃ。むちゃくちゃ条件最悪にしては、何故かこのとおり、ぴんぴんしてるのよ……。一見可憐に見えるでしょう？　でもね、こう見えても、躰は頑丈なんだ。もう、嫌になるくらい」

「今度、見せてもらいにいって良いかしら？」萌絵は嬉しそうに声を弾ませる。「えっと、いつ頃なら良いですか？」

「いいわよ、いつでも。でも、まだ病院だし……」

それから、ずっと二人はしゃべりっぱなしだった。娘の名前をどのようにして決めたか。世津子の夫がどんな反応を示しているか。そんな話をしているうちに目的地に到着した。萌絵の車は、鉄道のガーダの下を潜《くぐ》り抜けてから、駐車場に乗り入れた。

天気が良く、空はとても高い。

那古野市公会堂には、世津子は幾度か来たことがあった。駐車場は、公会堂の周囲を取り囲んでいるが、今、萌絵が車を駐めたのは建物の北側である。見上げると、煉瓦仕上げの巨大な建物は威厳のある落ち着いたデザインで、レトロな雰囲気が好ましい。地面から二階の高さまでの壁一面を蔦《つた》が覆っている。すぐ西側には、細い道路を隔てて高架の鉄道が斜めに走り、反対の東側には、森林が広がっていた。そちらは鶴舞《つるま》公園《こうえん》と呼ばれる緑地で、公会堂の正面、建物の南側に、この鶴舞公園の入口が隣接している。萌絵の車が通ってきた北側の道路を渡った反対側には、近代的な高層ビルが建ち並んでいた。世津子の記憶では、その敷地は大学病院だったはずだが、そびえ立つ円筒形の高層ビルは、最近になって建てられたものらしい。彼女には見覚えがなかった。

二人はアスファルトの上を歩き、建物の南側へ回った。南側が公会堂の入口である。正面の間口の広い階段には、大勢の若者が座り込んでいた。

〈那古野模型の会主催　第十二回モデラーズスワップミート・模型作品展示・交換会　四階講堂〉と記された立て看板が階段の右手にあった。しかし、見上げると、公会堂の正面には、さらに大きな看板が掛けられていて、そちらの文字は、模型展示会には関係がなさそうだ。那古野市公会堂は、一階から三階までが、吹き抜けの大ホールである。どうやら、そのメイン会場では、宗教団体の講演会が開催されているらしい。大きな看板の文字から、それがわかった。

二つのイベントの同時開催に対処するため、公会堂の入口は、中央の大部分と右端の一部分の二手に仕切られていた。模型展示会への入場は、ロープが引かれた片側に制限されている。世津子と萌絵は、そちらの入口を目指して、階段を上った。

足を踏み入れると、一階のロビィは薄暗く、高い窓からぼんやりと差し込む陽射しが、この建物の古さを強調していた。タイルが敷き詰められた床は、ところどころ微妙に窪《くぼ》んでいて、むしろ有機的な柔らかさを感じさせる。側面を滑らかな大理石で覆われた階段が右手の突き当たりに見えたが、彼女たちは、その手前にあったエレベータに乗ることにした。

「どうせ、あれよ。オタクの集まりなんだから」エレベータのドアが閉まって萌絵と二人だけになると、儀同世津子は言った。「まあ、見てなさいって。変な連中がうじゃうじゃいるんだから……。模型よ、模型……、オタクの中のオタクね」

「私の父も、帆船の模型を作っていました」萌絵が微笑む。

「あらそう、それは素敵なご趣味だわ」世津子はわざとらしく澄まして答えた。「帆船模型だけは例外なの」

エレベータのドアが開く。四階のロビィには大勢の若い男性が屯《たむろ》していた。壁際に座り込んでいる一群。階段のところで店を広げているグループ。明かりは相変わらず高い位置からぼんやりと差し込んでいる。まるで、イスラム寺院の回廊のような雰囲気だった。

エレベータから降りた二人は、一瞬で大勢の視線の的となった。ちらりと見られるくらいならば日常のことで慣れているが、どの目も、照準が固定され逸《そ》らされる気配がない。

世津子は、歩きながら萌絵の耳もとで、「ほらほら」と囁いた。

そこにいたのは、全員が明らかに十代の男子で、目にかかる長髪、冴えないファッション、大きなショルダ・バッグなどが共通するアイテムだった。中学生くらいの少年も多かったが、一様に、細長く色白で大人しそうだ。それに度の強いメガネの顔が多い。

彼女たち二人が歩いていくと、群衆はゆっくりと道を開けた。ロビィの中央、講堂への入口の手前に、折畳式のテーブルが三つ並べられ、前面に〈受付〉と書かれた紙がテープで貼られていた。そのテーブルの内側では、不精髭を生やした男が、椅子に深く腰を掛けて、舐めるように雑誌を読みながら煙草を吸っている。彼の前に、コピィで作ったものらしい簡単なパンフレットが積まれていた。

「あの、主催の方ですか？」儀同世津子はテーブル越しにその男に尋ねた。

「そうです」男は機敏に顔を上げ、雑誌を床においてから、座り直した。「はい、なんでしょうか？」

「大御坊先生にお会いしたいんです」世津子は、自分の名刺を差し出しながら言った。「ここで、先生にお会いする約束になっているんですけど」

「中にいると思いますよ」入口の方を見ながら不精髭の男が答える。若そうに見えたが、四十代かもしれない。服装は上下とも擦り切れたブルージーンズだった。

開いている入口から広い講堂の中を覗いてみると、けっこうな人混みである。全体は見渡せないが、そこかしこでテーブルの上に細々《こまごま》としたものを並べている。入口に近いテーブルには、戦車やジープ、それに崩れた建物などのジオラマ（この言葉を世津子はあとで知ったのだが）が展示され、明るい照明が当たっていた。少し奥の方に、一メートルほどの大きさの飛行船が、天井近くに浮かんでいるのも見える。何百人という人間が講堂の中にいるようだ。熱気で膨脹した内部の空気が出入口から流出している。そこへ入っていくには体力が必要だ、と世津子は感じた。

「あの、呼び出していただくわけにはいきませんか？」世津子は受付の男に視線を戻して尋ねた。

「呼び出しは、会場の一番奥なんですよ。そこまで行ってもらわないと……」

「ありがとう」世津子は礼を言って、決心して講堂に入ろうとした。

「あ、待って待って、彼女」

振り向くと、受付で不精髭の男が立ち上がっている。

「何か？」世津子は戻ってきいた。

「入場料を払って下さい」

「あ、そうなの……」彼女は頷いて溜息をつく。「いくらなんですか？」そうききながら萌絵の顔を見た。入口の近くに立っていた萌絵は笑窪《えくぼ》を作って首を傾げてみせる。

「はい、えっと、どこかの会員でもなく、なおかつ、中学生、高校生でもないならば……」

「面白くない冗談ね、それ」世津子は途中で口を挟む。

「あ、はい、つまり、一般ということになりますからして、入場料は二千円です」不精髭の男は滑らかに言った。

「ええ！　入るだけで、二千円？」少し腹が立って、声が低くなる。「ぼったくりだわ、そんなの。私、人と会うだけなのよ。呼び出してもらうだけよ。貴方が中に入れって言ったんじゃない」

「まあまあ、慌てない、お姉さん」

「お姉さん？　ちょっと、誰に向かって……」

「はい、実は、たった今ここで、うちのサークルに入会するという奥の手があるのです」男は引きつった顔で言った。「うちの場合、入会金は、女性に限って特別に無料ですし、年会費も半額免除となりますので、千五百円。だから、非常にお値打ちです」

「何のサークル？」

「はい、地球防衛軍・那古野支部っていいましてね。まあ、これは俗称でありまして、その実体は公にされていません。主として、モビルスーツとかのフルスクラッチをメインに活動しています」

「そんな、会費千五百円なんて予算で大丈夫なの？　ちゃんと地球が防衛できるわけ？」世津子は男を見据《みす》えて、皮肉を言ってやる。

「あの、儀同さん」西之園萌絵が横から言った。「私だけ入場して、呼び出してもらってきましょうか？」彼女はバッグから財布を取り出していた。「儀同さん、ここで待っていて下さい。人混みで疲れたらいけないでしょう？」

産後の身を心配してくれているようだった。

「大丈夫よぉ。貴女なんかよりは、私の方が免疫があるわ」

「そちらの彼女も……」受付の男は萌絵の方を見て、にっこりと微笑んだ。「どうです？　入会しませんか？　実は今、秘密裏にですけれど、等身大のオリジナル・コスチュームも製作してるんですよ。完成の暁《あかつき》には、それも特別にプレゼントしましょう。特典付きってことで……」

「そんな特典いらないから、只《ただ》でここに入れてくれない？」世津子は言う。

突然、黒縁メガネをかけた男が二人近寄ってきた。彼らは、世津子と萌絵の前に立った。

「こんにちは」二人が同時に言う。わざと変な声を出しているようだ。

世津子は軽く頭を下げる。どちらの顔にも見覚えはない。隣の萌絵を見ると、彼女も目を丸くしている。

「ようこそおいで下さいました」また二人が同時にしゃべった。「アシュラ男爵といいます。よろしく」

「あ、はい、よろしく……」世津子は苦笑する。「あの、ご用件は？」

「コスチューム撮影会のモデルをしていただけないでしょうか？」今度は一人だけが言った。背の低い方の男で、男爵にしては、口籠《ご》もった威厳のない声だ。背の高い方のもう一人が、あとを続ける。「コスチュームを着てもらって、写真を撮らせてもらうだけです。一時間で、十万円なんですけど」

「十万円？」世津子は身を乗り出した。「本当？」

「いえ、こちらの方です」背の低い方の男爵が片手で西之園萌絵を指し示す。

「あら、ずいぶんね。それ、私じゃ駄目ってことなの？」世津子はすぐに言った。

「はい、そうです。投票で決めたのです」背の高い方の男爵が答える。

「投票？　いつの間に投票したのよ。え？　誰がどこでそんな投票なんかしてるわけ？　ちょっと、ね、コスチュームって、いったいどんな服なのよ、着るだけで十万円ですって。それ、持ってきなさいよ、ここへ。水着じゃないでしょうね？」

「あの、お断りします」萌絵が後ろで言う。

「西之園さん！」遠くで声がした。

儀同世津子は声の方を向く。ロビィの反対側から長身の男が歩いてきた。

「あ、喜多先生！」萌絵がその男に片手を振った。

彼は、彼女たちのところまで来ると、長髪を揺らし、日焼けした顔をちらりと世津子にも向け、軽く頭を下げた。明るいグリーンのスーツに、スニーカだ。世津子は、このハンサムな男に見とれてしまった。比較をしてはいけないが、周辺にいた男たちの中では群を抜いているし、極めて常識的な笑顔であった。

アシュラ男爵は、また投票して決めたのか、二人揃ってロビィの隅に退いた。

「何してるの？　こんなところで」喜多は萌絵を見て白い歯を見せる。

「喜多先生は、ご存じ？」萌絵は世津子の顔を見て言った。

「あ、いいえ」世津子はぶるぶると首をふる。「ねえ、ご紹介してぇ」

「こちら、儀同世津子さんです」萌絵は喜多に世津子を紹介してから、再び世津子の方を向く。「N大の喜多助教授。犀川先生のご親友です」

「ああ、あの……」世津子は気がついて大きく頷いた。「はじめまして。儀同世津子でございます」彼女は滅多に使わないとっておきの声で丁寧にお辞儀をした。「兄創平がお世話になっております。ええ、喜多先生、何度か先生のお噂を伺ったことがありますわ。今後とも、兄ともども、よろしくお願いいたします」

「え？　創平の妹？」喜多は目を丸くする。「嘘だろう？」

世津子はじっと喜多を見据えて、顎を引いて渾身《こんしん》の笑顔をつくる。

「あ、いや……。こちらこそ」喜多は口を窄《すぼ》めて頭を下げた。「え、本当？　へえ……、驚いた……。創平……、いや、犀川君とは、もう……二十年のつき合いになりますけどね、妹君《いもうとぎみ》がいるなんて……全然知らなかった。まいったなあ」

「兄は、方々の人間関係を離散していますので」世津子はもう一度微笑んだ。

「ああ、そう。離散ね……」喜多は片方の眉を上げる。「それは、貴女ご自身の表現ですか？」

「いえ、兄が」

「でしょうね」喜多はうんうんと頷く。「あいつらしい」

「たぶん人間関係をいつでも切り捨てられるように、あらかじめユニット化しているんだと思いますわ」世津子はいつもと違った口調で説明した。彼女の持っている一生分の上品さをすべて惜しみなく放出している気がする。

「なるほどなるほど。そう、ついさっきもね、犀川君と会ってきたばかりなんですよ。それにしても、まさか、こんな綺麗な妹君がいたなんてね……。はは……、いやあ、ショッキング・ピーチ・ツリー。そうだ、どうです？　どこかでご一緒にお茶でもいかがですか？」

「萌絵ちゃんじゃない！」背後からその声がしたので、世津子は、振り返った。

「あ、安朋さん。こんにちは」萌絵がそちらに歩み寄った。

別の意味で群を抜いているファッションの男がそこに立っていた。

「あれ?」喜多が大きな声を出す。「大御坊、お前、西之園さんを知っているのか?」

「え! 大御坊先生……ですか?」世津子も驚いた。想像していた人物像とまったく違っていたからだ。「あ、あの、私……」

「ちょっと……」世津子の肩を叩いたのは、受付の不精髭の男だった。「結局……、どうします?」

「え?」世津子は眉を寄せてきき返す。

「入場しますか?」

「あ、ああ……、もういいんです。大御坊先生が見つかりましたから」世津子は気を落ち着けながら答える。

「それはそれとして……」男はにやりと微笑んだ。「地球防衛軍に参加してみませんか? 僕は、あちらの彼女より、貴女の方が絶対に向いていると思いますよ」

「私が?」世津子は瞬《またた》いた。「何に?」

男は顎を片手で擦《こす》って答えた。

「もちろん、戦士です」

3

西之園萌絵と儀同世津子、それに喜多北斗と大御坊安朋の四人は、ロビィをエレベータとは反対側へ抜け、階段の横から伸びる通路をしばらく歩いた。そこは展示・交換会のメイン会場となっている講堂の西側になる。並んだ窓からは明るい午後の陽射しが差し込み、とても明るかった。太い柱と柱の間には、木製のベンチが取り付けられている。若い男たちが腰を掛け、熱心に話し込んでいた。彼らの多くは、プラモデルの箱か怪獣のおもちゃを幾つもベンチにのせていたし、足もとには、大量の荷物で膨らんだ紙袋が置かれていた。

その通路を進んだ突き当たりには、「関係者控室」と貼紙された背の高い木製のドアがあって、大御坊がそれを開けた。中を覗くと、ほぼ正方形で明るく、入口以外の三面が窓、つまり、建物の角から突き出した部屋だった。

「ここで話そうね」ドアの中に三人を招き入れながら、大御坊が言う。「コーヒーくらい飲みたいところだけど、きっと、地下の喫茶店は満員だと思う」

室内には五人の男女がいたが、入れ違いで四人は出ていくところだった。三人は男性で、一人が女性である。その彼女と萌絵は目が合った。ほっそりとした色白の若い女性で、瞳だけが大きく、未来人か宇宙人みたいな感じだ。印象的な顔立ちの美人には違いない。しかし、それよりも個性的だったのは彼女のファッションだった。

上から下まで紫がかったシルバの金属的な衣裳で、ヘルメットのような硬質の帽子、短い丈のシャツにさらに短いベスト、肘まで覆う長いグローブ、ショートパンツ、それに膝上まで届くロングブーツ、そのどれもがアルミホイルみたいに輝いている。金属的なのに軟らかそうだ。ムーンベースの地下で営業しているカフェテリアのウエイトレスのコスチュームだろうか、と萌絵は連想した。だが、腰にサーベルのようなものをぶら下げていたから、少なくともウエイトレスではないだろう。とても動きにくそうで、お世辞にも機能的とはいえない。おそらく、近衛兵に類する職業を想定しているのか、それとも何も想定していないかのどちらかだ。腕や腹、それに太股が露出している点についても、それがどんな状況で役に立つのか、萌絵にはさっぱりわからない。いや、実はわかるのだが、理解したくなかった。

マネキン人形のような彼女を、三人の男たちが取り巻き、そのまま通路へ出ていった。ドアが開いたままだったので、ベンチに座っていた少年たちがざわめき、慌ててカメラを彼女に向けているのが見えた。

戸口に立ち、萌絵はそちらを見送って溜息をついた。

「さっきの十万円って、きっとあれよ。そうじゃない？」世津子が萌絵の耳もとで囁いた。

「あのくらいなら、私、着てもいいわぁ。十万円だもん」

大御坊安朋が萌絵と世津子にビデオカメラを向けていた。手に収まるほどコンパクトな最新型である。萌絵がそれに気がつくと、彼はカメラを下げ、微笑んでウインクした。

「そこ、ドア、閉めておいて」大御坊がそう言ったので、世津子が大きなドアを閉める。

「今の人は、誰ですか？」萌絵はきいた。

「あれは、モデルさん」大御坊が答える。「同人誌即売会とは違って、この会にはあまりコスプレは来ないんだけど、質の高いものは、主催者側で用意しないとね」

どう質が高いのか、萌絵にはわからなかったけれど、それ以上きくのは遠慮した。

部屋の奥に衝立《ついたて》があった。今出ていったモデルの彼女がそこで着替えたのだろうか、と萌絵は考える。応接セットが一組あったが、それ以外には折畳式の簡易なテーブルと椅子が並んでいるだけ。室内には、もう一人メガネをかけた男が残っていて、彼は、壁際に積まれた段ボール箱の間でカメラの三脚を伸ばしているところだった。若いが、学生ではないだろう。インテリっぽい雰囲気で、風貌は犀川助教授に似ている。それが萌絵の第一印象だった。

「寺林君」大御坊がその男に声をかけた。「ちょっと、しばらくここ使わせてもらうわね。雑誌の取材なの」

「ええ、どうぞ、かまいませんよ」寺林と呼ばれた男は、大御坊の方へ振り向いて答える。

「あ、そこの缶コーヒー、飲んで下さい。買ってきたばかりですから、まだ少しは暖かいと思いますよ」

重装備のカメラと三脚を抱えて寺林が部屋を出ていった。部屋は四人だけになる。大御坊は南の窓際でソファに腰を下ろし、儀同世津子はその向かいの席に座って、バッグから取り出したカメラとレコーダをテーブルに並べていた。萌絵は、缶コーヒーを二人のところに運んでから、部屋の反対側で煙草を吸っている喜多北斗助教授に近づいた。彼は北向きの窓から外を眺めている。

「喜多先生、お久しぶりですね」萌絵は小声で言う。

喜多は大御坊と世津子の方を一瞥《いちべつ》してから、萌絵に顔を寄せて囁いた。

「やつが、君の従兄《いとこ》だって？」

「はい」萌絵は頷いてから、微笑んだ。

「それに……、彼女は創平の妹ときた」息を押し殺した声で喜多はそう言って、目玉のアスレチックでもしているように、ぐるりと目を回す。

「それが、どうかしましたか？」部屋の反対側の二人に聞こえないように、萌絵も小声で話した。

「反対なら信じてもいい」喜多は声を潜《ひそ》め、顔をしかめる。「やつが創平の従兄で、彼女が君のお姉さんならね。それなら、ごく常識的な範囲だ」

「どういう意味ですか？」

「どうもこうもない、という意味だよ。逸脱している。頭にきた。かんかんだ」喜多は、自分の煙草が煙いのか、片目を細くした。「彼女、独身？」

「儀同さん？」

「ああそうか……、儀同さんというんだった」

「ええ」萌絵は首を縦にふる。「既に二児の母です」

「よくもまあ、二十年間隠し通したものだ。実にあっぱれだ……。しかし、どういう了見《りょうけん》だろうな。俺に知られちゃまずいと考えた、その根性が浅ましいじゃないか」

「あの、私だって、安朋さんが先生たちと同級生だったなんて知りませんでした。それに、犀川先生は、私にだって、ずっと儀同さんのことはおっしゃいませんでした」

「まあ、いいさ」

「ええ。よろしいと思います」

「ひょっとして腹違いかな？　全然、似てないだろう？」

「そうですか？　私は、似ていると思いますけれど」

「まあ、いいさ」喜多は同じ台詞を呟き、苦々しく煙を吐いた。「今夜、創平の奴に問《と》い質《ただ》してやる。まったく、けしからん」

　応接セットの置かれた一角では、儀同世津子がインタヴューを始めていて、大御坊安朋は腕組みをして深々とソファに腰掛けた姿勢で、質問に答えていた。模型の話題ではなく、彼の作家活動に関する話のようだった。

「喜多先生も、模型がご趣味だったのですか?」萌絵は小声で尋ねる。

「まあね」

「そんなお話、これまで一度もなさらなかったわ」

「そうかな」

「犀川先生はご存じですか?」

「何を?」

「喜多先生のご趣味のことです」

「たぶん、知っていると思うけど」喜多は、近くのテーブルの上にあったアルミの灰皿で煙草を消した。「これは自分一人で完結する趣味だからね。あまり他人には話さないんだ。その必要もない。特に、僕の場合、女の子に話したことはないよ」

「どうしてですか?」

「やきもちを焼くからね」喜多はテーブル上に軽く腰掛ける。「若い頃の経験で学習したってわけだ」

「え、どんな経験なんですか?」萌絵は吹き出して笑いながらきいた。「先生の模型の趣味に嫉妬する恋人がいたの?」

「それ以上立ち入らないでほしい」とぼけた表情で喜多は片手を広げた。「話が生々しくなるし、君のような子には相応《ふさわ》しくない」

萌絵は微笑んだまま肩を竦《すく》める。「よくわかりませんけど」

「あのさ、僕が君を誘惑しない理由、これ、何故だかわかる？　西之園さん」

「誘惑……ですか」萌絵は可笑しくてまた吹き出した。「いいえ、全然わかりません」

「まあ、いいさ」喜多はポケットからまた煙草を取り出した。「いや、今のはオフサイドだった」

「オフサイド？」

「相手のディフェンスを越えた、という意味だ」

「私のディフェンスをですか？」

「ああ」

「わからない」萌絵は首をふる。

「君は本当に良い子だ」喜多は微笑んで、ライタで煙草に火をつけた。「西之園さん、一つだけ忠告しておこう。創平とうまくやりたいのなら、決してディフェンスを下げないことだ。バックラインをいっぱいに下げても、駄目。それは逆」

「全然お話がわかりません。喜多先生」

「そのうちわかる」

喜多はソファの方へ歩いていく。萌絵は少し考えてみたが、やはり喜多の話した言葉の意味が理解できなかった。諦めて、彼女も三人のいる方へ移動した。

「模型のご趣味と、先生の創作とは、どんな関係なのでしょうか?」儀同世津子が質問している。

「関係ないわよ」大御坊は素っ気なく答えた。「でも、まあ、そうね。何かを作り上げるっていう点に関しては同じ姿勢みたいなものがあるかしら。どちらにも、原型っていうのか、つまりプロトタイプが存在する。そのプロトタイプに対して、モデルが追従《ついじゅう》する形で生を成すわけね。つまり、文章に書かれるものって、この意味でいくと、すべてモデルといえるわ。うん、そう、同じよね。模型にもいろいろあるけど、基本的に二つに分かれるわ。プロトタイプの正確な相似形、つまりスケールダウンを狙っているモデルと、形状から脱却してオリジナリティを追求したモデル。前者は、スケールモデルと呼ばれるし、後者は、文字どおりフリーっていうの。これって、著作でいえば、ノンフィクションとフィクションみたいなものかもね。模型の分野によって違うんだけど、でも、基本的には、最初はフリーの方が簡単で、入りやすい。でも、そこを登りつめるのはとても難しいのよ。スケールモデルには、綿密な調査が必要だけど、やろうと思えば、時間と根気さえあれば、ある程度の仕事は誰にでもできる。でも、そのスケールモデルにしたって、ある一線を越えると、プロトタイプの模写以上の意志が入り込もうとするのに逆らえなくなるし、デフォルメというか、やっぱり作者の想像力が滲《にじ》み出てくるものね。つまり、ほら、フィクションがリアリティを追求するように、ノンフィクションはアンリアリティを見出そうとしているのよ。わかる? そう、その意味でも、やっぱり模型と同じかしら。だからって、作家として、模型から学ぶものがあるって言っているわけじゃないけどね」

「何故、モデルを作る、つまり、模倣しようとするのでしょうか？」儀同はきいた。

「それは、最初は単なる所有欲だと思うわ。そう、気に入ったもの、格好の良いもの、素敵なものを自分の身近に置いておきたい。だけど、実物は買えないものだったり、あるいは、そう、既に失われたものとか、失われつつあるものだったり。それを留めておきたい。それは、写真を撮ったり、絵を描く動機と同じかもしれないけど、やっぱり本ものは3Dなんだし、それに、作っている行為っていうか、その工作過程の中で、見えなかったものも見えてくるしね。製作に長時間をかけること自体にも、模型、いえ、創作すべての理由があるわけよ。ああ、だから、ここで、最初の動機から既に少し外れている、違うんだってことになるわね。所有欲が中心的な動機かというと、やっぱりそれは違うわ。だってね、模型が完成してしまうと、もうずいぶん醒《さ》めてきてね、飽きてしまうわけよ。これって、矛盾しているでしょう？　完成してしまったものでは満足できないんだから。たとえ完成品を眺めていても、やっぱり作っていたときの時間というか、そのときの感触を思い出す、ある意味で、それだけの機能しか、完成したものにはもう残っていないの。結局、作っている最中にだけ所有できる実感がある、ということ。どう？　わかるかしら？」

「ええ、私はわかりますけど、もう少しだけ、その点を具体的にお願いします」

「ええ、そうね……。簡単な言葉で還元すれば、愛の行為なんです」大御坊は煙草を取り出して火をつける。そして、喜多と萌絵の方を一瞥した。「工作している時間というのは、セックスと同じ。完成してしまったあとには、何が残る？　赤ちゃん？　他にある？　ね、つまり、それだけでしょう？　でも、欲しかったものは、それじゃないわよね？　駄目？　この比喩は具体的過ぎたかしら？」

「あ、いいえ」儀同は真面目な表情で首をふった。「今のは、的確だと思います。先生が小説をお書きになるときも、やはりそうですか？」

「もちろんよ」大御坊は頷く。「でき上がった作品にも、出版された本にも、私はまるで興味がないわ。それが、他人からどんな評価を受けようが、私の知ったことじゃないもの。勝手に成長して、社会に羽ばたいていけば良い、ってせいぜいそれくらいのことね。これも、つまり、子供と同じ。ようするに、私が求めるものは、作る行為そのものであって、作られてしまった物質ではないの。あ、今のツクルっていうとこ、創平君の創の字を使ってちょうだいね」

「なるほど、今のフレーズを、タイトルにしましょうか？」儀同はメモを取りながらきいた。

「え？　どんなフレーズ？」

「創る行為そのものであって、創られてしまった物質ではない、というところです」

「だめだめ、そんなの……、ありきたりじゃない?」大御坊は首をふる。「まあ、でも、馬鹿な読者には、それくらいがちょうど良いかしら。あ、今のは駄目よ、使っちゃ」

「しかし、そうなると」儀同はシャープペンを口に当てて難しい顔をする。「読者は、先生の排泄物みたいなものを読まされていることになりませんか?」

「ああ、そうね」大御坊は軽く返事をした。「貴女、よくわかっているじゃない。さすが犀川君の妹君」

「それでは、ちょっと……、なんていうのか、あまりにも……」

「うんうん、そう……、そこはさ、際疾《きわど》い問題なのよね。あまり突っ込んじゃ駄目。模型みたいに、完全な個人の趣味なら許されるでしょうけど、なんといったって、小説は相手のある商売なんだから。そこは、それなりに、ビジネス的妥協というか、サービスというか、ある程度不純なものが介在することになるわ。自分の感性と相反する機能が少なからず入り込むことになる。基本的にエンタテインメントなんだから、それはいたしかたがないことよ。だから、排泄物には見えないように工夫しなくちゃ。結果的に、それって、実はもっと汚いものが混ざるって意味かしら。ああ、駄目ね、これ使えないわよ。どうしよう。切っちゃってね、今のとこ」

従兄の大御坊安朋がこんなに多くを語るのを萌絵は初めて聞いた。彼の小説は全部読んでいたが、萌絵の愛読するミステリィではない。ノーマルな純愛ものばかりである。

喜多は、ソファの近くのテーブルに腰を掛け、友人の話を黙って聞いていたが、何か言いたそうな表情にも見えた。

壁に掛かった丸い年代物の時計を見ると、既に四時を回っていた。

4

それから間もなくして、喜多助教授は一人で帰っていった。講堂で行われていた模型展示・交換会は五時で一応終了したが、通路にも溢れている入場者たちはなかなか帰ろうとしなかった。儀同世津子は、大御坊安朋のインタヴューを無事終了し、持ってきた一眼レフで彼の写真を何枚か撮った。そのあと、彼女はカメラだけを持って部屋を出ていった。会場の写真を撮りにいったようだ。二千円の入場料を支払ったのか、それとも、千五百円で地球防衛軍に加わったのか、あとで尋ねようと萌絵は思ったが、結局、きき忘れてしまった。

西之園萌絵は、久しぶりに会った従兄の大御坊安朋と、ソファに座って話をすることができた。母方の親族とは会う機会が少なかったし、特に、両親が亡くなってからは、滅多《めった》に交流がなかった。萌絵が小さかった頃の大御坊安朋は優しい青年で、母に連れられて大御坊家に遊びにいったときには、よく彼女の相手をしてくれたものだ。親族の中では、彼は飛び抜けて頭の良い人物だ、というのが萌絵の彼に対する総合的な評価だった。

「ちょっと見ないうちに、見かけはずいぶん大人になったね、萌絵ちゃん」大御坊は細長い煙草を吸いながら言った。「犀川君の講座なんだって？」

「はい、犀川先生は、お父様のお弟子さんだったんです」

「はあ、なるほど……ね。貴女、もしかして、ファザコン？」

「私がですか？　とんでもない」萌絵は首をふる。

「そう？」大御坊は微笑んだ。

「違います」

「煩《うるさ》い叔母さんがいたでしょう？」大御坊は、思い出すように上を向く。「えっと……」

「睦子《むつこ》叔母様のこと？　今でも煩いですよ」

「縁談とか持ってくるんだ」

「ええ、まあ……。毎日ってわけじゃありませんけれど」

「うちの一番上の姉貴も、そうだからね。もうあそこまで到達すると、一種の哲学っていう感じ。趣味を超えているわよね。超趣味っていうの？　仕事よりずっと始末が悪いんだ」

安朋の姉、大御坊香織《かおり》は、自分が生きているうちに地球上で何組のカップルを成立させられるか、というテーマに挑戦している女性だった。

「最近は弟たちに白羽の矢が立っているの」

安朋の歳の離れた弟は二人で、いずれも萌絵より数年歳上である。

「あ、そうだ。香織さんからのお話……、以前に一度、私頼まれて、喜多先生に持っていったことがあります」

「へえ……」大御坊は顔を上げて、嬉しそうな顔をした。「その話、どっちが断ったの?」

「喜多先生。でも、内緒にしておいて下さいね」

「なんだ、つまらない」大御坊が口を尖らせる。

ドアが開いて、儀同世津子が部屋に戻ってきた。彼女はカメラをバッグに仕舞った。

「どうも、本当にありがとうございました。大御坊先生」彼女はソファの大御坊に頭を下げる。「私、これで失礼させていただきます。えっと、来週末頃には、先生のところにゲラをお送りしますので、目を通していただけますでしょうか?」

「ええ、もちろん」大御坊が頷く。「お疲れさま、儀同さん。仕事以外で、またお話ししましょうね」

「はい、ありがとうございます」

「それじゃあ、儀同さん、私、駅までお送りします」萌絵が立ち上がる。「赤ちゃんが待っているんだから、早く帰らなくちゃね」

「あ、いいの。ごめんなさい。今、タクシー呼んじゃった」儀同世津子はバッグを持ち上げながら言う。「西之園さん、今日は、ありがとう。助かったわ」

儀同世津子を見送りながら、公会堂の一階まで萌絵は下りた。正面玄関の前で彼女がタクシーに乗り込むのを見届けてから、萌絵はもう一度、四階までエレベータで戻る。模型展示・交換会、モデラーズスワップミートは既に終了していた。ロビィ中央の受付の付近ではスタッフがあと片づけをしている。早く帰るように、と入場者向けのアナウンスがスピーカから流れていたが、ロビィにいる人々は一向に動こうとしていない。萌絵は、その人混みを縫って通路を進み、再び奥の控室に入った。大御坊に挨拶をしてから、自分も帰ろうと思っていた。

控室では、スタッフらしい男たちが数名、忙しそうに動いていて、雰囲気が一変していた。SFのコスチュームを着たさきほどの美女が戻ってきたのだ。彼女は、部屋の隅の衝立に隠れるところだった。ソファでは、大御坊とメガネの男が話をしている。萌絵の姿を見て、大御坊とその男が一瞬不自然に黙った。それは、さきほどカメラと三脚を持って出ていった、犀川に雰囲気が似ている寺林という名の男である。

数秒間、二人とも黙って彼女を見続けるので、萌絵は不思議に思った。

「安朋さん、私、これで失礼します」萌絵は従兄に言った。

「あ、萌絵ちゃん」大御坊がすぐ片手を挙げる。「ごめん、ちょっとだけ、待っててくれない?」

そう言われると帰るわけにもいかない。しかたがなく、反対側の窓際まで歩いていき、窓の外を見た。北側である。すぐ真下の駐車場に自分の車があった。大勢の人間が、荷物を抱えて、ＪＲの駅の方向に歩いていく。この高さからだと、高架の上のホームもよく見えた。

大御坊とメガネの寺林は、まだひそひそと話を続けている。何人かが段ボール箱を持って慌ただしく部屋を出入りしていた。

しばらくして、衝立の奥から女が出てきた。セータにミニスカートの彼女は、萌絵の近くまで来て、椅子に腰掛け、ブーツを履く作業を始める。

「貴女、スタッフの人？」片方のブーツを履き終えたとき、彼女が萌絵を見てきいた。それほど近くに立っていたわけではない。二メートル五十センチは離れていた。だから、最初は自分のことではない、と萌絵は思った。しかし、女は真っ直ぐに萌絵を見据えている。明らかに、萌絵に向けられた質問だった。

「いいえ、違います」萌絵は首をふった。

「煙草ない？」女は独特の口調だった。何かに似ている、と萌絵はふと思った。そう、ロボットの発声に似ている。

「いいえ」もう一度、萌絵は首をふる。

作業をしていた男の一人が、彼女の言葉を聞きつけ、ポケットから煙草の箱を出しながら近づいた。

「あ、それは、私は駄目」彼女は差し出された箱をちらりと見て言った。「違うのを探してきて」

関わりたくなかったので、その女に対して生じた感情を萌絵は遮断した。西側の窓際に移動し、そちらの風景を眺める振りをする。

それから、二、三やりとりがあったあと、女はブーツを履き、長いコートを着て、部屋から出ていった。男たちが何人か彼女を追いかけて飛び出していく。

部屋には、大御坊と寺林、それに萌絵の三人だけになった。

大御坊がソファから立ち上がり、窓際にいた萌絵のところへやってくる。

「萌絵ちゃん、ちょっと……、お願いがあるんだけど」小声で大御坊が言った。

「車ですね？　はい、どこへでもお送りしますよ」萌絵は微笑んだ。

「いいえ、そうじゃない。違うのよ」彼は言いにくそうに、そこで言葉を切った。

「何ですか？」

「今まで、萌絵ちゃんに私が何かをお願いしたことなんて、一度もなかったでしょう？」

「え、ええ……。あの、どうかしたんですか？　安朋さん、そんな改まって……」

「明日なんだけど、一時間くらい時間あけられるかしら？」

「明日……ですか？　ええ……、日曜日だから……」何の話だろう、と思いながら萌絵は答える。

「とにかく、貴女の欲しいもの、何だっていいわ。どんなものでも買ってあげるから」

「別に欲しいものなんてありませんけれど」萌絵は苦笑する。嫌な予感がした。「あの、何ですか?」

大御坊が衝立の方を見る。萌絵もつられてそちらを向く。そして、すぐに大御坊を見た。

「え、まさか……。あれじゃないでしょう?」

「そう……」大御坊が口の前で両手を合わせて頷いた。いただきますのポーズではない。

「困ります」萌絵は首をふった。

「もちろん、そうだと思うわ。でもね、そこをお願いしているのよ。明日は絶対外せない。テレビとか新聞の取材も来るし」

「そんなの、余計に困ります。あの、さっきの彼女、どうしたんですか?」

「怒っちゃった」大御坊は軽く答え、口を十度ほど傾けた。

「どうして?」

「さあね」大御坊は大袈裟に両手を広げ、肩を竦《すく》める。「わからないわよ、女の子の気持ちなんて」

「安朋さん。ごめんなさい。私、ああいうの全然駄目なんですよ。お断りします」

「駄目じゃないわよ、萌絵ちゃんなら、もうばっちり。私が保証する。ええ、テレビや新聞には、貴女だってことはわからないようにするから。ね……、そのときだけマスクを被ればいいわけよ。あ、それいいなあ、仮面とかね。絶対、誰もわからないようにするから」

「あの、そういう問題じゃありません」

「お願い、ね、お願い」大御坊は擦《す》り寄った。「これは、私たちのね、美意識の問題なの。とっても重要なことなんだから。他に誰も代わりなんて利かないのよ。そう、貴女は選ばれた女性なの。私が女だったら、喜んで引き受けるわ」

「女じゃなくても、引き受けたら良いじゃないですか。どうして男じゃいけないんです？　安朋さんが、あの格好をすれば良いと思います」

「そうはいかないわよ。これはエンタテインメントなんだから」

「あの、僕からもお願いします」ソファにいた寺林がおずおずと近寄ってくる。「申し遅れましたが、寺林といいます」彼は名乗ったが、大御坊が呼んでいたので、萌絵は既に彼の名前を知っていた。「フィギュア関係のサークルの者で、今回の展示会のスタッフをしています」

「お断りします」萌絵はすぐに答えた。

「あの……」気の弱そうな寺林は俯《うつむ》き加減の顔を赤らめる。

「寺林君、悪い、ちょっと外してくれる？」大御坊が優しい口調で言った。「私が説得しますから」

「説得なんてされません」萌絵は腕組みをした。

寺林が部屋から出ていくと、大御坊はソファに座るよう、ジェスチャで萌絵を誘った。彼女にしてみても、逃げるのは癪《しゃく》だったので、しかたなく従う。

「安朋さん、いくらお話をなさっても無駄です。私、絶対にあんな服、着ませんから」

「どうして?」

「どうして……って」萌絵は姿勢を正した。「恥ずかしいもの」

「何故、恥ずかしいの?」

「恥ずかしいわ」萌絵は脚を組む。「恥ずかしいのに、理由が必要なんですか?」

「当然必要よ」大御坊はおっとりとした表情で僅《わず》かに顎を上げた。「理由もなく恥ずかしいなんてことは、ありえないわ。恥ずかしいという感情は、対社会的なものだし、人間だけが感じるとても高等で複雑な部類の反応だもの。ね、誰に対して、恥ずかしいの? それに、そもそも、恥ずかしいことは、何故いけないことなの? どうして避けないといけないの? そこを、ちゃんと説明してくれない? 萌絵ちゃんのとる態度が理解できたら、私だって引き下がるわ」

「これは、理屈ではないんです」

「でも、理屈で動かないなんて野蛮よね」

「しかたがありません。だって、私は、ああいう行為が恥ずかしいとインプットされたんです。そういう環境で育てられたのです」

「それじゃあさ、良い機会だから、その意味のない束縛、理由のない幻想から脱却してはどうかしら? ね、解放されるのよ。貴女の知らなかった自由があるかもしれない。いえ、きっとあると思う」

「解放されたくないわ」

「おや、臆病なことをいうじゃない。いったい何が、貴女をそこに留まらせるわけ？　安穏としている保護のもとでしか、自分が保てないの？　何に頼っているの？　何が恐いの？　解放されたとき、何が壊れるの？」

「私は……、恐れているんじゃありません。そうじゃなくて、あの破廉恥《はれんち》な服を着ることが、解放になるなんて信じられないだけです」

「試してみればわかるわ」

「ちょっと待って下さい。問題がすり替わっているわ」

「いいえ、核心にいる。とにかく、何らかの解放になることは事実なのよ。だって、ほら、私は自分で試したんだもの、証拠があるわ。貴女こそ、試したことがないのに、何故、そんなことが言えるのかしら？」

　分が悪い、と萌絵は感じた。他の男性ならともかく、大御坊安朋は、彼のいう「束縛からの解放」を確かに実践しているかもしれないからだ。

「ええ……、安朋さんは立派だと思いますよ。でも、私には私の生き方があります」

「駄目、それこそ、論旨がずれている」安朋は微笑んだ。「誰も、貴女のライフスタイルを変えろと言っているわけじゃないのよ。ほんの一時間だけ、貴女にしかできない仕事を無理にお願いしているのはこちらなの。ただね、貴女が、それを生き方や人生に密接に関係しているみたいな理由で断ろうとしたから、私は反論しているだけなの。さあ……、お互い、冷静に議論しましょう」

「ああ……」萌絵は溜息をつく。「こんな議論、不毛だわ」

「そう、そのとおり。こんなの全然大したことじゃないわ。たったの一時間なのよ。ね、いいでしょう?」

それから、さらに三十分ほど議論が続いた。萌絵はだんだん言葉を失い、大御坊ばかりが理屈を次々に繰り出した。議論を始めたのが間違いだった、と気づいたときは、既に遅かった。最後は、完全に根負け。体力負けだった。彼女は承諾するしかなかった。頭がぼうっとして、暗くなった駐車場で冷たいシートに座ったときには、もうどうでも良い、という気分になっていた。

一つ学んだことは、大御坊安朋の話術、そして戦略だった。これは記憶に刻む価値があった。いつか役に立つことがあるだろう。そう思うと、萌絵は少し可笑しくなった。

考えてみれば、どうして自分が頑《かたく》なに固辞したのか、不思議なくらいである。もしかしたら、大御坊との議論で、彼女は既に解放されたのかもしれなかった。

喜多助教授は明日は来ない。知っている人物は会場にはいないはずだ。たとえいたとしても、マスクをしていればわからない。ただ、テレビだけは断わろう。それはさすがにまずい。だが、そのことにしても、何がどうしてまずいのか、やはり明確に説明できないのである。

彼女は、ゆっくりと車を出した。道路の両側に整然と並んだオレンジ色の街灯が奇跡的に綺麗だったので、わざとゆっくりと走った。

5

午後六時頃、那古野市公会堂から南に五分ほど歩いたところにあるレストラン「ミンク」で、大御坊安朋は食事をしていた。

同じテーブルに、大御坊も含めて四人いた。同席者は、年齢の順に、長谷川《はせがわ》、筒見、遠藤《えんどう》の三人。いずれも、六十前後の初老の男たちで、大御坊だけが一人飛び抜けて若かった。展示・交換会、モデラーズスワップミートを主催した模型サークルのメンバなら、この三人の男たちを知らない者は一人もいない。三人とも、ベテランモデラとして全国的に有名な大御所であった。

筒見豊彦《とよひこ》は、大御坊の所属する鉄道模型サークルの会長で、M工業大学の教授だ。実は、今日、撮影会でちょっとしたトラブルがあったモデルの筒見明日香の父親である。だが、彼は、自分の娘が公会堂にやってきていたことは知らないはずだった。彼自身が会場には来なかったし、もちろん、大御坊もあえて話していない。

筒見明日香にモデルを依頼したのは大御坊だったが、それは、多くの会員たちの強い要望であった。大御坊は、明日香の兄に当たる筒見紀世都《きよと》と親しい。紀世都も、やはりフィギュアのトップモデラとして超一流の人物だった。

「あまりこれといった出物はなかったようだね」筒見豊彦は、オールバックの白髪を軽く撫でながら話した。「それに、最近ちょっと、あの一部の指向にはついていけないからね」

「ああ、しかたがないな、あれは」一番年長の長谷川貞生《さだお》が頷く。頭には髪がほとんどなく、分厚い唇がへの字に曲がっている。長谷川は、ソリッドモデルの第一人者で、木を削って飛行機ばかり作っている職人肌のモデラだった。「筒見君の言っているのは、フィギュアのことだろう？　あれは、確かに模型なのかどうか、疑問だね。だいたい、設計図がないからな。木では作れん」

「材料が新しいし、工作法も新しい。コンピュータ制御のフライスなんかも個人で使える時代なんだよ」スクラッチビルダの遠藤彰《あきら》が言う。ロマンスグレィの髪、それに口髭を蓄え、三人の中では、一番上品な風格があった。遠藤は個人病院の院長だ。彼も鉄道模型がメインのモデラで、つまり、筒見豊彦や大御坊安朋と同じサークルだった。真鍮《しんちゅう》を使った金属工作が専門で、もともとは精巧なスケールモデルばかり手がけていたが、最近は、鉄道模型以外にも手を広げようとしている。

「工作簡単なイージィ・キットが増えたわりには、電動工具が普及しているだろう？　不思議だよなあ」筒見が言う。「ゲームに押されて衰退すると思ってはいたがね」

「衰退しているよ」長谷川が言う。

「いえ、厳選されたマニアに定着する時代だと思います」大御坊はコーヒーを飲みながら言った。「その意味では、やっと欧米並になったといえるのでは？」

「さて、そろそろ、うちに来てもらおうか」筒見豊彦がポケットから懐中時計を出し、それを見ながら言う。「久しぶりで、いろいろ見てもらいたいものもあるよ。ちょっと待っててくれ、電話してくるから」彼は立ち上がって、席を離れた。

　勤務先のM工大のすぐ近くに筒見邸はある。このレストランからも歩いてすぐのところだった。大御坊は以前に一度だけ、筒見邸を訪れたことがあったが、筒見豊彦の自慢のレイアウト（鉄道模型の箱庭）は、一部未完成ではあったものの、かなり凝った造りで実に興味深かった。

　筒見が電話から戻ってくると、四人は店を出た。

「私は、公会堂に寄ってから行きます」大御坊は三人に言った。「まだ、あと片づけをしていると思いますし、それに、明日のことで細かい打ち合わせもありますので」

「ああ……。道はわかるね？」筒見教授がきく。

「たぶん。わからなくなったら、電話します」

「わしはここで失礼するよ」長谷川が言った。彼は鉄道模型には興味がないのだろう。筒見豊彦はちょっと残念な顔をした。四人の中では多少異分野といえる長谷川貞生を連れてきたのは、筒見豊彦だった。

長谷川は片手を挙げ、筒見邸とは反対の方向へ去っていった。大御坊も別の方向へ歩きだす。六時を少し回った時刻だったが、すっかり日は暮れていた。鶴舞公園の中を通り、芝生の広場を横断し、噴水の近くでは沢山のカップルを横目に、大御坊は公会堂へ向かった。

正門の扉は既に閉まっていたが、一番右の一つだけが開いていた。そこは守衛室のすぐ横である。ガラス窓から明るい守衛室の中が見え、二人の制服の老人がお茶を飲んでいた。彼らは大御坊にはまったく気がつかない。声をかけようかとも思ったが、面倒なので、そのまま黙って通り抜け、暗いロビィに足を踏み入れた。

エレベータの扉が開いたままだった。その明るい箱の中に入り、4のボタンを押す。四階のロビィも暗かった。歩くのに懐中電灯が必要なほどである。通路にだけは、ところどころ最小限の照明が灯っていて、ロビィまでその僅かな明かりが届いていた。ロビィを通り抜け、西側の真っ直ぐな通路を進み、突き当たりの控室に至るまで、まったく人気《ひとけ》がなかった。

大きな木製の扉を開けて室内を覗く。一瞬、眩しい光が彼を幻惑した。

部屋の中にいた二人の男が振り向く。一人は、髪の長い背の高い青年で、筒見紀世都だった。たった今、一緒に食事をしてきたばかりの筒見豊彦教授の長男、そして、モデルの明日香の兄である。

「あ、筒見君。お父さんと食事してきたところよ」大御坊は声をかける。「今から、お宅にお邪魔するから」

「妹が迷惑をかけたそうですね」筒見紀世都は言う。逆光でよくわからなかったが、この青年はほとんど表情を変えない。

「そうなのよ。でも、まあ、しかたがないわ」大御坊は肩を竦める。「代わり、もう見つけたから大丈夫」

「すみませんでした」紀世都が頭も下げずに言った。

もう一人は、大御坊があまり親しくない人物で、不精髭を生やした背の低い四十代の男だった。名前は武蔵川《むさしがわ》という。今日の午後、会場入口の受付に座っていた男である。寺林と同じフィギュアの会のメンバだ。その武蔵川にも、大御坊は軽く頭を下げた。

「寺林君、帰った？」大御坊はきいた。

「彼なら、向こうの控室で工作してると思いますよ」武蔵川が答える。

「工作って？」

「ええ、寺林君、作品を運んでいるときに壊してしまったんですよ。それを今、直してるわけです。たぶん、まだ、いると思いますけど」

大御坊はドアを閉めて、通路を引き返した。同じ大きさの控室が、ちょうど反対側の北東の角にもある。直線距離は近いのだが、講堂を横切ることができないので、通路を一旦戻り、南にあるロビィを横断して、再び、真っ直ぐの通路（こちらは講堂の東側になる）を歩かなければならない。ちょうど、コの字形に進んだことになる。

突き当たりの扉を開ける。こちらの控室も室内の家具などの配置はほとんど同じだった。部屋の右手の隅のテーブルに、寺林高司の姿があった。たった一人、背を丸めて作業をしている。

「あ、大御坊さん」寺林がこちらを向く。

「何やってんのぉ？　なにもさ、こんなとこで直さなくたって……」大御坊は近づいた。

寺林は片手に二本の面相筆《めんそうふで》を握り、テーブル上の女性のフィギュアに向かっている。それは、午後、筒見明日香が扮したコスチューム、つまり、明日には西之園萌絵が扮するコスチュームを纏《まと》った女性戦士のフィギュアだった。大御坊は、それが、寺林のオリジナルのものなのか、アニメやゲームのキャラクタなのか知らなかった。大御坊は、その分野には明るくない。

「もう少し照明が明るいといいんですけどね」寺林は天井を見上げ、神経質そうに溜息をつく。「こういうのって、すぐ直さないと気がすまないんですよ。それに、これ、たぶん明日テレビに映りますからね」

「まだ、かかりそう？」

「いいえ、もう終わりますよ」

「よくできてるわね。フルスクラッチなの？」大御坊は顔をフィギュアに近づける。

「もちろん」寺林は頷いた。

「買い手がついてるの？」

「いいえ」寺林は筆を置いて、煙草に火をつけた。「売りませんよ」

「四十万くらいかな？」大御坊は角度を変えてフィギュアを観察する。「うーん、これは、もっと高いわね。八十万なら、どう？」

「もう少し大きいのが作りたいんですけどね」寺林は微笑んだ。「キャストが大変だから」

扉が開いた。

不精髭の武蔵川が顔を覗かせる。

「寺林君、僕ら、帰りますよ。向こうの部屋は閉めたけど、良かった？」

「あ、はい」寺林が頷く。

「鍵は、僕が持ってます」武蔵川は言う。「明日、一番に来るから」

武蔵川の頭の後に、筒見紀世都の白い顔が現れる。ちょうどそれくらいの身長差があった。

「私、今から筒見君とここに行くから、一緒に行こう」大御坊は紀世都に言う。

「あ、僕……、今からちょっと用事があるんです。家には帰りません」筒見紀世都は表情を変えずに答えた。

「なあんだ……」大御坊は息をつく。

武蔵川と筒見の二人がドアを閉めたあと、大御坊は明日のことを寺林に二、三確認した。

「さて、それじゃあ、私も帰るわね。寺林君、火の元、頼んだわよ。煙草、ちゃんと消してね」

「ええ、気をつけます」寺林は、再び筆を手に取り、塗料の小瓶を振った。「もう、ちょっとですから」

「守衛さんが来たら、ここシンナ臭いって言われるから。知らないわよ、誤解されても」

寺林は苦笑した。

大御坊は片手を挙げて、ドアに近づく。

「あ、大御坊さん」

「ん？」彼は立ち止まった。

「あの、彼女……、大御坊さんの従妹《いとこ》の……」顔を赤らめて、寺林が言う。彼はぎこちなくメガネを持ち上げた。

「ええ、萌絵ちゃん？」

「名字は何ていうんですか？　大御坊さんですか？」

「ううん。西之園。西之園萌絵よ」

「へえ……」

「どうして？」

「いえ、別に……」寺林は下を向いて、自分の作品を眺める。

「寺林君のイメージと合わないとか？」

大御坊が、そうきいたのは、コスチュームを製作したのが寺林だったからだ。

「いえ、そんなことはありません」

大御坊は黙って微笑んだ。寺林はこちらを見ない。筆を持ったまま、目の前のフィギュアを睨んでいた。

「じゃあね」

大御坊は、部屋を出た。

暗い通路を歩き、エレベータで一階まで下りた。ロビィから外に出るとき、明るい守衛室を覗いてみたが、やはり、老人たちは彼に気がつかなかった。これでは、守衛の役目を果たしていないのではないか、と思える。

階段の途中で、常夜灯の明かりに腕時計を向けて、文字盤を見た。七時二十分だった。

それから、大御坊は鶴舞公園の方へゆっくりと歩きだした。広場にある噴水を迂回したとき、ちょうど反対側を歩いている女性に気づいた。彼とは反対方向へ、公会堂か駅の方角に彼女は向かっている。それは、筒見明日香だった。長いコートに、ストレートのロングヘア。大御坊は立ち止まって、足早に去っていく彼女をしばらく眺めていた。

6

その約二時間後。

M工業大学化学工学科の研究棟の前。複数の赤いライトが回転し、コンクリートの壁をスクリーンにして、彗星のように飛び回る躍動的な運動を映していた。愛知県警捜査第一課の刑事、鵜飼大介《うかいだいすけ》と近藤健《こんどうけん》が駆けつけたのは午後九時半、通報から三十分後のことだった。

その研究棟は東西に長い。中廊下で、南北両側に居室が並んでいる。現場は三階の西寄り、北向きの一室。居室を改造した実験室だった。一階の中央ロビィにある出入口も、建物の東西の端にある非常階段に出るドアも、いずれも施錠されていなかったので、夜中でも出入りは自由だ。守衛もいない。キャンパスの正門には守衛が二人いたが、その正門の他にも出入りのできる門は三ヵ所あったし、そのいずれにも守衛はいない。時刻はまだ十時まえである。キャンパス内に残っている者もかなりの人数に上るだろう。駐車場にも数多くの車がまだ残っていた。

研究棟三階のその一角、合計六部屋が、河嶋慎也助教授の研究室である。土曜日ということもあり、犯行のあった時刻には、問題の実験室以外の五部屋はすべて無人だった。ちょうど、この五部屋が、実験室を取り囲んでいるため、不審な物音に気づいた者は、同じフロアにはいなかった。また、不審な人物を目撃したという情報もまだ得られていない。

　死体の発見者は、河嶋助教授自身であり、彼は九時に、忘れものを取りに自分の部屋（実験室の斜め向かいの南側の居室である）に戻ってきた。実験室は施錠されていたので、河嶋助教授が、自分の部屋に保管されているスペアキーを使って開けた。

　殺されていたのは、河嶋研究室に所属する大学院生、上倉裕子、二十五歳。大学院修士課程の二年生だった。来年の四月にはさらに上の、博士課程に進学することが決まっていた。河嶋助教授は、八時過ぎに、上倉裕子が実験室に一人で残っているところを目撃している。彼女はそのとき、寺林高司という名の大学院生（彼は、社会人入学の大学院生で、年齢は三十三歳である）を待っている、と河嶋助教授に話したという。寺林高司は、自分のアパートには戻っていない。現在、連絡がとれない状態だった。

　実験室はほぼ一対二の長方形で、廊下側に二つのドアがあった。二つのドアの間には、水道と流し台、冷蔵庫、食器棚、電子レンジなどが並べられていて、壁には電話が取り付けられていた。廊下側の一方の隅にはロッカとスチール棚が置かれ、その上には段ボールの空き箱がのっている。大きな実験台が部屋の中央にあり、それがこの部屋の主要な実験設備だった。その上の天井には換気用の大型フードが口を開けている。また、部屋の両サイドにも机が並べられ、大小様々な測定装置や、実験用器具が納められた小さな棚がその上に置かれている。窓際の低いスチール棚の中にはファイルがぎっしりと詰め込まれていた。つまり、これ以上、備品が入る隙間のないほど、部屋中ものがいっぱいだった。

上倉裕子は、実験室の東側の扉、つまり廊下から見て右側の扉から入って三メートルほどの床に仰向けに倒れていた。トレーナに長いスカート、運動靴、それに白衣を着ていた。彼女のコートは、部屋の反対側の隅にあるロッカに入っていたし、バッグなどもその中にあったが、現金などが、物色された形跡はない。死因については、現段階では詳細は不明であるものの、明らかに首を絞められた痕跡が頸部に鮮明に残っていた。すぐ近くに椅子が一つ倒れており、机の上から落ちたと思われる灰皿や白い陶製の器が割れて、床に散乱している。しかし、部屋のその他の部分にはまったく異状がなく、犯人が部屋に入ってきたときには、彼女が怪しむような人物ではなかったことが想像できた。

最も注意すべき点は、この実験室のドアが両方とも施錠されていたことだった。

北側の窓もすべて鍵がかけられていた。つまり、完全な密室状態だったわけである。

まず、廊下側のドアの片方は、外からの施錠が可能なタイプで、これは、被害者が倒れていたのとは反対側、廊下から見て左手のドアだ。もう一つのドアは、内側からしかロックができないタイプのもので、ドアノブのレバーを横に倒してロックする機構だった。ただし、レバーを横にしてロックをかけた状態でドアを閉めることはできない。

前者のドアは電子ロックで、コピィが手軽にできるタイプの鍵ではない。河嶋助教授の話では、鍵は全部で三つ。その一つが、彼が自室に保管していたもので、この鍵を使って、河嶋助教授は実験室を開けたのである。もう一つの鍵は、倒れていた上倉裕子の白衣のポケットの中にあった。残りの一つは、学生の誰かが持っている、と河嶋助教授が話したため、至急、研究室の学生たちに連絡したところ、唯一連絡がとれなかった大学院生、寺林高司がその鍵を持っていることが判明した。彼が鍵を借りたことを、三人の学生が覚えていた。

一方、北向きの窓はスチール製の古いタイプで、鍵は半円形の回転式のロックだった。錆びついているので、どれもかなり動きが固い。実験室は三階であり、また、窓の外に人が立てるような突起もなかった。研究棟は五階建だったので、屋上からも距離がある。また、建物の付近に高い木などもなかった。しかし、念のため、研究棟の北側付近の地面も捜査員が調べているところである。

第一発見者の河嶋慎也助教授は、上倉裕子の死体を見つけて、すぐに実験室内の電話で警察に通報したという。その後、彼は実験室の入口付近でずっと待っていたし、同じフロアに居合わせた大学院生が数名、途中から廊下に出ていたらしい。警察が到着するまで、現場はほぼ保存されていた、と判断して良い。つまり、河嶋助教授の話を信じれば、室内に何者かが潜んでいて、ドアが開けられたあとに逃走した可能性はありえない。

こうした状況から、残る一つの鍵を持っていると思われる寺林高司を早急に見つけ出し、事情をきく必要があった。既に、警官が彼のアパートに到着しているが、寺林はまだ帰宅していない。

実験室内に特に不審なものは残っていなかった。ロッカにあった上倉裕子の財布には、今日の午後七時十分の時刻がプリントされたレシートが入っていた。それに相当する新しいフローズン・ヨーグルトが二つ、冷蔵庫の中に残っていたし、また、幕の内弁当がすべて食べられた状態で、壁際のデスクの上に置かれていた。河嶋助教授が、上倉裕子を最後に見たときにも、この弁当は同じ位置に置いてあったが、まだ包みが開けられていなかった、と彼は証言している。弁当を食べたあと、容器が片づけられていないことから、被害者がそれを食べ終わった直後に襲われた可能性が高い、と鵜飼刑事は考えた。

一息入れようと思って鵜飼が時計を見ると、時刻は既に十一時半だった。

「先輩、西之園さんに電話しましょうか？」近藤刑事が廊下の吸殻入れで煙草を叩きながら言った。

「どうして？」鵜飼がきく。彼も煙草を取り出して火をつけた。遺体も搬出され、実験室は鑑識課の大作業場と化している。ここへやってきて、ようやく、二人とも煙草を吸う余裕ができたところだった。

「だって、ほら、密室じゃないですか」面白そうに近藤が言った。彼は子供みたいに声が高い。風貌も丸顔で童顔だった。

「すぐかたがつくさ」鵜飼が大きな躰を揺すって言う。「残る鍵はあと一つなんだし、それを持ってる奴は姿を暗《くら》ましている。お膳立ては揃ったってわけだ。あとは、見つけ出して、くいっと締め上げるだけだよ」

「でも、あの先生の部屋の鍵だって、一応、使えたわけですよね」近藤はちらりと横を向きながら言った。

「河嶋助教授のか？」鵜飼は横目で後輩を睨んで、煙を吐く。「どうしてだ？　だって、あの部屋には鍵がかかっていたんだぞ。使えないだろうが」

「河嶋先生の部屋の鍵はいくつあるんですか？　それも三つですかね」

　電話が鳴っている音が聞こえた。

「さあな……、あとで確かめてみよう」鵜飼は、まだ長かった煙草を消した。「どっちにしても、こりゃあ、西之園さんが喜ぶようなヤマじゃないな」

　ドアが開いたままになっていた実験室から、鑑識の竹田《たけだ》が顔を出した。

「鵜飼さん、ちょっとちょっと」竹田が手招きする。「電話です」

「誰から？」

「被害者の友達みたいですね」

「男か？」

「いえ、女です」

鵜飼は室内に入った。壁に取り付けてある電話の受話器を、白い手袋をした竹田から受け取る。鵜飼は手袋をしていなかった。煙草を吸うときに脱いでしまったのだ。

「あ、しまった。これ……、良かった？」

「ええ、もう終わってますよ」竹田が頷いて答える。

「もしもし」鵜飼は受話器に向かって話した。

「はい」か細い女の声だった。

「あの、貴女は？」

「井上といいます。あの……、上倉さんは？」

「私は愛知県警の者です」鵜飼はゆっくりと言う。「上倉裕子さんのお友達ですか？」

「はい。何か……あったんでしょうか？」

「ええ、ちょっと……、こちらで事故がありまして……。えっとですね、そちらの電話番号と住所を教えていただけませんか」

鵜飼は手帳を取り出して、女の言ったとおり書き留める。

「どうして、こちらへ電話をされたんですか？」

「あの……、上倉さん、どうかしたんですか？　怪我をしたんですか？」

「残念ですが、亡くなりました」

「え？」

「残念ですが……」

「そんな……」

「あの、詳しいことは申し上げられません。現在、調査中です。すみませんが、質問に答えていただけますか？　井上さんは、ここに上倉さんがいるのをご存じだったのですか？」

「い、いえ……、あの、なかなか、あの……、上倉さんが、来ないから……」女の声はさらに小さくなった。泣いているのかもしれない。

「来ない？　上倉さんがそちらへ行く予定だったのですか？」

「はい……、あの、そう言ったんです」

「いつです？」

「あの……、まえの電話で……」

「それは、何時頃の電話ですか？」

「ええ、あの……、えっと、九時よりも……まえだったと思いますけど……」

「上倉さんは、どこから電話をしてきましたか？」

「そちらです。大学の実験室です」

「わかりました。えっと、井上さん、ちょっと今から、そちらに警察の者が伺います。よろしいですね？」

「え？　今、すぐにですか？」

「はい。ご協力願えませんか」鵜飼は丁寧に話した。「この近くですね？」

「あ、ええ、近くですけど」

「愛知県警の近藤という男がお迎えに参りますので、申し訳ありませんが、少しだけご足労願えますか？　いえ、ほんの一時間程度でけっこうです」

「はい……」

「では、のちほど……。ご協力ありがとうございます」鵜飼は受話器を壁に戻す。「おい、近藤！」

「はーい」近藤刑事が廊下から顔を出した。

「すぐ連れてこい」鵜飼は、手帳の一頁を見せる。近藤は慌てて、住所と名前を自分の手帳に書き写した。

若い警官を一人連れて、近藤が階段を駆け下りていった。それを見届けてから、鵜飼は河嶋助教授の部屋をノックし、一人で中に入った。

「寺林さんは見つかりましたか？」河嶋助教授が鵜飼の顔を見てすぐにきいた。彼はデスクの向こう側の椅子に腰掛け、コンピュータのディスプレイを見ていたようだ。躰がまだそちらを向いている。

「いいえ、まだです。連絡はありません」鵜飼は首をふる。寺林高司のアパートには、現在も警官を三名張り込ませていた。

「公会堂は？」

「ええ、そちらも連絡して調べてもらいましたが、誰もいないようですね。もう、とっくに、その、何とかっていう展示会は終わったそうですよ」

　模型の展示会が那古野市公会堂で開催されていて、寺林高司がそのイベントのスタッフをしていることを、河嶋助教授から聞いた。鵜飼はすぐに電話をかけ、同時に警官を二名、公会堂に走らせた。M工業大学からは、目と鼻の先だった。それが、十時頃だ。しかし、警官たちは二十分ほどで戻ってきた。公会堂の四階まで上って調べたが、部屋は既に施錠され、人気《ひとけ》はなかった、一階にいた守衛にきいたところ、もう全員が帰った、ということだった。公会堂の駐車場にも、寺林のものと思われる車種は見当たらなかった。鵜飼はそれらを河嶋に話した。

「そりゃあ、駐車場になんか車はありませんよ」河嶋助教授は苦笑いする。「あそこのパーキング、有料でしょう？　駐めるなら、駅の横の細い道か、それとも、大学ですね。ちょっと歩くだけなんですから。ここなら無料です」

「この研究棟の付近にも、寺林さんの車はありません」鵜飼は首をふった。

「アパートにもいないんですか？」

「ええ……」

「変だなあ」

「あの、上倉裕子さんと寺林さんは……、その、どんな間柄だったんでしょうか？」

「どんなって……、僕は知りませんよ、そんなこと」河嶋がまた苦笑いする。「学生といったって、二人とも立派な大人なんですからね。特に寺林さんなんて、私と三つしか違わないんですよ」

「夜間に、男女が二人だけで実験というのは……、これ、よくあることなんですか？」

「ふっ」河嶋は鼻息をもらす。「いいですか、刑事さん。二人だけなら、男どうしだって、女どうしだって、男女だって、なんだってありますよ。この三パターンのうちでは、男女の組合せが確率が一番高いじゃないですか」

「仲は良かったんですね？　上倉さんと寺林さんは」

「特に悪くはなかったと思いますよ。じっくり観察したことはありませんけどね。僕も二人のどちらとも、仲は悪くはないですね」

鵜飼は下を向いて手帳にメモをとっていたが、目だけを上げて、河嶋を睨みつけた。「先生、ご結婚は？」

「女房ならいます。子供は二人」河嶋はすぐに答える。「あの、刑事さん。すみません。もしかして、これ、事故じゃないんですか？」

「事故ではありませんね」鵜飼は首をふる。「これは、他殺です。やったのは人間です。神様じゃない」

参考までに、と断わって、河嶋のアリバイを尋ねた。上倉裕子が殺害されたのは、八時半から九時の間の三十分間に、ほぼ断定できる。さきほど電話をかけてきた井上雅美という被害者の友人に詳しい話をきけば、もっと絞れる可能性もある。

河嶋助教授の自宅は市内で、大学から車で二十分ほどの距離だった。彼は、一旦自宅の前まで帰ったが、そこで忘れものを思い出して、すぐ大学に引き返してきた、と話した。途中でどこにも寄っていないという。

また、河嶋助教授の部屋の鍵も全部で三つある、ということが判明した。その一つは河嶋自身が持ち歩いているキーホルダに、もう一つは、貸し出すときのために、河嶋のデスクの引出《ひきだし》に、もう一つは、二階にある学科の事務室に保管されているという。したがって、河嶋以外の人物が、実験室の鍵の入手を目的に、河嶋の部屋に入るには、二階の事務室にある鍵を使う以外に方法はない。そのためには、事務室の鍵が必要となる。多少馬鹿馬鹿しくなったけれど、一応念のために、鵜飼はそのことも自分の手帳にメモした。

鵜飼は、河嶋に帰宅しても良いと言い残して、再び廊下に出た。本部からは、上倉裕子の両親が遺体確認のために到着したという連絡が入った。彼女は三重県の出身で、大学院に進学する以前は、自宅から通っていたらしい。現在は、大学から歩いて十分ほどの距離にあるアパートに一人で住んでいた。既に、そちらにも、捜査員が到着しているはずである。

明日の朝の緊急会議までに、なんとか寺林高司を発見したい、というのが、現在の鵜飼の希望だった。上司の三浦《みうら》警部の鳥類のような鋭い目が彼の脳裡をかすめた。

河嶋助教授の忘れもののおかげで、偶然にも犯行の直後に発見されたわけである。これは、捜査側にしてみれば、逃してはならない絶好の機会といえるものだ。今夜のうちに可能な限りの手を打たなくてはならない。何か忘れていることはないか、と鵜飼は自問する。三浦に叱られたくないからだ。

鑑識の竹田と話をしているとき、近藤が井上雅美を連れて戻ってきた。小柄で華奢《きゃしゃ》な女性で、白いダウンジャケットが大きめだった。井上は、被害者の上倉裕子と同じ二十五歳で、銀行に勤めるＯＬであった。彼女と上倉裕子は、同じ高校の同級生だったという。

井上雅美はハンカチを口に当て、落ち着かない表情で下を向き、視線も定まらない様子だった。

鵜飼は、実験室の隣の部屋で彼女を椅子に座らせてから質問を始めた。そこは、会議室のような一室だった。

「この建物に来たことがありますか？」

「いいえ、ありません」

「上倉さんから電話のあった時刻を、正確に思い出せますか？」

「ええ……、八時半の前後です。電話で十五分くらい話しました。私、テレビを見てましたから……」

「どんなお話をなさったんですか？」

「よく事情はわかりませんが、同僚の人が約束をすっぽかしたって言ってました。それで、時間があいたから、電話をしてきたんです。今から私のアパートに来るって、そう言いました。何も食べるものないよって言ったら、買っていくからって……。それで、私、待っていたんですけど……」

「上倉さんは、怒っていましたか？」

「いいえ、特には……」

「井上さんのところには、何をしにくると？」

「あの、お酒を飲みに……」

「よくあることですか？」

「ええ……、月に一度か二度です」井上雅美は、ハンカチをまた口もとに当てた。

「すぐ来ることになったんですね？」

「え、ええ、途中で買いものをしてから、すぐ来ると……思いました」

「でも、井上さんがここへ電話をかけてこられたのは十一時過ぎでしたね。それまで、変だって思わなかったんですか？」

「いえ、思いましたよ。最初は……、お酒を買いにいってるのかなって、思ったし、どこか遠くに珍しいものでも買いにいってるのか、それとも、どこか別のところに寄ってから来るんだろうって……。でも、ちっとも来ないし、それにしても、その……遅いから、たぶん、その約束して待っていた人が、遅れて来たんじゃないかって……。それで、実験をしているんだって、そう思ったんです、だから……」

「だから?」

「十一時過ぎてから、彼女のアパートに電話をかけました。でも、いなかったから、ひょっとして、まだ大学かなって思って、こちらにかけてみたんです」

「いつも、実験室に電話をかけるんですか?」

「はい……、いつも上倉さんは実験室にいるんです」

「その、電話で話しているときですけど、上倉さんの他に、誰か、部屋にいた様子はありませんでしたか?」

「いいえ、彼女、自分一人だって言ってましたから」

「最後、慌てて電話を切ったとか、そんな様子は?」

「いいえ、全然」井上は首をふる。

「上倉さんのつき合っている男性は、ご存じですか?」

「知りません」

「でも、いたでしょう?」

「いたとは、思いますけど……。そういう話、彼女、あまりしませんでしたし……」

「寺林さんという名前を聞いたことはありませんか？」

「いいえ、ありません」

「河嶋という名前はどうです？」

「ありません」

「何か、心当たりはありませんか？　その、彼女がこんな目に遭ったと聞いて、何か思いつきませんでしたか？」

「いいえ、私、あの、全然……わからないんです。いったい、何があったんですか？」

7

日付が変わっていた。鵜飼刑事を始め、現場にはまだ二十人以上の警察関係者がいたが、この時点では、誰も、今回の殺人事件の複雑さや不可思議さを予感できなかっただろう。大学の研究室という場所柄、通りすがりの犯行とは考えにくい。現場には、争ったような形跡は僅かしか残っていない。同じフロアにいた者も、大きな物音を聞いていなかった。強盗や物取りでもないだろう。おそらく鍵を使用したものと推定されるが、ドアが施錠されていたのは、犯行の発覚を遅らせることが目的であり、つまり、逃げている人間がいることになる。誰が見ても単純明快だった。

司法解剖は日曜日の午前中に行われることになっていたが、遺体を搬出するときに、ベテランの河原田《かわらだ》検屍官は、爆発した白髪頭をいつものように掻きながら、「扼殺《やくさつ》だ」と軽く断定した。紐などの道具が使われたのではない。素手、あるいは薄手の手袋をした両手で、前方から被害者の細い首を絞めた。それ以外に明瞭な損傷はない。

おそらく、顔見知りの犯行である。それに、上倉裕子は、小柄な女性ではない。身長は百六十五センチ。状況から見て、殺人犯は男性である可能性が高い。

犯行現場の実験室は、ルーチンワークとはいえ、鑑識課の捜査員によって徹底的に調べられた。もちろん、近頃では、持ち出せる品物の多くは、本部の科学捜査研の試験室へ運び込まれて検査を受ける。したがって、捜査員の大半は荷物と一緒に帰ってしまい、午前二時過ぎには三人しかその実験室にいなかった。残りの七、八人ほどが、研究棟の廊下、非常階段、それに北側の裏庭へと、順番に捜査範囲を広げているようだ。

鵜飼は、近藤と一緒に午前三時頃に県警の本部へ戻った。電話が鳴ったのは、自宅に一旦帰ろうか、と迷っているときだった。

現場に残って作業を続けていた鑑識課の竹田からの電話である。あとになって考えてみると、その電話が、今回の事件の異様さに彼らを気づかせた最初のシグナルだった。

不思議な表情をしていたのだろう。受話器を置いた鵜飼に、横でお茶を飲んでいた近藤が尋ねた。

「何です？　寺林の奴、戻ってきたんですか？」

「いや、違う」鵜飼は首をふった。「血痕が見つかった」

「どこで？」

「あの実験室だ」

「血痕ですか？　へえ……、そんなのありましたっけ？」

「流し台だそうだ。ドアとドアの間のところに水道があっただろう？　あそこで反応が出たんで、下水のパイプまで外して調べたらしい」

「竹田さん、凝《こ》り性《しょう》だから」近藤が面白そうに言う。

「あそこの流し台で、血を流したのか、それとも血のついた手を洗ったのか、どっちかだって竹田さんは断言している」鵜飼が煙草に火をつけながら説明した。

「誰の血です？　犯人自身の血ですか？」

「そりゃそうだろうな。被害者は血を流していない」

「鼻血でも出したんでしょうかね」

「ああ、その可能性はあるな」煙を勢い良く吐き出して、鵜飼が頷いた。「あるいは、事件とは全然関係ないのかもしれない。どっちにしても、明るくなってから、周辺をもう一度調べよう」

「早いとこ、奴が出てくれれば、仕事が楽なんですけどね」

鵜飼は黙り込んだ。彼は折畳のパイプ椅子に腰掛けている。巨漢の鵜飼が座るのには、その椅子はあまりにも貧弱で、彼が少し躰を動かすたびに悲鳴のような音を立てた。

「どうしたんです？　考え込んじゃって。先輩らしくないですね」

「喧《やかま》しい……」

「はいはい」

「犯人が怪我をしたのか、それとも、鼻血を出したのか……。とにかく、その血を流し台で洗い流したとしよう」鵜飼が低い声でゆっくりと言う。

「しようって……、何なんです？　突然」近藤が高い声で答えた。

「仮定だ。まあ、とりあえず、そう仮定しよう。しかも、死体がすぐに発見されないように、ドアの鍵をかけている。つまり、あわよくば朝まで時間を稼ごうってわけだ」

「ええ、ええ」

「これってな、けっこう冷静な行動だろう？」鵜飼は真面目な顔で近藤を睨む。

「そうでしょうね」近藤は笑いを堪《こら》えた表情で頷いた。「そりゃあ、普通なら、血をぽたぽた落しながらでも、一刻も早く現場からは遠ざかろうとしますよね。逃げるときに、そんな、ドアの鍵なんてかけてる余裕はないと思いますよ。音がするし、廊下で誰かに会わないとも限らないわけだし」

「そうなんだ。だがしかし、鍵をかけた。たぶん、走ったりしないで、落ち着いて出ていったんじゃないかな。そんな冷静で計算ずくの犯人がだ……、自宅に戻ってこない。連絡もとれない。行方知れずなわけだ」

「寺林高司のことですね？」

「俺が寺林なら、間違いなく自分のアパートに帰って、大人しくしている」

「どっかで、飲んでるんじゃないですか？　土曜日だから」

「いや、やつは酒は一滴も飲まないそうだ」鵜飼は、片足を机の上にのせ、少し微笑んだ。

「河嶋助教授から聞いたんだ」

「じゃあ、カラオケとか？」

「そういう場所には一切行かない男らしい」

「うーん。じゃあ、女でしょう」

「うん、まあ、それはあるかもしれん」鵜飼は小さく頷く。「ないとは言いきれないな」

「先輩、何が言いたいんですか？」近藤は吹き出していた。「なんかハイですね、今夜は」

「馬鹿」鵜飼は低い声で唸る。「少しは真面目に考えろよ。いいか？　もし、犯人が寺林だったとしたら……、あの状況で、ドアの鍵をかけたってことが、自分にとって不利だということを充分に承知しているはずだろう？　自分が鍵を持っているのを、みんなが知っているんだ」

「そんな冷静じゃいられませんよ。とりあえず、咄嗟《とっさ》に、中を見られたらまずいって思ったんじゃないですか？　取り乱して、慌ててたんですよ」

「でも、流し台の血を綺麗に洗い流しているんだぞ。お前、たった今、冷静な行動だって言っただろう？」

「うーん」近藤は口を曲げて唸り、天井を仰ぐ。「確かに……」

「なんか、ちぐはぐだよな」鵜飼が言った。

「じゃあ……、なんですか？　寺林が犯人じゃないっていうんですか？」

「わからん」鵜飼は首をふる。事実、そこから先は、まったくわからない。なんとなく変かな、という程度のことだった。

「もうよしましょうよ。流しの血だって誰のものかわからないし、河原田先生の結果だって明日でしょう？　全部、検査の結果を聞いてからでも、遅くないじゃないですか。もう少し情報が出揃ってから、ゆっくり考えましょうよ。ね、それに、それまでには、寺林だって見つかるでしょうし。それで簡単におしまいってことになるかもしれませんよ」

事実、その数時間後に、寺林高司は発見される。

彼は、上倉裕子が殺害されたM工業大学の現場から数百メートルのところにいた。

もっととんでもない別の死体と一緒に……。

第2章　日曜日はクレイジィ

1

日曜日の朝、時刻は九時十分まえ。

西之園萌絵は、那古野市公会堂の駐車場に自分の車を駐めた。昨日と同じ場所、公会堂の建物の北側である。

相変わらず天気は良かったが、気温はかなり低い。萌絵は、セータとロングスカートに短めのジャケット、さらにロングのコートを着ていた。スカートは、彼女にとっては大変珍しい選択だったが、特に意識していたわけではない。ドライビング用のサングラスをかけたまま、彼女は車から降り、助手席からショルダ・バッグを出して、大きめのキャップを被った。

日向に誘われ、公会堂の東側を回って正面まで歩いていくと、既に五十人ほどの男たちが入口前の階段付近に座り込んでいた。なんとなく近づきにくい雰囲気だったので、なるべくそちらを見ないようにして、十メートルほど離れる。そこで彼女は立ち止まった。

今朝目が覚めてからずっと、萌絵には違和感があった。憂鬱になっている自分に気がついたのは、愛犬のトーマを連れて散歩をしているときだった。

やはり断れば良かったのだ。

どうして自分がこんな馬鹿な真似をしなくてはならないのか。女性として最も恥じるべき行為だ。昨日、大御坊安朋に言いくるめられた自分が情けない、腹立たしい。そんな思いに支配されていることを、やっと自覚したのである。

それからというもの、溜息ばかりが出る。心の中で、どうしても顔をしかめてしまう。そう……、理屈なんかで抵抗したのが、そもそも間違いだった。違う……。これはもっと、生理的な問題なのだ。熱いものが飲み込めないのと同じではないか。どうして妥協してしまったのだろう。

しかし、約束は約束。すっぽかすことはできない。今はとにかく、早く終わらせてしまいたかった、何か別の楽しいことをして忘れてしまおう、というのが整理した感情の最終結論だった。嫌なことは多いが、すれ違う一瞬だけ我慢すれば良い。いつも時間が経てば、それはどこかへ消えてくれる。

公会堂とは反対側にある公園の噴水をぼんやりと眺めていた。ちょっとそこまで歩いてべンチにでも腰掛けようか、と思った。まだ時刻は早い。

「萌絵ちゃん！」歩きだしたとき、彼女は呼び止められた。

振り返ると、大御坊安朋が片手を挙げながら、ゆっくりとこちらに近づいてくる。他にもう一人男が一緒だった。

「おはようございます」萌絵は従兄に頭を下げる。

「ごめんね、萌絵ちゃん。無理をきいてもらって。本当にもう超絶の感謝、空前の助かったさんよ」大御坊はおっとりとした口調でそう言って微笑んだ。「この借りは必ず返すから」

「ええ、本当」萌絵は肩を竦める。「気が重い……」

「あの、申し訳ありませんが、よろしくお願いします」もう一人の男が名刺を差し出しながら言った。昨日、受付にいた例の不精髭の人物である。

武蔵川純《じゅん》、地球防衛軍・那古野支部、副司令官、と書かれていた。萌絵は名刺から顔を上げて武蔵川を見る。受付で、儀同世津子が入場料が高いとくってかかった相手だ。おそらく四十は越えているに違いない。髭は昨日と同じそのままなのか、あるいは一日分伸びているのか。薄汚れたジーンズのジャケットに疲れた感じのジーパン。擦り切れた運動靴。ズボンにも靴にも穴があいていた。

男は歯を見せてにこりと笑う。

「日曜日はお休みですか？」萌絵はつくり笑いをして尋ねる。

「ええ、土日は、銀河系共通の休日なんです」武蔵川が間髪入れずに答えた。思ったより頭の回転が早い、と萌絵は評価した。

「コーヒーでも飲みにいきましょう」大御坊が言う。「どうせ、一般の開場は十時なんだし、今日はもう、みんな慣れているから、大丈夫よ。特に準備なんてものもないんだから。のんびりいきましょう」

「今朝のメインは、西之園さんのコスプレです。準備らしい準備といえばそれだけですね」武蔵川がまた歯を見せる。

三人は、駅の方に少し歩き、喫茶店に入った。JR中央線の高架下にある店で、「フューズ」という、電車が上を通るだけで切れてしまいそうな名前だった。

「寺林君、どうしたかしらね」大御坊がシートに座りながら言った。「昨日、あの人、遅くまで残ってたのよ。何してるのかと思ったら、四階の奥の部屋で一人こそこそしてるわけ。何だと思う？　お人形ごっこなんだから」

「お人形ごっこ？」萌絵がきき返す。

「模型よ、模型」大御坊が答える。

「寺林君、けっこう張り切ってましたからね」大御坊の隣でジャケットを脱ぎながら武蔵川が言った。綺麗な白いカッタシャツで、何か欠けているファッションだ、と萌絵は思った。

「彼、本当は関東支部の副司令なんですよ。関東支部の副司令といえば、地方の司令相当ですからね」

「地球防衛軍のですか?」

「ええ、全国に支部があるんですよ」萌絵を見て、自慢げに武蔵川が答える。

「そりゃあ、全国になくちゃね。本当はさ、日本だけじゃ駄目なのよ、地球を守ろうと思ったら、世界中に支部を置かなくちゃ」大御坊が横から言う。「寺林君って、こちらに転勤してきたんだっけ?」

「いえ、あれ? 大御坊さん知らなかったんですか? 彼、四月からM工大の学生になったんですよ。よくわかりませんけど、社会人でも入学できる制度があるらしいんです」

「ええ、ありますす」萌絵が言う。「その方、社会人ドクタなんですか?」

「そうです。学生なんだからって、いろいろ彼に仕事を押しつけちゃいましたけどね」武蔵川が歯を見せて笑った。

ようやくウエイトレスがおしぼりを持って現れ、大御坊と萌絵がコーヒーを、武蔵川がモーニングセットとホットミルクを注文した。

「あの……」萌絵は姿勢を正してきいた。「私、昨日の……あのコスチュームを着て、ただ、会場を一回りするだけでよろしいのですね? ちゃんと、他に誰か、一緒にいてくれるんですよね?」

「はい、護衛が五人つきます。全員、選び抜かれた屈強な男たちです」武蔵川が嬉しそうに答える。

「いえ、別に選び抜かなくても……」

「誰にも指一本触れさせませんのでご安心下さい。いざというときのフォーメーションも訓練済みです」

「はあ……、そうですか」萌絵は呆れて頷いた。「三十分くらいでしょうか？」

「そうですね、三十分か一時間くらい。それだけで、十万円です」

「私、お金はいりません」

「じゃあ、その衣裳を記念に差し上げましょう」

「もっと……いりません」萌絵は首をふる。「そうだ、ちゃんと顔が隠れるマスクを用意していただけましたか？」

「ああ、はいはい」武蔵川はシートの背にもたれかかり、オーバに悲しそうな顔をした。「用意しました。用意しましたが、正直にいって、僕は、それがちょっと不満です」

「私はもっと不満です」

「残念ですけど、ええ、今回はしかたがありませんね。でも、きっと西之園さんにもご理解いただけると信じています。演じていて、気分が高揚したときには、いつでも脱ぎ捨ててもらってかまいません」

「期待なさらないで下さい」もちろん、萌絵には、武蔵川の期待の理由も理屈も、具体的に理解できなかった。

「テレビと新聞の取材は、十時半の約束よ」大御坊が言った。「ちょっとだけ、萌絵ちゃんの写真を遠くから撮らせてもらって、そのあとは、マスコミの対応は私が控室でやるわ」

「テレビも新聞も、アップはお断りして下さいね」萌絵はすぐに言った。「私の名前も絶対に出さないことを確認して下さい」

「ええ、わかっています」武蔵川が頷く。

「そんなことになったら、もう叔母様に何て言われるか……」

「わからない？」大御坊が微笑んできく。

「いえ……」萌絵もつられて微笑む。「わかります。わかり過ぎるくらい……。適当な表現を思いつかないけど、俗にいう、けちょんけちょん、の一回り強力なバージョン」

電子音が鳴ったので、大御坊が上着のポケットから携帯電話を取り出した。

「はい？」耳に電話を当てて彼は話を始める。「ああ、うん。今ね、鶴舞駅の近くの喫茶店」

ウエイトレスが飲みものを運んできて、ガラスのテーブルに一つずつ悠長に並べた。武蔵川は歯を見せて、萌絵に微笑みかけ、一人で周期的に頷いている。この動作は意味不明だった。もしかしたら銀河系では常識的な儀式なのかもしれなかったが、萌絵は不勉強なので知らない。彼女は武蔵川から視線を逸らし、ガラス越しに外を眺めた。公会堂の正面玄関付近が、公園の樹木の隙間からかろうじて見える。

「うん、わかった。そうね、もう十分くらいしたら、そちらに行くわ」大御坊がそう言って、電話をポケットに仕舞う。「筒見君からよ。もう彼、四階で待っているんだって。片方の控室のドアが開かないから困ってるって」

「ああ、あっちは寺林君が鍵を持っているから」武蔵川は苦笑した。「僕が持ってた方は、ちゃんと朝一番で、開けておきましたからね」

「寺林君、寝坊してるんだよ、きっと。困った人ね」大御坊が首を傾げる。「朝一人で起きられない人は、早く結婚しなくちゃ駄目っていう、神様のマークなのよ。まったく……、社会の迷惑なんだから」

萌絵は朝は一人で起きられる。少し残念だった。

コーヒーは熱くて、彼女にはまだ飲めなかったけれど、気を落ち着かせるためにカップを口まで運んだ。試験だってこんなに緊張したことはないのに、と萌絵は不思議に思った。

2

大御坊安朋と一緒に、西之園萌絵が公会堂の四階に上がったのは、九時二十分だった。武蔵川は会場の受付の準備をするため、ロビィで彼女たちと別れた。講堂の西側の通路は、今はまだひっそりとして誰もいない。突き当たりの控室の大きな扉を開け、萌絵と大御坊は中に入った。

「おはよう、筒見君」大御坊は、部屋の中にいた長髪の青年に挨拶する。

「おはようございます」青年は答える。「寺林さん、来ました？」

「さあ……」

「向こうの控室の鍵を、彼が持ってるんです。それで、みんな困っているんだけど……」その青年は無表情で、まったく困ったという顔ではなかった。色白でひょろっとした体格。ビニルで作られた人形みたいに無機質な感じの、中性的な印象だった。

「一階の守衛さんに言って、開けてもらったら？」大御坊が素っ気なく言う。

「嫌味を言われますから」青年は言った。「下の爺さんたち、煩《うるさ》いんです」

「寺林君のアパートには電話してみたの？」

「ええ。もうアパートは出たみたいです」

「じゃあ、もう来るわよ。彼、近くじゃなかったっけ？」

「ええ……」青年は頷き、ようやく萌絵の方を見た。といって、視線が萌絵の方を向いただけで、相変わらず表情は変わらない。

「あ、この子ね……」大御坊が微笑む。「私の従妹なの。西之園さん。明日香ちゃんのピンチヒッタをお願いしたの。萌絵ちゃん、こちら、筒見紀世都君。明日香ちゃんのお兄さん。ぴっかぴかの芸術家なのよ。もう、ぴかぴかで、ぎんぎんで、さらさらで、こちこちね」

筒見紀世都が仮面のような顔で萌絵に軽く頭を下げたので、彼女もお辞儀をする。

本当にプラスチックでできているような肌だった。小さな顔はスプラインされたように滑らかな曲面で構成されている。筒見紀世都は、確かに昨日の彼女、明日香とよく似ている、と萌絵は思った。

「昨日、明日香ちゃんさ、帰ってきた?」大御坊が愉快そうな口調できいた。「遅かったんじゃない? 娘の帰りが遅いって、筒見先生、もうそわそわしちゃってなかった?」

「昨夜は、僕、帰らなかったから、知りません」筒見紀世都が淡々と答える。

「兄妹そろって、品行方正ね」大御坊がくすっと笑う。「筒見君のところのお父さん、M工大の教授なのよ。萌絵ちゃん、知らない?」

「いいえ」萌絵は首をふる。

「西之園さんのお父さんも、工学部の教授だったの。N大の総長だったのよ」大御坊が筒見に顔を近づける。「貴方のお父様とは、ちょっと格が違うって感じね。筒見先生は、機関車に入れ込み過ぎてるわよ。研究は二の次みたいだもの。ここだけの話ですけどね」

「親父は、あれが生き甲斐ですから」筒見紀世都は当たり前のように答えた。

三人の男たちが慌ただしく部屋に入ってきて、段ボール箱を抱えて、また出ていく。大御坊と筒見紀世都はソファに座り、会場の配置図をテーブルの上に広げて打ち合わせを始めた。萌絵は、何をして良いのかわからず、窓際に立って外を眺めていた。

彼女が時計を見て、九時半を確認したとき、武蔵川が部屋に入ってきた。

「困ったなあ、まだ寺林君が来ないんですよ」武蔵川はそう言ってから萌絵の方を見た。「どうしましょう？　彼女、もう着替えてもらいましょうか？」

「あの……、寺林さんがいないと……、どうして、駄目なんですか？」萌絵がきく。

「今日のコスチュームは彼のオリジナルですから、最終チェックは彼にしてもらわないと」武蔵川が言う。

「最終チェック？」萌絵がきき返す。最終って何だろう？　どういったルールなのか、この世界のことは想像を絶する。不安が募《つの》るので、深く考えないことにした。

武蔵川は頬を脹らませて腕時計を見る。「あと三十分か……。あの、じゃあ、西之園さん、もう着替えて下さい。お願いします。そのうち、彼、来ると思いますから……」

武蔵川はわざとらしい笑顔で萌絵を見つめ、そう言って突っ立ったまま動かなくなった。急にバッテリィが切れたのか、どこかが接触不良なのかもしれない。しかたなく、萌絵は頷いた。

彼女は、部屋の奥の衝立の方へ歩いていき、中を覗いてみた。昨日、筒見明日香という女性が着ていたメタリックのコスチュームがテーブルの上に並べられている。高さが一メートルほどもある大きな鏡が、壁に立て掛けられ、その前に丸い椅子が一つだけ置かれていた。

「わかりますか？」武蔵川が萌絵の近くにやってきて尋ねた。

「ええ、たぶん」萌絵は返事をする。「昨日、見ましたから」

「着るときに気をつけて下さいね」

「え？　何にですか？」

「それ、壊れやすいんですよ」武蔵川が真面目な顔をして答えた。壊れやすい、という表現がいかにも不似合いで、しかも不気味だ。

「わかりました」萌絵は頷く。

「お願いします」

「武蔵川さん、こっちいらっしゃい！」ソファで大御坊が手招きしている。「萌絵ちゃん。私がちゃんと見張っているから、安心していいわよ」

そんなことは問題じゃない、と言い返そうとしたが、萌絵にはいつもの元気がなかった。貧血になりそうな嫌な予感さえする。彼女は、誰にも気がつかれないように、ゆっくりと深呼吸をしてから、バッグを持って衝立の奥に入った。

3

犀川創平は、助手席に喜多北斗を乗せて、那古野市公会堂の有料駐車場に入ろうとしていた。いつもその駐車場は空いている。しかも、日曜日の午前九時半、朝が遅いことで有名な街、那古野では、まだ早朝といって良い。ところが、今日に限って、車が数台、駐車場の入口前に並んでいた。

「あれ、公会堂で何かやっているのかな？」犀川が呟く。

「お前って、人の話を全然聞いてないな。ああ、やってるさ」喜多が答えた。「無関係は頭に入れないフィルタ付きか？」

「ああそうか。昨日、大御坊君と公会堂に行くとか言っていたね」犀川は思い出した。模型関係の展示会か即売会だったか、そんな話だった。確かに、犀川には関係がない。

昨夜遅く、喜多が犀川のマンションにやってきた。いつものとおり、自分が飲む分の缶ビールを持ってきて、一人でそれを飲み始める。特にこれといった話もしない。それなのに、なかなか帰らなかった。これまたいつものパターンである。彼がいる間も、犀川はずっと学術雑誌を読んでいた。喜多はビールを飲みながら、犀川のノートパソコンで何時間もテトリスをする。彼は結局泊まっていき、今朝も一緒にファミリィ・レストランで食事をしてきたところだった。

明らかに何かを言いたそうな顔ではある。しかし、犀川は無視していた。喜多という男は、フランクで大雑把《おおざっぱ》な性格に見えるが、それは単に彼がそう装っているだけのことで、実のところは繊細で気が小さい。犀川よりもずっと神経質なのである。

何かを言いたそうな顔、というのは、不機嫌な理由を聞いてほしい顔とほぼ同義だ。だが、そういった他人に甘えた態度が、犀川は好きではない。こちらから手を差し伸べてやるのも癪《しゃく》である。だから、「何か言いたいことがあるのか?」という言葉を待っている友人を、彼はそのまま放っておいた。

この日曜日は、古本屋に工学書と写真集を見にいく予定にしていた。鶴舞にある古本屋に二ヵ月に一度は足を運ぶのが犀川の習慣だった。街中に出るときはいつも地下鉄を利用している犀川だが、今朝は喜多と食事に出たこともあって、そのまま車に乗ってきた。喜多もそのままついてきたのである。

ようやく、犀川の車が駐車券発行機の横に乗りつける順番になった。助手席の喜多が窓から腕を伸ばしてカードを引き抜き、ポールが上ったので車を進める。最初に見つけた空きスペースに、犀川は芥子色《からしいろ》の愛車を駐めた。

「どうする? 喜多は、公会堂?」犀川は車から降りながらきいた。

「いや、俺も本屋に行くよ」喜多がにやにやしながら答える。

並んだ車と車の間を通り抜け、アスファルトの上を二人は歩く。しばらく行ったところで、建物の近くのスペースに白いスポーツカーが駐まっているのに犀川は気がついた。

「あれ?」彼は立ち止まる。「西之園君の車だ」

「ボクスターか?」喜多が言う。

「その白いのだよ」

「だから、ボクスターかってきいてるんだ」

「それ車の名前？　僕は知らない」犀川は淡々と言う。「あの、そういうものの言い方はやめてほしいな。機嫌が悪いんなら、ここで別れよう」

「悪かった」喜多が口を斜めにする。

そのまま、黙って歩いて鶴舞駅の高架下を潜《くぐ》り抜け、大きな交差点に出る。そこを渡る歩道橋の階段を二人は上った。

「何故、西之園君があそこにいるの？」犀川はきいた。

「さあね」

「知ってるんだろう？」

「知らないよ、俺は」喜多が両手を広げて答える。「大御坊の奴が呼んだんじゃないかな」

「大御坊君が？　何故？」犀川は立ち止まった。

「やつは西之園さんの従兄だからだよ」

「え？」

「驚いただろ？」喜多が鼻息をもらす。「嘘じゃないぞ」

「驚いた」犀川は再び歩きだす。「だけど、従兄だからといって、模型の展示会なんかに呼び出したりするかなあ。彼女、そんなものに興味はないと思うけれど」

「昨日は来てた」

「西之園君が？」

「ああ」

「何をしに？」

「大御坊大先生を取材するために女の記者が来たんだ。どこの雑誌かは聞かなかったけど、まあ……、その彼女が、その、なかなかの美人でさぁ、頭も良いし、なんか、こう、きりっとしてて……」

「何の話？」

「俺、けっこうそれで参った」

犀川は再び立ち止まって喜多の顔を見た。「それ、何かこれから展開する話題？」

「いや、特に……」喜多は煙草を取り出して火をつけた。「俺には大ありだけど……。確かに、お前に話したところで、どうなるってものでもないかも」

「じゃあ、話を戻してくれないか」犀川は言う。

「その美人記者を、西之園さんが連れてきたんだよ。彼女の友達みたいだったね」

「ふうん、なるほど」犀川はまた歩きだす。

「お前の妹だよ！　馬鹿やろう！」喜多が急に大きな声で叫んだ。

犀川は振り返る。

「え、世津子が？」

「もっと、驚けよ」

「それは間違いだ。彼女は横浜だからね」

「そんなこと知るか。馬鹿やろう」

「まだ入院中のはずだ」

「入院？　いや、ぴんぴんしてたぞ」

「西之園君にかつがれたんだよ」

「え？」喜多が心配そうな表情になった。「そうかな……」

「会話の途中に意味もなく、馬鹿なんて言わない方が良い」

「創平な。どうして妹のこと黙ってたんだ？」

「誰に？」

「俺にだよ」

「きいたか？」

「誰が？」

「君がさ。僕は、喜多から妹のことをきかれた覚えは一度もないよ」

「きかれなくても、普通言うぞ。もう何年のつき合いだ？」

「つき合いの長さに関係あることか？」

「もう、いい！」

「喜多は兄弟がいるのか?」

「姉貴が三人いる」

「それはそれは」犀川は微笑んだ。「そうだった、忘れていた」

「俺、向こう行ってくる」喜多は煙草をくわえたまま苦笑した。公会堂のことのようだ。

「あばよ」

「あばよ?」犀川は笑いながら繰り返す。「それ、さらば、という意味のあばよかい?」

「さよう」喜多は演奏を終えたピアニストのようにゆっくりと首を傾げた。

彼は歩道橋を引き返していった。西之園萌絵に会いにいくつもりだろう。犀川は少し考えてから、再び歩く。歩道橋を渡り切り、階段を下りるときには、昨日、世津子が本当に那古野に来た、と思い直していた。彼は少し心配になった。

付近の商店のほとんどはシャッタを閉めていたが、一軒だけ、目的の古本屋が開いている。そこだけが九時半に開店することを犀川は知っていた。曇ったガラスの引戸を開けて店内に入ると、暖房が効いて暖かかった。

「よう、先生」奥から声をかけられる。「冷えますなあ」

「おはようございます」犀川は頭を下げた。それから、既に最適化されている独自の順番で本棚を確認していく作業に入る。まず全体を一とおり観察したあと、二度目で手に取って見る。これが一番効率が良い手順なのだ。

「M工大で殺人事件……。先生、これ読んだ？」奥で主人が言った。

「いえ……」犀川は書棚の背表紙の文字をスキャンしながら生返事《なまへんじ》をする。「新聞ですか？」

「これ、朝刊にでかでかと……。ほんと、物騒《ぶっそう》だよなあ、近頃ね。いやんなるわぁ」

「M工大ですか？　すぐそこですね」目だけはまだ書棚に向いていたが、頭脳の五パーセントほどが、会話に注意を向ける。

「昨夜の九時頃って書いてあるね。先生、ひょっとして、大学にいたんじゃないの？」

「僕はN大です」

「あ、あ、そっかそっか。じゃあ、関係ないわな」

「どっちにしても、関係ないです」

「殺されたのは大学院生。女子学生ですな。可哀想に」

「お知り合いですか？」犀川は初めて奥に視線を向ける。

「とんでもない」毛糸の帽子を被った店の主人が、ぶるぶると首をふる。まるで落語でもしているようなオーバな身振りだった。

それからまた、しばらく本を見た。候補を十冊ほどに絞って、最終選考のために一冊ずつ手に取って中を調べる。結局、そのうちの三冊を買うことに決めた。

「はい、毎度」犀川が机に本をのせると、主人が新聞から目を離して言った。「えっと、六千八百万円ね。あ、先生じゃなかったかね？　飛行機がお好きなの……。そこら辺に一冊あったでしょう？　ドイツ語の珍しいやつが」主人が指をさす。

「グスタフのですか？」犀川は財布を出しながら言う。「あれなら、もう持ってます」

「ああ、そう。はい、どうも、おつりは二百万円……と」

「ちょっと、その新聞、見せてもらえませんか？」

「ああ、どうぞ」机の横の新聞を主人は差し出す。「朝、読まなかったの？」

「とってないんです」

「新聞をとってない？　そりゃ、いかんね。そんなこっちゃ、時代に取り残されるよ」

「ええ」三面の記事を読みながら犀川は答える。店主の言うとおりである。時代に取り残されたいから、新聞を読まないのだ。

「大学の先生が新聞読まないいんじゃあねぇ……」

「今、読んでます」

4

喜多北斗は、那古野市公会堂の方角へ歩道橋を駆け下りた。そこに地下鉄の出入口がある。そのまま地下鉄に乗って帰っても良かったが、公会堂に西之園萌絵がいるのなら、一応確認しておきたい、と彼は思った。どう考えても、犀川の妹のことで萌絵が嘘をついたとは思えないが、もし、冗談だったのなら、昨日の彼女、あの雑誌記者は誰だったのだろう？少なくともそれを確かめる価値はある。

公会堂の入口付近は大勢の人々でごった返していた。ほとんどが、中学生か高校生くらいの若者たちだ。立て看板には、模型展示・交換会の開場は十時と表示されている。腕時計を見ると、まだ二十分まえだった。人混みを抜けて階段を上がり、腕章をしたスタッフらしき人物にきいてみることにした。

「あの、大御坊君の友人なんだけど、ちょっと入っていいかな？」

「あ、はい、どうぞ」大学生くらいの大人しそうな青年が頷く。

喜多はロビィに入り、エレベータには乗らずに階段を上った。

四階のロビィも賑《にぎ》やかだった。十時に開場というのは、一般入場者に対してのことで、どうやら、参加サークルの連中は会場に入っているようだ。既に講堂の中は大勢の人間でごった返している。入口の受付にも腕章をした青年が数人立っていた。

「大御坊君、どこにいるか知らない？」受付のスタッフの一人に喜多は尋ねる。

「あ、さっき、向こうへ行かれましたよ」

「あっち？」その方向は、昨日の部屋とは反対だった。

「ええ、たぶん、そちらの奥の控室だと思います。ついさっきですから」

「サンキュー」

喜多はロビィを引き返し、講堂の東側の通路を歩く。真っ直ぐの通路で、右手に並んだ窓から大学病院の高層ビルが見えた。早足で進んでいくと、突き当たりに、大御坊の姿がすぐに見つかった。

「おはよう」彼は声をかける。

「あ、喜多君じゃない」大御坊安朋が気がついて、満面の笑みを見せる。「今日も来てくれたのね」

「西之園さんは?」喜多はきく。

「え?」大御坊は一度静止して、目をぐるりと回した。妙に不自然な仕草である。「彼女? えっとねえ……」

「来てるだろう?」

「いいえ」大御坊はきっぱりと答え、首を横にふった。

「車が外に駐まっていた」喜多は言う。

「そう?」大御坊は口を尖らせて、わざとらしく視線を逸らした。

そこは、通路の突き当たりの少し広くなったスペースで、大きな木製の扉が正面にあった。昨日、喜多が入った控室、儀同世津子が大御坊のインタヴューをした西側の控室ではない。そちらとは反対側になる。大御坊の他にも近くに二人の男がいて、一人は背の高い長髪の青年、もう一人は少し年配の男で、まったく身なりをかまわないといった感じで不精髭を伸ばしていた。

「何してるんだ？　ここで」喜多は辺りを見回してからきいた。

「いえ、この部屋に入りたいんだけど、鍵がかかってるから、守衛さんを呼びにいっているの。それを待っているところ。ね、喜多君こそ、いったい何をしにきたの？」

「だから、西之園さんを探してるんだよ」

「彼女はいないってば」

「どうしてわかる？」

「だって、今日は来ないって言ってたもの。よく似た車があっただけでしょう？　彼女の車じゃないわよ」

「いや、創平が見つけたんだ。あいつは車種なんか見ていない。プレート・ナンバで覚えてるんだ。間違いない」

「え、犀川君がいるの？　どこに？」

「近くの古本屋」

「ああ、良かった……」大御坊が溜息をつく。

「良かったって、何が？」

「い、いえいえ、会いたくないだけ」

「なんで？」

「なんとなく……、その、苦手なのよね」

喜多は黙って大御坊を睨む。「なんか、変だぞ」

「忙しいんだから、もう帰って」大御坊が真面目な顔をして言った。「今日はね、私、あまり機嫌が良くないの。ほら、だんだん、怒《おこ》れてきたわ。もうすぐヒステリィで泣き叫ぶわよ」

「怪しいなあ」喜多は吹き出した。「どうしたんだ？」

「何でもないもん」

制服を着た老人と、スタッフの腕章をした若い男が通路をこちらに歩いてきた。

「鍵をなくしたんじゃないだろうね」制服の老人がしわがれ声で言う。手には鍵束を持っていた。

「いえ、鍵を預かっていた奴が、ちょっと朝寝坊しちゃったんですよ。すみません。助かりました」不精髭の男が答える。

制服の老人は、公会堂の守衛のようだ。彼は、鍵束から一つを選んで、木製の扉の鍵穴に差し入れた。彼がそれを回すと、軽い金属音が鳴った。

「今日中にちゃんと返却して下さいよ」ドアノブを回し、扉が少し開くことを確認してから、守衛の老人は振り向いた。「もし鍵を紛失したら、全部取り替えることになりますからね。高くつきますすよ」

「はい、すみませんでした」スタッフたちは頭を下げる。

守衛は通路を引き返していった。喜多は、通路の壁際に吸殻入れを見つけて、そちらに歩く。彼は煙草とライタをポケットから取り出して火をつけようとした。

そのとき、大声がする。

「ひ！」扉を開けた男が後方に飛び退き、尻餅をついた。

その動作が妙に可笑しかったので、見ていた喜多は吹き出した。決定的な瞬間を見逃したが、きっと、自分で開けた扉に顔でもぶつけたのだろう、と彼は思った。

喜多は反対を向き、笑いながら煙草に火をつける。

「あ、ああ……」今度は別の声だ。

喜多はまた振り向く。

大御坊が扉に駆け寄った。口をぱくぱくと動かしているスタッフの一人がそこに立っている。声を出したのは彼のようだ。

喜多は、彼らの様子を横目で見ていた。

「わ！」今度は大御坊が大きな声を上げる。彼は控室の中を見て、口を開けた。そこにいる男たち全員が、扉の前でじっと動かない。

彼らの短い叫び声は、硬質な壁や床に反響した。

「何だ？　大御坊」喜多は吸殻入れで煙草を叩きながら大声で尋ねた。

大御坊は恐竜のようにゆっくりと喜多の方を向く。口を開けたまま、目を見開き、なんとも締まりのない間抜けな顔だった。

「き、喜多君」彼は片手を体操選手みたいに水平に挙げて、手招きした。

「何だよ」

「け、警察!」

「はぁ?」

喜多は斜めに煙草をくわえたまま、友人に近づいた。

5

ほぼ正方形の部屋だ。入口以外の三面の壁に窓があった。中は通路よりもずっと明るい。向かって左手にはソファが四つ、低いテーブルが二つ。右手には、折畳式の長いテーブルとパイプ製の椅子が幾つも窓際に寄せられている。その上には、段ボール箱や紐で縛られた印刷物など、雑多なものが沢山のっていた。

上半分が磨りガラス、下半分が白いスチールの衝立が、正面の奥に二つ並んで立っている。

部屋の中央の床が、広く開いていた。

有機的な異臭がする。
ベージュのピータイルの床。そこに、赤黒いペンキをこぼしたような痕。
しかし、ペンキではない。
人が倒れている。
人？
人だろうか？
本ものの？
本ものの人間だろうか？
茶色のロングコート、白いセータ、短いスカート。
そこから伸びる白い脚。そして、ブーツ。
それらはすべて間違いなく本ものだった。
女性だ。
女性に違いない。
手前が脚、向こう側に頭……。
ところが、その頭が……？
見えないのか、と思って、一歩近づいて高い角度から見る。
なかった。

どうなっているのか……。

しかし、明らかに首から上が、ない。

「あ、あれ、もしかして……」誰かが、喜多の背後で喘《あえ》ぐように言った。

喜多は、入口の横の壁に片手を触れて立っている。いつの間にか、彼が一番先頭だった。

振り向くと、大御坊がすぐ後ろで、口を抑えたまま、大きく見開いた目で喜多を見つめている。

「明日香ちゃんだわ」大御坊が大量の息とともに囁く。

「知り合いか？」喜多は静かにきいた。

大御坊が小刻みに五回くらい頷く。

「とにかく、誰か、警察に連絡してくれないか」喜多は言った。

不精髭の男が頷いて、駆けだしていく。彼は通路を真っ直ぐに走り去った。

「明日香？」もう一人の長髪の青年が小声で囁く。「なんだって？」彼はふらふらと前に出て、喜多の横から部屋の中に入ろうとした。

「駄目、筒見君！」大御坊が彼の腕を掴んで引き戻す。

喜多は、再び部屋の中に視線を向ける。奥の衝立に彼は注目した。男物の靴が二つ見える。

誰か、そこに倒れているようだった。

「ちょっと見てくる」喜多は火のついた煙草を、後ろにいた大御坊に手渡した。「奥にもう一人いる」

「喜多君、入らない方がいいんじゃない？」大御坊が煙草を受け取って言った。「こういうのって、そうでしょう？」

「死んでいるか、生きているかは、確かめないと」喜多はそう答え、一度深呼吸してから、部屋の中に足を踏み入れた。

左手から迂回《うかい》して、中央に倒れているそれを見ないようにした。だが、途中でどうしても、死体の首が気になる。喜多はコートの衿もとを見てしまった。

息を止め、すぐに目を逸らして、奥へ進む。

衝立の後ろに倒れていた男は、うつ伏せで、顔を横に向けていた。

その男には首がある。

それは、幸いだった。

喜多は屈《かが》み込《こ》んで、男の躰に触れる。

温かい。

「おい！」

「誰なのぉ？」入口で大御坊が叫んだ。

「救急車も呼んでくれ」喜多は大声で言う。

倒れている男は、怪我をしている。

しかし、生きていた。

躰を揺すっても目を開けないが、息はしている。一見ぐっすり眠っているように見える。頭の後ろに出血の痕があり、シャツの襟の後ろが血で黒く染まっていた。

「大御坊！　来てくれ！」喜多は立ち上がって、入口に向かって叫ぶ。

「私？」大御坊が自分の鼻に人差指を当てて言った。そのときには、長髪の青年の姿は見えなかった。

「怪我をしているんだ」喜多は説明する。

大御坊が真っ直ぐに喜多を見つめたまま、部屋に入ってきた。

「わ、寺林君じゃない！」大御坊は倒れている男を見て声を上げる。

「どうしよう？」喜多はきいた。「運び出した方が良いのか、それとも、このまま動かさない方が良いのかな」

「頭に怪我をしてるわね」大御坊が跪《ひざまず》いて言う。「すぐ救急車が来るとは思うけど……。それまでに、下までは運びましょうか？」

倒れていた男が微《かす》かな呻《うめ》き声を上げた。

「寺林君！」大御坊が声をかける。

寺林は少しだけ顔をしかめ、僅かに目を開けた。

「寺林君……。大丈夫？　しっかりして！」

反応はない。寺林は口を開けたまま、ほとんど動かなかった。

入口には何人か男たちが集まっていた。全員が黙って室内の喜多と大御坊を見つめている。

「ちょっと！」大御坊が立ち上がって、外に向かって言った。「寺林君が怪我をしているから、運び出そう。二人来てくれない」

若い男が二人入ってきた。彼らも部屋の中央の異様なオブジェを一瞬だけ見る。息を止めているように口をきつく結んでいた。

四人で寺林の躰をそっと持ち上げ、慎重に運び出す。部屋から出たところで、喜多と大御坊の二人は、若いスタッフに交代してもらった。

「警察と救急車は呼びました」ちょうど戻ってきた不精髭の男が言った。「あ、寺林君！」

「武蔵川さん、寺林君を下までお願いします」大御坊が言う。「私と喜多君はここにいます」

彼はほかのスタッフを見た。「あとね、ロビィからこちらに入るところは、閉鎖してちょうだい」

「今日は取りやめですか？」武蔵川がきいた。

「さあ、それはわからない」大御坊は首をふる。

武蔵川は、寺林を運んでいく一団を追って駆けていった。窓際のベンチに項垂《うなだ》れて座っている長髪の青年が見えた。

「彼は？」喜多は小声できく。

「筒見君。中の彼女のお兄さんよ」小声で大御坊が答えた。

「俺の煙草は？」

「捨てたわよ！」

一仕事したような、ずいぶん長い時間に感じられたが、おそらく一分程度のことだっただろう。煙草もまだ吸えたはずである。

喜多は、吸殻入れのところまでゆっくりと歩き、再び新しい煙草に火をつけた。煙を吐き出すとき、さまざまな情報を一緒に切り捨てたかった。

「いったい、何があったのかしら」大御坊が近づいてきた。さすがに顔色が悪い。「何なの、あれは？」

「さあ……」喜多は煙を吐きながら答える。「俺にきかないでほしい」

「首って……、部屋の中にあった？」大御坊は顔を近づけて耳打ちした。

喜多は黙っていた。

そんなものはなかった。

思い出したくない。

通路から高い足音が聞こえた。

「安朋さん。どうしたの?」駆け寄ってきたのは、西之園萌絵だった。「ロビィで大騒ぎになっていますよ。いったい何があったの? 誰かが殺されたって……、そう聞いたけど、本当?」そこまで話してから、彼女は喜多を見上げる。「あ! 喜多先生」

「おはよう」喜多は萌絵を見ながら煙を吐いた。

「この部屋ですか?」萌絵は真剣な顔で尋ねる。喜多を見て、大御坊を見て、彼女は二人の返事を待たずに、扉に近づいた。

「だめだめ! 萌絵ちゃん! 開けちゃ駄目!」大御坊が叫ぶ。

しかし、西之園萌絵は扉を開いた。喜多は煙草をくわえたまま、彼女のところへ歩み寄った。

「最初、一瞬、君かと思って、驚いたよ」

萌絵はびくっと震えて振り向き、喜多を上目遣いに見る。

「昨日の、あの子?」萌絵は囁いた。

彼女は、再び部屋の中へ顔を向ける。

喜多は、萌絵の肩越しに腕を伸ばし、扉を閉めた。

扉が閉まっても、萌絵は部屋の方をしばらく向いていたが、やがて振り返り、口もとに片手を当てた。そして、大きく一度瞬いて、ゆっくりと息をした。

「ご感想は?」喜多はきいた。

「この扉の鍵、かかっていたんですね？　さっき、開かないって言っていた部屋でしょう？」萌絵は真剣な顔で言った。

「そうらしい。さっき、守衛さんが開けたんだ。そうしたら、このとおり」

「警察が来るまで、手を触れては駄目です。とても大事なことなんです。警察は呼んだのですか？」

「呼んだわよ」大御坊が答えた。「萌絵ちゃん、大丈夫なの？」

「私は平気ですけれど……」そう言いながら、彼女はベンチに座っている青年に目を向ける。大御坊もそちらを見た。部屋の中で死んでいる女性の身内の青年だ。

「ここの鍵を、寺林さんが持っているのですね？」萌絵がきく。

「寺林君なら、たった今、運ばれていったわ」大御坊が答えた。

「運ばれていった？」萌絵は首を傾げる。

「彼ね、部屋の中で倒れていたのよ。酷い怪我をしていた」大御坊が説明する。「みんなで運び出したところ」

「それじゃあ、部屋の中に入ったのですか？」

「そうよ。喜多君も私も」

「西之園さん」喜多が煙を吐きながら低い声で言った。「君、どうしてここにいるの？」

「え？」萌絵は喜多を見る。「どうしてって……。わぁ！」

萌絵は、片手を勢い良く自分の額に当てた。

「ああ、どうしよう！　最悪……」

彼女はゆっくりと、上目遣いで喜多を見据える。白い歯を少しだけ見せて唇を嚙んだ。

「あの……、喜多先生」

「何だい？」

「西之園萌絵一世一代のお願いがあるんですけど……」

喜多は煙を吐き出してから、口もとを斜めにして言った。

「ああ、それって、ひょっとして……、君のその素敵なファッションに関係のあることだろ？」

6

近くで救急車のサイレンが鳴っている。

犀川創平は重い紙袋を抱えて歩道橋を渡っていた。正確無比の彼の時計が十時一分三十秒を回ったところだった。今から大学の研究室に行けば、午前中に九十分は仕事ができる。昼は生協で食べて、午後は……、そう、昨夜思いついた処理系をコーディングして試してみよう。これに四時間はかかるだろうから……、とそこまで考えたとき、赤いライトを回転させている救急車が見えた。那古野市公会堂の正面玄関の前に、ちょうど停車するところだった。

犀川は、西之園萌絵の貧血を連想した。彼は三秒後にはゆっくりと駆けだしていた。まさかとは思ったけれど、それでも過去に二度、彼女は倒れているのだ。間違いならば、それに越したことはない。

歩道橋の階段を駆け下り、鉄道橋の下を抜け、公園の中を小走りに進む。公会堂の前は、大変な人混みで、救急車の他にパトカーも一台駐まっていた。

正面玄関は、右手の一部分だけが開いていて、そこには、〈模型展示・交換会、モデラーズスワップミート〉と書かれた立て看板があった。人混みを掻き分けて前に出ると、ちょうど、救急車に怪我人が運び込まれるところだったが、担架に乗せられた人物まではよく見えなかった。

パトカーが邪魔で、そちらからは近づけない。反対側に回ることにする。救急車の反対側に辿り着いて、後部から中を覗こうとしたが、犀川が怪我人を確認するまえにドアが閉められ、サイレンが大きく鳴り始めた。

周囲の人間に道を開けるようにスピーカから指示が出る。救急車は動きだそうとしていた。集団が緩慢に動いて、車を通す。犀川は人垣の圧力に押されて、後方へ移動する。立ち止まったとき、彼は何かを踏んだ。最初に救急車が駐まっていた辺りだった。周りの人々に注意しながら、彼は落ちていたものを拾い上げる。

古い木の札が付いた鍵だった。札には小さな文字で〈四階東控室〉と墨で書かれている。

犀川はまた人混みに押され、今度は、階段の近くまで来た。しかし、少しずつではあったが、人口密度も圧力も低下しているようだ。救急車が行ってしまったので、人々が散らばり始めたのだろう。

彼の近くには、大きなテレビカメラを肩に担いだ男が立っていた。地元のテレビ局のロゴが入った赤い帽子をかぶっている。アルミの三脚や機材を両手に持った青年が彼の横にいた。

「何があったんですか？」犀川は、その青年の方に尋ねた。

「殺人事件らしいです」肩に掛けていたアルミのトランクケースを地面に降ろして、青年は答える。

「今、運ばれていったのは、男性ですか女性ですか？」

「男の人だったですね。生きているみたいでしたけど」青年が言う。「ちょっと、よくわかりません」

明るいクリーム色のスーツを着た化粧の濃い女性が近づいてきて「入るわよ」と二人に声をかけた。カメラを担いでいる男と、機材を持っている青年が、彼女の後についていく。三人は、人混みの中を縫って階段を上っていった。

とりあえず、犀川はほっとした。

どうやら関係なかったようだ。しかし、殺人事件というのは本当だろうか？

もし、この建物の中で本当に殺人事件が発生し、しかもそれが、すぐに犯人を特定できないような種類のものだったとしたら……。さらに、この同じ建物の中に西之園萌絵がいるとしたら……。

もし、そうなら、違う意味で心配である。

西之園萌絵は、犀川の研究室の四年生だ。彼女は現在、卒業研究の課題を抱えている。これからが佳境だった。二十歳を過ぎた大人なのだから、何をしようがもちろん勝手である。しかし、指導教官として最低限の指導をする義務が犀川にはある。

それだけか……？

たぶん、それだけだ。

犀川は、公会堂の建物を見上げた。立て看板にあったとおりなら、萌絵がいるのは四階だ。殺人事件も四階だろうか？

そこへ、また一台パトカーが人混みをゆっくりと押しのけながら、入ってきた。制服の警官が二人、建物の中に飛び込んでいく。

犀川は、少し離れることにした。鶴舞公園の噴水まで歩き、彼は煙草に火をつけた。

このまま帰っても良いのだが、拾った鍵を関係者に渡さなくてはならない。四階東控室とあるが、公会堂の部屋の鍵だろうか。出入りした誰かが落したものに違いない。救急車に怪我人を運び込むときだったかもしれない。

来たときに見つけた萌絵のスポーツカーは、建物の北側だったので見えなかった。まだ、萌絵も喜多も建物の中だろうか？　その可能性は極めて高い。

短くなった煙草を吸殻入れに捨てて、彼は再び公会堂へ向かって歩いた。

パトカーは三台になっていて、その他にも黒い車が階段のすぐ下に駐まっていた。警官が一人立っていて、そのためか、入口付近から、人々は少し離れていた。今度は簡単にそこまで辿り着くことができた。

「あの、そこで、これを拾ったんです」犀川は鍵を警官に見せた。

「落としものですか？」警官がきく。

「たぶん」犀川が答える。

「落としものでしたら駅前の交番へ届けて下さい。すぐそこです」警官は駅の方を指さした。

黒い車が二台到着した。男たちが四人、階段を駆け上がってきて、ちょうどそこを下りつつあった犀川とすれ違った。

「あれ？　犀川先生！」大柄の男が言う。

「あ……、鵜飼さん」

「どうしたんです？」鵜飼刑事が笑いながら尋ねる。

他の三人の男たちは建物の中に消えた。

「いえ、これをね、そこで拾ったんです」犀川は持っていた鍵を見せる。「たぶん、ここの四階の鍵だと思いますけど」

「先生、ちょっと、中へどうぞ」鵜飼は犀川を連れて、ロビィに入った。

犀川の後ろで、入口の警官が扉を閉める。エレベータの前で三人の男が待っていた。鵜飼は、ちょうどドアの開いたエレベータに飛び乗る。

「犀川先生、早く早く」

鵜飼に呼ばれて、犀川もしかたなくエレベータに乗った。

「あの……」エレベータの中で犀川はまた鍵を出した。「これ、どうぞ」

「ちょっと、待ってて下さい」鵜飼は微笑んだ。「まず、現場を見てからです」

「傷害事件ですか？」

「いえ、殺人です」

「生きていたって、聞きましたけど……」

エレベータの扉が開いた。四階のロビィである。そこにも大勢の人間がいたが、刑事たちは左手の階段の方へ歩き、さらに角を左に折れる。北へ真っ直ぐ伸びている通路の中央に、制服の警官が立っていた。そこから先の出入りを遮断しているようだ。

「奥の突き当たりです」敬礼をして警官が道を開ける。

「あの、鵜飼さん」犀川は小声で言う。

「ええ、先生」歩きながら鵜飼は振り向く。「すぐ済みますから……」

何がすぐ済むのだろうか、と犀川は思った。

彼らの後について通路を進むと、突き当たりは、小さなロビィのようなスペースで、幅が広くなっている。途中のベンチに髪の長い青年が一人で座っていて、犀川たちが前を通り過ぎても、頭を上げようとしなかった。

そこに何人かいた。喜多北斗、大御坊安朋、それに西之園萌絵も。全員揃っている。

「犀川先生！」萌絵は口に手を当てて、びっくりした様子で叫んだ。彼女はロングコートを着ている。

鵜飼たちは、正面の大きな木製の扉を開け、一瞬だけ立ち止まったものの、順番に中に入っていった。

「何があったの？」犀川は一人離れて立っていた大御坊安朋に尋ねた。

彼は黙って窓際まで犀川を引っ張っていき、小声で説明する。萌絵と喜多も近くにやってきた。通路のベンチに座っている青年が、被害者の女性の兄であることが、大御坊の話の途中でわかった。

「その寺林さんというのが、さっき救急車で運ばれていった人？」犀川がきく。

「そうよ。ここの中で倒れていたの」大御坊が答える。「そりゃあもう……、大変だったんだから……。私なんか、心臓止まっちゃうかって思ったもの」

「あ、この鍵を拾ったんだけれど……」犀川はコートのポケットからそれを出して見せる。

「東控室って、この部屋だよね。これ、ここの鍵だ」

「あら、じゃあ、運ばれていくときに落ちたのね。寺林君が持っていた鍵だわ、きっと」大御坊が言った。

「え？　ということは……」萌絵が声を上げる。「犯人は、守衛室の鍵を使ったということになります」彼女は、天井を見上げて、視線をさまよわせる。「だって、鍵は二つしかないのだから……。でも……、ちょっと変ですね」

「あのさ、どうして、首がなかったの？」犀川は無表情で呟いた。「みんな、見たの？」

「見たわよ。見たわよ」大御坊が顔をしかめて囁いた。「ほら、犀川君も見せてもらってらっしゃいよ」

「やめておくよ」犀川が片手を広げる。

「死んでいるのは、本当に筒見明日香さんなのかしら？」萌絵は声を落して言った。ベンチに座っている筒見紀世都に聞こえないように気を遣っているのだ。

「萌絵ちゃん、それ、どういうことなの？」大御坊が難しい顔をして尋ねる。

「首がないわけですから。本人だっていう確認はできないでしょう？」

「だって、あれ彼女の服だもの。私ね、昨日の夜、そこの前の噴水のところで見たのよ。明日香ちゃんが、あの服装で歩いているのを見たの」大御坊が説明する。「それに、あの躰つき、絶対間違いないわよう。あんなプロポーションの子、ざらにはいないもの」

「噴水のところって……。安朋さん、それ、何時頃のことですか？」萌絵がきいた。

「そうね……。えっと、七時過ぎ……だったかな」大御坊は一度瞬いてから、上を向き、天井を見た。「一度この部屋まで来たのよね……。寺林君と話したの。それから、筒見先生のところに行く途中だから……、うん、やっぱり、七時半くらいかしら」

「筒見先生って、M工大のか？」喜多がきいた。

「そうよ。亡くなったのは、筒見先生のお嬢さんなのよ。あ、喜多君、筒見先生を知ってるの？」

「名前だけね」喜多は答える。「鉄道模型の雑誌で何度か見たことがある」

「寺林さんもM工大の学生なんですよ。社会人ドクタだそうです」萌絵が犀川に説明した。

「西之園君、今朝の新聞は読んだ？」犀川は煙草に火をつけながらきいた。

「いいえ」

「M工大で、昨日の夜、殺人事件があったんだよ」

「先生、どうしてご存じなんですか？」萌絵が目を丸くしてきいた。

「新聞を読んだ」

数人の男たちが通路の方からやってきた。紺色の作業服姿が多く、アルミ製のスーツケースを持っている。彼らが突き当たりの扉を開けて中に姿を消すと、入れ替わりで鵜飼刑事が出てきた。扉は開かれたままになったが、犀川たちが立っていた位置からは、部屋の中央部は死角だった。幸いにも、死体は見えない。

「鵜飼さん、死因は何ですか?」萌絵が近づいてきた鵜飼刑事に飛びつくようにして質問した。

「そんな、まだわかりませんよ」鵜飼が可笑しそうに、にっこりと微笑む。「躰には目立った傷はないみたいですけどね」

「亡くなったのは、いつ頃ですか?」萌絵が次の質問をする。

「さあ……、それも、今はなんとも。昨夜のうちだとは思いますが」鵜飼は、ポケットから煙草を出し、火をつけてから、犀川たちを順番に見た。「失礼ですが……?」

「喜多といいます。犀川君の同僚です」

「大御坊です。私も彼の友達」

「大御坊さんは、私の従兄なんです」萌絵が補足する。

「ああ、そうですか。これはどうも。愛知県警の鵜飼といいます」彼は愛想笑いを浮かべ、頭を軽く下げた。「いつも、西之園さんと犀川先生には、お世話になっていましてね」

「へえ、そうなの……」大御坊が萌絵の顔を見る。

「鵜飼さん。M工大でも殺人事件があったんですか？　ここから、すぐ近くですよね」萌絵がきいた。

「ええ……」鵜飼は煙を吐きながら大きく頷く。「それそれ、そうなんですよ。もうね、昨夜はずっとそちらの方でしてね。おかげで寝不足です。いや、それがですね……。実は、あちらの最有力の関係者が一人、行方不明だったんです。それで、夜中ずっと探していたわけですよ。それが……、びっくりです。参りましたよ。ここの部屋で倒れていたっていう男、ご当人だっていうじゃありませんか」

「え？」萌絵が小さな口を開ける。

「寺林君が？」大御坊がきき返す。

「これ、オフレコですよ。未確認ですから……」鵜飼が大御坊を睨みつける。「ここだけの話にしといて下さいね」

鵜飼は、簡単な質問を幾つかして、大御坊から事情をきいた。昨夜、最後に寺林高司と会ったときの時刻と彼の様子。そのあと、筒見明日香を噴水近くで目撃したこと、などを大御坊が要領良く説明した。

次に、死体を発見して、倒れていた寺林を運び出したときの経緯《いきさつ》は、喜多が的確に話した。それらの話のあとで、犀川はようやく、例の鍵を鵜飼刑事に手渡すことができた。鵜飼は、部屋の中にいた捜査員を一人呼びつけ、小さめのビニル袋を受け取って、その中に鍵を入れた。

「また、のちほど詳しくお話を伺いますから、そのときは、よろしくお願いします」

鵜飼はそう言ってから、ベンチに座っている筒見紀世都の方へ歩いていった。紀世都は鵜飼に呼ばれて顔を上げる。彼は何も言わなかった。仕草や態度からは、きっと憔悴しているのだろう、と感じられるものが確かにあったが、その仮面のような顔は、コンピュータグラフィックスで作成された3Dキャラクタみたいに無表情だった。犀川は、しばらくその青年を観察した。

鵜飼が再びこちらに戻ってくる。

「鵜飼さん。僕、もう帰っても良いでしょう?」犀川はきいた。

「ああ、ええ、そうですね」鵜飼は歩きながら答える。「犀川先生は、けっこうです」

鵜飼はそのまま殺人現場の部屋に入っていった。

「冷たいこと言わないで、犀川君も一緒にいましょうよ。こうなったからには、みんな一心同体よ」大御坊がおどけて言う。

「どうして?」犀川が表情を変えずにきいた。

「とにかく、向こうの控室でお茶にしない?」と大御坊。

「犀川先生、今日、何かご予定があったのですか?」萌絵が心配そうにきいた。

「いや、特に……」犀川は煙草を吸殻入れで消しながら答える。「でも、ここにいたってさ、何も面白いことはないだろう？」

「まあ、いいじゃないか。向こうへ行こう」喜多が言う。「まだまだ、時間がかかりそうだ」

四人は、控室の入口付近に立っていた鵜飼に、移動先を知らせてから、通路を進んだ。ロビィに近づくと、警官の人数が増えていて、黄色いロープが張られていた。大勢の野次馬が詰めかけていたが、犀川たちは彼らの間を抜けて、ロビィを横断し、反対側の通路をまた真っ直ぐに進んだ。西側の控室には、スタッフらしい男たちが数人いて、一様に難しい表情だった。

「大御坊さん。どうしましょうか？　もう中止を発表して、撤収してもらった方がいいんじゃないですか？」不精髭の男が大御坊に近づいてきて言った。

「そうね。警察が何て言うかが、問題だけど……」大御坊が答える。「このままで、もう少しだけ、待ってみましょう。とりあえず、下の入口では、事故のためしばらく開場はできないってアナウンスした方が良いわね。それ、お願いできます？　あとのことは、落ち着いてから、警察の人に相談してみるわ。それから決めましょう」

「わかりました」不精髭の男は頷いて、部屋から飛び出していった。

犀川たち四人は向かい合ってソファに腰掛ける。隣に萌絵が座ったとき、犀川は、彼女が履いている銀色のブーツに気がついた。

「派手なブーツだね。そういうのが流行なの？」

「あ、ええ……」萌絵が顔を赤くして答えた。彼女は、長いコートの裾を気にして、犀川に背中を向けるように不自然な座り方をしている。

「あ、そうか。萌絵ちゃん、着替える?」大御坊が身を乗り出して囁いた。

萌絵は口を結んで、小刻みに首を縦にふる。

「着替えるって、何に着替えるの?」犀川は煙草を出しながらきいた。

「犀川君には関係ないの」大御坊が犀川を睨みつける。なかなか凄みがある目つきだ。「萌絵ちゃん、いらっしゃい」

大御坊と萌絵は立ち上がった。彼女は、部屋の奥にあった衝立の向こう側に入っていく。

「え? 何? 彼女、どうかしたの?」犀川は向かい側に座っていた喜多にきいてみた。

「は? 何が?」喜多は真っ直ぐに犀川を見て、澄ました表情だ。

「彼女、あそこで何をしてる?」

「ああ、俺は幸せだ」喜多は天井を見て小声で囁いた。「神様、感謝します。誠実に生きてきた甲斐がありました。アーメン」

犀川は黙って立ち上がる。萌絵の方へ行こうと思った。

「こら! 馬鹿、座れ!」喜多がもの凄い勢いでテーブル越しに身を乗り出し、犀川のコートを引っ張った。

7

愛知県警捜査第一課の三浦警部が那古野市公会堂に到着したのは、午前十一時だった。深い緑色のスーツは、建物の中ではほとんど真っ黒に見えた。銀色の細いフレームのメガネの奥からは、彼独特の眼光が適度に抑制されたレベルで放射され、薄暗いロビィの隅々までも瞬時に捉えるかのようだった。三浦は今年でちょうど四十歳になる。髪にも白いものが混じり始めていた。

公会堂の一階。大男の鵜飼が、エレベータの前で彼を待っていた。

「近藤はどうした？　M工大か？」三浦が低い声で言う。

「はい」

「テレビがもう来ている。やけに早いな」

「テレビも新聞も、僕らよりさきに来てたんですよ」鵜飼が困った顔をする。「上でやってる模型の展示会の取材だったみたいです。あの……、客はどうしましょう？」

「帰らせろ」三浦はエレベータに乗り込んで言った。「全部、帰せ」

「外にいる連中は、それでもいいんですけど……。上に、そうですね……、二百人くらいいるんですよ。その模型のイベントに参加している連中で、つまり、模型サークルの会員とかなんですけど……。店を広げてまして、つまり、フリーマーケットみたいなもんですね」

「話をきく必要があるか？」

「わかりません。ただ、だいたいの人間は、昨日もここにいたわけですから、参考にはなります」

「河原田さんは？」

「はい、現場で待っておられますよ。主任が来たら、運び出すって言ってます」

「やられたのは、いつだって？」

「昨晩です」エレベータが開いたので、鵜飼がドアを手で押さえて、三浦をさきに通した。「昨日も同じイベントをしていますし、被害者と思われる女も、昨日、この会場に来ていたんです。モデルなんですよ。アニメの服装で、会場で写真撮影をしたとかで、つまり、けっこう大勢が彼女を見ているわけです」

「それじゃあ、全員、名前と連絡先を書かせて、順番に帰せ。所持品も一応調べた方がいいな。人数が足りなきゃ、応援を呼べ」四階のロビィに出て、三浦は、右手にある講堂の入口を見ながら言った。

　エレベータから左手に行ったところにロープが張られている。そこにいた制服の警官が二人敬礼をした。ロープを跨《また》いでから、すぐ左に折れ、長い通路を真っ直ぐに進む。突き当たりの部屋の開いたままのドアの付近に、鑑識の捜査員が沢山立っていた。三浦は部屋の中を覗き込んだ。

「やあ、三浦君」ポケットに両手を突っ込みながら、年配の小柄な男がぶらぶらと歩み寄る。「ああ、痛てて……、肩が凝ってね、最近」河原田検屍官は首をぐるぐると回して骨を鳴らした。真っ白な頭はぼさぼさで異様なボリュームがある。いつもどおり、オレンジ色の鉛筆を耳に挟んでいた。理由はわからないが、河原田は現場では必ず消しゴム付きのその鉛筆を使っていた。

「昨夜すぐそこであったばかりだろう？　まだ、向こうの首付きの女の子も開けてないんだから」

開けてない、というのは、どうやら解剖のことらしい。どう考えても趣味の良い表現ではない、と三浦は感じる。

「こっちは……、死因は何です？」

「いいや」河原田は控室の中央を一瞥してから首をふる。「今のところ、全然わからんね。頭を殴られたのか、そんなところだとは思うが、そりゃ、頭が見つからんことには断定は無理ってもんだ。これだけじゃ、駄目やないかなあ。まあ、ただ……、どうやら窒息ではないようだから、昨日の子とは違う」

「首はいつ切断されたんです？」部屋の中に入って、三浦は死体のそばに屈み込んだ。「死んだあとですね？」

「そりゃそうさ、君。そんな、生きてたら、噴水だよ。この十倍は血が吹き出る。まあ、連れて帰って、切断面の細胞で調べてはみるけどね、そうだなあ、死んで、一、二時間の間ってとこやないかな、切断したのは。うん、かなり苦労したと思うがね」

「道具は?」

「この部屋にはないようだね。かなり大きくて重い、斧《おの》とか、鉈《なた》みたいなものかな。床に傷が幾つも付いているだろう? つまり、ここでやったんだな。ほら、何度も振り下ろしたみたいやな。叩きつけて使うような刃物類だよ」

「鋸《のこ》ではないわけですね?」

「鋸ではない」河原田が首をふる。

「わかりました」三浦は立ち上がった。「じゃあ、もういいですよ。持ってって下さい」

河原田と周囲にいた捜査員が動き始める。メンソレータムの匂いがしたが、たぶん捜査員の誰かが使っているのだろう。三浦は部屋から出て、外で待っていた鵜飼に近づいた。

「身元の確認は?」

「今のところ、被害者は筒見明日香だと考えられます。二十一歳で、フリーのモデルだということです。被害者が身に付けている服装はまず間違いありません。筒見明日香は昨夜七時頃に自宅を出たきり戻っていないそうです。発見当時に、彼女の兄貴がここにいましたので、一応、確認をさせましたが、わからないって言ってます」

「わからんだろうな」三浦が鵜飼を見上げて睨んだ。

「筒見明日香の自宅に指紋を採りにいかせてます」

「首は？」

「見つかっていません。この建物は一応ざっとは探しました。どこにもないですね。駐車場や隣の公園に、十人ほど出してますけど……」鵜飼は首を横にふった。

「被害者と寺林という男は、この部屋でいったい何をしていたんだ？」

「ええ……」鵜飼は頭を掻きながら説明する。「昨夜の七時半頃には、この部屋に寺林が一人だけ残っていたことが確認されています。つまり、その時刻までは他の連中も何人かここに残っていたんです。で、そのあとのことは、まったくわかりません。寺林を最後に見た大御坊という男が、ここを出たあと、そこの公園の噴水のところで、筒見明日香を目撃しているんです。ちょうど、こちらへ向かって歩いていたそうです」

「一階に守衛がいただろう？」

「それが、駄目なんですよ。何も見ちゃいません。爺さんばかりなんですよ。ほとんど出入りは自由だったみたいですね」

「ということは、そのあと、筒見明日香が一人でこの部屋まで上がってきたってわけか？」

「ええ、たぶん……」鵜飼は頷く。

「このドア、鍵がかかっていた、と言ったな？」

「ええ。かかっていたようです。この部屋の鍵は一つだけが貸し出されていて、それを寺林が持っていました。守衛室にもあと一つスペアがあったんですが、使われていません。さすがにそれは、いくら守衛が爺さんたちでも、第三者が黙って持ち出すことはできないですからね。事実上、寺林の持っていた鍵しか、このドアに鍵がかけられないわけです。ただですね……、ここがちょっと変な点なんですけど、鍵は、中に倒れていた寺林が持っていたみたいでして……」

「みたい？」

「ああ、ええ、奴は頭に怪我をしていまして、救急車や警察が来るまえに、一階まで運び出されたんですよ。鍵は寺林が身に付けて持っていたようです。で、彼を救急車に乗せるときに、それが、たぶん落ちて、それを、その……、犀川先生が拾われたんですよ」

「え？　犀川先生がいるのか？」

「先生だけじゃないですよ。西之園さんもです。警察よりさきに、現場にいたんですから」

「ふん、そうか」三浦は鼻息をもらして頷く。「まあ、いい……。それで？」

「えっと……」鵜飼は続ける。「とにかく、ここの鍵が、今話したとおりだったとするとですね、妙なことになりますよね？」

「どうしてだ？」

「鍵を持っていた寺林は、部屋の中で倒れていたんですから、鍵も中にあったわけです。そうなると、誰も、ドアの鍵を外からかけることができません。外からかけたあと、ドアの下の隙間から滑り込ませて、鍵だけ中に入れることくらいなら、できそうですけどね、でも、寺林が倒れていたのは、一番奥のあの衝立の向こう側だったんです」

「つまり、狂言だって言いたいのか？」三浦がすぐ言った。

「ええ……、その可能性が高いというか、まず間違いない、と僕は思います」鵜飼は躰を揺すった。「自分で自分の頭を殴ったんじゃないでしょうか」

「寺林が倒れていた近くには、何か落ちていたのか？」

「何かって？」

「頭を殴れそうなものだ。自分で殴って気を失ったら、凶器が残るだろう」

「いいえ、それらしいものは見当たりませんね。でも、本当に気を失っていたのかなんて、怪しいものですよ。奴は、女の首を切って、どこかに運んだあと、もう一度ここへ戻ってきて、鍵を内側からかけたんですよ。で、朝になってから、みんなが外にやってきたので、倒れて気を失っている振りをしたわけです」

「なんで、そんなことを？」

「さあ……」

「M工大の事件との関連は？」

「ええ、そうなんです」鵜飼は頷き、舌を打ってから、下唇を噛んで、一度大きく首を捻った。「M工大の犯行は、ほぼ八時半から九時に限定できます。その時刻は、寺林の奴にはアリバイがありません。それに、あっちの実験室の鍵も、やっぱり、持っていたのは寺林だけなんです」

「つまり、向こうも寺林がやったのか?」

「じゃないかと……」

「そっちの実験室の鍵は確認できたのか?」

「え?」

「まだ奴が持っていたのか?」

「あ、いいえ。そうです、それは、見つかっていません」鵜飼は首をふる。「ここは探しましたし、病院で寺林の所持品を調べさせました。奴は車を持っているはずなんですが、その車のキーもありませんでした。鍵らしいものは一つも持っていなかったようです」

「寺林の車はどこにある?」

「それも不明です。この近くのどこかに駐めたんだと思いますけど……」

控室から、緑のシートがかぶせられた担架が運び出される。三浦と鵜飼は後ろに下がり道を開けた。

「ほんじゃあまあ、おさきに」河原田が目をしょぼつかせながら三浦に片手を広げる。「夕方くらいなら、戻ってるかね?」

「ええ、電話して下さい。伺いますので」三浦は頷き、河原田の顔を見て、片手で耳を示す。

「おっと……」河原田は三浦のジェスチャで、自分の耳に挟んであった鉛筆に気がつき、慌ててそれを胸のポケットに仕舞った。彼は、担架を持つ男たちと一緒に通路の方へ歩いていった。

「で、寺林当人は何と言っている？」三浦は鵜飼に向き直る。

「あ、それはまだなんですよ」鵜飼は首をふった。「まだ、詳しい話は何もきき出していません。治療中でして……。これから病院へ行こうかと思っていたところです。ここのすぐ裏の大学病院です」

「とにかく、話を聞いてからだな」三浦は銀縁のメガネを少しだけ持ち上げた。「しかし、ちょっと信じられんな。その寺林が犯人だとしたら、なんだって首なんか切ったんだ？　どうしてここのドアに鍵をかけた？　そもそも、犯行現場に戻ってくるなんて馬鹿な真似をよくもしたもんだな」

「ええ……、しかしですね」鵜飼は言った。「もしもですよ、その……、奴じゃない、としたら、どうやって鍵をかけたんですか？　この部屋もそうですし、M工大の実験室だって同じです。それこそ、厄介《やっかい》な状況になっちゃいますよ。ほら、西之園さんの出番に……」

「馬鹿」三浦が冷たく言う。

「三浦さん。こんにちは」突然、二人の後ろで声がした。「私の出番って？　何のお話です？」

「あ、西之園さん」三浦は頭を下げる。「どうも、お久しぶりです」

「えっとね……、三浦さんとは、五十七日ぶりです」歩み寄って、西之園萌絵が微笑んだ。白いセータにロングスカートである。彼女にしては珍しいファッションだ、と三浦は思ったが、もちろん黙っていた。

「犀川先生もいらっしゃっているそうですね？　どうしてまた、模型の展示会なんかに？」

「ええ、本当に偶然なんです。それも、私と犀川先生は別々の偶然ですし、先生のお友達とか、私の従兄とか……、もう、偶然がいっぱい。きっと偶然注意報が出ているんじゃないかしら」萌絵が早口で言った。彼女は開いたままのドアから控室の中を覗き込んだ。「良かった……。もう、遺体は運び出したのですね。何かわかりましたか？」

「いえ、すべてはこれからです」三浦が真面目に答える。「あの、西之園さん。もう犀川先生とご一緒にお帰りになっていただいてもけっこうですよ。事情は、もう誰かがおききしましたよね？　ええ、詳しいことがわかり次第、お知らせいたしますので」

「ええ、ありがとうございます」萌絵は首を傾げてにっこりと頷く。「そうですね……。私も卒論で忙しいから、そろそろ帰らせていただきます。あ、そうだ……、鵜飼さん、喜多先生もよろしいかしら？」

「ああ、はい、あの先生もOKですよ」鵜飼が答える。「なにしろ、喜多先生も、犀川先生も、アリバイがばっちりですからね」

鵜飼は冗談で言ったようだが、三浦も萌絵も笑わない。

「あの、警察は、寺林さんが犯人だって、考えているんじゃないでしょうね？」萌絵は三浦と鵜飼の顔を交互に見た。

「いえ、まだ何も考えておりません」三浦がすぐに答える。

「M工大の実験室の鍵は、寺林さんが持っていたのですか？　見つかりました？」萌絵がきいた。

たった今、三浦が鵜飼にした質問と同じだった。

「いいえ」と鵜飼。

「やっぱり……」彼女は小さく口を結んで微笑んだ。「そうだと思いました」

「どうしてですか？」三浦は思わず尋ねた。

「お楽しみに……」微笑んだまま、ゆっくりと発音して萌絵は目を細める。「私、今からM工大に寄っていきたいんですけれど、向こうは、どなたがいらっしゃるのですか？」

「吉村さんと近藤です」鵜飼が答えた。三浦が素早く彼を睨みつけたが遅かった。

「できましたら、ちょっと電話をしておいていただけませんか？」萌絵は片手の人差指を斜めに立てた。「西之園が今からそちらに行きますって。それとも……、近藤さんの携帯の番号を教えてもらった方が早いかしら?」

「あの……、西之園さん」三浦は一歩前に出て低い声で言った。「失礼ですが、これは、我々の仕事でして……」

「決まってるう!」萌絵は、両手を前に差し出して後退した。「私、弱いんですよ、その声。三浦さんの声、素敵だもの。駄目なんだ、そういう台詞、低音で言われると……。今度テープに吹き込んでもらわなきゃ……」萌絵は鵜飼を見てウインクする。「鵜飼さん、お願いね。ああ、そうそう、ごめんなさい。ちょっと、このお部屋、もう一度だけ見せていただけます? あ、皆さん、こんにちは。もう、入っても大丈夫ですか?」

8

十一時半には、西之園萌絵と二人の若い助教授は、公会堂の建物から出て、強い陽射しを正面から受けた。晴天で、空は高く澄み渡っている。数時間まえに比べて気温も上がり、コートがいらないほどだった。

正面玄関の前の駐車場には、パトカーが数台。その他にも、歩道に乗り上げて、警察の車が駐められている。階段の下に三人の警官が建物を背にして立っていた。萌絵が階段を下りながら振り返ると、模型展示・交換会の立て看板には、〈事故のため中止〉と乱暴に朱書きされていた。

その時刻には、四階の会場にいた模型マニアたちも、順番に警察の質問を受け、持ちものを検査されたうえで、建物から退出するように指示されていた。そうして出てきた連中なのか、それとも別の一群なのかわからなかったが、公会堂の前の駐車場や、少し離れた公園の噴水の近くに、大勢の若者の姿が見えた。彼らの中には地面に座り込んで、小さな青空展示・交換会を勝手に開いている者もいる。そうでない者もあちらこちらで屯《たむろ》し、小グループを作って楽しそうに話し込んでいる。笑い声や歓声が上がっていた。日頃、部屋に閉じ籠もっている人種が多いためか、色白のひょろっとした青年たちが目立つが、このように屋外ならば、多少は健康的といえるかもしれない。

萌絵はバッグからサングラスを出してかけた。

「そこで田楽《でんがく》を食べていこう」喜多が言った。

「ああ、それは良い」犀川がすぐに答える。

「田楽って、お味噌の、ですか？」萌絵はきいた。「おでんのことですよね？」

「そうだよ」喜多が答える。

「うわあ、嬉しい！」

萌絵は食べたことがなかったので、是非挑戦してみたかったたし、このまま犀川と別れ、別々の車で帰るのがもったいない、と考えていたところだった。

三人はしばらく園内を歩いた。犀川も喜多も歩くのがとても速い。今日は運動靴ではなかったので、萌絵は二人についていくのがやっとだった。

時代劇に出てくる茶店のような平屋の古い木造の売店が、池の辺の木陰に佇んでいる。細い柱で重い瓦屋根を支えているし、開口部が多いため壁が少ない。つまり、地震に弱そうな構造だった。店先には、赤い布を被せた低い台が幾つか置かれていて、客がそこに大勢座っていた。

三人は一つだけ空いていた席を見つけて座った。待っていると、店員がお盆にお茶をのせて出てくる。メニューはなかったが、店の出入口近くの扉に、色紙の短冊が貼られていた。田楽とお汁粉《しるこ》しかないようだ。萌絵はどちらにしようか、と迷っていたが、喜多が田楽を三人分頼んでしまったので、潔く諦めた。犀川はアルミの灰皿を近くに引き寄せて、煙草に火をつけた。風がなく、煙はゆっくりとしか動かない。

「首を切るなんてことが、本当にあるんだな」喜多が周囲をかまわず、自前の大きな声で突然言った。一瞬、萌絵は首を竦《すく》めたが、喜多のその言葉は、物理的な意味には普通解釈されないと計算した上での発言だ、ということにすぐに気づいた。それに、周囲の客たちは老人が多く、誰もこちらを気にしていないようだった。

「ああいうのって、簡単にできるものかな?」犀川は煙を吐き出してから小声で言った。彼の視線は池の方角に向けられている。

「そりゃあ、豆腐を切るようなわけにはいかんと思うけど」喜多が答える。

「あの、お食事まえですから……」萌絵は微笑んで言う。

「そうだ、今から豆腐を食べるんだぞ」犀川が喜多を睨み、それから、今度は萌絵を見た。

「しかし、君らしくない発言だね」

「犀川先生は、何が理由だと思います？」萌絵は犀川を見て首を傾げる。「何故、首を……」

「切りたかったから……じゃないかな」犀川は無表情で答えた。

「そんなの、答になっていません」

「そうかな」犀川は少しだけ口もとを斜めにする。「切りたくもないのに、切らざるをえなかった、という場合だってある。それとは大違いだよ」

「あ、そういう意味ですか。それじゃあ……」萌絵が言い直す。「どうして、その……、切断したものを持ち去ったのでしょうか？」

「理由は二つある」犀川は、片手の指先で煙草をくるくると回しながら答えた。「心底それが欲しかったのか、それとも、そこに残しておくよりは、少しはましだったのか……、そのどちらかだね。前者の場合は、それ自体が必要だったから切断した。後者の場合は、それの場所を移動することに意味があった。わかる？」

「よくわかります。でも、いずれも、純粋に切断したかったわけではないですね？」

「そう、確かに、もし純粋に切断する行為だけに動機があったならば、切ったあとで持ち去る必要はあまりない」

「人間の頭部なんて、持っていたって、たいして役には立たないだろう？」喜多が不愉快な表情をする。「少なくとも、現代社会では、どんなに有名人の首だって価値は認められないもんな」

「ということは、犀川先生のおっしゃった後者の可能性が有力ですね？」萌絵が脚を組みながら姿勢を正す。「そこに置いたままにしておいては不都合な理由が何かあった。だから持ち去った。つまり、証拠を隠滅することが目的だった」

「消極的な動機だね」と犀川。

「しかし、その場合なら、全部持っていけば良いだろう？」喜多が言う。「何も無理して切らなくったってさ。あの子、そんなに重そうには見えなかったから……、男だったら、一人で簡単に運び出せたんじゃないかな」喜多は周囲を見回して声を落とす。「首を切るよりはさ、その方がずっと楽じゃないか？　もちろん、死んだ女性を抱きかかえて歩き回った経験もないし、首だけを運んだ経験もないから、精神的なストレスも含めて、苦労の度合いは比較できないけど」

「きっと、サイズの問題だと思います」萌絵が言う。「全身では、見つかる可能性が高くなるでしょう？」彼女はそこで腕を組んだ。「出入口には一応、守衛さんがいたわけですし、駅前なんですから、たとえ真夜中だったとしても、駐車場だって、公園だって、誰かに目撃される可能性が高い。でも、頭だけなら、鞄か何かに入れて運べば、不自然ではありません」

「まあ、そうかな」喜多が引き下がった。「君の言うとおりに思えてきた。そうだね、ボーリングの玉を運んでいるって感じかな。うん、じゃあさ、そうだとしよう。それで……、いったい何故、持ち去らなくちゃいけなかったんだい？」

「自分に不利な、決定的な証拠になるものがあったのか……」萌絵は高い空を見上げる。「それとも、被害者が誰なのかを、わからないようにしたかったのか……。あとは、そうですね……、死体がそのままじゃあ、気がおさまらなかったとか」

「気がおさまらないって？」喜多がきく。

「ええ……、どうしても、躰と頭を切り離したかった。それくらい、破壊したい、みたいな感情？　ありえませんか？」

「それは、ちょっと意味が違うな」喜多が微笑んだ。「異常な怨恨ってやつ？」

「ええ、そうです」萌絵も微笑んだ。「そんなの、現実には、ちょっとありえないかしら。憎らしくって首まで切るなんて」

「うん。その場合だったら、逆に首を残しておくんじゃないだろうか」喜多は煙草に火をつける。彼は黙っている犀川を見た。「創平はどう思う？」

「何か宗教絡みかなって……」犀川は答えたが、まったくの無表情だった。「切り離しても、躰と首が接近していたんでは、まだ復活する心配があって、それで、遠くまで持ち出して離ればなれにしたとか」

「なんでもありか？」喜多が片目を細める。「そんなお伽話《とぎばなし》もありなら、一つ、人の首で漬物を作っている村の話でも、してやろうか？」

「それは聞きたいな」犀川は真面目な顔で喜多を見る。「重石にするのか？　それとも、首自体を漬けるのか？」

「あの、先生、お食事まえですから……」萌絵が止めた。

「殺された女の子、何ていったっけ？」犀川は一瞬で話を切り換えた。

「筒見明日香さんです」萌絵が答える。「もちろん、まだ百パーセント、彼女だって断定されたわけではありませんけれど」

「昨日もあの会場に来ていたって、言ってたね？」犀川は無表情できいた。「彼女は何をしにあそこに来ていたのか、知っている？」

「モデルなんだよ」喜多が煙草をくわえたまま答えた。「あの子さ、SFのコスチュームを着ていたんだ。俺が見た感じでも、ちょっとレトロだったけど、まあ、なかなか良かった」

喜多はそこで、なにげなく萌絵を一瞥した。「模型といってもいろいろあるってこと。機関車とか飛行機だけじゃないんだ。ガンダムとかさ、ラムちゃんとかさ……。はは、こりゃ古いか……」

「ラヴちゃんって？」萌絵がきいた。

「ラムちゃん」

「ふうん」犀川が軽く頷いて、煙草を灰皿で消したとき、着物に真っ赤な前掛けをした店員が田楽を運んできた。

萌絵の足もとには、知らない間に鳩が寄ってきていた。何羽も歩き回っている。食べものが来たことがわかるようだ。秋晴れの日曜日でもあり、店は繁盛している。池にはボートが沢山浮かんでいて、乗っているのはいずれも若いカップルだった。花壇や芝生の広場にも大勢の人々が見える。風がないため、とても暖かい。

食事が済んだら、萌絵はM工大の殺人現場を見にいくつもりだった。上司の三浦がいたため、鵜飼は電話をかけてくれなかったが、あのあと別れ際に、大きな躰で隠すように、自分の携帯電話をこっそりと見せてくれた。液晶ディスプレイに十桁の電話番号が表示されていて、萌絵はそれをほんの一瞬だけ見た。

「近藤の携帯です。三浦さんには内緒ですよ」そう言って鵜飼がにやりと笑ったときには、萌絵は既にナンバを記憶していた。彼女の記憶方法はすべて映像保存であって、カメラと同じメカニズムだった。

覚えた番号に電話をかけて、近藤刑事には連絡済みだ。一時頃、会う約束になっている。

M工大と公会堂の二つの殺人は、まったく別の事件なのか。ただ時間と空間の偶然の接近なのか。しかも、どちらの事件においても、文字どおり「鍵を握る」男がいて、それが同一人物だった。もし、二つが本当に関係のない事件ならば、注意報を通り越して、偶然警報を発令しなくてはならない。

自分で思いついた「鍵を握る男」というフレーズが妙に可笑《おか》しくて、萌絵は吹き出してしまった。

「西之園さん。楽しそうだね」喜多が田楽を食べながら言う。

「え？　そうですか？」萌絵は目を大きくしてとぼけた。

「思い出し笑い？」喜多がきく。

「ええ、ちょっと」

「肩の荷が下りたんじゃないの？」犀川が呟いた。「明日香さんの代わりをしなくて良くなったから、それで、西之園君、機嫌が良いんだ」

「え！」萌絵は叫んで腰を浮かせる。田楽の木製の皿を持ったまま、彼女はほとんど立ち上がっていた。周囲の客たちが一斉に彼女を注目する。その反応に気がついて、萌絵は深呼吸をしてからゆっくりと座り直した。

「もう、喜多先生！」萌絵は声を押し殺し、喜多を睨みつける。

「俺、何も言ってないよ」喜多が首をふる。

「じゃあ、どうして？」萌絵は犀川を見る。

「馬鹿じゃないからね」犀川は横目で萌絵を一瞬だけ見た。「状況から多少なりとも考えれば、まあ、行き着く結論じゃないかな。たとえば、西之園君の派手な銀のブーツ。昨日はモデルをしていた女性。喜多はレトロだと言った。どうして朝から西之園君が来ているのか。大御坊は従妹の君に何を頼んだのか。つまり……、筒見明日香さんが、もうやりたくないって言ったのかな？　あの控室の衝立《ついたて》の後ろで着替えをするなんて……、他に導ける可能性があったら聞かせてほしい」

「たとえば、服を汚してしまって、誰かの服を借りていたとか」喜多が面白そうに言う。

「それなら、僕に隠さないいし、喜多が喜ぶわけがない」犀川は僅かに微笑んだ。

「しかたがなかったんです」萌絵は首を竦めて溜息をついた。

「悪いことでもないし、隠すことでもない」犀川は淡々と言う。

「お前は見ていない」喜多が言った。「俺は見た。この際な、これをはっきりさせておこう。朝の借りは、これでちゃらだからな」

「喜多先生！」萌絵は睨みつける。

「はしゃぐようなことでもない」犀川はお茶を飲んだ。

「はしゃいでなんていません！」萌絵はだんだん腹が立ってきた。

「あそう」犀川はまた萌絵を一瞥してから、横を向いてお茶を飲む。「喜多の感情的な思考は僕の理解を超えている。話を戻すけど、昨日、筒見明日香さんがその服を着ているとき写真を撮った連中が、わりと怪しいね」

「え？　どうしてですか？」萌絵は息を止めた。犀川が予想外のことを突然言いだしたので驚いたのだ。

「あの場所に呼び出しているからだよ」犀川はまた煙草を取り出した。「彼女があそこに来る理由がないだろう？　もう真っ暗だったんだ。彼女が一人で四階まで上がってくるはずがない。忘れものをしたのなら、きっと守衛さんに声をかけるだろう。これはつまり、殺された彼女が選んだ場所ではなくて、殺した側の人間の選択だった。呼び出されたんだろうか。ここがポイントだね。あの部屋で殺されたってことが……。何故、公会堂の四階なんかに、わざわざ入り込まなくちゃいけなかったのか。もっと安全な場所がいくらでもあったはずだ。あとで首を持ち出す気なら、最初からあんな不利な場所を選ぶはずがないだろう？　つまりね、被害者をわざわざ呼び出したとしたら、その理由があの場所にあるってことになる。そう考えるのが自然だ。呼び出したのか、それとも騙して連れてきたのか。とにかく、あそこに来させる必要があったわけだね。ひょっとしたら、もう一度、そのコスチュームを、着てもらいたかったのかもしれない」

「気持ち悪い……」萌絵は顔をしかめて囁く。得体の知れない不気味な動機が、頭の中で映像的にイメージされた。

「なるほどなあ、それ一理あるな」喜多は軽く頷いた。「だけど、あの服なら、反対の西側の控室にあったんじゃあ?」

「それ、どんな服だったの?」犀川が真面目な顔で萌絵に尋ねた。

9

犀川と喜多は芥子色の小さな車に乗り込んで、公会堂の北側の駐車場から出ていった。萌絵は、一旦は自分の車に乗る振りをしたが、犀川の車が見えなくなると、ドアを開けて運転席から出た。こんなことに気を遣っている自分が滑稽だったけれど、最近、この種の自覚は頻繁にある。今は過渡期だろうか。もっと大人になれば、気を遣っている自分さえ忘れられるのかもしれない。そんな小さな期待を、彼女は持っている。

M工業大学までの道は真っ直ぐで、少しだけ登り坂だった。左手は大学病院。これは萌絵の通っているN大学の医学部の病院と研究施設である。ずっと昔には、N大学のキャンパスも鶴舞にあったと聞いていた。そう、諏訪野《すわの》から聞いた話だ。鶴舞公園は、戦前は動物園だったという。諏訪野というのは、萌絵と一緒に暮らしている老人で、彼女が生まれるずっと以前から西之園家を切り回している人物である。諏訪野が自分からする話は、「最近」と断わりがつかなければ、おおかた第二次世界大戦よりも古い時代のことだった。動物園もN大学も、諏訪野に言わせれば「最近」、東山地区に引っ越したことになる。医学部だけがここ鶴舞に残っていて、つい(本当の)最近、建設された円筒形の高層ビルが、訪れた者を(もちろんそれ以外の通りすがりの人々も)威圧するように敷地の中央にそびえ立っていた。

真っ直ぐの道路の突き当たりはT字路だが、その正面が国立M工業大学の正門だった。歴史のある工科大学である。ゲートは新しく、打ち放しコンクリートによる近代的なデザインで、八桁の数字が目立つ位置に刻まれていた。萌絵は、その数字の意味が気になった。そのゲートを潜《くぐ》り、キャンパスの中に足を踏み入れると、モニュメントのような構造物が正面に出迎える。そこにも同じく八桁の数字が刻まれていた。さらに、少し離れたところにも、またもう一つ数字がある。それも八桁だった。

しばらく立ち止まり、彼女はその数字を眺める。三つとも、八桁の算用数字。いずれの場合も、最初と五番目が1である。それが三つに共通する点だった。

五秒間ほどの思考で、彼女は解答を思いつき、一人で大きく頷いてから、また歩きだした。

なるほど、工科大学ならではの人選だ。八桁の数字ではなくて、四桁の数字が二つ繋がっていたのだ。それに気づけば簡単である。西暦、つまり、生誕と死去の年だ。それは、工学に貢献した三人の大科学者を示している。工学部には、電気、機械、化学、建築、土木、金属など、様々な学科がある。各分野に共通する先駆者を、科学の発展史の中から選び出すとすれば、この三人が順当なところだったのだろう。たとえば他に、誰が挙げられるだろうか？　ナビエ、クーロン、ラグランジュ、ベルヌイ、パスカル、ストークス、それとも、アインシュタインか……。後年の人物になるほど、分野が専門化するため偏ってしまう。それに、残念ながら、日本人、いや東洋人の名前は出てこない。もし外国の大学だったら、異国の科学者を選んだりするだろうか？

案内板が立っていた。その配置図を見て、場所を確かめてから、萌絵は化学工学科へ向かった。

研究棟の玄関の前にパトカーと黒いワゴン車が数台駐まっていた。キャンパス内には近代的な高層ビルもあったが、その研究棟は新しい建物ではなかった。制服の警官が入口のガラスドアの内側に立っていたので、萌絵は、近藤刑事の名前を告げて、中に入れてもらった。その警官は彼女をじろじろと睨んだが、萌絵は気にせず、ロビィの奥の階段を上がった。

ところどころピータイルが剝がれた床。ペンキの剝げた窓のサッシ。いかにも国立大学らしい骨董品のような風化した雰囲気が、最近、彼女は少しだけ好きになっていた。N大学に入学した当時は嫌悪感を持っていたのに、慣れてしまったようだ。住めば都、という諺《ことわざ》を体感したのは、生まれて以来この一つの事例しかない。

三階で、通路の両側を確かめた。右手の奥に立っていた近藤刑事が、彼女に気がついて、にっこりと微笑んで近づいてくる。

「こんにちは、西之園さん」近藤が少年のような高い声を弾ませる。変声期はとうに過ぎているはずだが、それでも彼はまだ二十代だ。長身で、童顔の丸い顔に、縁なしの小さなメガネをかけている。「あっちはもういいんですか？　なんだか、凄まじいことになってるみたいですね」

「こんにちは」萌絵は頭を下げた。「ええ、凄まじいといえば、凄まじいですよ。様子を聞かれたんですね？」

「だって、これでしょう？」近藤は、自分の首に片手を水平に添えて口を歪める。「西之園さん、現物を見たんですか？」

「ちょっとだけ」

「うへぇ」近藤は顔をしかめた。「気持ち悪くなりませんでしたか？」

「いいえ」萌絵は首をふる。「お友達に医学部の子がいるんですけど、いつも彼女から、もっともっと凄い話を聞かされていますから」

「どうぞ、こちらです。こっちはもう、ほとんど検証は終わっています。今は建物の外を重点的にやってるところです」

　近藤は、萌絵を案内して通路を進む。その通路の突き当たり、非常階段への出口の付近に、鑑識の捜査員の姿が見えた。近藤は途中で立ち止まり、右手、北側のドアを開けて、萌絵を招き入れる。〈河嶋研・実験室〉と書かれた表札が掛かっているのを見てから、彼女は室内に入った。今は誰もいない。

もし事情を何も知らない人間が、近くでこの光景を見ていたら、少々異様な雰囲気を感じたことであろう。愛知県警の刑事（もっとも、近藤は小学校の先生風である）が、ただの女子大生風の女の子（事実、西之園萌絵はそのとおりなのだが）に、何故このように謙《へりくだ》った態度で、便宜をはかるのか、不思議に思うはずである。

それには、先天的な理由と後天的な理由があった。

まず、西之園萌絵の亡くなった父親の弟、つまり彼女の叔父に当たる人物が、愛知県警本部長、西之園捷輔《しょうすけ》警視監その人である、という事実。これが先天的なポテンシャルだった。少なくとも、西之園捷輔よりも偉い警察の関係者は県内に存在しない。その人物が、両親を高校生のときに亡くした萌絵の保護者でもある。

後天的な理由は、しかし、それ以上に決定的だった。

西之園萌絵は、地元随一の国立N大の工学部に入学して以来三年半の間に、幾つかの不思議な事件に遭遇した。たとえば、妃真加《ひまか》島の研究所であった事件、N大の極地環境研究センタの事件、三重県の青山高原の事件、昨年の女子大生連続殺人事件、などなど。これらの偶然（彼女はそう信じている）が、もともとのポテンシャルに追加された。

萌絵は愛知県警の刑事たちと知り合い、いつの間にか、偶然を通り越すことになる。最近では、自分から積極的に事件に関わるようにもなっていた。さらに例を挙げれば、昨年末の岐阜県明智《あけち》町の事件や、今年の夏に起きた滝野《たきの》ヶ池《いけ》のマジックショーの事件などがそうである。

叔父の西之園捷輔は、もちろん良い顔をしていない。また、もう一人の保護者である叔母、佐々木睦子《ささきむつこ》（彼女は現職の愛知県知事の夫人である）も血圧を上げて猛反対している。ところが、それらとは裏腹に、県警捜査第一課の若い刑事たちは、急速に西之園萌絵に接近していた。ファンクラブまがいの集会まで定期的に開かれていたし、本部のサーバには秘密裏にホームページまで開設されている有様《ありさま》である。鵜飼大介と近藤健はその代表格で、つまり、西之園萌絵ファンの筆頭といって良い。

ところで、西之園萌絵には、特に犯罪に対する憎悪とか、人間社会における正義感とか、そういった他人に対して言葉で説明しやすい動機はほとんどなかった。西之園一族は客観的に見ても平均的な家柄ではないし、萌絵は非常に裕福な家庭の一人娘だった。彼女の人生の不幸は、高校生のときの両親の飛行機事故、ただその一点に集中していて、その他の部分では、どこを探しても、綿飴《わたあめ》のように軽く明るく穏やかで優しく、そしてもちろん甘いものばかり。したがって、殺人事件などに首を突っ込んで、ちょっとしたスリルを味わうことも、彼女にしてみれば、大学に入って新しく始めたサークル活動か、あるいは、週に一度通う文化センタの三階で展開される習い事か、少なくともそれらに類似した位置づけだといっても、まったく的外れではなかったのである。

ドライに説明すれば、こうなってしまう。

それだけではない。さらにつけ加えれば、犀川創平助教授に起因した感情があった。彼に対する感情については、萌絵自身、とても簡単には説明できない。

ただ一つだけ断言できることは、この趣味（そう、最も近い言葉はこれだろう）は、いつも犀川創平の思考に触れる旅だった。

些《いささ》か、感傷的である。ドライで率直な彼女をしても、これだけは、ウェットでついつい言葉が曇る。世にも不可思議なこの動機は、しかし、他のすべてを掛け合わせた数よりも、はるかに大きな素数で、何ものによっても割り切れなかった。

基本原理が未解明のそんなメカニズムが彼女を慣性運行させているため、今朝、殺人現場にひょっこりと犀川が現れたときにも、萌絵は、不思議に納得したものだ。

（ああ、先生が来てくれた）と素直に安堵したのである。

その感情を、どう説明できるだろうか？

首が切断された死体のすぐ近くで、彼女は、待ち合わせの恋人に手を振るみたいに弾んだ気持ちになった。

新しい冒険が始まる予感でもあった。

不謹慎だろうか？

もし不謹慎だというのなら、誰に対して？

社会の一員として自分を正当化するつもりなど、彼女には毛頭ない。そんな必要など、どここにもなかった。人によっては不謹慎だと思うかもしれないけれど、では、不謹慎とは何か？　その境界はどこにあるのか？

地震学者は、大地震が発生すると喜んで出かけていく。医者は珍しい病気の患者に群がる。核分裂の研究が何に利用されようと、科学者の興奮は冷めない。自分の子供をモルモットにしたのは誰だった？　最初にグライダで空を飛んで墜落死したのは誰？

決して他人の不幸を無視するつもりはない。

けれど、勉強して成績を上げることも、スポーツの試合で勝つことも、商売で成功してお金を儲けることも、会社で出世することも、すべて、誰かから搾取《さくしゅ》した幸せなのだ。どこかで誰かが不幸になっているのである。

どこに「不謹慎」の境界があるのだろう？

社会のため、正義のため、などと言い訳をするのは悪いことではない。だが、本心からそれを信じているのなら、明らかに偽善だ。そんな精神が本当に多数存在するならば、警察も、政治家も、教育者も、すべてボランティアだけで組織できるだろう。

「ここの流し台で血液が検出されたんですよ」という近藤刑事の声で、萌絵は暴走していた思考をリセットする。彼女は、ほんの一瞬の回想から復帰した。

「流してあったのですか？」萌絵は質問する。

「ええ、そうです。今はありませんけど、そこに石鹸がありました。それからも反応が出たそうです。つまり……」

「石鹸を使って血を洗い流した」萌絵が続ける。

近藤は頷いた。

おおよその話は、公会堂で鵜飼刑事から既に聞いていたが、もう一度、発見当時の現場の様子を近藤刑事から詳しく聞いた。

被害者の上倉裕子が倒れていた場所（そこには、現在、プラスティックの白いナンバ・プレートしか置かれていない）、その横に倒れていた椅子、床で割れていた灰皿と調合用の化学容器、デスクの上にあった食べられたあとの弁当、二つのドアと窓の施錠状態、被害者の白衣のポケットにあったドアの鍵、ロッカの中のバッグ。さらに、被害者の友人で井上雅美という名のOL、彼女と被害者の電話のやり取り、斜め向かいの河嶋助教授の部屋にあったもう一つの鍵。特に、寺林高司がこの場所で被害者と八時に待ち合わせをしていたらしいこと、八時を過ぎても彼が現れなかったこと（これは河嶋助教授と井上雅美の供述による）の二点を、近藤は強調して説明した。

「ですから、奴は公会堂で一人殺したあと、こっちへやってきて、もう一人殺《や》ったんですよ。この実験室の鍵を持っていたのは、寺林だけなんですから」

「向こうで首を切ったから、手に血が付いていたんですか？」

「そうそう、もちろんそうですよ。あっちの現場、その犯行のあったっていう部屋には、水道がなかったんですね？」

「いえ、ありましたよ」萌絵は思い出しながら言った。控室の隅に小さな洗面所があった。それに、通路に出たすぐのところにトイレもある。「手を洗おうと思ったら、向こうで洗えたはずです」

「そりゃ、もちろん一度は洗ったかもしれません。でも、焦っていたのか、それとも暗かったのか、とにかく完全じゃなかったわけですよ。この明るい実験室に入ってきて、初めてそれに気がついて、もう一度洗い直した、と……」

「上倉裕子さんの首に、血が付着していましたか？」

「あ、いいえ。見たところ、それはありません。もっとも、ちゃんとした検査は今やってる最中です。僅かにでも付着していれば、わかるはずです」

「つまり、あったとしても、ほんの少しですよね。上倉さんの首を絞めるまえに手を洗ったっていうことかしら？　どれくらいの量の血が、ここで流されていたのですか？」

「それはちょっとわかりません。流しのステンレスに付着していた量は、それこそほんの僅かだったようです」近藤はコートのポケットに手を突っ込んでいて、しゃべるたびに肩を動かした。「最初、見た目にはわかりませんでしたからね。下のパイプも外して調べたんですけど、まだ、その正式な報告を受けていません。でも、正確な量まではわからないと思いますよ。ただ、一滴や二滴じゃないはずです」

「ここで手を洗ったとして……、また、もう一度、公会堂へ戻っていったのでしょうか?」萌絵は流し台から離れ、部屋の中を歩いた。「変ですよね……。しかも、また、向こうの部屋で鍵をかけてから、一晩中、中で倒れていたわけですか?」

「そうなりますね。自分は被害者だって、思わせようとしたんですよ。あんまり賢いやり方とはいえませんけど」

「うーん、もしそうなら、ドアの鍵を開けておくんじゃないかしら?」萌絵は窓の外を見て言った。「施錠してしまったら、不可能犯罪になってしまうことくらい計算できたはずでしょう?」

「寺林は、自分でその控室の鍵を持っていたんですか?」近藤がきいた。

「ええ、たぶん」窓を向いていた萌絵は、振り返って近藤を見る。「救急車で運び出されるときに、寺林さんのポケットから鍵が落ちたみたいなんです。その鍵を、犀川先生が拾われたんですよ」

「ひぇぇ。犀川先生がぁ?」近藤は高い声を出す。「じゃあ、先生も公会堂にいたんですか?」

「ええ」萌絵はにっこりと頷く。「犀川先生にはアリバイがありますよ。昨夜から、お友達の喜多先生という方とずっとご一緒だったんです」

「何の冗談です?」近藤は鼻息をもらして笑った。「えっと……、いいでしょう、確かに、鍵をかけたという行動は、ちょっと不自然だと、僕も思います」

「ちょっとじゃありません」萌絵が言う。「全然おかしいもの」

「西之園さんは、寺林は犯人じゃない、というんですか?」

「もちろん」萌絵は頷く。

「あ、でも……、もし、奴じゃないとしたらですね、ひょっとして、これ、もの凄い密室殺人事件になりませんか?」近藤は可笑しそうに声を弾ませながら言った。「だって、ほら、この実験室も、向こうの公会堂の部屋も、犯人はどうやって鍵を外からかけたんです?」

「それは簡単なんです」萌絵はすぐに答えた。「でも、ちょっと待って下さいね」

「何を待つんです?」

「物理的な説明なら、いたって簡単なんですけれど、確認が必要です。それに、どうしてそんなことをしたのか……、その意図が理解できないの」

10

その日の午後三時過ぎ。三浦と鵜飼は、公会堂の北にある大学病院の一室で、寺林高司と話をすることができた。

今朝、救急車に乗せられた寺林は、僅か数百メートル運ばれただけだった。担当した医師の診断によれば、彼の後頭部の怪我は、重傷とはいえ、骨折は免れ、ほぼ命に別状はないということだった。レントゲン写真を三浦たちに見せながら、出血したことが逆に幸いした、と若い医師は説明した。

「首の後ろの、この辺、肩に近い部分にも軽い裂傷があります。つまり、頭の他に、もう一発殴られていますね。それから、額の方の傷は、たぶん倒れたとき、床か壁にぶつけたものだと思います。これも大したことはありません。あと、右手首の外側にかなり酷い内出血がありますす。あの、私は専門じゃないんですが、たぶん……、こう、殴られるのを本能的に防いだんじゃないでしょうか」医師は片手を挙げて振り返るようなポーズをとる。「こんなふうに防御したんですね。それで、二発目は頭を逸れて、首筋に当たったわけです。でも、強烈だったのは一発目で、意識を失うには充分だったと思いますよ」

「ずっと、朝になるまで気を失っていたんですか？」三浦は質問した。

「いや、そんなことはわかりませんよ」医師は首をふる。彼は、明らかに三浦よりも歳下で、白衣の下はジーンズだった。「本人にきいてみて下さい。もう、意識はしっかりしています」

「殴るのに使った凶器がどんなものだったかわかりますか？」

「それも、あとで警察の専門の方と相談してみますので、ちょっと結論は待っていただけませんか。とにかくですね、私は専門外でして……」

寺林は二、三日入院して容態に急変がなければ、退院できるとのことだった。彼は、救急車で運ばれ、病院に到着したときには意識があり、治療を受けているときも、しっかりしていた、と医師は話した。

ベッドの寺林高司は、頭の包帯が顎まで包み、忍者の頭巾のような有様だった。顔は蒼ざめ、髭が伸び、目はぼんやりとして疲れている。三浦と鵜飼が身分を名乗っても、反応は鈍かった。

三浦は、事件のことは何も話さないで、まず、寺林に事情の説明を促した。彼は、ゆっくりと昨夜のことを語ったが、それは実に簡単だった。八時に大学の実験室で人と会う約束があったので、その十五分ほどまえに、公会堂の四階の控室から出ようとした。部屋の照明を消し、外からドアに鍵をかけようとしたとき、背後から突然殴られた。あとは何も覚えていない。ただそれだけだった。

「他に何か思い出せませんか？」三浦は低い声でゆっくりと確認した。彼の視線は寺林の目に注がれている。寺林は、三浦たちではなく、正面の壁に焦点を合わせているようだった。

「はい。気がついたときは、朝でした」寺林は顔をしかめる。「誰かが僕を起こそうとしました。でも、頭痛がして……、それに気分が悪かった。それから、ぼんやりとですけど、運ばれているときのことは覚えています。救急車に乗せられたときのことも、少しだけですけど……覚えています」

「何があったと思いましたか？」

「強盗でしょう？」寺林は三浦を見てきいた。「僕の模型は無事ですか？　ずっとそれが心配で……」

「模型？」

「ええ、あの部屋に僕の模型があるはずです、大丈夫だったでしょうか？　壊されていませんでしたか？」

「ええ、あとで確認します」

「人形なんです。透明のアクリルケースに入っていて、テーブルの上に置いてあったと思います」

そんなものはなかった、と三浦は思った。鵜飼も三浦をちらりと見る。しかし、今は黙っていることにした。

「運ばれているとき、周囲を見ませんでしたか？」三浦は質問を続ける。

「いいえ、気分が悪かったし……、自分は頭を殴られて、怪我をしているんだって……、そのことは思い出しましたから、ああ、病院へ連れていってもらえるんだって……、死なないですむかなって……考えていました」

「殴られたのは、確かにあの部屋の外なんですね？」

「そうです」

「でも、今朝、貴方は部屋の奥の方で倒れていたんですよ」

「そうですか……」

「何回殴られましたか？」

「わかりません」

「一度ですか？　二度ですか？」

「覚えていません」

「相手は？　どんな感じでした？」

「暗かったから、全然わかりません。後ろから突然だったんです」

「部屋のドアに鍵がかかっていました」三浦はゆっくりと言った。

寺林は無言で三浦の顔を見る。

「貴方がかけたんじゃないんですか？」三浦はきいた。「鍵を預かっていらっしゃったでしょう？」

「あの、よくわからないんですけど……」ぼんやりとした無感情な顔で寺林は首をふった。

「鍵は、どこのポケットに入れてあったんですか？」

「いいえ、違います。あの……、僕は……、鍵をかけているときに、殴られたんです。だから、つまり、鍵はドアに……」

「確かですね？」

「はい……」

三浦は上着のポケットから写真を取り出した。それは、公会堂の被害者の写真だったが、首から上の問題の部分は写っていなかった。胸から下の全身、それに、手と脚をアップで撮影したものの三枚である。

「ちょっと、これを見ていただけますか？」

寺林は神経質そうに目を細め、眉を寄せながら、しばらくその三枚の写真を食い入るように見た。そして、急に目を見開いて、顔を上げた。

「明日香さんですね？」寺林は言った。

「え、どなたですか？」

「筒見明日香さんですよ。何ですか、これ？　この写真……、彼女、どうかしたんですか？」

「何故、筒見明日香さんだとわかるんですか？　顔は写っていないと思いますが」

「ええ……」寺林はもう一度写真に視線を落す。「でも、これ……。彼女ですよね。どうしたんです？　いったい……」

「亡くなりました」三浦は答える。「血が写っているでしょう？」そう言いながら、三浦は、寺林の表情の観測に神経を集中させた。

寺林はまた写真を見る。「まさか……、どうして？　あの、ひょっとして……」彼はそこで黙った。

「ひょっとして、何ですか?」三浦は軽い口調できいた。

「殺されたんですか?」寺林は写真を見据えたまま、顔を上げずに小声で言った。「警察がこんな写真を撮ったなんて……。これ、部屋の中ですから、交通事故とかじゃないでしょう? だったら、それしか……」

「ええ、実は、申し上げにくいんですが、それは、貴方が倒れていた部屋で撮影したものです。あそこで彼女は亡くなっていました」

「あの部屋? どうしてですか?」

「さあ、どうしてでしょう」

「僕を殴った奴が、殺したんですね?」

三浦は黙って寺林を睨み返した。

「彼女も頭を殴られていたんですね? それで、写真に写っていないんでしょう? 酷かったんですか?」

「あの、寺林さん」三浦はゆっくりと息を吐いた。「もう一度、その、同じ質問で恐縮なんですが……、どうして、この写真が筒見明日香さんだとわかったのか、ご説明願えませんか?」

「えっと、その……、コートが……、ええ、昨日、彼女が着ていたものと同じみたいだったから、なんとなく……」

「いいえ」三浦は相手を睨んだまま言った。「同じコートではありません。筒見明日香さんは昨日、公会堂から一度帰宅して、着替えています。したがって、昨日の午後、公会堂にいたときとは、彼女の服装は違います。それとも、貴方は、この服装の彼女を見たことがあるのですか？」

「すみません」寺林は目を瞑《つむ》って首を横にふった。「本当はそうじゃないんです。僕が、彼女だとわかったのは、その……、服なんかじゃありません」

「では、何ですか？」

「腕と脚の形です」

「腕と脚の形？」

「はい……。僕……、人形を作るんで、そういうのを、たぶん人よりも、よく見てるんですよ」

「人形ですか？」三浦は指先でメガネを持ち上げた。

「フィギュアっていうんですけど、このくらいの大きさのプラモデルで、あの、材質はちょっと違うんですけど、プラモデルの一種です。キットも売り出されているんですよ。公会堂の展示会にも沢山出品されていました。僕は、自分で型をおこして、キャストして作ります」

「筒見明日香さんにご興味があったようですね？」三浦は少し微笑んできいた。相手を安心させようと意図した演技である。

「ええ」寺林は頷く。「彼女、プロポーションが良かったし、うん、そうですね、興味があったか、といわれれば、確かに……。モデルとして、最高だったと思います」

「彼女の顔は、どうでしたか？」三浦はきいた。

「どういう意味です？」

「いえ……。お好きでしたか？」

「ええ、もちろん」寺林は少し不思議そうに三浦を見返したが、軽く頷いた。「そうだ……、筒見君、筒見紀世都君は大丈夫ですか？　彼、どうしていますか？」

「ええ、気を落されてはいるようでしたが、しっかりなさっていますよ。ご心配ですか？」

「明日香さんのことを、彼、ずいぶん可愛がっていましたからね」

「そうですか」三浦は頷く。

「寺林さん」今度は、鵜飼が口をきいた。「上倉裕子さんをご存じですね？」

「え？　あ、はい、もちろん知っています」

「昨夜は、上倉さんとお会いになる約束だったのでは？」

「はい、さっきも言いましたけど、それが八時の約束でした。大学の実験室で、月曜から始める測定のことで、彼女と打ち合わせをする約束をしていました。あの……、ひょっとして、上倉さん、ここに来たんですか?」

「その実験室の鍵を、お持ちですね?」鵜飼が質問する。

「あ、ええ、持っています」寺林は辺りを見回した。「今、どこにあるのか、ちょっとわかりませんけど、車のキーと同じホルダに付けてあるはずです。確か、上着のポケットだと思いますけど。えっと、僕の上着はどこですか?」

もちろん、上着は検査済みだった。そのキーホルダは発見されていない。

「大学のその実験室の鍵は、全部でいくつあるのか、ご存じですか?」鵜飼はゆっくりとした口調で質問した。

「さあ……」寺林は答える。「それはちょっと……わかりません。あの、彼女に、上倉さんにきいてもらえば……。でも、どうして、そんなことを?」

「その実験室の鍵は、いつも寺林さんが持っているのですか?」

「違います、二日ほどまえに借りたものです。えっと、院生で使い回している共通の鍵なんですよ。上倉さんだけは専用に一つ持っていますけどね。彼女、あの実験室を一番よく使うから。あの、僕は、大学では新参者ですから、他に鍵がいくつあるのかなんて知りません」

「そうですか……」鵜飼は頷く。

「刑事さん、鍵がどうかしたんですか?」寺林は不思議そうな表情で尋ねた。

「上倉裕子さんとは、特別なご関係ですか?」三浦は唐突に切り出した。

「特別？　あの……、特別って？」寺林は軽く吹き出した。「どうしたんですか？　何故、上倉さんが関係あるんです？」

「車はどこに駐められましたか？」鵜飼が質問する。

「えっと、昨日は……、高架沿いのところですね。公会堂のすぐ西側の……。あそこ、駐禁ですけど、いつも大丈夫だから」

当然ながら捜索済みの場所だった。そこには、寺林の車はない。

三浦は、だんだん落ち着かない気分になっていた。彼は目の前の寺林高司を見据えたまま、この男が殺したのではないかもしれない、と思い始めていた。

11

夕方の六時。N大学工学部四号館の四階、南側の一室で、西之園萌絵は、欠伸《あくび》を嚙み殺して国枝桃子《くにえだももこ》を見つめていた。

二人はテーブルの両側に座り、向き合っている。

「じゃあ、ヨーロッパ・コードに比べて、オーストラリアの規準の特徴は？」国枝桃子が抑揚のない口調できいた。彼女は、萌絵が作ってきたレポートを手に持っている。

「それはまだ整理していませんけれど……」萌絵は答える。「大雑把《おおざっぱ》にいえば、理想的というか、論理的というか、正論を押し出しているというか、いずれにしても機能や性能重視の表記になっていることだと思います。実情がともなっているのかどうかは、私にはわかりません。ただ、少なくとも記述の意図は非常に未来的です」

　萌絵は、自分でしゃべっていることがよくわからなかった。彼女の目の前には、英語の文献をコピィしたA4サイズの紙束がバインダ・クリップでとめられて並んでいる。それは各種都市計画法に関連する報告書で、国枝に手渡したばかりのレポートは、その文献の内容を萌絵が要約したものだった。

「まあ、そうね」国枝が小さく頷いた。「うん。それが、わかっていれば良いか」

「全訳も必要ですか？」

「いらない」国枝は無表情で答える。「でも、自分が必要なら全訳して」

　電話が鳴ったので、国枝は椅子を百八十度回転させて、デスクの上の受話器を取った。

「はい、国枝です」

　国枝桃子は、萌絵の所属する講座の助手である。性別は女性。年齢は三十一歳。身長は萌絵よりも十センチは高い。国枝は結婚して二年ほどになるが、その以前から、姓は国枝だった。結婚式で、国枝桃子がどんな衣裳を着たのか、そのときには化粧をしたのだろうか、といったテーマが学生の間でときどき議論されているほど、彼女は男性的である。いつも男物のファッションだったし、髪も犀川助教授より短かった。

その犀川助教授の部屋は、萌絵が今いる国枝助手の部屋の西隣になる。今日は日曜日だったが、犀川助教授も国枝助手も、日曜日に研究室にいないことの方がむしろ珍しい。ついさきほどより、隣の部屋から話し声が聞こえている。犀川の部屋へ誰か客が来ているようだった。

国枝桃子は、コードレスの受話器を持って窓際に立ち、外を見ながら話をしている。窓の外、道を挟んだすぐ向かいのビルは、大型計算機センタで、そこの職員は日曜日はいない。その暗い窓ガラスに、こちらの研究棟の明かりが反射していた。日はとうに沈んでいる。電話をしている国枝の言葉は、感情のない「ええ」とか「はい」ばかりで、何を話しているのか、さっぱりわからなかった。電話でなくても、彼女は日頃から無口で冷静だ。国枝桃子が激怒したり大笑いしたりするところは、見たことがない。無駄なアウトプットをしないことで、エネルギィを節約しているのかもしれないが、事実、いろいろな意味で国枝には無駄がなかった。

二時間ほどまえ大学に戻ってきた西之園萌絵は、廊下の反対側にある研究室で、ディスプレイに向ってレポートの続きを書いた。月曜日までに読んでくるように、と国枝助手から指示された課題だったので、今日中に片づけなくてはならなかった。もっとも、それが萌絵自身の卒論のテーマの一部なのだから、自分の仕事である。

それをようやく片づけて、犀川助教授の部屋に行って事件の話をしようと思っていた矢先、国枝桃子が現れ、仕事がもう済んでいるのなら、今からゼミをしようと言いだした。萌絵は強引に国枝の部屋へ連れていかれ、それ以来一時間ほど、国枝の部屋から出られなかった。もちろん、文句など言える立場ではない。

　耳を澄ませて、隣の部屋の様子を窺うが、ときどき微《かす》かに笑い声が聞こえるだけで、犀川の部屋に誰が来ているのかわからなかった。

「わかった。じゃあ」国枝は最後にそう言って電話を切り、受話器をデスクに戻した。そして、萌絵の方を見た。「西之園さん。ごめん、ちょっと今から出かけることになった」

「はい、かまいません」萌絵は返事をした。込み上げる嬉しさを顔に出さないように力を入れる。「続きは、また明日お願いします」

「そうね。じゃあ、このまえの文献との整合性だけ、チェックしておいてくれる?」

「わかりました」萌絵は立ち上がって、書類をファイルに戻した。「あの、国枝先生」

「何?」

「あ、いえ……」萌絵は軽く肩を竦める。「余計なお話ですけど、日曜日に、先生のご主人様は、どうなさっているのですか?」

「別に……」国枝はメガネに片手をやって言う。「日曜日でも平日でも、どうって変化はないと思うけど……。貴女、何が言いたいわけ?」

「お二人でご一緒に、どこかへお出かけになったりしないんですか?」

「ああ、そういうこと」にこりともしないで国枝が言う。彼女をよく知らない人間が見たら、明らかに怒っているように見えるだろう。「今から、出かけることになったよ。貴女、私のことを心配する余裕があるわけだ」

「あ、じゃあ、今の電話、ご主人様からだったんですね？」萌絵は声を弾ませる。

「そうだけど」

「どちらへ行かれるんですか？」

「関係ないでしょう」

「私、先生の旦那様にお会いしたいなあ」

「その旦那様っていうの、気に入らないな。主人っていうのも使わないよ、私は。どちらも、適切な表現とはいえない」

「じゃあ……。なんておっしゃっているんです？」

「何とも言ってない」そう言いながら、国枝はデスクの上を片づけている。確かに、国枝桃子が、自分の伴侶《はんりょ》のことを自分から口にしたことは一度もない。したがって、彼女の言葉どおり、夫のことを他人にどんな言葉で伝達しているのか、という質問の答えは、ないのである。

二人だけのときは、どう呼んでいるのだろう？　そうか、二人だけなら、呼称は不要だ。合理的な国枝桃子が、そんな無駄はしないだろう。

萌絵がぽかんとして立ちつくしていると、しばらくして国枝がこちらを向く。

「まあ、どうしても言わなくちゃいけない場合は、そうね……」国枝は片方の眉をほんの少し上げた。「結婚相手、かな。貴女、そんな馬鹿なこと考える暇があったら、他にやることないか？　さあ、さっさと出ていきな」

萌絵はにっこりと微笑んで頭を下げてから、国枝の部屋を出た。犀川の部屋に直行したかったが、一度、廊下の斜め向かいにある研究室に戻ることにした。その部屋は、犀川研の四年生が使っているスペースで、入ってすぐのところに、ゼミをするための大きなテーブルが一つ、奥には、マッキントッシュとディスプレイがのったデスクが三つある。一番奥の窓際が萌絵のデスクだった。

部屋には、同級生の牧野《まきの》洋子《ようこ》と金子《かねこ》勇二《ゆうじ》がいた。萌絵がレポートを作っていたときは彼女一人だったので、二人とも来たばかりである。

「日曜日にゼミかよ？」テーブルで漫画を読んでいた金子が、入ってきた萌絵に声をかける。

「うん、国枝先生に捕まっちゃって」萌絵は金子の横を通り過ぎながら答えた。「ね、犀川先生の部屋、誰かお客さん？」

「さあね……」自分のデスクでネットサーフィンをしている牧野洋子が答える。「さっき、ノックの音は聞こえたけど」

「あ、今ね、国枝先生のところに旦那様から電話があったのよ」萌絵が洋子に話す。「でもでも、全然、変わらないの。凄いわぁ、国枝先生って」

「何が凄いの?」洋子が不思議そうにきく。

上手《うま》く答えられないので、萌絵は肩を竦めた。自分のデスクに文献のファイルを置いて、椅子に腰掛ける。

それから、国枝桃子助手が彼女の「結婚相手」をどう呼ぶのか、という話題で牧野洋子と話し合った。萌絵は、最近、国枝から直接、研究指導を受ける機会が多く、あらゆる面で国枝の振舞《ふるまい》が気になっていた。女性としてというよりも、人間として、極めて洗練された人格だったからだ。もし人格の設計図が存在するとしたら、おそらく国枝桃子のそれは、明確で一貫した合理的な思想の基にデザインされたものといえるだろう、と萌絵は思う。

彼女がそのことを力説すると、ディスプレイを見ながら話につき合っていた牧野洋子がくすくすと笑いだした。

「なんか、それさ……、ロボットみたいだよ」

「そうロボット。でも、全然悪い意味じゃないのよ」萌絵は言った。彼女は、二人の話を黙って聞いていた金子勇二の方を見る。「金子君、そう思わない?」

「きっと、外から見て理想的に見えるようにデザインされてるんじゃないか」金子が鼻息をもらして答える。「デザインって、たいがいが、そんなもんだろ?」

「あら、金子君、国枝先生嫌いなの？」萌絵はきいた。

「そんなこと言ってねえよ」

「じゃあ、どういう意味？」

「あのさ、お嬢さん」溜息をついて、金子が首をふる。「一般論だよ。デザインの一般論。しかも、俺の主観的な意見だから気にしないでくれ……。まったく、これだから、女の話って困るよな。なんで、すぐ好きとか嫌いとかに行き着くんだ？　関係ねえだろう？　いちいち断らなくても、それくらい理解してほしいよな」

「女の話っていうところも、一般論？」

「それは……、売り言葉に買い言葉だ。ああ、悪かったよ。謝る」

「わかった」萌絵は微笑む。「私も、ごめん」

「犠牲にするものが多いほど、デザインは当然、洗練されるんだ。削られるほどシャープになる。それが、そもそもデザインの本来の意味だし、シャープっていう形容の定義だろ？　そんなの、自明のことだ」

「ええ、そうね。それじゃあ、要は犠牲を払う勇気があるかどうかっていう問題？」

「ああ」金子は頷く。「そういうこった」

「金子君さぁ、彼女のこと、なんて呼んでんの？」牧野洋子がきいた。

「彼女って、誰だよ？」

「あんたのつき合ってる女だよ」洋子が言う。

「牧野は、どう呼んでるんだ？」金子はすぐきき返す。

「え？」

「お前が入れ込んでるんか、相手が入れ込んでるんか知らんけど、一応相手は男なんだろ？」

洋子は口を尖らせて黙った。

「あの……、私が悪かったわ」萌絵が立ち上がって二人の間に入る。「他の話をしない？」

「つまらん議論するなよ。馬鹿馬鹿しい」金子が鼻で笑って、漫画のページを捲った。

牧野洋子は萌絵の顔を見て、わざとらしく口を歪《ゆが》ませる。

ドアが開き、犀川助教授が顔を覗かせた。

「西之園君、ちょっと」彼はそれだけ言ってすぐドアを閉めた。返事をする余裕もない。

「いってらっしゃい」洋子は広げた片手の指を器用に動かして、小声で言った。「私、もう帰るから」

萌絵は立ち上がって、ドアまで歩み寄る。金子は漫画を見たまま、顔を上げなかった。彼女は洋子に片手を振ってから部屋を出た。

廊下を横断し、犀川の部屋に入るまでの数秒間に、萌絵は、人の呼称に関する一瞬の考察をした。

金子勇二は、牧野洋子を「牧野」あるいは「お前」と呼び、萌絵を「お嬢さん」と呼ぶ。「西之園」とか「お前」と呼ばれたことはほとんどない。儀同世津子が「創平君」と呼ぶ犀川を、萌絵は「先生」と呼ぶ。その犀川は萌絵を「西之園君」と呼ぶ。

相手にどう呼ばれるのか、ということも、本人の機能、すなわちデザインのうちだろうか？

おそらくそうであろう。

アイドルやアニメ・キャラクタが、ファンからどう呼ばれるのかを考えれば、それがわかる。

これは、通常、他人の思考、他人の感覚、他人の価値観として言い訳されることの多い現象が、実は本人の機能、そして意志の一部であることを示唆している。

逆にいえば、そこに、人間があらゆる造形を成し、生物となりえないそれらの人工物に、「生」の幻想を観る、その根元的な心理がある。

子供でも、人形に名前をつけて呼ぶことができる。たとえ対象物が生きていなくても、人間は、それに「生」を観ることができるのだ。当然ながら相手が生きている場合にも、一部ではあるが、勝手な「生」を観て、勝手な「名」を呼ぶ。

その機能が何のためにあるのか、萌絵は考えた。

12

「あ、喜多先生だったんですか……」萌絵は少し驚いた。

犀川の部屋の客は土木工学科の喜多助教授だった。鶴舞公園で一緒だったのは、六時間ほどまえになる。

「もう難しい話は終わったから、君を誘って一緒にコーヒーを飲もうと思ったんだ」デスクに座りながら犀川が言った。

「それは、彼女に失礼な言い方だぞ」椅子に腰掛けて脚を組んでいた喜多が微笑みながら言う。「難しいも何もない。つまらない仕事の話だったんだ」

「それは、難解イコール高尚という歪んだ定義に起因している、そちらも偏見だ」犀川が呟いた。

「私はコーヒーが飲めれば、文句はありません」萌絵は二人の間に入って微笑む。

コーヒー・メーカは既にセットされていて、湯気を上げている。ガラスポットに黒い液体が落ちている状態だった。

「さっき、隣の部屋で国枝君と話していたの、西之園君？」犀川が煙草に火をつけながら言う。

「はい」

「電話がかかってきただろう？　あれ、国枝君の旦那さんからだった？」犀川が煙草を指先で回しながらきいた。

「あ、はい」萌絵はまだ立ったままである。「先生、どうして、それをご存じなんです？」

「日曜日のこの時間にかけてくるのは、それ以外にないかなって……」

「え？　もしかして、よくかかってくるのですか？」

「うん」犀川は口もとを上げて少しだけ微笑んだ。「国枝君が結婚してから、変化があったのはそれだけだからね。日曜日の夕方に電話が鳴るようになった。僕の密かな推測の確認がとれたのは、たった今だ」

犀川は立ち上がって食器棚からカップを出す。萌絵がポットからコーヒーを注いだ。コーヒーはデスクの上に並べられる。犀川は、使えなくなった三・五インチのフロッピィディスクをコースタ代わりに使っていたが、カップはそのカラフルなディスクにのせられた。デスクの内側に戻り、犀川は椅子に深く腰掛ける。萌絵も喜多の隣の椅子に座った。

「さて、西之園君の話を聞こう」犀川が言う。

喜多も萌絵の顔を見て頷いた。

極めて珍しいシチュエーションだ、と萌絵は思ったが、その感慨を口にすることはひとまず我慢し、今日の午後、M工大の現場で彼女が見たこと、聞いたことを要約して説明した。

接近した場所で相前後して発生した二つの殺人事件、公会堂の首無し死体とM工大の扼殺死体。そのいずれにも共通する単語は「密室」、そして、共通する関係者は寺林高司だった。

「当然ながら、その寺林さんが疑われているわけだ」喜多も煙草に火をつけて言った。「もし殺したのが彼じゃないと仮定すると、どちらの部屋も、鍵を外側からかける方法が焦点となる。こりゃあ、なんだか、西之園さん好みの、あれ、だね」

「煽《あお》らない方が良い」犀川が呟く。

「私、大丈夫です。煽られて影響を受けるほど、子供じゃありません」

「滑《なめ》らかだ」犀川は囁く。

どうやら、萌絵の理屈か、口調のことを評価しているようだ。

「あの、喜多先生」萌絵は尋ねた。「先生が寺林さんを運び出したとき、彼は鍵を持っていましたか？」

「手には持っていなかったと思う」喜多は答える。「でも、ポケットの中まで調べたわけではないし、そんな場合じゃなかったからね。しかし、創平が玄関のところで拾ったんだから、つまりは、彼のポケットから落ちたと考えるのが自然だろう？」

「そこが問題なんです」萌絵は人差指を立てる。「犀川先生が拾った鍵は、寺林さんのポケットから落ちたものではないかもしれません。誰かが、わざとあそこで落とした、とも考えられます。つまり、救急車まで運ばれてきた寺林さんがそこで落としたように、誰かが見せかけたのです」

「うーん」喜多が唸る。「どうかな……」

「そうなると、公会堂の控室の殺人現場は、密室ではなくなります」萌絵は続ける。「鍵は、部屋の中にあったわけではない、ということになって、誰かが、あの鍵を使ってドアの外からロックしただけのことです。それに、寺林さんが持っていたもう一つの鍵、つまり、M工大の実験室の鍵も、その人物は手に入れることができます。犯人は、最初に公会堂で筒見明日香さんを殺し、寺林さんを殴って気絶させて、二つの鍵を奪います。そして、まずM工大へ行って、実験室で上倉裕子さんを殺害して、そこの鍵をかける。再び公会堂に戻って、寺林さんのポケットに使った鍵を戻す。たぶん、それから筒見明日香さんの首を切断して、あの部屋の鍵をかけて逃げたのです」

「あれ？　M工大の鍵、結局、寺林さんがまだ持っていたの？」犀川が質問する。

「あ、そうか……。見つかってないんだ……」

「でも、鍵をあそこに落して、創平に拾わせたわけだろう？」喜多が言った。「てことは、つまり、あのとき、あそこにいた誰かということになるな」

「はい。寺林さんが運び出されることをきっと計算していたのです」萌絵はすぐに答えた。

「どうして、控室の鍵をかけたのかな？」犀川が煙を吐きながらまたきいた。

「密室にしたかったからだと思います」

「どうして密室にしたかったの？」犀川がさらにきく。

「寺林さんを殺人犯にするためです」

「それは反対だよ。部屋の鍵はかけない方が適切だ」犀川は無表情のまま言う。「あの部屋を密室にする必然性はない」

「でも、犀川先生。鍵がかかっていたからこそ、寺林さんしか実行可能な人間がいない、という判断になったんですよ。それとも、そうですね、鍵がかけられたのは、単に発見を遅らせるためで、犯人は、寺林さんだけが部屋の鍵を持っていたことを知らなかった、と考えることもできます」

「その方が少しまともだ。しかし、公会堂の事件だけを見れば、そうだけどね……」犀川は少し首を傾ける。「首が切断されていなければ、西之園君の言うとおりかもしれない」

「完全な密室に死体と怪我人の二人しかいない、という状況ならば、殺人者は生きている方の一人だよな」喜多が彼にしては小さな声ですらすらと言った。「ところが、そこには死体の首がない……。となると、誰かそれを持ち出した人間がいることになるから、このことで、密室という条件が、そもそも意味をなさなくなる」

「別々の事件かもしれない」犀川が言った。

「それは、犯人が別だということ？」喜多がきいた。

「ええ」萌絵は頷いた。「偶然というには、場所と時刻が近過ぎますけど、可能性はありますね。でも、そうだとすると……」

「鍵の問題がある」犀川は灰皿で煙草を消しながら言った。「つまり、M工大の実験室の密室が問題になる」

「はい、そのとおりです。別々の事件だとすると、公会堂の殺人は寺林さんが犯人です。彼は被害者を装って、あそこで一晩中気を失っていた振りをしたのです。そして、寺林さんがそちらの犯人だとすると、彼は、自分しか鍵を持っていないM工大の実験室に鍵をかけるようなことはしないはずです。つまり、M工大の方は別の人間の仕業ということになりますから、この場合、鍵をどうやってかけたのか……」

「しかも、その人物は、公会堂の事件なんて予想もしていなかった、ということになる」喜多が横から言った。「そいつは、寺林さんを犯人に仕立て上げようと考えて、その実験室を密室にしたわけだろう？　どんな手を使ったかは知らんが、彼に嫌疑をかけるためにわざわざ苦労をしたわけだ。ところが、寺林さんは、本当の殺人を偶然にも同じ時刻に実行していた。つまりは、犯人の苦労は水の泡ってことかな？」

「公会堂の事件が、寺林さんの犯行だと断定するのは短絡的だね」犀川が言う。「彼がまっとうな思考力を持っている人間なら、あの場所ではやらないよ。それに、現場で気を失って倒れているなんて偽装は極めて危険だし、子供騙しもいいとこだ」

「つまり、そちらも犯人は別の人間だということですか？」萌絵は首を傾げる。その可能性についても既に彼女は検討済みだったが、口から出た言葉は柔らかく疑問形になっていた。

「うん。その場合、そっちの密室のトリックは、今、西之園君が言ったとおりだね」犀川は頷く。「鍵は、救急車のところで犯人が捨てたんだろう」

「いいね。ちょっとはまともになってきたな」喜多が面白そうに言う。「じゃあさ、つまり、そっちの犯人も、寺林さんに嫌疑をかけたってわけか？　待てよ……、いや、しかし首の問題があるな」

「そうじゃないよ」犀川がカップを持ち上げて言う。「たぶん、寺林さんはそこに居合わせただけだ。犯人は、そのモデルの女の子の後をつけていたのか、いや……、それとも、あそこに呼び出したのかな、うん、たぶん、呼び出したんだね……、それで、一足さきに、あの控室にやってきて、たまたまそこにいた寺林さんを殴ったんだよ。たぶん、犯人は、彼が死んだと思った」

「でも、鍵をかけたんですよ」萌絵が言う。

「その、殴ったとき、寺林さんがドアの鍵をかけたところだったんじゃないかな……。つまりね、彼がちょうど鍵を手に持っていて、殴られたときにそれが落ちた。とにかく、ひとまずは、急いで寺林さんを部屋の奥まで引きずっていって隠さなくちゃいけない。なにしろそこで、彼女を待ち伏せするわけだからね。で、彼女がやってきたところを襲って殺す。あとは首を切って持ち去るだけだけど、たまたま部屋の鍵を見つけたもんだから、守衛に朝まで発見されない方が好都合だと考えて、扉に鍵をかけたんだ」

「先生がおっしゃるのは、つまり、最初から寺林さんを殺人犯に仕立て上げようと計画していたわけではない、ということですね？」萌絵は犀川を見つめる。

「うん、そうなるね」犀川はカップに口をつけ、コーヒーを飲んだ。「ただ、邪魔だっただけでね」

「どうして、鍵をお前に拾わせたんだ？」喜多がきいた。

「別に僕を指定して拾わせたわけじゃないと思うよ。僕があそこに行ったのは偶然だから」

「でも、何故、鍵を落したのかしら？」

「今朝になって、犯人は三つの新しい情報を得たんだ」犀川は無表情のまま言う。「一つは、寺林さんがまだ生きていたこと。まあ、これくらいは予想していたかもしれない。殴ったあとで、死んでいないことくらい、すぐわかっただろうからね」

「もう一つはM工大の事件ですね？」

「そう、M工大でも殺人事件があったことを今朝になって知った」犀川は答える。「犯人は、きっと朝刊を読んだんだね」

「ああ、それじゃあ……」萌絵は天井を見ながら言う。「警察がそちらの事件で寺林さんを捜していることを？」

「うん」犀川は頷く。「M工大の事件で、彼に容疑がかかっていることに気づいた。あの新聞の内容からだけじゃ、普通の人にはそこまではわからない。つまり、M工大の寺林さんをよく知っている人物ということになるかな」

「もう一つの新しい情報って、何ですか？」

「守衛室の鍵を除けば、自分のかけた鍵が、あの控室のドアを開けることのできる唯一のものだった、ということ」犀川は答えた。「つまり、以上の三つの新しい情報で、犯人は、寺林さんを容疑者に仕立てることができると判断した。それで、どさくさに紛《まぎ》れて鍵を落とした。僕に拾わせたんだね。寺林さんが落したように見せかけた。つまり、鍵は彼が持っていたことにしようとした」

「首を持ち去った事実と矛盾しても、ですか？」萌絵が尋ねる。

「首を持ち去ることは最初の重要な目的だった」犀川は答える。「それに対して、鍵のことはあとで思いついた些細《ささい》なトリックなんだ。たまたま実行が可能なチャンスに遭遇して、咄《と》嗟《さ》の判断でしたことだろう」

「救急車の近くで鍵が落せるチャンスがあったのは誰ですか？」萌絵は喜多に質問する。

「たぶん、僕と大御坊以外は全員だな」喜多はカップを片手で持ちながら答えた。「部屋の外までは、僕も大御坊も運んだんだけど、そこから先は他の連中に任せたからね。二人だけが現場に残った」

「いや、君たち二人は、その場で、寺林さんのポケットに鍵を入れることができる」犀川は面白そうに言った。「その場合は、鍵が救急車のところで落ちたのは単なる偶然だったことになるけど」

「無意味なこと言うなよ」喜多がすぐに言い返す。

「ほとんどの会話は意味がないと思うよ」

「救急車の近くは、どんなふうでした？　犀川先生」萌絵は、二人の沈黙の隙をついて質問した。

「外は凄い人混みだったからね」犀川はまた煙草に火をつけた。「誰がいたのかわからない。ああ、そういえば、テレビ局のスタッフが近くにいたかな」

「あ、そういえば……」喜多が同じ台詞を言う。「殺された子の兄貴は、ずっとあそこ、四階にいたっけ。あの、バービー人形みたいなやつだ。彼は除外できるな」

「筒見紀世都さんですね」萌絵は頷いた。彼女が駆けつけたときも、筒見紀世都はベンチに座っていた。「運ばれていく寺林さんには近づかなかったのですか？」

「うん、そう思う」喜多は頷いた。

萌絵は、ようやく飲める温度になったコーヒーに口をつける。犀川は黙って煙草を吸っていた。部屋に白い煙が漂い、しばらくの間下りた沈黙の幕が、まるで煙によって可視化されたようだった。

「犀川先生」萌絵は犀川にきいてみることにした。「あの、どうして、こんなお話を？」

「こんなって？」犀川は僅かに首を傾げる。

「いえ、いつもでしたら、私に、殺人事件なんかに熱を上げるなって、そうおっしゃっているところでしょう？　今日は、なんか変です。これじゃあ、私、ちょっと張り合いがないわ」

「そう？」犀川は表情を変えない。

「先生の方から私を呼びにこられて……、さて、西之園君の話を聞こう、なんて……」

「喜多が聞きたがっていたから」

「おい、俺はそんなこと言ってないぞ」喜多が大きな声で言う。「お前、よくそんないい加減なことを……」

「いえ、私としては」萌絵は両手を開いて言う。「あの、別に、かまわないんです。私……、お話ししたかったのは事実ですし、もう膨張しそうなくらい熱も上っているみたいなんです」

「密度が低くなるね」犀川が微笑んだ。「今日、君、お風呂で浮いたりするかもしれないよ」

「大御坊の奴が絡《から》んでいるしな」喜多が真面目な顔で犀川に言う。

犀川は友人の方を一瞥してから、ゆっくりと頷いた。「まあ、それもある」

つまり、友人が事件に巻き込まれている、という判断だろうか。しかも、その友人というのは、萌絵の親族でもある。だが、その程度のことで犀川が積極的になるとは思えなかった。

犀川が、「それも」と言ったことも、彼女は気になった。

「他にも理由があるのですか？」

「わからない」犀川は軽く首をふった。「でも、尋常じゃないだろう？」

「首切りがですか？」

「そう……」犀川は煙を吐き出しながら頷く。「尋常ではない」

「犀川先生のお言葉にしては、尋常ですね」

「僕はいつも尋常」

喜多が鼻息をもらした。「今のなんか面白いか？」

「面白くはない」と犀川。

「さてと、どっか、飯食いにいかないか？」喜多は犀川の返答を無視して立ち上がり、首を回しながら言った。「なんか、疲れたな、今日は」

「行きたい！」萌絵も腰を浮かせる。「まてまた、喜多先生とご一緒ですね」

「光栄のかたまりだね」喜多は白い歯を見せて微笑んだ。「西之園さん、一つ教えてあげよう。僕ね、日曜日は、決して一人で夕食をとらない誓いを立てているんだ」

喜多助教授の噂は聞いている。たぶん、夕食だけでなく、いろいろのことで彼を一人にしない女性が沢山いるのだろう、と萌絵は思った。

しかたがない、とでも言いたげに犀川も腰を上げる。彼は、喜多に言った。

「なんで？　ダイエット？」

第３章　月曜日はメランコリィ

1

　次の日、月曜日の午後六時過ぎ、西之園萌絵は、大学からの帰路の車中で助手席の携帯電話を手に取った。かけてきたのは近藤刑事で、ＪＲ鶴舞駅に近い吹上《ふきあげ》町の喫茶店で会うことになった。彼女は姫《ひめ》ヶ池《いけ》の付近を北上しているところだったので、すぐにＵターンをした。道路は夕方のラッシュで、目的地に到着したときには七時近い時刻になった。

「ごめんなさい。遅くなりました」テーブルでコーヒーを飲んでいる近藤刑事の姿を見つけると、萌絵は向かいのシートに座りながら言った。

「いえ、大丈夫」近藤は腕時計を見ながら言う。「八時に戻ればいいんですよ。急ぎませんから」

「近藤さん、今日もＭ工大だったのですか？」

「ええ、ずっと、あの近辺にいました」

ウエイトレスに萌絵もコーヒーを注文する。店はほぼ満席だった。近藤は昨日と同じスーツにネクタイ。カッタシャツには少し皺が寄っている。丸い色白の童顔に、フレームのない小さな円形のメガネをかけている彼の風貌は、どう見ても、研修中の営業マンというところだ。水栽培のヒアシンスの根っこほどの貫禄《かんろく》しかなかった。

「何か新しいことがわかったのですね?」萌絵はさっそく尋ねた。彼女は、ベルトのあるハーフコートを脱ぎ、横のシートに置く。

「弁当なんですよ」近藤はテーブルに身を乗り出して、少年のような高音の声で囁いた。「ほら、食べたあとの弁当が実験室のデスクに残っていたって言いましたよね? あれですよ、あれ」

「お弁当が、どうかしたのですか?」

「あれを食べたのは、被害者の上倉裕子じゃなかったんです」

「え?」

「その……、検査でわかったわけでして……」近藤は言葉を濁す。萌絵の手前、解剖という表現を避けたかったのだろう。

「それじゃあ、誰が食べたんですか?」

「それが問題ですね」

「あれを買ったのは？」

「弁当を買ったのは上倉裕子ですよ。コンビニのレシートが彼女の財布にありましたし、そのコンビニで確認もとれています。それに、河嶋助教授が、帰る間際に実験室でその弁当を目撃しています。間違いありませんよ。河嶋先生が見たときには、弁当はまだ食べるまえの状態だったんですからね」

「間違いないって……、犯人がそれを食べたということですね？」萌絵はその光景を思い浮かべて、ぞっとした。彼女は近藤に顔を近づけて小声で言う。「あの、それって、まさか、彼女を絞め殺したあとじゃあ……ありませんよね？」

「でも、西之園さん。殺すまえっていうのも、もっとおかしいんじゃありませんか？」近藤は真剣な表情だった。「もし、犯行のまえに食べたんだとしたら、そいつは、かなり上倉裕子と親しい……、というか、はっきりいって、ボーイフレンド以上の関係ですよ。普通の友達くらいで、自分の弁当を食べさせたりしないでしょう？」

「もともと、その人のために買ってきたのかもしれないわ」

「ということは、寺林ですよね。あと、冷蔵庫に、フローズン・ヨーグルトが二つありましたけど、これも、同じコンビニで彼女が買ったものです。そっちは、二つとも手がつけられていません。でも、たぶん、寺林の分も買ってきたんだと思いますね。二人で打ち合わせをする約束だったわけですから」

「あの、上倉さんは、夕食を済ませていたのですか?」萌絵は解剖結果について質問した。

「いいえ、食べていません」

「それじゃあ、やっぱり、お弁当は自分の分だったのですね?」

「ダイエットで夕食を抜いていない限り、そうだと思いますよ。ちょっときいて回りましたけど、上倉裕子は、ダイエットなんかしている様子はありませんね。それに、ボーイフレンドらしき人間は、学内にはいないようだって、同僚の学生たちはそう言ってます。もちろん、土曜の夜、実験室で彼女から弁当をもらって食べたって名乗り出てくる奴もいません。犯行があったと思われる時間は僅かに三十分です。まったく関係のない第三者が、その間に弁当だけ食べにきた可能性は低いでしょう。誰も申し出てこないってことは、食べたのは犯人だとみて、まず間違いない。そうなります」

「お箸や容器に、指紋とか唾液とか、何か痕が残っていませんでしたか?」

「急いで精密検査をしていますが……」近藤は顔をしかめる。「どうやら、洗剤を使って、箸も弁当の容器も入念に洗ってあるようなんです」

「え!　洗ったんですか?」

「ええ」

「洗って、また机に戻しておいたの?」

「そうなりますね」

「どうして？　そんなの普通、洗わないわ」

「さあ、どうしてでしょう。だけど、そういう不自然な真似をしたってこと自体、やっぱり犯人だってことですよね。腹が減っていたから食べて、あとから証拠になると気がついて、洗ったんでしょう。なかなか几帳面《きちょうめん》な奴ですね」

「だって、洗わなくても、全部持ち去れば簡単なのに……。いえ、それよりも、持ち去ってから、どこか別の安全な場所でゆっくり食べれば良いじゃありませんか。その方がずっと几帳面です」

「そうですね。つまり……、その暇がなかったのか。我慢できなかったんでしょうか？」近藤が首を捻る。

「いくらお腹が空いていたって……」萌絵は状況がまったく理解できなかったので、途中で言葉を切った。

「あるいは、上倉裕子が食べたことにしたかった、とか」近藤が意見を言う。

「でも、調べたらすぐわかりますよね」

「調べないと思ったんでしょう。そんなことまで検査で判明するなんて知らなかったとか」

「知らない人なんているかしら？　あの、近藤さん。どんな理由で、被害者がお弁当を食べたことにしたかったんですか？」

「さっぱりわかりませんね」近藤は首をふる。「まったく不思議ですよ。西之園さん、何か思いつきませんか?」

「ああ、駄目です。私も全然」

萌絵はカップを両手で持ち、口もとに近づけたが、まだ熱かった。近藤刑事が口にした仮説は全然納得がいかない。被害者が弁当を食べたと偽装することに、何か価値があるだろうか? 最も常識的な判断は、ただ空腹だった、というものであろう。それくらいしか考えつかなかった。

近藤は既に自分のコーヒーを飲んでしまっていて、グラスの水を飲んでいる。彼は再び袖口を上げ、腕時計を見た。

「もう一つ、面白いというか、ちょっとした情報があるんですよ」彼は、子供じみた表情で少し微笑んだ。「本人の許可を得て、寺林のアパートを、簡単にですが捜索しました。そこで見つけたんですけどね……、その、何ていうのかな、説明が難しいんですけど、まさに猟奇なんですよ」

「猟奇?」萌絵は大きく瞬いて、首を傾げる。

「奴は、通信販売で、妙なものを買っているんです」

「何を?」

「マーダ・プロップ・コンストラクション・キットっていうんだそうですけど……。わかりますか?」

「マーダ・プロップ？　プロップって、何ですか？」

「芝居の大道具・小道具の類だそうです」近藤は答える。

「ああ、プロパティのことですね」萌絵は頷く。「それ、どんなものですか？　ナイフとかピストルのこと？」

「いいえ、つまり、死体の模型ですね」近藤は首を竦める。「本来は映画なんかに使うんで、実物大のものが多いそうなんですけど、最近は、それを縮尺して、組み立てキットにしたものが流通しているんですよ。とにかく、世の中、おかしなものが商品になるものですね」

「つまり、死体のフィギュアですね？」

「ええ。しかも、惨殺死体ですよ。マニアックっていえばマニアックなんですけど、とにかく、かなり残酷なものばかりです。寺林の部屋で、それのカタログも見つけました。写真を見ているだけで、僕らでも気持ち悪かったですからね。なんか本ものより、ずっと凄いっていうか、デフォルメされていて……」

「寺林さんが買っていたというのは、どんなものなのですか？」

「それが……、首を切られた、その生首の部分なんです。それの二分の一の模型なんです。これくらいの……」彼は両手で大きさを示した。「もちろん、女性の首ですよ、白人ですけど。柔らかいプラスティックでできています。キットで購入したものを、彼が組み立てて、着色したようです。とてもよくできていました。よくというのか、酷《ひど》くというのか、知りませんけど……」

「寺林さん本人がそれを買ったことは確かなのですか？　販売元に確かめたら……わかりますよね」

「もちろん、確かめようと思いましたよ」近藤は頷く。「でも、電話もファックスもありません。そこは、インターネットで注文を取るんですよ。アドレスは、電子メールかウェブページなんです。もう今は、そのカタログに書かれているところにホームページはありませんでした。きっと、ああいった商売は、数ヵ月でつぎつぎとアドレスを変えるんじゃないでしょうかね。とにかく、そちらの方は、別の課に任せて捜査中です。ええ、確かに、寺林が本当に自分で買ったかどうかなんて、わかりません。これは、寺林本人にきくしかありません。でも、実物が奴の部屋にあったんだから、言い逃れはできない。まず間違いないですよ。それに、西之園さん。実はですね、もっと凄いものが見つかりました」

近藤が意味ありげに言葉を切ったので、萌絵は姿勢を正して待った。

彼はなにげなく店内を見渡してから、再び萌絵に顔を近づける。

「死体の首をちょん切る手順を解説したマニュアルなんですよ」

「え？」

「どうも、その生首のキットに付録でついてきたもののようなんですが、これがまた、凄い内容なんですよ。超マニアックというか、完全に専門的な代物《しろもの》です。いったいどういう連中が作っているのか知りませんが、それなりに大真面目っていうのか、本気っていうのか、まったく驚きです。さすがに写真はありませんけど、図解がしっかり入っていましてね。切断するための道具とかも詳しく紹介されているんですから。これ、本部でも他の課が興味を示しています。じきに問題になりそうですよ」

「何のために、そんなマニュアルが存在するんですか？」

「さあ……、世の中、なんか間違ってますね」近藤は舌を打つ。「でも、それに近いものは、近頃、普通の本屋でも売られていますよ。子供だって読めるんです。まだ、日本はましかもしれませんね。外国に行ったら、拳銃やライフルがスーパで売られている国だってありますから。まあ、確かに、常識を超越していますが、その首切りマニュアルは、人殺しについて解説してあるわけじゃなくて、死んだ人間の首を切る方法が説明されているだけなんですから……、つまり、ナイフや銃よりも、ある意味でずっと健全っていうか、安全っていうか、その、何ていうんでしょう……」

多少は平和的、と言いたかったのだろうか。近藤は口籠もった。

「首を切って、どうするのかしら？」萌絵は囁いた。

「どうするんでしょうね」近藤は鼻を鳴らす。「保存する方法までマニュアルに書かれていますけど、そこら辺になると、内容がいい加減だって、うちの専門の先生が言ってましたよ。ご存じでしょう？　河原田先生」

「それで、寺林さん、警察には何て答えているのですか？」

「昨日も今日も、鵜飼さんたちが奴に会ってますけど、僕は詳しい話はまだ聞いていません。その生首模型と首切りマニュアルのことは、今日の午後の話ですから、まだその点についての追及はこれからでしょう」

萌絵はカップを持ったままシートにもたれた。今聞いた情報だけでは、理解に苦しむ内容だった。

「寺林さんに会えませんか？　私、直接お話がきいてみたいわ」

「それは無理ですよ」近藤は首をふる。「すぐそこのN大学病院ですけどね。一応しばらくは、面会謝絶です」

「怪我が酷いのですか？」

「いえ、怪我は大したことないようです。そうじゃなくて、まあ、警察が拘置してるような状態なんですよ。だって、どう冷静に見ても、ちょっと黙って見過ごせないでしょう？」

「決定的な証拠でもあるのですか？」

「何もありません」近藤は首を横にふる。「寺林がやったという証拠は、公会堂の方も、M工大の方も、今のところまったく駄目ですね。でも、状況的には極端です。彼以外にありえないと断言してもいいほどですよ」

「でも、もしも、寺林さんが犯人なら、そんな不審に思われるような模型やマニュアルを自分の部屋に残しておくかしら？　そんな部屋へ警察を入れるなんてことがあるかしら？　もしそうなら、もの凄く不注意ですよね」

「頭がおかしいんじゃないですか？」近藤が顔をしかめて言った。「結局、それに尽きます」

「そんなふうには見えませんでした。とても真面目そうで、紳士でしたよ」

「そういう奴に限って、おかしいんですよ」近藤は微笑んだ。「見た目じゃあ、わかりません」

萌絵はコーヒーを飲む。近藤がまた時計を見た。

「近藤さん、本部へ帰られるんですか？」

「あ、ええ」近藤は頷く。

「車ですか？」

「いえ、今日は違います。ここへは乗せてきてもらったんで、タクシー拾って帰ります」

「あ、じゃあ、私の車でお送りします」

「あ、いえいえ、滅相もない。西之園さん。そんなわけには参りませんよ。とんでもありません」

「鵜飼さん、もう本部に戻っていらっしゃるかしら？」萌絵はカップを置いてきいた。「私、鵜飼さんに会いたいんです」

「そんなの聞いたら、先輩、飛び上がって喜びますよ。天井に穴が開くかもしれません」

近藤のジョークは面白くなかったが、萌絵は微笑んだ。

2

結局、愛知県警本部まで、近藤刑事を乗せていくことになった。電話をかけて、鵜飼が本部に戻っていることも確認した。萌絵のスポーツカーが県警の駐車場に乗り入れたのは、八時十分まえで、近藤も時間に間に合った。

萌絵の叔父、西之園捷輔本部長の部屋は八階である。挨拶していっても良かったのだが、約束をせずに訪れたことはこれまでに一度もない。彼はいつも忙しそうだ。萌絵は、叔父のことは諦め、すぐに鵜飼刑事に会うことにした。近藤刑事に案内された小さな部屋は、小綺麗な応接間ふうのスペースだった。そこで三十秒ほど待っていると、廊下からどたどたと足音が聞こえ、鵜飼大介が息を切らせて部屋に入ってきた。

「どうもどうも、西之園さん。わざわざお越しいただいて恐縮です」鵜飼が大きな躰を揺すって、テーブルの向かいのソファにどすんと腰掛ける。「でも、今ちょっと会議中でしてね、すぐ戻らないといけませんので。申し訳ないです、十分だけってことで、お願いします」

「お忙しいところ、本当にすみません」萌絵は頭を下げて微笑んだ。

「いえいえ、そんな」鵜飼は片手を振り、嬉しそうに高い声で言う。「それで、何でしょう？　僕に会いたい理由って……。もちろん昨日の事件のことですよね？」

「ええ、寺林さんのことなんですけど、どんなお話だったのか、おききしたいのと……、その、できれば、私に面会させていただけないかと思って、そのお願いにきました」

「西之園さんが、寺林にですか？」

「はい」

「別に……かまいませんけど……」鵜飼は小声で言う。「会って、どうするんですか？」

「私だったら、何かきき出せるかもしれませんせん」

「ああ、なるほど……。なるほどね」

鵜飼は、寺林高司の様子を簡単に説明してくれた。昨日の事情聴取は、最初、寺林には事件のことを全面的に隠して質問が行われたが、今日の午後の面会では、筒見明日香と上倉裕子が殺害された状況についても伝えられた。彼は、とてもショックを受けていたようだ、と鵜飼は説明した。

「一番のポイントはですね、首のない死体の写真を見ただけで、寺林が、筒見明日香だと言い当てたことです」鵜飼は誇らしげに言う。「この事実は、ちょっとした証拠能力がありますす」

「M工大の実験室の鍵は、見つかりました？」

「やっぱり、行方不明なんですよ。寺林は、車のキーと同じホルダに付けていたって言ってますが、今のところ見つかっていません。奴の車もないんです。おそらく、筒見明日香の首を運ぶのに使ったんで、処分したんじゃないですかね」

「一晩で、ですか？」

「一晩あれば充分でしょう」

「公会堂の控室の鍵は？」

「それは、犀川先生が拾ったやつでしょう？」

「ええ。寺林さんは、それをポケットに入れて持っていた、と証言しているのですか？」

「違います。奴の言い分はですね、帰ろうとして、あの部屋の鍵をかけたところを、後ろから殴られた、と……。それっきり、何も覚えてないって言ってます」

萌絵は、犀川助教授が、昨夜話していたことを思い出した。鍵をかけたところを襲われた可能性を、犀川も指摘していた。

鵜飼が萌絵の顔を見てにこにこしているので、彼女は、犀川や喜多と話し合った幾つかの仮説を鵜飼に話した。特に説得力のあるものではないが、数学の組合せ問題の場合分けみたいな、そんなヒント集のようでもあった。救急車の近くで発見された鍵は、あの場所に誰かが故意に落したものではないか、という点を強調し、それが事実なら、寺林高司以外にも犯行の可能性が生じること。むしろ今回の事件は、彼を陥《おとしい》れようとする意志が共通していること。萌絵が話した内容の主題は、要約すれば、この点だった。

「だいたい、うちで考えていることと同じですね」満足そうに鵜飼が言う。彼は、なんでも顔に出るタイプの人間で、萌絵から聞いた内容が、彼にとってそれほど意外ではなかった、ということは明らかだった。

「寺林さんが疑われているわけではないのですね？」萌絵はきいてみた。さきほどの近藤刑事の口ぶりでは、明らかに寺林が犯人だ、という印象だったからだ。

「いいえ。そりゃまあ、この状況ではね……、彼を疑わない方がおかしいですよ」鵜飼はまた微笑む。「でも、それでは、いろいろと辻褄《つじつま》が合わないことがある。何かが変なのは確かです。決定的な証拠がないのも事実なんですが、寺林がやったとすると、あまりに不自然なんですよね。僕らも、それは重々承知しています。三浦さんなんか、奴じゃないって言い切っているくらいですから」

三浦警部が捜査本部のリーダである。それに、彼が一番頭が切れる。彼の認識が、警察の現時点における姿勢とみて良いだろう。短絡的な判断をしているわけではないようなので、心配することもなさそうだ。萌絵はひとまずほっとした。

「寺林さんに私が会うことを許可してもらえませんか？」萌絵はもう一度きいた。

「わかりました」鵜飼は立ち上がる。「ちょっと、待ってて下さいね」

鵜飼は部屋から出ていった。おそらく、上司の三浦に判断を仰ぎにいったのであろう。もし許可されるなら、明日の午後以降になるはずだ、と萌絵は予想した。右手にしている時計を見ると、八時五分。高校からの友人で、同じ弓道部の同級生がN大の医学部に一人いる。この時刻に彼女がつかまるだろうか……。

鵜飼はすぐに戻ってきた。

「ええ、OKです。明日の午後だったらけっこうですよ」鵜飼はドアを開けるなり言った。

「西之園さんお一人で会われますか？」

「はい、それはどちらでもかまいません」

「たぶん、お一人の方がいいでしょう」鵜飼は微笑んだ。「西之園さんになら、本当のことを話すかもしれません。理想の女性像のようですから」

「は？　何ですか、それ？」萌絵は驚いた。「そんなことを寺林さんが言ったのですか？」

彼女の脳裡に一瞬、昨日着用したコスチュームが思い浮かんだ。

「筒見明日香については、そう言っていますね」鵜飼は真面目な表情で頷いた。「もともと、寺林がデザインした衣裳は彼女のためのものだったみたいです。土曜日に筒見明日香が着たという衣裳ですよ。それを、日曜日には西之園さんに着てもらうようお願いしていたんでしょう？　寺林自身が西之園さんにお願いしたって、そう聞きましたよ。違いますか？」

「それは事実です」萌絵は立ち上がりながら言う。「でも……」

「よほどのことがないかぎり、同じ服を他人には着せないと思いますね。気に入らない女性には絶対に着せないんじゃありませんか？　西之園さんが面会するのは、確かに効果的だと思います」

　萌絵は軽く頭を下げて部屋を出る。

「まだ、いろいろお話ししたいことが沢山あるんですけど、今日はこれで、失礼します」鵜飼も廊下に出ながら言った。「近いうちにまた、ご連絡いたしますので……」

「ありがとうございました」萌絵はもう一度頭を下げ、エレベータの方へ向かった。

　県警本部の表玄関の階段を駆け下り、彼女は自分の車に戻ってから、すぐに電話をかけた。

「あ、もしもし、ラヴちゃん？」

「だあれ？」気怠《けだる》そうな低い声が聞こえる。

「良かった……、西之園です」

「ああ、萌絵か。めっずらしいじゃん」

「あの、今、時間良い？」

「良くないわあ。最悪だよ。横で、彼氏、裸なんだもん」ラヴちゃんは笑った。「なんで、こいつ裸なのだ。僕も理解に苦しむところではあるぞ」

「え？　何してるの？」萌絵は素直に尋ねた。

「あのね、とっても素敵なところだったのに、邪魔臭い電話があったんで、しかたなく、その相手をしてるとこだよ。何だい、ご用件は？」

「ごめんなさい、あの……、一生のお願いがあるんだけど」萌絵は可能なかぎり甘えた声で言った。「今から、ほんの一時間で良いの、時間とれない？」

「ふう……」聞こえてきたのは、八十パーセントが気体の摩擦音だった。「そう……、いいわよいいわよ。あんたの一生のお願いならね、服の一枚や二枚、着てやってもさ」

3

二十分後、西之園萌絵は、鶴舞の大学病院の駐車場に車を乗り入れた。彼女が、運転席から出ようとしたとき、ラヴちゃんが現れた。

「何だぁ？　子供でも堕ろしたいの？」彼女は低い声でそう言った。

反町愛《そりまちあい》、通称ラヴちゃんは、萌絵と同じN大学の四年生である。三年生のときは弓道部の主将だった。大柄で多少がに股で歩くこと、それに発声と言葉遣いに特徴があるが、これらの点を除けば、見た目のとおり極めて女性的な人格である。彼女とは同じ私立高校の同級生で、萌絵が高校で一年休学し、彼女は受験で一浪して、また同級になった。

「ごめんね……。彼氏って、男の人？」萌絵は軽くきいた。

「彼氏ってのは男の代名詞だろう？　相変わらず、凄いこと言うな。女だったら僕の人生どうすんの？」

「あの、良かったかしら？」

「いいわけないだろ」ラヴちゃんは歩きながら言う。「待たせてあんだから……、早くして」

「裸で待っているの？」

「もうさ、それはいいから。早く用件を言いなさいって！」ラヴちゃんは病院の玄関の自動ドアの手前で立ち止まった。「どっちにしても、きっちり借りは返してもらうからね」

鶴舞の大学病院は、N大学の医学部の付属施設で、医学部の研究施設も同じ敷地内にあった。反町愛はまだ四年生だったので、病院で融通《ゆうずう》が利くとは思えないが、彼女が、よく病棟でバイトをする、と話していたことを萌絵は覚えていたのだ。

どうしても、ある病室にいる患者に会いたい、と萌絵は彼女に説明した。その病室の外で警察の関係者が見張っていることもつけ加えた。

「なんで？　その人、萌絵の彼氏なの？」

「そう思ってもらって良いわ」萌絵は頷いた。「五分で良いの。会って話をするだけ」

ラヴちゃんは大きく鼻息を鳴らす。「じゃあね……、看護婦に化けて入ったら？」

「ラヴちゃん、白衣とか持っているの？」

「持ってるわけないでしょ」

「何とかならない？」

「なるよ」

二人は病院の中に入った。

「ここで待ってて」そう言ってラヴちゃんはロビィの奥に歩いていった。

暗いコーナの長椅子に萌絵は腰掛けた。少し離れたところにある事務室に明るい照明が灯っている他は、どこも薄暗い。ロビィの反対側にある一角では、消えているテレビの前に老人が一人座っている。その他に人気はなかった。時刻は八時四十分である。

明日の午後になれば、寺林高司と正式に面会することができる。だが、会話は盗聴され、録音されることになるだろう。鵜飼が三浦に許可を求めにいったとき、彼女にはそれが予想できた。明日の午前中に盗聴器をセットするため、午後以降にしてくれ、と鵜飼は言ったのである。

警察に聞かれてまずい、ということは別に何もない。ただ、自分の行為が、寺林高司の不利な現状を助長するようなことだけは、生理的に避けたかった。今のところ、彼女には寺林が殺人犯とは思えなかったし、無実の人間を救うという大義名分が、肌触りの良い洋服の袖に腕を通すときみたいに、なんとなく自分を落ち着かせるようにも感じる。

直接会って話してみれば、確信は強まるか、それとも崩れるか……。いずれにしても、早くはっきりさせたかった。倒れるなら、どちらかに早く倒れてほしい。その方が安定する。

ラヴちゃんが戻ってきて、無言で合図するので、萌絵は立ち上がって、通路を小走りに進んだ。

「看護学校の知り合いの子が準夜《じゅんや》でいたから、事情を話してみた」彼女は歩きながら言った。「本当に萌絵の彼氏なの？」

「ううん、違う」萌絵は首をふる。

「彼女には、その嘘をつき通して」ラヴちゃんが低い声で言う。「それ以上に説得力のある動機はないからな。まあ、何事もね……」

「愛がすべて」萌絵が続きを口にする。それが、ラヴちゃんの口癖だったからだ。

「そう……。以前はね」ラヴちゃんは片目を瞑る。「でも、最近、僕、考え、改めたんだ。今は違うやつ」

「え、どう変わったの？」

「何事も、愛、八分目」

4

白衣にしては赤みがかっていたので、正確には桃色衣である。萌絵は、ロッカ・ルームで衣裳を借り、バインダの付いたボードなど、それらしい小道具を持たされ、ラヴちゃんに背中を押されて廊下に出た。髪を後ろで結び、鏡で自分の姿を見たときには、小学生の給食係みたいで大いに情けない感じがした。なるべく真剣な表情を意識して作り、背筋を伸ばして階段を上がった。

途中で、本ものの看護婦とすれ違った。鼓動が一瞬早くなったが、軽く頭を下げただけで、向こうは萌絵の方を見もしなかった。

六階の南側の通路の途中にあるナース・ステーションに二人の看護婦がいたが、そこには連絡がついている。彼女たちは、にこにこして手を振って応援してくれた。萌絵は頷いて微笑んだ。自分の顔がひきつっているように思えて、少し心配だった。

警官は二人いる、と予想していたが、制服姿が一人だけ病室の前に立っているのが見えた。心配することはなかった。

萌絵は右手の腕時計を見る。ちょうど九時だ。

「検温です」彼女はドアノブに手を掛けながら、警官を見る。

警官は彼女の顔をちらりと見ただけで、軽く頷いた。

全然簡単じゃないか、と萌絵は思う。

室内は明るい。ベッドが二つある部屋だったが、奥のベッドは使われていない。手前のベッドに寺林高司がいた。頭に包帯が巻かれ、それが顎にも伸びている。起きていたのか、今起きたところなのか、寺林は虚ろな表情をゆっくりと萌絵の方に向け、そこで眉を寄せた。

萌絵は、音がしないように注意してドアに鍵をかける。それから、急いでベッドに近づき、寺林の頭の近くに立った。

「寺林さん」萌絵は小声で囁いた。「大きな声を出さないで下さいね」

「貴女は……」一瞬、寺林の目が大きく見開かれ、頭を白い枕から僅かに持ち上げた。

「えっと、西之園さん……」

「こんばんは」萌絵はにっこりと微笑む。

「あ、あの……」寺林は再び、枕に頭を埋める。「看護婦さん、だったんですか?」

「違います」萌絵は首をふる。「寺林さんに会うために、変装してきたんです。凄いでしょう?」

「え、本当ですか? ちょっと、それ、やり過ぎじゃないですか?」力なく、寺林は微笑む。「部屋の外にお巡りさんがいませんでしたか?」

「ええ。警察の許可はもらいました。私、明日なら寺林さんに会っても良いって言われたんです。でも、明日からはきっと盗聴されます」

「それで今夜来たんですか?」萌絵が頷くのを見て、寺林はくすっと笑った。「盗聴されても、別にいいじゃないですか」

「あまり長くここにいると疑われますから、本題に入りますけど」萌絵はドアを見てから続ける。「寺林さんは、今回の殺人事件が、誰の仕業なのか心当たりがありますか?」

「いいえ、ありません」寺林は首をふろうとしたが、大して動かなかった。「でも……、誰かが、その、つまり、僕がやったように見せかけたのは、確かなようですね」

「誰かに恨まれている、ということはありませんか？」

「ないと思いますけど」

「公会堂の方の事件は、偶然だったと思うんです」萌絵は説明した。「寺林さんがたまたま居合わせたから、あんなことになった。でも、M工大の方は違う。明らかに寺林さんの犯行に見せかけようと計画していたんじゃないかしら。わざわざ鍵をかけた理由は、それ以外に考えられません」

「そうですね」寺林は目で頷いた。

「上倉裕子さんとは、どんなご関係だったのですか？」

「西之園さん」寺林は萌絵の目を見つめた。「あの、どうして貴女は、僕に会いにきたんですか？　貴女の目的を教えてくれませんか？」

「事件の真相を知るためです」

「警察のお手伝いですか？」

「ええ、そう思ってもらって良いわ」萌絵は頷く。「これ、私の趣味なんです」

「あまり、良い趣味とはいえないなあ」

「寺林さんの部屋で見つかった生首の模型より？」

「はあ……」寺林は顔をしかめた。「警察から聞いたんですね？　まいったなあ……、こんなことになるなんてわかっていたら、処分したのに……」

「それじゃあ、本当に寺林さんが買って、作られたのですね」

「ええ、そうですよ。一度は試してみないと、気がすまない質《たち》なんですよ。通販で取り寄せて、作ってみました。まあ、人から見たら、確かにとんでもない趣味ですね」

「人の趣味のことは言わないことにしません？」

「そうですね」寺林は苦笑する。「わかりました」

「私の質問に話を戻しましょう」

「えっと、何でしたっけ？」

「上倉さんのことです」

「ああ、ええ……」寺林は急に神妙な表情になった。「彼女、とても良い子でした。残念です。亡くなったなんて、今でも信じられない」

「私の質問に答えていただけないかしら」

「ええ、上倉さんとは、何度か、デートっていうのかな、二人で映画を観たりとか、そのくらいなら、しましたね。それだけです」

「恋人ですか？」

「僕はそうは思っていません。彼女が、どう思っていたかは、わかりませんけど」

「上倉さんの方が積極的だったのですか？」

「死んだ人のことは言いたくないですけど、たぶん、ええ、僕よりは彼女の方が積極的でしたね。あくまでも僕の主観ですよ」

「上倉さん、フローズン・ヨーグルトを二人分買って、待っていたんです。もちろん、寺林さんの分だったはずです」

寺林は目を細め、小刻みに顔を震わせた。「可哀想に……」

「じゃあ、筒見明日香さんは？」

「明日香さんが……、何です？」

「寺林さんとのご関係は？」萌絵はゆっくりときいた。

「僕の方が積極的だったけど、見向きもされなかった、ってところですね」寺林は笑おうとしたが、目だけが笑えない様子である。「もちろん、具体的にどんな関係も実際にはありません。デートしたこともないし、二人だけで個人的な話をしたこともありません。僕の名前くらいなら、覚えていてくれたかもしれませんが、それも名字だけでしょうね。それだけです」

「明日香さんのお兄様とは、お知り合いなのですよね？」

「そうです。紀世都君とは、親しくしています」

「首のない写真を見ただけで、明日香さんだってわかったそうですね？」萌絵は、鵜飼が話していたことを思い出してきいてみた。

「西之園さんは、警察とは、どんなご関係なんですか？」寺林は眉を寄せて言う。「どうして、そんなことまで知っているんです？」

「警察のお手伝いをしているって、言いましたでしょう？」

「冗談じゃないんですか？」

「冗談ではありません」

「驚いたなあ……」寺林は口を少し開けた。「ますます変な趣味ですね」

「それは言いっこなしです」

「ああ、そうでした」寺林は微笑む。「えっと、ええ、明日香さんの写真でしたね」彼はまた暗い表情になった。「見たら、確実にわかりますよ。それが僕の趣味なんですからね。でも、あとから、気がついたんですけど、警察は完全に誤解したみたいです」

「手とか、足だけで、誰だかわかるのですか？」萌絵は質問する。

「以前にちゃんと見たことがある人なら、わかります」寺林は頷いた。「顔の場合と同じですよ」

「明日香さんの首は、何故、切断されたのだと思いますか？」

「首が欲しかったんでしょう」寺林はすぐに答えた。それは、実に自然に口から出た、というあっけなさであった。

「寺林さんには、理解できますか？」

「正直いって、少しはわかります。興味はあるし、やってみたいと思うこともありますよ。だけど、それを実際にするかしないかは、大きな違いです。考えるかどうかではなくて、実行するかどうかが、正常か異常かを分ける一線ですから」

「生首の模型は？　それは、一線を越えていないのですね？」

「もちろん、そうです」

「首切りマニュアルは？」

「もちろん、あれも越えていません。どんな場合でもそうですけど、問題は、それを受け取る人間にあるんですよ。料理の本には、動物の殺し方が書いてあります。魚をさばいたり、蟹の殻を開けたり、貝を焼いたり、卵を攪拌《かくはん》したり。同じじゃないですか？」

「理屈はわかりますけど」

「では、理屈の他に、何が西之園さんを支配しているんです？」

「環境だと思います」

「みんな、そう言います」寺林は穏やかに微笑んだ。「最後は人のせいにする」

「首切りマニュアルは売られているものですか？」

「あれは、生首のキットについてきたんですよ」寺林は頷いた。「ええ、まったく何というか、タイミングが悪かったですね。最低だ。僕だってね、あんな付録がついてくるなんて全然知らずに買ったんですよ。ちょっとびっくりしました」

「誰かに見せましたか？」

「親しい模型仲間には、ほとんど見せましたね。あの手のキットなら、買った奴は、僕の他にも沢山いますよ。マーダ・プロップって、最近流行《はや》ってるんですよ。最初、教えてくれたのは、紀世都君だったかな……」

「筒見紀世都さんが？」

「ええ、でも、彼くらいになると、モデラというより、アーティストですからね。彼の作品はもう完全に芸術です。人体彫刻専門ですね」

　廊下から低い話し声が聞こえた。警官が誰かと話をしているようだ。もう一人が戻ってきたのかもしれない。

「もう行かなくちゃいけない」萌絵はベッドから少し離れた。「また明日来ます。明日は私、看護婦ではありません。それに、盗聴されていることを、ご承知の上でお話しになって下さい。私に今夜会ったこと、内緒ですよ」

「西之園さん」寺林は彼女の方に顔を向けた。真剣な表情だった。「誰にも話していないことが、一つだけあるんです」

　萌絵は再び顔を近づける。

「貴女を信用して、打ち明けますが……、その、筒見明日香さんには、以前、恋人がいました。僕の友人だったんです。そいつ、遠藤昌《まさる》っていうんですけど……」

「だった?」萌絵は言葉を繰り返す。

「ええ、死んだんですよ。自殺したんです。もう二年まえになりますね」

「どうして自殺を?」

「そんなことはわかりません。僕も全然知らなかった。でも、あとで、筒見君、筒見紀世都君からそれとなく聞いたんですけど、どうも明日香さんが遠藤をふったようなんです」

「それで?」

「それだけです」寺林は苦笑いした。「単にそれだけの話です。僕はなんとも思っていません。でも、これって、僕の動機になるでしょう? 親友のために復讐したって、警察はそう言うに決まってます。だから、内緒にしておこうと思っているんです。とにかく不利な条件ばかりだから……」

「寺林さんが黙っていても、警察は、それくらいのこと調べ上げますよ」萌絵は無表情で言った。

「そうでしょうか?」

「あの、私、もう行きます」外の様子を窺いながら萌絵は囁いた。「何か思いついたら、私に電話して下さい。電話は自由にできるのですか?」

「ええ、電話は許可されています。僕、犯人でも容疑者でもないんですから」

萌絵は、自分の携帯電話の番号を教えた。

「何かに書きましょうか？」

「いいえ、覚えられます。大丈夫です」寺林は頷いた。

「ありがとうございました。明日、また……」

「おやすみなさい」寺林は微笑んだ。

萌絵は呼吸を整えてから、そっとドアノブのロックを外し、部屋から出た。外に立っていた二人の男たちに目を合わせないように、すぐに背中を向けてドアを閉める。彼女はゆっくりと通路を歩き始めた。

「あ、ちょっと」私服の刑事が声をかける。萌絵が来たときにはいなかった方の男だ。「もう、今日は終わり？」

「はい」萌絵は返事をする。

ちらりと刑事の顔を見て、萌絵はびっくりした。

片桐《かたぎり》刑事である。知り合いだ。一瞬、片桐が眉を寄せた。

咄嗟《とっさ》にボードで顔を隠して、彼女は通路を早足で歩きだした。少し遅れて、後ろから足音が追いかけてくる。彼女は走りだした。

幸い靴はスニーカだったので、つるつるの床の上でも運動性に不安はなかった。だが、中途半端な長さのスカートがいけない。とても走りにくかった。

通路を曲がったところでバランスを崩し、転びそうになる。咄嗟に摑んだドアノブを回し、そこからベランダのようなところに出た。

ドアをそっと閉めて、息を殺して待つ。

大きな靴音が、ドアの向こう側を通り過ぎていった。

萌絵は、音がしないように注意してドアを開け、中を覗く。通路を十メートルほど行き過ぎたところで、片桐刑事が立ち止まり、きょろきょろと周囲を探しているのが見えた。ちょうど、ナース・ステーションの辺りだ。

片桐がこちらを振り返ったので、萌絵はそっとドアを閉めた。

見つかったかもしれない。

片桐刑事なら、なんとか言いくるめられるかもしれない、とは思ったけれど、もちろん、そんな事態にならない方が良いに決まっている。彼女の名を呼ばなかったところをみると、こちらが誰なのかまではわからなかったに違いない。逃げるように立ち去った看護婦を不審に思っただけのことだろう。

足音が近づいてきたので、萌絵はドアから離れ、ベランダの端にあったダクトの排気口の陰に隠れた。

ドアの開く音がする。

片桐がベランダを調べているのだ。萌絵は息を止めていた。ドアは、すぐに閉まった。そして、足音は遠ざかっていく。

大きな溜息が出た。

助かったようだ。

気がつくと、とても寒かった。病院の中は暖房が効いていたのだが、彼女の現在の服装は、防寒には不充分である。

ドアまで戻って耳を澄ませる。もう、近くに誰かがいる気配はない。

そっとドアを開けようとしたが、開かなかった。

もう一度力を入れてみるが、駄目だ。

萌絵は舌打ちする。

ドアがロックされたようだ。片桐が鍵をかけたのだろう。

まったく、余計なことを……。

見渡すと、そこは細長い長方形のベランダだった。六階なので、飛び降りるわけにもいかない。建物に入ることのできるドアは他になかったし、手の届くところに窓もない。

空を見上げると、綺麗な星が幾つも瞬《またた》いていた。

携帯電話は、上着のコートのポケットだ。もちろんロッカ・ルームに置いてきた。ラヴちゃんは恋人の待つ部屋へ帰ってしまったのに決まっている。衣裳を貸してくれた看護婦か、ナース・ステーションの誰かが気がついてくれれば良いが……。

しばらく、星空を眺めていた。

建物の壁に鋼鉄製の梯子《はしご》があることに気がついた。下りる梯子ではない。さらに上るための梯子だ。屋上まで上れそうである。念のため、パラペットから身を乗り出して下を覗いてみたが、地上まで下りる設備はなかった。病院の裏手の芝が、常夜灯で丸く緑に輝いているのが、真下に見える。車が何台か駐まっていて、ちょうどヘッドライトをつけて、一台が出ていくところだった。最後の手段としては、ここから何かを落として、誰かに気づいてもらうという手がある。

躰が冷たくなり、本当に寒くなってきた。時計を見ると、既に十五分近く経っている。梯子を上ろうかどうか迷った。上っていっても、屋上の入口が開いている保証はない。

この際、大声を出して助けを呼び、片桐刑事にも謝るしかないか、と半分諦めて、まず、ドアを軽く叩いてみた。寺林の病室の前にいる片桐たちには気づかれず、ナース・ステーションの看護婦は気づいてくれる、そんな微妙な線を狙ってみた。

しばらく待っていると、意外にも、ドアが開いた。

「天体観測ですか?」抑揚のない声だった。ほっそりとした体格の男がベランダに出てくる。彼は萌絵の方を見ず、空を見上げ、「ああ、本当だ。綺麗だね」と呟いた。

暗かったので最初はわからなかったが、それは筒見紀世都だった。殺された筒見明日香の兄である。おそらく、寺林を訪ねてきたのだろう、と萌絵は思った。

「助かりました。ドアを中からロックされてしまって、閉め出されちゃったんです」萌絵はそう言って、筒見紀世都をベランダに残したまま建物の中に入った。

暖かい空気が彼女の躰を包み込み、気持ち良かった。

ナース・ステーションの前を通る。看護婦たちは奥に引っ込んでいて、こちらに気づかない。そのまま通り過ぎ、エレベータのボタンを押して待っていると、後ろから筒見紀世都がゆっくりと近づいてきた。萌絵は顔を合わさないようにする。

階段で下りようかと思ったとき、エレベータのドアが開いたので、彼女はしかたなく乗り込んだ。筒見紀世都も入ってくる。明るい小さな箱の中で二人だけになった。

微かにアルコールの匂いがした。まったく顔には出ていなかったが、筒見紀世都は相当に飲んでいるみたいだった。萌絵はロッカ・ルームのある三階のボタンを押す。彼は一階のボタンを押した。

「どこかで、お会いしましたか?」萌絵の背後に立っていた紀世都が口をきいた。

「ええ」彼女は振り向かずに答える。「昨日、公会堂で」

「ああ、そうですか」紀世都の口調はまったく変わらない。「失礼、覚えてなくて」

ドアが開いたので、萌絵は振り向かずに軽く頭を下げ、外に出た。後ろですぐドアが閉まった。

ロッカ・ルームには誰もいなかった。反町愛はもちろん、白衣を貸してくれた看護婦もいない。とりあえず、着替えを済ませてから、萌絵は携帯電話を手にした。

「もしもし、ラヴちゃん？」電話が繋がったので、萌絵は言う。

「ああ、まった、あんたかよぉ！　おやすみ！」

「あ、待って待って！　お願い……」

「あのなあ、よくもよくも、こう絶妙のタイミングでかけてこられるもんだよ。ああ、出なきゃ良かったよう……。くそう！　信じらんないよぉ、もう！　今度は何だよ！」

「うん、もう終わったの、うまくいきました」

「あそう」

「ありがとうね」

「用件は？」

「お礼を言おうと思って」

「うわぁ、そんだけ？　どういたしまして、じゃあね、また」

「ラヴちゃん、待って！」

「何よぉ！　もう……」

「白衣を借りた看護婦さんにも、お礼をしたいの」

「ああ、彼女なら、私があとで言っとく。じゃあ、おやすみ！」

「大変だったのよ。私ね、ベランダに閉め出されちゃって……」

「明日聞くわ」

「何急いでるの？」

「馬鹿！」

電話が切れた。

しかたがないので、バッグの中にあったポスト・イットに簡単なお礼を走り書きして、ロッカの扉の内側に貼っておくことにする。何かお礼に置いていくようなものがないか、バッグの中を探したが、現金では失礼だし、使いかけの口紅では意味不明だし、適当なものがない。結局諦め、後日改めて、と思う。

階段で一階まで下りて、薄暗いロビィを横断した。玄関から出ようとしたとき、暗い待ち合いコーナで一人座っている筒見紀世都に萌絵は気がついた。

まるで、閉店のブティックの前に置き忘れられたマネキン人形のようだった。

5

時刻は九時半。萌絵は迷った。しかし、決断は一・五秒でつく。彼女に反応して開いた自動ドアを無視して、萌絵はロビィを引き返し、筒見紀世都に近づいた。

彼女の足もとを見てから、紀世都は顔をゆっくりと上げる。

「やあ、さっきの看護婦さん。もう、仕事はおしまいなの？」

「ええ」萌絵は頷く。ちょっと不思議だった。着替えたのにどうしてわかったのだろう。顔を見られたとは思っていなかった。「どうして、私だってわかったの？」

「靴が同じだから」

彼は、萌絵の顔をじっと見たが、表情はまったく変わらない。昨日会っていることを忘れているのだろうか。確かに、昨日は違う靴だった。

「帰らないんですか？」萌絵はきいてみた。

「誰が？」

「貴方です」

「僕？　そう……、もう帰るよ」

「一緒に出ましょうか？」

「何故？」紀世都は立ち上がりながら言った。

「いえ、特に理由はありませんけれど」

二人は自動ドアの玄関から外に出た。階段の両側にスロープがあり、正面にはロータリィの芝生がライティングされている。

紀世都は階段の途中で立ち止まり、悠長な動作で空を見上げた。長い髪が、風で揺れている。

「病院へは、どんなご用でいらっしゃったのですか？」

「友人に届けもの」

「六階の寺林さんですね？」

「うん」

「でも、面会謝絶では？」

「そう……、彼、電話をかけてきたけどね。でも、今見てきたら、お巡りさんが見張っていた」

「寺林さんに、会えましたか？」

「面倒だから、彼に渡してくれって、置いてきた」

「何を渡してきたのですか？」

「本」

萌絵は二段ほど階段を下りたが、紀世都は動かない。

しばらく、彼女は紀世都を観察した。

雛人形《ひなにんぎょう》のように平面的ではあるが、筒見紀世都は端正な顔立ちだった。躰は腕も脚も細長い。マリオネットみたいに重量感がなく、足の先が地面に届いているのか、つい確かめたくなる。ロータリィのグリーンの照明で、彼の顔は異様に白く浮き上がって見えた。

こうして見ると、筒見明日香に非常によく似ている。

いや、むしろ、紀世都の方が無駄がない。

親しみとか、暖かみ、人間性、表現性、躍動感など、多くの装飾的なものがシンナで溶かされ、洗い流されてしまったかのように、綺麗さっぱりと消失している。有機的な箇所はそぎ落とされ、不確定な部分は削り取られている。

つまり、より洗練されている、といえるだろう。

ホワイトでクール、ドライでスタティックだ。

女性だったら、トップモデルになれたのではないか、と萌絵は思った。彼女の予備知識では、筒見紀世都は二十九歳だったが、もう三十になろうという男にはとうてい見えなかった。年齢を重ねる生命体には見えない。

彼はようやく天体観測に見切りをつけたのか、萌絵の方へ顔を向けた。

「君、暇？」紀世都は電子音のような声できいた。「つき合わない？」

ちょっと驚いた。どういうわけか、ラヴちゃんのことを連想してしまう。萌絵は、判断に迷った。

「いやなら……」紀世都は片手を広げて持ち上げる。それだけの動作が、彼にしては、とんでもなくオーバ・アクションに見えた。「じゃあ……」

「あの、つき合うって、何にですか？」萌絵は後ろからきいた。

「何が良い？」振り返って、紀世都がきき返す。

「お話だけなら」

「ＯＫ」紀世都はそう言った。頷きもしない。

「本当ですね？」萌絵は相手を見据えてきく。

紀世都は僅かに口もとを上げ、視線をまた空へ向ける。

「いつだって、そうなんだ」

「どういうことですか？」

「いや……」紀世都は再び萌絵を見た。「昨日、妹が死んだんで、そんな話くらいしかできないけれど、それでも良い？」

「ええ」萌絵は頷く。

「君、名前は？」

「貴方は？」

「筒見紀世都」

「西之園萌絵です」

「西之園……萌絵……」筒見紀世都は繰り返した。

つい昨日の朝、大御坊安朋に紹介されて、萌絵は紀世都に会っている。しかし、今の彼の様子では、そんな記憶はすっかり失われているようだ。確かに昨日の彼はスタッフとして忙しそうにしていたし、萌絵の顔をちらりと見たくらいだったかもしれない。大御坊が紹介した名前なんて耳に入らなかったのだろう。それに、その直後には、妹のショッキングな姿を目の当たりにすることになったのだから、無理もない。

表情には現れていなかったけれど、筒見紀世都の感覚は明らかに麻痺しているようだ。それは酔っているせいなのか、妹の死に対する遮断反応なのか。言葉に表れる感情は、虚《うつ》ろで静的で緩慢だった。昨日会ったときとは別人のようだ。

萌絵が車だと言うと、紀世都は軽い足取りで彼女についてきた。助手席に彼が乗り込んだとき、やはりアルコールの香りがした。

「お酒を飲んでるのね？」エンジンをかけながら萌絵はきいた。

「うん、ちょっとね。君も飲みたい？」

「どこで？」

「僕の家。すぐそこだよ」

駐車場から車を出すと、紀世都は無言で、左の方向を指さす。萌絵は指示に従って、そちらへステアリングを切った。筒見紀世都の父親は、M工大の教授である。彼の自宅なら安心だ。このまま、自宅まで送っていって、彼の父親にも会っておこうか、と萌絵は考えた。

「脚のいい車だ」途中で紀世都は呟く。「でも、看護婦には買えないなあ」

「誰だって買えるわ」萌絵は微笑む。「ローンを組めば」

「お金持ちのボーイフレンドがいるんだね？」

「いいえ、筒見さんはお金持ちなの？」

「ふ……。どんなお金持ちでも、靴は二つしか履けない」

口調はゆったりとしているが、それほど酔っているわけではなさそうだ。思考は素早く、的確だった。ひょっとして、彼女のことにしても、気がつかない振りをしているだけだろうか、と萌絵は疑った。

紀世都がたまに指示をする。そのとおり、幾度か右左折を繰り返す。思っていたよりも目的地は遠かった。既にN大学の近くまで来ている。森林が残る山手の住宅地だった。最後に左折して、細い急な坂を真っ直ぐに上る。五十メートルほど入ったところで、道は直角に右に折れていた。そこを曲がると、少しだけ幅の広い場所に出て、行き止まりになった。

「ここ？」車を停めて萌絵がきいた。寂しい場所だったので、少し不安になる。

「うん。これ私道だから、駐車しても大丈夫。道の真ん中に駐めておいて良いよ」筒見紀世都はそう言って、ドアを開け、身軽に車外に出た。

萌絵も車から降りて、腕時計を見る。十時に近い時刻だった。

自宅に電話をかけようかと迷った。シートの後ろからコートを引っ張り出し、そのポケットに入っている携帯電話を確かめ、車のドアをリモコンキーでロックする。

紀世都は、既に先を歩いていた。

近くにマンションらしいものはない。それどころか、住宅さえなかった。上がってきた坂道の途中までは、プレハブのアパートや一戸建ての住宅が数軒疎《まば》らに建っていたが、後半の両側は空地だった。坂道の突き当たりは、低い石垣の上に急な斜面が広がっていて、雑草で一面が覆われている。さらにその上のずっと高いところに白いガードレールが見えた。道が通っているようだ。

近くには、壁までスレートで覆われた大きな倉庫のような建物しかなかった。紀世都は、その倉庫に向かって歩いている。

「ここ、どこですか？　筒見さんのお宅じゃないの？」駆け寄って、彼に追いつきながら萌絵は尋ねた。

「僕の家だよ」紀世都は答える。

筒見紀世都の家？

つまり、M工大の筒見教授の自宅ではない、ということか。萌絵は当てが外れたことと、この辺鄙《へんぴ》な場所で、彼と二人だけになった状況に、緊張していた。

紀世都はシャッタの横にあるアルミのドアに、ポケットから出したキーを差し込んだ。彼はそれを開けて、真っ暗な室内に、何の躊躇もなく入っていった。

萌絵はドアから中を覗き込んだ。何も見えない。

やがて、照明がついた。

6

一瞬にして光で満たされたその大空間。最初、大勢の人々がパーティでもしているような華やかさと賑《にぎ》やかさを感じた。もし、軽快なメロディが流れていたり、スポットライトが忙しく動いていれば、そんな幻想がもう数秒間は持続したことだろう。

けれど、そこにあるものは、あまりにも静かで、不気味に動かない影ばかりだった。

外から見たとおり、そこは倉庫だ。間口は十メートル余り、奥行きは二十メートルほどの広さで、天井までは七メートルは優にあった。奥のちょうど半分ほどには二階があり、そこに上がるためのアルミの梯子が右手に一つだけ掛けられていた。また、中央には、二階に荷物を上げるためのものらしい大きなバケットが、天井の滑車からロープでぶら下がっている。その二階の部分には手摺《てすり》がまったくない。ただ、床があるだけだ。本棚などの家具がその床にのっているのが見えたので、どうやら、二階部分が生活空間らしいことがわかった。

一階のすべてのスペースは、アトリエと呼ぶのか、スタジオと呼ぶのか……。いや、一番相応《ふさわ》しいのは、ファクトリィだろう。

足の踏み場もないほど、様々な大きさの人体彫刻と、それになりつつあるグロテスクな代物《しろもの》で満たされていた。細いワイヤがあちらこちらから張り巡らされ、幾つかの作品はぶら下がって宙に浮き、また幾つかはそれらに支えられてどうにか立っている状態だった。黄色っぽい発泡性の樹脂が、床にも壁にも作業机の上にも散乱していて、まるで、巨大なソフトクリームが爆発した直後のようだ。左手の壁際にある大型のコンプレッサからは、太いエアホースが何本も伸びている。それらは床を這《は》い、科学図鑑に載っている生きものの神経のように、オレンジ色だった。

換気のためのものか、ゴミを吸い込むためのものか、太い銀色のダクトが見える。アルミの梯子状の台には、工事現場で使うタイプのスポットライトがボルトで固定されていた。黒いコードも無数に床を走っている。塗料の缶、バケツ、発泡スチロールの塊、粗大ゴミのようなガラクタ。そんな中で、人形たちはどれも不安定な姿勢、今にも動き出しそうな姿勢で、止まっている。

もちろん、どれも静止している。

エアホースの先にあるグラインダやドリル、リュータ、スプレィ、ピースコンなどの工具たちも、今はひっそりと沈黙し、その静けさがホワイトノイズのように耳障りだった。

主人以外の見知らぬ侵入者に、すべての物体が示し合わせて、止まっているかのようだ。つい直前まで動き回っていた人形たちも、たった今まで回転していた工具も、フューズかブレーカが飛んだため、止まってしまった……。一瞬で……。

そんな錯覚。

それくらい、静かで動かないことが、とてつもなく不自然な情景だったのである。

少し近づいてみると、電子基板やコード類、ソケットやプラグといったエレクトロニクス関連の部品が、どの作品にも取り付けられている。単なるデコレーションなのか、それとも機能するメカニズムなのか、萌絵にはわからなかった。

筒見紀世都は、二階へ上がるアルミの梯子を上っていた。彼の靴がアルミと接触する。それだけが、部屋中で唯一の音だった。その現実感のある音波で、萌絵は幻覚から救われた。

筒見紀世都は、二階の床に立つと、振り返って萌絵の方を一度見た。

「こちらへ上がっておいで」紀世都の声が反響する。

萌絵はまだ入口のドアの近くに立っていた。ようやく気がついて、彼女はアルミのドアを閉めた。再び奥を見ると、二階に上がった紀世都の姿はなかった。どこかに座ったようである。二階部分の床板の陰になって見えなくなってしまった。

いつの間にか、水道から水が流れ出るような音が聞こえる。今度はその音が部屋中に充満していた。

彼女は決心してゆっくりと奥へ進む。

幾つかの人形たちは、ガラスの目を彼女に向けている。それ以外の人形たちは、目を閉じているか、目がないか、あるいは、目が別の部品だった。レンズやコイル、それとも、歯車か小さな真空管だった。アンテナのような髪、チューブから絞り出したような髪、あるいは、ドライ・フラワのような髪。

どの人形たちもすべて性別不詳で、精悍《せいかん》な女性にも、優しい男性にも見えた。

どれもが、筒見紀世都に似ていたし、また、どれもが、筒見紀世都より表情が豊かだった。

人形たちの衣裳は様々で、裸体は一体もない。しかし、それらはどう見ても地球上のファッションではなかった。といって、宇宙服でもない。金属的なのに有機的で、まるで衣裳自体が生きているような、つまり、複数の別の生命体が人体に付着しているような、そんな異様な存在感があった。そもそも、人形たちがそれと同質の異様さを有している。そう、一見、人間の形をしているが、実は一個の生命体ではない。顔も手も胴も脚も、どこか不連続で、無数の生命が寄り集まっているような……。それが、そこにいる人形たちに共通する特徴だった。おそらく、一人でもmenなのであろう。

どうして、自分はそう感じたのか、と萌絵は不思議に思う。

サイバという単語を思い出す。

しかし、実際の人間だって、そうでは？

沢山の生命の集合体ではないのか？

どうして、一個の生命体だといえるだろう？

何を根拠に、一個だと……。

我々は、どこで、一個なのか？
どこまでが、一個なのか？
腕を切り落とせば、その瞬間は、二つなのか？
そうでないのなら、どちらが1で、どちらが0なのか？
首を切り落としたら？
首が1か？
躰が1か？
1って何だろう？
1か0。
信号。
ビット。
電子。
光？
波？
一瞬……、
眩暈《めまい》がした。
萌絵は、深呼吸をする。

自分は……。

頭を振って、幻想を断ち切る。

呼吸を整えた。

水の音を、彼女の耳が聞いている。

筒見紀世都の姿を、彼女の目は捉えていない。

人形たちは、相変わらず、彼女を見ていた。

多くのものは塗装されていたが、色彩はいずれも僅かにグリーンが混ざったメタリック・グレィだ。塗装されていないものは、未完成なのだろうか。

さらに、奥へ進む。

二階部分の下になる部屋の半分にも、作業机が並べられ、その上に、人形の頭や腕がばらばらで置かれている。グラインダや回転カッタなどの大きな工作機械もあった。

倉庫の中は、壁は周囲にしかなく、部屋は一切区切られていない。つまり、ワンルームだ。窓もなかった。冷暖房のダクトが幾つも天井から口を開けている。換気能力は高そうだった。しかし、今は空気は冷たく、萌絵はコートを脱ぎたくなかった。

水の音は二階からだろうか。

トイレかバスルームが二階の奥にあるのかもしれない、と思いながら、彼女はアルミの梯子を上った。

二階が見えてくる。

最初に目についたのは、大きなベッドだった。シーツが半分床に落ちていた。その横には、電車か航空機のシートだけが二組、向かい合わせに並んでいる。二階の中央部には背の高い書棚が置かれていて、筒見紀世都の姿はその陰で見えなかった。ちょうど、その書棚で、梯子に近い手前がベッドルーム、左手の奥がリビング、と区切られているような感じだった。ベッドルームには大きな画面のテレビが床に置かれ、その両側にはスピーカボックスがコンクリートブロックにのせられている。向こう側のリビングらしき一角には、テーブルも見えた。壁際には冷蔵庫や電子レンジ、その他にも、簡単な調理器具が並んでいる。

梯子から離れ、奥へゆっくりと進む。二階の端には手摺がないため、非常に危険だった。

萌絵はリビングの方へ近づいた。

7

本棚で死角になっていた筒見紀世都の姿が見えたとき、萌絵は短い悲鳴を上げた。彼が裸だったからだ。

「ああ、かまわないで……」紀世都は萌絵を見ないで軽い口調で言った。「僕、風呂に入るから。君、ここで、好きなもの、飲んでいいよ」

もう一度、恐る恐るそちらを見ると、なるほど、リビングの奥に、白い陶器のバスタブがあった。それはテーブルのすぐ横で、本棚やパソコンがのったデスクも近かった。そのバスタブは金色に光る小さな獣の足に支えられていた。

太いホースが床を這い、スタンドで一度持ち上げられてから、バスタブに届いている。今、その先から勢い良くお湯が注ぎ込まれていた。湯気が立ち上り、周辺はぼんやりと空気が白い。

裸の筒見紀世都の後ろ姿を萌絵はもう一度見て、また目を逸らす。しかたなく、彼女は反対方向にあった冷蔵庫に歩み寄り、ドアを開けようとした。

「寒かったら、そこのスイッチをさきに入れてから、テーブルのリモコンで暖房をつけて」紀世都が言った。

萌絵が彼の方を振り向くと、白い細長い腕が真っ直ぐ水平に伸びている。彼の指が示す方向にクリーム色の配電盤があって、工場のクレーンでも動かせそうな大げさなスイッチやパイロットランプ、それにアンティークな円形のアンペアメータが並んでいた。暖房のスイッチを押すと、緑の大きなランプがついた。彼女はテーブルに戻り、リモコンのメインスイッチを押した。ぶーんという低い音とともに、微かな振動が床に感じられる。

筒見紀世都は、バスタブの中で泡を立てていた。萌絵は再び冷蔵庫に向かい、それを開ける。ドアの内側にあった小さな缶ビールを一つ取り出した。大きなスリードアの冷蔵庫だ。

他にも沢山食料品が入っている。本当にここで生活しているのだ、と彼女はようやく信じることができた。

缶を開け、口をつけながら、萌絵は中央のテーブルの椅子に腰掛けた。もちろん、筒見紀世都が入っているバスタブの方向を避けた。

ビールは冷たくて美味しい。

彼女から三メートルほどのところで、男性が裸で入浴している。間に仕切りはない。こんな状況は、萌絵の人生では初めてのことだったし、おそらく、世間一般でも、それほど日常的な状況ではないだろう。

「君も入りたい？　えっと……、萌絵さんだっけ？」

「ええ、名前はそうです。でも、お風呂は遠慮します」

「どうして？　気持ちいいよ。君、お風呂に入ると溶けちゃう人？」

「そのくらいでは、溶けませんけれど、私、お話がしたいんです」萌絵は横を向いてそちらを見た。

「そうか。話をするんだったね」紀世都の表情は相変わらず変化がない。嬉しそうでも、悲しそうでもなかった。

「妹さんが亡くなったって、おっしゃってました」萌絵はビールをまた一口飲んだ。

お湯が溢れそうになったので、紀世都はホースの先に手を伸ばして、それを止めた。

急に静かになった。

バスタブのわずかな水音だけが残る。

「ああ……、昨日だよ」紀世都のこの声が部屋中に響いた。

「どうして、亡くなったのですか？」

「殺された」

「誰に？」萌絵は特に驚いた演技をせずに尋ねた。

「君、冗談だと思っているね？」紀世都は萌絵を見ずに言う。

「冗談じゃないの？」

「本当のことだよ」棒読みのような淡々とした口調は、とても本当のことを語っているようには聞こえない。しかし、彼は真実を話しているのだ。「首を切られて殺された。とても可愛い妹だったけどね」

「誰が殺したの？」

紀世都は、そこでちらりと萌絵を見る。

「君、妹に似ているなあ」

「どこが？」

「声」

萌絵は黙ってビールを傾ける。喉が渇いていたことが、今頃になってわかった。

「ところで、君、何をしにきたの?」しばらくして紀世都は言った。もう萌絵の方を見ていなかった。「どうして、僕に興味があったの?」

ビールのせいか、躰が暖まった。暖房が効いているのかもしれない。それとも、最初から二階は暖かかったのか。

萌絵は、本当のことを話そうと決めた。

「私、大御坊さんの従妹です」

顔を上げて、筒見紀世都はゆっくりと萌絵を見つめる。しばらく、彼は人形のようにじっと動かなかった。今にも、彼女の目の前で、この男は分裂して、沢山の細かい生命体となる。そんな幻想を一瞬、萌絵は見た。

「ああ……」少し口を開けて彼は悠長にそう呟いた。「昨日、会った子?」

「ええ」

「人が悪いな」

「ごめんなさい。言いそびれてしまったんです」

「いや、かまわないよ」紀世都は視線を逸らす。バスタブは泡で溢れ、周囲の床にこぼれ落ちていた。ときどき、彼の顔が見えなくなるほどだった。「なあんだ……。それじゃあ、全部、知ってるんじゃないか」

「ええ、だけど、誰があんなことをしたのかは、知りません」

「そうだね」

「筒見さんは、何か心当たりがありませんか？」

「昨日も今日も、警察にそれ、きかれたけど……、全然ない」紀世都は答える。

「明日香さんがつき合っていた恋人は？」

「わからないけど、いなかったんじゃないかな」

「どうして？」

「なんとなく」

「二年まえに自殺した遠藤さんは？」そう言いながら、萌絵は紀世都の表情に注目する。

「誰にきいた？」彼はこちらを見ないできき返した。

「それは言えません」

「寺林さんだね？　君、あそこの看護婦だから、彼に会ったんだ。どうだった？　寺林さん、元気だった？」

紀世都のその誤解はそのままにしておこう、と萌絵は思う。

「ええ、寺林さんは元気です。あの、その遠藤さんという方のことで、誰かが明日香さんに恨みを抱いていた、という可能性はありませんか？」

「さあ……」紀世都は言う。「僕にもビールを一つ持ってきてくれない」

萌絵は冷蔵庫へ行き、缶ビールを一つ取り出した。バスタブまで近づき、紀世都の姿を見ないようにして片手を伸ばし、ビールを手渡す。彼の暖かい手が一瞬触れて、彼女の手に石鹸の泡がついた。彼女はコートからハンカチを出して拭った。

紀世都はバスタブの中でビールを飲み始めた。テーブルまで戻るとき、暖かい空気がダクトの換気口から大量に流れ出ているのに気がついた。もう寒くはなかった。

「M工大の事件はご存じですか？」萌絵は再び椅子に座り直す。

「新聞で読んだ」

「殺された上倉さんは？」

「いや、知らないなあ」紀世都はビールを飲み干し、空き缶を床に転がした。「あ、でも、河嶋先生なら知ってるよ」

「河嶋助教授をですか？」萌絵には少し意外だった。

「あの先生、模型マニアなんだ。うちの親父と同じ大学だし。直接会ったことはないけど、長谷川さんっていう親父の模型仲間が、河嶋先生のことよく話すからさ、それで覚えていたんだ。殺された女の子、河嶋先生の講座の子だって、新聞に書いてあったよね」

「ええ……」萌絵は頷いた。「それじゃあ、河嶋先生は、ひょっとして、明日香さんをご存じだったかもしれませんね？」

「さあ、それはどうかな」

二つの事件で共通する関係者は寺林高司だけだと考えていたが、今の紀世都の話を聞くと、そうでもなさそうだ。

「自殺した遠藤さんというのは、どんな方だったのですか？」

「普通の人」紀世都はそっけなく答える。「ちょっと、真面目過ぎたんだね」

「お仕事は？」

「えっと、公務員だった。市役所だよ」

「どうして、明日香さんと知り合ったのですか？」

「遠藤さんの親父さんが、やっぱり、うちの親父の模型仲間なんだ」

また、模型仲間だ、と萌絵は思う。

「亡くなった遠藤さんも、模型が趣味だったのですか？」

「親父さんの方は、那古野でもぴかいちのモデラだよ。うちの親父と同じ鉄道模型が専門。でも、死んだ昌君の方は、無趣味だったなあ。模型をやっていれば、自殺なんてしなかった」

「どうして？」

「女くらいで死なないさ。模型がある」紀世都の無感情な口調で断言されると、それがいかにも当たり前の道理のように聞こえる。

「紀世都さん、模型は？」

「僕は、卒業しちゃった。小さな頃からいろいろやって、プラモデルやって、フィギュアやって、それから、今の仕事になって、もう戻れなくなっちゃった」

「あの……」萌絵は紀世都の方に躰を向けて脚を組んだ。「マーダ・プロップって、ご存じでしょう?」

「うん、知ってるよ」そう言いながら、紀世都は急に立ち上がった。大きな水の音がする。

萌絵は慌てて横を向き、椅子に座り直した。

「どんなものなのですか?」声が大きくなる。目を瞑りたいくらいだった。

「うん、あれはね、残酷な代物だよ。ホラーマニアのアイテムだ」紀世都は、テーブルの方に歩いてくる。彼は萌絵のすぐ横を通って、そのまま冷蔵庫へ行き、ドアの内側から缶ビールを取り出した。「君、ああいうのに興味があるの?」

「いいえ」萌絵は下を向いて答える。そっと紀世都の足もとを見ると、水と石鹸の泡が彼の躰を流れ落ち、床を濡らしていた。

「ビール、君もいる?」

「あ、いいえ、もうけっこうです」萌絵は首をふった。

紀世都は萌絵の間近まで戻ってきた。彼は、テーブルの上にあった彼女の缶ビールを持ち上げた。

「でも、これ……、空っぽだよ」

「いいんです」

「どうしたの？　気分悪いの？」

「筒見さん、服を着て下さい」萌絵は下を向いたまま言う。「あの、私、困ります。これではお話ができません」

「ああ、なんだ」彼は同じ口調のままそう言うと、バスタブの方へ歩いていき、スタンドに掛かっていたバスタオルを手に取った。「君って、変な子だね」

「普通だと思いますけれど」萌絵は深呼吸をしてから言い返す。

「そうかな……。夜のこの時刻に、知らない男の家にやってきてさ……。服を脱げって言うならわかるけど、着ろって言うのは変だと思うよ」

　彼はバスタオルを頭からかぶり、ジーパンだけ穿《は》いた。

「これでいい？」

「ええ。ありがとう」

「オスはメスが作るんだよ」

「え？」萌絵は驚いて、息を止めた。「アダムとイヴのことですか？」

言ってから気づいたが、それでは反対である。

「あ、そうだ、あとでさ、写真を撮らせてくれない？」

「何の？」

「君の」

「私の？　あの、どんな写真ですか？」

「うん……、そう。前と後ろと、右と左の四枚だけで良いよ」

「写真を撮って、どうするんです？」

「僕は、そのやり方なんだ。最近、データを採るのに、レーザを使うこともあるけど」

「データを？　レーザで？」

「そう……、データをレーザで。ようするに、表面の座標値を読み取るだけだよ」

「それ、服を着たままでも良いのですか？」

「うーん。そういうのが良い場合もあるね。どうして、君って、そんなことにこだわるのかな？」

「普通だと思いますけれど」

「写真は駄目？」

「あの、今夜はそろそろもう帰らないと……」萌絵は、紀世都の言葉が不気味に思えたので首をふった。

「それじゃあ、あれを見せてあげよう」紀世都は萌絵の前に立った。上半身はまだ裸で、濡れた髪から流れる雫《しずく》が、肩や胸を伝っている。

「あれって？」

「せっかく来てくれたんだし、妹の弔《とむら》いも、まだだから」

「何ですか?」萌絵は尋ねる。

驚くべきことに、筒見紀世都は、そこで微笑んだ。

それは、プラスティックでできた仮面を無理やり歪《ひず》ませたように、不自然な、不気味な表情だった。

萌絵は背筋が寒くなる。

逃げ出したい、と初めて思った。

「君も、服を脱いだ方が良いよ」紀世都は萌絵に顔を近づけて言う。

「お断りします!」萌絵は立ち上がって後ろに下がった。

「そう?」紀世都はまた無表情に戻った。「じゃあ、怒らないでくれる?」

「あの……私……」

紀世都は意外にも彼女からすっと離れ、こちらを一度も振り向かないまま歩き去った。

もう帰らなければ……。

彼の行動、そして反応が予測できないことが、萌絵を焦らせていた。

筒見紀世都は身軽な仕草で、梯子まで駆け寄り、滑り下りるように姿を消した。萌絵は彼を追って、手摺のない床の端から下を覗く。二階の床の下に入ったのか、彼はもう見えなかった。不安になったので、彼女も梯子を下りることにした。

梯子の途中まで来ると、紀世都が見えた。彼は一階の奥にある工作台の間から、大きな台車を引っ張ってくる。広く床が開いている中央のスペースにそれを引き出し、荷台のビニルシートを取り去った。

小さなタイヤの付いた台車の上にのっていたオブジェは、大きな針ネズミのようだった。長さは一メートル半ほどだろうか。楕円形のボディは、ちょうど卵を半分にした形に近い。そこから、二十本以上の透明な赤い柱状のものが突き出していた。それがちょうど、毛を逆立てた大きな針ネズミの姿のように見えたのである。

筒見紀世都はコードを繋いだりして、忙しく何かの準備をしているようだ。

よく見ると、針ネズミの針である透明な赤い突起物は、ジュースのペットボトルだった。ペットボトルの中に赤い液体が入っているのだ。ペットボトルはどれも底を上に向けて逆さまだった。それが、卵形の巨大なラグビーボールのようなボディから、三十センチほど突き出している。ボディの端から出た太いコードとホースが、ネズミの長い尾に見える。その他には、特にこれといった装飾はない。周囲の人形たちと比べると、その抽象作品は異様なほどシンプルだった。

彼は太いホースを引き出し、壁際のコンプレッサまで駆け寄った。そして手早くそれをコックに差し込んだ。

萌絵は床を見て、人形たちの間を歩く。紀世都は、ゆっくりと彼女の方に近づいてきた。

「じゃあ、始めるよ」

紀世都は、萌絵の前で片手を軽く挙げた。その白い手の細長い指が、小さな黒いものを握っている。萌絵がエアコンをつけるときに使ったリモコンと同じものだった。

彼の指がリモコンのボタンに触れた。

それに反応する短い機械音が壁際で鳴る。

コンプレッサのモータが動き出した。その回転音が加速度的に高く唸りを上げ、こんこんという空気弁のリズミカルな音が響く。耳を覆いたくなるような大音響だった。

紀世都は、部屋の中央に戻り、頭の上でリズムに合わせて手を叩きながら、ゆっくりと回り出す。

けれど、顔だけは無表情で、決して楽しそうではなかった。

本当にマリオネットのようだ。

マネキン人形が、ショーウインドウの中でターンテーブルにのせられ、ゆっくりと回転しているようだった。

まだ濡れている彼の髪も、ゆっくりとした運動で微かに振動する腕や胸の筋肉も、すべてがプラスティックとビニルで作られ、ラッカで着色されているだけのフィギュアと同じだった。

どこに生命があるのだろう？

何故か、そう思った。

萌絵は、辺りを見渡し、後ろに下がる。

これが何の儀式なのか、わからない。

何が始まるのか、わからない。

空気が漏れる音。

台車の上の針ネズミは振動している。

ペットボトルの中の赤い液体には、細かい泡が無数に現れ、その一つ一つの泡の方が、ずっと生きているみたいだった。

ずっと生命に相応《ふさわ》しい。

やがて、針ネズミのボディに、フラッシュが瞬き始める。

無音の閃光に、萌絵は目を細めた。

近くに立っていた紀世都も、一瞬、真っ白な影になる。

フラッシュはしだいに頻繁に、数ヵ所で光りだす。

眩しくて、そちらを見ていられなくなった。

「これ、明日香が大好きだったんだよ」

紀世都がそう言った。

デジタルな声だ。

「君に見せてあげる」

眩しい。
「特別だよ……」
突然、今までにない音。
空気が破裂するような……、
炸裂音がした。
何が起こったのか、わからない。
次の瞬間、天井で大きな音。
上を向くと、倉庫の高い天井にフラッシュの残像。
小さな物体が回転している。
ペットボトルがくるくると回転して、宙に浮かんでいる。
上を向いた萌絵の顔に、雨のように水が落ちてきた。
声を上げる暇もなく……、
また破裂する音。
空気を擦るような、一瞬の音響。
今度は、彼女の背後の壁が鳴った。
またペットボトルが宙を舞っている。
壁に跳ね返り、天井にも当たる。

真っ赤な液体が、また上から降ってくる。
彼女の足もとに、ペットボトルが落ちた。
くるくるとまだ回転している。
萌絵は頭を両手で抱え、短い悲鳴を上げた。
続いて、破裂する音。
炸裂する音。
摩擦の音。
噴射の音。
繰り返し、繰り返し。
連続だった。
針ネズミが、ペットボトルを発射している。
つぎつぎに、ロケットが打ち上げられる。
赤い液体を噴射しながら、小さなミサイルが部屋中に飛び回った。
「服を脱いだ方が良かっただろう？」
紀世都の声が聞こえた。
壁に当たり、天井に当たり、
周りの人形たちに当たり、張られたワイヤに当たる。

床に落ちたものも這い回り、
回転して、周囲に赤い液体を放出する。
ネズミ花火だ。
辺りは皆、真っ赤に染まる。
萌絵の手も、腕も、服も、髪も濡れている。
真っ赤に濡れている。
「やっほう!」
筒見紀世都は笑いだした。
大声で笑いだした。
プラスティックの仮面は、真っ赤になって歪《ゆが》んでいる。
ビニルの腕も、肩も、胸も。
天井から落ちてくるペットボトル。
萌絵は両手で頭と顔を庇《かば》い、壁際まで下がった。
紀世都はまだ笑っている。
それは、シンセサイザで作られたような声だった。
声だって、一つではない。
沢山の振動の集合。

何一つ、一つと呼べるものなどない。

１って何だろう？

何度悲鳴を上げたか、わからなかった。

幾度か彼女にぶつかったものがあった。

しかし、やがて、飛び回っていた生命は静かになった。

ペットボトルのミサイルは動かなくなった。

今は、コンプレッサの回転音と、筒見紀世都の笑い声だけが、続いている。

萌絵は、そのままゆっくりと出口に近づく。

もう、そこにいたくなかった。

一刻も早く帰りたかった。

ドアノブに手をかける。

彼女は、もう一度振り返り、筒見紀世都を見た。

ミサイルをすべて発射し終えた針ネズミのボディに覆いかぶさるように、彼は倒れていた。

白い頬を押しつけている。

まだ笑っている。

そうではなかった。

泣いている。

彼は声を出して泣いていた。

すすり泣く声は、綺麗な正弦波だった。

やっぱり、一個の生命か。

感情だけは、一つしかないのだろうか。

笑いながら泣けないことが、一個の証《あか》しなのか。

萌絵は、部屋の中に引き返して、コンプレッサのスイッチを切った。

辺りは、真っ赤に濡れていることを除けば、あっという間に、元どおりの静寂を取り戻した。

何故、自分がスイッチを切ったのか、萌絵にはわからなかった。しかし、何故か、終わらせたい、眠らせたい、と思ったのである。

とにかく、元どおりにしたかった。

筒見紀世都は、涙の溢れる目を萌絵に向けて、顔を上げた。

涙が、頬の赤い液体を洗い流していた。

彼の目は、ガラスみたいに透明で、綺麗だ。

「面白かった？」抑揚のない彼の声。

それはまた、今生まれたばかりの別の感情から発信している音声のようだった。

「ええ、ありがとう」萌絵は可能なかぎり優しくそう答えてから、真っ直ぐにドアに向かった。

「おやすみ」という紀世都の声が後ろから聞こえる。

彼女は黙って外に出た。

8

車のフロントのトランクを開け、萌絵は汚れた上着を脱ぎ捨てた。テニスラケットと一緒に入れてあったスポーツバッグからタオルを取り出して顔を拭く。ひんやりとした冷たい空気は遠くまで透き通っていて、星空は鮮明だった。近くに常夜灯はなく、とても暗い。自分の顔を確かめるために、座席に乗り込み、エンジンをかけてから、ルームライトをつけてバックミラーを覗き込んだ。

筒見紀世都のスレートの館は静まりかえっている。入口のアルミのドアは暗くてよく見えなかったが、そこが開いたら気がつくはずである。彼女は、かたときもそこから目を離さなかった。今にも紀世都の仮面のような白い顔が、そのドアから現れそうな気がしたからだ。少し恐ろしい。それなのに、自分はなかなかそこから立ち去ろうとしない。車のアイドリングが続く。彼が最後に言った「おやすみ」という言葉のせいだろうか。それだけは、とても滑らかで、優しい声だったのだ。

萌絵は溜息をついて、両手を額に押しつけた。

まだ少し、鼓動が速かった。

手も足も冷たいのに、彼女の額は暖かい。

自分は一つだろうか、と思った。

自分は、どこまでで一つだろう？

生きていれば一つなのか？

生きているうちは、どうにか一つなのか？

もう一度、溜息をつき、シートベルトをする。

彼女の車は、二回切り返して向きを変え、道を引き返した。

ヘッドライトをハイにして、坂道を下った。

すぐに、坂道を上ってくる人物がライトの中に入る。

ブレーキを踏み、車を寄せた。

萌絵がウインドウを下げると、男がにっこりと笑った。

「萌絵ちゃん？」

「安朋さん」

大御坊安朋だった。いつもどおり黒っぽい衣裳である。ロシア帽をかぶっていた。萌絵はほっとした。体温が戻り、呼吸が戻ったように感じた。車から降りて、彼に抱きつきたいくらいだった。

「筒見君のところに来ていたの？」大御坊が車の中を覗き込む。「彼、上にいる？」

「ええ、います。でも……」萌絵はサイドブレーキをかけてから頷いた。

「でも……？」

「いえ、私……、ちょっと酷い目に遭ったので、気が立っているだけです」萌絵はそう言って、また溜息をついた。

「酷い目って……」大御坊は深刻な顔になる。「大丈夫？　どうかしたの？　何があったの？」

「ペットボトルのロケットの打ち上げ大会です。ああ、もう……、信じられないわ！」

「ああ……、あれ、あれね」大御坊はくすくすと笑いだす。「ええ、知ってるわよ。それはそれは……、お気の毒様。災難だったわね。私もね、同じ目に遭ったもの」

「筒見さんって、もの凄く変わっていますよね」萌絵は肩を竦める。「高いお洋服じゃなくて良かったけれど、コートはもう駄目かもしれないわ」

「ご愁傷《しゅうしょう》さま」そう言ってから、大御坊は一度坂の上を見る。「そっか……、じゃあ、今夜は、紀世都君、使えないか……」

「え？」萌絵は大御坊の言葉の意味がわからなかった。

「あれをすると、彼、もう壊れちゃうから、しばらく駄目なのよ。うん、今夜は諦めよう。萌絵ちゃん、良かったら、そこまで乗せてってくれない？」

「あ、ええ、どうぞ」

大御坊は車の前を回って、助手席に乗り込んだ。

「どこか近くの駅でいいわ。そこでタクシー拾うから」大御坊は萌絵をまじまじと見て、また笑った。「うわあ、派手にやられたわねぇ、可哀想に……。でも、怒らないでね。あれが、彼の芸術なの」

萌絵は車を出す。坂を下りたところで、左右を見て、右折した。

「ほら、あれあれ」大御坊は後ろを振り向きながら声を弾ませる。「あの車、警察よ。追ってくるかしら」

「尾行されていたのですか？」萌絵はバックミラーを見る。

「私がタクシーを降りたときね、ちょっと離れたところに停まったの。でも、他にも一台、ほら、反対側にもいたでしょう？　あっちのが、紀世都君を見張ってるやつじゃないのかしら」

「紀世都さんは、私の車で来たんですよ。鶴舞の大学病院から」

「じゃあ、萌絵ちゃんの車がつけられていたのよ」

「気がつかなかった」

「萌絵ちゃんは、どうして、ここへ来たの？」

「ええ、なんとなく、成り行きです」

筒見紀世都の尾行は、考えてみれば当然のことだった。大学病院で、彼を車に乗せたときから、警察が尾行していたのだ。ひょっとしたら、萌絵が車を駐めた坂の上にも、暗闇に隠れて、誰かが潜んでいたのかもしれない。もしそうなら、彼女がタオルで顔を拭いているところも見られたことになる。

「筒見君も今日は一日、警察だったはずよ」大御坊は言う。

「安朋さんは？」

「私も」大御坊は頷く。「しかたがない……。でも、彼のこと、ちょっと心配だったから、一緒にお酒でもつき合ってやろうかと思って来たのよ。まあ、ロケット遊びをするくらいなら、心配ないでしょう」

「お酒も飲んでいました」萌絵は言う。「私の目の前でお風呂に入って、ビールを飲んで、おまけにあの騒ぎ」

「芸術家だもの」

「失礼ですよ」萌絵は少し頬を膨らませる。「でも、そう……、ちょっとだけですけれど、可哀想でした」

「泣いたんでしょう？　あれをするのはね、いつも泣くときなのよねぇ」

「安朋さん、筒見紀世都さんと親しいんですか?」

「どういう意味かしら?」大御坊がわざとらしい高い声できき返した。「萌絵ちゃん、もう大人よね?」

「質問を取り下げます」萌絵は横を向いて微笑んだ。

「ううん、全然……。そんな関係じゃないわよ。同じクリエータとして、わりと、そうね……、緊張した素敵な間柄っていうところかしら」

「緊張した?」

「そう……。どっちかっていうと、リラックスできる関係じゃあないわね」大御坊は笑う。

　メインストリートの交差点で車は停まった。

「あ、ここでいいわ」大御坊は言う。「それじゃあ、気をつけて帰ってね」

　地下鉄の駅があるため、交差点の角にタクシーが何台か駐まっている。

　萌絵は時計を見る。十一時を少し回っていた。

「じゃあ、おやすみ」大御坊はドアを開ける。

「あの……、私、帰ってお酒が飲みたいんですけれど。安朋さん、つき合ってもらえませんか?」

　大御坊は一度開けたドアを黙って閉めた。

「そういうことなら大歓迎」

「ありがとう」萌絵は微笑む。

「萌絵ちゃんも、そんな歳になったんだなあ」大御坊がまたくすくすと笑う。

車は交差点を右折して、N大のキャンパス前を通った。

「十一時じゃ、犀川先生もいないし……」萌絵が囁く。

「あ、犀川君も呼んで三人で飲もうか?」

「先生は来ないわ」

「そうなの?」

「ええ。お酒も飲まれません」

萌絵は夕方からのことを、簡単に大御坊に話した。彼女が看護婦に化けて、寺林高司に会った経緯を聞くと、大御坊は手を叩いて大笑いした。

「遠藤昌さんという人は、安朋さんも知っている人ですか?」

「うん、ちょっとだけね」

「筒見明日香さんにふられて、それで自殺したというのは本当なの?」

「そんなことに、本当も嘘もないわよ」

「でも、紀世都さんはそう思っているんですよ。だって、寺林さんに、そう話したのですから」

「言葉ってね、自分で信じていないことだって簡単に口から出るものよ。あまり、真剣に考えない方がいい」

「遠藤昌さんのお父様は？」

「そっちの方をよく知ってる」大御坊は答える。「えっと、そう、遠藤さんなら、一昨日の土曜日の夜に会ったばっかり」

「どこでですか？」

「鶴舞の公会堂のすぐそば。一緒に食事をして、そのあと、筒見先生のお宅にも来ていたわね。遠藤彰さんっていうんだけど、そうね……、模型界の大御所の一人。お医者さんよ」

「あ、紀世都さんのお父様も一緒だったのですね？」

「そう、もちろん。土曜日に、筒見先生のお宅にみんなで集まったの。あの三人が那古野のモデラの御三家みたいなものかな」

「三人って、あと一人は？」

「長谷川っていう人」

「長谷川さん？」

「えっと、長谷川さんは、途中で帰ったっけ。遠藤さんと筒見先生は鉄道模型だけど、その人は飛行機なのよ。ソリッドモデルって知ってる？」

「ソリッドって……、固体のこと？」

「木を削って作る。まあ、フルスクラッチビルトのルーツみたいな模型」

「その長谷川さんかしら……。確か……、M工大の河嶋助教授の知り合いだって、紀世都さんが言っていました」

「河嶋って先生は、私は面識がない。名前は聞いたことがあるけどね。公会堂に来てたかしら？」

「二つの事件は、やっぱり繋がりがあるんです」萌絵はステアリングを握り、前を向いたまま説明する。「最初は、寺林さんだけが両方の事件に共通する唯一の関係者だと思われていましたけど、河嶋先生だって、その可能性があります。明日香さんの昔の恋人は自殺していて、二人の父親どうしが模型仲間。しかも、当の土曜日に殺人現場のすぐそばにいた。模型仲間の長谷川さんは、河嶋先生の知り合いで、紀世都さんも話を聞いているくらいだから、筒見家に遊びにきたことだってあるかもしれません」

「でも、M工大で殺された女の子は、寺林君の彼女なんでしょう？」

「ええ」

「寺林君、そのこと、何て言ってた？」

「上倉裕子さんの方が積極的だったたって」

「うーん」大御坊は唸る。

「筒見明日香さんと上倉裕子さんを両方とも知っている人が、どれくらいいるかしら？」

「駄目だわ。私、そういう人間関係っていうの、ごちゃごちゃした複雑なのは全然駄目。覚えられないのよ。誰が誰の知り合いかなんて、頭に入らないもの。よく知っていて、ちゃんと記憶している人っているけどね。私は駄目。頭の中がパニックになっちゃう」

「それほどでもありませんよ」

「二つの事件を別々に見れば、簡単なんじゃない？」

「簡単ですか？」

「だって、M工大の方だけ見れば、犯人は寺林君よ。きっと、しつこくされて鬱陶《うっとう》しかったんじゃないの？」大御坊は笑いながら言った。「それから、公会堂の事件は、そっちだけで考えれば、そうね、犯人は……、うーん、誰だろう？」

「やっぱり寺林さん？」

「そうよね……、彼、明日香ちゃんに言い寄って、きっぱり断られたのかもしれないし。うーん、まずいわね。寺林君、ピンチ」

「そんなことで人を殺すなんて……」

「殺す人は殺すわよ、どんな些細《ささい》なことでもね。理由の大きさなんて無関係」

「寺林さん、そんなことをするような人とは思えないわ」

「もちろん、私もそう思う」大御坊は萌絵の方を見た。「今のは、信じていることとは全然別の話よ。ほらね？　思ってもいない、いい加減なことをしゃべるものでしょう？　人間って」

深夜で道路は空いていた。

萌絵のマンションがすぐ見えてくる。彼女の車は、ガードマンが開けたゲートを潜《くぐ》り、地下へのスロープを下った。

「ここ、久しぶりだわ」大御坊は嬉しそうに言う。「何年ぶりかな？」

「えっと、あ、ちょうど三十ヵ月ぶり、九百十七日ぶりです」

「貴女、相変わらず数字に強いわね」大御坊は笑う。

「ええ、人間みたいに複雑じゃないもの」

9

萌絵はさきにシャワーを浴びた。彼女がリビングに戻ったのは、十二時過ぎで、大御坊安朋は、ソファに一人で座って、眠そうな顔のトーマにビデオカメラを向けながら、片手でグラスを揺らしていた。トーマというのは、萌絵の愛犬である。大御坊を見て、最初は大喜びで尾を振ったものの、興奮は急速に冷めたようだった。

テーブルの上に、ボトルも氷も用意されていて、スナック類も並んでいる。

「ごめんなさい。お待たせして」萌絵は大御坊の前のソファに腰掛ける。

「いいえ、どういたしまして」

大御坊は、しばらく萌絵の方にカメラを向けていたが、やがてスイッチを切り、それをテーブルに置いた。

「それ、あとで見るんですか？」

「ビデオのこと？　ううん、あまり見ないわね」大御坊は答える。彼は新しいグラスに氷を入れて、慣れた手つきで萌絵の飲みものを作ってくれた。「これはね、撮っているときが大事なの。ものを観る目が自分にあるのか、それを常に確認しているだけよ。撮ったあとの記録なんて屑《くず》みたいなものだわ。これ、テープも一本で、ずっと使い回してるんだから」

萌絵はグラスを受け取った。

「諏訪野さんも元気そうじゃない」再び近づいてきたトーマを撫でながら大御坊が言う。

「ええ」

大御坊はトーマを見る。「少しは落ち着いたかしら？」

「眠いだけですよ」

「犬じゃないわよ。貴女のこと」大御坊は微笑む。

「落ち着いたかなあ……」萌絵は冷たいグラスを口につけながら、小さく肩を竦める。

「三年まえに比べると、ずいぶん落ち着いた」

「ええ、たぶん……」

「いいわ」大御坊はグラスをテーブルに置いて、長細い煙草に火をつける。「何か聞いてほしい話があるんでしょう？　犀川君のことね？」

「違います」萌絵は姿勢を正す。「事件のこと」

「なあんだ、つまらない」大御坊は顎を上げる。「来るんじゃなかったわぁ」

「土曜日の夜のことなんですけど……」萌絵はすぐ始めた。「あの控室に、寺林さんが残っていたのを、最後に見たのが安朋さんだったのでしょう？」

「そうよ」

「彼、何をしていました？」

「フィギュアの修理。もうほとんど終わっているみたいだったけどね」

「それは、あの部屋のどこでしたか？」

「場所？　えっと、ドアから見て右手の壁際。テーブルを使っていたわ」

「その寺林さんのフィギュアは、日曜日の朝には、どこにありましたか？」

「さあ……」大御坊は首を傾げ、顎に片手を当てる。「そういえば、見かけなかったわね」

「じゃあ、修理の作業はもう終わって、寺林さんが片づけたあとだった、ということですね？」萌絵はそこまで言って、グラスに口をつける。

「そうなるかな」大御坊は頷く。「寺林君にきいてみた？」

それは、聞いていなかった。萌絵も、部屋の中にそれらしいものを見た記憶はない。彼が誰かに襲われたとき、そのフィギュアはどこに置いてあったのだろう？　そして、それは、どこへ行ったのだろう?

「電気はどうでした?」彼女は次の質問をする。

「部屋の?」

「ええ。朝、控室に入ったとき、照明はついていましたか?」

「さあ、どうかしら……。だって、明るかったから、ついていたのか、ついていなかったのか……」

「誰か、照明のスイッチを触りましたか?」

「いいえ、触ってないと思う」

「私が覗いたときには、天井の蛍光灯はついていました」萌絵は言う。「ということは、夜からずっとつきっぱなしだったわけです。スイッチは部屋の内側ですから」

「そうなるわね。萌絵ちゃん、よく観察してるんだ」

「寺林さんは、作業が終わって部屋を出るとき、照明を消したはずです。暗くなった廊下で、ドアの鍵をかけようとしたとき、後ろから襲われたのです。後ろから突然殴られるとしたら、そのときだと思いますし、彼自身もそう話しています」

「あ、じゃあ、そのあとで、犯人が部屋の中に寺林君を引きずり込んで、もう一度、照明をつけ直したわけだ。うんうん……」

「もちろん、そのときは、筒見明日香さんがまだあそこに来るまえです」

「明日香ちゃんを、あの場所に呼び出していたわけか。私が、噴水のところですれ違った、あのすぐあとってこと？　えっと、それじゃあ、寺林君を殴った犯人は、ほとんど、私と入れ違いだったってことになるんじゃない？」

「そうです。時間的な余裕はほとんどありません」萌絵は頷く。「しかも、寺林さんがそこに残っていたことは、犯人の計画にはなかったことでした。彼がその時刻までいたのは、模型が壊れたというアクシデントのためですし、修復にどれくらいの時間がかかるのかなんてことも予測不可能ですから」

「うんうん、犯人の目的は、あくまでも明日香ちゃんだったのね」

「ところで、四階の奥のあんな場所に、呼び出したりするでしょうか？」萌絵はそう言って、大御坊をじっと見つめた。「逆に、明日香さんの立場になってみると、呼び出されたくらいで、あの人気《ひとけ》のない建物の中に入っていくでしょうか？　守衛さんの目を盗んでまでして……」

「どういうこと？」

「女性が一人では入りにくい。たぶん、犯人と明日香さんが待ち合わせたのは、公会堂の玄関の前、つまり外だった、と私は思います。二人は、階段のところで会って、一緒に中に入ったんですよ」

「どうして中に入ったの？」

「寺林さんが、まだ中にいることがわかったからです」

「どうしてわかるの？」

「彼の車が近くにあったんだと思います。それに、四階の控室の照明がついているのが、外からはよく見えます。正面の玄関側からは無理ですけれど、少し横に出れば……」

「ああ、なるほど」大御坊は頷いた。「いいわ、それで？」

「二人は、守衛さんに黙って、こっそりと建物に入った。そして、階段で四階へ上がります。たぶん、階段を上がりきったところで、犯人は、明日香さんを後ろから殴った」

「どうして、そんなことがわかるの？」

「控室に近づかないうちに済ませたかったでしょうし、守衛室からもできるだけ離れたかったからです。音が聞こえないように……」

「まあ、それもいいとしましょう。それで？」

「あの真っ直ぐの廊下、きっと真っ暗だったと思います。その一番先で、控室のドアが開いた……」

「貴女、見てきたみたいね」大御坊が目を丸くする。

「ちょうど、寺林さんが出てきたのです。開いたドアから室内の明かりが漏れて、よく見えたと思います」萌絵は続ける。「寺林さんは、そこで照明を消します。犯人は、急いで暗がりを進んで、ドアに鍵をかけようとしていた寺林さんを後ろから襲った。明日香さんのときと同じ凶器だったはずです。ちょうど手に持っていたから」

「どうして寺林君まで襲ったわけ？」

「そうしないと、明日香さんが倒れているところまで彼がやってくる。気づかれるまえに、先手を打ったのです」

「でもさ、そもそも、寺林君がいるから……、彼に会うために、上がってきたんじゃなかったの？」

「犯人としては、まだ、寺林さんが出てくるとは思わなかったのです。それに……、きっと、寺林さんがいるから、という理由で、建物の中に入ろうと言いだしたのは、明日香さんの方だったのだと思います。犯人は、寺林さんに会いたくはなかった。だから、手前で明日香さんを襲った。そこへ、ちょうど、運悪く寺林さんが部屋から出てきたので、しかたがなかったのだと……」

「え、初めはどうするつもりだったわけ？」

「明日香さんを殺してから、彼女を引きずって、どこかに隠す。そうしておいて、寺林さんが出ていくのをやり過ごすつもりだったの」

「やり過ごす？　何故、すぐ逃げないの？」

「首を切りたかったからです」

「ああ、そうかそうか、首ね……。うん、なるほど。でも、どうして首を切りたかったのかは？」

「その問題は今は棚上げです。それだけは駄目。今のところお手上げなんです」

「犯人はさ、首を切断する道具まで用意していたわけでしょう？」大御坊は、ちょっと顔をしかめ、グラスを一気に空けた。「何を使ったのかしら。けっこう大きくて重い道具よね」

「あの部屋で首を切断することは、たぶん計画のうちだったと思います」萌絵のグラスも氷だけになった。彼女がテーブルにそれを戻すと、大御坊がボトルのキャップを回し始める。

「ひょっとしたら、犯人は、あの控室に鍵をかけている寺林さんを見て、それでは中に入れなくなるから、急いで寺林さんを襲ったのかもしれません」

「なんか、それって、計画的なのか無計画なのか、よくわかんないわね。だって、普通は、施錠されているわけじゃない？」

「取り消します。ごめんなさい、私もまだ整理がつかないの。おかしい……。もう酔ったのかしら。こんな状態で、話の相手をしてもらって、感謝しています」

大御坊はくすくすと笑う。「萌絵ちゃん、貴女、なんか、ずいぶん変わったわね。いいわよ……。私、全然、退屈してないし、お酒は美味しいし、貴女を見てると懐かしいし、久しぶりにとっても楽しいわ。さあ、続けて続けて」

大御坊は萌絵の新しい水割りをかき混ぜてから差し出した。

「えっと、それで……」萌絵は上目遣いで天井を見る。「とにかく、犯人は、倒れた寺林さんを控室の中に引きずり込む。それから、通路を引き返して、今度は明日香さんの死体を控室まで運んだ。そして、万が一、守衛さんが来ても見つからないように、ドアを閉めて内側からロックした。寺林さんはもちろん生きていますが、犯人はおかまいなしだったのか、それとも、彼も死んだと勘違いしていたのか、それはわからないけれど……、とにかく、明日香さんの方は既に亡くなっていたと思います」

「どうして？」

「いえ、確証はありません。でも、もし生きていたとしても、犯人は改めて首を絞めて、息の根を止めたはずです」

「凄いこと言うわね」

「私、大人になりました」萌絵はにっこりと微笑んだ。

「全然、それ意味が違うわよ」大御坊は苦笑する。

「ここで、犯人は目的の行動をとります。つまり、明日香さんの首を切断したのです。邪魔をする者は誰もいないし、一階の守衛さんの部屋は、建物の端から端で、ずいぶん距離がありますから、音も聞こえない。ところが、そこへ、電話がかかってきたの」

「え、電話？　あの部屋に電話あったっけ？」

「あそこにあるのは内線電話です。そうじゃなくて、携帯電話ですよ」

「へえ……」大御坊は感心したのか、それとも呆れているのか、口を開けた。「じゃあ、犯人が持っていたのね？」

「ええ、それとも、明日香さんか、寺林さんかもしれません」

「寺林君は、携帯なんて持っていなかったと思う」

「現場では携帯電話は見つかっていません」萌絵は説明した。それは、鵜飼にきいて確かめてあった。「ええ、ですから、これは全部、私の想像です」

「今までのも、全部想像じゃない」悪戯っぽい表情で大御坊が呟く。

「その電話で、犯人は、きっと、M工大の実験室にいる上倉裕子さんと話したんです」萌絵は言う。

大御坊はしばらく黙った。萌絵は冷たいグラスに口をつけたが、彼の目を見たままだった。

「ちょっと、ついていけなくなったわ。推論が飛躍していると思う」大御坊は真剣な顔でいた。「ねえ、貴女が想定している犯人って、誰なの？　それをさきに教えてもらえない？」

「わかりません」萌絵は首をふる。「でも、上倉さんを知っている人で、もちろん、上倉さんの方もよく知っている人物です」

「上倉さんが電話をかけてきたのね？　まあ、じゃあ、そういうことにしましょうか……。で、犯人は、電話に出たの？　出たということは、つまり犯人の持っていた携帯電話なんだ。明日香さんの電話じゃない。殺した人間の持っていた電話に、犯人が出るなんて考えられないもの」

「考えられないこともないわ。明日香さんと非常に親しい人物なら、出ても不自然じゃないでしょう？」

「そうかな」

「でも、そう、安朋さんの言うとおり、たぶん、電話は犯人のものだった。その確率が一番高いですね」萌絵は頷く。彼女はグラスをテーブルに戻して、脚を組んだ。「つまり、犯人は、あの時刻に、上倉さんが電話をかけるような人物だった、ということになります」

「まあ、いいわ。で、どうなったの？」

「たとえば……」萌絵は目を大きく回す。「上倉さんは、こう言ったとか……。今、貴方の家に寄ってきたところだけど、いなかったわね。どこにいるの？　寺林さんと会う約束なんだけど、彼がまだ来ないの。知らない？」

「知らない、って答えておしまいね」大御坊は合わせる。

「そう、今のじゃ駄目ですね」萌絵は首をふる。「じゃあ、これはどうです……。もしもし、今どこにいるの？」

「自分の家だよ……」大御坊は答える。「たぶん、咄嗟《とっさ》にきかれたら、そう答えるしか……」

「今からそちらに遊びにいっていい？」萌絵はそう言って微笑んだ。「約束していた人が来ないから、時間があいちゃったの」

「それは、困る……」大御坊は驚いた表情で呟いた。

「どうして？」萌絵は言う。

「えっと、ちょっと今から出かけるから……」大御坊が答える。

「ね、案外、こんな感じだったんじゃないかしら」萌絵はそう言って、ソファにもたれた。

「電話はそこで切れます。もっと重要な話だったかもしれない。約束があったのかもしれないし……。とにかく、その電話のあと、犯人は不安になった」

「何故？」

「上倉さんに、何かを悟られたと思ったの」

「それで？」

「ひとまず、明日香さんの首を切る作業を中断して、M工大の実験室に向かいます」萌絵はまたテーブルのグラスに手を伸ばした。「上倉さんに会っておいて、とりあえずアリバイを作った方が良い、と判断したのです。首の切断は、そのあとでもできますから」

「それで、M工大まで行って、その子を殺したわけ？　どうして、殺したりしたの？」

「上倉さんが、何かを不審に思ったのか……」

「何故？」

「手に血が付いていたとか」萌絵は水割りを飲んだ。「犯人も慌てていたのでしょう」

「それで、また殺しちゃったの？」

「ええ、首を絞めたんです」

「でもさ、その実験室の方も、ドアに鍵をかけたんじゃなかったっけ？」

「それは、きっと……、犯人が、M工大まで寺林さんの車で行ったからだと思います。公会堂の近くに彼の車があったし、倒れていた寺林さんのポケットにキーホルダがあるのを見つけたんです。公会堂からM工大は、近いとはいっても、歩けば、五分近くはかかります。車なら一分」

「その車のキーホルダに、実験室の鍵も付いていたわけか……」

「そうです。それを使ったのです。上倉さんを殺してから、部屋の鍵をかけて逃げた。これは、なるべく死体の発見を遅らせるのが目的でした。だって、公会堂でまだ大仕事が残っていますから」

「公会堂に戻って、また首を切る作業を再開したんだ」大御坊は煙草を吸っていた。「忙しいこと」

「でも、まだ九時頃なんですから、時間は充分にありました。ゆっくり作業ができたはずだわ」

「まあ、そうね……。だけど、それって結局うまくいかなかったわけでしょう？　せっかく鍵をかけたのに、すぐに見つかっちゃって……。M工大の方へ走っていくパトカーのサイレンが、公会堂にいた犯人にも聞こえたでしょうから、そうそうのんびりもしていられなかったと思うなあ」大御坊が煙に目を細めて話した。

「あとは、切断した首を持ち出して、寺林さんの車で逃走する。これで、全部」

「あの控室の鍵はどうしたの？　犯人は、あれ、どうやって鍵をかけたの？」

「それは、とっておきのトリックなの」萌絵はにっこりと微笑んだ。「扉の鍵はちゃんと外からかけたんです。ただ、次の朝、犯人は、寺林さんが救急車に乗せられる付近で、気がつかれないように、わざと鍵を落としただけなのです。つまり、あの鍵は寺林さんが持っていたわけじゃなくて……」

「ああ、萌絵ちゃん……」大御坊は煙草を灰皿で揉み消しながら、ゆっくりとした口調で言った。「それは駄目よ」

「何が駄目なの？」

「それはありえない」大御坊が困った顔で首を横にふった。

「え？　どうしてですか？」

「だって、私ね……、あの鍵を見たもの」大御坊が真剣な表情で言った。「喜多君、そのこと言ってなかった？」

「いいえ、喜多先生は、何も……」

「あのとき、最初は喜多君が控室に入ったの。それで、彼が来いって言うから、私が次に入った」大御坊が澄ました表情で説明する。「そうしたら、部屋の奥に倒れていたの、寺林君だったわけ」

「それは聞きました」

「それで、もうあと二人呼んで、四人で彼を運び出した。そのとき、私、鍵を見たのよ」

「え？」萌絵は小さく叫んだ。「本当？」

「彼の胸のポケットから、少し鍵が飛び出ていたの」大御坊は続ける。「金色で間違いなく鍵だったわ。彼を運び出すとき、それが落ちそうだったから、気になったのね。それで覚えている。でも、まさか、それが控室の鍵だなんて、そのときは考えもしなかったから……」

「確かですか？」

「犀川君が拾ったと言って見せてくれたでしょう。あとになって気がついたんだけど、寺林君のポケットに入っていたのは、あの鍵だったわ」

「それじゃあ、寺林さんが鍵を持っていた、というんですか？」

「そうよ」

「そんなのありえない！」萌絵はソファから立ち上がった。

「萌絵ちゃん、落ち着いて」大御坊がすぐに言う。

「だって……」萌絵は両手を握り締める。

「うんうん」大御坊は何度も頷いた。「変なのはわかる。わかるわよ。早く言わない私がいけなかった。ごめんなさい。でも……、確かなことです。私、今日、警察にもちゃんとそう証言してきたところ」

「信じてもらえなかったでしょう？」

「さあ、それはわからない」

「絶対におかしいわ」萌絵は、座っている大御坊を見下ろす。「もしも、それが本当なら、どうやって、あの部屋の鍵をかけたの？　守衛さんの鍵を持ち出したわけですか？」

「合鍵を作ったんじゃないかしら」大御坊は簡単に言った。

「あ……」萌絵は、小さく口を開けて、そのままソファに座った。「あ、そうか……。そうね、その手があるか……」

「あそこの鍵、そんなに複雑そうな鍵には見えなかったもの。コピィは簡単なんじゃない？」

「そう、一度、外に出て、どこかで鍵のコピィを作って、また戻ってくれれば、寺林さんの鍵はポケットに戻せますね」

「まあ、理屈としてはね」大御坊はグラスを揺らしながら面白そうに頷く。「だけど、なんか、本当に忙しいわよ。一晩のワークにしてはハード過ぎない？」

「忙しい……」萌絵は難しい顔をして繰り返す。「あの時刻に鍵のコピィが作れるところがあるかしら？　もしかしたら、自分で工具を持っているのかもしれないわ」

「何のために、そんな回りくどいことをするわけ？」

「何のために……」萌絵はまた繰り返す。その疑問に対する的確な解答の用意は、彼女にはなかった。

自分は今、考えているのだ、と思う。

彼女は考えた。

そうか、あの晩でなくても良いのだ。

あらかじめ鍵のコピィは作ってあった。それを持っていた。当然、そうでなくてはならない。申請すれば、いつだって部屋は借りられるのだから……。そう、それが正しい。

「どうしたの？　萌絵ちゃん？　壊れちゃったの？」

「え？」萌絵は顔を上げる。

「貴女、お酒は飲める方？」大御坊はきいた。

「いえ、大丈夫です。全然酔ってなんかいません」萌絵は首をふる。

「犀川君に話すには、ちょっとまだ改良の余地があるわね」

「何がですか？」

「萌絵ちゃんの推理よ。彼に話すつもりなんでしょう？」

「はい。そう……、先生にお話しするには、もっと整理していかないと。こんな状態では話になりません」

「それは、ずいぶんだわ」大御坊は口を尖らせる。「じゃあ、私は何なの？」

「あ、ごめんなさい、安朋さん。そういうつもりじゃあ……」

「いいわよ」大御坊は微笑んだ。「私は、仮縫いのためのマネキンみたいなものね。針でぶすぶすってわけ……」

「犀川先生に……」と言いかけて、萌絵は息を止めた。

「どうしたの？」

「マネキン？」彼女は繰り返す。

そのまま黙った。

萌絵の意識は急速に内側に向かう。

沈んでいく。

「やっぱり、壊れてるわよ、貴女」大御坊が笑った。

言葉では説明できない一瞬の思考があった。

萌絵は、一瞬だけ、それを理解した。

閃光のように……。

けれど、わかった、と思った瞬間、わからなくなった。

「萌絵ちゃん？　故障中？」

「黙ってて」

「あらあらまあまあ」

控室に倒れていた筒見明日香の死体。
首のない死体。
首のないマネキン人形。
筒見明日香の真っ直ぐの脚。
白い脚。
マネキンの脚。
紀世都のアトリエにあった人形たち。
真っ赤な血。
ペットボトルが噴射した赤い液体。
紀世都の白い顔。
コンプレッサのリズム。
メスがオスを作る？
コイルとレンズの瞳。
一個の生命？
1と0？
人形、そして模型。
ふっと意識が薄れる。

気が遠くなる。

萌絵はソファにもたれた。

「ちょっと」大御坊が立ち上がる。「大丈夫？」

萌絵は目を開いた。

確かに一瞬、気を失ったかもしれない。

「ちょっと、ペースが早かったんじゃない？」

「いえ、大丈夫です」萌絵は静かに深呼吸をしてから首をふった。「息を止めていたから、苦しくなっただけです」

「息を？」

「ええ」

「止めないでよお……、もう……」大御坊は笑いながら言った。「おかしな子ねぇ……。お願いだから、私の前では金輪際《こんりんざい》、息なんて止めないでくれる？」

第４章　火曜日はバラエティ

1

　火曜日の午後はゼミだった。犀川研究室のスタッフが全員集まって、各自の研究の進捗《しんちょく》状況について簡単な報告を行なった。西之園萌絵は、昨夜遅くまで従兄の大御坊安朋と話をしていたので多少、否、大いに睡眠不足だったけれど、卒業研究の構想についてＯＨＰを三枚ほど用意して説明しなければならなかった。暗いゼミ室で、スクリーンの前に立ち、彼女は十分ほど報告した。そのあと、簡単なディスカッションがあり、最後に連絡事項を国枝桃子が説明して解散になった。

　犀川はゼミの間中ずっと一言もしゃべらなかった。少し機嫌が悪そうだ。これが原因で、ゼミはいつもより早く、二時間で終わったのである。時刻はまだ三時だった。

　最後に発表した萌絵がプロジェクタを片づけていると、国枝桃子が肩を叩く。

「西之園さん」彼女はメガネを片手で上げて、小声で囁いた。「犀川先生と……何かあったの？」

萌絵は振り返り国枝を見る。一瞬言葉を思いつかなかったので、首を傾げて黙った。犀川は既にゼミ室から出ていった。他の院生や卒論生も、だらだらと出口に向かっているところだった。

「いいえ……」萌絵は答える。

「機嫌が悪いよ」国枝が内緒話のように萌絵の耳もとで言った。「あれじゃあ……、使えないって感じだった」

国枝桃子より機嫌の悪そうに見える人間は極めて少ないだろう。それに、他人の機嫌に関して彼女が自分から話すこと自体、奇跡的だった。国枝らしくない。萌絵は、ちょっと驚いた。

しばらくすると、部屋は二人だけになる。

「国枝先生、土曜日の殺人事件をご存じですか？」

「那古野市公会堂の？」国枝はスクリーンを巻き上げている。

「それと、M工業大学でも……」萌絵はホワイトボードを消しながら言った。「化学工学科の女子学生が殺されたんです」

「それは知らないな」国枝はそう言うと、腕を組んだ。「それが、犀川先生の不調と何か関係があるわけ？」

「いいえ」萌絵は首をふる。「特にないとは思いますけれど。その……、私と犀川先生は、偶然、公会堂の事件の現場に居合わせたんです」

「そう……」国枝が頷く。「偶然？」

「偶然です。本当なんです。その二つの事件のことで、きっと、犀川先生、何かをお考えになっているんじゃないでしょうか？」

「まさか」国枝が口もとを上げる。「そうじゃなくて、西之園さんが何か考えてるんでしょう？　犀川先生は、そんなことに関心があるはずないよ」

「でも、とても不思議だっておっしゃっていました」萌絵はそう言った。犀川が実際にそんな言葉を口にした記憶はなかったが、表情や仕草から自分にはわかったのだ、と思う。どういうわけか、犀川の感じていることが、最近直感できるようになっていた。

国枝は黙っている。

「事実、とっても不思議なんですよ。どうしても理解できないことが沢山あって、物理的にも、心理的にも……」萌絵は説明しようとした。

「やめて」国枝桃子は片手を広げる。「時間の無駄だね。私は聞きたくない」

萌絵は肩を竦める。国枝は、ファイルを持って部屋から出ていこうとする。萌絵は、彼女の後を追った。

「国枝先生」階段で追いついて、萌絵は国枝に並んだ。「先生のお部屋で、コーヒーをいただいて良いですか？」

「そうね……、十分くらいなら」国枝は彼女を見ずに答えた。

「はい」萌絵は声を弾ませる。

四階の国枝桃子の部屋に入ると、萌絵はすぐにコーヒー・メーカをセットする。国枝はディスプレイに向かってメールを読んでいるようだった。

しばらく萌絵は黙っていた。

「研究の話かしら、それとも個人的な話？」国枝がこちらを向いてきく。萌絵は、どう切り出そうか思案していたところだったので助かった。

「研究の話ではありません」萌絵は食器棚からカップを出しながら答える。この部屋には彼女専用のカップはない。

「じゃあ、深入りしたくない」国枝はそっけなく言った。「犀川先生にお話ししたら？」

国枝桃子の口調も雰囲気も、筒見紀世都のそれに類似したものがある、とこのとき萌絵は初めて気がついた。昨夜、筒見紀世都と一緒にいて感じた僅かな親近感は、これが原因だったのかもしれない。

コーヒーができるまで、萌絵は待った。

国枝も黙っている。彼女は、再びディスプレイに向かって、キーボードを幾度か叩いた。

ほんの少しの時間も、国枝には惜しいのだろう。

「あの……」萌絵はコーヒーをカップに注《そそ》ぎながら話を切り出した。「異常な人と、正常な人って、どこが違うのでしょうか？」

国枝はこちらを向き、萌絵からカップを受け取った。彼女はまったく表情を変えなかった。

「予想以上に、貴女らしい悩みだ」国枝はそう言った。

「昨日の夜だったんですけど、ちょっと変わった人を見ました」萌絵は説明する。「その人、私の目の前でお風呂に入って、裸で歩き回って、最後は、部屋の中でペットボトルのロケットを二十本も打ち上げて、笑っているかと思ったら、泣いていて……」

「それ、一人なの？」

「え？」国枝の質問に萌絵はびっくりした。「あ、ええ、もちろん、一人です」

「男？」コーヒーに口をつけながら国枝がきく。

「そうです。公会堂で殺された人のお兄様です」

「じゃあ、妹が死んだ二日後ってことだね」国枝が頷く。

「国枝先生はどう思います？」

「そういう人もいる」

「それだけですか？」

「他に、どう思えばいいの？　いないと思うわけ？」

「どうしてあんなことをするのか、私、理解したいんです」

「何故、理解したいの？」

萌絵は少し考えた。「理解できないということは、なんだか落ち着かない、不安だから、だと思います」

「貴女は、世界中のことを理解しているの？」

「いいえ、でも、身近なことは、せめて、自分の周りのこととかは理解したいです」

「うん」国枝は頷いた。「つまり、その不安こそが、異常とか正常とかを生み出したんだよ」

「レッテルを貼って、それで理解したことにする、理解したつもりになる。正常と異常は単なるレッテルですか？」

「あのさ、犀川先生にきいて、そういう話は」国枝は口もとを上げる。「この話題であと十五分議論を続けても、得るものは、たぶん何もない」

「何かを得たいわけではありません」

「じゃあ、何が目的なの？」

「国枝先生とお話しすることです」萌絵は真面目な表情を意識してつくる。

「理由になってないな」国枝は少しだけ目を細めた。「答をネストにしているだけじゃない。関数どうしでコールしてる」

「わかっています」

「まったく……。貴女には道理ってものがないのね」

溜息をついてから、国枝桃子はコーヒーを飲む。しかし、彼女の視線は、真っ直ぐに萌絵に向けられていた。

「あのね、私、民俗学とか生物学には興味がないの。それに、これは信念とか思想とかじゃない。その点を誤解しないで。いい？　西之園さん、貴女、自然界に観察される元来の発散性、つまり、ばらつきの存在は認める？」

「認めます」

「それを人間は分類しようとする。何故か？　その動機は、単純化、記号化、つまりデジタル化みたいなもの、人間の思考に作用する重力方向なわけで、水が低い方へ流れるのと同じってことに、ひとまず不問にしておこうか。そうね、たぶん、コモンセンスを求める、一種の防衛本能だったんだと思うけど……。できるだけ多くの個体に同じ印象を持たせるために、共有可能な認識を見つけ出して、それを手早く記号化し、単純化する。それが、すなわち、アナライズでしょう？　ここまではＯＫね？」

「はい、わかります」

「そうなると、人間の分析欲は、人間自身にも当然向かうわけだ。すると、最初は、躰とか頭とか、形のあるフィジカルなものが分類の対象だったけど、そのうちに、自分たちの行動を分類し始める。そして次は、感情にも、同じような種別のものが、同じように観察される種別のものが、仕切られて名付けられるようになる。あれは、笑っている、楽しい。怒っている、憎らしい。泣いている、悲しい。でもね……、そもそも、そんな分類がなされる以前から、みんな笑っていたし、泣いていたんだ。これをついつい忘れちゃうんだよ。鳥類も哺乳類も、植物も動物も、生物学で区別される以前から、何の不自由もなく存在していた。それと同じ。ああ……、いやだなあ、こんな低レベルな話題。馬鹿みたいだ。情けないよ」

「お願いします、先生」萌絵は姿勢を正す。

「しかたがないわね」国枝は小さく舌を打つ。「そんなわけで、感情も思考も分類され、大多数に共通する平均的イメージに名称がつけられ、大多数にはない、分類から漏れたものに対しては、ひとまとめに、例外、というレッテルが貼られる」

「それが異常ですか?」

「違う。そうじゃないよ。例外はただの例外だ。ここで問題なのは、思考も感情も、人間の意識下にあって、コントロールされているという特異性なの」

「何に対して、特異なのですか?」

「いい?」国枝はメガネを少し持ち上げた。「鳥類と哺乳類の分類から漏れたカモノハシとか、植物と動物の境目にいるミドリムシとか、彼らは、人間の考え出した分類を知らないわけだよ。だから、全然影響がない。カモノハシが、自分の位置するところが中途半端で気持ちが悪いから、もうちょっと鳥っぽくなろうなんて思わないでしょう？　でもね、人間は、自分たちが作った分類システムを知っているわけ。そもそも、そのシステムこそが文化とか社会のバックグラウンドなんだから、笑う、怒る、泣くとかいうパターンは、子供が成長する過程で教え込まれるし、本来の複雑さは、成長とともに、必然的にコントロールされて単純化へ向かう。赤ちゃんのときには、笑うと泣くの中間とか、笑うと怒るの中間の感情があったのに、いつの間にか、別々のものに離散化されて個別化される。わかる？　大人になるほど、どんどん単純へ向かうんだよ」

「ああ……、そうですね」萌絵はゆっくりと頷いた。「ええ、わかります」

「集団社会を合理的に存続させるために生まれたルールも、個人の感情に干渉するし、あるときは積極的に介入するわね。殺し合いや自殺を喜ぶ社会はないでしょう？　社会が一つの生命体だと考えれば、個人の生命が失われることは、躰の一部に傷をつける行為と同じなんだから、全体の生命力、戦闘力を低下させる。だから、それを防ぐルールとネットワークが築かれるし、それを悲しむ感情が作られ、単純化して強化される。誰にでもわかるようにより単純な概念に投影されるのよ。で、そうなると、そういった反社会的な行為に対して、喜んだり、考えたり、口にしたりすることさえも規制する単純化が熱狂的に支持されたりして、エスカレートする。もうこうなると、個人のレベルで抑制するか、社会的に抑制するかの違いはあるとしても、正常と異常の区別が、曖昧な形だけど現れているでしょう？」

「理解できます」

「そもそもね、個人とか社会とかっていう単位を認識する過程に、大いなる近似があるわけ。本当は、どこにも個人とか社会なんて規定できる明確な境界はないんだ。それを大雑把《おおざっぱ》に近似して、単純化したわけ」

同じだ、と萌絵は思った。

筒見紀世都のアトリエで彼女を襲った不安が、今、国枝が言葉にした理屈と同じだ。

「あの……、現代の社会はまだ、そんな単純化を目指しているんですか?」

「私にはわからないし……」国枝は首をふった。「そんなこと調査して、たとえ私が把握したって、しかたがないじゃない」

「良いことでも悪いことでもないのですね?」

「重力が存在するのと同じ」

「人を殺さないように拳銃の所持を規制している日本の法律は、アメリカに比べれば単純化されていますね」

「そうね。逆にいえば、現物を取り上げないと規制ができない、という意味になるから、日本の法律では、それだけ個人の尊厳が失われている、人間性が低く評価されていることになる」

「死体を切り刻んだりしてはいけない、というルールはどうですか?」

「話が飛んだよ」

「国家を分裂させる行為と同じですか？　ネットワークが分断され、リンクが壊れてしまえば、社会だって死んだことと同じですよね」

「貴女さ、どんなレベルで話をしようとしているの？　それによるわ」

「どうして……、死んだ人も人間なのですか？」

「ああ、あのね……、気をしっかり持ってね、西之園さん。えっと、それは、もともと衛生的な問題だったんじゃないかしら。ええ、でも確かに、同じ単純化ではある。たとえば、人間の肉を食べてはいけない、というのも同じかな。何故いけないのか、といえば衛生的な問題に行き着く。それ以外に特に理由はないものね」

「道徳的な問題ではないのですね？」

「道徳なんてものが、そもそも単純化の最たるものでしょう？　つまり、知識のない子供や頭の悪い大人にルールを教えるための記号なんだから。世の中のものを全部、一応マルかバツに分類した方が、マニュアルとして書きやすいし、馬鹿な教育者でも教えられるからね」

「うーん」萌絵は口もとに片手を当てて考えた。

「誤解しないでよ。今のは極論なんだから。こんなふうに割り切ろうとすること自体が単純化だし、こんな分析を続けても意味はないわ。何も生まれない」

「はい……、そう……ですけど」

「さあさあ、もう不毛な議論はやめよう。コーヒーを飲んだら出ていって」

「すみません」萌絵はカップを手に取った。頭の中はまだ混乱している。

「どうして、今日は私なの？」国枝はきいた。

「え？」

「犀川先生、ご機嫌が悪そうだったから？」

「あ、いえ、そうじゃありません」萌絵は首をふる。「いろいろな人の意見が聞いてみたかったんです。今日、私、牧野さんにも金子君にも、それに浜中さんにも、同じ質問をしているんです。異常と正常の違いは何かって？」

「みんな、なんて言ったの？」

「そんな質問をする私が異常だって」

「的確ね」

「犀川先生にも、伺《うかが》ってみたいんですけど」萌絵は肩を竦める。「お忙しそうだし……」

「私も忙しいけどな」

「国枝先生は、ご主人様と、こんなお話、なさったりしませんか？」

「しないよ」

「私、異常ですか？」

「その質問をしなかったら、異常かもね」

　萌絵は国枝のその返答に満足して、少し微笑んだ。国枝は窓の外に視線を移す。萌絵は国枝の横顔をしばらく見ていた。

「公会堂で殺された子、首を切られていたんでしょう？　新聞に書いてあったけど……」横を向いたまま国枝が言う。

「はい。私、見ました」萌絵は頷く。自然に表情が固くなった。「そのときは、特に何も感じなかったのですけど、だんだん恐くなってきました」

「そうでしょうね」国枝は頷く。「正常だと思うわ」

「犀川先生は、きっと……、その首のない死体のことで、何かお考えなんだと思います」

「どうして？」

「なんとなく」萌絵はそう答えたが、確信はあった。

2

　国枝の部屋を出て、隣の犀川の部屋をノックした。犀川は電話中だった。

「あ、ちょっと失礼……」彼は、ドアから覗いた萌絵の顔を見て、受話器を片手で押さえながら言った。「西之園君、あとにしてくれない。しばらく忙しいんだ」

「はい。すみません。あの、いつ頃だったら……」

「えっと、六時過ぎなら時間があくと思う」

犀川のその言葉を聞いて、萌絵はドアを閉める。腕時計を確かめたが、まだ三時二十分だった。先生は、これから二時間四十分もずっとずっと電話をしているつもりなのだろうか……。ちょっと腹が立った。

向かいの部屋に入り、窓際の自分のデスクまで行く。部屋には、金子勇二と牧野洋子が自分のデスクでディスプレイに向かっていた。

「何してたの？　犀川先生とおしゃべり？」牧野洋子がきいた。

「ううん。国枝先生」萌絵は答える。

洋子と萌絵のデスクは向き合っていたが、大きなディスプレイが間に二つ置いてあるため、お互いの顔は見えない。

「問題抱えてますって顔だな、お嬢さん」斜め向かいのデスクで金子が言う。「今朝の……あれか？　狂人ってなあにってやつ」

「そうよ」萌絵が頷く。

金子が短く口笛を鳴らす。「まじかよ。まだ、そんなこと悩んでんのか？　たく……、暇だな」

「いけない？」ちょっと腹が立ったので、萌絵は金子を睨む。

「何、怒ってんだよ」金子が笑う。

「萌絵、ひょっとして、また殺人事件なんだ」姿の見えない洋子が言った。「あ、あれか、土曜日の？」

「なんだよ？　土曜日のって」金子が横からきく。

「新聞見てないのぉ？」洋子は立ち上がった。「公会堂の首切り殺人よ」

「知らんなあ」金子は鼻で笑う。「首切り？　首切りって、本当にちょん切られてたのか？」

「そうよ。首から上、頭が持ち去られたの」萌絵が答える。

洋子がディスプレイ越しに萌絵の顔を見た。「ああ、そうなんだ、やっぱりね……。そうだと思った。やっだあぁ、なんか変だって思ったんだよう」

「いけない？」萌絵は洋子を睨み返す。

「いけないいよ。何言ってるの？　そりゃ、萌絵、いけないに決まってるよ」洋子は萌絵の近くまで来る。「ほんと、あんたのその趣味だけは信じられないよ。それさえなかったら、もっと……」

「もっと、何？」萌絵は座ったままで洋子を見上げる。

「もっと……、その……、普通なのに」

「ありがとう」

「ああ、友達甲斐がないわぁ、その言い方！」洋子は顔を近づける。「わかったわよ。洋子さんが聞いてあげるから、話してみなさい。相談にのってやるよ。一人で悩んでちゃいけない。深刻な顔しちゃってさ」

「深刻な顔なんかしてないわ」萌絵は金子を見て言う。「ね？」

「ああ、どっちかっていうと、喜々としてるな」金子が笑いながら言った。「お嬢さんの悩みというか、関心はな、むしろ自分の特殊な趣味が、人様にどう思われているかにあるわけだ」

「違う！」萌絵は立ち上がる。

「俺は、違わないと思う。もう一度、考えてみろよ」金子が口を斜めにする。萌絵が睨みつけたので彼は視線を逸らした。

しかし、金子の指摘は当たっているかもしれない、と萌絵は気がついて腰を下ろす。

「話して。ねぇ、何でも聞いてあげるからさ」洋子が言った。

萌絵は時計を見てから、二人の同級生に事件のことを説明した。とても複雑だと感じていたのに、言葉にしてしまうと、否、言葉になるものは、意外なほど単純で、金子が煙草を吸い終わる頃には、萌絵は自分の持っているデータをおおかたアウトプットしてしまった。

「で、昨夜は？」金子が灰皿で火を消しながらきいた。「昨日の夜、何かあったんだろう？」

昨日の夕方、喫茶店で近藤刑事と会ったこと、それに、愛知県警で鵜飼刑事と話したことは内緒にした。萌絵は、鶴舞の大学病院での寺林高司との面会と、その後の、筒見紀世都のアトリエで遭遇した狂気のカーニバルについて話した。

「よくそんな危なっかしいところへ行ったな、お嬢さん」金子が呟く。「何なんだよ、そいつ。芸術家？」

「あとでわかったんだけれど、警察に尾行されていたの。だから、危険はなかったわけ」萌絵は澄まして言う。

「でも、そのさ、寺林さんっていうのは、殺人犯かもしれないんでしょう？」牧野洋子が言う。彼女は萌絵のすぐ近くで、窓際のデスクの上に腰掛けている。「私なら、一人で会いになんか行かないわよ」

「ねえ、人間の首を切断するのって、どんな意味があると思う？」萌絵は二人にきいてみた。

「やめてよ……。私にそんなことききかないでくれる？」

「洋子、たった今、何でも聞いてくれるって言わなかった？」萌絵は口を尖らせる。

「それよりさ、萌絵、どうやって病院に忍び込んだの？」

「看護婦に化けたんだろう？」金子が言う。

萌絵はびっくりして彼の方を見た。金子の無表情な顔はディスプレイに向かっている。どうして、金子が知っているのだろう？　それとも、単なる偶然。冗談で言っただけなのか？

「普通ね、首切りっていうのは、被害者の身元をわからなくするためなんじゃない？」洋子が話した。「ミステリィとか、テレビでやっているサスペンス系のは、普通そうだよね」

「どこが普通なんだよ」金子が面白そうに言う。「そんなものに、普通があるか?」

「亡くなったのは、筒見明日香さんだって、警察は断定しているわ」萌絵は説明する。今のところ、警察がその点に関して疑っている様子はない。指紋の採取ができたであろうし、他にも科学的な検査が行われているはずである。DNAなどの照合には、どれくらいの時間がかかるものだろう?

「きっと……、私たちには想像もできない異常な理由なのよ。ただ単に、首を切り離したかっただけ、みたいなさ」洋子は顔をしかめている。「子供が人形の首を引きちぎるのと同じなんじゃないの? 残酷な行為にそもそも理由なんてないと思うな」

洋子の話した意見は、萌絵も最初に思い浮かんだ。未だに、それ以上に説得力のある仮説を考えつかない。

「おまけに、密室が二つ」萌絵は話題を変え、片手の指をVの字に立ててゆっくりと話す。「寺林さんが犯人じゃない、と仮定すると、公会堂の四階の控室は、完全な密室になるわ。守衛室の鍵は持ち出されていないみたいだし、もう一つの鍵は、倒れていた寺林さん自身がずっと持っていた可能性が高い。寺林さんを襲って、筒見明日香さんを殺し、彼女の首を持ち去った犯人は、いったいどんな方法を使って、あの部屋の鍵を外側からかけることができたのか……」

二人の興味を引こうと思い、萌絵はわざと、鍵をコピィしたという可能性には触れなかった。

「あ、あ、じゃあさ、何か仕掛けがあるのよね、きっと」洋子が躰を弾ませて言う。

「ええ、もちろん、絶対にないとはいえないわ」萌絵は真面目に頷いた。「M工大の方も、実験室の鍵は寺林さんが持っていた。あとは、密室の中で殺されていた上倉さんという学生が鍵を持ったままだったし、もう一つは、別のロックされた部屋の中にあったの」

「そっちも百パーセントってわけじゃないのね」洋子がデスクで脚を組みながら言う。「だけど、きっとさ、萌絵が悩んでいるより、警察はもっと現実的に考えているよ。両方とも、他にもまだ鍵があったかもしれないじゃない、スペアキーがさ」

やっぱり、誰でもそこへ考えが行くようだ。

金子はまた煙草に火をつけていた。萌絵の位置からは金子のデスクのディスプレイは見えないので、彼がコンピュータで何の仕事をしているのかはわからなかった。キーボードにはほとんど触っていない。マウスだけを僅かに動かし、ときどきクリックの小さな音を鳴らしているだけだった。おそらくブラウジングだろう。

「ね、金子君は、模型とか作ったことある？」萌絵はきいてみた。

「バイクのプラモデルくらいなら」金子は煙を吐きながら答えた。スポーツ刈りで色黒の金子は、風貌やしゃべり方など、一見攻撃的なイメージがある。だが、萌絵は彼から戦闘的な印象を受けたことは一度もなかった。

「どうして、男の子が多いのかしら?」萌絵は独り言のように呟く。「模型を作る動機って何だと思う?」

「本ものが買えねえからだよ」金子がすぐに答えた。「バイトして本ものが買えるようになったら、もうプラモデルなんて作らなくなったもんな」

「つまり、本ものの代用ってこと?」

「模型って、元来、そうなんじゃねえのか? 起源を辿《たど》ったら、埴輪《はにわ》とかに行き着くんじゃや……。全部が全部とは思わんけど」

「でも、公会堂に集まっていた人たちの中には、立派な大人もいるし、お金持ちも、本ものが買える人たちだって、いたと思う。それなのに、模型に夢中になっているのよ」

「大人になっても、戦車は買えねえし、戦闘機に乗るってのも、無理だろ? 相変わらず宇宙には行けねえし、命かけて戦うってのも遠慮したいし。それに、どう頑張ったって、そこそこの女としかつき合えねえもんな」

「女の話は余分だよ」洋子が口を挟む。

「そうじゃねえよ。あんだろうが? アニメ・キャラクタとかのプラモデルがよ」

「そうそう」萌絵は頷く。「フィギュアっていうの」

「あ、知ってるわ」

「それ、けっこう勢力があったわよ。その関係のマニアが沢山いるみたいだった」

「知ってる知ってる。エヴァとか、ときメモのやつでしょう？」

「ときメモ？」

「あんたが知ってたら驚きよ」洋子は萌絵に指をさす。「そうだねえ、萌絵が知っているとしたら……、セーラームーン？」

「セーラームーンなら知ってる」萌絵は微笑んだ。「読んだことあるわ。漫研の部室で。え？　あんなのの模型があるの？」

「このまえ、製図室でさ、三年の子が作ってた。あれ、いやらしいなあ、なんか三次元になると、すっごい気持ち悪い」

「そう……。ああいうのって、金子君の言った代用とは、ちょっと方向性が違うみたいに思える」萌絵は意見を言う。

「たぶん、過程が目的になるってやつだな」金子が言う。「その交換が行われてるわけだ。ハイヒールが異常に好きとかってのが、あんだろ」

「いやらしい」洋子が小声で言う。

「いちいち民謡みたいに下品なちゃちゃ入れるなよ」金子は鼻息をもらして言った。顔は笑っている。「その程度の交換なんて、もう日常茶飯事だろう？　テレビのコマーシャル見てみろよ。煙草の宣伝には必ず美女が出る。酒の宣伝になると、とたんに、山奥の風景。車しか出てこない車の宣伝なんてないもんな」

「難しいこと言うわね」洋子が首を傾げる。「何の話だったっけ？」

「交換だよ。交換……。そのまえは……」

「模型を作る動機」萌絵がすぐに答える。「ねえ、どうして男の人ばかりがモデラになるの？」

「そんなこと、こっちがききたいね」金子が言い返す。「なんで、女はプラモデルとか作らねえんだ？」

「私、作ったことあるよ。ガンダムの小さいやつ」洋子が手を挙げた。「小学校のときだけど」

「牧野は、小学生のとき、女だったんか？」

「失礼ねぇ」笑いながら洋子が言う。「あんたさ、そういう減らず口、いっぺんでいいから萌絵に向かって言ってみなさいよ」

「お嬢さんはプラモデル作ったことあんのか？」

「ないわ」萌絵は首をふる。「でも、ドールハウスなら買ってもらったことがある。あれ、ミニチュアだし、模型よね」

「ほらな、ＳＤガンダムとドールハウスだぜ」金子が牧野を見て、口もとを思いっ切り斜めにした。「段違い平行棒じゃねえか。違いがわかる男のゴールドブレンド」

「私だって、着せ替え人形とかなら持ってたもんね！」洋子が舌を出して言った。

「あ、でも、女性の場合は、大人になると、子供のときの遊びってやめちゃうじゃない。男の人はどうして、それを続けられるのかしら？」萌絵は大御坊や喜多のことを思い浮かべる。

「社会的なプレッシャじゃないかな」洋子が真面目な顔で言った。「女は社会的に虐《しいた》げられてきたから、そんな余裕がなかったんじゃないかしら。男は自分で金稼いでるんだぞっていう思い上がりがあるじゃない。だから好き勝手してもいいんだみたいなさ。傲慢ぶってるわけよ。今まで女には本質的に遊ぶことが許されなかったのよ」洋子は、そう言って金子を見た。「文句ある？」

「いや」金子は首を横にふった。「その一般論は、まあ常識的だし、同感だ」

「じゃあ、女が社会に出て自立すれば、大人になっても、お人形で遊んだりするの？」萌絵はきいた。しかし、口にしてすぐ、自分の質問の間違いに気づいた。

「そんなことはないわよ」洋子が言う。「そもそも女の子の遊びそのものが、社会から与えられたものだったんだから。限られた狭い将来像を見せる模型なんだもん。女は大人になっても家の中で働けっていうルールの模型だね、おままごとも、お人形遊びも」

「ああ……、たまに、まともなこと言うと、目立つな」金子が頷く。

「全部さ、謀略だったたってわけ」洋子がおどけた顔をする。

「そうね」萌絵も頷いた。「そう。だからさ、女の子には、私みたいにガンダムを作らせるのが正解だわ」

「ガンダムは武器を持っているから駄目だ、なんていう母親にだけは、ならないでほしいね」金子はにやにやして言った。「テレビゲームが戦闘的だとかよ、言いだす奴がいるだろう？　教育委員会とかPTAなんかによ。あれだけはまったく超馬鹿っていうか始末が悪い。そういう連中はそのうち、戦うとか、殺すとかって漢字も小学校で教えるなって言いかねないぜ」

「でもさ、アニメとか模型って、マニアがいるじゃない。もの凄いダークな感じのさ。そういう人種が一人でも異常な事件とか起こすと、それだけでもう、世論が傾いたりするでしょう？」洋子が真面目な表情で言った。「モデルガンの改造銃が使われると、モデルガン自体が白い目で見られるみたいな道理、けっこう言い掛かりがまかり通る社会じゃない？」

「マスコミがやくざ並みに言い掛かりつけて、まかり通すからな」金子が言う。「乗るやつも乗るやつだけど」

「単純なものに惹《ひ》かれるからだと思う」萌絵は言った。「なるべく、統一された思考に身を任せたい欲求が人間にはあるのよ」

それは国枝桃子が話していた理屈だった。

3

四時半が鵜飼刑事との約束の時刻だった。今朝、彼の方から電話があったのである。萌絵は、大学から車で鶴舞に向かった。目的地まで十五分もかからなかった。

昨夜、大冒険をした大学病院。駐車場には満車の標示板が立てられ、車が列を作っていたので、彼女は迷わず、道路の反対側にある公会堂の有料駐車場に車を乗り入れた。横断歩道を渡り、病院の敷地に足を踏み入れると、辺りを注意深く見渡す。警察がどこかで見張っているのでは……、急にそんな気がしたからだった。

ロビィで鵜飼刑事の巨体が待っていた。

「こんにちは」彼は頭を下げたが、幅の広い肩の上にのった顔は浮かない表情である。

「こんにちは」萌絵は彼を見上げた。「お疲れですね？」

「西之園さん、昨夜、ここへいらっしゃったでしょう？」

「ええ」萌絵は素直に頷く。

「やっぱり、そうでしたか……」鵜飼は顔をしかめ、頭を掻いた。「困ったなあ」

「どうして困るのですか？」

「内緒にしておきましょう」鵜飼は小声で言った。「片桐と自分しか知りませんから……、このまま内緒ということで。とにかく、三浦さんには話せませんよ」

「ええ」萌絵は微笑んだ。「もちろん、その方が私も嬉しい」

「でも、どんな話だったかだけ、聞かせて下さい」

「特に、面白い情報はありません」萌絵は首をふる。「私のあとに、筒見紀世都さんが来ました」

「それは知っています。彼は寺林に会ったわけじゃありません。模型の雑誌を持ってきただけです。西之園さんは、それから、筒見紀世都とご一緒だったんですね?」

「私のマネージャですか? 何もかもご存じみたい」

「まあ、仕事ですから、恨まないで下さい」

「全然」萌絵はにっこりと笑顔をつくる。

二人はロビィを横断し、エレベータに乗った。

「寺林は、何か話しましたか?」

「いいえ、特には」

「筒見明日香について、何か言ってませんでしたか?」

「顔を見なくても、自分なら彼女だと判断できるって……」萌絵はそのことだけ話す。「私、それは本当だと思います。あの人が、明日香さんを殺したなんて、信じられません」

「信じる、信じないで、警察は動いていません」

エレベータのドアが開いた。ナース・ステーションの前を通り過ぎ、通路の曲がり角まで来たとき、萌絵は、昨夜閉め出されたベランダのドアを見た。

「あ、そうだ。寺林さんのポケットに鍵があったことを、安朋さんから聞きました」

「大御坊さんがでしょう？　ええ、そうおっしゃってますね」鵜飼は少し首を傾ける。「それが、どうかしましたか？」

「鵜飼さん、そのこと、昨日はおっしゃらなかったわ」

「あ、ええ……、そんなに重要なこととは、思えませんでしたので」

病室の前に二人の警官が立っている。どちらも制服姿で、若い。彼らは萌絵を睨むように見た。

鵜飼は、二人に顎を突き出して挨拶し、病室のドアを開けた。

昨夜、看護婦に化けて忍び込んだ部屋だ。今日は南向きの窓から、公会堂の古風な建物や、平たく広がる鶴舞公園、それに遠くの街並まで見渡せた。この近辺では高い建物が比較的少ないようだ。

ベッドの上の寺林は、頭の後ろに枕を二つ重ね、両手で雑誌を広げていた。頭の包帯は昨夜より少なくなり、もう顎には巻かれていなかった。

窓際に、三浦刑事が立っている。彼は、萌絵の顔を見て、四センチほど頭を下げた。

「こんにちは」萌絵は三浦に微笑み返す。

「犀川先生がご一緒ではなかったんですか?」三浦がメガネに触りながらきいた。

「ええ、先生は、なんだかとてもお忙しいようでしたので」

「西之園さんは、ご存じですね?」三浦はベッドの寺林に尋ねた。「寺林さんに、お話がしたいそうなので、来てもらいました。私たちが同席してもよろしいですか?」

「あ、はい」寺林は横に雑誌を置いて頷く。

「どうぞ、西之園さん」三浦は片手を大袈裟に差し出した。

萌絵はベッドの横の長椅子に腰掛ける。鵜飼は、三浦の方へ歩いていき、窓の外を眺めている。無関心を装った、わざとらしい仕草だった。

「私がおききしたいのは……」萌絵はすぐに話を始めた。「寺林さんが、あの控室で修理していたという模型のことです。土曜日の夜、八時近くまで、作業をしていたのですね?」

「はい」寺林は、窓の方の二人の刑事を横目で見ながら答えた。

「それは、今どこにありますか?」萌絵はきく。

「さあ……」彼はまた、刑事たちを見た。「あの部屋にあるはずですけど」

「ありません」窓際で、鵜飼が首をふった。

「え? そんな」寺林の表情は一瞬で曇る。

「どれくらいの大きさのものですか?」鵜飼が尋ねた。

「アクリルのケースに入っています。そうですね、これくらい、高さは三十センチくらいです」寺林は両手で大きさを示した。

「もう一度、確認はしてみます」鵜飼は淡々と言う。「でも、そんなものなかったと思いますよ。中身は人形ですね？」

「はい」

「その人形は、どれくらい価値のあるものですか？」三浦が低い声で尋ねる。

「僕には」寺林が頷いた。「とても……価値があります」

「一般には？」と三浦。

「さあ……」寺林は首をふる。

「買ったり、売ったりするとしたら、いくらくらいですか？」萌絵が尋ねた。

「六十万円から百万円くらいかな」寺林は答える。

刑事たちは顔を見合わせた。百万円という値段が、彼らの予想をはるかに上回っていたようだ。

「あの、ないはずはありません」寺林は弱々しく言う。「どこかにあるはずです。捜して下さい。お願いします」

「わかりました」鵜飼がさきほどより真剣に頷く。

「そのケースは、人間の首が入るくらいの大きさですか？」萌絵は次の質問をした。

寺林も、刑事たちも、黙る。

彼女の質問に、三人が驚いたのが目つきでわかった。

「あの、西之園さん。それは、どういう意味でしょう?」寺林は萌絵の顔を凝視する。

「そのアクリルケースの内のりが、切断された筒見明日香さんの頭より大きいか小さいか、という質問です。寺林さんなら、きっと正確に判断できると……」

「入ると思います」寺林はすぐに答えた。「もちろん、中の人形を出せば、ですけど……」

「どんなケースですか?」萌絵はさらに尋ねる。

「下の台以外は、透明です。強度はそれほどありません。ディスプレイ用のものです」

「持ち運べるような取っ手が付いていますか?」

「いいえ」寺林は首をふる。「透明のアクリル部分は、上から被せてあるだけで、下の台とはしっかりと固定されていません。だから、持ち運ぶときは、下から台を抱える必要があります。つまり、何か別の袋に入れないかぎり、持ち運びには不自由すると思います」

「それじゃあ、大きなバッグか、ビニル袋みたいなものが必要なのですね?」

寺林は困った顔をして答えない。萌絵は鵜飼と三浦を一瞥する。彼らも何かを言いたそうな表情だったが、結局口をきかなかった。

「ごめんなさい」萌絵は座り直して、ちょっと微笑む。「えっと、では、別の質問を幾つかさせて下さいね」

「はい」

「寺林さんは、あの控室を出るとき、照明を消しましたか？」

「消しました」

「消してから、外に出たのですね？」

「そうです」

「消してから、ドアを開けたのですか？」

「えっと……、いえ、ドアを開けてから、電気を消して、それから出ました」

「外からドアの鍵を差し入れるとき、暗かったでしょう？」

「はい、通路はとても暗くて、ええ、目が慣れなくて、ほとんど真っ暗です。鍵穴に入れるときも手探りでした」

「鍵穴にキーを差し入れましたか？　それとも、後ろから襲われたのがさき？」

「手間取りましたけど、やっと鍵を入れたのを覚えています。殴られたのは、そのすぐあとです」

「誰かが近づく音は？」

「気配がしました。一瞬、ぞっとしたんです。でも、遅かった」

「音を聞きましたか？　足音とかの」

「いいえ」寺林は首をふる。「覚えていません」

「携帯電話をお持ちですか？」萌絵は質問を切り換える。

「いいえ、持っていません。買おうとは思っているんですけど」

「車はどこに駐めてあったのですか?」

「駅のすぐ近くです。駐禁のところですけど、あそこしか、駐められないし、みんなもあそこに……」

「あ、あの……」三浦刑事が片手を挙げて言った。「その車のことですが、昨夜遅く、見つかりました」

寺林と萌絵は、三浦を見た。

「M工大の構内です。化学工学科とはかなり離れたところでしたので、発見が遅れましたが、駐車場にきちんと駐めてありました」

「大学に? そんなはずはない……」寺林が口を開けたまま一度止まる。「いや、だって、僕、大学の中に車を入れたことはないんです。入構許可証を持っていないので……」

「あの時刻では、正門の守衛も車をいちいち確認しないみたいです。誰だってフリーで入れますよ」鵜飼が説明した。

「キーは付いていましたか?」萌絵はきいた。

「ええ、付いたままでした」鵜飼が頷く。「同じキーホルダに、上倉裕子さんが殺された実験室の鍵もありました」

「今のところ、車からは、特に何も出てきていません。筒見明日香の首とか、血の付着した斧とかですけどね」三浦が真面目な顔で言った。彼の口から出ると冗談には聞こえない。

「誰かが、僕の車をそこまで移動させたということですね？」寺林が言う。「でも、いったい誰が……」

「車のキーホルダを持っていたのは、寺林さんなんですよ」萌絵はベッドの上に視線を向ける。「貴方を襲った人以外に、そのキーを手に入れることができる人物はいません」

「じゃあ、犯人が？」

「ええ、寺林さんを襲って、筒見明日香さんを殺したあと、たぶん、彼女の首を運ぶために車を使ったのだと思います」萌絵は説明した。

「でも、どうして、大学なんかに車を……」寺林が口籠もる。

「その点に関しては、何かお心当たりがありませんか？」三浦が早口で質問した。「寺林さんの車を知っている人物だと思われます。そうでなければ、キーを奪ったところで、どこにその車があるか、わからないわけですからね。身近な人々を思い浮かべて下さい。大学の構内にも詳しい人間です」

寺林は首を傾げる。「いえ……、わかりません」

「河嶋先生は、筒見さんをご存じですか？」萌絵は次の質問をした。

「え？　河嶋先生ですか？」寺林はきき返す。「あの、筒見さんって、……どの？」

「どの筒見さんでも」萌絵は小さく肩を上げる。

「そうですね……、河嶋先生は、筒見教授とは面識があるかもしれません」寺林は答えた。「学科は違いますけど、同じ学部ですから」

それはそうだろう、と萌絵は思う。

「紀世都さんと明日香さんは？」

「さあ、知りません。ご存じない、と思いますよ」

「河嶋先生は、あの日、公会堂にはいらっしゃらなかったのですね？」

萌絵のこの質問に、刑事たちは少し驚いたようだった。ひょっとして、河嶋助教授の模型の趣味を彼らは知らなかったのだろうか。

「ええ、僕の知っている範囲では、河嶋先生はいらっしゃっていません」寺林は首を横にふった。「先生は、飛行機のプラモデルがご専門のようです。僕も詳しくは知りませんが、以前にそうおっしゃっていました。今回のイベントは、その分野はあまり参加サークルが多くなかったんです」

「筒見明日香さんが、M工大にいらっしゃったことは？」

「さあ……。先生の方が筒見教授のお宅へ行かれたことなら、あるかもしれませんね。それも、僕は聞いていませんけど」

「あの、じゃあ、もう一つだけ」萌絵は時計を見ながら言った。「筒見紀世都さんのアトリエを、寺林さん、ご存じですか？」

「アトリエって、天白《てんぱく》の？」

「そうです」

「あそこなら、一度だけ行ったことがありますよ」寺林は頷く。「西之園さん、ご存じなんですか？」

「昨夜行ってきました」萌絵は微笑んだ。「とっても素敵なところでした」もちろん、それは四分の三が皮肉だった。

「ああ、ええ……」寺林は嬉しそうな顔をする。「そうです。あんな自分だけの工作スペースを持つことが、僕も夢ですね」

4

犀川助教授と約束がある、と萌絵が話すと、三浦刑事と鵜飼刑事は病院からN大学まで車でついてきた。萌絵は車中から犀川に電話しようかと迷ったが、約束の六時までは、たとえ電話でも邪魔をしない方が良いと判断して諦めた。

キャンパスに戻った頃にはすっかり暗くなっていた。研究棟の中庭に乗り入れ、萌絵のスポーツカーと並んで、鵜飼の四輪駆動車も停まった。

「犀川先生に会って何のお話をなさるんですか？」車から降りたところで、萌絵は刑事たちに尋ねる。

「意見交換です」三浦が答えた。暗かったのでメガネの奥の表情を見ることはできなかったが、冗談ではなさそうだ。

「三浦さんは、誰を疑っているのですか？」

「それは言えません」歩きながら三浦が低い声で答える。「ただ、申し上げることができるとしたら、我々は可能な範囲で全員を疑います」

「私や犀川先生も？」

「喜多先生も大御坊さんもです」

「そのわりには、私に尋問とかなさらないですね」

三浦は玄関のガラスドアを開けて、萌絵をさきに通してくれた。三人は、暗い階段を黙って四階まで上がった。

犀川の部屋のドアをノックしてから、萌絵は中を覗く。彼はディスプレイに向かってキーを叩いていた。

「先生、失礼します」

「ああ、君か」萌絵の方を見ないで犀川が言う。

「三浦さんと鵜飼さんが一緒なんですけれど……」萌絵は部屋の中に入りながら言った。

「もう、よろしいですか？」

「うん、いいよ」犀川はディスプレイを見たまま頷く。

「お邪魔します」三浦が部屋の中に入ってくる。鵜飼が最後にドアを閉めた。

三人が犀川のデスクの前にあった椅子に腰掛けて、しばらく待っていると、ようやく、犀川はキーボードから手を放し、椅子を回転させてこちらを向いた。彼は、デスクの上の煙草に手を伸ばし、一本抜き取って火をつける。

「どうかしましたか？」犀川は無表情でそうきいた。

「もちろん、公会堂とM工大の事件のことです」三浦の声はますます低音になっている。「まだまだ捜査は始まったばかりで、最初のデータがなんとか出揃ったといった段階なんですが、一度、犀川先生のご意見をお聞きしておこうと思いましてね」

「特に意見はありません」犀川はすぐに答える。

しかし、三浦は捜査の状況を簡単に説明し始めた。

公会堂の事件に関しては、被害者の筒見明日香を直前に目撃した者は、今のところ大御坊安朋一人だった。守衛の老人たち二名は、何も見ていない。彼らは九時頃、一度だけ、四階まで見回りに出ていたが、問題の控室までは行かなかったという。エレベータで四階まで上がって、暗い真っ直ぐの通路の奥に真っ暗な空間を見ただけだった。少なくとも、照明がついたまま部屋のドアが開けっぱなしになっていた、ということはない。それだけだ。守衛たちは大きな音も聞いていない。不審な兆候は何もなかった、と証言している。

Ｍ工大に警察が駆けつけたあと、河嶋助教授の情報から、寺林高司が公会堂にまだいるのではないか、ということで、二名の警官が向かった。公会堂の守衛と一緒に、警官たちは四階の控室の前まで行っている。これが十時少しまえのこと。このときも、異状はなかった。既に寺林高司は、控室の中に引きずり込まれ、筒見明日香は殺されていた時刻と考えられる。控室のドアには鍵がかけられていたことを警官が確かめている。このとき、ドアは開けられなかった。「もしかしたら、犯人が室内で息を潜めていたのかもしれません」と三浦は補足した。

大御坊安朋の証言によれば、控室に倒れていた寺林のシャツの胸ポケットの中に、その部屋の鍵が入っていたという。それは、萌絵が大御坊から昨夜聞いたとおりだった。それが事実だとすると、施錠された密室の内部に鍵があったことになる。もう一つの鍵は守衛室に保管されていた。こちらが持ち出された可能性は極めて低い。だが、三浦は、おそらく同じ鍵のコピィが存在するのではないか、と考えを述べた。

寺林の後頭部の怪我は、狂言による偽装なのではないか、との見方もある。その点に関して、医師や専門家の意見は、いずれとも断定できない、というものだった。ただ、出血はかなり酷く、そのことが逆に、奇跡的な幸運だった、と医師は述べたという。

「そのことだけを客観的に見れば、やはり、誰かに殴られたのでしょう。狂言にしては、あまりに馬鹿げている」三浦はそう結論した。「ただですね、寺林が共犯だという可能性は極めて高い。そうでなければ、ドアの施錠の問題がクローズアップします」

「共犯者を殴ったのですか？」犀川は煙草を吸いながらきいた。「しかも、殴られて気を失うまえに、鍵だけはちゃんとかけたわけですね？」

その質問には、三浦は答えなかった。

さらに、三浦は、寺林が持っていた車のキーが現場からなくなっていたこと、そのキーホルダには、M工大の実験室、つまりもう一つの殺人現場を外から施錠することが可能な唯一のキーが付いていたことを話した。

「そのキーホルダは、発見された車にささったままでした」鵜飼が代わって説明する。「指紋は、寺林自身のもの以外に採取できていません。車の中も調べていますが、血痕とか、不審なものは残っていませんでした」

「寺林さんの車は、M工大の構内で見つかったのです」萌絵が補足する。犀川にはその情報が初めてだったからだ。「もともとは、公会堂のすぐ横、鶴舞駅の高架沿いの道路に駐めてあったそうですけれど。それが、あの土曜日から月曜日の間に移動したことになります」

犀川は黙って頷いた。

「寺林からキーを奪い取ることのできる人物は、殴った本人しかいません」鵜飼が言った。

「つまり、犯人は、M工大に用事があったんです」

「車は構内のどこにありました？」

「化学工学科からはずいぶん離れた場所です。近くだったら、土曜日か日曜日の朝に見つかっていました」

「何故、そんな遠くに駐めたのかな？」少し面白そうな表情で犀川は言った。彼の目は、萌絵を見据えていた。

「あ、パトカーがいたからだわ！」萌絵が声を上げる。「土曜の九時過ぎには、もう警察が来ていました」

「なるほど、その可能性がありますね」三浦は言った。「車でM工大にやってきて、上倉裕子を殺害し、そして、筒見明日香の首の始末をするために、どこかへ一度出ていった。それから車を置きに再び戻ってきたのでしょう。そのときには、警察がいますから、近くに車を置けなかったわけですね」

「同じ犯人だというわけですか？」犀川は相変わらず無表情だった。「なかなかのハードスケジュールですね」

「ええ」三浦は頷く。「先生のおっしゃるとおりです。時間的に見て、かなりシビアなんです。寺林が公会堂で殴られたのが、八時少しまえ、M工大で上倉裕子が殺されたのは、八時半から九時の間、つまり、三十分から、多めに見積もっても一時間しかない。車で移動すれば、時間は五分もかからない。しかし、もし、その間に首の切断まで片づけたとしたら、実に手際《てぎわ》の良い仕事といえますね。当然、M工大に来たときには、車にまだ首がのっていたでしょう。始末する時間があったとは思えません」

「で、上倉さんを絞め殺してから、手を洗ったわけですか？　それまでは、手を洗う余裕もなかったと？」犀川は少し口もとを上げて冗談ぽく言う。

「お弁当も食べたんですよ」萌絵はつけ加える。

犀川が不思議そうな顔をしたので、萌絵は近藤刑事から聞いた弁当に関する状況を簡単に説明した。

犀川は黙って聞いている。

「何かご意見はありませんか？」三浦が尋ねた。

「最初から、離れた場所に駐めたのかもしれませんね」犀川は微笑んだ。「実験室の犯行のあと、鍵を車に戻して、車の中にあった首を持って、歩いて逃げたのかも」

「もちろん、その可能性もあります」と三浦。

「特に不思議なことは何もない」犀川は淡々と話す。「その、キーホルダが出てきたことで、密室に関しては、既にM工大の方は解決しましたね。それに、公会堂の方だってスペアキーさえあれば、解決です。物理的に何の不思議もありません。僕にご相談って、何でしょうか？」

「こんな面倒くさい行動をとった、その理由です」三浦はすぐに答えた。「二つの場所で二人を殺し、一人の首は切断した」

「そんなこと、僕にわかるもんですか」犀川は微笑みながら肩を竦める。「それは、専門外ですよ。犯人を捕まえて、直接きいて下さい。僕も知りたいですね、どうして、そんな馬鹿な真似をしたのか。おそらく、本人から聞き出したところで、やっぱり理解不可能でしょう」

「何か思い当たるようなことはありませんか？」三浦は食い下がる。

「そうですね……」犀川は天井を見て、脚を組んだ。彼は、シャツにジーンズというつものファッションだったが、今はその上にグレィのカーディガンを着ている。「人間の首を持ち出したわけでしょう？　そのときの入れものは何だったんでしょうか？　ビニル袋とかですか？」

「わかりません」鵜飼は答える。「でも、たぶん、用意してきたものがあったと思われます。切断に使うための道具も持参したわけですから、全部が最初から計画的だったはずです」

「計画的ね……」犀川は頭の上で腕を組んだ。

「模型のケースが一つなくなっています」萌絵は言う。「寺林さんのフィギュアが入れてあったアクリルのケースに、首を入れて持っていったんです」

「それは確認していません」三浦が横から言う。「もう一度、現場付近にあったものを確認してみます。とにかく、いろいろ、沢山ありましたからね、あの部屋には」

「西之園君の今の仮説は、犯行が計画的ではなかったことを示している」犀川が指摘した。

「その場で、そのケースを見て、計画を変更したの？　そんなに便利そうな入れものだったわけ？」

「だって、寺林さんがあそこにいたことが、そもそも偶然なんです」萌絵は髪を払ってから言う。「ということは、彼の車のキーも、それにM工大の実験室のキーも、最初の計画にはなかったはずです」

「となると、M工大の方の殺人は？」鵜飼が萌絵に尋ねる。

「少なくとも、実験室を施錠して密室にする計画はなかったはずです。たまたまキーが手に入ったから、鍵をかけたんだと思います」

「何故、実験室の鍵だとわかったのかな？」犀川が萌絵にきいた。

「ええ、先生。そうなんです。そもそも犯人は、寺林さんの車を知っている。キーを奪って、彼の車を使ったのですから。同じホルダに付いている鍵が、実験室のものだということも、犯人は、知っていたの」

「もしそれが本当なら、極めて限定されます」三浦がメガネを触りながら鋭い視線を萌絵に向ける。「M工大の同じ講座の人間でしょうか？」

「河嶋先生なら、きっとご存じだったと思います」萌絵は答える。

「西之園君、それはちょっと変だ」犀川がすぐに言った。

「え、どうしてですか？」萌絵は犀川の方を見る。「でも、先生、二つの事件の被害者に共

っけ?」

「河嶋先生はね、もともと実験室の鍵を持っているんだ。自分の部屋にあるんじゃなかった通する関係者といえば、寺林さんか、河嶋先生くらいしかいません」

「あ……」萌絵は気がついた。「そうか……」

「河嶋先生なら、寺林の鍵を使う必要がない、ということですか?」鵜飼がきいた。

「そうです」犀川は頷く。「車だけ使いたかったのかもしれないけど、河嶋先生には自分の車があった。もちろん、自分の車や鍵を使うよりも、誰かが使ったと思わせた方が安全だと考えて、わざわざ、寺林さんの車と鍵を持ち出したのかもしれないですけど」

「あ、それそれ……」萌絵の中でもう一度、考えが反転する。「それです。先生」

「でもね」犀川は萌絵を見つめて口もとを上げる。「もし、河嶋先生だったら、死体を自分で発見するなんて真似はしなかっただろうね。忘れものを取りに帰るなんて、そんな不審に思われる行動はとらないのが普通じゃないかな。そもそも、自分の講座の学生を、自分の実験室で殺したりするのは、どう考えたって、危険な状況だし、自宅に帰って奥さんの作った夕食を食べないといけないのに、弁当なんか食べないよ」

「動機が考えられませんね」三浦が簡単に言った。「あの先生が、上倉裕子と筒見明日香を殺す動機を、ちょっと思いつきません」

「動機なんて、誰にだってないんじゃないですか?」萌絵は三浦に反発した。「だいたい、首を切断しなくちゃいけない理由なんて、普通じゃ考えられないもの」

「どうして、上倉さんの方は、首を切らなかったのかな？　むしろ、そこが重要だ」犀川が新しい煙草に火をつけながら言った。

「警察は今は何を捜しているのですか？」萌絵は質問する。

「そりゃ、犯人でしょう？」犀川が面白そうに言う。

「まず、鍵のコピィができるところを範囲を広げながら回っています」鵜飼は真面目に答えた。「もしも寺林がやったんじゃないとすると、控室の鍵のコピィが絶対必要です。あの時刻に開いていた店は少ないですけど、もしかしたら、昼間のうちに鍵のコピィを作ったかもしれませんし、あるいは、もっと以前から計画していて、あの部屋を別の名目で借りて、鍵をコピィしておいた可能性だってあります。その点も調べています」

「専用の工具がなくても、フライス盤があるようなところなら、鍵のコピィくらいできるんじゃありませんか？」犀川が言う。「工学系の大学なら、その程度の工具はどこにだってある。もっとも、機械はあっても、相当な技術が必要だから、素人には使えませんけれど」

「あとは、筒見明日香の土曜日の足取りですね。交友関係とかです。これは、M工大の上倉裕子も同じです」鵜飼は続ける。「寺林の車は、科学班が検査しています。髪の毛一本だって見逃しません。控室も実験室も、どちらの現場も、掃除機で塵まで持ち帰って分析中ですよ」

「一番、出てきてほしいのは、筒見明日香の首です」三浦がつけ加えた。

5

三浦と鵜飼は、三十分ほど話をして帰っていった。萌絵は、犀川の顔色を窺ってコーヒー・メーカをセットする。

「先生、お忙しいですか?」

「いや、特に」犀川はまた煙草を吸っている。「コーヒーを、ちょうど飲みたいと思っていたところだよ」

「良かった」萌絵は微笑んで座り直す。

昨夜の冒険を手短に犀川に話した。病院で寺林と会ったことも、それに筒見紀世都のアトリエであったペットボトルのロケットの騒ぎも。彼女の話を、犀川はにこりともしないで聞いていた。彼は、萌絵を見ず、視線は、空気中の二酸化炭素分子を捜しているようでもある。

「その筒見紀世都さんという人、変わっているね」それは犀川にしてはありきたりの表現だった。「妹さんのお葬式は、まだできないんだね?」

「ええ、たぶん」萌絵は頷く。遺体に頭部がない。どうするのだろう、と彼女は思った。

コーヒーができあがったので、萌絵は立ち上がり、食器棚からカップを出す。

「先生、異常と正常の違いって、何だと思います？」

「正常を定義できれば、その補集合、つまり、そうでないものが異常だ」

「正常はどう定義するのですか？」

「それは、地域や時代によってまちまちだし、人によってもいろいろだ。厳密に定義したって意味がない」犀川はカップを受け取りながら答えた。「そんなことをきいてどうするの？」

「ええ……、なんか……」萌絵は考えながら言う。「身近に変わった人がいると、気になります」

「君らしくないなあ」犀川はカップに口をつけた。「自分と他人が同じでない、ということは幸せなことじゃないか」

「どうしてですか？」

「人間と地面も違うだろう？　だから立っていられる。人それぞれも違うものだから、お互いに摩擦が生じて、その摩擦のおかげで、滑《すべ》らずにすむんだよ。摩擦がなかったら、すってんころりんだからね」

「あまり説得力がある比喩ではありませんね、それ」萌絵は微笑む。「でも、たとえば、犀川先生だったら、変わっているなって思っても、理解ができます。だけど、筒見さんの場合は、もう完全に理解を超越しているんです。なんだか……、気持ちが悪いの。そんな感じがして……、とても不安になります」

「それはね、僕が猫をかぶっているからだ。彼は、君に対してサービスしていないだけのことだよ」

「先生は、私にサービスしているの？」

「出血大サービスだね」彼は煙草を取り出して火をつけた。「そういえば、出血大サービスって、なかなか意味深な言葉だね」

「先生は、私に対しても、猫をかぶっているのですか？」

「うん、十二枚くらいかな」

「じゃあ、本当の犀川先生って、もっと小さいんですね」萌絵は自分のジョークで笑った。

「あるいは、逆に、筒見君は狼をかぶっているかもしれない」犀川は煙草を指先でくるくると回しながら言った。「大御坊君も、きっと狼をかぶっている」

「安朋さんが？　そうかなあ」

「喜多もだ」

「私は？」萌絵は人差指を自分に向ける。

「僕が知っている人間の中で、君が一番、そのままだね」

「まあ、それって……、喜んで良いのかしら」

「このテーマで話を続けても、得るものはないな」

「あ、その台詞……、国枝先生もおっしゃったわ」

「あそう……」犀川は面白くない表情をする。それから、小声で続けた。「もともとは僕のオリジナルなんだけど。まあ、いいや。後進を育てたと解釈しようか」

「先生、今日のゼミのとき、何をお考えになっていたのですか？」萌絵は思い切ってきいてみた。

「覚えていない」犀川は答える。

「覚えているはずです」

「うん」犀川は顔を上げて萌絵を見た。

「首切りのことですね？」

「ああ」

「結論は出ましたか？」

「わからない」犀川は首をふった。「どう考えても、不合理だ」

「何が犀川先生を悩ませるのですか？」

「おかしなことを言うね」

「先生が、殺人事件のことで、そんなに悩まれるなんて珍しいんですもの。いつも、私に熱を上げるなっておっしゃっているのに」

「僕は、熱は上げていない」犀川は口もとを斜めにする。「ただ、不合理だと思っているだけだ」

「どういうふうに不合理ですか?」

犀川はまた萌絵をちらりと見てから、視線を逸らした。彼女はしばらく我慢して待つ。

「たとえば、僕が……」犀川は顔を上げる。「西之園君の首を切りたいと思った、としよう」

「ええ」萌絵はちょっと気持ち悪かったが微笑んだ。

「どういう場合にそんな感情が生まれるのか、と考察する」犀川は続ける。「まず、君のことがとても嫌いで憎たらしい場合を想像しよう。君が存在することさえ我慢ならない。殺してしまいたい。でも、首だけは欲しい。そんな感情が生まれるような境遇がありえるだろうか? 首の上には何がある? 頭脳か、顔か? 頭脳は機能しているから頭脳なのであって、死んでしまったら意味がない。すると形状が意味を持つ顔か。顔だけは残しておきたい? いや、実に複雑な感情だ。写真じゃいけないのかな。だいたい、君のことが嫌いだったら、君の顔だって嫌いだよね。違うかな?」

「違わないと思います」萌絵は顔をしかめて答える。

「それじゃあ……、君のことが好きで好きでしかたがない場合を想像してみよう」

「ええ、ええ、そちらを、是非とことん想像して下さい」

「この場合は、君の首が欲しい、と思うかもしれない。嫌いな場合よりはありえる感情だ。だけど、君は、いつだって向かいの部屋にいるんだし、いつだって見ようと思えば顔を見ることができる。それなのに、殺してしまおうと考えたのは何故だろう？　君が僕のことを嫌っている場合だろうか？　僕のことを嫌う君だけが許せない。だから殺す。つまり、殺してしまえば、もう嫌われることもないからだ。抜け殻になった人形としての君を、自分のものとして所有したい、と思う。全身は大き過ぎる。だから、首だけを切って持っていった」

「それが、真相に近いんじゃないかしら」

「さて、持っていって、そのあと、どうするのだろう？　そこまでは考えないのが、こういった精神の場合、普通だろうか。どんな方法で所有したら良いかな？　冷凍保存でもするのか……。そもそも、殺したのは、君が歳をとっておばさんになってしまうまえに、現状維持で保存しておこうと考えたからかもしれない。要するに、ドライ・フラワみたいなものだ。どう？　これは一理あるかもね。その感情は比較的ナチュラルじゃないかな」

「あの……、やっぱり、私を使うの、やめてもらえませんか。だんだん気分が悪くなってきたわ」萌絵は溜息をついて言った。おばさん、というくだりが特に気に入らない。

「他意はないよ」

「当たり前です。あったら最低です」

「固有名詞にも意味はない」犀川は表情を変えず、淡々と話す。「首から上に執着があったのだろうか？　それはそもそも何の概念だろう？　何の象徴だろう？　固有名詞か、一般名詞か……。筒見明日香さんの首でなければならなかったのか、あるいは、誰の首でも良かったのか……」

「誰でも良かったとは思えません」萌絵は集中して一瞬で意見をまとめた。「殺人現場が特殊ですし、それに……、筒見明日香さんは、あのとおりの美人です」

「それは、基準のない定性的な評価だ」犀川は萌絵を見る。「視点を変えてみよう。首が必要だったんじゃない、首を切る行為が必要だった、という場合だ。しかし、この場合には、首を持ち去る行為の理由づけが別に必要となる。それに、筒見明日香さんでなければならない理由も多少希薄になる。どうかな……。やっぱり、この筋道は行き止まりかな」

「欲しかったから持ち去ったのではなくて、置いておけなかったからではありませんか？」

「それは日曜日に既に検討したね。何かを隠蔽《いんぺい》するという消極的な動機、つまり、防衛行為だというんだろう？　でも、首を切る用意も、さらに持ち去る用意も、ちゃんとしていた。斧を用意してきただろうし、運ぶためのビニル袋か鞄もあっただろう。そうでなかったら、あんなに手際良くはいかないと思う。通路には血痕一つ残っていないんだからね。それだけの準備をして、あの場所にわざわざやってきたんだよ。今さら隠蔽するようなものがあったのだろうか？　突発的な障害ではないんだ。言い換えれば、彼女の頭部を残しておけなくなるような事態が急に発生したのではない、ということ」

「斧もビニル袋も、殺したあと、何かの不具合に気がついて、取りにいったものかもしれません」

「その可能性もある。しかし、予測できなかったのだろうか？　もし、そんな危険があるのなら……」

「最初から、山奥で殺せば良いですものね」

「そう……、可能性がないわけじゃないけれど、その筋道も先細りだね」犀川は煙を吐いた。「駄目だな、こうやってしゃべりながら考えるのは、まったく能率が悪い。時間の無駄だね」

「私は面白いわ」

「ああ、そう……。君にサービスしているんだから、当然だけど」

「まあ、ずいぶんですね、先生」萌絵は口を尖らせる。

「とにかく、そんなこんなで、ちょっと考えてしまって、今日は、仕事にならなかったというわけ」犀川は小さく肩を上げた。「うん、確かに……、気にはなる、今回の事件は」

「どう考えても、出口がないみたいな感じですか？」

「いや」犀川は首をふった。「一つだけ出口らしきものはある。それが、ちょっと嫌な方向なんだ。本当を言うと、それが気になって、こんなに考えてしまうんだ」

「どんな方向ですか？」萌絵は姿勢を正した。

「うまく言えない」犀川は難しい表情で僅かに眉を寄せる。「でも……、たぶん、そうじゃないかなあって……」

「どんなです？」

「僕らは、まだ一部しか見ていないんだ」犀川は答えた。

「どういう意味ですか？」

「一部しか見ていないから、意味がわからない。そうじゃないだろうか？」

「まだ、他にも何かある、ということ？　他に何があるというんですか？」

「つまり、ひょっとしたら、犯人の目的はまだ達成されていないんじゃないか……」

「達成されていない？」

「うん」犀川は頷いた。「ようするにね。筒見明日香さんを殺すことも、首を切断することも、まだ本当の目的には直接関係がない。だから、それだけを見ても、今のところ全体が見えないのは当たり前じゃないかと」

「本当の目的じゃないのに、人を殺したのですか？」

「林檎《りんご》の皮をむいている人がいるとしよう。その人は皮を全部むかないで、途中でやめてしまった。どうしてだろう？」

「途中で食べたくなくなった……」

「ところが、また、別の林檎の皮をむき始める。そして、これも途中でやめてしまう」

「遊んでいるのですね？」

「一見、とても不合理だけど、そのギャップはどこに生じるのか、というと……、それはね、その人が皮をむいて林檎を食べようとしている、と僕らが勝手に思い込んでいるからなんだ。だから、僕らの目には不合理に見える。林檎をむくのは食べるためだ、とさきに結論を用意して待っているから、そこへ行き着かない現象が不思議に思える。ものを見るまえに、形を決めているようなものだ。たとえば、その人は、皮を調べるために林檎をむいているのかもしれない。果物ナイフの切れ味を調べているのかもしれない。皮をむきかけの林檎の写真を撮りたいのかもしれない。林檎で兎の形を作ったりしていたのかもしれない。ほら、お弁当に入れるために……」

「ああ、なるほど」萌絵は微笑んだ。「先生、よくご存じですね、林檎の兎なんて」

「西之園君はできないだろう?」

「できます」萌絵の声は急に低くなる。「話を逸らさないで下さい」

「逸らしたのは君の方だ」犀川は口もとを上げる。「こんな抽象的なイメージしか思い浮かばないけれど、現時点では、その方向にしか明かりは見えない」

「つまりは、どういうことでしょうか?」

「なんか、嫌な予感がするってことかも」犀川はまた眉を寄せた。「だから、早く結論を出さなくちゃいけないって感じたわけ。僕らしくないだろう?」そう言って、彼は左手で右の肩を摑んだ。「ストレスが肩に来てるなあ」

「先生、ひょっとして……」萌絵は身を乗り出す。「まだ、何か起こる可能性があるということですか?」

「わからない」犀川は首をふった。

6

萌絵がコーヒーカップを洗って、犀川の部屋を出ようとしたとき、ドアがノックされ、喜多助教授が入ってきた。

「こんにちは」萌絵は頭を下げて挨拶する。

「西之園さん、卒論やってる?」喜多がにこにこして言った。「駄目だなあ、こんなところでおしゃべりしてたらさ」

「はい、今からやろうと思っていたところです」萌絵は答える。確かに、溜まっている仕事があった。今日は午後がつぶれてしまったので、少し遅くまで研究室に残って仕事を片づけるつもりだった。

「なんだい?」犀川がデスクの向こうからきいた。

「ちょっと時間あるか?」喜多が犀川にきく。

「どれくらい?」

「今から、そうだな……、二時間くらいだ。別に、嫌なら良いけど」

「大御坊も？」犀川がきいた。

「ああ」

「安朋さんと会うんですか？」萌絵は尋ねる。

「うん、ちょっとね」喜多が微笑んだ。「大御坊と一緒に、筒見教授んとこへ行くんだ」

「あ、私も行きたい」萌絵は声を弾ませる。

「西之園君、仕事があるんじゃないの？」犀川が言った。

「西之園さんは、ちょっとまずいな」喜多が片手を立てた。「悪いけどさ。大勢で押しかけるわけにいかないしね。あんなことのあとなんだ、事件のことは話せないと思うし……」

「じゃあ、何のために行かれるのですか？」萌絵は不思議に思ってきいてみた。

「模型を見せてもらうんだよ」喜多がすぐに答える。「西之園さん、興味ある？」

「いいえ」萌絵は首をふる。しかし、事件のあとに被害者の家族の家に模型を見にいく方が、もっとずっと相応《ふさわ》しくない、と彼女は思った。

「僕も興味ないよ」犀川が答える。

「お前はついてこいよ」

「どうして？」犀川が不愉快そうにきき返す。

「お前には見せたいからだよ」

犀川は息をふっと吐き出す。「よくわからないなあ」

萌絵はとても残念だったが、引き下がった。

彼女は、二人の助教授に頭を下げて部屋を出る。雨で散歩に出かけられないときのトーマみたいに、元気がないことを自覚する。

向かいの研究室に戻ると、牧野洋子と金子勇二がデスクでディスプレイに向かっていた。二人ともゲームやネットサーフィンではない。ちゃんと仕事をしているようだった。

「どこ行ってたの？」萌絵が自分の椅子に座るのを待って、洋子がきいた。

「うん、ちょっと……、いろいろ。洋子、ご飯食べた？」

「まだ」

「俺、もうちょっとしたら、弁当買ってくるけど」金子が言う。

「あ、じゃあお願い」洋子がすぐに言った。

「私も、そうしようかな」萌絵も返事をする。

「あいよ」金子が軽い返事をした。

犀川の部屋の様子がまだ気になっていたが、今夜は諦めて仕事に専念しよう、と萌絵は思った。文献から拾わなくてはいけないデータが幾つかあって、グラフを何枚も作る必要があったからだ。単純な作業で気が重かった。卒業論文の締切はまだ三ヵ月もさきだが、牧野洋子も金子勇二も、二人とも優等生でスタートが早い。設計製図の課題でも、牧野と金子は先行逃げ切りタイプだ。犀川研究室では萌絵だけが、卒論にほとんど手つかずの状態で、完全に後れをとっていた。

　パソコンのスイッチを入れ、立ち上がるのを待って、最初にメールを読んだ。友達から幾つか届いていたが、緊急のものも重要なものもなかった。しかし、なかなか仕事を始める気になれず、萌絵は、毎日覗いているウェブサイトをぼんやり眺めていた。金子勇二はしばらくして、黙って部屋から出ていった。弁当を買いにいったのだろう。

　どんどん時間が過ぎていく。

　どうしても、仕事をする気になれない。どうしても、事件のことを考えてしまう。あるいは、何も考えていない自分にふと気がついて、驚く。その繰り返しだった。

「またまた、ぼんやりしてるぞ」洋子の声がしたので頭を上げると、彼女は立ち上がって萌絵を見ていた。「駄目だよ。人間、働かなくちゃ」

「うん」萌絵は肩を竦める。「ありがとう」

「まあまあ、素直な子ですこと」洋子は笑った。

　ようやく、スプレッドシートにデータを打ち込む作業を始める。始めてみると、意外に没頭できるものだ。金子が弁当を買って帰ってきたとき、萌絵はデスクから離れたくなかった。

「こら、お茶淹れたから、こっちいらっしゃい」洋子が呼んだ。

「きりが良いところまでしたいの」萌絵はそのまま作業を続ける。「そのままにしといて」

けた。

「我《わ》が儘《まま》よねえ」洋子が言っている。

金子と洋子は入口近くのテーブルで弁当を食べていたが、萌絵はそれを無視して仕事を続けた。

彼女が、立ち上がって背伸びをしたのは、それから十五分もあとだった。

「とっくに冷めてるよ」洋子は既にデスクに戻っている。

「ありがとう。それでいいの」そう言って、萌絵はテーブルまで歩いていった。

金子が、テーブルで煙草を吸いながら漫画を読んでいた。それが食後のデザートなのだろう。彼は、萌絵が近くに座ると、テーブルにのせていた足を下ろした。

萌絵は黙って弁当を食べる。あまり食欲はなかった。半分ほど食べて、洋子が淹れてくれたお茶を飲む。もう冷たかった。

「ねえ、金子君。お弁当を食べるときって、どんなとき？」

金子が漫画から顔を上げて目を丸くする。

「大丈夫か？」

「え？　何が？」

「自分のしゃべってること、わかってんのか？」

「私？」萌絵は首を傾げる。

「一回、診てもらった方がいいぜ」

「何を？」

鼻息をもらして金子は立ち上がる。彼は漫画をテーブルの上の雑誌の山に積み上げ、自分のデスクまで歩いていった。

「参るなあ」彼は洋子に言った。「牧野、ちょっとお嬢さんの相手してやってくれよな」

今度は、洋子が萌絵の方へやってくる。

「はいはい。何でしょうか？」洋子は萌絵の横に腰掛けた。「どこが悪いのかな？」

「もう、いいわ」萌絵は首をふった。

「えっとですね、お弁当は、だいたい、お腹が空いたときに食べることが多いわね」洋子は微笑みながら保母さんのような口調で言った。

「わかってるわよ。そんなこと」萌絵が言い返す。

「あんたね……」

「そうじゃ、なくて、何ていうのかな……、それ以外の理由なのよ」

「お弁当食べる、それ以外の理由？」洋子は顔をしかめる。「そうね……。お弁当のコマーシャルを撮るためとか」

「もう、いいわ」

「可愛くないわね、あんた……。私に喧嘩売ってるの？」

「人を殺したあとって、お腹が空くのかしら？」

「知らないよ、そんなの。私、人を殺したことないもの」

「ああ、そうよね」萌絵は腕を組む。

「ちょっと、いい加減にしてくれる？」

「そうね」萌絵はにっこりと微笑む。「ごちそうさまでした。さあ、仕事しよっと」

萌絵は立ち上がって、窓際のデスクに向かう。

「あのさ！」洋子が低い声で叫んだ。

「何？」萌絵は立ち止まって振り向く。

牧野洋子は、頬を膨らませて黙っていた。

「何？　洋子、どうしたの？」

「ああ！」洋子は一度叫んで立ち上がり、ロボットみたいに真っ直ぐに自分のデスクまで歩いていった。

7

犀川は喜多の車の後部座席に座っている。大学を出てから、既に十五分ほどになるが、道が混雑していたので、なかなか進まなかった。喜多の質問に答えているうちに、西之園萌絵から聞いた事件に関する情報のほとんどを犀川はしゃべってしまった。

「相変わらず、西之園さんは飛ばしてるよなあ」喜多が運転席から言う。「まあ、お前が相手をするのが原因だとは思うけどな」

「心外だ」犀川は答える。「それは違う。逆だ」

「鈍いなあ……、まったく」

「何が？」

「溜息だぞ」

「溜息？」

ようやくJRの千種《ちくさ》駅に到着する。地下鉄の出口に立っている大御坊の異様な姿がすぐ目についた。信号で停められた喜多の車を見つけて、彼は手を振りながら車道に駆け出てくる。

「遅かったわね」助手席のドアを開けて、大御坊が乗り込んできた。

「おい、なんで、後ろに乗らないんだよ」喜多がそう言って、車を出す。線路を跨《また》ぐ陸橋を渡り、彼の車は左折のウインカを出した。

「なんかこの車、やけに香水くさいわね」大御坊が鼻息を鳴らして言う。「後ろめたい匂いだわぁ……。あ、このまま真っ直ぐ行って……。ね、犀川君さあ、萌絵ちゃんから話聞いた？」大御坊は後ろを振り向いた。

「何の？」

「寺林君の鍵の話。彼のポケットに鍵が入っていたっていう」

「聞いたよ」犀川は答える。

「どう思う？　私、警察にもそれ話したんだけど、喜多君は見てなかったのよね。困っちゃうなあ、私が疑われたりしてるんじゃないかしら」

「疑われてるさ」喜多がすぐに言った。「お前くらい怪しい人間は、そうざらにはいないからな」

「あとになって、あそうかって気がついたのよ。ひょっとして、私が鍵を彼のポケットに戻したんだって、警察は考えるんじゃないかってね。でも、もしそうなら……、一番に部屋に入っていってるわよ。そうでしょう？　私、喜多君に呼ばれて、あのとき嫌々入ったんだから。もう、だって、凄かったもの。思い出しただけで、ぞっとする。喜多君が私を呼ばなければ、こんなことにはならなかったのよ。だから、半分は貴方の責任よ。それ、認知してほしいわ」

「変な単語を使うな」

「この香水、安っぽいわね。どんな女なの？」

「噴水ですれ違ったときだけど……」犀川は質問する。「筒見明日香さんは鞄を持っていた？」

「あ、いいえ。持ってなかったと思うけど」大御坊は後ろを見る。

「どんな子？」犀川はきいた。

「どんな子って、明日香ちゃん？」

「気が強い？」

「そうね……。大人しくはないわね」大御坊はそう言いながら、犀川の肩越しに後方を注目している。「今日は、尾行されていないみたい」

「どうせ、筒見先生のところにいるよ」喜多が言った。

千早《ちはや》の広い交差点を横切り、車は鶴舞《つるまい》に近づいている。大御坊は道順を運転手の喜多に指示して、サイドウインドウを少し下げた。

「娘さんがあんな死に方をして、まだ葬式も済んでいないってのに、押しかけたりしていいのか？」喜多がきいた。

「向こうが来なさいって言うんだから、しかたがないわ。きっと、話が聞きたいんでしょうね」

「何の話を？」後ろで犀川が尋ねる。

「そりゃ……、何ていうの？　娘さんの様子じゃない？」

「首がなかったってことか？」と喜多。「そんなこと警察が話してるだろう？」

「知らないわよ」

しばらく大通を南下してから、左折して細い道に入った。

「あ、そこの公園を行き過ぎたところ」大御坊が言う。

「そこは、古墳だよ」犀川が囁く。

前方に古い商店街が見えたが、店はほとんどシャッタを下ろしている。ブロック塀の前に車を駐め、三人は車から降りた。

ガレージの横の階段を上がったところに門がある。インターフォンを大御坊が押した。犀川はぼんやりと曇った空を見上げていた。

筒見邸は、二階建ての木造住宅だった。道路側に狭い庭がある。敷地は広くはない。建物も築三十年といったところで、老朽化している。国立大学の教授といえば、決して高給取りとはいえない。建築物も豪勢なものではなかった。ただ、そこは地理的には那古野市内の中心地である。今となっては、土地の値段は相当なものだろう。

玄関を開けて、出迎えに現れたのは筒見豊彦教授本人だった。オールバックにした髪は長く、細面の顔は、紀世都や明日香に確かに似ている。小柄で華奢な体格だ。黒縁のメガネをかけていなければ、芸術家に見えたかもしれない。

「こんばんは」意外にも普通の挨拶を筒見豊彦はした。

「先生、こんなときに、おじゃまをして」大御坊が囁くように言う。「あの、なんと申し上げて良いのか……」

「かまわんよ。入りなさい」筒見はさっさと建物の中に戻る。

三人は、彼に続き、狭い玄関まで進む。

「N大学の喜多君と犀川君です。お話ししたとおり、私の中学、高校時代の同級生なんです」

喜多と犀川は名乗って頭を下げる。

「筒見です。よろしく。家内が寝込んでいるんで、ご無礼しますよ」

「あ、奥様……、お悪いんですか？」大御坊がきいた。「あの、やっぱり……」

「ああ、ちょっとショックがね」筒見は普通の口調である。「とにかく、二階まで上がって下さい」

靴を脱いで、三人は階段を上がった。家の中はひっそりとして人気《ひとけ》がない。

「気にせんでくれ」筒見は部屋の中に三人を導いて言った。「確かにね、言葉にはならん。腹を立てているのか、ただ悲しいのか、それとも、躰の調子がどこか狂っているのか、よくわからない状態だよ。しかし、どうにもならん。対処できることといえば、とにかく、あまり深く考えないことくらいだ」

「先生がお元気そうで安心しました」大御坊が言う。

「こんなことを言うと強がりだと思われるかもしれんが、私は、とっくに子供のことは諦めていたんだ。もう、彼らは独立していた。彼らと別れる覚悟はできていた。まさか、死ぬなんて、いや、殺されるなんて思っていたわけではないが、しかし、考えてみたら、アフリカに移住するって言いだされたら、それまでのことだからね。そう考えて諦めるしかない」

書斎らしい狭い部屋だった。奥の窓際に古めかしいデスクがあり、その肘掛けのある大きな椅子に、筒見豊彦は腰掛けた。低いテーブルの横にあるソファと、もう一つあった椅子に、犀川たち三人が収まる。

「ただ……」煙草に火をつけながら、筒見豊彦は低い声で話した。「殺した人間だけは許せない。それだけだ。そのことを考えると眠れなくなる。誰がやったのかわからないから、今のところは、まだ良いものの、警察がもしも犯人を見つけ出したら、きっと本当に寝られなくなるだろう。いや、この恨みが、こうしてしっかりしていられるエネルギィかもしれないね。女房は、ただただ泣いているだけだ。可哀想だが、何もしてやれない」

「あの……、今日はまたどうして、僕たちを？」喜多がきいた。

「警察はあまり具体的な話を教えてくれない」筒見豊彦は、学会の質疑応答みたいに答えた。用意されていた回答のようだった。「あの子を見つけたときの様子を、私に、詳しく話してくれないか」

三人が黙っていると、筒見は立ち上がり、「何か飲むかね？」ときいた。彼は、キャビネットからウイスキィとグラスを取り出し、テーブルの上に置いた。自分は、別のボトルと小さなグラスをデスクに運ぶ。筒見は再び煙草を手に取った。

「下から、氷を持ってこようか？」

「あ、いえ、先生」大御坊が片手を広げて答える。「もう、本当におかまいなく。これで充分です。喜多君、飲む？」

「あ、僕は、車だから」喜多が小声で言う。

「帰りは僕が運転するよ」犀川がそう言ったので、大御坊と喜多はグラスに四分の一ほど茶色い液体を注いだ。

「犀川先生は飲まないんですか？」筒見は自分のグラスにボトルを傾けながらきいた。

「ええ、飲めません。煙草が吸えれば、それで充分です」

「どんどん、吸って下さい」少しひきつった微笑みをつくって、筒見は言う。「で、最初に明日香を見つけたのは？」

「私です」大御坊が答える。「部屋に入ったのは喜多君がさき」

大御坊は、そのときの様子を簡単に説明した。

「その前日の明日香の様子を話してくれないか」説明が一とおり終わると、筒見豊彦は機械的な口調で言った。

「紀世都君から、聞いておられないのですか？」大御坊がきき返す。

「紀世都は、あれ以来、ここへは来ない」

「天白のアトリエみたいですね」大御坊が頷いた。「紀世都君も、ショックだったのでしょう」

「たぶん」他人事のように筒見豊彦は頷いた。

それから三十分くらいの間、犀川はずっと黙っていた。彼は筒見豊彦という男を観察した。娘を殺された父親。国立大学の教授。鉄道模型のベテランマニア。どんな肩書きでも演じられる貫禄は、その体格とは正反対に安定している。抑揚のない流暢《りゅうちょう》な口調は、口にするまえに全文の文法が確認されている証拠で、なにげない表現の言葉も選ばれていた。

既に三回ほどグラスを空けていたが、筒見豊彦は顔色一つ変えなかった。

「筒見先生は、犯人は誰だとお考えでしょうか？」犀川は質問した。それが、彼の最初の発言だった。

「考えなどないよ」筒見は落ち着いて答える。「それは、私が考えることではない」

「でも、考えようとしていらっしゃいますね」

筒見豊彦は、一瞬遅れて微笑んだ。「そうかもしれん」

「私が、明日香ちゃんをあんなところに引っ張り出したのが、そもそもいけなかったんです」大御坊が神妙な表情で言った。「こんなことになってしまって、本当に申し訳ありません」

「それは無関係だ」筒見は穏やかに答える。「大御坊君が、本気でそんなことを思っているのなら、無駄な心配だ。今回のことは、あのイベントには関係がない」

「何に関係があるとお考えでしょうか？」犀川はきく。

「ちょ、ちょっと、犀川君」大御坊が横から手を伸ばして、犀川の膝に触れた。「どうしたの？　貴方だけがしらふなんだから。なんか、危ないわね」

「失礼だと思われたら、そう言って下さい、すぐにやめますので」犀川は少し微笑んだ。

「いや、まったくかまわない」筒見は相変わらずの無表情のまま、悠長な動作で煙草に火をつけた。「何に関係があるのかも、私にはわからんね。まあ、余分なことだとは思うが、その……、首を切断したことは、私には特に意味を見出せない。また、そのことで、特別な感情を抱くこともない。首を切られたときには、明日香はもう死んでいた。死んでいるということは、すなわち、もう明日香ではなかった。私の娘ではなかった、ということだ。これが私の考え方だよ」

「ええ、立派だと思います」大御坊がすぐに言った。

「立派だなんて言わんでくれ」真面目な顔で筒見は言い、グラスをまた空けた。「そう、ものごとを合理的に考える習慣が我々研究者にはある。たとえ、屁理屈だとか冷血だとか後ろ指をさされてもだ。だが、もちろん、理由があるからそうしている。それが、人間や社会を救うための最善の策だと信じているからだし、同時に、自分のためでもあるからだ。違うかね？　それだけのことだと思うが」

8

帰り際に、書斎の隣の少し広い部屋に案内された。その部屋の半分以上が鉄道模型のレイアウト（箱庭）だった。ミニチュアの山や谷が作られ、駅やビルが建ち並んでいる間を、何本ものレールが通り、工場や倉庫のある平坦な地帯では、カラフルな貨物列車が引込線に沢山並んでいた。犀川が見た感じでは、それは五十年くらい昔のアメリカの風景だった。

そのレイアウトの反対側の壁は全面がガラス棚になっていて、無数の鉄道車両の模型が収まっていた。蒸気機関車ばかりの棚が三分の一ほどで、あとは、電気機関車、ディーゼル機関車、客車、貨車などが、整然と陳列されている。中には、塗装がされていない、金色の蒸気機関車も幾つかあった。大御坊は、この部屋のことをよく知っている様子だったが、喜多は初めてのようだ。彼は目を輝かせ、溜息をもらし、少しでも多くの映像を目に焼きつけようと神経を集中させている。

犀川は、鉄道よりも、レイアウトに建ち並ぶミニチュアの建築物たちに興味を持った。それらは、艶が落とされ、適度に汚され、本もののように風化し、景色に埋没している。わざと目立たないように巧妙な塗装が施されていた。

車も人も、小さな樹々も、川の流れさえも、驚くほど精密に造られている。今は鉄道の車両が停まっているので、バランスが取れている。もし、鉄道だけが動きだしたら、それに対比して、他のすべてのものが静止している状況の不自然さが際立つだろう。

　筒見豊彦は、喜多を相手に、熱心に車両の生い立ちなどについて説明していた。結局、そのミニチュアの世界を列車が走るところは見せてもらえなかった。

　三人は、玄関で頭を下げ、筒見豊彦と別れた。時刻は八時半だった。

「腹が空いたな」喜多が車のキーを犀川に渡して言う。「そこら辺で食事をしていこう」

　犀川が喜多の車の運転席のドアを開けたとき、一人の青年が近づいてきた。

「あ、筒見君」大御坊が高い声を出す。

　筒見紀世都は、長いコートを着ていた。下を向いていた彼は、大御坊に声をかけられ、ぼんやりと顔を上げた。

「今まで、先生のところにお邪魔していたのよ」

「こんばんは」紀世都は無表情のままで答え、犀川と喜多を一瞬だけ見た。

「ちょっとは、先生の相手をしてあげた方がいいと思う」大御坊が言った。「奥様もお具合が悪いようだし」

「ええ、知っています」彼はそれだけ言って、三人に背を向け、階段を上がっていく。姿が一度見えなくなったが、彼は黙って引き返してきた。

「大御坊さん」大御坊の前まで来て、筒見紀世都は立ち止まる。

「何？」

「西之園萌絵さんに会いますか？」

「萌絵ちゃんに？　ええ……」大御坊は答え、犀川をちらりと見た。「彼が、萌絵ちゃんの指導教官の犀川先生」

「犀川です」車の屋根越しに、犀川は軽く頭を下げる。

紀世都は車の前を回って、犀川のところまで近づく。歩いている感じがしない。平行移動しているような軽い動作だった。

「お医者さんですね？」紀世都は、犀川の足もとを見てそう言った。

「違います」

「これ」彼はコートのポケットから白い封筒を取り出した。「西之園さんに直接渡して下さい。住所がわからなかったので、どうしようかと思っていたんです」

「手紙ですか？」

「わかりました。今夜にでも渡せると思います」犀川は受け取った。正方形に近い形の封筒だった。

筒見紀世都は、くるりと向きを変え、三人の誰にも目を合わさないまま、黙って階段を上っていった。

三人は車に乗り込む。今度は後部座席に、喜多と大御坊が乗った。

「お前、なんで俺の隣に座るんだよ」喜多が笑いながら言う。

「犀川君、今の、見せて」大御坊が運転席に手を伸ばす。

犀川は、受け取ったばかりの封筒を大御坊に手渡した。

「封がしてあるわ。いやだぁ……、ラヴレターかしら」大御坊は身を乗り出して、犀川の顔を覗き込んだ。

「なんで、筒見先生の息子が、西之園さんにラヴレターを渡すんだ？」喜多が尋ねる。

「ちょっとね……」大御坊は嬉しそうに言う。「昨日の夜なんだけど、萌絵ちゃん、彼氏のアトリエでさ、二人だけで会ったりしてるのよね」

「え！　創平、お前、知ってるのか？」喜多が大きな声できいた。

「ああ……、西之園君から聞いた。酷い目に遭ったようだね。彼女、それで、今日一日悩んでいる」

「え、ええ！　何があったんだ？」

「謝罪の手紙かしら」大御坊が封筒を振りながら言った。

「こら、教えろよ！」

「それより……」車を出しながら、犀川は独り言を呟いた。「どうして、僕のことを医者だって言ったのかなあ……」

9

西之園萌絵は両手を上に伸ばして欠伸《あくび》をした。

コーヒーを淹《い》れるために彼女は立ち上がる。金子はずっとキーボードを叩いていた。彼のデスクの横を通るときにディスプレイを覗いてみると、ワープロのウインドウだった。牧野洋子はデスクに伏せて眠っていた。

「ああ……、もう十時だ」萌絵は時計を見て言う。「金子君、それ卒論の文章？」

「ああ、既往の文献の章のまとめ」

「相変わらず早いなあ」

コーヒー・メーカに水を入れていると、すぐ横でドアが開き、浜中深志《はまなかふかし》が入ってきた。彼は、ドクタ・コースの二年生（D2）、つまり、萌絵たちよりずっと先輩である。

「わあい、ラッキィ。コーヒー、僕のもお願い」浜中は萌絵を見て言う。「西之園さん、頑張ってるね。珍しいじゃん。明日あたり大雪？」

「数字はもう全部拾いましたよ」萌絵は紙フィルタをセットしながら言う。「あとはグラフを描くだけです。浜中さんのマクロ、あとで貸して下さいね」

「うん、いいよ」浜中は椅子に腰掛けながら部屋の奥を覗き込む。「あれ？　牧野さん、寝てんじゃないの？」

「ええ、演技とは思えません」萌絵は微笑む。

「ね、犀川先生、どこへ行っちゃったの？　ちょっと相談したいことがあるんだけどなあ」

「たぶん、お食事だと思います。もう戻られるんじゃないかしら。車が下にまだありますから……」

牧野洋子が顔を上げ、浜中の姿を見て、姿勢を正した。金子は手を休め、煙草に火をつけている。

　廊下を歩く足音が聞こえた。

「あ、犀川先生だわ」萌絵が言う。

「足音でわかるの？」可笑《おか》しそうに浜中が言った。

　しかし、ドアが開いて、顔を覗かせたのは大御坊安朋だった。

「やっほ、萌絵ちゃん」

「あ、こんばんは」萌絵は微笑む。「犀川先生は？」

「今、向かいの部屋に入ってったわよ」大御坊はドアを閉め、部屋の中を見回す。「なかなか綺麗な部屋じゃない。学生の部屋なんて、もっと散らかっているもんだったけどな、私たちの頃は」

　浜中深志と牧野洋子と金子勇二は、大御坊を凝視して固い表情だった。おそらく、彼のフアッションが、比較的特殊だったせいだろう。萌絵は、やっと気がついた。

「あ、私の従兄の大御坊さん」

「クリエータの大御坊安朋です、なんていっても、知らないわよねぇ。理系の読者は数パーセントしかいないんだもの。君、名前なんていうの？」

「僕ですか？」浜中が赤い顔をして立ち上がった。「浜中です」

「浜中なあに？」

「深志です」

「フカシ？　ふうん……、美味《おい》しそうな名前じゃない。今から、どっか連れてってあげようか？」

「い、いえ」浜中はぶるぶると首をふる。「どっかって、どこです？」

「遊園地とか、温泉とか」

「結構です」

「それは残念」大御坊はにっこりと笑って、今度は金子を見る。「君は？」

「名乗るほどの者じゃありません」

大御坊は笑いながら、指で輪を作った。「うんうん。面白い……。合格。まあ、とにかく、君たち、私の大切な萌絵ちゃんをよろしくね」

「安朋さん、コーヒーをちょうど淹れていますから」萌絵が言う。「飲んでいって下さい」

「ううん。すぐ帰るから」彼は萌絵のところに戻ってきた。「これ、ラヴレター」

　大御坊が差し出した封筒に、萌絵は驚いた。

「何ですか？」

「だから、ラヴレターよ。筒見紀世都君から」

「筒見さんから？」萌絵は片目を細める。「私にですか？」

「うん、渡してくれって頼まれたのよ。いえ……、本当はね、犀川君が頼まれたんだけど。彼さ、ショックだったみたいよう。もう、青ざめちゃってさ」

「え、犀川先生が？　本当ですか？」

「嘘……」大御坊は肩を竦める。「じゃあね」

　萌絵が言葉を探しているうちに、大御坊はドアから出ていった。

　コーヒー・メーカが音を立て始めていた。

「萌絵の従兄って、本当？」牧野洋子が近寄ってきた。「犀川先生と、お友達なの？」

「中学と高校が一緒だったんですって」

「大御坊ってペンネーム？」浜中がきいた。

「いいえ、本名」

「なんで、あんな変な格好してたの？」浜中は食器棚からカップを出しながらきいた。「あれ、なんていうの、ウエスタンかな、カントリィかな……」

「ええ、ああいうパーソナリティなんですよ」萌絵は微笑んだ。

「言葉遣いも変じゃん」

「どうして、私だけ、名前きいてくれなかったのかしら?」洋子が萌絵にきいた。

「女の子には、遠慮しているのかも」

「遠慮ねえ……」洋子が顔をしかめる。

四人のカップにコーヒーが注がれた。金子もカップを取りにきた。彼は、萌絵に近づいて、にやにやと笑っただけで、何も言わない。名乗るほどの者ではない、という彼のジョークは傑作だったので、萌絵はまだ少し可笑しかった。

彼女は、カップを持って窓際の自分のデスクに戻る。大御坊から渡された封筒の端を鋏《はさみ》で切り、中を覗くと、A4サイズの紙が一枚、四分の一に折り畳まれて入っていた。

インクジェット・プリンタで印字されたフォントが並んでいる。萌絵が顔を上げると、牧野洋子と浜中深志がこちらを見ていた。

「ねえ、ラヴレターって本当?」洋子がきいた。

「冗談よ」萌絵はそう答えて微笑み返し、再び下を向いて、手紙の文章を読んだ。


知っている?

大地は丸くなんかないのを。

切り取られた四角い視覚が死角。
煉瓦の工場があるね？
上が丸くて下が四角い窓に、
格子を仕切って、
緑色のペンキは、
どうしたって剝がれるよ。
煙突が突き出しているね？
何本も線路を渡ったら、
いつもいつも柿色のバンが駐まっていて、
赤いスカートの女が片手を挙げているし、
太った爺さんと婆さんが寄り添って、
もう躰は半分以上癒着してるんだ。
そこから左に目を向けると、
錆びた看板がぶら下がった食堂。
ちょっと建物が宙に浮いてるって感じ。
その先は真っ直ぐな坂道で、
上れないくらい急斜面。

両側は低い木と大きな石ころ。
全部、大地のおまけ。
白い教会が見えるだろう？
チューリップみたいなドームがのっている。
鐘が見える窓だって、丸と四角。
それを目指して坂道を上らなくちゃ。
ほら、右に変な小屋が現れるね？
もう、わかった？
この小屋の中に、明日香の首がある。
それからね、
そのすぐそばに、
首を切ったやつが、
今でも立っているよ。
何のために、そこにいるのかって？
これは、保険なんだ。
グッドバイ。

萌絵はその文章を三回繰り返して読んだ。顔を上げると、目の前にカップを持った牧野洋子が立っていて、萌絵をじっと睨んでいた。

「見せて」洋子はコーヒーを飲みながら、もう一方の手を伸ばした。「何が書いてあるの？」

「駄目」萌絵は首をふった。「ごめんなさい、これは、見せられないわ」

「やっぱり、ラヴレターなんだ」洋子は目を大きく見開いた。「大丈夫なの？　知らないぞう。萌絵、あんた、超真剣な顔してるよ」

「ええ……」思わず萌絵は頷いてしまった。

「誰から？　筒見……なんとかって言ってたけど」

「公会堂で殺された人のお兄様」萌絵は答える。

彼女の頭脳は、完全に麻痺していた。

ほとんどパニックといって良かった。

外見だけ、冷静に装っている自分を感じる。

魔法だ、と思った。

筒見紀世都のメッセージが、魔法の呪文だった。

萌絵には、それが、とんでもなく恐ろしかった。

どうして、恐いのか、全然わからない。

頭が回らない。

でも、確かに恐ろしい。

萌絵は立ち上がり、真っ直ぐに歩いて部屋を出た。

彼女は廊下を横切り、ドアをノックし、返事も聞かずに、犀川の部屋に飛び込んだ。

10

「先生！」

犀川の部屋のドアに取り付けられているドアマンは劣化していた。油が漏れてしまったため、スプリングの力を完全に吸収できない。したがって、開けられたドアは充分に減速しないうちに閉まることになる。だが、それでも、西之園萌絵が彼のデスクに両手をつく方が早かった。

犀川は腕時計を見た。「意外に時間がかかったね。何回も読み直したのかな？」

「三回です」萌絵はそう言って、持ってきた封筒を差し出した。

「読んでも良いの？」

「読んで下さい」

犀川は黙ってそれを受け取る。そして、中身を出すまえに煙草に火をつけた。萌絵は、犀川が手紙を読んでいる間、ずっと立ったままで待っていた。

犀川は、一度読んだだけで、視線を上げ、萌絵を見た。ほんの僅かに口もとを上げただけだった。

「いかがですか？」萌絵は身を乗り出してきく。

「別に」犀川は煙を吐き出してから、ごく簡単に答えた。

「別にってことはないでしょう？」萌絵の声のトーンが少し上がる。

「どんな返事を期待しているの？」犀川は可笑しそうに言う。「青天の霹靂《へきれき》だとか、感慨無量だとかコメントすれば良いのかな？」

「先生、私、冗談を聞いてる余裕はありません。問題なのは、その最後の八行です」萌絵は犀川を睨みつける。「それには、この小屋の中に、明日香の首がある。そう書いてあります」

「ああ、書いてあるね。僕、字は読めるから」

「首を切った人物が、今でもそのすぐそばに立っているって」

「そうは書いてない」犀川は首を横にふった。

「え？」萌絵は首を傾げる。

「切ったやつ、と書いてあるだけだ。切った人、じゃない」犀川は煙草を指先で回しながら、ゆっくりと話した。「やつ、というのは、たとえば、首を切断した斧のことかもしれない」

「その小屋を筒見紀世都さんは知っているんですよ！」萌絵は訴えるように言う。「誰が犯人なのかも、きっと知っているんだわ！」

「うん」犀川は頷いた。「そうかもしれない。西之園君、とにかく、座ったら？」

「それ、どこでしょうか？」

「書いた本人にきいてみたら？　これは、明らかに、君が情報を求めてアプローチすることを期待している文章だ」

「ああ、ええ……」萌絵は頷いた。それから、大きく深呼吸をして、デスクの横にあった椅子に腰掛ける。「最後に、首を切った理由は、保険のためだって書いてありますね」

「そうは書いてない」犀川はまた首をふる。

萌絵は手紙に手を伸ばして、もう一度最後の部分を読んだ。

この小屋の中に、明日香の首がある。
それからね、
そのすぐそばに、
首を切ったやつが、
今でも立っているよ。
何のために、そこにいるのかって？
これは、保険なんだ。

グッドバイ。

「書いてあるわ」萌絵は顔を上げる。「首がそこにある理由は保険だって」

「そう、首を切った理由ではない。そこにいる理由が、保険だ、と書いてある。これ、現国の問題みたいだね」犀川は脚を組んで、椅子の背にもたれ、バネの音を鳴らした。「それに、そこにある、とは書いてないよ。そこにいる、だ。ちょっと変だよね。首がいる、という日本語はさ。最初に君が指摘したように、やつ、という代名詞が、凶器ではなくて、人物を示しているのかもしれない。もしそうなら、そいつがその場所にいる理由が、保険ということになる。西之園君、君、きっと現国は不得意だっただろうね？」

「前半の文章は、この問題の小屋の位置を示そうとしています。高いところに建っている白い教会の近くのようですね」

「何故ずばりと書かなかったのだろう？」犀川はゆっくりと煙を吐いた。「ものごとを人に伝えようと意図して書かれているはずなのに、何故、意図的にわかりにくくしているのかな？」

「すぐにわかっては困るからです」萌絵は答えた。「つまり、筒見紀世都さん本人に尋ねたって、教えてくれないに決まっています」

「いや、西之園君に、直接ききにきてほしいのかもしれないよ。もし、すぐにわかってしまっては困るというのなら、もっとあとで手紙を渡せば良いだけだ。それを、今、この手紙を渡した目的は何だろう？」

「うーん」萌絵は首を捻る。

犀川はデスクの上のカップを持って立ち上がり、コーヒー・メーカまで行く。萌絵は、犀川を追って振り向いた。彼の表情にはほとんど変化がなかったが、視線が微妙に振動していた。それは、犀川が目まぐるしい思考を繰り返している証拠だ。それに気がついているのは自分しかいない、と萌絵は自負している。

立ったままでコーヒーを一口飲んでから、犀川はまた悠長な動作で席に戻った。考えているときほど、犀川は動作が遅くなる。これも萌絵が発見した法則だった。

「先生、もしかして、単なる悪戯《いたずら》の手紙でしょうか？」萌絵は誘導する。

「その可能性は、君が議論を始めたときから既に除外されている」犀川はすぐに答えた。

「今は、それを棚上げすることが前提だろう？」

「はい」萌絵は微笑む。「そのとおりです」

「いいかい？　君に、すぐには気がついてほしくない。だから、わかりにくく書かれている。しかし、そのわりには、努力すれば場所が限定できるような最小限の表示がされているようにも思える。探せば見つかるかもしれない。ところで……、何故、すぐにわかってはいけないのか。すぐわかってしまうと困るのなら、何故、急いで手紙を渡そうとしたのか」

「あ！」萌絵が肩を上げる。「あとでは渡せなくなるからだわ。だから、今、私に渡す必要があったのですね？」

「そうだ」犀川は軽く微笑んだ。「つまり、それが保険だ、といっているんだね」

「それが……、保険？」

「おそらく、この小屋がある実際の場所は、ここに書かれた情報だけからは、限定できないだろう。でも、もし、その場所へ君が実際に行ったら、ああ、ここのことだったんだ、と気がつく。そう気がつくように、これが作られているのじゃないかな。文章の表現は明らかに、近い未来において、君がそこで見るもののようだ」

「つまり、そこで明日香さんの首が発見されるんですね？　そのとき、紀世都さんがこの手紙に書いた場所だということが間違いなく断定できる」

「そう……、そのときに限定される情報だ。ということは？」

「つまり、筒見紀世都さんは、そのときに、自分は、そこに首があることを以前から知っていたんだって、アピールしたいわけです」

「そう」犀川は口もとを斜めにして言った。「その場になってから言ったのでは意味がない。あらかじめ、第三者の君に知らせておいて、自分が知っていたことを事実として記録に留めておきたい。それを、彼は保険だと表現しているんだよ」

「どういう意図からですか？」

「最も可能性が高いのは、そのときには、言えなくなっている、と想定しているからだろう」犀川はカップを口まで運ぶ。

「言えなくなっているって？」

「いなくなっているのか、それとも、死んでいるのかな」犀川は萌絵を睨みながら普通の表情で話した。

「そうか……」萌絵は大きく頷いた。「自分が殺される可能性がある、と彼は考えているのですね？　その場合を恐れて、この手紙を私に託しておいた。明日香さんを殺した犯人を自分は知っている。だから、もし自分が殺されたら、それが原因だ、と言い残したい。凄い！　そうだわ！　先生、素敵！　間違いないわ！」

「あるいは、そんなふうに君を有頂天《うちょうてん》にさせる意図の悪戯かだ」

「そこまで私が考えるなんて、筒見さんには計算できません。今のだって、ほとんど犀川先生がお考えになったんじゃありませんか。なんだか、私、神様の言葉を伝える巫女《みこ》のようでしたけれど」

「僕は質問をしただけだ」犀川は肩を竦めた。「今の推論が現実である可能性は、五パーセントくらいかな？」

「五十パーセントくらいです」萌絵は顎を少し上げる。

「その四十五パーセントが、西之園君と僕の、この問題に対する期待度の違いだね」

「では、犀川先生のあとの九十五パーセントは、どんな可能性なのですか?」

「ただのポエムか、西之園君の気を引きたいという悪戯だ。既に充分に成功している」

「筒見さんは、そんなことをするような人じゃありませんよ。そんな、女の子の気を引こうだなんて……」

「普通の女の子じゃない」

「もっと、何というのか、超越した人格なんです。先生も一度お会いになったらわかります」

「会ったよ」

「いえ、お話をもっとされたら……」

「それも君の観測だ。そこにも既に四十五パーセントの誤差がある」犀川は新しい煙草に火をつけた。

「今、先生、私のことを、なんか……、普通じゃないとか、おっしゃいませんでした?」

「もし、本当に妹さんの首がある場所を知っているのなら……」犀川は煙を吐き出すと、萌絵の言葉を無視して続けた。「何故、彼は警察に連絡しないのかな?」

「犯人を庇《かば》っているからです」萌絵は、数秒まえから犀川のその質問を予期していたので、用意していた返答をすぐした。

「何故、庇う?」

「筒見さんにとって、犯人になってほしくない人物だからです」

「身内か友人か恋人かな?」

「はい」萌絵は慎重に頷いた。

「それなのに、身の危険を感じている。殺されるかもしれないと考えている。そんな関係の人物?」

「ええ」少し自信がなかったが萌絵は頷いた。

「どうして、筒見紀世都さんは、それを知ったのだろう?」

「わかりません」

犀川はそこで黙った。目が疲れているのか、彼は、下を向いて目を瞑《つむ》った。片手の指を額に当て、もう一方の手からは、煙草が細い煙を上げていた。

「筒見豊彦先生は、どんなご様子でしたか?」沈黙を嫌って、萌絵は尋ねた。

「うん」犀川は下を向いたままの姿勢で返事をする。「それほど憔悴《しょうすい》している、といった感じではなかったけれど、明日香さんの死を、受け入れようと努力されていた」

「紀世都さんが、一緒だったのですね?」

「違う。僕たちが帰るときに、彼がちょうどやってきた。家の前で会ったんだよ。事件以来、筒見先生は、紀世都さんとは、あまり会って話をしていない様子だった」

「これからお父様に会うまえに、この手紙を先生に渡した、ということですね?」

「そう」犀川は急に顔を上げて、萌絵を見る。「君は、筒見先生を疑っているの？」

「そうです」萌絵は小さく頷いた。「紀世都さんにとって、身内で、しかも恐れている人物。会うまえに、もしものときのために、手紙を用意した」

「僕らと会ったのは、偶然だったと思うけれど」

「今日、安朋さんが訪ねてくることは、紀世都さん、知っていたかもしれませんよ」萌絵はそう言って犀川を見つめる。「筒見先生は、明日香さんの父親だし、もう一人の被害者の上倉裕子さんは、筒見先生の勤務している大学の学生です」

「そういう突飛な考えが自然に浮かぶようだね、君の頭は」犀川は煙草をくわえた。「偏《かたよ》った読書傾向が原因じゃないかな」

「ただし、筒見先生にはアリバイがあります」

「へえ……、どんな？」

「土曜日の夜は、安朋さんが、筒見先生のご自宅で一緒だったのです。もちろん、公会堂からもＭ工大からも近いから、もしかしたら、可能な時間があったかもしれません。その点は、安朋さんに今度確かめてみます」

「今、思いついたアイデアだね？」

「ええ、そうです」萌絵は微笑んだ。「実は、今までは、河嶋助教授を疑っていました」

「ああ、そうだろうね」犀川は煙を吐く。「君の場合、方程式の変数にどんどん数を代入していって、両辺の値が等しくなるのかを確かめるやり方だ。ニュートン・ラプソンに近いな」

「名づけて、手当たり次第方式です」萌絵は肩を竦める。「私、中学のときの数学の方程式、実際に、この方法が一番能率が良いと思いましたもの。解答が綺麗な整数の場合に限りますけれど」

「計算が速過ぎると、最適化が遅れるわけだ」

「その手紙、警察に見せた方が良いですね？」萌絵はきいた。

「見せるべきだね」犀川は頷く。「どれくらい本気にしてくれるか想像できないけどね。西之園君が警察と仲が良いことを、筒見紀世都さんは知っているの？」

「彼は、私のことを看護婦だと思っています」

「あ、それで、僕を医者だと思ったんだ。何故、君のこと、看護婦だと思っているの？」

「ノーコメントです」

犀川は、自分の煙草の煙のためか、片方の目を細めた。

「西之園君、これ知ってる？」犀川はデスクの上にあった書類からクリップを引き抜いて見せた。針金を曲げて作られた小さなクリップだ。

「ゼム・クリップですか？」

「これって、どうして生産されるんだろう？」

「え？　何のお話ですか？」

「クリップの話だよ」犀川は真面目な顔である。「おかしいと思わないかな？　世の中にどんどんクリップが増えている。どんどん紙束が増えている。いつ必要な総量、つまり飽和量に達するんだろうね？　いつまでクリップを生産しなくてはいけないのだろう？」

「あの、先生……」萌絵は首を傾げた。「それ、新しいジョークですか？」

「僕ね、ときどき考えごとをしていて、無意識にこれを曲げて壊してしまうんだ。つい伸ばしてしまう癖がある。こうやって、使えなくなってしまったクリップの量が、工場で新しく生産される量と、ちょうど釣り合っているのかな？　つまり、僕みたいなクリップの壊し屋が社会には沢山いるのだろうか？」

「先生……」萌絵は大きく瞬いてから、溜息をついた。「私、病院の寺林さんに会いにいくとき、看護婦に化けたんです。そのことを先生には言いたくなかっただけです」

「そう……」犀川は片手を広げて、ゼム・クリップを萌絵に見せた。「ほら、一つ助かったよ。良かった、壊さずに済んだ」

「クリップを人質に取るなんて、卑怯です」

「手段を選ばない方だからね」

「あの、さっきの悲観的な五パーセントの推論も、鵜飼さんに話してみます」萌絵は立ち上がった。

「楽観的な五パーセントだよ」犀川は表情を変えずに呟いた。

11

西之園萌絵は向かいの部屋の自分のデスクに戻り、再びコンピュータに向かって作業を始めた。マウスを動かしてクリックするだけ、といった極めて単純な作業しかしていないのに、どういうわけか、思考はほぼ停止していた。彼女の場合も、真剣にものを考えるときには、肉体的な運動がほぼ停止状態に近づくことが多い。だが、マウスの作業くらいで頭脳が働かないのは珍しいことだった。ひょっとして、自分は疲れているのだろうか、と彼女は思った。

十一時頃、牧野洋子が「もう帰る」と呟いてコートを着て出ていった。洋子はバイトを幾つかしている。それで疲れているのだろう。萌絵はバイトというものを一度もしたことがなかった。洋子のそれは、確かにハンディといえる。

それから間もなくして、国枝桃子助手と犀川助教授が入れ替わりで顔を出し、火の元に気をつけるように、と同じことを言い残して帰っていった。萌絵たち学生とは違い、いくら遅いとはいえ、職員は午前十時までには出勤している。だから、その分帰りも早くなる。学生の方がずっと遅くまで研究室に残っているのが、大学の常識だ。

仕事というのは不思議なもので、やりだすまでが苦痛なものほど、やり始めると止まらなくなる。萌絵はまったく眠くなかった。自分は遅れている、という後ろめたさをずっと感じていたので、仕事が少しずつでも着実に消化されるにしたがって、気分が晴れ晴れとしてくる。なかなかきりがつかなかった。部屋は静かで、金子勇二が叩いているキーボードの音だけがリズミカルに響いていた。

「お嬢さん、そろそろ帰った方がいいぜ」金子はキーを打ちながら言った。

萌絵は右手の腕時計を見て、十二時半に近い時刻を確認した。金子のその提案は、二度目だった。

萌絵はマウスから手を離し、大きく溜息をつく。「ええ、もう……、そうね。金子君は？」

「俺は、朝までやっていくよ。明日は何もないからな。夜中の方が静かで集中できる」

「じゃあ、私も徹夜しようかな」

「帰った方がいい」

「大丈夫……、今日は体調も良いし」

昨年の六月に、萌絵は製図の課題で徹夜をして、貧血で倒れたことがある。それに、今年の春には、コンパの会場で意識を失い、救急車で病院に運ばれた。いずれのときも、金子勇二がその場にいた。彼が心配しているのは、おそらくこのためだろう、と萌絵は考えた。

金子はようやくディスプレイから目を離し、萌絵の方を見る。何でも面倒臭そうに動くのが彼の癖だった。

「帰れよ」

「良い機会だから聞いて。一つお願いがある」

「何だ？」

「お嬢さんって呼ぶの、やめてほしい」

金子はふんと鼻息をもらして微笑んだ。

「じゃあ、何て呼べばいい？」

「西之園」

「わかった」金子は頷く。

「ありがとう」

「どう呼ばれようが、何も変わらねえと思うけどな」

「こういうのって蓄積されるのよ。ボクシングのジャブみたいなものだわ」萌絵は微笑み返す。「だって、金子君、洋子のことは牧野って呼んでいるじゃない？　不公平だわ」

「そうやって、安易に公平、不公平って言葉を使うのは、感心しないところだな。じゃあ、ちょっとだけ、言い訳させてもらうけどな……、お嬢さんだって……、牧野のことを洋子と呼ぶのに、俺のことは勇二とは呼ばねえだろう？」

「西之園よ」

「まだ決着がつかねえからな」

「狡《ずる》いわ。私、もうお礼を言っちゃったんだから」萌絵は首を横にふった。「洋子を洋子と呼ぶのは同性だからです。金子君のこと、勇二だなんて呼べないでしょう？　そんなのみんなに誤解されちゃうじゃない」

「牧野とお嬢さんは、同性かもしれんけど、男女の別以上に、違いがあるわけだ。俺からみたら、動物が違うってのに近いな」

「どういう意味？」

「雌のゾウと雄のゾウがいて、その横に雌のキリンがいる。この場合、どの二つが似てる？」

「なんか失礼じゃない？　それ……。いったい、私と洋子とどこが違うの？」

「そりゃ、二人とも哺乳類だから、似てねえこともないけどな。まあ、そうだな……、生態が違うわな」

「それで、呼び方が違ってくるっていうの？」

「こじつけてんだからよ、あんまし突っ込むなよ」金子がむっとした表情で言う。

犀川先生は、ちゃんと西之園君、牧野君、金子君って公平に呼んでいるじゃないか、と言おうと思ったとき、電子音が鳴った。音は、萌絵のバッグの中からだ。彼女は携帯電話を取り出した。

「諏訪野？」萌絵は電話を耳に当てて言う。

「もしもし、西之園さんですか？」

「あ、はい？」萌絵は少し驚いた。

「寺林です。病院でお会いした寺林です。すみません、こんな時間に……」寺林高司の声は小さく、押し殺した囁くような感じの口調だった。「あの、今、よろしいですか？」

「ええ、はい、大丈夫です」萌絵は金子を見ながら返事をする。「病院からですか？」

「ええ、病院の近くなんですけど……」

「近く？」

「はあ……、ちょっと、抜け出してきました」

「抜け出したって、どうして？」

「じっとしていられなかったんです。あの……、それよりも、西之園さん、お願いがあるんです」

「何ですか？」

「お金を貸してもらえないでしょうか？　あの、数千円でいいんです」

「お金？」

「ええ……、タクシーにも乗れないんですよ、お金がなくて。その……、アパートに帰っても警察がいるでしょうし……」

「あの、寺林さん。何をなさるつもりなんですか?」

「お願いします。他に頼める人がいないんです。何倍にでもして、きっとお返しします。今すぐ、お金がいるんです」

「ええ、わかりました。どちらにいらっしゃるの?」

「えっと、千早《ちはや》の交差点のガード下です」

「千早のガード下? 公園のあるところですか?」

「ええ、実はこの電話をかけるお金も、見ず知らずの人から百円もらったんですよ。情けないですけど、一銭も持っていないものですから」

「それじゃあ、今からすぐそちらに行きます」

「恩に着ます」

萌絵は電話を切って立ち上がった。まず、作業中だったファイルをすべてセーブして、マックをシャットダウンする。それから、コートを着てバッグを肩にかけた。

「どこへ行くんだ?」金子がきいた。

「ええ、ちょっと」

「千早のガード下に何の用だ?」

「話している暇はないの」萌絵はドアの方へ歩く。

「待てよ、お嬢さん」金子が立ち上がった。

「西之園よ」

「俺も一緒に行く」

「え？」萌絵は立ち止まって振り返った。「どうして？」

「こんな時間に一人で行くつもりか？」

「そうよ」

「一緒に行くよ」金子は壁に掛けてあった革のジャンパを取った。「まったく、危ねえんだから……」

「ご心配、ありがとう」萌絵は微笑んだ。「でも、大丈夫」

「そこらへんが、牧野と違うところだよな」金子は口もとを上げて萌絵を睨んだ。

第５章　水曜日はドリーミィ

１

午前零時半。

萌絵は階段を駆け下り、ロビィのガラスドアを押し開けて、研究棟の中庭に出た。自分の車まで早足で歩く。運転席のドアを開けたとき、金子勇二が近づいてきた。

「大丈夫だったら」萌絵は彼を見上げて言った。

「お前に何かあったら、俺が先生から叱られるからな」

「貴方に、お前なんて呼ばれる覚えはないわ」

「ヒステリィかよ。慌てて気が立ってるのが自分でわからねえのか？　ちょっとは落ち着いたらどうだ？」

「私は冷静です」萌絵は溜息をつき、ゆっくりと発音した。「心配してくれて、どうもありがとう。本当に大丈夫。ちょっと人に会うだけなんだから」

「こんな時間にか？　相手は誰だよ」

「寺林さんという人。よく知っている人よ」

「その名前は聞いたことがあるな……。例の事件の容疑者だろう？」

「記憶力が良いのね」

「最近、ラム・ダブラ入れたからな」

「そのせいで、暴走してるんじゃないの？　金子君」

萌絵は車に乗り込んだ。エンジンをかけ、ライトが点灯すると、金子は後ろに下がった。彼女はそのまま車を出す。中庭からアスファルトの道路に出るとき、バックミラーを一度見たが、金子の姿はもう見えなかった。

真夜中の道路は空いている。萌絵は両手でステアリングを握り、スイングするように緩やかなS字を抜けた。彼女は、セカンドからサードへシフトアップするときの、少しはにかんだエンジン音が大好きだった。

病院を抜け出した、と寺林高司は話した。

どうやって警察の監視の目を誤魔化したのだろう？

警察は気がついているのだろうか？

もしそうなら、待ち合わせ場所の千早の交差点は、鶴舞のN大学病院からあまりにも近く、発見されやすい。

否、そもそも、警察に連絡すべきではないのか？

助手席のバッグの中に携帯電話がある。

何故、自分は連絡をしないのだろう？

そのまえに寺林に会いたかった。自分が最初に、理由を聞きたかった。寺林高司は筒見明日香を殺していない。萌絵はそう信じている。それは理由のない直感だったが、今までに、これに似たインスピレーションが間違っていたことは、一度だってなかった。

気がつくと、スピードメータは九十キロ近くを指していた。片側一車線の道路から、吹上の交差点で大通に出ると、さらにアクセルを踏み込む。目的地はすぐそこだ。

千早は巨大な交差点である。百メートル道路に二本の大通が交差する五叉路。漢字の大の字と同じ形で、交差点はとてつもなく広い。ソフトボールの試合が充分にできるほどの面積があった。はるか頭上には、都市高速の高架が横切り、その一段下に、横断歩道橋や、ＪＲ中央線の高架が渡っている。その真下にちょっとした公園もあった。その公園の中には、バスケットとテニスができるコートがある。それが道路の中にあるのだ。道路の中央分離帯の部分、つまり東向きと西向きの車線の間に、公園やコートがある。この百メートル道路は、那古野市の名物の一つで、もちろん、長さではなく、幅が百メートルあることを意味している。

ＪＲの中央線が高架で通っているのは、道路の交差点より少し東にずれた場所だった。そのガード下を潜《くぐ》り抜けたところで、萌絵は車を歩道に寄せて停めた。

彼女は、辺りを注意深く観察してから車を降りる。街は静まり返っているが、道を行く車は例外なく飛ばしていた。その風切り音と微かな風圧で髪が頰を撫でた。

信号を見てから、横断歩道で広大な中央分離帯の公園に渡る。

ライトアップされているため暗くはない。だが、どこか冷たい印象の白い明かりだった。空を跨《また》ぐ巨大な高架橋の下面、動いていない噴水のオブジェ、さらに、ホームレスたちの段ボールの住居などが、温かい波長の光をすべて吸収してしまったかのようだ。その影響か、空気も冷たく、彼女はコートの衿を立てた。

自転車に乗った男が近づいてきた。萌絵の方へやってくる。近くに来て警官だとわかった。

「どうしたの？」若い警官は、自転車を跨いだままで、萌絵にきいた。

「いえ、ちょっと、落としものを探しているんです。昼間にこの辺でなくしたので」

「何を？」

「財布です」

「あそこの車、君の？」警官は道路の反対側を指さす。「お酒、飲んでない？」

「はい、私の車です。飲んでいません」

「諦めて、早く帰った方がいいね。一人でぶらぶらする時間じゃないよ」

「わかりました」萌絵は頷く。「すぐに帰ります」

警官の自転車は、点滅する歩行者信号に向かって横断歩道を渡っていった。

萌絵は、反対の方向へ少し歩く。

辺りには誰もいない。

高架を支える太い橋脚の向こうは非常に暗かった。その近辺に、粗大ゴミのような段ボールや毛布が不思議な秩序を形成して並んでいる。きっと、中に人間がいるのだろう、と彼女は思った。

テニスコートのある高い鉄柵の近くに、小さな公衆便所がある。その近くで猫の目が光ったけれど、たちまち闇の中に消えた。

萌絵は周囲を見渡して、しばらく立っていた。

どうしたのだろう？

時計を見ると、寺林の電話があってから、既に十六分経過していた。

待ちきれなかったのだろうか？

車に戻ることにした。

横断歩道の手前で信号待ちをしているとき、白い乗用車が、萌絵の前で急停車した。真っ黒なスモークガラスが下がる。

「ひとりぃ？」語尾を伸ばして、若い男が明るい声をかける。「乗らない？」

運転席の男もこちらを覗いている。

運良く信号が変わったので、萌絵は彼らを無視して駆けだした。その車の後ろを迂回《うかい》し、振り向かないで横断歩道を一気に渡った。

白い車は低いエンジン音を鳴らして走り去る。

そのまま自分の車まで、戻ったときだ。

「西之園さん」

声のする方向を振り向いたが、最初はわからなかった。

耳を澄ませながらそちらにゆっくりと近づく。

シャッタの閉まった古い売店の横の暗闇に、寺林高司が立っていた。彼は頭に包帯を巻いたままだった。

「ジュースを買う振りをして下さい」寺林は囁いた。

萌絵の目の前に明るく光る自動販売機があった。寺林は地味なコートを着ていたが、ズボンだけは明るい色で、よく見ると、それはパジャマだった。

「どこかで、警察が貴女を見ているかもしれません」

「大丈夫だと思いますよ。さっきのお巡りさんなら、もう行ってしまいました。誰かを探しているような感じではなかったし……」萌絵は右と左の遠くを確かめる。

「すみませんでした。西之園さん。本当に、こんなむちゃくちゃなお願いをきいてもらって……」

「どちらへ行かれるおつもりですか？」

「あの……、お金を五千円ほど、貸して下さい。申し訳ありません。お願いします」

「とにかく、私の車に乗って下さい」

「そんなことはできません」

「いえ、乗って下さい。こんなところではお話ができません」

「わかりました。じゃあ……、さきに行って、エンジンをかけておいて下さい。今度、信号が青になったら、出ていって乗りますから、すぐに車をスタートさせて下さい」

「そんなに心配しなくても、どこにも警察なんて、いないと思いますけれど」

「念のためです」

　萌絵は車に戻ってシートベルトをかける。エンジンを始動して待っていると、交差点の信号が変わったところで、寺林が暗闇から飛び出してきた。彼は、素早く助手席に乗り込んだ。

　彼がドアを閉めた瞬間、彼女は車を出す。ミラーで後方は確認済みだった。道路を斜めに突っ切り、四車線を一気に横断した。タイヤを軽く鳴らしてそのまま右折する。さらに、信号を無視して、反対車線の車の流れに強引に入った。彼女はアクセルを踏み込み、車は急加速する。寺林はシートベルトをようやくかけたが、しきりに後方を気にしていた。

「あ！　やっぱりバイクが追ってくる！」寺林が叫んだ。

道路を走行している車の数は多くはない。萌絵の車の前方にはタクシーが数台、後方も五、六台分のライトしか見えない。寺林が言ったバイクというのが、ミラーではなかなか確認できなかった。

さらにアクセルを踏み込んで、車線を忙しく変えながら、一キロほど走った。萌絵は、機敏に一瞬、左後方を振り返り、車線を素早く左に移す。

「掴まって！　曲がります！」彼女はそう叫んで、急ブレーキを踏んだ。

車は短い制動距離で減速し、彼女の切ったステアリングにタイヤの音を短く鳴らして、細い小径に左折して飛び込んだ。踵《かかと》でアクセルを一気に踏み込み、同時にニュートラルで一瞬だけクラッチを離す。また、クラッチを踏み込む。エンジンは爆発的に吹き上がり、次の瞬間には小さな交差点で右折した。車の後部が左右に二度揺れる。

住宅が隣接する狭い道を、チューブの中を流れる水のように滑らかに走り抜けた。

やっと、彼女の目がバックミラーへ行く。

ライトは見えない。

ブレーキ。

次の小径を左折し、萌絵は車を停めた。

すぐにライトを消す。

しばらく待った。

低いアイドリングが続いている。

何も変化がない。

萌絵は深呼吸をした。

「追ってこないわ」

「追ってこない」寺林が助手席で頷いた。「でも、警察がいたのは確かだったでしょう？」

「いいえ、私は、見ていません」

「最初のところで、左折できずに通り過ぎていきました」

「バイクの最大の弱点は、バックですからね」

「あの、西之園さん。ここで僕は降ります。もう、充分です。その、お金だけ貸してもらえればいいんですよ。えっと、なんというか、貴女にこれ以上、ご迷惑をかけるつもりはありません。僕に関わり合いにならない方がいいです」

「どこまで行くのですか？」萌絵はエンジンを止めて、片手で髪を払った。「寺林さん、怪我は大丈夫なの？」

急に静かになる。

車内はとても暗かった。遠く離れた電柱の明かりしかない。それでも、不精髭が伸びた寺林の顔の輪郭、それに表情もよくわかった。彼はメガネを神経質そうに持ち上げる。今はわからないが、きっと青白い顔だろう。萌絵を見つめている瞳は、しかし、意外なほど知的で、穏やかだった。

やっぱり、犀川先生に似ている、と萌絵は思った。

「これは……、とにかく、僕の問題なんです。怪我がどうのこうのなんて言ってられません。警察には申し訳ないけど、どうしても、しなくちゃいけないことがある。証拠がなくては、警察は動いてはくれません。だけど、何かがあってからじゃ遅いんです。どうか、お願いですから、五千円だけ黙って貸してもらえませんか？」

「理由を教えて下さい。理由も聞かずに、お金は貸せません」

2

その同じ頃、鵜飼大介は鶴舞のN大学病院に到着した。ちょうど自宅に帰ったところに電話が入り、直接ここまで自分の車で飛ばしてきた。大学病院の駐車場には、既にパトカーが三台駐まっている。赤いライトが無音で回転していた。

近藤刑事の丸い顔が見えたので、鵜飼はそちらに早足で近づいた。

「あ、鵜飼さん」近藤が軽く頭を下げ、しかめた顔の前で両手を合わせる。「申し訳ありません！」

「いつ気がついたんだ？」

「電話した、あの三十分くらいまえです」

鵜飼のところに電話があったのは、十二時を少し回った頃だ。六階の個室で監視されていた寺林高司が、病院から姿を消したという連絡だった。

「火災報知機の誤作動騒ぎがあったんです。病院中の非常ベルが鳴りだしたんですよ。それが十一時半頃で、結局、入院している中学生の悪戯だったんですけど、けっこう大騒ぎになりまして、それで、その……、寺林の部屋を見ようと思ったんです」

「どうして？」

「いや、だって、あの騒ぎで、起きてこないのは変だと思ったわけですよ。ええ、それで、覗いてみたら、ベッドはもぬけの殻」近藤は子供のような高い声で話し、大袈裟に肩を上げてから溜息をついた。

「どこで油売ってたんだ？　お前、ずっと病室の前にいたんじゃないのか？」

「いましたよぉ」近藤は真剣な表情で訴えた。「奴は窓から出たんです」

「窓から？　窓からって……、あそこ六階だろうが」

「窓の外に、わりと幅のある出っ張りがあるんですよ。そこを歩いて、ほら、あそこの非常階段まで……」近藤が建物を見上げて指をさした。「窓が開いていましたから、間違いありません」

「あんなとこ、よく歩いたなあ」鵜飼も見上げながら、感心して唸った。「そりゃ、けっこう命懸けじゃないか」

「ええ、映画だとよくありますけどね。本当にする奴がいるとは思いませんでしたよ」

「服装は？　パジャマのままか？」

「ええ、パジャマだと思います。パジャマはパジャマなんですけど……、その……、実はもう一つありまして……、ロッカ・ルームからコートがなくなっていることが、ついさっきわかったんです。それ、当直の医師が騒いでたんですけど。そのロッカ・ルームは五階で、非常階段を一階下りた、すぐのところにあるんですよ。その先生が帰ろうとしたら、入れたはずのコートがない。それで、ナース・ステーションで騒いでたんです。調べてみましたが、そのロッカでは、他には何も盗まれていません。その男物のコート一着だけです」

「寺林が、抜け出したのは何時頃だ？」鵜飼は煙草に火をつけた。「いつからいない？」

「正確にはわかりませんけど、少なくとも、八時ちょっとまえには、あの病室にいました。看護婦が部屋に入って、彼を見ています」

「そのあとは？」

「全然わかりません。それからずっと、病室にいるとばっかり思っていましたから……。だって、まさか窓から逃げるなんて考えもしませんでしたよ」

「もうかなり遠くまで逃げてる可能性もあるな」鵜飼は溜息をついた。「いやあ……、こいつは、三浦さんが何て言うかなあ……」

「一応、この近辺については手配しました」近藤は神妙な顔をした。「どうなんでしょう？　やっぱり、奴が犯人だったんでしょうかね？」

「奴のアパートは？」

「もちろん、そこへは一番に行かせてます。でも、アパートに戻ってきた様子はないみたいです。今も張り込ませてはあります。あと、Ｍ工大の研究室とか、上倉裕子のマンションも一応固めています」

「他に、寺林が行きそうな場所はないか……」鵜飼は考えながら言う。「奴、どこかへ電話しなかったか？」

「電話なら、昨日の昼間に、看護婦から借りて何度かかけていましたね。でも、相手が誰なのかまではわかりません。仕事の関係みたいでしたけど」

「もし、パジャマから着替えてないとすると、電車は目立つから、タクシーか」

「西之園さんの従兄だっていう、あの後醍醐《ごだいご》とか何とかっていう作家のところじゃないでしょうか？」近藤が言う。「寺林と親しそうだったじゃないですか」

「大御坊安朋か……」

「ああ、そうそう、大御坊」

「そうだな」鵜飼は頷いた。「連絡をつけてみよう」

3

下手くそな歌が、狭い部屋の中で圧縮され、ますます下手くそを際立たせて、濃厚に響いていた。

大御坊安朋と喜多北斗は、高いカウンタ席に並んで腰掛け、グラスの氷が溶けるのを見ている。ガラス細工が施された皿に、安物のピーナッツとチョコレートが申し訳程度にのせられていたが、二人とも、まったく手をつけていなかった。

カラオケを熱唱しているのは四十代の男で、それが喧《やかま》しくて、大御坊と喜多は話を中断していた。どうしてこんな酷い環境で酒を飲まなくちゃいけないのか、と大御坊はよく不思議に思うが、これまでに対策を考えたことは一度もない。

カウンタの中では、グリーンに光るチャイナドレスで、化粧の濃い女が煙草を吸っている。大御坊は、彼女にビデオカメラを三秒ほど向けたが、実はスイッチは切られていた。さきほどもらったピンクの名刺には、クサナギマサコと片仮名で名前が書かれていた。まるで魚類か海藻、あるいは高山植物の名称みたいだ。

「ねえ、先生も歌ってよう」マサコが喜多に顔を近づけて言った。

「駄目。もう今年の分は歌った」喜多が大声で答える。「これ以上歌うと、魔法が解ける」

「じゃあ、こっちの彼氏は？」マサコは大御坊の方に片手を向ける。

「駄目」喜多が答える。

「歌うと魔法が解けるの？」マサコが笑いながらきく。「この人、本当はカエルなんじゃない？」

「いや、こう見えても、こいつは人間だ。ただ、こいつの歌は人間離れしているんだ」

「私はね、シャンソンしか歌わないのよ」大御坊が澄まして言った。

「え？」彼女が片目を瞑って耳を向ける。

「私はね、シャンソンしか歌わないの」大御坊が大声で言い直す。

「まあ、シャンソン……、聞きたいわあ」

大御坊はビデオカメラを手に取り、マサコに向けた。彼女はレンズに顔を近づけて、口から煙を吹き出す。大御坊は、そのまま、ゆっくりとカメラを喜多に向けた。

「歌うなよ。歌ったら、俺、帰るぞ」喜多は言った。

「ね、それ貸して。ツーショットで撮ってあげる」マサコが腕を伸ばしたので、大御坊はカメラを彼女に手渡した。

グラスの横に置いてあった携帯電話が電子音を鳴らす。大御坊はそれを手に取り、耳に当てた。

「もしもし?」

雑音が混じって、相手の声がよく聞き取れなかった。おまけに、カラオケの演歌はさびのフレーズに至って、中年の熱唱は烈唱になりつつある。大御坊は立ち上がって、真っ直ぐドアまで行き、外に出た。

スナックを出たところは、ビルの階段室で、手摺《てすり》越しに繁華街の大きなネオンが間近で光っていた。

「もしもし?」

「もしもし、大御坊さんですか?」

「はい?」

「愛知県警の鵜飼と申します。夜分に申し訳ありません」

「何ですか?」

「失礼ですが、御自宅でしょうか?」

「いいえ。今、えっと、女子《じょし》大小路《だいこうじ》にいますけれど」

「ああ、そうですか……」鵜飼刑事の溜息が聞こえる。

「どうしたんですか?」

「寺林高司さんがですね、病院から出ていかれまして……」

「え? どこへ?」

「探しているんですよ。無断でどこかへ行ってしまわれたんです。それで、ちょっと困っておりまして、あちこち探しているところなんです」

「まあ、彼、そんな無理して、怪我はもう大丈夫なの？」

「あ、ええ……。怪我は大丈夫でしょうね。出ていく元気があるんですから。大御坊さん、何か心当たりはありませんか？　寺林さんが立ち寄りそうな場所をご存じないですか？」

「私、彼とそれほど親しいわけじゃありませんからね。うーん、そうね、自分のアパートじゃないのね？」

「ええ……。あの、もしですね、そちらに彼から連絡があったら、すぐに知らせていただけないでしょうか？」

「わかりました」

「すみません。お願いします」

「ご苦労さまです」大御坊は丁寧な口調で言う。

「どうも、失礼しました」

　電話が切れた。

　冷たい外気のためか、大御坊は酔いが少し醒める。防音ドアの中のカラオケはほとんど聞こえなかった。胸の高さほどもある腰壁の手摺の上から顔を突き出して下を覗き込むと、タクシーが数珠《じゅず》繋《つな》ぎになっている路地に、肩を組んで歩道をふらついている男たち、急ぎ足で通り過ぎる女、そんな他人が大勢見えた。自分が見ている範囲だけ、他人が動いているのだろうか、ときどき大御坊は思う。見ていないときは止まっているのではないか、と。

少し寒くなったので、店内に戻ろうとしたとき、映画館のホールにあるような入口のドアが、勢い良く開いた。

出てきた喜多とぶつかりそうになる。

「びっくり！」大御坊が言う。

喜多の首には白い腕が巻きつき、背中にランドセルみたいにマサコがぶら下がっていた。

「ああ、大ちゃん、この先生を止めて！　もう帰っちゃうって言うのよお！　冷たいでしょう？」

「大ちゃん？」喜多が鼻で笑う。「いつから大ちゃんになったんだ？」

「寺林君が逃げ出したんだって」大御坊は喜多に話した。「どうしよう？　今の電話、あの鵜飼さんって人」

大御坊が、病院とか警察という単語を使わなかったのは、マサコがいたからである。

「どうしようもないなあ」喜多は少し考えてから小さく舌打ちした。「大御坊のところに来るかもしれないって、そう言ってきたのか？」

「ええ……」大御坊は上を見て考える。「でも、私のところに来るわけはないし。どこかなあ……」

「なあに？　鵜飼さんって女の人？」マサコが笑いながら言う。「やっだあ、二人とも真剣な顔しちゃって。ねえ、喜多先生、もうちょっとなのよ。もうすぐだからさ、それから、どっか連れてってよぉ！　何か食べに行こぉ」

「筒見紀世都君のところじゃないのか？」喜多は、マサコの腕を振りほどいて言った。

「いえ……、もしかしたら……、萌絵ちゃんかも」

「西之園さん？　なんで？」

「直感……」大御坊は微笑んで、握っていた携帯電話のジョグダイアルを親指で回した。

「先生！　喜多先生！」マサコが叫ぶ。「この人、放っておきましょうよぉ」

4

萌絵のツーシータは、水平対向エンジンの低いサウンドとともに、東に向かっている。大通をわざと避けて走っていたので、前にも後ろにも車のライトは見えなかった。

助手席に大人しく収まっている寺林高司は、断続的にではあったが、この逃避行の理由を萌絵に説明した。

それは、ほとんど支離滅裂だった。しかし、好意的に要約すれば、どうやら、筒見紀世都の身の危険を訴えようとしているようだ。その威嚇が、具体的にどんな形で、またどの程度の力で、どこからやってくるものなのか、彼は首をふるばかりで、話さない。では、どうして、そんなことがわかったのか？

その疑問を既に何度も萌絵は口にしている。そして、何度目かのとき、ようやく彼は真面目に返答した。

「紀世都君は、昨日の夜、僕に模型の雑誌を届けてくれたんです。彼には直接は会えませんでした。警察が彼から雑誌だけを受け取って、追い返してしまったんです」

「ええ、紀世都さんがそう言っていました」萌絵は頷く。

「その雑誌の中に、彼の書き込みがあったんですよ。僕は、それに今日の夕方気がつきました。彼のメッセージが書いてあったんです」

「どんなメッセージ？」

「それが……、よくわからないんです」

「今、持っていますか？」

「ええ、持ってきました」

萌絵は車を左に寄せて停める。そして、寺林がポケットから取り出した小さな紙切れを受け取った。

光沢のあるコート紙だ。雑誌のページの角を小さく破り取ったもので、二辺だけが直線で直角だった。カラー写真の一部と横書きの小さな活字が読める。角に近い余白の部分に、青いインクで書かれた、とても小さな文字があった。

僕が死んだら、
ブルーメタリックからエメラルドグリーンの
グラデーションで塗って下さい。
下地のサーフェイサはグレィで。

「これは、紀世都さんの字ですか？」
「間違いありません」寺林は頷いた。「もう一つあります」
彼はもう一枚の紙切れを萌絵に渡す。
こちらは、少し黄色っぽい、質の悪い紙だったが、やはり同様に、雑誌のページの端の部分だとわかった。

僕はそいつを知っている。
そいつは、僕が知っていることを知っている。

「それには、明日香さんの首を切断した人物を、紀世都君が知っていると書いてある。しかも、彼が気づいていることを、犯人は知っているって……」

「ええ……」萌絵は顔を上げて、寺林を見た。「つまり、私がもらった手紙と同じだわ」

「え？　西之園さんも……、紀世都君から？」

「それには、保険のためだって、書いてありました。自分の身にもしものことがあった場合の保険なのです。私や寺林さんに、それを知らせておこうとしたんだわ」

「そうです」寺林は叫ぶように言う。「彼は死ぬことを覚悟しているんです」

「犯人に、狙われていると？」

「そう。間違いありません」

既に幾度も寺林はそれを力説していた。筒見紀世都は、妹のあとを追って死ぬつもりだ、と彼は言った。それだけの話では、紀世都が自殺するように聞こえた。しかし、雑誌の端に書かれたメッセージや、萌絵が受け取った手紙を考え合わせると、彼が死を覚悟して犯人と対峙しようとしている、そんなイメージが思い浮かぶ。おそらく、寺林も同じ想像をしているのだろう、と萌絵は考えた。

寺林に二枚の紙切れを返し、彼女は、再び車を走らせる。

犀川と手紙の内容に関して議論したことを、萌絵は思い出した。

「そのときには、言えなくなっている、と想定しているからだろう」と犀川は表現した。

自分が死んだあと、何のための保険だろうか？

何を訴えようとしているのだろう？

とにかく、もう一度、筒見紀世都に会わなければならない。

それが先決だ。

電話の音。

ダッシュボードに出してある携帯電話だった。萌絵は速度を少し落し、片手を伸ばして電話を取った。

「もしもし、萌絵ちゃん？」

「あ、安朋さんですね」

「どこにいるの？　お家？」

「いいえ、車に乗っています」

「誰と？」

萌絵はちらりと助手席の寺林を見た。彼は首をふっている。

「一人です」萌絵は一瞬遅れて答えた。この微妙な間に、大御坊が気づかなければ良いが、と思いながら。

「一人でこんな時間にドライブなの？　あのね、私、警察じゃないんだから、隠し事しなくても良いのよ」

萌絵はもう一度横を向く。寺林は難しい顔をしたまま無言だった。

「ごめんなさい。実は、寺林さんと一緒です」萌絵は正直に答えた。

「どこへ向かっているの?」

「紀世都さんのところ。天白のあのアトリエに向かっています」

「そうか……、あそこ電話ないものね」大御坊が言う。「ついさっきだけどね、警察から私のところに電話があったの。寺林君に言っといてちょうだい。早めに戻った方が無難だって。彼さ、大丈夫なの? なんか興奮してたりしてない?」

「はい、とてもジェントルです」萌絵は微笑む。「替わりましょうか?」

「お願い」

萌絵は、電話を寺林に手渡し、再び運転に集中する。

そのとき、彼女は気づいた。

バックミラーに、気になるライトが一つ映っていた。もちろん、車ではない。バイクだ。距離はかなり離れている。彼女は速度を上げたり、落したりしてみたが、そのライトは、遠ざかりも近づきもしなかった。

「はい……、ご心配をおかけして、すみません。ええ……」寺林は頼りない口調で答えている。「いえ、紀世都君のことが、とにかく心配で、どうしても、ええ……」

杁中《いりなか》の交差点で左折し、緩やかにカーブした坂道を、思いっ切り加速して走り抜ける。ミラーに小さく映ったライトは、さすがに少し遠くなった。だが、それでも、まだついてくる。

「はい、彼と話してみて、納得できたら、病院に戻るつもりです。え？　いえ……、駄目ですよ、警察に話したって……。だって、警察は、僕か筒見君が殺人犯だって疑っているんですから」

黄色に点滅する信号で右折する。

真っ直ぐなアスファルトの道路は、ぼんやりとした闇の中に消えている。そこは墓地だった。

「はい、ええ……、わかりました。大丈夫です。西之園さんにはすぐ帰ってもらいます。はい……、本当に申し訳ありません」

寺林は電話を切った。

「警察が、寺林さんを探しているみたいですね」萌絵は言った。

「紀世都君に会えれば、それで満足です」寺林が答える。

墓地を抜ける道は暗く、ときどきある電信柱の蛍光灯は、うっすらと霧に包まれていた。その曖昧な明かりが距離感を狂わせ、坂道を上っているはずなのに、下っているような錯覚を彼女に見せる。

車は、坂を上りきり、続いて、大きくカーブして、滑り止めの凹凸のある斜面を、低いタイヤ音を響かせながら下る。

萌絵は再三バックミラーを気にしていた。アップダウンが激しいため、後方の視界は限られていた。今は、何も見えない。

「紀世都さんのアトリエには、裏手の道からは行けませんか?」萌絵は尋ねる。「あそこ、表の街道沿いは、警察が見張っているかもしれませんよ」

「そうですね。ええ、裏の道に車を駐めて、斜面の空地を下っていきましょうか。たぶん、大丈夫でしょう。そちらなら、警察もいないと思います。それじゃあ……、えっと、ここ、植田《うえだ》に抜ける道ですよね?」

「ええ」

「じゃあ……、あ、もう少ししたら、右です」

歩道のある道に出た。右にも左にも車のライトはない。住宅が建ち並んでいるが、周辺は静まり返っていた。

「右へ行って下さい」寺林が指示する。

萌絵は、しばらく車を動かさないで、じっとバックミラーを注目していた。

「どうかしましたか?」寺林が尋ねる。

「あ、いえ……」

バックミラーの端に、一つだけのライトが微かに現れたのを確認してから、ステアリングを右に切って車をスタートさせた。

やはり、つけられている。

警察だろうか？

しかし、警察にしては、近づいてこない。

追いついてきて、萌絵の車を停めもしない。

どこへ行くのか、泳がせているのだろうか。

邪魔をされないのであれば、もしものときのために、警察はいてくれた方が、萌絵にしてみれば安心だった。だから、尾行されていることは、寺林には内緒にしておこう、と彼女は判断する。

とにかく、最初は確かに邪魔をされたくなかった。寺林の話が聞きたかったし、彼が何をするつもりなのか、何故そうしたいのか、確かめたかった。既に、その点に関しては、ある程度の収穫があったといえる。

できることならば、寺林の思うとおりにさせてやりたかった。

ひょっとしたら、警察はすべてを見越して行動しているのだろうか。彼がどうするのか、傍観するつもりなのかもしれない。だから、泳がせているのだろうか……。

寺林が「ここを左」と指示した細い道に入る。また、急な上り坂だった。近辺は、新興住宅地のようである。まだ造成されたばかりの空地が多く、看板が立てられているだけのところや、小さな果樹園、畑もある。ぽつんぽつんと建っている中層の小さなマンションの周囲には、沢山の車が路上駐車されていた。

フロントガラスに細かい雨が当たり始める。

萌絵はワイパを間欠モードで動かすことにした。ワイパが一往復すると、フロントガラスは透明度を回復する。今まで霧がかかっているように思えたのは、ガラスの外側の曇りだったようだ。湿度が非常に高く、外気温が比較的高いことを示している。

萌絵の車には時計が付いていない。パネルの時計のある場所は他のメータに改造されている。腕時計を一瞬見たが、今日にかぎって安物のスウォッチだったので、暗くて文字盤が見えなかった。おそらく一時を過ぎているだろう。

「そこで停めて下さい」寺林が言った。

萌絵は車を左側の石垣に寄せた。斜面を造成した住宅地だった。石垣の上はブロック塀で、その奥は木造のアパートのようである。前方には、スクータや自転車が数台、階段のある入口付近に雑然と置かれている。右手、道の反対側には、白いガードレールがあり、その向こう側は一段と低くなっているため見えない。車を停めたところは急な上り坂の途中だった。彼女は、サイドブレーキを引き、エンジンを止めてから、ギアをローに入れた。

「ありがとう。本当に何て言ったら良いのか。落ち着いたら、きっと、このお礼はします。西之園さん」

「私も行きます」萌絵は、ドアを開けて車の外に出た。

助手席から出た寺林は、少し困った表情を見せたが、ドアを黙って閉めた。萌絵はキーでドアをロックする。

「彼と話がしたいだけなんですよ」寺林は車の前を回って、萌絵に近づいて囁いた。「何もなければ、それでいいんです」

「ええ」萌絵は上目遣いで、彼の目を見る。

近くの電柱の明かりで、寺林の青白い顔にとても深刻そうな影ができているのがわかった。

寺林は、萌絵を見つめて一度頷くと、すぐに歩きだした。彼は道路を横断し、身軽な動作でガードレールを跨ぎ越えた。

萌絵は慌てて、彼の後を追う。

寺林は、雑草が伸びた斜面を駆けるように下りていった。真っ暗な斜面で、萌絵は尻餅をつきそうになる。彼女は途中で一度だけ立ち止まり、振り向いて道路の方を見上げた。ガードレールも既に見えない。

曇った空があるだけだ。

しかし、上り坂を近づいてくるバイクのエンジン音が、微かに聞こえた。

5

大御坊安朋と喜多北斗はタクシーに乗っていた。荒っぽい運転だったが、なかなか腕は良い。目まぐるしく車線を変更し、際疾《きわど》い信号無視を繰り返して、着実に目的地に近づいている。

隣に座っている喜多は、躰を窓の方に横向きにして目を瞑っていた。まるで、大御坊を無視しているかのようだ。

「喜多君?」大御坊はコートのポケットからハンディ・ビデオカメラを出し、それを彼に向けながら声をかける。

「なんだ?」喜多が半分こちらを向き、眉を寄せて目を開けた。

「なんでもありません」大御坊は、喜多が目を開けた瞬間を撮影できたことに満足して、カメラの電源を切った。

「お客さん、まだ真っ直ぐでいいすか?」運転手が尋ねる。

「ええ、そう、まだまだずっとずっと真っ直ぐ。この調子で驀進《ばくしん》してちょうだい」

「はいはい」運転手が陽気に答える。

悠長な運転手の口調とは反対に、車は、本当に驀進する。大きな交差点を越えたところで、道は空き始め、車はさらに加速した。

「大御坊、創平に電話してやれよ」喜多が低い声で言った。

「え?」

「この近くだ」

「犀川君が出てくるわけないじゃない。こんな時間にさ……。彼、お勉強でしょう?」

「西之園さんが来てるって言えば、出てくる」

「ああ、なるほど。それはいえてる」

大御坊はカメラをポケットに仕舞い込み、替わりに携帯電話を取り出す。彼らを乗せたタクシーは、タイヤを鳴らして交差点を左折した。

6

犀川創平はダイニングのテーブルで本を読んでいた。研究に直接関係のある内容ではなかったが、民俗学と言語学の中間的な領域の初心者向けの内容で、脳細胞に優しい呆れるほどの単調さが、就寝直前の読書にはうってつけだった。

一時間ほどまえに淹れたコーヒーの残りをカップに注ぎ、電子レンジに入れる。わざわざシールドした場所に封じ込めて、電磁波を放射しなくても、将来はきっと、もっと指向性の強い波を照射してコーヒーがピンポイントで温められるようになるだろう。そうすれば、立ち上がってキッチンまで行かなくても、コーヒーが熱くなるのに、といつも思う。

ダイアルを回して、九十秒にセットし、煙草に火をつけたとき、電話が鳴った。

彼は時計を見る。一時三十分だった。間違い電話である確率が八十パーセントは下らないだろう、と想像しながら受話器を取る。

「もしもし、犀川君？　大御坊よ」

「こんばんは」犀川は答える。

「今、喜多君と一緒なんだけど……」

「あそう」

「何してるの？」

「君と電話」

「あのね、ちょっと出てこられない？　私たちね、筒見紀世都君のアトリエに向かっているところなの。きっと、ほら、例のペットボトルのロケット大会が見せてもらえるんじゃないかな。ね、面白そうでしょう？」

「僕、しらふなんだよ」

「私も喜多君も酔っ払ってなんかいないって」

「酔ってる奴は、何故かそう主張するね」犀川は、嘘つき人間の論理を思い出す。

「萌絵ちゃんも一緒なのよ」

電子レンジのベルが鳴った。犀川は、少し考えた。

「西之園君と替われる？」

「あ、いいえ、彼女は別ルートなの」

「彼女には飲ませない方が良い」

「ね、来る？」

7

西之園萌絵は寺林高司を追って、一メートルほどの高さの石垣からアスファルトの上に飛び降りた。そこは、つい昨夜、彼女が自分の車を駐めた場所だった。左手の奥にはスレートの倉庫のような建物。筒見紀世都のファクトリィだ。霧雨で空気は湿り、浮遊する微小な水の粒子が光を乱反射させている。遠くはよく見えなかった。しかし、風はまったくなく、大気は微動だにしていない。下りてきた斜面の雑草が、彼女の靴を濡らしたけれど、じっとしていても皮膚が濡れる、そんな過剰な湿度だった。だが、寒くはない。

寺林高司は立ち止まって、そこから大通まで南に下っている真っ直ぐな坂道を見下した。その方角には、ぼんやりと電柱の明かりが見えるだけだ。

「たぶん、警察がいるとしたら、この下の道路です」寺林が小声で言う。「車で来た場合、この坂を上ってくるしかないって、思い込んでいるでしょう」

「安朋さんがもうすぐ来ます」

寺林は頷く。また歩きだし、筒見紀世都の倉庫の入口まで早足に近づいた。彼はドアに手をかけ、ノブを回す。

鍵はかかっていなかった。

アルミのドアが開けられる。

室内は暗い。照明は消えていた。

「お留守かしら?」萌絵は後ろから言う。「紀世都さん、今夜は、鶴舞のご実家なのではありませんか?」

大御坊や犀川が、筒見邸で紀世都に会った、と話していた。そこで問題の手紙を手渡されたのだ。だから、彼はそのまま、今夜は実家に泊まっているのかもしれない。

「筒見君!」寺林は入口から暗い室内に足を踏み入れて叫んだ。

返事はない。

「筒見君!」

寺林は、外にいる萌絵を振り向いた。「鍵が開いているから、いると思いますけど……」

萌絵も開いたドアから、中を覗き込んだ。広い室内は完全な暗闇で、ドアの周辺の床しか見えなかった。

「寺林さん」萌絵は声をかけ、ドアの中に入った。「照明のスイッチがどこにあるのか、ご存じですか？」

「いいえ」寺林は闇の中で答える。

「やっぱりお留守みたいだわ」

「ええ……、いないようですね。だけど、鍵が開いているのが、おかしくありませんか？　どこか近くのコンビニへでも出かけているのかも……」

「こんな時間に？」彼女も少し変だと思う。昨夜、筒見紀世都は、確かにドアの鍵を開けていた。施錠する習慣はあるようだった。

冷蔵庫にまだ缶ビールが沢山あったことも思い出す。

寺林は、入口付近の壁を手探りしていた。

「見つかりませんか？　私、車から懐中電灯を取ってきましょうか？」

「西之園さん、ライタを持っていませんか？」

「いいえ。あの、ちょっと、待ってて下さい。車まで引き返して取ってきます」

そう言って、萌絵がドアから外に出ようとしたとき、そこに背の高い男が立っていた。

萌絵は息を飲んだ。

「西之園さん？」室内から寺林が声をかける。

彼女の短い呼吸の音を聞きつけたのか、寺林はドアから出てきた。

「金子君……」萌絵はようやく相手を認識した。

「こんばんは」金子勇二は、外に出てきた寺林を睨んだ。

「あの、西之園さんの……、お友達ですか？」振り返ると、寺林は緊張した表情だった。

「同級生です」萌絵は再び金子を見る。「金子君だったのね。バイクで、つけてきたのでしょう？」

「久々に走ったな」金子が小声で囁いた。

斜面の上の方で、車が停まったような音がした。たった今、萌絵たちが下りてきた石垣の上、急な勾配の空地のさらに上からだった。ちょうど萌絵の車が駐めてある方向。しかし、霧のため、ライトも何も見えない。ドアの閉まる音が、微かに聞こえた。

「そうだ……、金子君、ライタ持ってない？」

「ある……」金子は革ジャンのポケットから大きな金属製のライタを取り出した。

「ああ、助かった。それで、スイッチを探そう」寺林は愛想良く言う。彼は金子に説明した。「この家の中を見たいだけなんですよ。僕の友人の家です。何か……、その、嫌な予感がしたんで、見にきたんですけど……」

「女の子を連れ込むようなとこですか？」金子はぶっきらぼうに言う。

「いや、僕は……」

「私が勝手についてきたの」萌絵は金子の前で片手を広げた。「これは、私の自由意志だから……、怒らないで」

「自由意志?」金子は口を斜めにする。「迷惑なもの、持ってんだな」

寺林はドアの中に入っていった。萌絵と金子は顔を見合わせてから、それに続く。中に入ると、金子はライタの火をつけた。三人の周辺だけが明るくなった。

シャッタの内側、搬入口の付近。数メートル離れたところに等身大の人形が立っている。その奥の暗闇にも、影が幾つか並んでいた。昨夜見たときよりも、人形たちはずっとグロテスクな表情だった。金子の手の動きに従って、影が素早く壁や床を移動した。

炎が揺れ、影も揺れる。

室内の奥は、真っ暗だ。

もの音一つしない。

萌絵は照明のスイッチよりも、奥に並んでいる人形たちの方が気になって、そちらばかり見ていた。

もちろん動くものは何もない。

「あ、これだ」寺林がドアから少し右に入ったところの壁で、スイッチを見つけた。彼は、そのスイッチを押した。

だが、部屋の照明はつかなかった。

「おかしいなあ」寺林が呟く。「違うのか……」

金子が寺林の近くに行き、ライタでスイッチを照らし出す。彼らはそこに顔を近づけて調べていた。

ドアの外で人の声がした。

足音が近づいてくる。

開いたままだったドアの外に人影が立った。

「萌絵ちゃん？」陽気な大御坊の声だった。

「安朋さん！」

大御坊が室内に入ってきた。

「なあにぃ……、これ。どうしたのよ。真っ暗じゃない」

さらにもう一人、背の高い人影が入口に立った。

「喜多先生？」もう一人の新来の男を見て、萌絵は言った。暗くて、よく顔が見えなかった。

「犀川じゃなくて、残念でした」喜多が大きな声で言う。「どこにいるの？　西之園さん」

「寺林君？」大御坊の声。

「あ、はい、ここです」寺林が答える。「変なんですよ。照明がつかなくて……」

「そこで、ライタ持ってるの、誰？」大御坊がきいた。

「名乗るほどの者じゃありません」金子が答えた。
「ああ、ああ、萌絵ちゃんのボーイフレンドの子ね」
「違いますよ。安朋さん」
「でも、ボーイだし、フレンドでしょう?」
そのとき、突然、ライトがついた。
部屋の照明ではない。
それは、信じられない光景だった。
「な、何……、これ!」大御坊が叫ぶ。
「こりゃ、凄いな」喜多が嬉しそうに言った。
明るくなった。
いや、明るくなったのではない。
当たり一面に、光っている。
小さな、ごく僅かな光が、無数に灯っていた。
蛍《ほたる》みたいに……。
まるで、宇宙の星のように……。
一つ一つは、大きさのない点のように……。
小さな光。

細かい光。

赤、青、オレンジ、黄色、緑。

様々な色の光が、点灯している。

金子がライタを消した。

闇はますます黒くなる。

星はますます鮮明になる。

「綺麗……」萌絵も声を弾ませる。

小さな光は、手を伸ばしてみても、触れることができない。距離感がまったく摑めなかった。

萌絵は、慎重に手を伸ばして、一歩ずつ前に進んだ。

数メートルは前進しただろう。

ようやく手に触れることができた光源は、小さな発光ダイオードだった。電子機器に使われるパイロットランプだ。

「筒見さん。いらっしゃるんですね？」萌絵は暗闇の中に向かって叫ぶ。

「筒見君！　大御坊よ」

その声に応えるように、音楽が流れ始めた。

萌絵の知らない曲だった。

静かなメロディで、音量も少ない。

萌絵は、ゆっくりと後ろに下がる。誰かに軽くぶつかったので、振り向いたが、顔はよく見えなかった。

「僕だよ」喜多の声だ。彼の手が一瞬だけ、彼女の肩に触れる。

「筒見君！　僕です。寺林です」寺林が大声で叫んだ。その声は萌絵よりも前方からだった。

「寺林君、もういいじゃない。筒見君はこれが見せたいのよ」大御坊が陽気な口調で言う。

「ちょっと、ゆっくりと拝見しましょうよ。あ、誰か、そこのドアを閉めて。真っ暗にした方が綺麗だわ。私、ビデオに録っておこう」

ドアを閉めにいったのは金子のようだ。

これで、宇宙はパーフェクトになった。

音楽はシャンソン。

やがて、軽いハミングのような歌声が聞こえてくる。

歌詞はフランス語だ。

次の趣向は、閃光だった。

一瞬のフラッシュが、無数の星が瞬く空間、小宇宙のあちらこちらで放たれ、その眩しさは、数秒の間、網膜に残った。星々は一時、その幻惑の白色の中に姿を消し、漂う煙のような、星雲のような、茫漠とした、奇妙な形、そして奇妙な運動が、目前に出現した。それが、本当にそこにあるように見える。

他の人の目にも、これが見えているのだろうか、と萌絵は思った。

同じものが皆にも見えるのだろうか。

その幻覚が消えると、再び深い宇宙がそこにある。

そして、また、別のところでフラッシュが光る。

また、残像の星雲が萌絵の目の前に現れる。

思わず両手を伸ばして、摑みたくなるほど間近に見えた。

「筒見君が歌っているのよ」大御坊が小声で言った。

あまりに自然なメロディだったので、気づかなかった。

鼻歌のような軽い声。

確かに、歌っているのは筒見紀世都だ。

昨夜の会話と同じ、抑揚のない、語るような歌だった。

フランス語を選択しなかったので、何を歌っているのか、萌絵にはまったくわからない。

あとで、歌詞の内容を大御坊にきいてみよう、と彼女は思った。

「本当に綺麗ですね」萌絵は横に立っている喜多に言う。

「うん……」喜多は答える。「わざわざ来た甲斐があった」

自分の名前で駄洒落を言ったのだろうか、と考えて、萌絵は可笑しくなる。目が慣れるということは決してなかった。おそらく、二十秒に一度は光る強烈なフラッシュのせいだろう。計算されたインターバルのようだ。

ただ、萌絵のすぐ前に寺林と大御坊がいること、左後ろになるドアの近くに金子がいることはわかった。喜多は今、彼女のすぐ後ろに立っている。

「僕じゃなくて、創平だったら良かったね」喜多の手が萌絵の肩に触れ、耳もとで囁くようにそう言った。日頃の会話の声と、まるで違っていた。きっと、対女性用の秘密兵器なのだろう、と思えて、また可笑しくなる。

「いいえ」萌絵は笑いを噛み殺して答える。「そんな……」

「萌絵ちゃん?」大御坊が近づいてきた。彼の顔の近くに小さな赤いライトが光っている。ビデオカメラの録画ランプだ。

「こんな暗いところでビデオなんて写ります?」萌絵は尋ねた。

「何いってるの。人間の目よりは見えるんだから。今も、貴女の顔、なんとか写ってるわよ。ほら、もっと笑って」

萌絵は微笑んだ。「こう?」

「グッド、グッド……。こら、喜多君、どさくさに紛れて何してるの? その手を退けなさい」

喜多の手が、萌絵の肩から離れる。

「筒見君!」萌絵の前にいた寺林が叫んだ。「もう、いいよ! 僕は君と話がしたいんだ。照明をつけてくれないか」

「お楽しみはこれからだ」歌っていた声が答える。

筒見紀世都の声だ。

その声は、部屋中に響くほど大きかった。

再び、歌の続きを口ずさむ。

金子が萌絵の方にやってきて、笑いながら言った。「けっこう、これ、面白いな。ただで見せちゃあ元がとれないんじゃないか?」

「気に入った?」萌絵はきく。

「ああ」

長い曲が終わった。

もう十分以上経過していたに違いない。

今度は、かちかちと金属音がする。

それにともなって、部屋が急に明るくなった。

小さいが明るいライトが次々に灯る。

それは、電灯ではなかった。

ゆらゆらと揺れている。

炎だった。

「キャンドル？」萌絵は思わず囁く。

三十本くらい、いや、もっとあるだろうか。部屋中のいたるところで、蠟燭の炎が灯った。電気的な仕掛けで着火したのだろうか。

これまで暗闇に隠れていた室内の数々の造形物が、たちどころに姿を見せる。平面だった空間は、立体になり、影が生まれ、光は反射を繰り返す。ずっと奥まで、蠟燭の炎は続き、微かに動いている。

しかし、どこにも筒見紀世都の姿は見えなかった。

「二階にいるんだわ」萌絵は言う。「上で操作しているのね」

別の曲が流れる。

さきほどとよく似たシャンソンだが、少しテンポが速い。

また、筒見紀世都が歌いだした。それは間違いなく男性の声だが、ハスキィボイスの女性にも聞こえる。綺麗なメロディにのせて、淡々と語るような歌が続いた。

「安朋さん、どんな歌詞なの？」萌絵は横でビデオカメラを持っている大御坊にきいた。

「うんとね。まあ、恋の歌かな」大御坊は簡単に答える。「この私が行き着くところは、貴方の胸、ほかにないのよ、ってな感じのやつ」

「本当ですか？」

「本当よ」

今は蠟燭の炎しか光っていない。さきほどまでの色とりどりのパイロットランプは消え、フラッシュももう光らなかった。

穏やかな有機的な光は、黄色くも青白くも見える。

そこにいる五人は、部屋中ところ狭しと立っている人形たちと同様に、身動きを止めていた。すべてがシルエットとしての存在で、光を遮《さえぎ》るためだけに物体があった。それが、物体の存在である、と認識させるような光景だった。

見上げると、高い天井にまで柔らかな光が届き、錯綜するダクト、パイプ、ワイヤの反射光は微妙に震えている。炎が揺らめくのは、気体が酸化し、熱膨脹による比重の変化が、気体を流動させているからだ。それはきっと、個人の感情が不変であっても、その人間によって影響される周囲が変動し、外部からは、その個人が揺らいで観察されることに類似しているだろう。

ちょうど、犀川を想う自分の感情のように、と萌絵は思った。

「犀川君、もうすぐ来るわよ」大御坊が萌絵に囁いた。

「え？　先生が？」彼女は驚く。

一瞬、胸が苦しくなるくらい嬉しかった。ほんの一瞬、たぶん、〇・五秒間くらいである。おそらくそれが、肉体的な反応を精神が抑制するのに必要な時間なのだろう。躰の変調は、電子制御に似たスタビライザによって短時間で復元する。それに比べて、感情にフィードバックする思考の緩慢さといったら、気が遠くなるほどだ。

しばらく、萌絵は犀川のことで頭がいっぱいになった。

ドアが開く音がする。

萌絵は機敏にそちらを振り返った。

「こんばんは」犀川の声だ。

「先生！」

「犀川君」大御坊がそちらに歩いていく。

「表札がないから、どうしようかと思ったよ」犀川は言う。

彼は足を止め、部屋の様子を三秒ほど眺めてから、萌絵の顔を見た。

「先生、いかがですか？　綺麗でしょう？　さっきはもっともっと凄かったんですよ」

「これ、何？」犀川はきいた。「何かの宗教？」

「黙って見てろよ」喜多が低い声で言う。

金子が近づいてきて、犀川に軽く頭を下げた。

「やあ、金子君か……。奇遇だね」犀川は言った。「君も、こういうの趣味なの？」

「それほどでも」金子がにやりとする。

犀川は振り向いて、寺林高司の後ろ姿を見てから、再び萌絵の方に向き直り、囁いた。

「頭に包帯をしているね。ひょっとして、彼が寺林さん？」

「ええ。病院を抜け出してきたんです。あ……、犀川先生。警察が外にいませんでしたか？」

「下の道路にパトカーが一台いたけれど」

寺林がようやく振り向いた。

「いや、僕の勘違いだったみたいです。もう、諦めて、警察に病院まで連れていってもらいます」

「良かったじゃないですか、何もなくて」萌絵は微笑んだ。「こんな素敵なアトラクションが見られて、私、得しちゃったわ」

「何がアトラクションなの？」犀川がきく。

「光と音楽の芸術です」萌絵が説明する。

「宇宙と人の世の模型だと思いますよ」寺林が言った。

犀川は黙っていた。彼は部屋の中をもう一度見渡す。

沢山の小さな炎。

淡々と流れているシャンソン。

それに、大小様々の人形たち。

犀川は、しばらくポケットに手を突っ込んだまま突っ立っていた。

犀川が口にする言葉が、萌絵の頭に突然浮かぶ。

「悪くない」彼女は喜多に顔を近づけて言う。

「悪くないね」一瞬遅れて、犀川がこちらを向いて言った。

「ね？」萌絵が喜多の顔を見ると、目を大きく見開いて喜多が大袈裟な表情で反応した。彼女はにっこりと微笑み返す。

「今の撮ったわよ」大御坊がビデオカメラを萌絵に向けていた。「萌絵ちゃん、いい顔だったわ」

8

二曲目が終わったとき、突然、大きな機械音が鳴り響いた。

唸《うな》るようなモータ音に、萌絵は聞き覚えがあった。壁際にあるコンプレッサである。さきほどまでの滑らかなメロディとは対照的に、それは耳障りで不躾《ぶしつけ》な騒音だった。

「ロケットだわ！」萌絵は叫ぶ。「服が汚れますよ」

「これは、汚れても見るべきよ」大御坊が大声で言った。モータ音が大きいため、大声でないと聞こえない。

アトリエは相変わらず薄暗い。照明は、蠟燭の小さな炎だけだった。奥の方になると、どこに何があるのかまでは、よくは見えない。しかし、たぶんどこかに、例の針ネズミのロケット発射ベースがセットしてあるのだろう。ペットボトルのロケットを室内で打ち上げるつもりだ。

部屋の中央部でフラッシュが連続して光り始めた。

「傘を持ってくれば良かったわ」萌絵は犀川と一緒に後ろに下がり、壁を背にする。

他の者も後退した。大御坊はビデオカメラをかまえ、この狂気のアトラクションを記録しようと踏ん張っている。

「明るくしてもらわないと、これじゃあ、よく見えないな」犀川が呟いた。「筒見紀世都さんは、どこにいるんだい？」

「きっと奥の二階です」萌絵は答える。「梯子で上がるんですよ。筒見さん、上からリモコンで操作しているんだと思います」

モータ音が変化し、苦しそうに回転が少し下がる。空気の圧力が限界に近づいているのであろう。

「来るわよ！」大御坊が叫ぶ。

まず、一本が飛んだようだ。

鈍い破裂音がして、空気を切るような、軽い笛に似た音が鳴った。

続いて、上方で音がする。

天井にペットボトルが当たったのだろう。

辺りに水が落ちてくる音。

コンプレッサのモータは止まった。

それから、十数秒の間に、連続してロケットが打ち上げられた。といっても、音が聞こえるだけで、ロケット自体はまるで見えない。

ところどころで、光が動き、影が動く。

天井や壁が鳴り、雨のように水が落ちてくる音。

蠟燭の炎がぱっと大きくなる。

明るかった。

気がつくと、鼻につく刺激臭。

誰かが、声を上げる。

萌絵も異変に気がついた。

「これ、水じゃない！」大御坊の叫び声。

左手で大きな火炎が、音を立てて上がる。

部屋中が瞬時に眩しいほど明るくなった。

「火事だ！」寺林が叫ぶ。

「ガソリンだわ！」大御坊が駆け寄ってきた。

「これは、アルコールだ」犀川が言う。「ガソリンじゃない」

既に、大きな部屋の全体が見渡せるほど明るかった。

辺り一面で、炎が立ち上がっている。

「筒見君！」寺林が前に出て大声で叫ぶ。

「二階でしょう？　ちょっと、これ、冗談じゃないわ！」大御坊がきょろきょろして言う。

「消火器は？　どこかにない？　水道は？」

「水道は、二階です」萌絵は叫ぶ。

もの凄い臭いだった。

息が苦しくなる。

すぐ外に出ないと危ない、と萌絵は思う。

「俺が二階に行く！　みんな外に出ろ！」喜多がコートを脱ぎ捨てた。「梯子は？」

「あっち！」萌絵が走り出て指をさす。

喜多が奥に向かって走っていく。金子がその後についていった。

「西之園君、電話をして」犀川が横に立っている。

犀川は上着を脱いで、一番近くで燃えている炎にそれを被せた。大御坊と寺林も、コートを脱いで、犀川と同じことを始める。萌絵は一人でドアまで走り、外へ飛び出した。

コートに手を入れて携帯電話を探す。

だが、なかった。

車のダッシュボードに置いたままだ。

「火事でーす！　誰か来て！」彼女は精いっぱい大声で叫んだ。「助けて！」

坂を下って道路まで出るべきか、それとも、斜面を上って、自分の車へ行くべきか……。

萌絵は、大きく息を吸って、もう一度、部屋の中に飛び込んだ。

炎はずっと大きくなっていた。

どこもかしこも燃えている。

「先生！　安朋さん！　危ないわ。外に出て！　お願い！　みんな逃げて！」

喜多と金子が右手の奥にいた。

萌絵は、そちらへ走る。

小さな炎を上げているパイプを飛び越えた。

樹脂で作られた人形たちが燃えている。

煙が充満し、高いところはもう何も見えなくなっていた。

「西之園さん。梯子なんてないよ！」喜多が奥から振り向いて叫んだ。「どこにあるって？」

「あった！　こっち！」さらに奥で金子が叫んでいる。

萌絵は二階の床を見上げる。

梯子はかけられていなかった。

二階部分の下、少し入った奥に金子がいる。その壁際にアルミの梯子が片づけられているのが見えた。

金子はその梯子を持ち上げて、戻ってくる。

萌絵はもう一度二階を見上げた。

「筒見さーん！」彼女は思いっ切り叫んだ。

そのときだ。

一瞬の閃光を萌絵は見た。

二階で、何かが光った。

それは強烈なフラッシュで、さきほどまでのアトラクションとはレベルが違っていた。充満する煙を突き抜け、辺りの壁や天井に一瞬、焼きつくような青白い光が映った。

稲妻のようだった。

その閃光と同時に、低い短いブザーのような音。

そして、鈍い破裂音。

「何だ？」喜多が上を見て言う。

犀川と大御坊が駆け寄ってきた。

「今の光、何？」大御坊が叫ぶ。

「これは、もう消せない。早くしないと」犀川はそう言いながら、金子が持ってきた梯子を摑む。

二階の床を目指して、梯子が立てられた。

突然、空気の漏れる音。

足もとが一瞬で白くなった。

「わ、何だよ！」金子が叫ぶ。

寺林が消火器を持っていた。

「そこ、どいて！」寺林は叫ぶ。彼は、梯子の近くの炎に消火器を向ける。

白い煙が噴射され、局部的に炎は弱まった。

喜多が梯子を上り、次に犀川が上っていく。

二階は、煙が酷そうだ。上りきると、二人とも腰を低くして、下を覗き見た。

「上も燃えてるの？　喜多君、消火器がいる？」大御坊がきく。

「いらない。煙で見えないだけだ」

部屋の反対側で、何かが破裂する鈍い音がして、少し遅れて天井まで届くほどの火炎が一気に立ち上った。

寺林は、近くの炎に消火器を向けている。全員の退路を確保しておくつもりのようだ。

萌絵は二階を見上げる。

「大御坊！　そこで梯子持ってろよ！」喜多が大声で言ったが、彼はそのあと咳き込んだ。

萌絵は、思い切って梯子を摑み、それを上った。

「駄目！　萌絵ちゃん！　危ないから、下りてきて！」大御坊が呼ぶ。

梯子を上がるほど、空気は熱かった。

彼女は二階に立つ。しかし、真っ直ぐ立っていると、とても息ができない状態だった。腰を低くしても、視界はほとんどない。

近くに、犀川と喜多の姿はもう見えなかった。

萌絵は、昨夜のことを思い出して、リビングの方へ向かう。

「先生！」

頭を下げて前進する。

本棚の横を通り過ぎ、テーブルが見えた。

昨夜自分が座った椅子だ。

テーブルの上には、ビールの空き缶が幾つも転がっている。

「西之園君」犀川の落ち着いた声がすぐ近くで聞こえた。「こっちだ。気をつけて」

近くに喜多もいた。

二人の助教授の顔が見える。

それは、浴槽の近くだった。

白い陶器のバスタブ。

床は、濡れていた。

その光景に、彼女の呼吸が止まる。

恐ろしいというより……、
綺麗だった。

彼女はバスタブに手を伸ばす。

「危ない！」喜多が厳しい声で言う。「手を出すな！」

慌てて手を引っ込める。

「大丈夫。そこに電源があった」今度は犀川の声。「今、切ったよ。もう、遅いけどね」

「戻ろう。こりゃ、駄目だ。運び出す時間はない」喜多が言った。

犀川と喜多、二人の顔を何度も萌絵は見た。

やっと呼吸を再開する。

唾を飲み込んだ。

また、爆音。

一階の火炎が、二階からも見えた。

「犀川くーん。喜多くーん。もう限界だよう！」大御坊の声がする。「下りてきてぇ！」

萌絵の背後から、誰かが近づいてきた。

金子だった。彼も身を伏せて、萌絵の近くまで来る。

「もう駄目だ、下が限界です。逃げて下さい」金子が犀川と喜多に言う。「さあ、西之園も！」

金子は萌絵の手を摑んで引っ張ろうとした。

だが、彼女はバスタブの中を見たまま動けなかった。

彼女は片手を伸ばす。

お湯はまだ温かい。

人が沈んでいる。

人……？

筒見紀世都が沈んでいた。

人だろうか……。

頭部が、バスタブの端に乗っている。

目を見開いたままだった。

僅かに開いた口。

その口から下が、水の中。

白い肩も、腕も、沈んでいる。

胸も、脚も、真っ白だった。

躰中が白い。
異様に白い。
唇も、眉も、すべて白い。
髪の毛も真っ白だ。
肌の色ではない。
本当に白い。
萌絵は恐る恐る、紀世都の顔に手を伸ばした。
ビニルかプラスティックみたいだった。
筒見紀世都の顔。
筒見紀世都の躰。
その顔も、躰も、真っ白に塗られている。
塗装されていたのだ。

9

萌絵が最初に梯子を下りた。続いて金子が下りてくる。
寺林が無力になった消火器を投げ捨てた。

「犀川先生！　喜多先生！」萌絵は二階に向かって叫んだ。

「おーい！」後ろから声がする。出入口のところに誰かいる。

さきほどの萌絵の叫び声を聞いて、近所の人が来たのだろうか。

倉庫の奥は、既に火の海だ。

顔が焼けるように熱かった。

破裂するような音が断続的に鳴り、そのたびに火の勢いが強くなる。おそらく塗料に引火したのだろう。したがって、二階部分の床は、下から猛烈な炎で焼かれている。その床は木製だ。

「先生！　早く！」金子が梯子の途中で叫ぶ。

ようやく、喜多と犀川が戻ってきた。彼らも、梯子を下りてくる。

ドアから入ってきた男が二人、近づいてきた。

「もう、無理です。早く外に出て下さい！」そう叫んだのは大男の鵜飼刑事だった。もう一人、制服の警官が一緒で、二人ともハンカチを口に当てていた。

全員が出口に向かって走る。

途中で、萌絵のすぐ横で、炎に包まれた人形が、音を立てて崩れ落ちた。

「先生。筒見さんは？」萌絵は出口の手前で一度立ち止まり、振り向く。

喜多が萌絵の腕を掴み、彼女をドアの外に押し出した。全員が外に出ると、最後に犀川がアルミのドアを閉めた。

「ふう……」犀川は大きく溜息をつく。「みんな、いる?」

「筒見さんが、中に……」萌絵は小声で言った。しかたがないことは重々承知していた。

「死んでいた」犀川が無表情で言う。

「しかたがない」喜多が横で呟いた。「運び出すのは無理だった」

外はまだ、ぼんやりと平和的な霧に包まれている。

それでも、空気がこんなに透明なものだと、初めて感じられた。胸に吸い込んだ新鮮な酸素は、冷たく、突き刺さるように刺激的だった。

両目から涙が流れていることに、萌絵はようやく気がついた。もちろん、煙のためだ、と解釈する。

目がとても痛い。

「消防がもうすぐ来ます」鵜飼が言った。「危ないですから、離れて下さい」

誰も何も言わない。

ただ、閉じられたドアを見つめている。

こうしてみると、何もなかったように静かだった。たまに、倉庫の中から、何かが弾けるような音が聞こえたが、アルミのドアの磨りガラスに映る赤い光は、イルミネーションのようで、綺麗だった。

ドアを見つめている全員の顔が赤く見えた。

「筒見君は、どんなだったの？」大御坊がやっときいた。「自殺したの？」

「わからない」犀川が答えた。萌絵には、信じられない行動だったが、犀川は煙草を取り出して火をつけた。「浴槽の中で、死んでいた。電気の配線がしてあった」

「危なかった。もう少しで、手を突っ込むところだったな」喜多が言った。彼も煙草を取り出して口にくわえている。

「自殺？」萌絵はきいた。「でも……、顔が真っ白で……」

「もし運び出せれば……。間に合ったかもしれない」犀川が煙を吐きながら言う。

「階段があったら、なんとかなったかもしれないけどな」喜多が言う。「梯子じゃ無理だ」

「建築基準法を無視している」犀川が表情を変えずに言った。

「危なかったわよう。二階の床が落ちたら、どうするつもりだったの？　もう、今にも燃え落ちそうだったじゃない」大御坊が高い声で話す。「萌絵ちゃんまで上がっていっちゃうんだもの、どうしようかと思った」

「あの床は、難燃材だったからね」犀川は溜息とともに煙を吐く。「だから、二階に上がったんだよ」

「え、お前、そんなこと確かめたのか？」喜多が横からきいた。

「ああ……」

「そういうことは、ちゃんと教えてくれよな」

消防車のサイレンが近づいてくる。

警察官が坂道を駆け上ってきた。反対の北側、斜面の上のガードレールには、既に見物人たちが並んでいる。倉庫は、屋根の付近にある換気口から、黒い煙をもの凄い勢いで吹き出していたが、煙は暗い空に同化し、すぐに溶け込んでいく。

ライトを点滅させて、大型の消防車が坂道を上がってきた。

「下がって下さーい！」警察官が走りながら叫んでいる。

倉庫の前は、たちまち人でいっぱいになる。銀色の消防服を着た男たちが、素早い動作でホースを引き伸ばす。萌絵たちは石垣に上がり、斜面の途中に立った。

最初に入口のドアを開けた男は、猛烈に吹き出した火炎で、一瞬後退した。ドアのガラスが割れて落ちる。ホースから放水が始まり、火を吹く入口にまず向けられた。

サイレンとともに、下の道路に次々に消防車が到着している。ロールしたホースを伸ばしながら、坂道を上がってくる消防隊員も見えた。

萌絵は黙っていた。

もう、筒見紀世都は助からない、と彼女は確信した。

昨夜、泣いていた筒見紀世都。

彼は死んだ。

それどころか、遺体さえ残らない。

燃えてしまうだろう。

近くに立っていたのは、犀川、喜多、金子、大御坊の四人で、寺林高司は、鵜飼刑事が連れていった。坂道の下の道路に、パトカーが三台見える。

少しだけ霧が晴れていた。

五台目の消防車が到着したときには、入口付近の炎は見えなくなっていた。既に、その入口からは、消防隊員が何人も突入している。ホースが三本、狭い開口部から中へと続いていた。

その他の放水は、建物の前面から、煙が吹き出す換気口に向けられ、まるで倉庫自体を外から冷やしているように見えた。萌絵の位置からは死角になるが、倉庫の裏手にもホースが伸びている。

「裏口があるのですか？」萌絵は大御坊にきいた。

「ない……。入口はあそこだけ。あのドアとシャッタだけよ」

「風呂の水に浸かっていたから、ひょっとしたら助かるかもしれない」喜多が煙草を吸いながら言った。「助かるって……つまり、遺体が助かるという意味だけど」

「どうして、あんなに真っ白だったのかしら？」萌絵は疑問を口にする。

「真っ白って？」大御坊がきき返す。

「顔も躰も、ペンキか何かを塗ったみたいだったの」

「すぐ近くに、スプレィガンがあった」犀川がこちらを向いた。「少なくとも、あれは普通のメーキャップじゃない」

「スプレィガンって、吹付け塗装の？」大御坊がきいた。

「そうだ」喜多が答える。

「まさか、自分でペンキを吹き付けたわけ？」大御坊は顔をしかめる。「どうして、そんなこと……」

「それだけで、自殺行為だな」喜多が言う。

「どうやって自殺したのですか？」萌絵は質問する。「電気のスイッチを入れてから、バスタブに入ったの？」

「それは逆だと思う」喜多が言う。「スイッチをさきに入れたら、風呂に入るまえにブレーカが落ちるかもしれないし、あんなにどっぷりお湯に浸かるまえに、足を入れただけで死んでしまうんじゃないかな」

「うん、僕もそう思う」犀川が同意する。「風呂に入ってから、電気を流したんだ」

「だって、配電盤は壁際だったでしょう？」萌絵は言う。彼女はそれを昨夜見た。「コードはどこから来ていました？　スイッチが近くにあったのですか？」

「コードなら、バスタブにガムテープで貼りつけてあった」喜多が説明する。「スイッチは確かに壁だったけど……」

「それじゃあ、どうやって自殺したんですか？　手が届かないでしょう？　あの……、ひょっとして、他殺では？」

「何言ってるの？　二階には、筒見君しかいなかったじゃない」大御坊がビデオカメラを火事現場に向けたままで話した。「萌絵ちゃん、それは考え過ぎよ」

「二階に誰かいたのかもしれません」萌絵は言い返す。「犯人も、逃げ遅れたのかもしれないわ」

「リモコンだよ」犀川は煙を吐く。彼はまったくの無表情だったが、機嫌が悪そうだった。

「僕が大もとのスイッチを切ったんだ。入っていたのは空調のスイッチだった。バスタブまで伸びているコードはね、エアコンの動力線から取り出されていた。だから、二百ボルトだ。たぶん、エアコンのメインスイッチをリモコンでつけたんだろう。全部配線して、壁のスイッチをオンにして、風呂に入ってから、最後にリモコンで操作したんだ」

「でも、筒見さん、リモコンなんか持っていませんでした」萌絵は思い出しながら言う。彼女は筒見紀世都の白い手を見た。両手とも何も持っていなかったはずだ。「近くにだって、落ちていなかったわ」

「僕ね、中学のとき、真空管アンプを作っていて、感電したことがあるんだ」犀川は萌絵を見据え、口もとを斜めにした。「トランスの昇圧側で二百五十ボルトだった。もっとも、アンペアが小さかったから、一瞬びっくりしただけで、なんともなかったんだけどね。ただ……、気がついたら、今まで手に持っていたラジオペンチがない。それで、探したら、隣の部屋に落ちていたんだよ。つまり、そこまで飛んでいったんだ。感電した瞬間に、僕がペンチを投げ飛ばしていたってわけ」

「創平……、もっと簡潔に話せ」喜多が笑った。

「実例を挙げて、説明しただけだ」犀川が言い返す。

「紀世都さんの持っていたリモコンが、どこか遠くへ投げ飛ばされた、ということですね？」萌絵が確認する。

「あるいはね」犀川が頷いた。

救急車が下の道路に駐まっている。救急隊員が担架を運んで坂道を上ってきたが、今のところ、待機している状態だった。

消火は難航しているようだ。

倉庫自体は燃えていなかったが、中では、ときおり爆発音や、何かが崩れ落ちる大きな音がしている。しかし、入口から中へ導かれている三本のホースは、ときどき、さらに内部に引き込まれていたし、消防隊員は、既に五名以上が建物の中に突入していた。シャッタが上がっていなかったので、その小さな出入口だけが酸素の流入口である。この点が幸いしたのかもしれない。いずれにしても、鎮火に向かっているようだ。消防隊員は、頻繁にそこを出入りし、交代していた。出てきた男たちは、大きく深呼吸を繰り返している。

大御坊はビデオ撮影をもう止めていた。

「私、ちょっと寺林君を見てくる」彼はそう言って、斜面を下りていった。石垣から飛び降り、消防隊員の脇を抜けて、下り坂を歩いていくのが見えた。大御坊は下の道路のパトカーまで行くつもりのようだ。

「結局、あの手紙のとおりになったわ」萌絵は呟く。

「手紙って、筒見紀世都君からの？」喜多が尋ねる。

金子が黙ってこちらを向いた。

「紀世都さんは、寺林さんにもメッセージを送っていたんです」萌絵は説明した。「ここで自殺するつもりだった。きっと……、あのアトラクションも、死ぬまえに、私たちに見せるつもりで用意してあったんだわ」

「躰を真っ白に塗ってかい？」喜多が言う。「まったく、芸術家ってやつは、困ったもんだ。人騒がせだよな」

「もし、そうなら……」犀川は煙草を指先で回していた。そのあとの言葉を萌絵は待ったが、彼はそこで黙ってしまった。

「もし、そうなら、何なのですか？　先生」萌絵はきいた。

「もっとましな招待状があっただろう」犀川は口もとを斜めにした。

なるほど、手紙のことか……、と萌絵は思う。

犀川はジーンズのポケットに手を突っ込んでいる。犀川も喜多も、コートを着ていなかった。二人のコートは、倉庫の中だ。もう燃えてしまっただろう。金子は革ジャンを着ていたし、萌絵はずっとコートを着たままだった。

「犀川先生、喜多先生、寒くありませんか？」萌絵は尋ねる。「もしよろしかったら、上に私の車がありますけれど……」

「いや」喜多が首をふる。

「僕も大丈夫だよ」犀川が答えた。「コートなんか惜しくないけれど、新品の煙草が一箱、ポケットにあった。それが悔やまれる」

今、吸っている煙草は、シャツの胸ポケットにあったものだろうか。犀川はカーディガンを着ていた。

「しかし、危なかったよな」喜多が呟いた。「火事なんて、俺、あのとき以来だぜ」

「僕は三回目」犀川が言う。

「もう、帰ってもいいですか？」金子が口をきいた。「俺、今日、朝からバイトなんで……」

「ああ、もちろん、帰って良いよ」犀川は軽く答えた。「帰るなら、さっさと行った方が良い。今のうちだよ」

「じゃあ、失礼します」金子は萌絵の方を見る。「おさきに、西之園」

「ありがとう、金子君」萌絵は、斜面を上がっていく金子の背中に言った。

「彼、創平のところの院生か？」喜多がきく。

「卒論生。西之園君と同級だ。しっかりしているだろう？」

「私のことを心配して、彼、バイクでずっとついてきてくれたんです」萌絵が補足した。

「他人にどうしようもなく心配させる機能が、西之園君にはある」犀川が呟いた。「自覚している？」

「自覚します」萌絵は頷いた。「今は、自覚しています」

「彼のお姉さんの話は、西之園君、聞いているの？」

「金子君の？　いえ、どんな話ですか？」

「金子君のお姉さん、亡くなっているんだよ。それが……」犀川は倉庫の方に顔を向け、視線を逸らした。「西之園先生と同じ飛行機だったんだそうだ」

「え？　本当ですか！」萌絵は両手を口に当てる。

西之園萌絵の両親は、彼女が高校生のときに飛行機事故で亡くなった。事故は、那古野空港に着陸する寸前に発生し、四百名の乗員・乗客のほとんどが命を落とした。那古野市近辺に大勢の遺族がいることは知っていたが、彼女はこれまで、他の遺族のことを意識したことは一度もなかった。

「留学から戻る日だったそうだ」犀川は萌絵を見ないで言った。

理由はわからなかったが、彼女は躰が震え出し、涙が流れ出た。

悲しくはなかった。

誰かが可哀想だとも、思わなかった。両親の事故については、既に彼女の中では完全に整理され、応仁の乱と同じ歴史のワン・タームでしかない、と信じている。

もしかして、まだ煙で目が痛いのだろうか。

萌絵は、犀川と喜多から少し離れた。

後ろを見上げて、斜面の上方を見る。

ガードレールから大勢の野次馬が見下ろしていたが、萌絵の立っている場所は暗かったので、彼女の泣き顔が見られる心配はなかった。みんな、倉庫の消火活動を見物しているのだ。炎が立ち上がり、爆発が起き、建物がダイナミックに崩れ落ちる、そんなスペクタクルを期待する大勢の視線を萌絵は感じた。

それは、十六のとき、あの夏の一夜に見た、無数の野蛮な視線と同種のものだ。

もう涙は止まっていた。

彼女の躰のどこかにあった最後の残り雪が、たった今、解けたのだろう。もう大丈夫。もう大丈夫。もう大丈夫、という言葉を小声で繰り返し、萌絵は深呼吸をする。

金子は、萌絵の両親の事故のことを知っていたのだ。

西之園という姓は目立つ。それに、彼女の父親は事故当時、N大学の総長だった。新聞でも大きくそれが報じられた。金子は、それを覚えていたはずだ。一方、萌絵は、乗客名簿など見なかったし、たとえ見ていても、金子という名を記憶することはなかっただろう。

なんという、不公平……。

もう一度、萌絵は後ろを振り返る。

火事の最中《さなか》に、それに別れ際に、金子が自分を「西之園」と呼んでくれたことが、少し嬉しかった。金子勇二は二浪してN大学に入学している。萌絵自身は、両親の事故が原因で高校を一年休学していたので、金子は萌絵の一つ歳上になる。つまり、彼は高校三年生のとき、大学受験の夏に、あの事故に遭遇したのだ。

「つまらない話をしたみたいだ」犀川が萌絵に近づいてきて囁いた。「悪かった」

「いいえ」萌絵は首をふる。

「煙草を吸いたいんじゃ?」

「いいえ。今は……、シャワーを浴びて、眠りたいです」

「珍しくネガティヴだね」

「こういうときもあります」

「君にしては、冷静な自己診断だ。何か、ジョークでも言おうか?」

「ええ、是非」

「交差点の角にガソリンスタンドがあってね。そこで美人の女の子がバイトをしている。それに見とれて、その交差点では、よく事故が起こるんだ。あるとき、その子に首ったけの青年が、バイクを運転しながら、横見をして交差点で車と接触した。彼は転倒して、横倒しのままバイクと一緒に回転しながら、ガソリンスタンドの中まで滑り込んできた。彼は大怪我をしたんだけれど、気がついたら、その美人が目の前に立っていたんだって。さて、彼はその子に、なんて言ったと思う？」

「救急車が来るまえに、僕と結婚して下さい」萌絵は答えた。

「違う……」犀川は煙草に火をつけながら首をふった。「レギュラ満タン」

萌絵はくすくすと笑いだした。犀川は無表情で煙草を吸っていたが、気を良くしたことは間違いない。

「面白かったです」萌絵は肩を上げて、深呼吸をする。「でも、私のディフェンスが下がっていたから……」

犀川は横を向いてしまった。

「これで、事件は解決だと思う？」犀川はそう言って、煙を吐いた。

萌絵は首を傾げて犀川の横顔をじっと見た。

喜多が、二人の方へやってくる。

「ああ……、まったく。すっかり酔いが醒めたなあ。ラーメンでも食いたいところだ」両手を挙げて、喜多はあくびをする。

「犀川先生」萌絵は犀川に近づく。「あの……」

「筒見紀世都さんが自殺した」犀川が呟くように小声で話した。「彼が、公会堂で妹の明日香さんを殺した。それに、M工大でも……」

「そうなんですか？」萌絵は話の途中できいた。

「そう警察は考えるんじゃないか、と思って」犀川は煙草を指先で回している。

「俺は、そう思ったけど」喜多が横から言った。

「違う」犀川は首をふった。「あれは自殺じゃないよ」

「でも、先生さっき、リモコンで操作したんだって、紀世都さんが自分で電気を流したんだって、そうおっしゃったじゃありませんか」

「そういうこともできる、という意味で言っただけ」

「違うのですか？」

「白い塗料を吹き付けたスプレィガン」犀川は煙を吐き出す。「君、見なかった？」

「ええ、バスタブの向こう側だったのですね？」

「そう……」

「俺は見た」喜多が言った。

「今までに何度も使われているものだ。新しくない。使い込まれたガンだった。だから、沢山の色の塗料が付着して汚れていた。でもね、取手のところに、白い塗料はついていなかった」犀川は喜多の方を見る。「そうだったろう?」

「ついてなくたって、おかしくはないだろう?」喜多が言う。

「いや、おかしい」犀川は首をふる。「自分の躰に吹き付けたんだとしたら変だね。両手も全部、白かったじゃないか。片方の手を塗ってから、塗料が乾くまで待っていたのかな?」

「誰か、他の人が吹き付けたのですね?」

「そう。たぶん、その人物は、彼を殺すつもりだっただろう。塗料を全身に吹き付けること自体、既に生命の危機を招く行為だ。皮膚呼吸ができなくなる。火傷と同じなんじゃないかな」

「だけど、紀世都さん、歌を……」萌絵はそこまで言って、初めて気がついた。「あ、あれは……、テープだったの?」

「おそらく、君たちがここに着いたときには、もう彼は死んでいたのか、少なくとも気を失っていたんじゃないかな。二階に誰か、もう一人いたんだと思う」

「どこから逃げたのですか?」

「僕らが梯子で上ったのと反対側からだよ」犀川は答えた。「梯子がなくても、ロープが一本あれば下りられる。煙で見えなかった」

「そいつが、あのとき、電気を入れて、殺したわけか?」喜多は顔をしかめて言う。

梯子をかける直前の閃光……、あれが、筒見紀世都の最期だったのか。

「時間を稼ぐために、わざと、梯子を外しておいたのね」萌絵は呟いた。

「下へ行こう。鵜飼さんたちに説明した方が良いかもしれない」犀川はそう言って、さっさと歩きだした。

萌絵と喜多は、彼に続いて斜面を下り、低い石垣から飛び降りた。消防車の横を歩きながら、萌絵は腕時計を見る。時刻は既に午前三時を回っていた。

10

小雨は上がり、霧はかなり晴れた。

道路の歩道に乗り上げて、パトカーが三台、それにワゴン車が二台駐まっていた。真ん中のパトカーの後部座席に、大御坊安朋と寺林高司が座っていて、萌絵たちが横を通り過ぎるとき、大御坊が彼女の方を見て片手を広げた。少し離れた先にコンビニエンス・ストアの明るい照明が見える。

ワゴン車のすぐそばに三浦刑事が立っていた。

「こんばんは」銀縁のメガネを指先で持ち上げながら三浦がにやりとしたが、彼の目はよく見えなかった。「お揃いですね」

「どういうわけか、お揃いなんです」犀川は頭を下げる。

　ワゴン車の中には、数名の鑑識課の男たちが待機している様子である。萌絵は、鵜飼の姿を探した。大御坊と寺林が乗っているパトカーの助手席にいるのは、近藤刑事だ。鵜飼の姿はなかった。

「中で、筒見紀世都が死んでいたそうですね？」三浦はゆっくりとした口調でいきなり切りだした。「実際に見たのは、犀川先生と喜多先生ですか？」

「私も見ました」萌絵が答える。

「灰にならないうちに、連中が火を消してくれることを願っています」三浦は坂の上を見て言う。「自殺ですか？」

「わかりませんが、感電死したようですね」犀川は答える。「少なくとも、周囲の状況は、明らかに感電死したように、作られていました」

「躰中に白いペンキが塗られていた、と聞きましたが……」三浦は言った。大御坊から聞いたのであろう。「どういった事情なのか、ちょっと飲み込めません。ご説明願えますか？」

　犀川と喜多は、煙に包まれた二階で彼らが目撃した状況を、代わる代わる説明した。ときどき、萌絵も口を出す。しかし、彼らが見たものは限られていた。

「他に、誰もいなかったんですね？」

「その点なんですけれど……」犀川が無表情で言う。「保証はできません。僕らがあそこに上ったときには、もう煙が充満していて、とても二階の全域を見渡せませんでした」

「でも、先生たちは、一つだけあった梯子をかけて上がっていかれたんでしょう？」

「それはそうですが、反対側に梯子とかロープがなかったとは断言できません」犀川が言った。「みんな、右手の梯子のそばにやってきましたから、左手から下りて、倉庫の出口から誰かが出ていった、ということも充分に考えられます」

「しかし、鵜飼が見にいっています」三浦は低い声で言った。「実はその以前から、ここの道路には、ずっと警察がいましたし、鵜飼は犀川先生より数分だけしか遅れていないと思いますが」

「いえ、鵜飼さんが来たのは、もう、みんなが逃げ出すときですよ」犀川は淡々と答える。「僅かな時間かもしれませんけれど、抜け出せる隙はありました。それに、斜面を上がっていけば、上の道に出られるでしょう？」

「ここから見えますけどね」三浦は一度上を向いた。

「今はなんとか見えますけれど、もっと霧が出ていたじゃないですか」喜多が言う。「それに、倉庫の陰に隠れて上がったのかもしれない。どこからでも逃げられると思うけどなあ。まあ、だけど、そいつも、けっこう危ない目に遭っているわけですね。僕らが梯子をかけた付近は消火器を使ったから、なんとか持ちこたえたわけで、反対側は火が凄かった。そう、何か、弾け飛んでいたよね？」

「ええ、とても人が下りられたなんて思えないわ」萌絵が頷く。

「梯子は、どこにあったのですか？」三浦が尋ねた。

「二階部分の下というか、部屋の右手の奥の方です。壁際に置いてありました」喜多が答える。

「二階に上がった人間が、上から梯子を倒したわけではありませんね？」

「違います。あれは、そう、あそこにちゃんと片づけてあったんです」喜多が答えてから首を傾げた。「そうか……、てことは、二階にいた人間には、ああはできないってわけだ」

「二人いればできます」三浦が横目で喜多を見て言う。「犀川先生がおっしゃったように、その梯子以外にも上り下りができる経路があったかもしれない。いやまあ、そんなことは、どちらでも大した問題ではありません。それよりもですね……」三浦は萌絵の方に鋭い視線を向ける。「皆さん、どうしてここに集まったのですか？　是非、その理由を教えていただけませんか？」

「大御坊が説明したでしょう？」喜多が横から言った。

「大学病院から、寺林さんが逃げ出した。まだ、その理由についても、我々は理解していません。寺林さんは、筒見紀世都さんの身が心配だった、とそうおっしゃっていますけどね。友達が心配だという予感だけで、真夜中にですよ、警察の監視を逃れて、パジャマ姿のままで、ここまで来た。これ、普通の行動でしょうか？」

「それ、本当なんです」萌絵は答える。「私が、寺林さんを車で送って、ここまで連れてきました」

「西之園さんの車で？」三浦は少し口を開けた。「そりゃ、初耳ですな。寺林さんは、我々には、そんなことは一言も……」

「あの、私も……」萌絵は言葉を選ぶ。「筒見紀世都さんのことが心配でした。彼から手紙をもらったからなんです。なんだか不吉な予感がしました。同じようなメッセージを寺林さんも受け取っていたのです。紀世都さんが病院に持ってきた雑誌に、そのメッセージが書かれていたの。それ、寺林さんから見せてもらいました」

「西之園さんが受け取った手紙というのを、見せていただけますか？」

「ええ。バッグが車にあります」

「心配というのは、彼が自殺するんじゃないか、というようなことですか？」

「あるいは、誰かに命を狙われているか」萌絵は三浦を見たまま答える。「手紙は、明日香さんの首がどこにあるのか、それを仄《ほの》めかすような書き方がしてありました」

「なるほど」三浦は大きく頷いた。「それで、西之園さんは、寺林さんとどこで落ち合ったのですか？　彼が貴女に電話をかけてきたんですね？」

「そうです。私が車で迎えにいきました。大学病院のそばです。あの……、千早の交差点です」

「そのことも、寺林さんは話しませんでしたね」三浦がメガネを上げながら言う。「彼は、タクシーを使って一人でここまで来た、と言っています」

「たぶん、私に迷惑がかからないように、嘘を言ったんだと思います」萌絵はパトカーの方を見た。

「大御坊さんに、電話をかけたのは、西之園さんですね？　彼も貴女に気を使って嘘をついているようです」

「いいえ」萌絵は首をふる。「安朋さんも、向こうから私に電話をかけてきました」

「あ、彼なら、僕と一緒だったんですよ」喜多が答える。「栄《さかえ》のスナックで二人で飲んでました。そこへ、警察から彼に電話があったんです。病院から寺林さんが脱走したっていう電話でした。それで、大御坊君は、寺林さんが西之園さんに連絡をつけたんじゃないかって言いだして、それで、彼女に電話をかけたんです」

「どうして、寺林さんがそうするって、わかったんでしょうか？」三浦が質問する。

「彼にきいて下さい」喜多が顎を上げて答えた。

「犀川先生は？」三浦は黙っている犀川に尋ねる。

「大御坊君から電話があって、タクシーで来ました」犀川は、坂の上を見上げたまま答えた。「場所がわからない。住所だけ聞いたんです。だから、タクシーで」

「何故、いらっしゃったんですか？」

「魔がさしたんですね」

「魔がさした？」三浦は犀川の言葉を繰り返す。

「あるいは、口車にのった」犀川は振り返り、三浦を見て僅かに微笑んだ。「僕たちが、ここに集まったのは、ある意味では偶然です。寺林さんだって、病院を抜け出せなかったかもしれない。西之園君だって、電話がなければ、研究室で卒論のデータ整理をしていたでしょう。そうなれば、大御坊君も喜多君も来なかったし、僕も今頃ぐっすり眠っていました」

「もし、そうだったら、どうなっていたと？」三浦は犀川を睨んだ。

「筒見紀世都さんは死んでいなかったでしょう」犀川は口もとを上げ、目を細くした。「つまり、今晩のアトラクションは延期された、と思います」

「どういうことです？　自殺する人間が、そんな行動をとるものでしょうか？」

「わかりません、僕、専門じゃありませんから。でも、そうですね。やっぱり延期していたとみて、たぶん間違いないでしょう。あれだけの準備をしたのですから、誰にも見せないまま死ぬとは思えない。あれは彼の作品でした。見せたかったはずです。見せたい、という欲望は、自分が生きているうちに見てほしい、という意味ですよ。作品に触れている観客を見たいのです。もし、自殺ならば、観客を見て、反響のほどを確かめてから、死んだことになります」

「もしかして、自殺じゃない、とおっしゃっているのですか？」三浦はきいた。

　しかし、犀川は三浦の質問に答えないで、そこで煙草に火をつけた。彼はゆっくりと煙を吐き出す。

「思っていることを、整理もせずに話しました」犀川は答えた。「申し訳ありません」

「皆さんは、筒見紀世都さんの仕掛けをご覧になった。その直後に、同じような電気仕掛けで作者本人も自殺した。そうではないのですか?」三浦が同じ質問をもう一度繰り返した。

「消火されてから、焼け跡を調べれば、きっと詳しいことがわかると思います」犀川は答える。「けれど、僕が見た感じでは、自殺とは思えない」

そこで、喜多がスプレィガンの話を三浦に説明した。ガンの握りの部分に白い塗料が付着してなかった点についてである。

「それだけの理由ですか?」説明を聞いてから、三浦が犀川を見てきき返す。

「そうです」犀川は頷いた。「さっきも言いましたけれど、僕ら観客は偶然、ここに集まってきたのです。招待状をもらったわけではありません。もし、僕らがここに来なかったら、彼はあの作品を見せられない。そうなれば、自殺ショーは延期です。それなのに、躰にペンキを塗って待っていたのでしょうか?」

「なるほど……」三浦は頷いた。「犀川先生のおっしゃる理屈はなんとなくわかりました。しかし、誰も来なくても、自殺する決意はあったのではないでしょうか? 観客がいなくても、自分一人で、最後の作品を見ながら死ぬつもりだった。そうかもしれないじゃないですか」

「ええ、そうかもしれません」犀川は簡単に頷いた。「それがありえない、とは誰にも言えないでしょう」

「筒見紀世都が、公会堂の首切り殺人の犯人だったわけですね？」三浦は低い声で言う。「自分の妹を殺して首を切断した。何かきっと、奴だけの、芸術に通じるような、我々には理解しがたい動機があったのではないか、と推察しますが」

「もし彼なら……、わざわざ公会堂の四階なんて難しい場所を選んで殺人を行わなくても、もっと安全なところがいくらでもあったでしょう？」犀川は口もとを上げた。「たとえば、ここのアトリエなんかどうですか？　ここで明日香さんを殺せば良かった。どんなに簡単だったでしょう？」

「公会堂のあの場所に、展示したのでは？」三浦はそう言って、三人の顔を順番に見た。自分の意見に自信がある、という場合の仕草だった。

「僕も考えました。それは、面白い意見です」犀川は肩を竦める。「首が欲しかったのではなくて、首のない人間が作品だったわけですね。そう、面白い発想です。まさか、三浦さんが、それをお考えだとは思いませんでした」

「M工大で上倉裕子さんを殺したのも、筒見紀世都さんですか？」萌絵はきいた。

「おそらく、そうでしょう」三浦が下を向いて頷いた。

「動機は何ですか？　筒見紀世都さんは、上倉さんに面識があったのですか？」萌絵は尋ねる。

三浦は一度空を仰ぎ見る。

雨上がりの空は黒さを増し、ところどころに星が瞬いていた。大気は冷え込み、萌絵はコートのポケットに両手を入れている。三浦は彼女を一瞥し、低い声で答えた。

「調べますよ」

11

四時過ぎには火が消し止められた。筒見紀世都の遺体はシートで覆われた状態で運び出され、萌絵たちはそのシートの形だけを見た。筒見紀世都のアトリエには、消防隊員や警察の関係者が何人も入っていったが、彼女たちは中を見ることはできなかった。

寺林はパトカーで病院へ戻されることになり、大御坊も、同じ車に乗っていった。三浦刑事の許可を得て、萌絵たち三人も帰ることになった。

「犀川先生、私がお送りしましょうか?」萌絵は言う。

「俺は、なんとかタクシーを見つける」喜多は片手を広げてから、さっさと歩いていく。

「あ、つき合おう」犀川が声をかける。

「馬鹿」喜多は歩きながらこちらを振り返り、犀川に言葉を吐き捨て、去っていった。

「喜多先生に悪いことをしちゃったわ」萌絵は呟いた。「私の車、こういうときのために、二人しか乗れないの」

「あいつの、馬鹿という言葉は、意味の範囲がとても広い」犀川は言う。「どうも、とか、またまた、と同じくらいの意味だね」

二人は坂道を上り、まだ駐まっている消防車の横を通り、再び石垣に上がった。

倉庫のドアは開いたままで、今は、電源のコードが中に引き込まれている。明かりが漏れているのは、警察が持ち込んだライトのためだろう。焦げくさい臭いがまだまだ残っていたし、辺りの地面には、いたるところに水溜りができていた。

ドアから中を覗いてみたかったが、それも許可されなかった。三浦が駄目だと言った。萌絵は、犀川と喜多が話していたスプレィガンを自分の目で確かめたかったし、バスタブにガムテープで貼り付けられた電気のコードも、エアコン関係の配線も、調べてみたかった。はたして、そういった証拠がどれくらい残っていたのだろう。二階の床は焼け落ちずにすんだのだろうか？

少なくとも、入口からちらりと見えた室内の光景は惨憺《さんたん》たるものだった。焼け焦げた黒い固まりばかりで、筒見紀世都の異形の人形たちも、あの素晴らしい小宇宙を演出した発光ダイオードのメカニズムも、ペットボトルの発射装置も、残っているとは思えなかった。

何故、焼いてしまったのだろうか？

遺体は焼けてしまったのか？

焼けて酸化しても、それは一人？

焼けて灰になっていく過程の……、
どこまでが、一人だろう？

「眠くない？　西之園君」犀川が立ち止まってきいた。

「あ、いいえ。大丈夫です」

「この騒ぎが最後なら良いね。これで、あとは調べるだけ。それだけで事件が解決してくれたら良いな」

「ええ、でも……、明日香さんの首が見つからないかぎり……」

「うん」犀川はすぐに返事をする。「それだけが、わからない」

「え？」

「いや……、独り言」

犀川は斜面を上り始める。萌絵は彼の後についていった。雑草の間に、細い通り道ができている。上の道路には、まだ野次馬たちが何人も残っていたが、さすがに数は少なくなっていた。

ガードレールを乗り越えて、アスファルトの道路に出たとき、電信柱の近くに、鵜飼刑事の大きな姿が目にとまった。その辺りだけが常夜灯で明るかった。鵜飼は老人と二人で熱心に話し込んでいる。

「鵜飼さん」萌絵は彼の方へ歩いていって声をかけた。

「あ、西之園さん。犀川先生。どうも」鵜飼は頭を下げる。

彼と話をしていた老人は、がっしりとした体格だったが、髪がほとんどない頭を前に突き出し、背を丸めるような姿勢だった。顔をしかめ、分厚い唇が、いかにも不機嫌そうに曲がっている。機嫌が悪いのか、それとも人生のどこかで、機嫌をなくしてしまったのか、いずれかだろう。

「こちら、長谷川さん、といいましてね」鵜飼は老人を紹介した。「ここのアパートの大家さんなんです」そう言いながら、彼はすぐ上を指さす。

石垣とブロック塀があったので、その向こうには屋根しか見えない。近くに階段があり、自転車やスクータがその前に駐められている。ガードレール越しに下の火事現場の様子を見物している若い野次馬たちの多くは、このアパートの住人であろうか。

萌絵はその老人に軽く頭を下げたが、相手は彼女を見向きもしなかった。

「実は、下の倉庫も、長谷川さんが筒見紀世都さんに貸していたものなんですよ」鵜飼は説明した。「二年ほどまえからだそうです。あの……、長谷川さん。こちら、N大学の犀川先生と西之園さんです。火事が起こったとき、筒見さんとご一緒だったんですよ」

「筒見君の友達かね？」長谷川老人は、ようやく萌絵に視線を向けた。

「いえ、お友達というほどではありませんけれど、お友達のお友達です」萌絵は答える。

「筒見君は死んだのか？」長谷川は萌絵にきいた。

「長谷川さん、それは、まだ断定できません」鵜飼が横から答える。

「君にきいとるんじゃない」長谷川は真っ直ぐに萌絵を見つめたまま言う。「お嬢さん、教えてくれ」

「亡くなられました」萌絵は素直に答える。

「そうか……。ありがとう」しかめ面のまま、長谷川は小さく頷く。彼の両眼はしばらく数メートル先の地面をとらえた。「才能のある若者だった」

「どういったご縁で、筒見さんに倉庫を貸すことになったのですか？」犀川が煙草に火をつけながら尋ねた。

「煙草をくれんかね」長谷川は犀川に向けて手を出す。

「あ、ええ、どうぞ」犀川はポケットから煙草を取り出し、老人に差し出した。

長谷川は煙草を斜めにくわえ、犀川のつけた火に顔を近づける。そして、深々と最初の煙を吸い込み、大きな口を開けて吐き出すと、彼はそこで、目尻に皺を寄せて歯をむき出した。最初はわからなかったが、それが彼の笑い方だった。

「あれの親父と懇意なんでね」長谷川はようやく答えた。

「筒見先生と、ですか？」犀川が尋ねる。

「ああ……、奴は、同じ中学の後輩になる」長谷川はまた煙を吐き出し、不気味な表情で微笑んだ。煙草が美味《うま》くて微笑んでいるのか、話が面白くて笑っているのか、わからない。

「まえの借り手がとんずらしてな。もう取り壊してしまおうかと思っておったんだが、あれが借りたいと言う。おかしな子だったよ」

「あの……、ひょっとして、飛行機の模型を作っていらっしゃる長谷川さんですか？」萌絵はきいてみた。筒見紀世都や大御坊安朋が、その名前を口にしたことがあったからだ。

「そうだ」長谷川は目尻を下げ、今までとは異なる表情を見せた。

「ソリッドモデルですね？」彼女はその単語も記憶していた。

「よう知っとるな……。女の子にしては、見上げたもんだ」

その言葉には少々かちんとくるものがあったが、萌絵は微笑みを維持する。

「モデラなら、長谷川さんを知らない人はいません」彼女はお世辞を言った。

「ふん……」鼻息をもらして顔をしかめたが、明らかに、長谷川は機嫌が良さそうである。

「M工大の河嶋先生をご存じですね？」

「ああ、もちろん、知っとるよ」

「土曜日の……、河嶋先生の研究室で女子学生が殺された事件、長谷川さんはどう思われます？　あの学生をご存じでしたか？」

「事件のことは新聞で読んだが、直接、河嶋君からは聞いとらんでね。もちろん、学生のことなど知らん」長谷川はまた煙草をくわえ、火を赤々と光らせる。「どうもこうもない。物《ぶっ》騒《そう》なこったな。それより、公会堂で殺された紀世都君の妹の首は見つかったのかね？　どうせ、あの、おかしな人形を作っとる連中の仕業だろう」

「フィギュアですか？　それじゃあ、犯人は模型マニアだと？」萌絵はわざとオーバに言った。

「あんなもんは模型じゃない」長谷川は口を大きく開けて煙を吐く。「模型は型《かた》だ。人形は形《かたち》。字が違うだろうが？」

「どう違うのですか？」犀川が片手で煙草を回しながらきいた。

「人間の作ったものだけが、模型になるんだ。動物も植物も、模型にはならん」

「何故です？」犀川はすぐに尋ねる。

「そりゃあんた……、自明のことだ」長谷川はまた不機嫌な表情に戻った。「動物とか人間を小さく作っても、それは単なるミニチュアだ。モデルではない。いいかね。模型が模《も》するのは、形ではない。ものを作り出す精神と行為だ。人が生産する意欲と労力を模するのだ。それによって、その原型を作り出した人間の精神を汲《く》み取る。しかしだ、まったく同じ工程を踏めば、それはレプリカになる。また、多くの精神に触れるには、製作時間をできるだけ縮小しなくてはならん。だから、型を模することになる。型とは、製作システムの象徴だ。単に形を縮尺して模するのではない。型を模する。それがモデル、すなわち模型だ。そこがわかっとらん連中がごまんといるんだ。形に拘《こだわ》ることは、ただのコピィだな。そこにあるものは、想像力の貧困さと、単なる妄想だけだよ」

「理解しました」犀川は面白そうな表情で頷いた。

「そんな、簡単にわかるものか」長谷川は鼻で笑う。

「筒見紀世都さんは、形に拘ってはいませんでしたか?」萌絵は尋ねる。「彼のアトリエには人形が沢山ありました」

「何を言うか。紀世都君は、そんな堕落者ではない」強い口調で長谷川は萌絵を睨みつける。「周りの模型仲間は、あれのことを芸術家だと、やっかみ半分で敬遠しておったようだが、違う。あれこそ模型の真髄だ。彼こそ真のモデラだった」

「でも、長谷川さんは、今、人形は模型じゃないっておっしゃいましたわ」萌絵は食い下がる。

「いいや、違う」長谷川は目を細め、短くなった煙草を唇に挟んだ。「見なかったのかね? 筒見君が作っていたのは人形じゃない。あれは、ロボットの模型だよ。人造の人形の模型だ。人間が人間を作ろうとした、その精神こそが彼の型なのだ」

萌絵はなんとか笑うのを我慢して、頷いた。

真面目に話を聞いていたことを少し後悔する。老人の論理は矛盾していると感じた。その理屈でいうならば、寺林高司が作っている人形だって、この世の人ではない。それはアニメのキャラクタであり、ＳＦの登場人物であり、架空の人間、あるいは異星人ではないか。つまり、人が作り出したものを模型にしていることでは、同じのはず。

「それは、人が未来に作ることになるもの、ミュータントみたいなものを模している、ということですね？」犀川が横からきいた。

「そう」長谷川は大きく頷いた。「その製作過程を模している。だから、模型だ」

萌絵は少し驚いた。犀川の質問に含まれていた意義は、彼女には思いつかなかったからだ。

「あの、すみません」鵜飼が言いにくそうに口籠もる。「ちょっと、まだおききしたいことがあるんですよ。長谷川さん」

「何だね？」

「あの倉庫で何かの作業をしていると、こちらまで音が聞こえてきませんでしたか？」

「少しは聞こえてくるときもあった」

「昨夜は、どうでした」

「いや、何も聞こえんかったな。九時頃に、犬の散歩に一度外に出たんだが、気がつかんかった」

鵜飼は手帳を取り出して、メモを始めた。

「鵜飼さん、私たち、これで失礼します」萌絵は時計を見てから言う。「よろしいでしょう？」

「あ、ええ、ええ、もちろん」鵜飼は頭を下げる。

萌絵と犀川は、二人に頭を下げ、石垣に寄せて駐められている車まで歩く。

「面白い人だね」途中で犀川が囁いた。

萌絵は車のドアを開け、運転席に乗り込んだ。ひんやりとしたシートが彼女を包み込む。犀川が遅れて助手席に乗り込み、すぐシートベルトをかけた。

エンジンを始動し、しばらく暖機することにする。フロントガラスは曇っていたが、ワイパはまだ動かさないでおいた。

「どう面白かったのですか？」

「理屈がある、という点が面白いじゃないか」犀川は頭の上で腕を組んでいた。「理屈とは、そもそも二とおりの機能を持っている。一つは、行為自体か選択や決断を正当化するための機能だ。この場合は通常、行為や決断がさきにあって、その存在を補強するために、あとから理屈が構築される」

「それ以外に理屈ってあるかしら？　行為や決断よりも理屈がさきにあるなんて、滅多にお目にかかれませんよね。もし、そんな理屈があったら、それはもう立派な理論になるんじゃありませんか？」

「そのとおり」犀川は微笑む。

「それじゃあ、先生のおっしゃった、理屈のもう一つの機能って、何です?」

「他の理屈を撃退する機能だよ」

12

犀川助教授をマンションに送ってから、西之園萌絵が自宅に帰ったのは午前五時過ぎだった。

犀川に一番質問したかったこと、それは、人間を数える一人という単位の定義についてだったが、彼女は、それを口にすることができなかった。

その質問の意味。その疑問の意義。

よくわからない。

だから黙っていた。

本当はわかっているのに……。

彼女はシャワーを浴びてから、ベッドで横になる。だが、なかなか眠れなかった。脱いだ洋服を見ると、小さな焦げ痕が幾つもあった。髪に染みついた異臭は、シャンプーで消えたはずなのに、鮮明に思い出すことができた。

瞼を閉じる。

筒見紀世都が作り出した、小宇宙が再び現れる。

淡々としたハミングが聞こえる。

フラッシュの残像のように、目の前に星雲が見えた。

人形……。

真っ白な人形。

水面下に沈んでいる紀世都の白い胸。

そして、白い腕。

見開かれた瞳だけが、ブラックホールのように、特異だった。

まえの晩に、二人だけで話したときには動いていた生命が、もう形だけの存在になっていたのだ。

それでも、一人なのか？

しかし、形が残っているだけ、まだ良い。

残像だけでも、形が見える方がまし。

彼女は、その白い人形が、火に焼かれるところを想う。

どこまで、一人だろう？

残像だけでも、形が見える方が、良い。

見たい……。

両親のことを思い出そうとしている自分に気がつき、慌ててスイッチを切った。
考えてはいけない。
思ってはいけない。
白い躰は、焼けずに残っただろうか？
焼けただれた服。
形だけの灰。
白い歯。
溶けた皮膚。
思い出してはいけない。
腕だけでも一人？
頭《と》だけでも一人？
熔けてしまっても？
骨だけになっても？
灰になってしまったら、その何分の一までが、一人の人間なのだろう？
やっぱり、初めから一人なんてなかったのか。
そもそも、最初の単位が、幻想なのか？
自分は、自分が一人だと思っていて……、

周りの他人も、一人だと数える。
1って何だろう？
死んだら0なのか？
体育館の床に並べられた、白いシート。
どうして、こんなに天井が高いの？
何故、バスケットのゴールがあるの？
シートを捲《めく》る。
それは、父でも、母でも、なかった。
父の一部でも、母の一部でも、ない。
絶対に違う。
違う。
違う。
認めることはできない。
できない。
できない。
シャッタを下ろせ！
遮断しろ！

遮断！

彼女は、幾つもシャッタを下ろす。

逃げるように……。

記憶の部屋を遮断する。

息を止めて、別の計算をした。

頭の中の黒板で、パイの二乗を二十桁まで求める。

意味もなく、その平方根を求める。

躰は震えていた。

彼女は泣きながら、眠りについた。


目を覚ましたのは、正午過ぎで、軽い頭痛がした。服を着替え、萌絵は階下のダイニングルームに顔を出す。

「おはようございます、お嬢様」諏訪野がキッチンから出てきて頭を下げた。彼のすぐ後ろにトーマの姿が見えた。「今朝は大変でございましたね」

「知っているの？」

「はい……、捷輔様からお電話がございました」

萌絵はテーブルの椅子に腰掛ける。トーマが彼女の膝に鼻をのせたので、隣の椅子を引いてやる。彼はその上に飛び乗って、満足そうな顔で座った。

諏訪野はキッチンで食器棚を開けている。コーヒーを出してくれるのだろう。

「諏訪野。叔父様の電話はいつ？」

「はい、今朝の九時頃でございましたか。お嬢様はお休みのことと存じまして、お取り次ぎいたしませんでしたが……」

「いえ、ありがとう。あとで電話しておきます」

萌絵の叔父、西之園捷輔は、愛知県警本部長である。彼女の父親の弟で、風貌も性格もよく似ていたが、もちろん同じではない。捷輔叔父は、一言で表現すれば、オールドタイプ。ジェントルだが保守的で頑固。芯には攻撃的な要素を持っている。しかし、あるいは、彼女の父親もそうだったのかもしれない。温和で革新的な人格は、娘のために用意された顔だったのかもしれないからだ。彼女は、それ以外の父親の顔を知らなかった。

諏訪野がコーヒーカップを萌絵の前に置いた。

「ありがとう」彼女は微笑む。

「犀川先生も、ご一緒でございましたか？」

「ええ」

「お食事はいかがいたしましょう？」

「いいえ、ごめんなさい。コーヒーだけで良いわ。すぐ大学へ行きますから」彼女は時計を見ながら答える。午後一時近い時刻だった。「他に電話はなかった？」

「いいえ、ございません」

コーヒーは熱くなく、萌絵にとっての適温だったので、彼女はそれをすぐに飲んだ。頭が劇的にクリアになり、頭痛は消え去った。諏訪野が出してくれるコーヒーは魔法だ。

心配そうにこちらを見ている彼に、萌絵はもう一度微笑んだ。

諏訪野は一礼してから部屋を出ていった。トーマは、彼女が何も食べないことがわかったらしく、椅子から飛び降り、窓際の陽に当たっている床を選んで寝そべった。

彼女は事件のことを考える。

寝るまえの憂鬱《ゆううつ》は、すっかり消えていた。

もし、筒見紀世都が自殺でなかったら……。

筒見紀世都を殺した人物。彼もしくは彼女は、筒見明日香、そして上倉裕子も殺害したのだろうか？

まず、それを前提として考えてみよう。目的や動機は、この際、不問として……。

その人物は、公会堂の前で筒見明日香と会った。彼女と一緒に、守衛の目を盗んで建物の中に入る。そして、四階に上がったところで、彼女を殺した。続いて、寺林高司が控室から出てきたところを襲った。これが、土曜日の八時少しまえ。

筒見明日香を控室に運び込み、すぐに彼女の首を切断した。そして、気絶して倒れていた寺林からキーホルダを奪う。明日香の首を模型のケースに入れて持ち出し、控室には鍵をかける。公会堂から出ると、寺林の車を使って、M工大へ向かった。時刻は八時半だ。

実験室で寺林を待っていた上倉裕子を扼殺する。そこで、手を洗い、弁当を食べた。実験室の鍵をかけ、再び寺林の車に戻って、キーホルダをそこに残しておく。

そして……、
明日香の首だけを持って、どこかへ行ってしまった。

大学の近くに、自分の車があったのだろうか。おそらく、そうだ。その車で首を運んだのに違いない。

注意する点が幾つかある。

公会堂で明日香の首を切断するための道具を、その人物は最初から用意していた。しかも、控室の鍵のコピィも作ってあった。寺林がそこにいたのは単なる偶然で、もともとは、その用意してあった鍵で、控室に侵入するつもりだったのだ。公会堂の殺人は計画的なものである。

一方のM工大はどうだろう？　上倉裕子の首が切断されなかったのは何故か？　いや、そもそも別の事件なのか？

萌絵は、頭を一度振って、溜息をつく。

筒見紀世都が何かを知っていたのは確かだ。彼自身が犯人でなければ、犯人を知っていたのか、あるいは何かに気がついたのか。そのことが逆に犯人に知れて、それで彼は殺されたのかもしれない。

もし、筒見紀世都が殺されたのだとしたら……。

萌絵や犀川たちが見た筒見紀世都の最後のアトラクションは、何のためのものだったのだろう？　彼が自殺したように見せたかった？　それはつまり、筒見紀世都に、一連の殺人の罪をすべて着せようという意図なのか……。

しかし、それにしては、あまりにも形が曖昧ではないだろうか。

形に拘ってはいけない？

長谷川という奇妙な老人の話を、彼女は思い出した。脈絡はなかったけれど、不思議にその連想が、意味のあるものに感じられた。

形に拘らない、犯罪？

形とは何だろう？

13

「形とは、すなわち数字の集合だよ」犀川は煙草を指先で回しながら答えた。

「数字？」萌絵はきき返す。

「数字だけが、歴史に残る」犀川は言った。「残らないのは、その数字の意味、すなわち、数字と実体の関係」

「全然、わかりません」萌絵は首をふった。

「形骸化する、という言葉があるだろう？　あれがそうだね。数字だけになってしまって、実体との関係が失われる。つまり、意味をなくすという概念」

午後五時半。西之園萌絵は、犀川の部屋で彼のデスクの横の椅子に座っている。

彼女は、廊下の向かい側の研究室で、二時間ほどデータ整理をしたあとだった。もうすぐ鵜飼刑事がやってくる、と犀川が呼びにきたので、彼女は仕事を中断して飛んできた。

「形は、数字に還元できる。図面にも映像にも、還元できる。ドキュメントとして保存することが可能であり、それはほぼ再生される。コピィできるものは、すなわち形だ」犀川は続けた。「けれど、形のコピィに何を見るのか、という点に、その時代と、その人物の技量が影響する。形だけに拘った者には、伝達されない情報がある。それがつまり、あの長谷川って人が言っていた、形を作った意志、つまり型なんだ。作った本人は、その形に何か別のものを見ていたのに、それをコピィした者には、それが伝達されない。そこで、抽象の手法が模索された。これまで伝達されなかった情報、形にならなかったものを、なんとか描こうとした、それが抽象芸術だ。でも、やっぱり、本質は伝わらないということがわかった。ようするに、伝達に際して、この最も肝心な情報がいつも抜け落ちることになる。これが、これまでの人類の歴史の中で、実に大きな障害だった」

「その障害は取り除かれたのですか？」

「まだ」犀川は首をふった。「しかし、コンピュータ関連のテクノロジィが、いずれ、これを部分的には解決するだろうね。簡単にいえば、不足していたのはメモリであり、解像度であり、処理速度だったわけだ」

「模型を作ることが……、それに、どう関係するのですか？」

「模型の哲学は、長谷川氏が唱えているだけで、一般的なものではないだろうね」犀川は面白そうに言う。「しかし、彼の話は、非常に核心をついていた。作る行為、作る意志、作るときの目、作るときの手を、再現するために模倣する、と彼は言いたかったのだろう。造形の行為や動機自体を再現することに、モデルの意図がある。それこそが、人類が子孫に伝達したい最大の遺産だからね」

「今回の事件と何か関係がありますか？」

「そんな話をしているのではない」犀川はまた首をふった。「しかし、その展開と継承は、どんな対象に関しても価値をもつだろう。一般に、優れた視力は、どんな物体でも見ることができる。何かを見ることで養われた能力は、他のものに対しても、今までより見やすくする。本質的に正しいシステムというものは、適用が広い」

「たとえば、どういうふうに応用ができますか？」

「幅の広い想像を可能にする」犀川は煙を吐いた。「たとえばか……。そうだね、たとえば、日曜日に僕たちは首のない死体を見たね。最初、僕らは形に拘って議論した。形に拘る者は、首と胴体が切り離された、その形状に意味があると考える。どうして、そんな状態にする必要があったのか、としか考えることができない。何故、犯人は首だけが欲しかったのか、あるいは、何故、犯人は死んだ明日香さんを欲しかったのか、としか考えられない」

「他に……、どう考えられますか？」萌絵は首を捻る。

「もしも、形に拘る人物がこの犯罪を行なったのなら、それで充分だけれど、そうじゃなくて、形に拘らない、長谷川氏の言う真のモデラが犯人だったとしよう」犀川は灰皿に煙草を押しつけ、脚を組み直した。「もしそうなら、彼は、いや、男とは限らないけれどね、彼は、切断された首にも、首のない胴体にも興味はないんだ。彼にとって重要なのは、首が切断される瞬間、あるいは、首が接続される瞬間。そして、それを観ている自分。それを行なっている自分の心の状態だ」

「あの……、先生。接続されるっていうのは？」萌絵は息を飲む。

「子供はプラスティックの人形の首を引き抜く。そして、それをはめ込んで元に戻す。それはもう、人形でなくても、首でなくても良い。その動作が面白い。その手の感触が好ましい。ここで、重要なのは、分解するのは組み立てる面白さがあるからだ、という点だろうね。人は、本来、ものを破壊し分散することよりも、組み立てて構築することで自分の精神安定を図る。破壊行為とは、それの裏返しで、気に入らない他人の理屈を撃退する理屈でしかない。しかし、自分や仲間を納得させるためには、破壊は必ず、なんらかの新しい造形の前処理でなくてはならないんだ。君の質問で論点がずれたけれど」

「首を切って、また組み立てるのですか？」

「あるいはね」犀川は微笑んだ。「今の話の前提を忘れないでほしい。これは、たとえば、の話だよ。それ以外にも、大勢が形だとは認識できないものを造形するために、破壊が必要なこともありえるからね」

「あの……、造形という言葉の定義ですけれど、たとえば、人間を造形するという場合は、人形を作るということを意味しているのですね？」

「それでは、形に拘ることになるね」

「ああ、難しい」萌絵は首をふった。「先生、ややこしいです。あまり事件に関係があるとは思えませんし」

「事件に関係があるなんて、僕は思っていない」

「でも、どんな対象にも展開できる理屈ではなかったのですか？」

「技量があればね」

ドアがノックされ、鵜飼大介の巨体が部屋に入ってきた。

「お邪魔します」愛想笑いをして、鵜飼は頭を下げる。

「どうなりました？　鵜飼さん」萌絵は腰を浮かせてきいた。

「ええ……」鵜飼はコートを脱ぎ、躰を窮屈そうに椅子に押し込んで、萌絵の隣に座った。「今もまだ、筒見紀世都の倉庫を調べています。ちょっと……まだ、かかりそうですね」

「紀世都さんの遺体は？」

「ええ、そちらもやっています」鵜飼はポケットからハンカチを出して、額の汗を拭いた。「思っていたよりも、状態は良かったようですよ。きっと、風呂の水に浸かっていたおかげですね。二階の床も焼け落ちなかったし、意外に証拠も残っていそうです」

「死因は？」

「そりゃ、感電死ですよ」鵜飼が目を丸くして萌絵を見る。「西之園さん、何だと思ったんですか？」

「死亡推定時刻は？」

「え？　だって……」鵜飼は首を傾げる。「筒見紀世都は、皆さんの目の前で自殺したんでしょう？」

「目の前ではありません。私たち、直接見ていたわけではありません」歯切れの良い口調で萌絵が言った。

「いや……、不審な点は何もありません。奴はあのとき、あそこで、死んだんですよ」

「もっと以前に亡くなっていた可能性はありませんか？」彼女はさらに質問した。「あるいは、睡眠薬を飲まされていたとか……」

「いえ、それはありません。薬物反応も出ていませんし、他に死因となるような外傷は何もない。さっぱり綺麗なもんですよ」鵜飼は躰を斜めにして、萌絵の方に向いた。「死んだのも、あの時刻でしょうね。筒見紀世都は、鶴舞の実家を九時まえに出て、あそこの倉庫に直接帰ってきたようです。そうそう、犀川先生たち、昨日の晩、筒見紀世都に会われたそうじゃないですか」

「八時半頃だったですね」犀川が答える。「じゃあ、ちょっとだけしか、彼、いなかったわけか。筒見先生と何か話をしていませんか？」

「ええ……、会っていないそうですよ。犀川先生たちが帰られたあと、筒見教授は二階の書斎に籠もって一人で酒を飲んでいたそうなんですが、かなり酔っていたようですね。その書斎へは、紀世都は現れなかったって言ってます。筒見夫人は一階の寝室で寝ていましたし、紀世都が家のどこにいたのか、よくわからないくらいなんですよ。ただ、階段を下りる音がしたんで、教授が書斎を出て、階段から下を見てみたら、ちょうど紀世都の姿が玄関にあって、帰るところだったそうです。それが九時頃だった、と筒見教授が証言しているわけでして……、何の参考にもなりませんね、これじゃあ」

「それから、天白のアトリエまでは、紀世都さん、自分の車ですか？」萌絵は質問する。

「ええ、軽のワゴン車です。自分で運転して帰ったようですね。その車は、西之園さんが駐めたところの付近にありましたよ。もちろん、それも入念に調べています」

「昨夜は、尾行は？　していなかったのですか？」

「ええ……、まあ」鵜飼は言葉を濁した。していなかったのか、していたのにうまくいかなかったのか、いずれかだろう。

「それじゃあ、九時半頃には、紀世都さんはアトリエに戻っていたのですね。私たちが行ったのは、一時近かったかしら……。三時間以上も待っていたことになるわ」

「その間に、躰にペンキを塗って、あの仕掛けの段取りをしたんですね」鵜飼は苦笑する。

「死のセレモニィってやつですか……」

「その間に、誰かに殺されたのでは？」萌絵はきいてみた。「それだと、死亡推定時刻が一致しなくなりますか？」

「どうでしょう……。わかりません。そんなにきっちりした数字が出ているわけではありませんから、ええ、そりゃ、西之園さんがおっしゃる可能性も否定はできません。死因が死因ですし、皮膚にはペンキが吹き付けてある。おまけにお湯に浸かっていたし、最後には蒸し焼き状態ですからね。推定の誤差も大きいでしょう。だけど……、いったいどうして、そんなふうに考えるんですか？　筒見紀世都が公会堂で妹を殺した、と考えるのが、普通だと思いますけど」

「どうしてですか？」

「あ、そうか……」鵜飼はぽかんと口を開ける。

「何です？」萌絵は首を傾げた。

「すみません、お伝えするのを、すっかり忘れていました」鵜飼は微笑んだ。「筒見明日香の首が見つかったんですよ」

「え！　どこで？」萌絵は立ち上がりそうになる躰を抑えるように、椅子の肘掛けを握り締めた。

「もちろん、あの筒見紀世都の倉庫です」鵜飼は当然だというように頷いた。「もっとも、その……、状態がですね、丸焼けでして……、今、確認中なんですが……。まあでも、十中八九間違いないでしょう。今夜のうちにも、たぶん断定できると思います」

「倉庫のどこにありましたか？」犀川は冷静な表情で、煙草に火をつけながらきいた。

「一階の奥の方ですね。焼け跡の検証中に発見されました」鵜飼は答える。「溶けたプラスティックが、微量ですけど付着していまして、アクリルのケースに入っていたのかもしれません。もしそうなら、西之園さんがおっしゃっていたとおりです」

「あの部屋に……」萌絵は自分の声が少し震えていると思った。「ということは、やっぱり筒見紀世都さんが疑われているのですね？」

「疑うも何も、そりゃもう、一気にそちらに傾いていますよ」鵜飼は頷く。「公会堂の方はたぶん、これで解決でしょう。M工大の事件との関連については、もっと詳しく調べてみないとわかりませんが、まあ……、こちらも、濃厚って感じです」

一瞬、萌絵は、あの夜の筒見紀世都を思い浮かべた。ペットボトルを打ち上げて、笑い、そして泣いていた芸術家の青年。彼は、部屋の奥にある妹の首に、あれを見せていたのだろうか？

妹の弔《とむら》いだ、と言っていた。

けれども、もしそうならば、萌絵をあの部屋に何故入れたりしたのだろう？

二階で風呂に入り、ビールを飲んでいた。

その真下に、妹の首があったなんて、とても考えられない。

「誰かが、明日香さんの首をあそこに運び入れたのだわ」萌絵は押し殺した声で言う。「誰かが、紀世都さんを殺人犯に偽装したのです」

「誰かって、誰ですか？」鵜飼はきいた。「つまり真犯人が他にいると？」

「もちろんです」萌絵は頷く。自分の意見に自信はあったが、その理屈はまだ構築されていない。

「でも、もし、偽装工作なら、もっと確かな証拠を残しておくんじゃないですか？　いや実は、これ、三浦さんの意見なんですけどね……」鵜飼は頭を掻きながら話した。「たとえば、筒見紀世都の遺書を偽造するとかですよ。もっと確実な手が打てたんじゃないかって、三浦さんは言っています」

「たぶん、形に拘ってないんですよ」犀川が囁いた。

第6章　木曜日はミステリィ

1

焼け跡のアトリエからは、公会堂四階控室の鍵のコピィは見つからなかった。また、筒見明日香の首を切断したと思われる斧も発見されていない。

現場検証の結果、筒見紀世都の命を奪った電気風呂の配線は、犀川が指摘したとおり、エアコンの電源に直結したもので、メインスイッチは、赤外線リモコンで操作されたものと判断された。ただ、このリモコン装置は見つかっていない。倉庫の一階で灰になった数々の芸術作品にも、多くの電子部品が使用されていたが、それらのほとんどは火に焼かれている。プラスティック類は跡形もなく溶けてしまったのである。

ペットボトルのロケットにアルコールを注入し、部屋中にそれを放射させた。蠟燭の炎が点火装置だった。もちろん、火事は偶然ではない。意図された、計算された、放火だったのである。自身の消滅も含めて、アトラクションのすべてを演出し、ことごとく灰にして消し去るアート。それが、筒見紀世都の遺志だった、というのが警察の認識らしい。

だが、当然ながら、公会堂の首切り殺人の犯人が、被害者の実の兄だったという報道はまだなされていない。現場検証は依然続いていたし、膨大な証拠品の分析は、着手されたばかりだった。

特に、この首切り殺人の動機を見出すことが、当面の重要な課題と考えられた。異常な精神による異常な犯罪、という一言で簡単に片づけることはできない。当該分野の専門家の意見が不可欠であったし、被害者と加害者の人物像と生前の生活を、より正確に捉える必要があった。

一方、M工大の上倉裕子の殺害に関しては、捜査本部の意見は二つに割れていた。筒見紀世都による犯行なのか、あるいは、まったく関係のない犯人による別の犯罪なのか、という論争があった。

同一犯と主張する側の根拠は、時刻と場所の接近、それに一部に共通する人間関係、さらに、現場の実験室を施錠した鍵が、寺林のポケットから持ち出されたものであること、などだった。

これに対して、二つの事件が無関係だと主張する側の根拠は、筒見紀世都と被害者の上倉裕子との間に直接の関係が見出せないこと、そして、殺害方法が異なっていること、などである。

いずれにしても、結論を求めるうえで、筒見紀世都自身が死亡したことは、最大の痛手といえた。

病院に戻った寺林高司に関しても、捜査員たちは苦慮した。寺林が、筒見紀世都の犯行の手助けをしたのではないか、頭を殴られたのは、実は仲間割れではなかったのか、といった意見も出された。しかし、もし寺林が筒見紀世都の共犯者であったならば、筒見は、確実に彼を殺したはずである。気絶させただけで生かしておくような真似をするはずがない。

ただ、いずれにしても、狂言ではなく、寺林が他者に頭を殴られたことは事実だと考えられつつあった。それならば、彼が一晩気を失っていたこともまた事実であり、首切り殺人はおろか、M工大の実験室の犯行も不可能となる。この認識が広がり、寺林に対する警察の態度は、微妙に変化していた。

木曜日の午前十一時に、西之園萌絵が、鶴舞のN大学病院に寺林高司を訪ねたときも、六階の彼の個室の前には、警官の姿がなかった。

「こんにちは」萌絵がドアをノックして、中を覗くと、寺林のベッドの横に、もう一人男が座っていた。

「西之園さん、こんにちは」その男は立ち上がって頭を下げた。

不精髭を伸ばした顔。小柄だが、がっしりとした体格。萌絵は名前をすぐに思い出した。

「地球防衛軍・那古野支部の武蔵川さんでしたね？」

「感激です。覚えていてもらえましたか」男はぎこちなく微笑む。「筒見君が、あんなことになってしまって……、今日は、会社を休んで、いや……、防衛本部に休暇願いを出して、馳《は》せ参《さん》じました」

「西之園さん、昨日は申し訳ありませんでした」ベッドの上で寺林が言う。「あの……、筒見君の方は、どうなったんでしょうか？　今日の朝刊には、明日香さんの頭部が見つかったって書かれていましたけど、詳しいことは、新聞を読んだだけでは何もわかりません。さっきも、刑事さんたちが来たんですけど、公会堂の事件との関連については、僕にはまったく説明してくれないんですよ」

「ええ……、まだ、何もわかっていないからだと思います」萌絵は、バッグを長椅子に置いて答える。「寺林さん、例の筒見さんのメモは警察に見せましたか？」

「もちろん話しましたよ。でも……、あれ、燃えてしまいました。あのとき、コートのポケットに入っていたんですよ」寺林は困った顔をする。「あれ、他人《ひと》のコートだったんですけど。火を消そうとして脱いだから……。西之園さん、文章を正確に覚えていますか？」

「ええ」萌絵は微笑む。「そうか……、そうなると、実物を見たのは、寺林さんと私だけなんですね」

「そうです」

「しかたがありませんね」

「あそこが燃えてしまったなんて、ショックですよ」武蔵川が言った。「実に大きな損失です。我々の分野じゃあ、筒見君は神様みたいな存在だったし、あそこは、彼の聖域でした。筒見君の作品は、もう生きた人間以上、神様くらい価値があったんですよ」

　オーバな表現だとは思ったが、萌絵は頷いた。

「西之園さん、まえの夜に、あそこに行かれたんでしょう?」武蔵川がきいた。「筒見君、貴女の写真を撮らせてほしいって言いませんでした?」

「はい……。でも、お断りしました」

「それは……、残念でしたね」武蔵川が本当に残念そうに顔をしかめた。「貴女のモデルが見たかったなあ」

「そう、三面図を写真からおこすような話をなさったわ」萌絵は苦笑して言う。「私も、ちょっとだけ残念です」

「え? あ、あの、僕に作らせてもらえませんか」武蔵川が立ち上がる。

「ごめんなさい。社交辞令で申し上げたのです。本当は、全然、残念だなんて思っていません」萌絵は頭を下げる。「ちゃんと言わない私がいけませんでした。気を悪くなさらないで下さい」

「はあ……、そうですか。どうもすみません」武蔵川が腰を下ろす。「そう……ですよね。

いえいえ、僕ら慣れっこですから。戦闘機とかだって、なかなか内部の詳細な資料とかは手に入らないものです。そういったデータを集めたりするのも、難しいから面白いんです」

「私のデータ、集めないで下さい」

「あ、いえいえ」武蔵川は片手を振って微笑んだ。「そういう変な意味じゃありませんよ。僕ら、ちゃんと社会に適合して生きているつもりですからね。踏み外してはいません」

「西之園さん。M工大の事件の方はどうなっているんですか？　その後、何か進展がありましたか？」寺林がきいた。彼は、ベッドの上で起き上がっていた。「ひょっとして、あちらも筒見君が？」

「紀世都さんは、上倉裕子さんには、面識がありませんよね？」

「ええ、ないと思いますね」寺林は答える。「僕の知っている範囲では……、ですけど」

「警察もその点を調べているはずです」萌絵は武蔵川を見て言う。「上倉さんを殺害する動機が、紀世都さんには見つからない。それで事件の繋がりを説明できない……」

「あれ、その子、一度、例会に来た人じゃあ？」武蔵川が振り向いて寺林の方を見る。

「え？」寺林がきき返した。

「ほら……、えっと、待ってたでしょう？」

「ああ、そうそう、あの子ですよ。そう、彼女、殺されたんです」

「わあ、そうだったのか……」武蔵川は口を開ける。「M工大の殺人事件は知ってたけど、まさか、あの子とはね……。ふーん、そうだったんだ」

「武蔵川さん、例会って？　何の例会ですか？」萌絵は尋ねた。

「あれ、いつだったっけ？」武蔵川は寺林にきく。

「えっと……、五月か六月かな」

「模型サークルの例会なんです」武蔵川が萌絵の方を見た。「えっとね、場所は、瑞穂《みずほ》区の青年の家っていう、公共施設を借りてやったんですけど。そのとき、寺林君が連れてきたんです」

「僕じゃないですよ」寺林が慌てて言う。「違うよ。あのときは、上倉さん、河嶋先生と一緒に来たんです。確か……、どこかへ一緒に行った帰りだとかって、言ってませんでした？」

「あ、そうそう。そうだったね」武蔵川が頷く。

「武蔵川さん、よく名前を覚えてましたね？」寺林が微笑んだ。

「僕さ、若い女性の名前だけは一発セーブなんだよね。覚えちゃうと絶対忘れないんだ」

「新聞を読まれたときには、気がつかなかったのですか？」萌絵は尋ねる。「上倉さんの名前、新聞に出てましたけど……」

「ああ、そう……」武蔵川は髭の伸びた顎を擦った。「カミクラってどんな字です？」

「ウエという字に、倉庫のクラです」

「あ、じゃあ、僕、新聞はウエクラって読んだかも」武蔵川は可笑しそうに口もとを上げる。「彼女の名前を聞いたときは、神様のカミだと思ってた。僕の頭には、今まで、そう記憶されていたんですね」

「そのときの模型の例会に、上倉さんが来たのですね？」萌絵は質問を戻した。

「そうです。河嶋助教授と一緒でしたね。彼女、模型には興味がないから、部屋の隅で退屈そうに待っていましたよ。ね？」

「うん、そうそう」寺林が頷く。「あの頃は、僕、まだ、彼女とあまり親しくなかったんです。大学で同じ講座なんですけど、声がかけられなかったくらい」

「その例会というのは、フィギュア模型の会ですか？　筒見紀世都さんもいたの？」

「彼、いたっけ？」武蔵川が寺林を見る。

「さあ、覚えてないなあ」寺林は首を横にふった。「筒見君は、あまり出席は良くない方だから、たぶん、いなかったんじゃないかな」

「河嶋先生は、どうして、そこへ？」

「ああ……、フィギュアの会だけじゃないんです。今回の公会堂のスワップミートの企画・準備も兼ねて、五つのサークルが集まっていたんです。最初だけ、全体で連合の総会をして、そのあとは、別々の部屋に分れて、それぞれのサークルで例会をしました」

「五つの会って？」

「僕らの会、これはフィギュアとモビルスーツ、まあ、人形とロボットが専門ですね」武蔵川が生き生きとした口調で説明する。「あとは、飛行機のプラモデルのグループ、河嶋先生は、そのサークルです。それから、筒見教授の鉄道模型の会。ここは大御坊さんもいます」

「遠藤さんも？」萌絵はきいた。それは、筒見明日香の恋人だったという遠藤昌、その自殺した若者の父親のことである。

「遠藤さん？　ああ、遠藤彰先生ですね。そうそう。西之園さん、よく知ってますね？」

「お医者様なのでしょう？」寺林を見ながら萌絵は言う。遠藤昌のことを最初に話してくれたのは寺林だった。

「そうです。あの先生は大御所ですよ」嬉しそうに武蔵川が頷く。「あとの二つは、ミリタリィのグループと、えっと、モデルカーのグループですけど、この二つはあまり大きくないです」

「今、言った人、みんないたのですか？」

「みんな、というと？」武蔵川はきき返した。

「筒見先生と遠藤先生は？」

「その二人は、欠かせませんよ」

「長谷川さんという人は？　飛行機のモデラだと思いますけど、ソリッドモデルの……」

「ああ、名前は有名ですけど」武蔵川は答える。「その人は、サークルには入っていません」

「あの、それじゃあ、そのとき例会に来ていた人は、上倉裕子さんを知っているのですね？　筒見紀世都さんだって、いた可能性もある、と……」萌絵は自分で言ったことに興奮していた。「それ……、警察は知りません」

「知って、どうするんです？」武蔵川は不思議そうな顔をした。

「ええ、つまり、Ｍ工大の事件と公会堂の事件は、共通する関係者がとても限られていたのです」萌絵は説明しながら、寺林の顔を見る。「最初は、寺林さんだけだと思われていた。だから、寺林さんが疑われたんです。でも、もし、模型関係の人がそんなに沢山、上倉さんと会っていた、となると……」

「でも、会っただけですよ。いえ、見ただけ、というか」武蔵川の表情が少し曇った。「西之園さん、僕らの中に犯人がいると言うんですか？」

「あ、いいえ」萌絵は首をふった。「そうではありません。でも、可能性は全部、確認しなくてはいけないでしょう？」

「西之園さんが、ですか？」

「ごめんなさい」萌絵は微笑んだ。「もちろん、これは基本的に警察の仕事です。ですけれど……、私がしては、いけませんか？」

「いやそんな、いけないわけじゃありませんけどね」武蔵川は苦笑した。「どうしてまた、そんな警察の真似ごとみたいなことを？」

「それが、西之園さんの趣味なんですよね」寺林がベッドから言った。「なにしろ、この人、看護婦に……」

「寺林さん！」萌絵は叫んでから、唇の前で人差指を立てて微笑んだ。

「わ、看護婦が何なんです？　趣味って？　教えて下さいよう」武蔵川がひきつった笑みを浮かべる。「僕だけ、仲間外れですか？」

「誰でも、どこかの仲間外れです」萌絵はすぐに言った。「とにかく、駄目です。話を戻しますよ。その例会のときの上倉さんの様子を教えて下さい」

「別に……、ただ、部屋の隅で待っていただけです。そうですね、一時間くらいだったでしょうかね」武蔵川が説明する。「僕らは、テーブルで、公会堂のときの場内配置について話し合っていました」

「誰か、上倉さんに話しかけませんでしたか？」

「いや、よく覚えていませんけど、そんなことは、なかったと思いますよ。どう？」武蔵川は振り向く。寺林も首を横にふった。

「他にどんな話をしましたか？」

「いやあ、忘れちゃいましたよ」

「彼女、どんな服装でしたか？」

「えっと、ミニスカート」武蔵川はすぐに答えた。それから、頭を掻いて、言い訳をした。

「申し訳ない。そういう映像だけは覚えているもんですから」

「僕も覚えています」寺林が微笑む。「ほら、モデルの話をしたよね。スワップミートでコスプレの撮影会をしようって話になったときに……」

「ああ、そうだそうだ」武蔵川がにんまりとする。「そうそう、それで、部屋に女性は上倉さんだけだったから、みんなが彼女を気にしていた」

「それで？」萌絵は身を乗り出す。

「それだけ」武蔵川は口を開けて笑った顔で止まった。

「上倉さんに、コスプレのモデルを頼んだんじゃないですか？」

「まさか、そんな失礼なことできませんよ」武蔵川は真面目な顔で答えた。「面識もないのに、そんな見境《みさかい》のないことをするわけがない」

「まあ！　私には頼んだじゃありませんか！」萌絵の声が大きくなった。

「あ、あの……。そう、そうでした。西之園さんは、特別でした」武蔵川はびっくりして、素早く手を振った。「その……、大御坊さんの従妹でいらっしゃるので」

突然、敬語になったので、萌絵は可笑しくなって微笑む。「見境のない方なのですね？」

「ですから、明日香さんも西之園さんも、知り合いのコネがあるということで、特別なんですよ」

「でも、上倉さんだって、河嶋先生のところの学生さんでしょう？　コネがあるじゃないですか」

「あのときは、もう、筒見明日香さんでいこうって、暗黙の了解ができていたんですよ」寺林が答えた。「それに、その、誤解しないでほしいんですが、上倉さんは向きません。造形がそんなタイプじゃないんです」

「え、どうして？」

「どうしてもです」そう言って寺林は頷く。

「私は、向く造形なのですか？」萌絵は顎を上げる。

「そうです」寺林は簡単に頷いた。

「寺林さん。もう少し、具体的かつ定量的にご説明願えませんか？」萌絵はゆっくりと言った。

「これは、言葉や数字では表現できません。特に、ご本人の前では言えませんよ」寺林は真剣な顔だった。

そうそうという表情の武蔵川が横で何度も頷いて援護した。

萌絵は二人の顔を睨みつけ、このまま五分ほど黙り込んでやろうか、と思った。

2

武蔵川と一緒に、萌絵は病院を出た。

「西之園さん、またいつかお会いできますか？」彼は別れ際に言った。恥ずかしそうなものの言い方だったが、表情はつくり笑いのようで、少し不気味である。

「いいえ、はっきり申し上げて、もうお会いする機会はないと思います」萌絵は優しく微笑んでそう答えた。飾った表現をすることは失礼だろうと思ったからだ。

武蔵川は、彼女のその返答に逆に喜んだ様子で、くすっと笑ってから、手を軽く振って去っていった。今までの武蔵川の態度の中で、それが一番好感がもてるものだった。

人の印象とは不思議である。生理的に受けつけないと思っていた人物が、多少、予想と異なる仕草をしただけで、好意的に見えることがある。この正反対の事例も多い。そんな瞬間というのは、まるで、ポジフィルムがネガフィルムに反転するように基準が入れ替る。

彼女は車を病院の駐車場に置いたまま、歩くことにした。M工大はすぐそこだったからだ。

打ち放しコンクリートに刻まれた八桁のナンバを眺めながら、萌絵はキャンパスに足を踏み入れる。

秋晴れで、気持ちが良い。高い空には、エアブラシで描いたような雲。冬がすぐそこまで来ているのに、暖かい小春である。昼休みのためか、大勢の学生たちが無秩序に歩いていた。高層の建物の前の広場には、ベンチでパンを食べながら本を読んでいる青年が何人も見える。工科大学だから、男子が多いようだ。

河嶋助教授は、生協の食堂だろうか、とも考えたが、研究棟の部屋を直接訪ねることにする。アポイントメントは取っていなかったので、会えなければ、諦めるつもりだった。

階段を上がって、化学工学科の玄関ロビィに入る。古い掲示板に、大小様々の紙切れが貼られ、明らかに壊れたウォータ・クーラが廊下の角に立っていた。階段の手摺は木製で、手触りが滑らかだ。踊り場には、音楽や演劇のサークルのポスタが、時代の忘れもののように貼られている。

実験室は閉まっていた。立入禁止の札が立てられている。まだ、警察が許可していないのだろう。

その実験室の斜め向かいにある河嶋助教授の部屋のドアを、萌絵はノックした。

「どうぞ」という声が聞こえたので、彼女は中に入った。

「失礼します」

そこは、犀川助教授の部屋よりもずっと広い。窓際にデスクが置かれ、ブラインドが下りていた。手前には、シンプルなデザインの応接セット。床のピータイルは紺色で、ワックスをかけたばかりのようだった。

河嶋助教授は白衣を着て、デスクで電話の受話器を持っていた。彼は、片手を萌絵に広げて見せて、それから、ソファの方を指さした。そこに座って待っていろ、というジェスチャだろう。

デスクの上に十七インチのディスプレイとレーザ・プリンタがのっている。部屋の左の片面には、木製の本棚が天井まで届き、そのガラス戸の中は、ほとんどが分厚いファイルだった。ワープロで打たれたカラフルなラベルがファイルの背に貼られていて、よく整理されている、と印象づけるのに成功している。

萌絵がきちんと座ってソファで待っていると、やがて電話が終わり、受話器を置いてから、河嶋助教授が立ち上がった。

「えっと、何年生？」

「いえ、私は……」萌絵は立ち上がった。「ここの学生ではありません。N大の四年生です」

「僕の講義を聴講したいの？」デスクを回ってこちらにやってきた河嶋は、ソファに腰掛けてから、萌絵をじろりと見た。「まあ、座りなさい」

彼女は上品に腰掛ける。

「突然で申し訳ありません、河嶋先生。実は、先週の土曜日の事件のことで伺いました」

「ああ、なんだ……」河嶋は困った顔をする。「それは、困るなあ」

「私は、西之園といいます」

「西之園さん？　へえ、珍しい名前だね」河嶋の表情は急に変化した。「ひょっとして、N大の元総長だった、あの西之園先生と関係がある？」

「父です」

河嶋は目を見開き、長い無音の息をもらしたが、何も言わなかった。

「河嶋先生は、昨日亡くなった筒見紀世都さんをご存じですね？」

「ついさっき、警察の人がその話で来たよ。もちろん、知っている。筒見先生のご子息だからね。でも、一度も会ったことはなかった。筒見先生のところ、大変なことになっているようだね」

「河嶋先生は、筒見紀世都さんが上倉裕子さんを殺した、とお考えですか？」萌絵は意図的に唐突な質問を口にした。

「は、いや……」河嶋は、また、目を大きくし、次に、それを隠すように苦笑した。「そりゃあ、ちょっと……。初対面の君と話せる内容じゃないと思うけど。君、目的は何？」

「事件の解決です」萌絵は答える。

「どうして、それが君の目的なのかな？」

「先生の目的ではないのですか？」萌絵は真っ直ぐ座ったまま、河嶋の顔を見据える。

「そうね……、僕の主目的ではないね。はっきりいって関心はあまりない」

「私は関心があります。このギャップについては、今ここで議論するつもりはありません。少しだけで良いのです。お話を伺わせて下さい」

「うん」河嶋は頷いてから、真面目な顔になった。「君、N大のどこの学生？」

「工学部の建築学科です」萌絵は答える。「あの、先生、上倉裕子さんは、誰に殺されたとお考えですか？」

「僕は何も考えていない。うちの社会人ドクタの学生じゃないのか、と言われているけどね」

「寺林さんですね？」

「言いにくいことだし、個人的に、僕はまったく信じていないが、客観的に見れば、状況は彼にとって非常に不利だ」河嶋は腕を組んだ。「たぶん、警察はそう考えていると思う。しかし、どちらにしても、上倉さんと寺林さんと、二人とも一度にいなくなったんだ。こちらはお手上げだよ。仕事にならない。君くらいの知能があれば、誤解はしないと思うけど、研究室にとって非常に大きな損失だ。はっきりいって、何があったか知らないが、本当に迷惑な話だね」

「私のことですか？」

「君も迷惑だ」河嶋は笑いながら言った。「そうじゃないかな？　上倉さんと寺林さんがどんな関係だったのか、僕は知らんよ。研究室の外で何をしてくれてもかまわない。彼らがどんな価値観で、どんな行動をとろうが知ったことじゃない。ただね、急にいなくなられては困るんだ。これは人間として最低限の条件だ。たとえば、自殺するなら、一週間はまえに言ってもらわないと、実験のスケジュールに支障がある」河嶋はそこでまた笑った。「君、これが冷たい言い方だと思う？　もし、そうなら、帰りなさい」

「いいえ、私は、その考え方に反論はありません」萌絵は首をふった。「でも、自殺ではないのです。突然のことだったのですから、しかたがありません。自分が殺されることを一週間まえに申告するのは不可能です」

「彼らの責任を問うているわけじゃないんだ」河嶋は真面目な顔になる。「僕も、怒りの向けるところがなくて困っている。かといって、犯人を見つけて、問い質《ただ》したところで、しかたがない。それこそエネルギィの無駄だ。これ以上損失を大きくしたくない」

「今も、エネルギィの無駄ですか？」

「そうだね」河嶋は軽く頷く。「まあ、たまには無駄も必要かもしれないが……」

「河嶋先生は六月頃、上倉さんを模型サークルの会合に連れていかれましたね？」

「ああ、そう……。そんなことがあったね。よくそこまで調べたね？」

「そのときのことを覚えていらっしゃいますか？」

「日曜日だった。あのときは、僕の車が故障したんだ。大学から出かけようとしたら、動かない。それで約束の時間があったんで、上倉さんの車で送ってもらうことになった。彼女にお願いしたんだ。帰りはバスで戻ってこようと思ったんだが、彼女が待っていると言ってくれたんで、その言葉に甘えた。会合に出たのは、その帰りだった」

「上倉さんが模型サークルに顔を出したのは、その一回ですか?」

「そう」河嶋は頷く。「あのさ、それ、誰から聞いたの? ああ、ひょっとして、寺林さん?」

「ええ」萌絵は頷く。「今回の公会堂の事件は、模型のサークルの関係者が多いんです」

「向こうの事件も調べているんだね」

「上倉さんが、どこかで接点を持っていたとしたら、その六月の会合のときかもしれません」

「接点って、誰と?」

「模型の関係者です」

「それは考え過ぎだ」河嶋は微笑んだ。「ひょっとして、君も模型をするの?」

「いいえ」

「だろうね。工学部だから、もしかしてって思ったけど」

萌絵はもう一度、部屋を見渡す。この部屋には模型は一つもない。河嶋助教授が好きだという飛行機の写真さえ一枚もなかった。

「先生は飛行機の模型をお作りになるんですね?」

「ああ」

「この部屋にはありませんけれど」

「ここは仕事をする部屋だからね。僕は、普段はそんな話は誰にもしない。大学で僕の趣味を知っている先生はほとんどいないよ。実は、その六月のときも、寺林さんがそこにいてね、お互いにびっくりしたくらいだ」

「それまで、寺林さんが模型マニアだってことを、ご存じなかったのですか？」

「彼は四月から、ここの学生になったんだけどね。うん、知らなかった。向こうだって、僕を見て驚いていた。そんなものだよ。仕事とは別の世界なんだから。模型に関しては、寺林さんの方が、僕よりもキャリアが長い。向こうが先生だ」

「その頃には、まだ、寺林さんと上倉さんはつき合いがなかったそうです」萌絵は寺林の言葉を思い出して話す。「失礼な質問かもしれませんが、その頃、先生と上倉さんは、おつき合いがありましたか？」

河嶋は笑いだした。「そりゃ、君。失礼な質問だ、確かに」

萌絵は首を傾げて、微笑みながら返答を待った。

「さすがは西之園先生のご令嬢」河嶋は、まだにやにやしている。「あのね、今の質問は、つき合っていても、つき合っていなくても、答はノーしかありえない。すなわち、質問は無意味だ」

「先生は、筒見明日香さんをご存じですか?」

「名前くらいは聞いている。だが、話したこともない。筒見先生とご一緒だったとき、一度くらい挨拶をしたかな。どこかのパーティでね……。まだ、彼女が中学生くらいのときだったと思う」

「綺麗な方でしたね?」萌絵はきいてみた。

「無駄な質問だね」河嶋は微笑んだ。「さあ、もう、帰ってほしいな。暇じゃないんだよ、僕ね」

「お昼は、もうお済みですか?」萌絵は時計を見ながらきいた。

「いや」立ち上がって河嶋は言う。「これから、食事を一緒にしたいって言いたいのかな?　残念だけど、僕は弁当なんで」

「奥様がお作りになるのですか?」

「そうだよ」可笑しそうに河嶋は頷いた。「君、変わった子だね。他の人にも言われるでしょう?」

「よく言われます」萌絵も立ち上がった。「でも、理由は自分ではわかりません。だって、そう言う相手の方が、私よりずっと変わっているんです」

「そうか、じゃあ……」河嶋は萌絵を指さす。「今度、時間があったら、教えてあげよう」

「え?　何をですか?」

「君のどこが変わっているのか。えっと、名前は何というの?」

「西之園……」

「いや、ファーストネーム」

「萌絵といいます」

「西之園萌絵さん……。覚えておく。今度から質問はメールでしてくれる?」

河嶋は机から名刺を一枚取り出して彼女に手渡した。メールのアドレスも印刷されている。

「わかりました。どうもありがとうございました」

河嶋は、デスクの向こう側に回り、椅子に腰掛けた。

「失礼します」

「さようなら」

3

午後は大学の研究室に戻って、萌絵は相変わらずの作業を続けた。処理しなくてはならないデータ量の三分の一くらいには達していた。こんな調子では、あと四、五日はかかりそうである。ずっと仕事をしていた牧野洋子は、夕方から家庭教師のバイトに出かけていった。

逆に、外が暗くなった頃、金子勇二が部屋に入ってきた。彼は、昨日一日大学に出てこなかったので、つまり、あの火事騒ぎ以来、初めてだった。萌絵は期待して、彼の方をずっと見つめていたが、金子は、彼女と視線を合わさないまま、自分の椅子に腰掛けた。

金子のコンピュータが立ち上がる音だけが聞こえた。しばらく沈黙が続く。

「昨日は、ありがとう」萌絵は思い切って口にした。

「何が?」金子は鞄からファイルを取り出しながら言う。

「何がって……、あの火事のとき」

「お礼を言われるようなこと、俺したか?」

「助かったわ、金子君がいて」萌絵は彼の顔を見て言った。しかし、金子はこちらを向かない。

「そりゃ、良かったな」

「あの倉庫で、筒見明日香さんの首が見つかったのよ」

「公会堂の?」金子は顔を上げた。

「ええ」

金子は煙草に火をつけた。彼はまたディスプレイに目を向ける。

「私と寺林さんの二人だけだったら、大変だったわ」

「犀川先生は、西之園が電話したのか?」

「いいえ。みんな偶然あそこに集まったの」萌絵は答える。「下の道路には、警察が最初からいたみたいだったし」

「最後は……、あんまし愉快じゃなかったな」煙を吐きながら、金子はようやくちゃんと萌絵を見た。

「先生たちが来たから?」萌絵は微笑んだ。

「まさか」金子は鼻息をもらし、目を細めた。「お前、何か勘違いしてないか?」

「お前なんて言わないで」

「ああ、悪かった」

「私の両親のこと、知っていたのね?」萌絵はきいた。

金子は、表情を変えなかったが、煙草の火で、息を止めたことがわかった。

「私……、金子君のお姉さんのこと、聞いた。ずっと、黙っていたなんて水臭いと思う」

金子は立ち上がって、萌絵の方へ来た。彼は片手を握り締め、彼女の鼻先に伸ばす。

「チャンネルはどこだ?」

「え?」萌絵は彼を見上げる。

「チャンネル替えようと思ってよ」金子は無表情で言った。

「わかった。もう話さない」萌絵は唇を噛んで頷く。「ごめんなさい」

「ああ、俺のは今、オフになってる」そう言って、金子は煙草をくわえる。「ずっと、オフのままだ」

「知らないわ。金子君は知ってるの？」金子の比喩が面白かったので、萌絵はつき合う。

「自分のスイッチがどこにあるかも、知らねえのか？」

金子は視線を逸らし、躰を揺すりながら、自分のデスクに戻った。

萌絵は微笑む。「スイッチなんかないわよ」

「今度、言ったら、スイッチ切るぞ」

「どうして、オンにしないの？」

「人を殺すかもしれねえからな」金子は口もとを斜めにして笑った。「西之園は、オンになりっぱなしになってる。そんなふうだから、つまらねえ馬鹿馬鹿しいことばかりに、首を突っ込むんだぜ。いい加減に、気がつけよ。それがデフォルトだってことは、わかるけど、この歳になったら、オプションつけるなり、エイリアス被せるなり、あんだろ。少しは本体隠すことを覚えた方がいいぜ」

萌絵は、金子の言葉に驚いた。

彼女は、もたれていた椅子から背を離し、金子を睨む。

「もしかして、それ……、私が、こんなことをしているのが、あの飛行機事故に関係があるっていうこと？　そう言っているのかしら？」萌絵は感情を精いっぱい抑えて、囁くように言った。

「ああ……」金子はこちらを向いていない。

「関係ないわ……」

「頭使って考えてみろよ」

「人と話をするときは、顔を向けるものよ」

「話したいのは、そっちだけだろ。一方的に話してろよ、勝手にな……。聞いててやるから」

「こちらを向きなさい！」萌絵は大声で叫んだ。

金子が目だけを萌絵に向ける。

「俺に言ってんのか？」

「そうよ」

「また、チャンネルが違うな」

「私のやってることを、貴方にとやかく言われる筋合いはないわ。そんな言い方をされる覚えはない！」萌絵は立ち上がった。

「俺だって、命令形で言われる覚えはないね」

「金子君、どうして、素直にものが言えないの？」

「どうして、素直に言わなくちゃいけねえんだ？」

「それがコミュニケーションのマナーでしょう?」

「そんなルールは初耳だな」

「とにかく、同情なんてまっぴら！　あの事故のことで、私が可哀想だなんて思わないでくれる？　そんなことで、私がヒステリィだとか、異常だとか、そんなふうに見ないでほしい。私は私の判断で行動しているんです。貴方の心配なんて余計なお世話もいいところ。ああ、もう……」

「何、怒ってんだよ」

「貴方が怒らせたんじゃない！」そう言ったとき、目頭が熱くなった。萌絵は椅子に座って、顔を隠す。「同情とか心配とか、うんざりだわ！　絶対に違う。見損なった……」

「支離滅裂だぜ」金子が言った。彼は舌を鳴らす。「まいったなあ……、お嬢さん、機嫌直せよ。俺が悪かったから」

「お嬢さんなんて言わないで！　貴方、私よりどれだけ偉いの？　どうして、そんな口のきき方ができるの?」

ドアが開いた。

「何してるの、煩《うるさ》いよ」国枝桃子だった。「喧嘩ならさ、屋上でやってほしいな」

「もう、終わりました」金子が立ち上がり、頭を下げる。「すみません。先生」

「なんだ。金子君?　牧野さん対西之園さんだと思ったのに。あんた、女の子泣かしたの？」

「はあ……」

「馬鹿が！」国枝が部屋の中に入ってきた。「まさか、手出したんじゃないだろうね。許さんよ」

「いいえ」金子が両手を広げて首をふった。

またドアが開く音。

「どうしたの？」犀川の声だ。「今の声、西之園君じゃなかった？」

萌絵は、顔に両手を当てたまま、立ち上がれなかった。

4

「金子君、ごめんなさい。国枝先生、申し訳ありませんでした。犀川先生も……、すみませんでした」萌絵は部屋の中央で頭を下げた。「私がいけなかったんです。全面的に、私に責任があります」

犀川と国枝と金子は、大きなテーブルの椅子に腰掛けて、萌絵を見ていた。三人ともコーヒーを飲んでいる。

「コーヒー飲んだら」国枝が言った。

萌絵は自分のデスクで五分間ほど伏せていたが、あとの三人は、さきほどからコーヒーを淹れて、賑《にぎ》やかに話を始めていた。話題は、建築に設計製図の授業が必要かどうか、といったもので、萌絵は、それを聞いているうちに、気持ちが収まった。呼吸を整え、彼女は三人の前に出てきたところだ。

「俺が悪かったんです」金子が軽く頭を下げて言う。

「やめてね、譲り合いは」国枝が無表情で言った。「仲直りなんてしない方が得だよ。もう二度と喧嘩しないで済むんだからさ」

「教室会議が終わって、戻ってきたら、もの凄い声がするだろう？　きっと、このフロアの先生たちには全員、聞こえたと思うな」

「すみません」萌絵はまた頭を下げる。

「首が見つかったそうね」国枝は萌絵の方を見て言った。

「そうです」彼女は頷く。

「へえ、国枝君、興味あるの？」犀川が言う。

「国枝先生、そのお話……、してもよろしいですか？」萌絵はきいた。

「そうね」国枝はメガネを外した。「今、ちょうど一仕事終わったところだから、つき合おうか」

「明日は大雪か？」犀川が笑いながら言う。「僕にもそれくらい、たまにはつき合ってほしいな」

「犀川先生」国枝は犀川を睨む。「今の発言は取り消して下さい」

「え、なんで？」

「誤解されます」

犀川は口もとを上げる。「国枝君……、君ね、ちょっとくらい誤解された方が身のためだよ」

「犀川先生は、軽はずみという言葉をご存じですか？」国枝がメガネをかける。

「まあまあ、怒らないで……。悪かった。冗談だから……」犀川が微笑んだ。

「もう少し、彼女につき合ってあげたら、どうなんです？　冗談を考える暇があるのでしたら」国枝は真面目な顔で言う。

「ちょっと待ってくれ。その一言は余分だな」犀川が立ち上がる。「言って良いことと、悪いことがある」

「犀川先生」萌絵が駆け寄った。

「あの……、喧嘩なら、屋上で」金子が小声で呟いた。

ドアがノックされる。

大御坊安朋が顔を覗かせた。

「あ、犀川君、こっちだったのね」彼はにこにこしながら部屋に入ってくる。「ちょうどいい。お菓子持ってきたから、みんなで一緒に食べましょう。あ、萌絵ちゃん、もう一回、コーヒー淹れ直してもらえる?」

そこで、大御坊は国枝桃子を見た。彼はしばらく静止した。

「まあ、貴女……、女性?」

「失礼ですが、貴方は男性ですか?」国枝がきき返す。

「大御坊です。はじめまして。萌絵ちゃんの従兄にして、犀川助教授の中学からの同級生、はたして、その実体は……」

国枝はにこりともしない。

「うちの助手の、国枝君だ」犀川が紹介する。

「私、今、機嫌が悪いし、お腹が空いてるんです」国枝が言った。「そのお菓子、さっさと出してもらえませんか」

大御坊は紙袋から包装された箱を取り出し、テーブルにのせる。金子が封を破り、蓋を開けた。

「今日は、ずっと警察にいたの」奥の牧野洋子のデスクから椅子を転がしてきて、大御坊は勝手に腰掛ける。「私の撮ったビデオをダビングして、それを見ながら、何度も何度も説明よ。もう、サイレントの弁士になったみたい」

「ビデオ、私も見たい」萌絵は言った。彼女はコーヒー・メーカをセットしているところだった。

「持ってきたわよ。そのために来たんだから」大御坊は嬉しそうに言う。「私、お菓子の配達屋さんじゃないのよ。この部屋、八ミリは見られる?」

「あります」金子が立ち上がって言う。「ちょっと待って下さい、配線しますから」

「何か写っていましたか?」萌絵が尋ねる。

「何の話?」国枝がきいた。「私、関係ないみたいだから、遠慮しておく」

「まあまあ、そう言わずに」大御坊は、真面目な顔で言う。「私は貴女にこそ、見てもらいたいの。深い意味はないけどね」

「不快な意味があるのでは?」国枝が切り返す。

「国枝君」犀川が横から言う。「いつから、そんなテクニックを身につけたんだ?」

「門前の小僧です」国枝が口もとを少し上げた。

「このまえの可愛らしい子は?」大御坊が言う。「あの子も連れてきてよ」

「誰のこと?」萌絵は首を傾げる。「洋子?」

「違う違う。えっと、深志君」

「ああ、浜中さん?」萌絵は吹き出した。「院生室ですけど、呼んできましょうか?」

「呼んでこなくていい」国枝が言う。「私だけで充分」

何が充分なのかわからなかったが、呼んでこなくても良いことだけは明らかだ。金子がマツキントッシュの背後に八ミリデッキからのコードを接続し、大御坊がポケットから出したビデオテープをセットした。その頃には、五人の前には、コーヒーカップが置かれ、お菓子も所定の位置についた。

二十一インチのディィスプレイに、ビデオ出力のウインドウが開かれ、そこに八ミリデッキが再生した画像が表示される。

最初は、車の中で喜多助教授が眠っているシーンだった。大御坊の声で、彼が目を開けるところだ。

「ほらほら、セクシィでしょう？」大御坊が嬉しそうに解説する。

他の者は呆れて黙っていた。

急に場面が変化する。その映像は、筒見紀世都のアトリエの中だった。最初は真っ暗で何も見えなかったけれど、金子が画面の照度を調整すると、細かい発光ダイオードの星々が瞬いているのが見え始める。一面に細かい光が散らばっているが、中央には真っ暗な部分があった。

「これは、寺林君。邪魔でしょう？」大御坊が画面を指さして言った。

カメラがゆっくりと横にふられ、星の光がそれにともなって素早く移動する。ところどころに、黒い影があり、筒見紀世都が造形した人形たちが奥の星を遮っていることがわかる。

「何なの？　これ」国枝がぶっきらぼうにきいた。

「筒見紀世都さんという芸術家のアトリエなんです」萌絵は説明する。「国枝先生。もうすぐ、火事になるんですよ」

「火事?」国枝は再び画面を見た。

シーンはときどき切り換わる。大御坊はずっとビデオカメラを回し続けていたわけではない。数秒間の短いシーンを録画しては、そのたびに、カメラを止めていたようだ。

小さな音だったが、筒見紀世都の歌も断続的に聞こえる。その場にいた萌絵たちの会話も鮮明に録音されていた。

「あ、今の光は?」国枝がきいた。

画面が一度、ぼんやりと明るくなったからだ。

「あれは、フラッシュですね?」萌絵は大御坊を見た。

「そうだと思うけど」大御坊が答える。

次のシーンはフラッシュのイリュージョンだった。肉眼で見たときには、その幻惑で目の前に星雲のようなものが確かに見えたのに、今、こうして機械の目を通して見ると、強烈な閃光のために、カメラのアイリスが数秒間狂うだけだった。白い閃光のあと、オレンジ色の輪が画面全体に広がる。それも肉眼では見えなかったものだ。アイリスはたちまち補整され、もとの小宇宙が現れる。

「ほら、また光ったよ」国枝が言う。

国枝が指摘しているのは、フラッシュとは違う、ぼんやりとした小さな光だった。

「肉眼で見たときと、だいぶ感じが違いますよね」萌絵は振り向いて言った。「フラッシュも大きいのと小さいのがあったんですね。全部、同じだと思っていたのに」

「萌絵ちゃん？」という大御坊の声が画面から流れる。

「こんな暗いところでビデオなんて写ります？」今度は萌絵の声だ。暗くてぼんやりとしか見えないが、彼女の顔が画面いっぱいに映っていた。

「何いってるの。人間の目よりは見えるんだから。今も、貴女の顔、なんとか写ってるわよ。ほら、もっと笑って」大御坊の声が一番大きかった。彼はカメラを持っているのだから、マイクに近い。

「こう？」萌絵の声、どうにか笑顔が確認できる。

「グッド、グッド……。こら、喜多君、どさくさに紛れて何してるの？　その手を退けなさい」

「筒見君！」寺林高司の声。カメラは萌絵からそちらに向けられた。しかし、寺林は完全なシルエットになっている。「もう、いいよ！　僕は君と話がしたいんだ。照明をつけてくれないか」

「お楽しみはこれからだ」筒見紀世都の声は非常に遠い。彼のこの返事は、録音だったのだろうか？　あのときは、タイミング良く、寺林の呼びかけに対して返答したように思えたが、今、冷静に聞いてみると、正確には答になっていない。ちょうど、歌の途中で入れた台詞のようでもある。

また、画面全体が鈍く真っ白になる。

「今のもフラッシュ？」萌絵はちょっと不思議に思った。「なんか、豆電球みたいじゃないですか？」

画面が切り換わった。

今度はさきほどよりずっと明るく赤っぽい。蠟燭の炎が沢山揺れているシーンだった。肉眼よりもずっと鮮明に録画されていた。室内の様子もかなりよく写っている。

「ほらほら、これによるとね、やっぱり、二階に上がる梯子は一つもかかっていないのがわかるでしょう？」大御坊が自慢げに言った。「これは証拠になるわよね」

筒見紀世都の作品もしっかりと見えた。ずっと奥まで蠟燭の炎は部屋中に分布している。ビデオカメラの映像では、奥行きが実際よりも深く感じられた。

さきほどとは、別の曲だった。二曲目だ。筒見紀世都の語るような歌声が静かに流れている。

「安朋さん、どんな歌詞なの？」画面の中の萌絵の声である。

「うんとね。まあ、恋の歌かな……。この私が行き着くところは、貴方の胸、他にないのよ、ってな感じのやつ」

「本当ですか?」

「本当よ」

その会話のあと、カメラは天井近くへ向く。二階の奥は暗くてほとんど見えない。少なくとも、人影は写っていなかった。

「犀川君、もうすぐ来るわよ」大御坊の声が流れる。

「え？　先生が?」と萌絵の声。

このときには、まだ犀川がいなかったことを萌絵は思い出す。

音が途切れ、またシーンが切り換わった。

「下の道路にパトカーが一台いたけれど」突然、犀川の声がスピーカから流れた。

「ほら、犀川君登場だわ」実物の大御坊が解説する。

「いや、僕の勘違いだったみたいです。もう、諦めて、警察に病院まで連れていってもらいます」小さな声だが、寺林である。

「良かったじゃないですか、何もなくて」萌絵の声は近い。「こんな素敵なアトラクションが見られて、私、得しちゃったわ」

「何がアトラクションなの?」犀川の声。

「光と音楽の芸術です」萌絵が答えている。

「宇宙と人の世の模型だと思いますよ」それは寺林だった。

犀川が黙って蠟燭の火を見ているシーンがクローズアップになる。次にカメラは萌絵の顔に移る。

「悪くない」萌絵が横にいた喜多に言っているシーン。

「悪くないね」一瞬遅れて、犀川の声が聞こえる。

「ね？」そう言って画面の萌絵はにっこりと微笑んだ。

「今の撮ったわよ」カメラマンの大御坊の声。「萌絵ちゃん、いい顔だったわ」

そこで、二曲目の音楽が終わった。そして、鈍いフラッシュがまた光る。

大きな機械音が鳴りだした。その場で聞いた音よりも、軽く、乾いた音に変わっている。まるで、リズムをとっているかのように、軽快な音だった。

「ロケットだわ！　服が汚れますよ」という萌絵の叫び声。

「これは、汚れても見るべきよ」大御坊の大声。マイクの限界レベルを越えて、音が歪《ひず》んでいた。

フラッシュが連続して光り始め、カメラは部屋の中央に向けられる。

「傘を持ってくれば良かったわ」萌絵の声が小さく聞こえる。

「明るくしてもらわないと、これじゃあ、よく見えないな」犀川の淡々とした口調。「筒見紀世都さんは、どこにいるんだい？」

「きっと奥の二階ですよ」萌絵が答えている。「梯子で上がるんですよ。筒見さん、上からリモコンで操作しているんだと思います」

「来るわよ！」大御坊の歪んだ叫び声。

鈍い破裂音と同時に、画面に動きが見えた。肉眼ではわからなかったペットボトルの発射の瞬間がビデオには写っていた。

「ちょっと止めましょう」大御坊が立ち上がって、ビデオデッキに近づく。「リモコンはないの？　これ」

彼はデッキの前面のボタンを押して、テープを一瞬だけ巻き戻した。そして、再び、ロケットが発射されるところをスローにして見せた。

「ほら、ここ」大御坊は画面の少し右手を指さす。それは、ちょうど部屋の中央付近である。ロケットの発射ベースが捉えられていた。

カメラはそのあと、上に向けられたが、残念ながら、天井に当たったペットボトルを捕捉することはできなかったようだ。そのあと、画面は少し曇った。アルコールが霧状になって落ちてきた瞬間のようだ。コンプレッサのモータが止まり、再び静かになる。

その次は、あっけないような軽い音しか記録されていなかった。連続して打ち上げられるロケット。だが、その直後、画面の一部が真っ赤に明るくなった。

「これ、水じゃない！」大御坊の叫び声。そして、カメラの映像は床を向いてしまう。

「火事だ！」寺林の叫び声。

「ガソリンだわ！」大御坊のその声が最後だった。

ビデオは終了し、画面は真っ暗になった。

「これで終わり？」国枝がきいた。

「このあとは、決死のレスキュー、アンド、絶体絶命の消火活動だもの」大御坊が言う。

「最近希《まれ》にみる時間の無駄遣いをしてしまったようね」国枝が呟いた。

5

「もう一度見たい？」デッキでテープを巻き戻しながら、大御坊がきいた。

「見たいわけないでしょう」国枝が吐き捨てるように言う。

「僕も、もういい」犀川が軽く言った。

「そう……」大御坊はわざとらしい困った顔をする。「なかなかよく撮れていると思ったけど」

「よく撮れていましたよ」萌絵は言う。「ビデオカメラを持っていて良かったですね、安朋さん」

「貴女は本当に優しい子ね」大御坊が目を細める。「さあさあ、じゃあ、次は喜多君のところに行こうっと」

大御坊は、巻き戻したテープを取り出してケースに入れる。彼はテーブルに戻ると、立ったままでコーヒーを飲んだ。

「私も失礼します」国枝が立ち上がる。

「国枝さん、お食事をご一緒しない？」大御坊が顔を近づけた。

「お断りします」国枝は顔を背け、ドアから出ていった。

「彼女、独身？」大御坊がきく。

「いいえ」萌絵が答える。

「まあ……、少し残念」大御坊がにっこりと笑う。「それじゃあ、私はこれで……。犀川君、またね」

大御坊も部屋から出ていった。

金子が立ち上がり、両手を挙げて背伸びをする。彼は、萌絵を一瞥して、にやりと笑ってから、自分のデスクに歩いていった。

誰もカップを片づけないので、どうしようか、と萌絵は思う。こういった仕事はしない主義だったが、今日は、みんなに迷惑をかけた手前、カップくらい洗おうか、とも考える。

犀川だけが、テーブルの端の椅子にまだ腰掛けていた。彼は壁に頭の後ろをつけ、ぼんやりと焦点の合わない表情だった。

「犀川先生？」萌絵は声をかける。

犀川は返事をしなかった。金子がこちらを向く。

萌絵は犀川の目の前で、片手を振ってみた。

ようやく、犀川がゆっくりと萌絵を見る。

「やあ」彼は小声でそう言った。

「眠いんですか?」

「いや、ちょっと考えごと」犀川は口もとを微妙に上げた。

「そうでしょうね」萌絵は微笑む。「研究のことですか?」

「西之園君、生協に行こうか」犀川は無表情で立ち上がった。

「あ、はい」萌絵は返事をして、金子の方を見る。

金子は、目を上に向けて首をふるジェスチャ。

萌絵がコーヒーカップを片づけている間に、犀川は黙ってドアから出ていってしまった。

「先生、待って下さい」萌絵は慌てて、自分のデスクに財布を取りにいく。すぐに引き返して廊下に飛び出すと、犀川は、もう二十メートルほど先を歩いていた。

萌絵が追いついて、顔を覗き込んでも、犀川は彼女を見もしない。歩き方はいつもの半分の速度だった。

「どうしたんですか?」

「何?」犀川は、萌絵をちらりと見る。

「こっちは、食堂じゃありませんよ」萌絵は首を傾ける。「理系食堂ではないのですか?」

「ああ、そうか……」犀川は立ち止まった。「まあ、良いか。今日は向こうへ行こう」

階段を下りるときも、犀川はゆっくりだった。蛍光灯が切れているため、三階と二階の間の踊り場は暗かった。

お腹はあまり空いていない。まだ夕方の五時である。それに、今夜は自宅で食事をするつもりだった。諏訪野にもそう言ってある。しかし、犀川の方から食事に誘ってくれるなんて、掛け替えのないことだ。萌絵にはそれを断ることなど、とうていできなかった。

研究棟から近い理系食堂よりも、メインストリートの反対側にある北部生協は大きくて綺麗だ。それに、グリルと呼ばれる生協らしくないゴージャスな店もある。何を食べようか、と萌絵は考えた。できれば、生協なんかではなく、どこか近くの落ち着いたレストランに二人だけで行きたいものだが、贅沢《ぜいたく》はいえない。何故いえないのか、理由はよくわからないけれど……。

一階まで下りて外に出ると、意外に寒かった。もう日は暮れている。メインストリートを走る車の赤いテールライトが高密度に連なっていた。ラッシュアワーだ。

犀川は、ジーンズにシャツ、その上に灰色の地味なカーディガン。それにサンダルである。寒そうな服装だった。

N大学は、大通で東西に分断されている。信号を渡らないと、反対側のキャンパスに行けない。横断歩道と信号のある交差点は、キャンパスからの自動車の出入口でもあるが、工学部四号館の近くの交差点は、車は一方通行に規制され、出口専用のゲートだった。逆行しないように、出る車だけをセンサが感知して、赤白に塗り分けられたポールを上げる機械が設置されている。

北風が冷たい。

萌絵も急いで飛び出してきたのでコートを着てこなかった。とても寒い。信号を待っている間、風が顔に当たらないように、萌絵は南を向いていた。

犀川はポケットに両手を突っ込んで、ぼんやりと立っている。萌絵は彼の顔をじっと見つめていたが、犀川は一度も彼女を見なかった。

信号が変わる。

萌絵は歩き出した。大勢の学生や職員が横断歩道を渡る。自動車が、次々にポールの上がったゲートから出てきて、人々の流れの中をゆっくりと通り抜けていく。近くで道路工事をしているため、人と車が入り乱れ、歩道も車道も区別がない状態だった。

萌絵は振り向く。

犀川がいない。

立ち止まり、辺りを探す。

大勢の人間が、彼女を避けて道路を渡っていく。

犀川は、さきほどの場所に突っ立ったままだった。
萌絵は溜息をついて、引き返す。
「先生！」彼女は犀川を呼んだ。
彼は反応しない。
「もう……、犀川先生」彼女は犀川の片手を掴む。
横断歩道をこちら側へ渡ってきた人々が、萌絵と犀川を見ながら通り過ぎていく。
彼女は少し恥ずかしかった。
信号は既に点滅している。
もう一回待たなくてはならない。
キャンパスから出る最後の車が右折して走り去ったとき、誰かが叫んだ。
「危ない！」
がん、という大きな音が、萌絵のすぐ近くでした。
犀川が倒れる。
「先生？」
犀川は倒れたままだ。
「先生！」
萌絵は犀川の横に跪《ひざまず》いた。

「先生、大丈夫？　先生！　犀川先生！」

6

建築学科の研究棟、工学部四号館の道を隔てた南隣には、大型計算機センタと保健センタのビルが並んで建っている。犀川助教授は、通りかかった男子学生たちに担がれて、保健センタまで運ばれた。

彼は、気絶したわけではなかった。目はずっと細く開いていたし、萌絵の呼ぶ声にも、ぼんやりとした表情のまま頷いた。ただ、一言もしゃべらなかった。

「大丈夫。軽い脳震盪《のうしんとう》だね」保健センタの医師が言った。「まあ……、念のために、しばらくここで休んでいきなさい」

医師は、四十歳くらいの小柄で痩せぎすの女性だった。彼女は、犀川助教授のことをよく知っているらしく、最初に彼を見たとき、「ああ、こいつか」と呟き、犀川が倒れた原因を聞いて、今度は大笑いした。車を停めるためのゲートポールが下りてきて、犀川の頭に当たったのだが、運が悪いのではなく、いかにも犀川自身の鈍重さが原因であるかのような、些《いささ》か軽蔑を含んだ笑いでもあった。

「子供でも避けるぞ」

「当たろうと思っても、そうそう当たらんのじゃないのか?」

「外を歩くときは、最低限のものは見なさいな」

彼女はぶつぶつと雑言を吐きながら、犀川の治療をした。結局、包帯などは巻かなくて良い、と彼女は判断したようだ。

「でも、暗かったんですよ」萌絵は犀川を弁護した。

彼は、まだ茫洋とした表情で、黒いビニルの張られたベッドに大人しく寝ている。ときどき、視線を動かしたが、部屋にあるものを認識している様子もない。

「貴女、犀川先生んとこの学生さんかい?」女医がきいた。

「はい」萌絵は頷く。

「おお、おお、まあ可哀想にな……。この先生の部屋、あそこだろう?」女医は窓を指さす。部屋は北向きだったので、斜め向かいの四号館の四階に、犀川の部屋がよく見えた。

「もう少ししたら、さっさと連れて帰ってくれる?」

「はい……、あの、本当に大丈夫なのですか?」

「大丈夫、大丈夫、大丈夫。もう一回言ってほしい?」

ろくに検査もしなかったので、萌絵は心配だった。女医が部屋から出ていったので、彼女は犀川のベッドに近づいた。

「先生、まだ痛いですか?」

犀川は軽く首をふる。

「ものを言って下さい」

「あ、あ、あ」犀川は口を開けて、小声で短く発声した。「しゃべると、少し痛い。舌を噛んじゃったんだよ」

萌絵は溜息をついた。

「ああ、良かった。大丈夫なんですね……。どうして、黙っていたのですか?」

「ちょっと考えごとしてた」

「ちょっとじゃありません、もう……」

「だいぶ考えごとしてた」犀川は言い直した。

「そう、そうです」

「なんか、舌足らずだろう?　恥ずかしいな」

「ええ、なかなか新鮮ですよ」萌絵は微笑んだ。

足音が聞こえたので、彼女は慌ててベッドから離れる。

ドアが開いて、国枝桃子が入ってきた。

「やあ、国枝君」犀川が舌足らずの発音で言う。

国枝はベッドの横に立って、犀川をじっと見下ろした。

「大丈夫みたいですね」彼女は無表情でそう言った。「いったい、どうしたんです?」

「そこの車を止めるポールが下りてきて、犀川先生の頭に当たったんです」萌絵が代わりに説明した。「ごんって、大きな音がして、先生が倒れて、私、もうびっくりしました」

「鈍臭《どんくさ》い、って思った？」国枝が口もとを少し緩める。

「いいえ」萌絵はぶるぶると首をふる。「まさか、そんな……」

「舌を嚙んじゃったんだ」犀川がしゃべりにくそうに言う。

「しゃべらない方が良いと思います」と国枝。

「西之園君、食事、行っといで。僕は食べられない」

「M工大の河嶋先生という方が、先生の部屋にいらっしゃってますけど……」国枝は事務的に言った。「どうしましょう？　これじゃあ、お会いになれませんね」

「河嶋先生？」萌絵は、犀川の顔を見た。「あ、じゃあ、私が行ってきます。よろしいですか？」

犀川は頷いた。

萌絵は保健センタを出て、四号館に戻る。階段を急いで四階まで駆け上がった。

犀川の部屋のドアは開いたままで、中に、河嶋助教授と寺林高司が待っていた。二人ともスーツにネクタイである。特に、寺林の方は、病院のベッドにいたときとは印象がまるで違っていた。

「こんにちは」萌絵は部屋に入り、ドアを閉める。

「あ、西之園さん」河嶋は微笑んだ。

「寺林さん、もう怪我は良いのですか？」萌絵はきいた。今日の午前中に、寺林の病室を訪ねたばかりだ。頭にはまだ包帯を巻いているが、その量はずっと少なくなっていた。

「ええ、もともと、どうということはなかったんですよ」寺林が恥ずかしそうに言う。「病院の先生にお願いして、今日の午後から出歩いています。事実上、退院ですよ」

「犀川先生はお食事ですか？」河嶋がきいた。

「はい、実は、犀川先生、ちょっとした怪我をなさってしまいまして、今、向かいの……」

萌絵は窓の外を指さす。「保健センタにおいでです。そこで休まれています」

「怪我って、酷いんですか？」寺林がきいた。

「いいえ、大したことはないそうです」萌絵は微笑む。「私に、ご用件を伺ってくるようにって、おっしゃいました」

「いや、用件というほどのものじゃないんです。河嶋先生と一緒に、こちらの大学に来る用事があったのでご挨拶に寄っただけなんです。このすぐ隣の今井《いまい》研究室に来たんですよ。そもそも、それがあったから、病院を抜け出してきたんです。大事な研究会だったものですから」

　四号館の西側半分は、化学工学科の研究棟である。建築学科のスペースとは、大きな鉄の扉で区切られていたが、犀川と萌絵のいる四階のその扉は、通常開きっ放しになっているため、今井研究室とは目と鼻の先だった。

「寺林さんから、いろいろ聞きましたよ」河嶋助教授がにこにこと微笑んで言う。「西之園さん、警察に知り合いがいるのかな？」

「はい、そのとおりです」萌絵は頷く。

「ああ、なんだ、そういうことだったのか」河嶋は少し驚いた様子だ。冗談で口にしたことが本当だったからであろう。

「僕も、犀川先生に一度お会いしておこうと思ったけど、そうか、今日はしかたがないね」

河嶋は鞄を持ち上げた。

「あの、すぐ向かいのビルですから、お会いになられますか？」

「いや、特に話はないから、これで失礼します」河嶋はドアのノブに手をかける。「よろしくお伝え下さい」

河嶋と寺林は出ていった。

萌絵は犀川の部屋で一人になった。窓際へ行き、保健センタの一室を眺める。彼女は両眼とも視力が二・〇だ。ベッドに寝ている犀川の姿が見えた。国枝桃子はもうそこにはいなかった。

少しの間、その光景をぼんやりと見ていた。しだいに、目の前の窓ガラスに焦点が合い、頭は事件のことを考え始める。

犀川は、何かに気がついたのではないか、と彼女は思った。

廊下に出て、向かいの研究室に入る。牧野洋子が家庭教師のバイトから戻ってきたところだった。

「あれ、萌絵、犀川先生と生協に行ったんじゃなかったの?」洋子がきく。金子から聞いたのだろう。

部屋の奥で、金子が振り向いた。

「そこで、信号待ちしていたら、ゲートのポールが下りてきて、犀川先生の頭に当たったの」萌絵は片手を自分の頭にのせる。

「ポールって、車を遮断してる、あれ?」

「そう」

「先生は?」

「保健センタ」

「大丈夫なの?」

「うん、大したことはないって」萌絵は肩を竦めた。

「あれって、アルミ?」洋子が可笑しそうに微笑みながらきいた。「でも、頭で良かったわよ。顔とか、メガネなんかに当たったら危ないもの」

「道路の真ん中に立ってたんか?」金子が言う。「先生らしいな」

「じゃ、萌絵、ご飯まだ？」

「ええ」

「あ、じゃあじゃあ、洋子さんと一緒に行きましょう。金子君は？」

「そうだな」金子は立ち上がった。

「え？　行くの」洋子は振り返った。「マジで？　珍しいじゃん。心入れ換えた？」

「単なる確率の問題」金子が微笑んだ。

萌絵は、どうしようか迷った。犀川のところへ戻ってもしかたがない。しゃべりにくそうだったし、しばらく眠った方が良いだろう。帰りは、自分が車で先生を送っていこう、と勝手に決め、洋子と金子につき合って、食事に行くことにした。

今度は、大通の向こう側の北部生協ではなく、四号館から近い、理系食堂の方角へ彼らは向かった。

「西之園さん」という声で、萌絵は足を止める。

中庭の桜の木の下を歩いているときだった。そこは、常夜灯で明るい。スーツにネクタイの寺林高司である。

「あ、寺林さん。帰られたんじゃなかったのですか？」

「あ、えっと、金子君だったね」寺林は金子を一瞥する。「帰る途中、ちょっと、大事なことを急に思い出したものですから、河嶋先生と別れて、僕だけ引き返してきたんですよ」

「何ですか？　大事なことって」萌絵はきいた。金子と牧野が彼女の後ろに立っている。

「すみません、ちょっと」寺林は、萌絵を手招きして、数歩だけ桜の木に近づく。金子たち二人には聞かせたくない話のようだ。萌絵は彼に従った。

「今まで、すっかり忘れていたんです」寺林は、顔をしかめて囁いた。「何しろ、頭を殴られて、警察に監禁されて、今度は抜け出してで、息をつく暇もなかったから……。でも、今日、久しぶりに、社会復帰して、思い出したんですよ」

　萌絵は一度瞬いて、期待の表情を彼に向ける。

「夏休みのことだったんですけどね、長谷川さんっていう、ソリッドモデルのマニアの人が、孫の家庭教師を探しているっていう話で……、それで僕、上倉さんを紹介したんです」

「長谷川さんって、あの長谷川さんですか？」萌絵は尋ねた。「筒見さんのアトリエの、あの、すぐ上のアパートの？」

「ええ、模型では、凄く有名な人なんです」

「ずっと、上倉さんが家庭教師を？」

「いえ、二ヵ月だけだったと思います。八月と、九月だったかな……。確か週に二回という条件で……」

「長谷川さんのお孫さんというのは、どこに住んでいるのですか？」

「長谷川さんと同じところですよ。確か、アパートの一階の半分は、長谷川さん一家が住んでいるんです」

「ということは、その二ヵ月間、毎週二回、長谷川さんは上倉さんに会っているのですね？」

「ええ」寺林は困った顔をする。「西之園さんが、今朝、六月の例会の話をされたでしょう？　それで、思い出したんですよ。長谷川さん、サークルには入っていませんけど、確かに、そのときは来られていました。それできっと、上倉さんのことを覚えていたんですね。ずっとあとになって、長谷川さん、あのときの女子学生は、どうかって……」

「それ、警察に話しました？」萌絵はきいた。

「いいえ……、まだ。だって」寺林は視線を逸らす。「いい加減なこと言って、長谷川さんに迷惑がかかるとまずいし、ええ、ですから……、自分で確かめてからにしようって、思って……」

「確かめるって？」

「今から、長谷川さんに会いにいってきますよ」寺林は簡単に答えた。

「私も行きます」

「あ、それは困ります」寺林は大きく首をふった。「誰かには、知らせておくべきかと思ったから、その……、西之園さんに、お話ししただけなんですよ」

萌絵は振り向き、金子と洋子のところへ歩く。

「ごめんなさい。私、ちょっと、これから出かけてくるわ。すぐ戻るから……」

「あーあ」洋子は冗談ぽく言った。「もう、あんたなんか、どこへなりと、いってらっしゃいな。冷たい女。氷の友情」

「どこ行くんだよ」金子がきいた。

萌絵は金子に耳打ちする。「長谷川さんのところだって、犀川先生に言っておいて、お願い」

「おいおい、君たち、君たち」洋子が萌絵の肩を叩く。「私の前で何してる。いつから、そんな関係になった?」

金子勇二と牧野洋子は、理系食堂の方角へ歩いていった。萌絵は、寺林を自分の車のある駐車場へ導く。

「やっぱり、僕だけで行きます」寺林は途中で言った。「なんか、西之園さんに迷惑ばかりかけてるみたいですし」

「長谷川さんは、土曜日の夜、筒見先生のお宅に行く途中で、一人だけ帰られたんです」萌絵は歩きながら言った。

「そうなんですか。へえ……、よく知ってますね」

「つまり、公会堂のすぐそばにいた。時間もぴったりだわ」

「まさか……」寺林は立ち止まった。

「まさか、とは思いますけれど」

「そんなことが……」

「公会堂で、あの模型のイベントを開催するのは、初めてではありませんよね？」

「ええ、もちろん。もう十年以上まえからです。毎年一回のペースでやっています。僕は、こちらへ来たばかりだから、今年が最初ですけど」

「控室の鍵のコピィを作る機会もあったわけです」萌絵は、車のドアを開けながら言った。

二人はシートベルトをかけ、車は駐車場を出る。保健センタの前を通り、ゲートまで近づくと、犀川の頭に当たったポールがタイミングよく上がった。

萌絵の車はタイヤを鳴らして左折し、低いエンジン音を辺りに轟かせながら、メインストリートを南に向かって加速した。

7

犀川創平は、頭の上を片手で触りながら、窓際に立っていた。

萌絵の白いスポーツカーが、すぐ前の道路を走り抜けていくのが見えた。

「あれ？」彼は囁く。

「何です？」デスクでボールペンを握っていた曾我芽衣子《そがめいこ》医師が顔を上げてきいた。「もう帰っていいよ、犀川先生」

「瘤《こぶ》ができたみたいです」犀川は言う。

「そのうちひくから、大丈夫」

「おかしいなあ……」それは独り言だった。

「全然おかしくない。それくらい普通だよ」曾我医師が答える。

おかしいと思ったのは、西之園萌絵がどうして車で出ていったのか、という点だった。犀川は可能性を四つ思いついた。
1、学外に何かを買いにいった。たとえば、弁当。犀川と生協の食堂に行けなかったので、あとで一緒に食べよう、というつもりか（しかし、彼女だったら、きっとレストランに行きたいと言うだろう）。
2、自宅に帰った（それならば、犀川のところに一言いいにくるはずだ）。
3、誰かが彼女を急用で呼び出した（携帯電話にかかってきたことになる。相手は誰だろう？　彼女を呼び出す相手？　警察だろうか？　だが、この場合も、まず犀川のところに話しにきそうなものだ）。
4、誰かを乗せていった（牧野洋子がバイトに遅刻しそうだ、とか。いや、牧野はそろそろバイトから帰ってくる時刻だ。金子は自分のバイクがあるので、乗せる必要がない）。
「曾我先生、僕、帰りたいので……」犀川は振り返っていた。

「貴方ね……、耳も診てあげましょうか？」曾我が顎を上げて言う。「もう、私、さっきから何回帰っていいって言いました？」

「帰ってもいい、とは四回確かにおっしゃいましたけれど、帰れとは一度も」

「帰れ」女医は、ゆっくりと発音した。

「じゃあ、失礼します」犀川は頭を下げて、部屋を出た。

「犀川先生！」ドアが後ろで開き、曾我芽衣子が難しい表情の顔を出した。「ベッドのところにある、流行遅れのカーディガン、できたら持ってってほしいんですけど」

「あ、すみません」犀川は引き返し、カーディガンを手に取る。

「お大事に」ドアを開けたまま、口もとを斜めにして女医は戸口で待っていた。

「何をです？」ドアを通り抜けるときに、犀川はきいた。

「え？」

「何を、大事にするんですか？」

「貴方の頭ですよ」

犀川は廊下で一度振り向いて、軽く頭を下げた。

「曾我先生も、頭をお大事に」

「なんですって！」という大きな声が聞こえたが、犀川は振り向かずに階段を下りた。歩くと、少し脳天がずきずきとしたが、犀川は、カーディガンを着て建物から出た。

8

石垣に寄せて車を駐めた。時刻は六時半。しかし、辺りは既に深夜のように暗い。西之園萌絵は車から降りて、道路を横切り、ガードレールから身を乗り出して下を覗いた。

筒見紀世都の倉庫がそこにある。火事から三十数時間しか経っていない。今日も、明るい間は、警察の捜査員が沢山出入りしたはずだ。ロープが張られているし、入口のすぐ前には、工事現場で見かける簡易な鉄柵が設置されていた。パトカーは見えない。引き上げてしまったのだろうか。

振り返って、石垣の上に視線を向ける。ブロック塀越しに、アパートの二階の一部と屋根が見えた。かなり古い木造建築だった。右手に石垣が途切れているところがあって、幅の狭いコンクリートの階段があった。そこを二メートルほど上がってから、少し奥まったところに、玄関の明かりが灯っている。

「西之園さんは、外で待っていて下さい」寺林がこちらにやってきて囁いた。彼は真剣な表情だった。頭の包帯は髪に隠れて目立たない。それに、スーツとネクタイが真新しいせいもあって、ずいぶん頼もしく見えた。

「いいえ、私も一緒に行きます」萌絵は一歩前に出る。

　二人はコンクリートの階段を上った。ブロック塀と建物の間には狭い庭があったが、物干し台が置かれているだけで、周囲は雑草が伸びている。地面は湿っていた。

　玄関には磨りガラスの入った引戸があって、それは開いたままになっていた。中に少し入った天井に白熱電球が一つ灯っている。入口からそのままコンクリートの土間が奥へ続き、途中で左手に折れ曲がっている。自転車が一台置かれていた。

　数歩足を踏み入れ、通路の曲がり角から左手を覗いてみた。暗い廊下がずっと奥へ延び、左右にドアが並んでいる。洗濯機、段ボール箱、ビールケースなどの雑多なものが廊下の両側に置かれていて、真っ直ぐには歩けないほどの状態だった。ずっと奥にも電灯が一つ。静まり返っている。人気《ひとけ》はまったく感じられない。ドアの横には波板ガラスの窓があったが、どこの部屋からも光は漏れていなかった。

　曲がり角の手前の左側に、木製の靴箱があった。運動靴が幾つか並んでいる。そのすぐ隣には、靴を脱いで上がる床。そこから二階へ上がる階段だった。

　萌絵は振り向いて寺林を見る。彼は、玄関から中に入り、右手の壁に取り付けられた郵便受けを見ていた。彼女も、黙ってそちらに戻り、寺林の横に立つ。郵便受けは木製の棚で、小さく区切られた箱には、蓋もない。ただ、その場所に手紙を区分けして置くだけの簡易なものだ。仕切りのところに、テープが貼られ、マジックで文字が書かれていた。部屋の番号と住人の名前のようだ。

一階は、一〇一から始まって、一一二まである。二階は、二〇一から二一三まで。玄関のスペースだけ、一階の方が部屋数が少ないのであろう。縁起が悪いといわれる、四や九の番号も飛ばさずに使われている。

長谷川という名前は、一〇一だった。続く一〇二から一〇四までには名前がなかった。寺林が話していたとおり、大家の長谷川家が四部屋を使っているのだろう、と萌絵は想像した。そのまま、郵便受けの名前を見ていき、萌絵は、二〇六で目を止めた。

〈河嶋〉と書かれていたのだ。

偶然だろうか？

特に珍しい姓とはいえないので、不思議ではない。しかし、その名前を見たとき、躰が一瞬震えた。

「とにかく、長谷川さんのところに」寺林は、小声で言った。

階段に一番近い左手、つまり南側の部屋が一〇一号室だった。寺林はその前に立ってドアをノックした。萌絵は少し離れていた。

返事はなかった。誰も出てこない。

寺林は少し待ってから、またドアを叩いた。

照明が消えているのだから、留守の可能性が高い。寺林はドアの取手を掴んだが、回らなかったようだ。彼は萌絵を見て、首をふった。

続いて、その隣の一〇二、そして、一〇三、一〇四もノックしてみたが同様だった。

「お留守ですね」萌絵は囁く。

「そのようですね……。他の部屋も、今は誰もいないみたいです」

「ここ、独身の男性ばかりでしょう？」萌絵は言う。建築学科の学生である彼女は、アパートのだいたいの平面図を頭に描いていた。一部屋の広さから、独身向けだと思った。木曜日の夕方六時過ぎである。この質素で古めかしいアパートの住人たちは、学生か若い社会人、あるいは一人暮らしの老人だろうか。仕事をして、外で食事をして帰る人種ならば、この時刻にはまだ帰宅していないのが普通だろう。

「二階へ上がってみましょうか？」萌絵は言う。

「え？　どうして？」寺林は振り返った。

どうやら、河嶋という名前を、寺林は不審に思わなかったようだ。

「私、ちょっと見てきます。寺林さんは、ここで待っていて」

萌絵は通路を引き返し、靴を脱ぐ。

そして、真っ直ぐの階段を上った。

二階の通路の端に窓がある。ちょうど玄関の真上だった。ブロック塀とアスファルトの道路、そのガードレールの向こう側、斜面の空地の下に、筒見紀世都の倉庫の屋根が見えた。

二階の通路もL字形に折れ曲がっている。一階と同じ配置だった。曲がり角まで来て、左手を見る。予想どおり、左右にドアが並んで、廊下が奥まで続いていた。

萌絵は、ゆっくりと奥へ進む。

二階の廊下は、洗濯機が置かれていない分、多少広く感じられた。奥から二番目の右手の部屋にだけ明かりが灯っている。その隣、問題の二〇六号室は一番奥。北側で、道路とは反対側の部屋だった。

そのドアの前まで来たが、表札は出ていなかった。部屋の照明も消えている。

彼女は念のため軽くノックしてみた。

反応はない。

少し考えてから、彼女はドアノブに手をかけた。

それは軽く回った。

鍵がかかっていないのか？

しかし、手を離す。

右隣の二〇七の部屋のドアが開いたからだ。

メガネをかけた男が顔を出した。学生風の髪の長い青年だった。

「あの……、河嶋さん、お留守みたいですね？」萌絵はさきに口をきいた。

相手は、彼女をじろじろと見る。

「河嶋さんをご存じですか？」萌絵はもう一度尋ねた。

「うん」青年は頷く。

「いつ頃、帰られるかしら？」

「滅多にいないよ。ここんとこ、ずっと、見ないな」

「どんな人ですか？　河嶋さん」萌絵はきいた。

「あんた、誰？」青年はきき返してきた。萌絵の言葉に不審を抱いたのだろう。軽率な質問をしてしまったことを、彼女は反省する。

「大学の者です」

「ああ……、河嶋先生の大学の人か」青年は少し表情を和らげた。

彼が「河嶋先生」と言ったことに、萌絵はどきりとする。

「あの、ここでは、河嶋先生、どんなふうかと思ったものですから。よくお話しになるのですか？」

「ほとんど、話さないよ」

「先生はいつから、この部屋を借りているのですか？」

「今年の五月か六月からかな」彼は頭を掻いて、大きな欠伸《あくび》をした。「あの、もういい？　俺、今から、出かけるところなんで……」

「すみません。どうもありがとう」萌絵は頭を下げた。

青年は自分の部屋に鍵をかけ、廊下を階段の方へ歩いていった。萌絵は彼の姿が見えなくなってから、再び、二〇六号室のドアの取手を摑んだ。

9

犀川は自分の部屋に戻るまえに、向かいの研究室を覗いた。もちろん西之園萌絵はいなかったが、同級の牧野洋子と金子勇二の姿もない。

犀川は自分の部屋に飛び込んで、マッキントッシュでM工大のホームページを参照した。化学工学科の河嶋助教授のページを見つけるのに数分かかった。ダイアルインのナンバを確かめ、受話器を取ってボタンを押す。この時刻には、国立大学の代表ナンバは不通になる。交換台の職員が五時で帰ってしまうからだ。

ベルが鳴っているが、誰も出ない。諦めようかと思ったときに繋がった。

「はい、河嶋研究室です」

「あの、N大学の犀川といいますが、河嶋先生をお願いします」

「先生は、今日の午後は、N大に行かれたはずですが」

「まだ戻られていませんか？」

「はい、まだ。あの……、お伝えすることがありましたら、伺います」

「河嶋先生は、こちらに、何のご用事でいらっしゃったのですか？」

「は？　はい、えっと、今井教授のところで、研究会があるとおっしゃって、寺林さんと一緒に出ていかれましたが……、あの、今井先生とは、お会いになれなかったのですか？」

「あ、いえいえ、僕は学科が違うんですよ。すみません。わかりました。ありがとう」

犀川は電話を切った。

煙草に火をつける。そして、しばらく立ったまま考えた。それから、もう一度、向かいの研究室へ行く。窓際の萌絵のデスクを見る。彼女が研究のファイル類を入れて持ち歩いている大きなショルダ・バッグは置かれたままだった。

窓から中庭を見下ろす。まだ、白いスポーツカーは帰ってこない。

煙草はすぐ短くなる。

犀川は、新しい煙草に火をつけて、部屋の中央に立った。

萌絵は、この部屋を出るときには、学外に出かけるつもりではなかった。だから、バッグが置いてある。すぐ戻ってくるつもりで出ていったのだ。それが、急に変更になったということか……。誰かに会ったのか？

再び、自分の部屋に戻り、警察に電話をかける。それから、西之園家の執事、諏訪野にも電話できいた。誰も、彼女の行き先を知らなかった。

筒見紀世都のアトリエか……。

犀川は、車のキーを手に取り、急いでコートを着た。廊下に飛び出し、階段を駆け下りる。

そこへ、金子勇二が一人で上がってきた。

「西之園君は?」犀川はきく。

「寺林さんと、長谷川っていう人の家に行くって」金子はすぐに答えた。「犀川先生に、そう伝えてくれって言ってましたけど」

「ありがとう」

犀川は、さらに階段を下りる。

彼は、自分の車まで走って、エンジンをかけた。

10

部屋は真っ暗だった。

ドアを入ってすぐ右の壁にスイッチがある。萌絵はそれに手を伸ばし、思い切って照明をつけた。

小さな流し台とガスコンロが目の前にあった。そこは三畳ほどの広さの板張りの部屋で、さらに奥の広い部屋に続いている。押入の襖《ふすま》が外されていて、中にはぎっしりと小さな箱が積まれていた。萌絵は最初、それが分厚い本だと勘違いしたが、それにしては大きさがまちまちだ。全部、プラモデルか、何かの模型の箱だった。床にも、段ボール箱が何段にも積み上げられている。

入口の付近は、躰を横向きにしなくてはならないほど、通ることのできる幅が僅かしかない。

彼女は、ゆっくりと、奥の部屋が見えるところまで進んだ。積まれていた一番上の段ボール箱を覗いてみると、やはりプラモデルの箱が沢山詰まっていた。

奥の部屋は六畳以上の広さがある。床は安物のカーペット。窓には分厚いカーテンがかかっていた。二十五インチほどのテレビ。それにビデオデッキが二台。低い工作机が一つ窓際にある。手前の部屋ほどではなかったものの、こちらも人の通れる部分は限られていた。中央まで行く道だけカーペットが見え、あとは段ボール箱とカラーボックスが、ところ狭しと置かれている。左手には、パイプベッドらしいものがあったが、とんでもなく大きな箱がその上にのっていた。

壁の高いところには、隙間なくポスタが貼られ、どれもアニメ映画のもののようだ。宇宙船と思われる完成した模型が、工作机の上に二つあるだけで、その他には完成品らしいものは一つもない。その机の下には、エアブラシ用の小さなコンプレッサが置かれ、机の横には、吹き付けを行うために段ボールで囲われたブースが作られていた。その段ボールに残っている塗料の跡で、既に幾度もそれが使われていることがわかった。だがやはり、でき上がった作品は近くにはない。

引出が縦に二十段ほどもある透明の整理棚が三つ並んでいる。顔を近づけてみると、引出の中は小さな塗料の瓶が詰まっていた。別の引出には、細かい部品だろうか、萌絵には意味のわからない小物でいっぱいだ。一つ引出を開けてみたが、プラスティックの様々な残骸と呼ぶべきものばかり。たぶん、プラモデルの部品の一部なのだろう、というくらいにしか想像ができない。シンナの瓶、接着剤の瓶。マーキングに使うものなのか、小さな模様がプリントされたシールのようなシートも束になっている。テープ類も各種のものが整然と並べられていた。

工作机の上には、筆と鑢《やすり》が別々の缶に何十本も立てられている。ピースコンが二つ。小さなリュータが卓上のモータから伸びていた。机の引出を開けてみると、カッタナイフ、ピンセット、スチール定規、精密ドライバなどの工具が、文房具屋のようにきちんと整理されている。

部屋の周囲に置かれている段ボール箱の中身は、すべてプラモデルのキットのようだ。いずれも真新しいものばかりで、ビニルで封がされている箱が沢山ある。テレビとデッキの近くには、ＶＨＳのビデオテープが数本、小さな専用の棚に収まっていた。テープの数は多くはない。その隣には、模型関係の雑誌だろうか、書棚に数十冊押し込まれているが、これも数は多くはなかった。

いずれにしても、ここに生活のすべてがある、とは思えない。この場所に住んで毎日生活をしているのではなさそうだ。それは間違いないだろう。ここは、本拠ではない。完成した模型がないのが、その一番の証拠だ。

何のために、この部屋を借りたのだろう？

保管場所として使われているのだろうか？

廊下を近づいてくる足音がしたので、萌絵は息を止める。しかし、照明を消すには遅過ぎたし、どちらにしても、出口は一つしかない。

彼女はじっと待った。

ドアがゆっくりと開く。

「西之園さん？」寺林が顔を覗かせた。「ここしか、電気がついていなかったから……」

「良かった……」萌絵は溜息をつく。

「あれ？」彼は、目を丸くして部屋に入ってきた。「何です、これ……。ここは……」

「河嶋先生の部屋です」萌絵は寺林を見て言った。

「河嶋先生？　え？　どうして？」

「ここを借りているんですよ」

「あ、あの……、勝手に入っちゃって、いいんですか？」寺林は辺りを見回す。

「ドアが開いていたんです」萌絵は微笑んだ。

「それ、理由になりませんよ」寺林は顔をひきつらせる。「でも、どうして、河嶋先生が、こんな部屋を借りてるんです？　えっと、どういうことです？」

「どういうことでしょう」

寺林は呆然とした表情で部屋中をきょろきょろと見ている。

「寺林さん、ここのプラモデル、何だかわかりますか？　飛行機じゃないみたいですけど」

「うーん」寺林は入口側の部屋の押入の中を見にいった。「SFものですね。ほとんど外国のキットですよ。フィギュアも多いなあ」

「河嶋先生、飛行機がご専門じゃなかったのですか？」

「あの……、西之園さん。どうして、ここが河嶋先生の部屋だとわかったんですか？」

「お隣の人にきいたの」萌絵は微笑んだ。「下のポストにも名前がありました」

「しかし、勝手に入ったらまずいですよ」寺林は落ち着かない表情である。「もう出ましょう」

「ええ」萌絵は頷く。「そうですね」

「あ、そのベッドの上の……、大きな箱、何でしょう？」寺林は、急に気がついたように首を傾げる。

かなり大きな長細い箱だった。萌絵は、振り向いてベッドに近づき、箱の蓋を開けた。

箱の中身は、真っ白なゴムのような物体で、それが箱の中いっぱいに詰まっていた。指で触ってみると弾力があって柔らかい。

「これ、何かな？」萌絵は一度振り向く。

「さあ……」寺林は萌絵の後ろで、難しい顔をした。「ああ、それ、もしかして……、シリコンですか？」

彼は、両手を伸ばし、その白い塊を箱から引っ張り上げようとする。それは寒天のようにぶるぶると震えた。

「これ……、けっこう重いなあ」

箱の中身の上半分が変形して、曲がりながら、持ち上げられる。それが箱からすっかり出ると、寺林は、慎重にその白いゴム状の物体を壁に立て掛けた。

「これ……」彼はそれだけ言って黙る。

最初、それが何なのか、萌絵には理解できなかった。

白いシリコン・ゴムしかない。

詰め物があるだけで、中身はない、と思った。

その箱に本来収まっていた品物はない。運搬中にその品物が動いて傷つかないように固定する目的で、きっちりと収まる形に、白いシリコン・ゴムが凹んでいる。そう思えた。

ところが……。

その凹みの形というのは、人間だった。

等身大の人間の形だったのだ。
「え？」萌絵は驚いて、壁を見た。
たった今、持ち上げられた半分。
壁に立て掛けられた半分に目を向ける。
そこに……、
顔だ、
人の顔が凹んでいる。
人間の型。
その顔は……。
「これ……、筒見……紀世都さん……？」
その言葉が声になったかどうか、わからなかった。
「これ……、本ものの……」
萌絵は囁く。
背筋が寒くなる。
彼女は、思わず立ち上がって、後ろに下がった。
「筒見さんの、型を……、取ったの？」
背中が寺林の躰にぶつかった。

しかし、萌絵はベッドの上の理解しがたい物体から、目が離せなかった。

「信じられない……」

彼女の口の前に、何かが突然現れる。

全身に強い拘束を受けた。

彼女は叫ぼうとしたが、できない。

躰を折り曲げ、ベッドに倒れ込む。

呻《うめ》き声を上げた。

一瞬吸い込んだ息は、鼻から頭を刺激し、気が遠くなる。

吸ってはいけない！

首の後ろの強烈な力が……、

彼女の躰をベッドに押しつける。

背中から、とてつもない重さが……、

押さえつける。

のしかかっている。

彼女の腰はベッドの角に当たって、悲鳴を上げたいくらい痛い。

左手は自分の躰の下。

右手は背中。

痛い。
両足を必死に動かしたけれど、床に当たるだけ。
利き手の左手を引き出し、頭の後ろに伸ばす。
何かを摑もうとする。
摑めない。
口で息をした。
一瞬で、突き刺すような刺激が広がる。
目が痛くて開けない。
喉の奥が熱くなる。
笑っている。
誰かが笑っている?
寺林が笑って……。
その笑い声が聞こえたとき、彼女は理解した。
そうか……。
何もかも、わかった。
今回は、犀川先生より……、
私の方がさきだ……。

顔に押しつけられていたもの、その圧着が少しだけ緩む。
それが、どんなに心地良かったか。
苦しかった息が戻る。
彼女は酸素を求めて大きく息を吸った。
それが、最後だった。
一瞬にして、耳から気圧が抜けるように、
頭が、真空になる。
彼女の左手は、力を失い、ゆっくりと垂れ下がった。

11

犀川は道に迷った。

先日そこへ来たときはタクシーだったからだ。大御坊から電話があって、自分の車で出かけようとしたが、場所がわからない。筒見紀世都のアトリエの住所だけは、大御坊が教えてくれたけれど、生憎《あいにく》、市内の地図など持っていない。だから、タクシーを拾ったのだ。帰りは萌絵に送ってもらった。そのときも朝だったがまだ暗かったので、周辺の広い範囲の様子を、ほとんど記憶していなかった。

だいたいの位置はもちろん把握している。近くまで行く自信はあった。だが、夜道の住宅街で、何度も道を曲がるうちに、方向さえよくわからなくなってしまった。

南に向かって下がる、傾斜した土地だった、ということ。あとは、覚えている住所だけが頼りだ。途中で誰かに尋ねようと思ったときには、人気のない道になってしまい、誰にも出会わなかった。

ようやく、犬を連れた老人が歩いているのを見つけて、車を停める。外に出たとき、坂道を上った先のところに、電信柱の電灯が明るく見え、その下に、石垣に寄せて駐車されている白いスポーツカーを発見した。

そのまま、犀川は走りだした。

坂道を上ると、右手に斜面の空地が現れ、緩やかにカーブしたガードレールが続いている。筒見紀世都のスレートの倉庫の屋根も見えてきた。萌絵の車のプレート・ナンバも確認した。

長谷川という老人のアパートに、寺林と一緒に彼女は来ている。それは間違いなかった。

犀川は息を弾ませて、その建物を見上げる。

ブロック塀の中に見える窓は、どれも暗かった。

入口の階段に近づこうとしたとき、そこからスーツの男が出てきた。犀川は足を止める。

「あの……」犀川は声をかけた。

男も犀川を見て、驚いた様子で立ち止まった。

「犀川先生……」寺林は一瞬遅れて、にっこりと微笑んだ。「どうして、ここへ?」

「西之園君は、どこですか?」犀川はきいた。

「ええ、彼女なら中にいますよ」寺林はアパートの方を振り向いて答える。

頭に包帯を巻いているのが見えた。表情はどことなく虚《うつ》ろで、メガネの奥の瞳は、犀川のいる位置とは僅かに違うところを見ているようだった。

「寺林さんは、どこへ行くんです?」犀川は質問する。

「いえ、その……」寺林は視線を下げ、アスファルトを見た。口もとを持ち上げる。にやりと笑ったように見えた。

「何故、彼女を連れてきた?」犀川はゆっくりと言った。

「犀川先生、こんな、不毛な会話……、やめましょうか?」

犀川は大きく息を吸う。

そして、アパートの方へ歩きだした。

「待って下さい!」寺林が少し大きな声で言う。

「まさか、彼女を?」犀川は振り返る。

「落ち着いて……、先生」寺林はポケットに手を突っ込んで、犀川の方へ歩いてくる。「大丈夫、何もしていませんよ。僕は今から、西之園さんの高級車をお借りして……」

「逃げようと思った」犀川は言葉を続けた。

「そのとおりです」寺林は顔を上げて微笑む。

「それは、嘘だ」犀川は寺林の目を見る。

「ああ、そう……」寺林は顔をしかめ、一度空を見た。「実は、あの車をどこかへ隠してこようと思っただけです。ちょっと、そこに駐められていると、目立ちますからね、西之園さんの車は」

「貴方が逃げるのはかまわない。失礼……」犀川はそう言って、コンクリートの階段を駆け上がった。

寺林は、追いかけてきた。

犀川をめがけて、彼はもの凄い勢いで突進してくる。犀川は咄嗟《とっさ》に後退したが、遅かった。

アパートの玄関を入ったところで、二人は激突し、犀川は弾き飛ばされる。彼の腹に寺林の頭が押しつけられ、後ろに倒れ込んだ。後頭部に衝撃を受ける。犀川は木製のドアに背中をぶつけて、尻餅をついた。

その大きな音が少し遅れて認識される。

寺林は、すぐ横にあった洗濯機を犀川の方に押し倒した。上に乗っていたビールケースが滑り落ちる。

犀川は頭を片腕で庇《かば》う。
ビール瓶の割れる音。
立ち上がる暇もなく、洗濯機が倒れてくる。
躰を捻《ねじ》曲げるように、それを避けた。
寺林は、土足のまま、板張りの床に上がり、階段を駆け上っていった。
犀川は立ち上がる。
二階を寺林が走っていく大きな音。
二階だ。
右の手首が痛かった。
彼はすぐに階段に向かう。
左手からは血が流れていた。ガラスの破片で切ったようだ。
真っ直ぐの階段を見上げる。
彼は靴を脱いで、階段を上った。
どこかで、ドアが閉まる音。
建物中に鳴り響いた。
二階の通路に出る。
既に寺林の姿はない。

12

一番奥の右手に、明かりが見えた。

犀川は、そこまで走る。

ドアを開ける。

部屋は狭い。

奥の明かりがついてる部屋に、寺林高司がいた。

段ボール箱で足の踏み場もなかった。

「犀川先生、どうか落ち着いて下さい」寺林がゆっくりとした口調で言った。「下手な真似はしない方が賢明です。とにかく、冷静に……」

「彼女は？」犀川はきいた。

「落ち着いて……。まず、そのドアを、閉めて下さい」寺林は言う。

犀川はドアを閉めて、部屋の中に入ろうとする。

「ゆっくり！」寺林は叫んだ。「これが見えませんか？」

犀川は、寺林が挙げた片手を見る。

それは、コードだった。

太くて黒い電線が床から伸びている。

彼の手を通って、再び、床に垂れ下がっている。

寺林が、コードの途中を持ち上げていた。

「ゆっくりです」寺林は言った。「僕が手に持っているのはスイッチですよ。この先をご覧なさい」

犀川は、二歩ほど前に出る。

寺林がいる部屋の奥が見えてきた。

左手のベッドだった。

西之園萌絵が横を向いて倒れていた。

両手とも背中に隠れて見えない。両足首を揃え、ガムテープが巻かれている。彼女の口にも同じテープが貼られていた。

萌絵は目を瞑っている。

息をしているのか……。

生きているのか……。

ぴくりとも動かない。

「大丈夫……。冷静に」ゆっくりと寺林はしゃべった。「西之園さんの、首のところを見て下さい」

首にもガムテープが貼られていた。

左右の首筋からは黒いコード。

それが彼女の胸の辺りで合流し、一本になり、寺林の片手まで届いていた。

その先は、再び床を這い、窓際の壁のコンセントに繋がっている。

「殺さなくて良かった」

寺林はそう言ってから、白い歯を見せた。

成績が良かった通信簿を親に見せる小学生のようだった。

「準備が済んで、一息ついたとき、西之園さんの車のことを思い出したんですよ。それで、外に出ていったら、犀川先生がいらっしゃった、というわけです」

萌絵は死んでいない……。

犀川は、じっと立ったまま、彼女を見た。

「何故、すぐ殺さなかったのか？　そう思ったでしょう？」寺林は嬉しそうに微笑む。「そりゃあ……、眠っているうちにやってしまったら、つまらない。もったいない。犀川先生、どうか、そこに座って下さい。もう、状況は把握できましたか？」

「貴方が逃げるのは、かまわない。僕は追ったりはしないし、警察にも、連絡しないと約束しましょう」犀川は言う。「だから、このまま出ていって下さい」

「それができるなら……、さっき、そうしましたよね。それくらい、わかりませんか？　先生、ちゃんと理解していますか？」

「これから、どうするつもりですか？」犀川はきく。急に、自分が冷静さを取り戻していることを自覚した。おそらく、何かを諦めたのだろう。最善を捨てることによって最悪を避けるシステムに切り替わったのだ。不思議に落ち着いていた。しかし、落ち着いたって、しかたがない。どうすれば、彼女を無事に救い出せるか、それを考えようとする。可能だろうか？

「どうするつもり？」寺林は笑いながら言葉を繰り返す。「そんなことくらい、わかるでしょう？」

「それをしたあと、どうするつもりか、という質問です」犀川はきき直す。

「良かった……」寺林は笑うのをやめて、犀川を上目遣いで見据《みす》える。「ちゃんと思考できる人が来てくれて、僕は幸せだ」

「どうするつもりなんです？」

「もしかして、先生、僕のことがわかったから、ここへ来たのですか？」寺林は、犀川の質問には答えず、逆に尋ねた。

「一応……」

「とにかく、座って下さい。ゆっくりと、ゆっくりとですよ。少し話がしたくなった」寺林は窓際の壁にもたれかかる。「僕だって、こんな状態でスイッチを入れたくない。それは最悪だ。せっかくここまで造り上げて、フィニッシュ・ワークで慌てたくない。そんなの台無しなんですよ。でも……、犀川先生、貴方の行動によっては、しかたがない。いくら最悪でも、彼女を殺さなくてはならない」

犀川は前に出ようとする。

「下がって！　それ以上は駄目です」

犀川はその場にゆっくりと腰を下ろした。

彼が座ったところは、寺林と萌絵がいる部屋ではなく、入口からすぐの手前の小部屋だった。そのほぼ中央付近。寺林までの距離は三、四メートル。萌絵が倒れているベッドまでの距離も、ほぼ同じ。

三メートルと、八十センチくらいか……。

寺林にスイッチを入れる勇気があるのなら、それは充分な距離だ。

犀川には、とても遠い距離だった。

「たとえ西之園君を殺しても、貴方は逃げられない。そんなことをしたら、貴方は破滅です」犀川は言う。

「破滅なんて無意味ですよ」寺林はずっと微笑んでいた。彼の額から汗が流れているのが見える。「先生、おききしますけど……。破滅って何ですか？　このとんでもなく不自由で、馬鹿馬鹿しく、つまらない世の中から、抜け出すことでしょうか？」

「今より、もっと不自由になる」犀川は答える。「もう、模型も作れない。好きなものも食べられない」

「そんな些末《さまつ》なことに影響されて、僕は生きていません。もうね、充分なんですよ。もう、面白いところはすべて終わってしまって、あとは歳をとるだけです。これ以上わくわくすることなんて、もうないんです。今のうちに、自由なことをしておかないとね。これが最後です。いや、いつでも最後。最初から最後だった」

ベッドの上の萌絵が少し動いた。

彼女はまだ眠っているようだ。

見たところ、怪我をしている様子はない。

どんな方法で、眠らされたのだろう、と犀川は考えた。睡眠薬よりも即効性のものか、あるいはクロロホルムの類だろうか。化学工学科の寺林ならば、比較的容易に持ち出せるものがあったのだろう。

「何故、明日香さんの首を切断したのですか？」犀川は突然質問した。

「犀川先生は、どうしてだと思います？」ひきつった笑みを浮かべ、寺林は口もとを上げた。

「紀世都さんのときの予行演習だった」犀川は答える。

寺林はくすくすと笑いだした。

「ああ……、ちょっとは、わかってくれる人がいたね。これは驚きだ……。嬉しいなあ」

「最初から、筒見紀世都さんを殺すつもりだったのですね?」

「殺すつもり?」寺林は眉を寄せる。「変なことを言いますね。ステーキが食べたいときは、最初から牛を殺すつもりなんですか?」

「そういう人もいます」犀川は答えた。

「殺すつもりなんてないですよ」寺林はそこで一瞬だけ寂しい顔をする。「ただ、型を取りたかっただけです。理想的な型です。生きたまま、それができれば、一番いいんですけどね。なかなか、そうはいかなくって……」

「その型取りを、明日香さんの首で練習したのですね?」

「ええ、よい機会だった。明日香さんは、紀世都君に似ている。彼女はできの良いイミテーションでしたよ。万が一、作業に失敗したとき、もしものときの交換パーツにもなる。そんなことは、もちろん我慢できませんけど、世の中思ったとおりには、なかなかいきませんからね」

「何故、首だけを?」犀川は一番不思議だったことを質問する。「運び出すのが簡単だったからですか?」

「いいえ、違います。シリコンというのは、大変高価な材料なんです。人間の全身の型を取っていたら、大量に必要となる。材料費だけで百万円近くかかってしまう。だから、練習は頭だけにしたんです。顔の部分が一番難しいわけですから、まあ、そこだけ一度経験しておけば、あとは大丈夫だろうと思ったんですよ。本番は失敗ができない。理想的なプロトタイプは一つしかない。しかもずっとは存在しない。失敗できないということが、まったく、モデラ泣かせなんですよね」

「筒見紀世都さんの型を取って、それで、等身大の人形を作るつもりですか？」

「違います」寺林は首を横にふる。「それは誤解だ。僕は、型がほしいだけですよ。メス型というのは無限の可能性なんです。そこから生まれてくるすべてのモデルの母です。僕は、メス型が欲しかった、完璧な……。それだけですよ」

「貴方の美学は、理解しました。けれど、西之園君を殺すことは、その美学とは、かけ離れています」犀川は言葉を選んで話した。「貴方は望みどおり、紀世都さんの型を手に入れた。それでもう終わったのではありませんか？」

「確かに、そうかもしれない。しかし、上倉さんを殺したとき、僕は、今まで気づかなかった、というか、見落としていた新しいジャンルを知りました。呼吸が止まった瞬間の人間というのは、なかなか魅力的なオブジェクトであり、プロトタイプです。生から死へと向かう一瞬、その最後の境界を通過する瞬間、残像のような美が見える。僕はやっと、それに気がついた。よく、紀世都君が話していたんですよね。それ、彼が知っている美だった。犀川先生もご覧になりましたね。紀世都君が使ったあのフラッシュと同じです。残像なんですよ。

僕にとって、まったく予想外の、とても貴重な体験だった。上倉さんが教えてくれたといえる。考えてみれば、彼女が、すべての始まりだった。もう引き返すことはできないけど、僕は、とても満足しています。反省なんてしていない。後悔のかけらもありませんね。あとは……、西之園さんだけ。生きた人間にも、死んだ人間にも、もう興味はありません。キットにも完成品にも興味はない。僕らモデラが求めるのは、その境界を推移するプロセスなのです。キットを組み立てるプロセス。生から死へのプロセス。0から1へのプロセス。どちらの点でもない。移り変わる瞬間。一瞬の移動。電子の流れ。わかりますか？　先生。人間がどうして戦争をするのか、考えてみて下さい。領地、資源、民衆、宗教、そんなものは全部見せかけの理屈に過ぎない。そうやって理由を分析して安心しているだけのことなんです。実は、何かを求めているわけじゃない。違います。そんなちんけな欲望ではない。ただ、人間は、推移のプロセスを見たいだけなんだ。形が変わる、歴史が変わる、その瞬間を見たいだけなんだ……」

「でも、もう……、良いのじゃありませんか？」犀川は淡々と言う。「このままいくと、貴方は、何人もの人間を殺さなくちゃいけないでしょう。しかし、他人の価値観まで侵害する意志は貴方にはないはずです。いつか、そのジレンマに陥る」

「どうして、僕がそんな馬鹿なことで悩むと思うんです？」

「今、僕に説明していることが、証拠です」

「もちろん、人は人。個人は個人。それは尊重しているつもりですよ。もっとも、それが、どこまで明確に分割されているものなのか、疑問は残りますけどね……」寺林は微笑んだ。「下世話なもの言いで恐縮ですけど……。僕はですね、先生。自分の命を懸けているんですよ。この命を懸けて、自分という一人の生を、社会のカオスから分離しようとしているのです。独立している一人ならば、せめてこれくらいのこと、させてもらっても、文句を言われる筋合いはないでしょう？　僕も一人、他の大勢も全部合わせて一人。どちらも一人なんだから、対等ではありませんか？　しかし、不公平ですよね。一人の独立した人間なのに、自分の誕生と死が見せてもらえないなんてね。一番素晴らしい瞬間なのに……、見られないなんて……」

寺林の発言は、飛躍し始めている。

犀川は、ポケットの中に手を入れていた。彼の片手は、ポケットの中で小さなゼム・クリップを摑んでいた。いつ紛れ込んだものか、わからない。しかし、ゼム・クリップはいつだって、どこかのポケットに潜んだまま一生を終わるのである。犀川は、意味もなく、そのクリップを指先でもてあそんでいた。

沢山のクリップが箱に入っているとき、それらは絡み合い、知らず知らず連結する。まるで人の社会のように。人間も、最初から自然に連結する形にデザインされていたのだろうか。

では、一人とは何だ？

どうして、一人一人に意志が存在するように考えられるのか。

ここまで分散化した処理機能が、社会に必要だろうか。

もし、そうならば……、
どうして、一人の人間は、それ以上に分散できないのか？

どうして一人のままなのか。

どうして一人でいようとするのか。

どうして……。

「誰かに見破られることは覚悟の上だったのですね？」犀川はきいた。

「もちろん」寺林は頷く。「隠し通せるなんて、これっぽっちも期待していませんでしたよ。中途半端に頭の働く人間は多い。警察だって馬鹿じゃない。いつかは捕まるだろうと予想していました。だからこそ、そのまえに、やることはやっておかないとね」

「それにしては、わざわざ西之園君を呼び出して、利用したことが理解できません。筒見紀世都さんの殺害が本当に最終目的なら、彼女をアトリエまで一緒に連れていく必要などなかったのでは？　貴方は、彼女と一緒にいることでアリバイを作りたかった。何故ですか？」

「これは心外だ」寺林は顎を上げて驚いた表情を見せる。「アリバイ？　そんな馬鹿馬鹿しいことで僕は動いていない。さっきも言ったでしょう？　命なんか惜しくない。僕は死ぬっもりなんです。この社会に未練なんてまったくない。アリバイなんて、まさか、そんな些細なこと、問題じゃない」

「では……」犀川は寺林を見据えて言う。「あの晩に、西之園君も殺すつもりだったと？」

「当然ですよ」寺林はくすっと笑いながら頷いた。「当たり前じゃないですか。あの日で一気に終わらせるつもりでした。早ければ早い方が良い。あそこのバスタブで、西之園さんもね、ばちんと、やるつもりだった。二人並べて……、綺麗だったでしょうね。はは……、それなのに……、なんか、邪魔な連中が大勢やってきましたからね。参りましたよ。しかたがないから、日を改めただけのことです。あの、どうして、そうやって、一方的な価値観で人の行動を測ろうとするのでしょうか。誰もが、死にたくない、命が惜しい、と思うと考えているでしょう？　馬鹿馬鹿しい。完全な既成概念ですよ。そんな行動原理には従わない人間が沢山います。違いますか？」

「いえ、そのとおりです」犀川は小さく頷く。「あの……、では、彼女の代わりに、僕ではいけませんか？」

「どういう意味です？　身代わりになると？」寺林は歯を見せて笑った。「やめて下さいよ、先生。気持ち悪いなあ……。そういうのは、大嫌いなんです。まったく馬鹿馬鹿しい」

「もし、彼女を殺したら、僕は貴方を殺します」犀川は言う。

「ええ、そうして下さってかまいませんよ」寺林は軽く微笑んだ。「そのチャンスは、もちろん先生にはある。僕も、その覚悟はしていますよ。あとは……、西之園さんの意識が戻るのを待ちましょう。それで、すべて終わりです。彼女が目覚めたら、僕はスイッチを入れる。見たくなかったら、犀川先生は出ていってもらってもけっこうですよ。警察でもなんでも呼んできて下さい。僕を止めることはできません。もうすぐ、人生を懸ける価値のある瞬間が見られる。それで僕は充分です」

「異常ですね」犀川は無表情で言う。

「そうです」寺林は頷いた。「だけど、今まで、人から異常だと言われたことは一度もありませんよ。考えているだけでは、誰にも知れないし、非難もされません。妄想という言葉は適当じゃないけど、ずっと、僕にはこの夢がありました。いつかは、こうなると思っていましたよ。こんなに若いうちに夢が叶うとは思ってもみませんでした。わりと決断力があった、ということでしょうね。自分の勇気を褒めてやりたいです」

「もし、明日香さんのことがなければ、筒見紀世都さんだけを殺す予定だったのですね？」

「そう、それが夢でしたね」目を細め、寺林は微笑んだ。「考えて考えて、できる限りの準備をして、その準備の一つ一つが、また楽しかった。どうすれば、皮膚にシリコンが付着せず上手に剝離《はくり》させられるのか、いろいろと悩みました。自分の皮膚で試したりもしたんです。でも、やっぱり最終的には、死んでいる本ものの人間で確認してみないと……。それも、なるべく近いタイプの人間でね。僕、心配性なんですよ。上倉さんの方でも良かったんですけど……、なんか、首を絞めたら、彼女、人相が変わってしまって、酷くげんなりしました。それで、頭に傷がありましたけど、やっぱり、明日香さんの方を選んだのです。型取りが最高に難しい部分は、やっぱり顔面ですからね。明日香さんの方が、ずっと紀世都君に似ているし、万が一、本番で型取りに失敗したとき、明日香さんで作ったメス型を使って、頭部だけのオス型を作って、紀世都君から作ったメス型で胴体部分のオス型を作って、それを結合して、モデルを再生できます。それで、もう一度、完全なメス型を作り直せば良い。けっこう面倒な工程ですけど、一応、そこまで考えたんですよ」

寺林は嬉しそうに説明した。犀川はじっと座って、寺林を見据え、ときどきベッドの萌絵に目をやった。ポケットの中で手は汗をかいていた。

右手は、ゼム・クリップを変形させている。そんな小さな針金では、武器として役には立たない。犀川の近くには、段ボール箱や模型のキットの箱があるだけ。流しやコンロがある付近まで行けば、何か使えるものがあるかもしれないが……。

寺林は、小さな電気ストーブを手近に引き寄せ、スイッチを入れた。部屋は寒かった。

「犀川先生、煙草を持っていませんか？」寺林はきいた。

「ありますよ」犀川は頷く。

「一緒に吸いましょう」彼はまた微笑んだ。

ベッドで、萌絵が少し動く。

彼女は短い呻き声を上げた。

「もう、気がつく……」寺林は彼女を見て言った。「煙草を吸うなら、今のうちです」

13

犀川は左手で、ポケットから煙草とライタを取り出した。それを寺林の方に投げる。

「一本で充分ですよ」寺林はそう言って手を伸ばし、カーペットの上に落ちた煙草の箱を取る。片手で中から一本だけ抜いた。煙草にもライタにも血がついていた。

犀川は、自分の左手を見る。血塗《ちまみ》れだった。

寺林は、ライタを拾い上げて火をつける。

「先生、怪我をしましたか？」寺林は煙を吐きながら言った。

「今日は、怪我の日みたいだ」犀川は口もとを上げる。

犀川は、寺林の近くにある電気ストーブのコードを見た。その太いコードは、犀川のすぐ近くまで伸びて、こちらの部屋の壁にあるコンセントまで届いている。コンセントは二つだ。ストーブのプラグは、コンセントの上の方に差し込まれていた。

寺林が煙草の箱を犀川に投げ戻す。犀川はそれを怪我をしている左手で受け止めた。右手は、まだポケットの中でゼム・クリップを握っていた。

「灰皿はないけど、かまいませんよ」寺林は今度はライタを投げた。

「その辺の床を焦がしてもらってけっこう」

犀川は、勢い良く投げられたライタを受け損なった。それは、犀川の左手に一度当たり、横の壁に当たって床に落ちた。

彼は、寺林を一瞥してから、ライタを取るために横を向いた。

「台所の皿か何かを灰皿にしましょう」犀川は言う。

「いや、そのまま！」寺林は低い声で叫ぶ。「立ち上がらないで下さい」

ポケットの中。

右手のクリップに神経を集中させていた。

幅を確かめる。

確率は低い。

やる価値があるか、という計算が走る。

犀川の中で、一人を除いて全員が迷っている。

しかし、一番内側の犀川は、既にゴーサインを出していた。

彼は右手をポケットから出した。

ライタを拾うために手を伸ばす。

その手は、変形したクリップを握っている。

萌絵が呻き声を上げていた。
「ほら、もうお目覚めだ」寺林が嬉しそうに言った。
犀川の右手は、ライタを拾わなかった。
壁のコンセントの穴に、クリップを差し入れる。
片側はすぐ入った。
もう片側を差し込むのに、一瞬、時間がかかる。
火花が飛ぶ。
手が痺れた。
もう一度、押し込む。
オレンジ色の火花が飛ぶ。
「おい！　何を……！」
寺林の言葉の途中で、部屋の照明が消えた。
犀川は低い姿勢のまま突進する。
真っ暗だった。
相手は窓際。
シルエットは鮮明だ。
立ち上がろうとした寺林に体当たりする。

窓のサッシが音を立て、ガラスが割れた。

二人は、そのまま右方向に弾かれ、段ボール箱の上に倒れ込んだ。

「西之園君！　逃げろ！」

彼女の呻き声が聞こえたが、そちらを見ることはできなかった。

寺林の息遣いが犀川のすぐ耳もとで聞こえ、彼が蹴り上げた膝が何度も犀川の腹に当たる。頭の上から、沢山の箱が落ちてきたけれど、彼は、相手の躰に渾身《こんしん》の力でしがみついていた。

14

名前を呼ばれたような気がして、彼女は目を覚ます。

酷い頭痛がして、目がなかなか開かなかった。

次に、ガラスが割れる音。

驚いて、起き上がろうとした。

腕が動かない。

口も開かない。

目を開けると、真っ暗な部屋。

窓から外の微かな明かり。

目が痛い。

焦点が合わない。

部屋中で大きな音がしている。

何か大きなものが動いている。

部屋の反対側だった。

二人がもみ合っていた。

壁に彼らの躰が当たるたびに建物が振動し、二人が移動するごとに部屋中のものが掻き回される。

自分は、ベッドの上だった。

なんとか起き上がって、頭を振る。

手首は後ろで結ばれている。

足も何かで縛られている。

思いっ切り呻き声を上げたが、部屋の中の騒動の方が、彼女の声よりもずっと大きい。

手首に力を入れて振りほどこうとしたが、無理だった。ベッドの下に両足を降ろし、反動をつけてなんとか立ち上がる。

廊下の窓に明かりが見えた。

「逃げろ！」
犀川の声だ。
もみ合っているのは、寺林と犀川だ。
どうしよう？
助けを求めるために、廊下へ向かおうとした。
その途端、首を引っ張られる。
首もとに何か紐のようなものがあって、それが一瞬だけ、彼女の動きに抵抗した。
それを引きちぎろうとして、体重をかける。
紐は首もとで外れたようだった。
躰は前につんのめり、隣の小部屋に頭から突っ込んだ。
プラモデルの箱に頬が当たる。
そのまま、彼女は芋虫のように這って、扉まで行く。
ドアが開かない。
もう一度、そこで立ち上がるのが、大変だった。
そうしている間にも、隣の部屋との境にあった襖が壊れ、彼女の方へ倒れてきた。
寺林と犀川が同時にもつれ合ったまま飛び込んでくる。
「早く！」

犀川は萌絵を一瞬だけ見た。しかし、寺林の腕が彼の顎を押し上げる。
寺林が犀川の躰を蹴り、犀川は向こうの部屋に弾き飛ばされた。
寺林が、萌絵に気がつく。
彼は立ち上がり、彼女の方へ詰め寄った。
寺林の手が、萌絵の首もとに触れる。
彼女はドアを背にして棒立ちになる。
けれど、目を瞑らなかった。
目からレーザ光線が出るんだから……。
私を誰だと思っているの……。
しかし、レーザどころか、声も出ない。
寺林の手が、彼女の首から離れた。
寺林の首に、犀川の腕が巻きつき、二人は後退する。
彼らは再び奥の部屋へ戦場を移した。
彼女は縛られた両手で、背中にあったドアノブを探す。
ドアを開ける。
体重をあずけていた勢いで、通路に背中から倒れた。
頭を床に打ちつけたが、大したことはない。

彼女はすぐ、階段の方を見た。

これだけ大きな音がしているのに、誰も来ない。アパートの住人たちはまだ帰っていないのか。大家の長谷川老人も、萌絵と話した隣の部屋の青年も、戻ってきていないようだ。

彼女は、廊下を這って進んだ。

横に転がった方が速かった。

階段まで、なかなか辿り着けない。

口が開けないので、息がとても苦しい。

躰の方々が痛い。

特に目が痛かった。

気分が悪くて吐き気がする。

そのうえ、転がって目が回った。

萌絵が廊下を半分ほど進んだとき、階段を駆け上がってくる音がした。

転がるのをやめて、彼女は、顔を向ける。

隣の青年が帰ってきたのか？

男は、通路に姿を現し、走り寄ってきた。

目が霞んで、よく見えなかった。

「西之園！」

彼の手が、萌絵の口のテープを剝がした。
「痛い、痛い！　もう、金子君！」萌絵が声を上げる。「そんな乱暴に……」
金子は、奥の部屋の音を聞きつけ、抱き上げていた彼女から手を離して立ち上がる。
萌絵は床で頭を打ち、また廊下に寝転がった。
「あの中！　犀川先生を助けて！」彼女は叫ぶ。
金子は、部屋の中へ飛び込んでいった。
そのまま、彼女は耳を澄ます。
部屋の中からの騒音はやがて収まった。
急に静かになる。
しばらく待った。
もう這って戻る元気も、立ち上がる根気もなかった。
転がるのも気持ちが悪い。
「どうしたのぉ⁉」萌絵は大声で叫ぶ。「大丈夫⁉」
口に貼られていたガムテープは、金子が剝がしたまま、まだ左の頰に残っていた。
「犀川先生！　金子君！　返事をして！」
「西之園！　警察呼んでこーい」金子の大声が聞こえた。
部屋の中で叫んでいるのだ。

二人で、寺林を取り押さえたのだろうか。

手が放せないのかもしれない。

「こんなんで、呼んでこられるわけがないでしょう」萌絵は一人でそう囁いて、舌打ちする。

廊下の電灯の下で見ると、足首に巻かれているのはガムテープだった。背中で結ばれた手首よりは、そちらの方が外れそうだ。彼女は躰を捻り、背中の両手が足首に届くように、いろいろなポーズを試す。ついに、そこに手が届いた。

「おーい。西之園！　いるか！」

「いるわよ！」萌絵は叫んで答える。

「何やってんだよ！　早く行ってこいよ！」

「ちょっと、待って！　もう……」

どうして、命令されなくちゃならないのか……。

金子は口のきき方に注意すべきだ。

ようやく足のガムテープを剝がすことに成功する。

彼女は立ち上がり、部屋まで歩いて戻る。

ドアは開いたままだった。

「大丈夫？　金子君」萌絵は暗い部屋の中を覗き込んだ。

「馬鹿！　早く、呼んでこいよ！」金子が奥から怒鳴った。

室内は、ごみ箱のような状態だった。

どこに誰がいるのかさえ、よくわからない。

「犀川先生は？」

「早くしろ！」

萌絵は廊下を走った。両手が背中にあるので、バランスがとれない。注意して、階段を下りた。

アパートの一階にも人の気配はなく、彼女は外の道路へ飛び出した。

「助けて！」大声で叫ぶ。「誰か来て！　助けて！」

それから、大きく一息ついて、今度は思いっ切りオクターブの高い悲鳴を上げた。

15

遠くから最初に初老の男が駆け寄ってきた。空地を隔てた隣の住宅からも中年の女がゆっくりと出てきて、恐る恐る萌絵に近づいた。

「お願いです。警察を呼んで下さい！　人殺しなんです！」萌絵は叫ぶ。

女は頷いて、急いで自宅へ戻っていく。老人は、萌絵の手首のガムテープを解いてくれた。

自転車に乗って、若い男が坂を下ってくる。彼は、萌絵の前で停まった。二〇七号室の青年だ。

萌絵は道路を横断し、ガードレールに手をかけ、斜面の下を見る。筒見紀世都の倉庫から真っ直ぐの坂道を下ったところに、パトカーが一台駐まっていた。

「あそこに警察がいるわ！　お願いです。お巡りさんを呼んできて下さい！」萌絵は振り返って言った。

「お巡りさん？」自転車を立て掛けている青年がきき返す。

「中に殺人犯がいるの」萌絵はアパートを指さした。

青年は老人の顔を見て、一瞬遅れて頷いた。

彼は、勢い良くガードレールを飛び越え、斜面を下っていった。

萌絵は、すぐアパートの中に引き返す。

「あ、あんた！　危ないよ！」

老人が声をかけたが、そのまま玄関に飛び込んだ。彼女は靴を履いていなかった。

階段を駆け上り、二階の廊下を走る。

部屋の中はまだ暗く、静かだった。

「金子君、大丈夫？」

「ああ」金子の低い声がする。「警察、呼んだか？」

「ええ」

「この部屋、電気つかねえのか？」

萌絵は目の前の壁にあったスイッチを何度か押してみた。しかし、照明はつかない。そのスイッチの上を見る。入口のすぐそば、壁の高いところにブレーカの箱があり、短い紐がぶら下がっている。彼女は背伸びをして手を伸ばし、それを引っ張った。

数秒遅れて、部屋の電灯がつく。

それとともに、室内の惨憺《さんたん》たる状況が露《あらわ》になった。

もう、どこにも床は見えない。大きな箱も小さな箱も四方に散らばり、変形している。ベッドさえ見えない状況だった。二つの部屋を区切っていた襖は破れて外れている。部屋の奥では、カーテンが風に揺れ、窓枠の一つはガラスがなかった。

金子勇二は、奥の部屋の右の隅で、倒れている男の背中に乗っていた。背中に捻り上げた腕を両手で押さえ、金子の脚は男の顔と肩を拘束している。もう、その男はぴくりとも動かなかった。

「犀川先生は？」萌絵は、足の踏み場もない室内を、注意しながら進む。「ねえ、金子君、先生はどこ？」

「そこら辺」金子は顎をしゃくり上げて答える。

萌絵が大きな段ボール箱を退けると、その下に犀川が仰向けに倒れていた。メガネをかけていない。口もとが切れ、血が流れている。それ以外にも、胸や手が血塗《ちまみ》れだった。

「先生！」彼女は跪《ひざまず》き、犀川に触れる。

彼は顔をしかめた。

それから、細く目を開け、長い息をついた。

「大丈夫ですか？」

「大丈夫じゃない」

「しっかりして下さい」

「君は大丈夫？」

犀川は起き上がった。彼は金子の方を見る。

「そこにいるのは誰？」

「金子です」

「なんだ……、金子君だったのか……。寺林さんは？」

「こいつのことですか？」金子は首をふった。「ぐったりしてますけど、離れるのは恐いから」

「僕のメガネ、どこへいったかな」犀川は辺りを見た。「ちょっと、西之園君、頼む。探すの手伝ってくれないか。あれぇ……、なんか、凄いことになっているね、この部屋」

「先生、怪我は大丈夫ですか？」萌絵はハンカチを出そうと思ったが、自分のコートがどこにあるのか、わからなかった。「血が出ています」

「そうそう……」犀川はふらふらと立ち上がる。「下で、割れたビール瓶で切ったんだ。まったく、ついてない」

廊下を走ってくる大きな足音が聞こえ、警官が二人入ってきた。

隣の部屋の青年もやってきた。

萌絵は簡単に事情を説明し、彼らは頷いた。

警官たちと入れ替わりに、萌絵と犀川は廊下に出る。

金子が取り押さえていた寺林高司は、気絶していたようだった。警官の話し声が聞こえ、金子がしばらくして廊下に出てくる。彼は犀川のメガネを持っていた。

近づいてくるサイレン。

萌絵は犀川の傷が心配だった。手だけではない、他にも怪我をしている様子だ。

寺林に襲われて、彼女が気を失ったあと、すぐに犀川がここへ来たのだろうか？

何故、部屋のブレーカが落ちていたのだろう？

「先生、いったい、何があったのですか？」萌絵は犀川に質問した。

「西之園君」犀川は呟く。「それは、僕がききたい」

「いえ、先生」金子が鼻息をもらした。「俺ですよ、一番ききたいのは……」

「外で、煙草を吸いたいな」犀川は言った。「金子君、煙草持ってる？」

金子は胸のポケットに手を突っ込んだ。「あります」

「僕の煙草とライタ、部屋の中なんだけれど、もう見つからないかもしれないね。今回の事件で、二回目の煙草喪失だ」

三人は階段を下り、靴を履いて外に出る。ちょうど、パトカーと救急車が前の道路に到着したところだった。既に野次馬が二十人以上集まっている。

「怪我人は?」救急車から降りてきた男が犀川を見た。「貴方ですか?」

「いえ……。この二階の一番奥です」犀川は指をさす。「僕は大丈夫」

警官と救急隊員がアパートの中に雪崩《なだ》れ込《こ》んでいく。萌絵たち三人は、ブロック塀で囲われた狭い庭に移動し、金子が差し出した煙草を、犀川と萌絵が一本ずつ手に取った。金子はジッポーのライタで大きな火をつけ、犀川と萌絵がそこに顔を近づける。

「金子君、ありがとう」萌絵は金子の目を見て言う。

「そうそう……、助かった」犀川も言った。「ありがとう」

「煙草のことですか?」金子がにやりとする。

「違うわ……」萌絵は微笑んだ。

「いや」犀川は煙を吐いた。「煙草のことだ」

16

警察に黙って、三人は帰ることにした。

「大丈夫、大丈夫」犀川が機嫌良さそうに言う。「別に悪いことをしたわけじゃないんだから、どこへ行こうが僕らの勝手だろう？」

金子はヘルメットをして自分のバイクで行ってしまった。

萌絵と犀川はそれぞれの車で大学に戻った。研究棟の中庭に、二台の車はほぼ同時に到着した。

時刻は、八時過ぎである。

犀川は研究棟に入らず、中庭から車道の方へ出て歩いていく。萌絵は、黙って彼の後についていった。

犀川は保健センタの前の階段を上がり、中に入っていく。

「やっぱり、怪我を見てもらうのですね？」

「ああ、電気がついていたから、バンドエイドくらい、もらおうかと思ってね。ここなら、全部無料だからさ」

保健センタは、普段は六時までしか開いていない。

ロビィから二階へ階段を上っている途中で、曾我医師が下りてきた。

「どうした？　喧嘩か？」女医は犀川の様子を見て目を丸くする。

「すみません、曾我先生」犀川は頭を下げる。「もうお帰りのところでしたか？　あの、部屋さえ開けてもらったら、自分で勝手に包帯くらい巻きますから……」

曾我医師は階段を引き返し、診察室のドアを開けて照明をつけた。

曾我は、まず両手を犀川の顔に伸ばし、真剣な表情で数秒間彼を睨んだ。彼女は手を離すと、奥へ入っていく。

「まったく……」手早く白衣を着ながら戻ってくると、曾我は吐き捨てるように言った。「だから、お大事にって言ったでしょうが……。全然、人の話を聞いてないんだ。そういう態度だから、ばちが当たったんですよ」

「これは、ばちではありません」犀川が答える。

「そうなんです」萌絵も後ろから訴えた。「犀川先生は、私を助けるために、怪我をなさったんです」

「まあまあまあ、それはそれは男らしいことですこと」鼻で笑いながら曾我は早口で言う。「いくつです？　犀川先生。学生みたいに殴り合いする歳ですか？　まったく……。どうせ、くだらん喧嘩でしょうが。そういうところに飛び込んでいくというのが、まずもって愚か者の証拠ってことなんだ」

「そのとおりだ。西之園君。曾我先生の言葉を嚙みしめなさい」

「はいはいはい」曾我が言った。「シャツ脱いで」

「きっと、明日くらい、躰が痛くなるでしょうね」シャツを脱ぎながら犀川がきいた。「今は別段、大丈夫なんですけれど」

萌絵は衝立の後ろに急いで下がった。

「明日痛くならなかったら、明後日には痛くなる」曾我が答える。「かー。こりゃ……、けっこう酷いね……。何をした？　相手は熊か？」

「殺人犯です」萌絵は衝立を隔てて言った。

「おーおー、まあ」曾我が笑う。それから彼女は小声になった。「誰です、あれ？　さっきも、あの子だったよな」

「うちの講座の四年生です」

「犀川先生、女子学生にあまりお酒飲ませないで下さいね」

「私、お酒なんか飲んでいません」萌絵は顔を出して答える。

曾我が彼女の方を向いて睨んだので、萌絵は頭を引っ込めた。

「えっと……、彼女。貴女はもういいから、帰りなさい。それとも……、貴女も見てほしいところがあるの？」

「西之園君、もう良いよ。僕、一人で帰るから」犀川が言う。

「一人で帰る？　当ったり前だろうが」曾我の大声。「寝ぼけたこと言うな！」

「違うんです。私たち……」萌絵は再び衝立から顔を出す。

「何だと？　私たちぃ？」曾我は顎を引き、メガネの上から両眼を覗かせる。「私たちだとぅ！　私たちがどうした！　え？　夫婦だとでも言いたいのか？　はい、帰った、帰った、帰った」

萌絵は、しかたなくドアまで歩いた。

「言いたいですけど……」と囁いた彼女の言葉は、曾我には聞こえなかったようだ。

彼女は保健センタの一階の暗いロビィで、犀川を待つことにした。

まだ、気分は良くなかった。

頭はぼんやりとしていたし、残留する緊張感だけで、どうにか躰を支えている状態だった。

廊下の奥の暗い方を、見たくなかった。

残像が現れそうな気がしたからだ。

白い型……。

シリコンの……。

筒見紀世都のシリコンの型。

目に焼きついている。

メス型だ。
メスからオスが生まれる？
そう、あのとき、筒見紀世都はそう言った。
メス型からオス型を作る……。
そういう意味だったのだ。
型を取るために……？
それが動機だろうか？
疲れていたけれど、きっと眠れないだろう。
今夜は、犀川とじっくり話をしなければならない。
そうだ、二人だけで。
それは……、
それは、少し素敵だ。
いや、少しではない、
とても、素敵だ。
鼓動が一瞬で速くなる。
階段を下りてくる足音。
咄嗟《とっさ》に萌絵は壁に身を隠した。

先生を驚かしてやろう……。

彼女は、飛び出して、犀川に抱きつく。

そして、キスをしようとした。

だが、目の前の顔を見て、すんでのところで留まった。

「あ、す、すみま……」

「離れんか！　酔っぱらいが！」目の前の曾我医師が叫んだ。

「間違えました」萌絵は下がって頭を下げる。

「馬鹿者が！　何をしに大学に来とるんだぁ、まったく……」

第7章　金曜日はクリーミィ

1

次の日の朝、犀川創平は午前十時に出勤した。

頭のてっぺんは、触るとまだ痛かった。昨夜、保健センタで曾我芽衣子が巻いてくれた左手の包帯はもう取れそうだった。それ以外に特に異状はない。躰のどこも痛くはなかった。痛くなるまでに、もう一日かかるのかもしれない。人体とは、実に不思議なメカニズムである。子供の頃には、過激な運動をすると、その日のうちに躰が痛くなるのに、大人になり、歳を重ねるほど、この反応が遅くなる。自分自身を騙す機能が成長するのか。躰に対しても、精神に対しても、騙そうとする機能、それはおそらく、誰もが逃れることのできない、最後にやってくる最大のショックに備えるためなのだろう。こうしてみると、人生の後ろ三分の二は、死ぬための準備で生きているようなものだ。一日の三分の二を、晩餐《ばんさん》の準備に費やすのと同じ。個人がそうであるように、人間が作り出した社会もまた、すべてこの三分の二の法則に従っている、と犀川は思う。

たぶん、死を迎えるための高貴なる欺瞞《ぎまん》を、「成熟」と呼ぶのだろう。

腐りかけた果実と同じだ。

その成熟の縮小模型こそが、昨夜、寺林高司が口にした道理だった。

コーヒー・メーカをセットして、犀川は、ぼんやりと窓の外を眺めている。

ドアがノックされた。

「おはようございます」予想どおり、西之園萌絵が入ってきた。

「おはよう」犀川は振り向く。「早いね」

「もう……、躰中痛いんですよ」萌絵は溜息をついた。「先生は大丈夫ですか？」

「うん、僕は……」犀川はそのあとの言葉を飲み込んだ。

「まだ若い……、ですか？」萌絵が勝手にあとを続けて微笑む。彼女はコーヒー・メーカを見た。「あ、ちょうど良かったわ」

彼女は、躰が痛くなる道理を理解していないようだ。けれど、その法則を説明する気力が犀川にはなかった。彼は白熊みたいに緩慢に、煙草に火をつけて腰掛ける。

「警察は何か言ってきた？」

「はい、三浦さんから夜遅くに電話がありました。簡単に説明だけはしておきましたけれど……。犀川先生のところには、電話、ありませんでしたか?」

「ないね」犀川は首をふった。「たぶん、寺林さんが全部説明してくれたのだろう。彼は話したがっていた。でも……、そうだね、もうそろそろ電話があると思う。三浦さんたちも、仕事だから」

「そうか、寺林さんがちゃんと説明しているんですね。それじゃあ、今回は、出番なし。私も先生も、必要がないわけかあ……」

「僕は嬉しいけれど、君はがっかりしているね」

「ええ、ちょっと……」萌絵は肩を竦める。

彼女は立ち上がり、食器棚からカップを取り出した。

「私……、寺林さんが殺人犯だなんて、全然思わなかった。どうしてかしら? あの人、そんな感じ、本当にしなかったもの。だって……、どことなく、犀川先生に似ているし……」

「え?」

「あ、いえ……。すみません」

「彼の人生にとっては、あれがごく自然なことだったからじゃないかな……、きっと」犀川は煙を吐きながら言う。「彼は全然、無理をしていなかった。僕らから観れば、リスキィでパティキュラな状況だったかもしれないけれど、寺林さんにしてみれば、普通の……、それこそ趣味の一環だったわけだ」

「でも、彼、嘘をついていました。長谷川さんが、お孫さんの家庭教師に上倉裕子さんを雇った、とか……、その場限りの嘘を、よく平気で……」

「へえ、そんなことを言ったの……。でも、自分の趣味を職場では隠しているって程度のことなら、よくあるよね。彼にとってはその程度の嘘だったんだよ」

「その他にも沢山……、嘘ばかり」

「怒っているね」

「今朝起きたら、だんだん腹が立ってきて……。ねえ、先生は、いつ気がつかれたのですか？　寺林さんが犯人だってことを」

「そこで、頭を打ったときだ」犀川は窓の方を片手で示す。「横断歩道の前で……。頭を叩かれたのがさきか、思いついたのがさきか、どうしても思い出せないけれど……」

「何故、わかったんですか？」萌絵は首を傾げた。

「うん……」犀川は一度頷いた。「特に、論理的な思考があったわけじゃない。今回の犯罪は、とても普通の型には収まらない。そもそも、日曜日の時点で、寺林さんは最も殺人犯の可能性が高い人物だった。警察だって、そう考えていたね」

「ええ……、でも……」萌絵は天井に目を向ける。「それは、ただ単に、観察された状況が、寺林さん以外の人間には物理的に不可能である、と見えたからです。彼以外の人間には、現場を密室にすることが難しい。だから、つまり物理的な容易性だけに頼った、統計処理のような推論でした」

「それはしかし、最も信頼性の高い推論だ。どんな場合でも、それが最も真実に接近する。では、僕らが、その信頼性の高い推論を否定しようとした理由は何だったのだろう？　寺林さんが犯人ではない、とみんなが思いたがったのは何故だったのか？」

「それは、あまりにも危険な行為に思えたからです」萌絵は答える。「殺人現場に倒れているなんて偽装工作は、普通だったら考えられません」

「そう、そこに盲点がある。彼は、もともと捨て身だった。いや、捨て身なんて表現が、そもそもこちらの常識なんだ。彼は失敗なんて恐れていない。失敗がそもそもない。恐れるものもない。事件の犯人像として、僕らがはめ込もうとした型が、既に違っていたわけだね」

「それに、ほぼ同時刻に二人も殺して、首を切断して……、こんな無茶なことをして、しかも、自分は両方の関係者で、一番疑われる立場にあったんですから、普通の状況から判断したら、計画的・意図的にこれを実行したとは、とても考えられません」

「一つだけ、君は誤解しているね。西之園君」犀川は煙草を指先で回して言った。「あるいは、警察に、寺林さん自身が二人とも自分が殺したと言っているのかもしれないけれど、それは、裁判のときにひっくり返すための作戦だよ。警戒した方が良いって、三浦さんに話しておいてほしい。あの土曜日、寺林さんは二人も殺していない」

「え？」萌絵は犀川を見る。「先生、それ、どういうことですか？　明日香さんの殺害は、日曜日の朝だったのですか?」

「違う違う」犀川は首をふった。「時間の話じゃないよ。死亡推定時刻はもちろん間違っていない。二人とも土曜日の夜に亡くなっている」

「それじゃあ、M工大の方は、別の事件だったの?」萌絵は思わず立ち上がった。

そのとき、ちょうどドアがノックされた。

「はあい」犀川は答える。

部屋に入ってきたのは、喜多北斗と大御坊安朋の二人だった。

「M工大は別の事件だったのか?」喜多が尋ねる。彼は、萌絵を見てにやりと笑った。「西之園さんの声が廊下中に響きわたってたから」

「おはよう、萌絵ちゃん。危ない目に遭ったんだって?」大御坊が心配そうな顔をして言った。「ごめんね。もとはといえば、全部、私のせいだもんね」

「コーヒー、淹れ直しましょうか?」萌絵は尋ねる。二人分しか淹れてなかったからだ。

「あ、かまわないで、私たち、たった今一緒に飲んできたところなの。気にしないで、飲んで」大御坊が微笑む。

「私たちっていうの、やめろって言ってるだろう」喜多がすぐに言う。

萌絵は、自分と犀川のカップにコーヒーを注いでデスクの上に置く。喜多と大御坊もコートを脱いで椅子に座った。萌絵は、残っていた椅子を少し犀川の近くに移動させて、腰掛けた。

「で、M工大の事件の話はどうなった？」喜多が脚を組みながらきく。「あれは寺林じゃないってことか？　それじゃあ、鍵はどうなる？」

「ねえねえ、それよりもさ」大御坊が言う。「どうして首を運び出したあとに、また戻ってきたの？　何故、寺林君、あそこで倒れた振りをしてたわけ？」

犀川は黙って熱いコーヒーを一口飲んだ。

「朝から喧《やかま》しいなあ……」彼は呟く。「僕、もう少ししたら出かけるからね。今日は、時間がないんだ」犀川はディスプレイの中の時計を見た。「そうだね、あと二十五分くらいしかない。動物園に行かなくちゃいけないいんだよ。招待されているんだ」

「動物園？」喜多がきいた。「まあ、そんな話はいい。早いとこ、知ってることを全部ぶちまけてしまいな。それから、どこへでも行けよ」

「それが、人にものを依頼するときの君の普段の話し方か？」犀川が横目で喜多を睨んで言った。

「早く話してよ、犀川君」大御坊が両手を合わせて言う。「ねえ、お願い」

「M工大の上倉裕子さんを扼殺したのは寺林さんだ」犀川はすぐに答えた。「彼自身も、僕にそう言った。これは間違いないと思う。だけど、公会堂で、筒見明日香さんを殺したのは、彼じゃない」

「え⁉」萌絵は横で声を上げた。「本当ですか？　あ、あの、それじゃあ……」

「とにかく、黙っていてくれないかな」犀川はゆっくりと言う。「ほら、もう二十三分しかない」

犀川は、わざと緩慢に動いているかのような動作で、新しい煙草に火をつけた。

「何故、あの場所で首を切らなくてはならなかったのか、という命題の答は、実にシンプルだ。あそこに死体があったからだ」犀川は口もとを上げて、少し間をとった。そして、しゃべるのを必死で我慢している三人の顔を順番に見てから、満足そうに続けた。「寺林さんは、本当に誰かに殴られた。彼はすぐ気がついたけれど、そのときには、同じ部屋で、筒見明日香さんが死んでいたんだよ。だから、彼は明日香さんの首を切ろうと思いついた」

犀川は煙を吐いた。

「つまり、計画的な仕事では、まるでない。寺林さんは、道具を取りに部屋を出る。自分のアパートまで、首を切断するための道具を取りに帰ろうとした。彼は、訪れたチャンスに、きっと興奮していただろうね」

「ちょっと待て。じゃあ、誰が寺林を殴ったんだ？　誰が筒見明日香さんを殺したんだ？」喜多がぶっきらぼうな口調できいた。

「当然の質問だ」犀川は意外にも軽く頷く。「そのことで、寺林さんも頭がいっぱいだったはずだ。彼は後ろから殴られたから、相手を見ていない。彼が気絶しているうちに、明日香さんは殺されていた。寺林さんは、明日香さんがそこへ来ることさえ知らなかったし、もちろん来たところを見てもいなかった。ただ、死んでいる明日香さんを見て、彼女の首を切り落としたくなっただけなんだ」

三人が今にも口にしそうな質問に先手を打って、犀川は片手を少し挙げた。

「何故切ったのか？　まえから、人の首で試してみたいことがあった。それだけの理由からなんだけれど、まあ、このときの寺林さんの行動は常識では考えにくい。この点はあとで、もう少し補足する。とにかく、彼には道具が必要だった。自分の頭の怪我も酷かったけれど、彼は公会堂を抜け出し、車に乗った。ところが、そこで、M工大で実験の打ち合わせをする約束になっていたことを思い出した。これは、すっぽかすわけにはいかない。だって、行かないと、あとあと都合が悪いだろう？　今から、彼は明日香さんの首を切ろうとしているんだ。もう、そう決心している。作業時間は充分にあるが、実験室に顔を出さないと、あとで不審に思われることは目に見えている。将来的にも、最低限の自由は確保しておきたい。だから、このときは、とにかく、M工大にだけはちょっと寄っていこうと考えた。寺林さんが殴られたのは、八時よりもまえ。M工大に彼が行ったのは、それから三、四十分あとのことだった」

犀川はまた煙草をくわえてから、煙をゆっくりと吐き出す。

「さて、彼は実験室に行き、上倉裕子さんに会った。そこで、何が起こっただろう？」

「何が起こったの？」大御坊が真剣な表情できいた。

「上倉さんは、部屋に入ってきた寺林さんを見て、びっくりした。飛び上がるほど驚いたんだ」

「どうして？　頭に怪我をしていたから？」大御坊が身を乗り出す。

「違う、そんな驚き方なら、普通だよ。それなら、何も起こらなかった」犀川は首をふった。「普通の反応だったら、寺林さんは気がつかなかったんだ。そうじゃなくて、彼女の驚き方は尋常じゃなかった。その様子を見て、寺林さんは気がついてしまったんだ」

「何に？」また大御坊がきく。

「上倉さんが、自分を殴った人物だってことに」犀川は無表情に答えた。

「え？　上倉さんが？」萌絵が声を上げる。

「つまり、筒見明日香さんを殺したのも、彼女だった」犀川が言った。

「それで、上倉さんを？」萌絵は目を細め、口に手を当てる。

「うん……、たぶん最初は、口論になっただろうね」犀川は淡々と続ける。「上倉さんは、実は寺林さんと明日香さんの仲を誤解していたのかな。寺林さんが興味を持っていたのは、実は紀世都さんの方だったけれど、上倉さんはそれを勘違いしていたのかもしれない。まあ、事情はわからないけれど、上倉さんが、明日香さんを公会堂に呼び出して殺したんだ。たぶん頭を殴ったんだろうね。何か凶器を用意して持っていったはずだ。その同じもので、寺林さんも殴られた。寺林さんまで殺す計画はもちろんなかったから、躊躇して力が不足したのか、それとも彼が避けたのが幸いしたのか、あるいは頭蓋骨が頑丈だったのか、とにかく、彼は気を失っただけで死ななかった。でも、上倉さんは、寺林さんも死んだと思った。彼は約束の時間には来ない、と思っていた。彼女、実験室から友人のところへ電話をしているよね。寺林さんが遅れてくることはない、と彼女は確信していたんだ。だから……、実験室に、寺林さんが入ってきたとき、彼女はびっくりして、取り乱してしまっただろう。寺林さんは、それを見て、すべてを理解したわけ。でも……、ここでね、彼が上倉さんを殺そうと決意したのは、自分が殴られたことや、明日香さんが殺されたことに対する復讐なんかじゃ全然ないんだ。彼は、そのときには、もう、明日香さんの首を切断する決心をしている。そのためには、上倉さんが邪魔だ、と考えただけだ。自分がこれから遂行する仕事の障害となる。それを取り除いた。既に、彼は一線を越えている人間だった。だから、彼はそこで、簡単に彼女を絞め殺してしまったと思う。そして、発見を遅らせるという極めて単純な目的で、実験室のドアに鍵をかけたんだ。その鍵を持っているのが自分だけだなんてことは、どうでも良かったし、彼は、その事実さえよく把握していなかった。現に、河嶋教授だって鍵を持っていたよね」

「そこで、寺林さんはお弁当を食べたんです」萌絵が言った。

「そう……、それも、我々の型にはめ込もうとすると理解できない事象だった。何故、人を絞め殺したあと、犯人は弁当を食べたのか？　普通なら悩んでしまうところだ。しかし、この命題も、解答は実にシンプルだ。彼は、お腹が空いていたんだよ」

　萌絵は目を大きくして二回瞬いた。

「上倉さんを絞め殺して、ついに自分の夢が叶うときが来た、と確信した。彼は意気揚々としていたんだ。今夜の大仕事に備えて、腹ごしらえをしようと思った。どこか他の場所で食事をしたり、買いにいったりする時間も惜しかった。だから、上倉さんの弁当を彼は平らげた。ただし、最終目標を達成するまでは、最小限の自由を確保しておく必要がある。それで、弁当の容器くらいは綺麗に洗っておいた。彼は気が狂っているわけではない。極めて冷静に思考している。あと……、指紋に関しては大丈夫だよね。その実験室には、もともと彼の指紋が沢山あったわけだから」

「あの流しで血を洗ったのは、寺林さんじゃなかったのですね？」萌絵がきいた。

「そう……。上倉さんだね」犀川が答える。「たぶん、実験室にあった工具を使ったんじゃないかな。それが、筒見明日香さんを殺害した凶器だ。それを持ち帰った上倉さんは、あそこで石鹸を使って洗った。きっと、彼女、なかなか弁当を食べる気にはなれなかったのだろう」

2

「さて、この時点で、また計画が大幅に変更される」犀川は続けた。「それまでは、M工大の実験室に顔を出して、頃合いをみて、帰るつもりだった。これは、公会堂から大学に戻ったというアリバイにもなる。アパートに戻ってから、道具を用意して、もう一度、公会堂の四階に忍び込むつもりだった。控室の鍵はかけてあるし、その鍵は自分が持っている。仕事は一晩中かけてゆっくりできる。少なくとも、殺したのは自分ではない。自分を殴った人物が、明日香さんを殺した殺人犯で、自分は首を切断したいだけだった。少なくとも、上倉さんに会うまでは、それが寺林さんの計画だった」

犀川は言葉を切った。三人は黙っていた。

「ところが、その殺人犯というのは上倉さんだった。それで、彼は首を切断するまえに、本当の殺人を犯してしまったわけだ。もっとも、彼にしてみれば、そんなことは非常に些細な障害だったと思う。寺林さんは、死んだ上倉さんのすぐ横で、弁当を食べながら新しい計画を練ったんだ。そして、一見、無謀とも思えるけれど、実に巧妙な策を思いついた。それが今回の偽装だ。殺人現場の部屋に自分自身が倒れていることだった。一見して、最も危険な立場となることは明らか。ところが、普通の人間の行動パターンでは、とても説明できない。彼は異常者ではない。自分の特異性を明確に識別し、社会との相対性も把握している。客観的な認識と判断ができる。頭脳は極めて明晰といって良い」

「実に、そのとおりだ」喜多が頷いた。

「寺林さんは、M工大を九時まえに出て、自分の車を運転して、アパートに斧やビニル袋などの道具を取りにいった。それから、すぐ公会堂に引き返す。そして、明日香さんの首を切断し、それを持って、あの、もう一つのアパートへ向かった。長谷川さんが大家さんをしてるアパートだ。筒見紀世都君の倉庫のすぐ上にある。あの部屋は、彼が、自分の研究室の河嶋助教授の名前で借りていたものだった。長谷川さんも、アパートの住人も、たぶん、彼を本当の河嶋助教授だと思っていたのだろうね。歳もあまり変わらないし。彼は学生には見えないけれど、本当のM工大の学生なんだから、難しくはなかったと思う。明日香さんの首は、自分の模型のケースに入れられて、あのアパートまで運ばれた。もちろん、自分のフィギュア・モデルもちゃんと運んだんだろうね。でも、せっかく修正したところだったのに、今から彼がしようとしている工作に比べたら、もう、小さな人形なんて、すっかり興味が薄れていたかもしれない」

「工作か……」喜多が言葉を繰り返した。

「そして、すぐに、寺林さんはその首を使って、シリコンの型を取ったんだ。彼の手持ちのシリコンは、そのとき少ししかなかった。突然の工作だったたし、夜中のうちに材料を調達するわけにもいかない。その他にも、シリコンを流し込むための適当な箱を作る材料も必要だ。彼が明日香さんの首だけを持ち帰った理由は、つまり、手持ちの材料の問題だったんだ。躰全体の型を取るだけの箱やシリコンが、なかったからだ」

「シリコンで型を取って、どうするんだ？」喜多が顔をしかめてきいた。

「それは、初めから練習のつもりだった。彼は練習がしたかったんだ」犀川は答える。「本番は、彼が理想とするプロトタイプ、筒見紀世都さんだった。こちらは、もちろん全身だし、それまでには材料の調達もしなくてはいけない。まあ、最近は通信販売があるから簡単だと思う。病院で監視されていたとはいっても、監禁されていたわけじゃない。電話は自由だったはずだ。アパートに届けさせて、管理人の長谷川さんに頼んで、部屋に運び入れてもらった」

「紀世都君の模型を作ろうとしたのね？」大御坊がきく。

「あと十三分だね」犀川は時計を見て言った。「話を戻そう。えっと、アパートで明日香さんの首の型を作るのに、三、四時間はかかっただろうね。彼は、それが終わると、首をどこかに隠して、公会堂へ戻ることにした。どこか、あのアパートの近くに埋めたんじゃないかな。鶴舞に戻って、車はM工大に駐めて、あとは歩いた。化学工学科の研究棟の付近にはパトカーが見えたから、少し離れたところに置いたんだ。警察はまだ大学中の駐車場を探し回ってはいない、と彼は考えたのだろう。公会堂からなるべく遠くに駐めた方が有利ではないか、と考えたかもしれない。彼は公会堂まで歩いて、四階の控室に戻った。そして、中から鍵をかけて、朝まで眠ったんだ、ぐっすりとね」

喜多が深呼吸するように大きく息を吐いた。

「で……、これからが、難しい」犀川は口もとを斜めにする。「寺林さんにとって難しい、という意味だよ。朝、発見され、自分がどう処理されるのかは、非常に不確定だ。とにかく、殴られて気絶していた、と主張はするが、もちろん、疑われるだろう。そんなことは覚悟のうえだが、本当の目的を達成するためには、なるべく早い時期に次の行動を起こしたい。病院に入れられて監視されることになったときも、そこから抜け出すために、少々の荒っぽい手段に出ることくらい、きっと考えていただろうね。たとえば、警官を倒してでも実行したはずだ。でも、うまい具合に、そこへ西之園君が現れた」

犀川は萌絵を見た。彼女は俯《うつむ》き加減だったが、上目遣いで彼を見返した。

「警察の目を盗んで、彼女が会いにやってきた。事件のことに関心があるようだ。彼は、西之園君を利用することを考えた。案外、早い時期に夢が実現するかもしれない、と思っただろう。何か、言いたいことがある？」

「いいえ」萌絵は唇を噛んで首をゆっくりと一度だけふった。

「シリコンの材料は、模型の問屋に電話して、河嶋の名前で借りているアパートの方に送ってもらうように頼んでおいた。これも半日で手配ができた。そして、うまくすれば、逮捕されずに、筒見紀世都さんを殺害できるかもしれない計画を思いつく。いや、殺すことは、彼にはまったくの二次的な問題なんだ。筒見紀世都さんの全身の型を取ることが第一の目的だった。彼は、紀世都さんからメッセージをもらったと西之園君に嘘をつく。彼女をおびき出して、一緒にあそこに連れていくための方便でね」

「あれは嘘だったの？　だって、私も紀世都さんから手紙をもらったわ。あの手紙は先生たちが直接、紀世都さんから受け取ったものだったのでしょう？」

「あれも、寺林さんが、病院に来た紀世都さんに手渡したものなんじゃないか、と初めは僕も考えた。誰からだとは一切言わずに西之園君に渡してくれって、紀世都さんに依頼したのかもしれない、とそう考えた」犀川は抑揚のない口調で続けた。「しかし、病院にいた寺林さんに、ワープロが使えただろうか？　ここは、ちょっとわからないところだ。この点に関しては、僕も判断に迷う。西之園君が受け取った手紙は、あるいは、本当に紀世都さんが書いたものかもしれないね。その可能性もある。まあ、寺林さんの自供で、きっとすべてが明らかになるだろう。ただし、西之園君が見せてもらったというメッセージ、寺林さんが受け取った雑誌に書いてあったというメッセージね、そちらは嘘だと思う。誰も見ていない」

「私は見ました」萌絵は言う。

「そう、君だけだ。だから、あそこの火事で焼いてしまうつもりだったんだよ。筆跡を調べられたらまずいからね」犀川は答える。「聞いたところでは、君に来た手紙とは、文面がずいぶん違っている。これも、僕が悩んだ理由なんだ。だから、君に来た手紙の方は、ひょっとしたら本ものかもしれない」

「もし、あれが本ものだとしたら、紀世都さんは、寺林さんが犯人だって知っていたのですね？」

「そうなるね」犀川は軽く頷いた。「まあ、今は時間がないから、そんな不確定な話はやめておこう。とにかく、病院を抜け出して、寺林さんは、紀世都さんのアトリエに行った。彼はお金もちゃんと持っていた。たぶん、タクシーを使っただろう」

「悔しいけれど……、そうですね」萌絵は頷いた。

「あるいは、紀世都さんの実家まで歩いていって、紀世都さん自身の車に乗せてもらって、一緒にアトリエまで行ったのかもしれない。いずれにしても、紀世都さんを殺した。たぶん、彼が風呂に入っているところで、ドライヤか何かを投げ込んだんだね。感電死が躰に傷がつかない点で理想的だった。この辺りのディテールはまったく不明だけれど……」犀川はまた煙草に火をつけた。「病院を抜け出したのが、何時だったのかわからないが、彼がいたことが確認されているのは八時。それから、西之園君に会うまで四時間以上もある。その間に、寺林さんは紀世都さんを殺害し、あの倉庫で型を取った。シリコンを流し込んだんだ。今度は、手順がわかっているから、大きくても作業は迅速だった。シリコンが固まる間に、彼は、バスタブにコードを貼りつけ、偽装の仕掛けを急いで作った。発光ダイオードや、蠟燭を使った例の芸術作品は、紀世都さん自身が以前から用意していたもので、寺林さんはそれを利用しただけだ。彼のオリジナルは、ペットボトルの中身をアルコールに交換しただけだね。それらの作業をしているうちに、型に流し込んだシリコンが硬化する。紀世都さんの死体は、お湯を入れたバスタブに戻す。でき上がったシリコンの型は、自分のアパートまで運び込む。けっこう重いからね、いくつかに分割して運んだと思う。これで、すべて終了だ。三時間はかかっただろう。彼は、西之園君に電話してから、タクシーで病院の近くに戻った。いや、タクシーではないかもね。スクータか何かを盗んで、使ったのかもしれない。いや、ディテールの検討は今はやめておこう」

「紀世都さんがシャンソンを歌っているテープも、そのとき、セットしておいたのですね？」

「そう……、それも紀世都さんの作品の一部だったのだろう。もちろん、西之園君、すべて君に見せるため、君に聴かせるためだったんだよ。僕と喜多と大御坊、それに金子君は、偶然居合わせただけだ。寺林さんは昨日、僕にね……、もし西之園君が一人だけだったら、あのときに君を殺していた、と言った」

「ええ……、たぶん殺されていました」萌絵は頷く。

「でも、それはどうだったかな……。だって、君を証人にするために、連れてきたんだから、やっぱり殺したりはしなかったんじゃないかな、と思う反面、いや……、そうでもない、彼なら何の躊躇もなくできたかもしれない、とも思える。これも実に不確定だ。どちらが、寺林さんにとって、価値があることなのか、僕には評価できない」

「あわよくば、生き延びようと思ったんじゃないのか？」喜多が言った。「筒見紀世都が目の前で自殺したところを、西之園さんに見せようとした。それで、彼女の目撃証言で、自分は逃れられる、そう踏んだんだと思うけどな」

「それが普通の形だよね」犀川は頷いた。「まあ、いいや」

「私たちがあそこで見たもの……」萌絵は上目遣いで犀川を見つめる。「あのランプも、フラッシュも、蠟燭も、あれって全部、自動的に作動する仕組みになっていたのですか？」

「いや、リモコンで操作していたんだよ」犀川はすぐに答えた。「もともと、あれは全部、筒見紀世都君が作った仕掛けだったようだね。操作には赤外線リモコンを使っていたんだ。ほら、よくテレビやビデオに付いているやつ。すべて、あの場にいた寺林さんが動かしていた。それが、唯一の証拠だったね」

「証拠？」萌絵は首を傾げる。「どうして、証拠なのですか？」

「大御坊のビデオに写っていた」犀川は煙を吐きながら答えた。「みんなも、気がついていただろう？　ちょっと暗い、ぼんやりとした光がさ、ときどき光っていた」

「え？」大御坊が身を乗り出す。「あれって……、リモコンの光だったの？」

「あ、私が、豆電球みたいだって言った、あれですか？」萌絵も目を見開く。

「そうだよ。他の発光ダイオードやフラッシュは、カメラの前に立っていた寺林さんの向こう側だったから、彼がそれを遮ってシルエットになっていた。でも、あの鈍い光だけは、光ると一面がぼやっと明るくなっていただろう？　そう、確かに、豆電球でもつけているみたいだった。あれは、寺林さんが持っていたリモコンの光だったんだよ」

「あれ？　だって、あのとき、そんなの見えなかったよ。喜多君、気がついた？」大御坊が喜多にきいた。

「馬鹿だなあ……、赤外線なんだから、人間の目には見えないんだよ」喜多が答える。

「ビデオには写るの？」萌絵が尋ねる。

「人間の目よりも、ビデオカメラの方が、センサが感知する波長帯は若干広いからね。赤外線もカメラが感知して、それを映像信号に変換してしまう。だから、再生したとき、モニタには普通の光みたいに映る。人間の目には見えないけれど、ビデオカメラには写る光なんだよ。今度、ビデオカメラか、それともデジタルカメラの前で、テレビのリモコンのボタンを押してみてごらん、光るところがモニタに映るから」

「犀川先生は、それで寺林さんが犯人だってわかったのですね？」

「まあ、きっかけは、それだね」犀川は頷いた。

「あの、犀川君……」大御坊がきいた。「紀世都君の躰に白いペンキが塗ってあったのは、どうして？」

「あれは、ペンキじゃなくて、剝離剤《はくりざい》だよ」犀川が答えた。「ペンキに似た成分なんだけれど、完全には固化しない。型を取るとき、シリコンが原型に付着しないようにする。簡単に剝がれるようにね。そのために吹き付けたものだ。おそらく、寺林さんは、オイル系のものや、ポリマ系のもの、いろいろな剝離剤を試したんじゃないかな。明日香さんの首でも試して、最終的にどの剝離剤を使うのかを、きっと、決めたんだろうね。あれは、油性のものだったようだ、お風呂の水に溶けていなかったからね。今頃、警察も成分を割り出していると思う」

「あの自殺偽装で、寺林さんは自分を容疑者リストから外そうとした、と考えても良いですよね。それなのに、どうして、その……、私を殺そうと？」萌絵はきく。

「よくわからない。最初に、上倉さんを殺してしまった。それで、筒見紀世都さんの殺害も、早まったのかもしれない。きっと待てなくなったんだね」犀川は言った。「実行するまえには、彼なりに綿密に計画して、自分に疑いがかからないように工夫しているはずだ。それが、きっとエキサイティングなんだろうね。なのに、終わってしまうと、そのときの興奮が急に冷めてしまう。空虚感を味わうことになる。それで、すぐまた繰り返したくなる」

「それ、模型のキットと同じだな」喜多がデスクで頰杖をしながら言った。「一つ作り出すだろう。そうするとさ、すぐ別のキットが作りたくなる。我慢できないんだよな」

「それに、本人は否定するだろうけれど、いつかは警察につきとめられるんじゃないかっていう不安も、あっただろうね」犀川は脚を組み直して言った。「事実、何日も持ち堪えられるような鉄壁の計画では全然ない。それは、寺林さん自身にも充分にわかっていたはずだ」

「寺林さんだって、犀川先生や金子君が来るなんて、予想できなかったでしょうね。やっぱり、私、殺されていましたね」

「あるいはね」犀川は口もとを斜めにした。「型を取られていたかな」

「剝離剤を塗られて」喜多が横から言う。

「まっ白な萌絵ちゃん」大御坊も言う。

「私たちの絆《きずな》を甘く見たのが、彼の敗因でしたね」萌絵は三人を見て微笑んだ。

「私たちって？」

「私と犀川先生です」

「君のその判断の方がよほど甘い」犀川は口もとを斜めにする。

「ねえ、先生」萌絵が座り直してきく。「寺林さん、どうして、紀世都さんの型が欲しかったのですか？　そこが一番不思議だわ」

その質問に犀川は鼻息をもらした。「さあね。そんなこと、僕は説明できないよ」

「明日香さんに興味があったわけではなかったんですよね？」萌絵が頷きながら独り言のように呟く。

「少なくとも、それは確かだ。紀世都さんの妹だということで、接近しようとしたことはあったかもしれないけれどね。目的は、彼女じゃなかった」犀川はそこで時計を見た。「もう、そろそろ時間だなあ」

「上倉さんは、それを誤解していたのですね？」萌絵はさらに質問する。「寺林さんが明日香さんを好きになってしまったって」

「さあ……。そんなこと、今さら知っても、何の解決にもならない」犀川は立ち上がりながら言った。「さあ、西之園君、もう良いだろう？」

「ええ、だいたい、わかりました」萌絵も立ち上がった。

「三浦さんか、鵜飼さんが、君に話をききにくる」犀川は、鞄の中を確かめながら言う。

「どうやって、君が犯人をつきとめたのか、彼らは君に説明を求めるだろう」

「え？　私、犯人なんてつきとめていません」

「つきとめた」犀川は微笑んだ。「そう言った方が良い。君は、犯人が誰なのか推理によって割り出した。それで、寺林さんのところへ乗り込んだ。でも、ちょっとした手違いがあった、ってね、そう説明すれば、叔父さんにだって、大目に見てもらえるかもしれない。気持ちが良いだろう？」

「誰が、気持ち良いのですか？」

「君だ」

「私が？」

「なぁんか、ものすごぉく誤解されているみたい」萌絵は口を尖らせる。

「違う？」

「今の話をさ、逆から説明していくんだ。そして、こういう手順で推理しましたって話してごらん。刑事さんたちはみんな感心する。今の僕みたいに、はしょって、たまたま思いついたみたいに説明しちゃ駄目だよ。ゆっくりと時間をかけて、回りくどく回りくどく話すんだ。そうすればするほど、相手は君の思考力に感服することになる。実は考えもしなかったような末端の可能性についても、いちいち検討して、まるで抜け道がない、という印象を与えるんだ。そんな論理なんて実際にはありえないのに、案外、人間って勢いで信じてしまう。わかった？」

「それって、いつもお前がやってることじゃないのか？」喜多が笑った。

「そう、いつもは、時間がたっぷりあるからね。じゃあ」

犀川は鞄を肩にかけ、ドアに向かった。彼は、戸口で立ち止まり、振り向いて言った。

「あ、今のジョークだよ」

3

その日の午後、西之園萌絵は、愛知県警に呼び出され、鵜飼刑事から事情をきかれた。萌絵がケーキを持参していったこともあって、実に和《なご》やかな雰囲気となったが、話し合われている内容は、それとは対照的だった。

幸い、寺林高司は全面的に犯行を認め、詳しく自供をしているという。犀川が指摘したとおり、筒見明日香を殺害したのは上倉裕子で、凶器は、実験室にあったモンキィレンチと推定された。その点に関しては、鑑識課が再びＭ工大の実験室へ調査に出かけている。

アパートの大家である長谷川老人は、二〇六号室を借りている寺林高司を、Ｍ工大の河嶋助教授だと信じていた。寺林は、模型のための保管庫としてその部屋を借りたとき、悪戯半分で、河嶋の名前を使った。「悪戯半分」とは、寺林自身が語った台詞だという。

長谷川が上倉裕子を家庭教師に雇ったという話は、まったくのでたらめで、萌絵を連れ出すために、寺林が語った方便だった。萌絵が、模型の例会の話に熱心だったので、彼女が飛びつくような話をでっちあげたのだ。長谷川は実は独身で、家族さえいなかった。

幾つか判然としない部分があった。

それは、犀川も口にしていたことであるが、寺林高司の行動は、計算されているようで、実に矛盾点が多い。さきのことを見越しているようで、短絡的な行動をとっている。大きな明確な目的を持っているようで、些細な理由が支配的になる部分もある。これらをどう考えれば良いのか、途中で部屋に入ってきた三浦刑事が、萌絵にそう打ち明けた。

「何というのか、わざと、形を壊そうとしているようにも思えますね」三浦は銀縁のメガネを指で押し上げながらそう言った。「だから、自分の作った形でさえも、次の瞬間には壊そうとしている。どんどん矛盾が広がるのに、まったく気にもしていない。まるで、最初からそれが一貫したポリシィだったみたいにも思えてきます」

萌絵も同感だった。それは、思考の隙を突いてくるような、異種のパターンといって良いだろう。こう考えれば、こう行動する、という連鎖が極めて希薄だった。もちろん、まるでないわけではない。むしろ、無数の矛盾する思考、無数の矛盾する行動、それらのすべてを几帳面に結ぼうとする無数の細いリンクが見出される。

普通の動機と普通の行動が、一本の太いロープで結ばれているとしたら、彼のメカニズムは、ロープを解きほぐした細い無数の糸で、あらゆる方向に結ばれている。マルチリンクのストラクチャなのだ。

もしかして、それこそが、実は本当なのかもしれない、と萌絵は思った。

つまり、一本なんてものは、そもそもない。

ただ、どこかで人間が単純化して、一本だと思い込もうとする単位なのでは……。

それが一本。

人の単位も、きっと同じ。

単純化され、近似化された単位。

それが一人。

常識的な予測を、間一髪のところで避けている、寺林の行動パターンには、そんな印象があった。

何故、首を必要としたのか。

それも、自分が殺した人間ではない。

そのとき、彼を導いたものは、何か。

どんな言葉で説明できるだろう？

財産が欲しい。自由が欲しい。愛情が欲しい。

あるいは……、それらを失ったことによる破壊的な衝動。

あるいは……、それらを失うことに対する将来的な障害の除去。

そのような単純な、一つの言葉に還元できる感情は、彼には一切なかった。

そもそもが複数なのだ。

そもそも単位などない。

言葉で思考するかぎり、言葉で理解するしかない。

単位で認識するかぎり、単位で数えるしかない。

真相がわかった、と本当に言えるだろうか？

誰が誰を殺した。

どんな方法で殺した。

どんな理屈で殺した。
それが、真相なのか？
もしそうなら、今回の事件の真相を、萌絵は理解している。
だが、そんな理解には価値がない。
本当に理解しているのは、寺林高司だけだ。
ただ、寺林に襲われて、気絶する瞬間……、
あのとき……、
萌絵は、わかった、と感じた。
その一瞬のことをよく覚えていた。
それが今になってみると、まるでわからない。
思い出せない。
どうして、わかった、と感じたのか……。
自分は死を迎えるのだ、という精神が見せた幻想だろうか。
死は、単純化を望むのかもしれない。
死ぬまでには、認識したいからだろう。
何でも良い、鵜《う》呑《の》みにしたいからだろう。
あのときの納得は、きっとそれだったのに違いない。

やはり……、幻想だ。

夢を忘れてしまうように、今はどうしても理屈が思い出せなかった。

こうしてみると、元来、わかる、わからない、自体が、そんな不安定な複数の精神の間に成り立つ幻覚なのだろう。

今、たとえ、すべてが理解できたとしても、それは、今の彼女にしか現れない幻覚だ。

あとは、自分の価値観を修正して、この不思議な認識を、ぼんやりとしたまま受け入れるしかない。犀川は、きっとそうしたのだ。

矛盾のまま飲み込んだのだ。

それが萌絵にはわかった。

犀川が、寺林が弁当を食べたのは空腹だったからだ、と語ったとき、それがわかった。

事実、刑事の質問に、寺林は同じ返答をしている。まるで、それが当然のことであるかのように、彼は答えたのだ。恋人を絞め殺した直後に、弁当を食べることが不自然だという理屈など、どこにもない。一まとめに単純化された幼稚な概念だけが、それを異常と呼ぶのである。

すべてが、複雑さへの尻込み。

すべてが、根拠のない幻覚だ。

世の中に、コモンセンスと呼ばれる幻覚が、どれほどあるのだろう？

空気のように、それはどこにでもある。

けれど、ここと同じ空気は、実は世界のどこにもない。

それを知っている人間と、知らない人間がいて、不思議にも同じ社会に生きている。

考えると頭が痛くなった。

やめよう……。

考えない方が、良い……。

警察から大学に戻ったときには、さすがに疲れていた。

躰中がまだ痛かった。足首も軽い捻挫をしたようだったし、腕も肩も大きく動かすと痛みが走る。寺林に襲われたときの後遺症なのか、それとも、縛られた状態で何度も倒れたせいなのか、どちらかだ。

寺林の部屋のブレーカが飛んでいた理由が、よくわからなかった。鵜飼刑事も、その点を犀川助教授に聞いておいてほしい、と萌絵に頼んだ。

たぶん、あの部屋にやってきた犀川は、ドアから入って、最初にブレーカを切ったのだろう。暗くした方が、奇襲に有利だと考えた。それくらいが、萌絵が想像できるシチュエーションだった。

ガムテープが首にも巻きつけられていたことも、萌絵には理由がわからなかった。鵜飼刑事は知っている様子であったが、教えてくれない。

「西之園さん、それは、知らないままの方がいいですよ」鵜飼はそう言って微笑んだ。「保証します」

いつもの彼女なら、引き下がったりはしない。しかし、萌絵は疲れていて、早く帰りたかったので、その点を追及しなかった。もしかして、体調が悪いのは、寺林に嗅がされた化学薬品のせいかもしれない。

キャンパスに入り、研究棟の中庭に車を駐めた。

見上げると、四階の研究室の窓で、金子がこちらを向いているのが見えた。彼女は手を振ったが、金子は部屋の奥に入ってしまった。

階段を上って、研究室に入る。誰もいなかった。金子はどこかへ出ていったようだ。

彼女は窓際の自分のデスクにバッグをのせ、椅子に腰掛けた。コンピュータのキーを押そうとしたとき、ディスプレイに黄色のポスト・イットが貼られているのに気づく。

〈大事な話があるから屋上へ来い〉と書かれた金子の字だった。

命令形が気に入らなかったけれど、萌絵はすぐに立ち上がって、部屋を出る。

階段を上りながら、彼女は考えた。

どうして、部屋で話さない？

途中で洋子が入ってくるとまずい内容だからか。

そんな秘密の話？

何だろう？
まさか、つき合ってくれ、なんて深刻な話では？
「それは駄目……」萌絵は独り言を囁く。
首を左右にふっていた。
それは、きっぱりと断らなくてはならない。
まさか金子に限って、そんなことはなさそうに思えたが、油断は禁物である。
重い鉄の扉を押して、屋上に出た。
金子が手摺にもたれて、一人で立っていた。
彼は萌絵の方を見て、口を歪《ゆが》ませる。
「どうしたの？」萌絵は彼の前まで歩いていった。
「ずっと内緒にしてることが一つあったんで……、まあ、それを言おうと思ってな」
金子は妙な表情だった。照れているのだろうか。
萌絵は黙って待つ。
「俺、つき合ってる女がいてよ」金子が言った。
そこで、言葉が途切れる。
「それが、私と、どう関係があるの？」萌絵は言った。
「その女が、西之園の知り合いだ」

「え？　誰？」萌絵は少し驚いて、すぐに聞いた。

「もう……、三年になる。ずっと黙ってた」

「そんなの勝手だよ。私、全然かまわない……」萌絵は考えながら言う。「え？　ひょっとして……、洋子？」

洋子だったら、ロイヤルストレートフラッシュだ。

「ばーか！　私だよう！」後ろで大声がする。

振り向くと、意外な人物。

「ラヴちゃん！」萌絵は叫ぶ。「え……、ラヴちゃんが？　うっそー！」

「おうおう、泣かない、泣かない」ラヴちゃんは萌絵に駆け寄って、大袈裟な動作で彼女を抱き締める。「よしよし、どうどう……」

「どうして私が泣くの」萌絵は笑いながら言った。「ね、本当なの？」

「どうどう……。良い子、良い子」

「あぁ、とても……、嬉しい」萌絵はようやく言葉を思いつく。「でも、信じられない。相性最悪だと思うけど……」

「俺、もう行くな」金子はすたすたとペントハウスの方へ歩いていき、ドアの中に消える。

「シャイなんだから。べー！」ラヴちゃんが後ろを向いて叫ぶ。

「ふうん、そうだったの……」萌絵は大きく頷く。「あぁ、だから、金子君、私の両親の事

あのときの……」

故のこと……。あ！　そうか、看護婦さんに化けたことも……。わぁ、あ、あ、じゃあ、あ

「俺、めちゃんこ口軽いから」ラヴちゃんは言う。「口で成層圏を飛ぶ女と呼ばれとるんよ。あんたを病院に入れたって話したら、彼、真剣に心配しちゃってさあ。やだよ……、こいつ、浮気かって。ねえ、あんたたち、真剣、なんもないんでしょうねえ？」

「裸でベッドにいたの、金子君なのね？」萌絵はきいた。

「ピンポン。お馬鹿！　お嬢様は、そういうこと、口にしないのだぞ。それに……、もし他の男だったら、どうすんの？　ブー！」

「良かった……、相思相愛なのね」

「あそれ、どこの言葉？　発展途上やなぁ、本当。故事成語かい？　まあ、じきに、暇んなったら、一発鞭入れたるわ。バリウムでも飲ましたろやないの。あんたの根性、叩き直したるからな」ラヴちゃんが白い歯を見せてけらけらと笑った。

謎が一つ解けて、萌絵は少し……、たぶん、二十平方センチくらい、気が晴れたし、五百ミリグラムパー立方センチほど、気が軽くなった。

4

夕方、犀川が東山動物園から戻ってきた。

萌絵は、彼の足音とドアが開く音を聞きつけ、急いで犀川の部屋へ飛び込んだ。

「先生、屋上へ行きましょう」萌絵はドアを開けたままで言った。

「西之園君、ノックをしなさい」犀川はデスクの向こう側に立っていた。

「だって、先生、今帰ってきたばかりじゃないですか」

「言い訳になっていない」

「すみません」

「屋上に何の用？」デスク上のマウスを動かして、犀川は立ったままでディスプレイを覗いている。

「別に……、用事はありませんけれど」そう言ってから、萌絵は少し下を向いた。自分の靴の先と犀川のデスクの間のピータイルは二枚だった。

「ほう……」犀川はそう囁いて、椅子に腰掛ける。「それはそれは……。で、別に用事のない屋上に、何の用？」

「ねえ、先生。良いでしょう？」

「何が？」

「だから、屋上へ行きましょうよ」

「君と？」

「そうです」

「僕が？」

「そうです」萌絵は、だんだん腹が立ってきた。

「やめとこう。ほら、向かいのビルから丸見えだ。曾我先生に目撃される。余計なもめ事は避けたい」

「目撃させれば良いじゃないですか？　どうして、見られたらまずいんですか？　何か後ろめたいことでもあるのですか？　あの先生の前で、一度見せつけてやりたいわ」

「問題がすりかわった。そうじゃない。目的を言いなさい」

「目的は……」萌絵は天井を見る。

「今、考えてるな」犀川は微笑んだ。

「ちょっと、風に当たりたいから」

「誰が？」

「私たち」萌絵は微笑む。

「ほう……。それはそれは」

「ねえ、先生ぇ」

屋上に上がる階段の途中で、犀川は萌絵の後ろから言った。

「西之園君さ、最近、幼児退行してない？」

もう、空は紫色だった。

当たりたい、と言ってしまった風は、とても強く冷たかった。

「寒いね……」犀川は顔をしかめて、ポケットに両手を突っ込んでいる。彼は自分の部屋から蓋のあるバケツの形の小さな吸殻入れを持ってきた。それが、手を入れたポケットの付近にぶら下がっている。「さあ、これが念願の風だよ」

「先生が帰ってくるのが、遅かったからいけないんですよ」

「責任転嫁の三乗」犀川はポケットから煙草を取り出し、火をつけた。「で、何なの？　事件の話かい？　早くしよう、寒いからさ。えっと……、あぁ、そうか、ブレーカのことだね？」

「もう、事件のお話はやめましょう」萌絵はうっとりとして目を細め、犀川に近づいた。

「恐ろしいことを言うなあ……」犀川は苦笑する。「君がそんなことを言うと、けっこう威嚇だね。あぁ、寒い……」

「暖めてあげましょうか？　先生」

「中に入れば暖まるよ、恒温動物だからね。ここにいる理由はないだろう？」犀川はくしゃみをする。「あぁ、駄目だ……。躰が痛くなってる。昨日のだな……」

「金子君、私の高校のときからのお友達とつき合っているんですよ」

「あそう」

「良いですね」

「何が？」

「みんな……」

犀川は、じりじりとペントハウスに近づいている。

「僕、コートを取ってくるよ」

「もういい……」萌絵は溜息をついた。「あぁ、もう、下りましょう」

「うん、そうしよう。良い判断だ」ドアを開けて、犀川は萌絵をさきに通した。

「あぁあ、何か面白いことないかしら……」階段を下りながら、不機嫌な表情をつくって、萌絵は小声で囁いた。

「アシカとさ、オットセイの違いは……」

「そんなの面白くありません！　いやです、そんなの。もう聞き飽きました」

「最後まで聞きなさい」犀川は真面目な顔で言った。「よし。じゃあね、もし、君が正解したら、明日か明後日、東山動物園に連れていってあげよう」

「え？　クイズですか？」

「そうだ」

「でも、東山動物園でデートした恋人は、必ず別れるっていうジンクス、先生ご存じですか？」

「じゃあ、やめよう」

「いいえ、いいわ」萌絵は急に微笑む。「どうぞ、問題をおっしゃって下さい」

「アシカとオットセイの違いは、いくら？」

「は？　いくら……って何ですか？　どういう意味です？」

「さあて……、いくらでしょうか？」犀川は、そう言って可笑しそうに微笑んだ。

エピローグ

十二月になって、西之園萌絵は一人で東山動物園に出かけた。

平日だったので、園内を歩いているのは若いカップルか、幼児を連れた若い母親ばかり。彼女は案内板を見て、真っ直ぐにアシカのいる場所へ向かった。

寒い日だった。

目的地は、池の手前である。到着すると、そこにはアシカしかいない。オットセイはどうやら別のところらしい。

萌絵はアシカとオットセイの違いを既に図鑑で調べてきた。だから違いは知っている。しかし、犀川が提示した問題は、動物学的な差異に関するものではない。どこが違っているのかではなくて、違いはいくらか……、それが彼の問いだった。ハウ・メニィあるいはハウ・マッチなのだ。

その意味は、今も謎だ。

オーバ・コートの衿を立てながら、萌絵はしばらく辺りを歩き回る。この寒さでは、シロクマやペンギン以外の動物たちはみんな外に出られないだろう。こんな日に、動物園にやってくる連中の気が知れない。いったい、自分はどうしてここを歩いているのだろう。

しかも、一人で。

犀川のことを恨んだ。

ウラニウムくらい恨んだ。

先生なんか溶けてしまえば良いのに……。

なんとなく、可笑しい。

あの事件のあとで、横浜の儀同世津子から一度だけ電話があった。彼女は、大御坊安朋のインタヴュー記事のゲラ校正のため、彼にファックスを送りたいのだが、うっかりナンバを聞き損ねた、と萌絵に説明した。萌絵も、大御坊の携帯の電話番号なら覚えていたが、彼の仕事場のファックス番号を知らなかった。一度電話を切って、大御坊にかけ直し、ナンバを聞いて、再び儀同に電話で伝える、という無駄な時間を使った。

直接聞けないことも、あるのだな、と思う。

そう思っただけだ。

直接言えないこともあるし。

直接言ってもらえないこともある。

しかも、それらの事例、そして範囲は、どんどん拡大している。

子供の頃には、何でも素直に言えて、素直に聞けたのに。

理由のわからない力に支配され、少しずつ不自由になっているようだ。

これが大人になるということだろうか。

ちょっと馬鹿馬鹿しい。

犀川は、彼女が幼児化していると言ったが、それは反対だ。

人間はだんだん馬鹿になるようにできているのだから。

既に頭脳の表面積の大半は、変な問題を出した犀川に八つ当たりしていた。こんな寒い日に、動物園に足を運ばせたのも全部、先生のせいだ。そう信じようとしている八十パーセントの自分に、萌絵は苦笑する。残りの二十パーセントが舌を出してあかんべーをしていた。

アシカのプールにまた戻った。

アシカは、彼女よりずっと元気だった。おそらく、恋人からなぞなぞしか出してもらえない、といった深刻な悩みがないためだろう。おまけに、寒さにも強そうだ。

アシカは良いな……、と思う。

でも、アシカになんかなりたくない。

近くに駐車メータのような形のものがあった。小さなボックスがポールに取り付けられて立っている。

そこに、〈アシカとオットセイの違い〉と書かれていた。ボタンを押すとスピーカから解説の音声が流れる仕組みだろう。

犀川助教授と喜多助教授の違い。

犀川と寺林の違い。

萌絵と儀同世津子の違い。

萌絵と洋子の違い。

萌絵とラヴちゃんの違い。

それらの違いについても、きちんと教えてくれるボックスがあれば良いのに……、と彼女は思う。

けれど、萌絵と犀川の違い……、
それだけは、今のところ知りたくなかった。

帰ろう。

もう帰ろう。

彼女は来た道を引き返す。

しかし、少し歩いて、立ち止まった。

せっかくここまで来たのだから、アシカとオットセイの違いを聞いていこうか、と思い直して足を止めたのだ。子供向けに、どう端的に説明しているのか、多少興味もわいた。

萌絵は引き返し、ボックスに歩み寄ってボタンを探した。

ボタンはない。

よく見ると、それは有料で、コインの投入口に、五十円と書かれていた。

「アシカとオットセイの違いは……、五十円？」

唇を嚙んだ。

萌絵は一人で笑いだした。

その幸せは、とても小さかったけれど、躰は暖まった。

五十円よりは多少価値があったかもしれない。

＊

さて、それから、一年以上あとの話である。

M工大の筒見豊彦教授は、娘と息子を亡くし、夫人と二人だけで暮らしていたが、幸い、二人とも体調を崩すことなく、暗い一年を乗り切ることができた。

従来、二階の書斎か鉄道模型のある部屋に閉じ籠もることが多かった彼だが、最近では、夫人が頻繁に二階に上がってくるようになった。小さな機関車に引かれる列車を眺めながら、二人で紅茶を楽しむことさえある。以前には、そんなことは一度としてなかったのだ。

変化といえば、それだけのことだった。

何か特に意味があったわけではない。

毎晩、列車が走る鉄道模型のレイアウトを、筒見教授は念入りに点検する。良好な通電のために、レールをよく磨いておかなければならない。

このときも、その整備をしていた。

磨いたあとのレールを、アルコールで拭いてやる。その作業中に、片手の肘が、模型の建物の屋根に触れ、それが外れてしまった。ミニチュアの建築物は、すべて内部に照明が灯るように作られていた。その豆電球を交換するために、屋根は、取り外しができる。接着されていない。

外れた屋根を元に戻そうとして、筒見教授は気がついた。

その小さな建物の内部に、入れた覚えのないものが、あったのだ。

それは、小さな人形だった。

鉄道や建物などとスケールを合わせ、八十七分の一で作られた人形である。

身長は二センチほど。

顔を近づけて、覗き込む。

息子が作ったものだ、と彼にはすぐわかった。

人形は二体。

男性と女性。

男は立っており、女は倒れている。
女の人形は首が取れて、すぐ近くに転がっていた。
ピンセットを手に取る。
慎重にそれを摘《つま》む。
人形はいつからここにあったのだろう、と彼は思う。
あれ以来、この部屋に誰かを入れた覚えはなかった。
妻が入れるはずはない。
誰だろう？
しばらく考える。
筒見教授は、その人形を元どおり戻した。
そして、再び屋根を小屋に被せる。
妻には、黙っておこう。
このままにしておこう。
それが良い。
もう、終ったのだから……。
踏切を渡ってから上る坂道の途中に、その小屋はあった。
そして、その隣には、白い教会が建っている。

森博嗣《むく》の時代の記憶

米沢嘉博

一時は「OUT」や「グリフォン」「LCミステリー」などで、SF、ミステリ、ホラーなんかの書評をやったりしていたこともあるし、とにかく自分でなろうと思ったくらい小説が好きだったから、その手のジャンルの新人作家の本はとりあえず読むことにしている。だから、森博嗣という新人作家の『すべてがFになる』も迷わず買い、そのタイトルに大島弓子の「すべてが緑になる日まで」を思い出して、ああ、往年の大島弓子ファンだった人だなあと読み始めた記憶がある。その作家名と遠い記憶はすぐには結びつかなかった。が、カバー見返し裏のそっけない作者略歴を眺めているうちに、もしかしたらあの森君なのではと思い始めていた。

それと前後して、川上弘美さんが芥川賞を受賞して表に出てきた。略歴やその写真から、かつてお茶大SF研にいた女の子のことを思い出していた。苗字には心あたりがなかったのだが、後日、当時コミケットのスタッフをやっていた東工大SF研の人と結婚したのだと、同じサークルの人から聞かされた。——20年近い時を経て、あの70年代末のめくるめく日々が、甦《よみがえ》る。いや、混乱した記憶の中で、確実に時間は流れていることを再確認させてくれたのだ。そう、ぼくは20年以上前、森君に会っている。ミステリ作家森博嗣ではなく、コミカの代表であり、創作マンガサークル、グループ・ドガの編集長であり、同人マンガ家だった森むくに……。

一応マンガ評論家という肩書きをもらっており、一方でマンガ・アニメ同人誌展示即売会コミックマーケットの代表を務めているぼくに、名指しで、文庫解説の依頼がきたからには書かなければなるまい。あの時代のこと、そして、あの時代の彼等が、今、この『数奇にして模型』の中に20年の年を重ねて生きていることを、だ。

さて、コミケットことコミックマーケットは75年12月に、新たなマンガの可能性とマンガファンのコミュニケーションの場を求めるムーブメントとしてスタートした。マンガ同人誌の展示即売をメインに、アマチュアの手による運営を謳っていた。手作りの表現と手作りのイベントは着実に人を集めつつあった。そんな中、名古屋で同種のイベントを開きたいので、協力して欲しいという話があったのは77年のことだったと思う。名古屋の某男子私立校の仲間で作ったマン研が主催するということで、ついては一人をコミケット準備会に出向させてくれないかという話だった。いわば丁稚《でっち》奉公である。出向スタッフのH君は二年ぐらい手伝ってくれていたと思うが、まあ、準備会から何か学ぶことがあったかどうかは解らないが、名古屋コミックカーニバル略してコミカは、78年1月にスタートしている。

主催のグループDEGAS《ドガ》は、77年2月の「DEGAS　FIRST」を皮切りに、同年4冊の創作同人誌を発行。78年は「L、D、S、Dの基本路線にくわえてコミックカーニバル、展示会と飛躍をめざしています」と宣言している。「プロの既製作品の研究ではなく、あくまで個人の創作を本来としています」という趣旨の「DEGAS」は、自前の流通までも射程に入れた、当時としても極めて珍しい戦略を持った意識的なサークルだった。加えて、大学に入りたての若い世代を中心としたエネルギーと、中、高校からの同級生たちという結束が、パワフルな活動を展開させていたのだ。年3回のイベントの開催、年5〜6冊の同人誌の発行、それは考える以上に大変なことだ。その中心にいたのが森博嗣君であり、彼は同人誌の方のメインの描き手としても、作品を着実に発表していた。

この解説を書く為に、古い同人誌をひっかき回したのだが、「DEGAS」は5冊しか出てこなかった。その中の森博嗣《むく》作品を抜き出してみると「狂気と幻想の箱」（DEGAS・KLEIN）「歌時計を君に」（DEGAS・THIRD）「空には階段があるね」（DEGAS-4）「リオンのことなら」（サパース・レディー）、そして他のメンバーとのリレー合作「オフィーリア」。空間恐怖症気味に細かな斜線で埋め尽された画面、少女マンガチックにほっそりとした外国人キャラクターたち、饒舌《じょうぜつ》な会話と詩的言語のファンタジー。「COM」の岡田史子の創り出そうとした世界、さらには萩尾望都、大島弓子、倉多江美など70年代半ばの少女マンガのイコンを秘めた、幻惑される自意識の物語。今、読み直す時、そこには確実に時代と、当時の空気が閉じ込められていることが解る。

ニューウェーブという言葉が生れるちょっと前、そして少女マンガが前進と拡大を続け、全てが魔法のように輝いていた時代。同人誌という場の中で「創作」を手がけようとする人間たちは、みな、言葉を信じ、世界を夢見た。アニメサークルはまだ少く、少女マンガ創作が主流だった同人誌界の中で、「DEGAS」はコミカの母胎ということもあり、オピニオン・リーダーでなければならなかった。ファンタスティックであり、理知的であり、かわいさも合わせ持ち、過剰でもある森むく作品は、描かれようとしたもの以上にコケティッシュだった。ある意味、彼の作品は、名古屋の同人誌界を引っ張っていく役目も背負わされていたのかもしれない。

彼のマンガ作品の持っていたものは、そのまま彼のミステリに生きている。何処か少女マンガチックなところも、ズレの生み出すユーモアも、現実と重なってある虚構の在り方も、見方によっては、変りはしない。もちろんそれは、理数系ミステリという、人によっては引いてしまうかもしれない枠組を緩和する役目も果しているのだ。

70年代末、東京のコミケット、大阪のコミール（コミックバザール）、名古屋のコミカという形でマンガ同人誌即売会は、隆盛を迎えていった。コミカは中でも創作マン研中心に、展開されていた。「ここにマンガの未来がある」というテーマの「ＣＯＭＩＣＡ・３」のポスターはたぶん森君の手によるものだ。模型っぽいＵＦＯ、三等身の少女マンガ風キャラがかわいい。この時のレポートによれば参加サークル１０５、入場者３０００人、場所は鶴舞・市公会堂４Ｆ。主催はスタッフ・コミカ。——この後もコミカは拡大しながら続いていったが、82年か83年にラストとなった。アニメサークルの増加、会場の問題、さらにはスタッフの高年齢化などが、終了の要因だったとも聞く。同時に「漫画同人グループ・ドガ」も活動を終了した。丁度、これらをスタートさせたスタッフたちが、大学を卒業する時期だったというのが、一番大きな原因だったのかもしれない。手垢のついた言葉になってしまうが青春の祭りの日々は、何時か終るのだ。ルーティンを引き受け続けることは難しい。

そして、今、小説という虚構の中に、姿を変えた彼らがいる。殺人事件というイベントの中で、活写されていく犀川創平とその仲間たちは、まちがいなくドガの生き残りたちなのだ。——犀川も喜多も、それに大御坊も、那古野市内の私立の男子校で同期生だった、という一文は、それを示してもいる。しかも、「数奇にして模型」は、モデラーたちのイベントを舞台に、様々なマニアたちが描き出されていき、「同人誌即売会とは違って、この会にはあまりコスプレは来ないんだけど、質の高いものは、主催者側で用意しないとね」といったセリフが、さりげなくはさみ込まれてもいるのだ。もちろん、ここで描かれているイベント

「第十二回モデラーズスワップミート・模型作品展示・交換会」は、鶴舞の那古野市公会堂の4Fで開かれているのだ。かって知ったる会場を舞台に、開陳される密室殺人。そして、かつて出会ったであろう、数々のマニアたちのカリカチュア。一見してファルスめいてみえるモデラーたちやイベントの様相には、妙にリアリティがある。

　また、モデルとレプリカの違いに関する言説や、創作し作りあげていくプロセスに対する考え方などは、かつてマンガとは、創作とはと語りあった人間たちにとってなじみ深いものでもあるのだ。名付けられることで体系の中に収められていくおたくなるもの。異常と正常。そうしたものにも触れながら、彼はそれに結論を出そうとはしていない。彼がマンガを発表しなくなってから20年近くが経つ。いや、描かれていたのかもしれないが、ぼくには出会うことはできなかった。その後、彼は、もう一つのワンダーランドを見つけた。大学の研究室という、世界だ。ミステリデビュー以後、もっぱらそちらの世界（大学）がイベントの会場となっていった。ハイペースで書かれていく物語群。マンガを描いたことのある人間なら、マンガに比べて小説は物語るスピードにおいて勝《まさ》っていることは自明だ。とりあえずは、空間を塗りつぶす必要もない。記号は記号としてきちんと機能していく。彼がいつ、マンガから小説へ移行したのかは解らない。それは、マンガにとってどうだったのかは解るべくもないが、ミステリにとっては幸いなことだったと、わずか数年で書きあげられた本を積みあげて、思うのである。

コケットリーとはイエスでありノーであること。論理的帰結が明確であるはずの彼のミステリには、いつもそんな感じがつきまとう。そのことについてはまたいずれとしよう。

この作品は、一九九八年七月に小社ノベルスとして刊行されたものです。

|著者|森 博嗣　1957年愛知県生まれ。現在、某国立大学の工学部助教授。1996年、『すべてがFになる』で第1回メフィスト賞を受賞し、衝撃デビュー。以後、犀川助教授・西之園萌絵のS&Mシリーズや瀬在丸紅子たちのVシリーズほかの作品を発表し人気を博している。

数奇《すうき》にして模型《もけい》 NUMERICAL MODELS

森《もり》 博嗣《ひろし》

2001年 7 月15日第 1 刷発行
2003年 1 月31日第 5 刷発行

発行者——野間佐和子

発行所——株式会社 講談社

東京都文京区音羽2-12-21　〒112-8001

電話 出版部 (03) 5395-3510
販売部 (03) 5395-5817
業務部 (03) 5395-3615

Printed in Japan

講談社文庫

定価はカバーに
表示してあります

デザイン—菊地信義

製版——株式会社廣済堂

印刷——豊国印刷株式会社

製本——加藤製本株式会社

ISBN4-06-273194-0

講談社文庫刊行の辞

二十一世紀の到来を目睫に望みながら、われわれはいま、人類史上かつて例を見ない巨大な転換期をむかえようとしている。

世界も、日本も、激動の予兆に対する期待とおののきを内に蔵して、未知の時代に歩み入ろうとしている。このときにあたり、創業の人野間清治の「ナショナル・エデュケイター」への志を現代に甦らせようと意図して、われわれはここに古今の文芸作品はいうまでもなく、ひろく人文・社会・自然の諸科学から東西の名著を網羅する、新しい綜合文庫の発刊を決意した。

激動の転換期はまた断絶の時代である。われわれは戦後二十五年間の出版文化のありかたへの深い反省をこめて、この断絶の時代にあえて人間的な持続を求めようとする。いたずらに浮薄な商業主義のあだ花を追い求めることなく、長期にわたって良書に生命をあたえようとつとめるところにしか、今後の出版文化の真の繁栄はあり得ないと信じるからである。

同時にわれわれはこの綜合文庫の刊行を通じて、人文・社会・自然の諸科学が、結局人間の学にほかならないことを立証しようと願っている。かつて知識とは、「汝自身を知る」ことにつきていた。現代社会の瑣末な情報の氾濫のなかから、力強い知識の源泉を掘り起し、技術文明のただなかに、生きた人間の姿を復活させること。それこそわれわれの切なる希求である。

われわれは権威に盲従せず、俗流に媚びることなく、渾然一体となって日本の「草の根」をかたちづくる若く新しい世代の人々に、心をこめてこの新しい綜合文庫をおくり届けたい。それは知識の泉であるとともに感受性のふるさとであり、もっとも有機的に組織され、社会に開かれた万人のための大学をめざしている。大方の支援と協力を衷心より切望してやまない。

一九七一年七月

野間省一

講談社文庫　目録

西村寿行　空蝉《うつせみ》の街
西村寿行　陽炎《かげろう》の街
西村寿行　石塊《いしくれ》の衢《まち》
西村寿行　ここ過ぎて滅びぬ
日本文芸家協会編　闇に立つ剣鬼〈時代小説傑作選〉
日本文芸家協会編　剣よ風を呼べ〈時代小説傑作選〉
日本文芸家協会編　江戸風鈴恋物語〈時代小説傑作選〉
日本文芸家協会編　鬼火が呼んでいる〈時代小説傑作選〉
日本文芸家協会編　剣が舞い落花が舞い〈時代小説傑作選〉
日本文芸家協会編　美女峠に星が流れる〈時代小説傑作選〉
日本文芸家協会編　剣の意地恋の夢〈時代小説傑作選〉
日本文芸家協会編　鎮守の森に鬼が棲む〈時代小説傑作選〉
日本文芸家協会編　紅葉谷から剣鬼が来る〈時代小説傑作選〉
日本推理作家協会編　犯罪ロードマップ〈ミステリー傑作選1〉
日本推理作家協会編　殺人現場へどうぞ〈ミステリー傑作選2〉
日本推理作家協会編　ちょっと殺人を〈ミステリー傑作選3〉
日本推理作家協会編　あなたの隣に犯人が〈ミステリー傑作選4〉
日本推理作家協会編　犯人ただいま逃亡中〈ミステリー傑作選5〉
日本推理作家協会編　サスペンス・ゾーン〈ミステリー傑作選6〉

日本推理作家協会編　意外や意外〈ミステリー傑作選7〉
日本推理作家協会編　殺しの一品料理《アラカルト》〈ミステリー傑作選8〉
日本推理作家協会編　犯罪ショッピング〈ミステリー傑作選9〉
日本推理作家協会編　闇のなかのあなた〈ミステリー傑作選10〉
日本推理作家協会編　どんでん返し〈ミステリー傑作選11〉
日本推理作家協会編　にぎやかな殺意〈ミステリー傑作選12〉
日本推理作家協会編　凶器は狂気〈ミステリー傑作選13〉
日本推理作家協会編　犯罪見本市〈ミステリー傑作選14〉
日本推理作家協会編　殺しのパフォーマンス〈ミステリー傑作選15〉
日本推理作家協会編　故意・悪意・殺意〈ミステリー傑作選16〉
日本推理作家協会編　とっておきの殺人〈ミステリー傑作選17〉
日本推理作家協会編　花には水、死者には愛〈ミステリー傑作選18〉
日本推理作家協会編　殺人者へのレクイエム〈ミステリー傑作選19〉
日本推理作家協会編　死者たちは眠らない〈ミステリー傑作選20〉
日本推理作家協会編　殺人はお好き？〈ミステリー傑作選21〉
日本推理作家協会編　二転・三転・大逆転〈ミステリー傑作選22〉
日本推理作家協会編　あざやかな結末〈ミステリー傑作選23〉
日本推理作家協会編　頭脳明晰、特技殺人〈ミステリー傑作選24〉
日本推理作家協会編　誰がための殺人〈ミステリー傑作選25〉

日本推理作家協会編　明日からは、殺人者〈ミステリー傑作選26〉
日本推理作家協会編　真犯人は安眠中〈ミステリー傑作選27〉
日本推理作家協会編　完全犯罪はお静かに〈ミステリー傑作選28〉
日本推理作家協会編　あの人の殺意〈ミステリー傑作選29〉
日本推理作家協会編　もうすぐ犯行記念日〈ミステリー傑作選30〉
日本推理作家協会編　死導者がいっぱい〈ミステリー傑作選31〉
日本推理作家協会編　殺人前線北上中〈ミステリー傑作選32〉
日本推理作家協会編　犯行現場にもう一度〈ミステリー傑作選33〉
日本推理作家協会編　殺人博物館へようこそ〈ミステリー傑作選34〉
日本推理作家協会編　どたん場で大逆転〈ミステリー傑作選35〉
日本推理作家協会編　殺ったのは誰だ!?〈ミステリー傑作選36〉
日本推理作家協会編　殺人哀モード〈ミステリー傑作選37〉
日本推理作家協会編　殺　人　者〈ミステリー傑作選38〉
日本推理作家協会編　完全犯罪証明書〈ミステリー傑作選39〉
日本推理作家協会編　密室＋アリバイ＝真犯人〈ミステリー傑作選40〉
日本推理作家協会編　殺人買います〈ミステリー傑作選41〉
日本推理作家協会編　罪深き者に罰を〈ミステリー傑作選42〉
日本推理作家協会編　1ダースの殺意〈ミステリー傑作選・特別編1〉
日本推理作家協会編　殺しのルート13〈ミステリー傑作選・特別編2〉

日本推理作家協会編　真夏の夜の悪夢〈ミステリー傑作選・特別編3〉
日本推理作家協会編　57人の見知らぬ乗客〈ミステリー傑作選・特別編4〉
日本推理作家協会編　自選ショート・ミステリー〈ミステリー傑作選・特別編5〉
日本推理作家協会編　自選ショート・ミステリー2〈ミステリー傑作選・特別編6〉
C・W・ニコル　風を見た少年
C・W・ニコル　ザ・ウイスキーキャット
西村玲子　玲子さんのキッチンおしゃれノート
西村玲子　玲子さんのすてき発見旅
西村玲子　玲子さんのおしゃれ感覚〈春・夏・秋・冬〉
西村玲子　玲子さんの365日私の定番
西村玲子　花にウキウキ
西村玲子　旅のように暮らしたい。
二階堂黎人　地獄の奇術師
二階堂黎人　聖アウスラ修道院の惨劇
二階堂黎人　ユリ迷宮
二階堂黎人　吸血の家
二階堂黎人　バラ迷宮
二階堂黎人　悪霊の館
二階堂黎人　私が捜した少年
二階堂黎人　人狼城の恐怖〈第一部ドイツ編〉
二階堂黎人　人狼城の恐怖〈第二部フランス編〉
二階堂黎人　人狼城の恐怖〈第三部探偵編〉
二階堂黎人　人狼城の恐怖〈第四部完結編〉
二階堂黎人　名探偵水乃サトルの大冒険
二階堂黎人　名探偵の肖像
新美敬子　旅猫 MEET THE CATS AROUND THE WORLD
新美敬子　旅猫三昧
西澤保彦　解体諸因
西澤保彦　完全無欠の名探偵
西澤保彦　七回死んだ男
西澤保彦　殺意の集う夜
西澤保彦　人格転移の殺人
西澤保彦　麦酒《ばくしゅ》の家の冒険
西澤保彦　死者は黄泉が得る
西澤保彦　瞬間移動死体
西澤保彦　複製症候群
西岡直樹　インドの樹、ベンガルの大地
西村　健　ビンゴ
西村　健　脱出 GETAWAY
楡　周平　ガリバー・パニック
楡　周平　外資な人たち〈ある日外国人上司がやってくる〉
新津きよみ　アルペジオ〈彼女の拳銃、彼のクラリネット〉
貫井徳郎　修羅の終わり
貫井徳郎　鬼流殺生祭
法月綸太郎　密閉教室
法月綸太郎　雪密室
法月綸太郎　誰《たそ》彼《がれ》
法月綸太郎　頼子のために
法月綸太郎　ふたたび赤い悪夢
法月綸太郎　法月綸太郎の冒険
法月綸太郎　法月綸太郎の新冒険
法月綸太郎　謎解きが終ったら〈法月綸太郎ミステリー論集〉
乃南アサ　鍵
乃南アサ　ライン
乃南アサ　窓
乃南アサ　不発弾
野口悠紀雄　パソコン「超」仕事法

野口悠紀雄　「超」勉強法
野口悠紀雄　「超」勉強法・実践編
野沢　尚　破線のマリス
野沢　尚　リミット
野沢　尚　呼《よ》人《ひと》
半村　良　妖星伝(一)鬼道の巻
半村　良　妖星伝(二)外道の巻
半村　良　妖星伝(三)神道の巻
半村　良　妖星伝(四)黄道の巻
半村　良　妖星伝(五)天道の巻
半村　良　妖星伝(六)人道の巻
半村　良　妖星伝(七)魔道の巻
半村　良　戸隠伝説
半村　良　講談 碑夜十郎《いしぶみやじゅうろう》(上)(下)
半村　良　フォックス・ウーマン
半村　良　黄金伝説
半村　良　英雄伝説
半村　良　楽園伝説
半村　良　死神伝説

半村　良　飛雲城伝説
橋本　治　恋愛論
原田泰治　わたしの信州
原田泰治 原田武雄　泰治が歩く〈原田泰治の物語〉
原田康子　蠟涙
林　真理子　星に願いを
林　真理子　テネシーワルツ
林　真理子　幕はおりたのだろうか
林　真理子　女のことわざ辞典
林　真理子　さくら、さくら〈おとなが恋して〉
林　真理子　みんなの秘密
M・ウォーカー 林真理子訳　マーガレットラブ・ストーリー〈『風と共に去りぬ』に秘められた真実〉
林真理子 山藤章二　チャンネルの5番
原田宗典　スメル男
原田宗典　東京見聞録
原田宗典　何者でもない
原田宗典　見学ノススメ
馬場啓一　白洲次郎の生き方
林　望　帰らぬ日遠い昔

林　望　リンボウ先生の書物探偵帖
帚木蓬生　アフリカの蹄《ひづめ》
帚木蓬生　空夜
林　巧　マカオ発楽園行き〈香港・マカオ・台北物語〉
林　巧　チャイナタウン発楽園行き〈イースト・ミーツ・ウエスト物語〉
花村萬月　皆月
浜なつ子　アジア的生活
早瀬圭一　平尾誠二最後の挑戦
林　丈二　イタリア歩けば…
林　丈二　猫はどこ?
林　丈二　フランス歩けば…
原田公樹編　ワールドカップ全記録2002年版
ハービー・山口　女王陛下のロンドン
畠山健二　下町のオキテ
原口純子と中華生活ウォッチャーズ　踊る中国人
平岩弓枝　おんなみち全三冊
平岩弓枝　花嫁の日
平岩弓枝　結婚の四季
平岩弓枝　わたしは椿姫

講談社文庫　目録

平岩弓枝　花祭
平岩弓枝　青の伝説
平岩弓枝　青の回帰(上)(下)
平岩弓枝　青の背信
平岩弓枝　五人女捕物くらべ(上)(下)
平岩弓枝　はやぶさ新八御用帳(一)〈大奥の恋人〉
平岩弓枝　はやぶさ新八御用帳(二)〈江戸の海賊〉
平岩弓枝　はやぶさ新八御用帳(三)〈又右衛門の女房〉
平岩弓枝　はやぶさ新八御用帳(四)〈鬼勘の娘〉
平岩弓枝　はやぶさ新八御用帳(五)〈御守殿おたき〉
平岩弓枝　はやぶさ新八御用帳(六)〈春月の雛〉
平岩弓枝　はやぶさ新八御用帳(七)〈寒椿の寺〉
平岩弓枝　はやぶさ新八御用帳(八)〈春怨 根津権現〉
平岩弓枝　はやぶさ新八御用帳(九)〈王子稲荷の女〉
平岩弓枝　はやぶさ新八御用帳(十)〈幽霊屋敷の女〉
平岩弓枝　極楽とんぼの飛んだ道〈私の半生、私の小説〉
東野圭吾　放課後
東野圭吾　卒業〈雪月花殺人ゲーム〉
東野圭吾　学生街の殺人

東野圭吾　魔球
東野圭吾　浪花少年探偵団
東野圭吾　しのぶセンセにサヨナラ〈浪花少年探偵団・独立編〉
東野圭吾　十字屋敷のピエロ
東野圭吾　眠りの森
東野圭吾　宿命
東野圭吾　変身
東野圭吾　仮面山荘殺人事件
東野圭吾　天使の耳
東野圭吾　ある閉ざされた雪の山荘で
東野圭吾　同級生
東野圭吾　名探偵の呪縛
東野圭吾　むかし僕が死んだ家
東野圭吾　虹を操る少年
東野圭吾　パラレルワールド・ラブストーリー
東野圭吾　天空の蜂
東野圭吾　どちらかが彼女を殺した
東野圭吾　名探偵の掟
東野圭吾　悪意

東野圭吾　私が彼を殺した
広田靚子　香りの花束ハーブと暮らし
広田靚子　アメリカハーブ紀行
樋口有介　探偵は今夜も憂鬱
樋口有介　木野塚探偵事務所だ
樋口有介　誰もわたしを愛さない
弘兼憲史監〈渡辺利弥構成〉　課長島耕作の成功方程式
弘兼憲史監　課長島耕作の成功方程式PART2
弘兼憲史監　課長島耕作の男と女の成功方程式
弘兼憲史　サラリーマン勝者の条件
日比野宏　アジア亜細亜　無限回廊
日比野宏　アジア亜細亜　夢のあとさき
日比野宏　夢街道アジア
S・ピエールサンティ監修　飛躍中田英寿〈日本では報道されないヒデの勇姿〉
平野恵理子　おいしいお茶、のんでる?
平山壽三郎　東《とう》京《けい》城《じょう》残影
広瀬久美子　お局《つぼね》さまのひとりごと
火坂雅志　桂籠
藤沢周平　雪明かり

講談社文庫　目録

藤沢周平　闇の歯車
藤沢周平　決闘の辻〈藤沢版新剣客伝〉
藤沢周平　市《し》塵《じん》(上)(下)
藤沢周平　義民が駆ける
藤沢周平　新装版 春秋の檻〈獄医立花登手控え(一)〉
藤沢周平　新装版 風雪の檻〈獄医立花登手控え(二)〉
藤沢周平　新装版 愛憎の檻〈獄医立花登手控え(三)〉
藤沢周平　新装版 人間の檻〈獄医立花登手控え(四)〉
深田祐介　決断
船戸与一　山猫の夏
船戸与一　神話の果て
船戸与一　伝説なき地
船戸与一　非合法員
船戸与一　カルナヴァル戦記
船戸与一　血と夢
船戸与一　蝕みの果実
船戸与一　午後の行商人
深谷忠記　横浜・修善寺0《ゼロ》の交差〈「修禅寺物語」殺人事件〉
深谷忠記　千曲川殺人悲歌〈小諸・東京+−の交差〉

深谷忠記　運命の塔(上)(下)
藤田宜永　還らざるサハラ
藤田宜永　樹下の想い
藤　水名子　赤壁の宴
藤　水名子　公子曹植の恋
藤　水名子　王昭君
藤　水名子　公子風狂〈三国志外伝 曹操をめぐる六つの短篇〉
藤　水名子　項羽を殺した男
藤井素介　海鳴りやまず〈八丈流人群像〉
藤原伊織　テロリストのパラソル
藤原伊織　ひまわりの祝祭
藤原伊織　雪が降る
フジテレビ監修　小説・ショムニ
藤田紘一郎　笑うカイチュウ
藤田紘一郎　空飛ぶ寄生虫
藤田紘一郎　体にいい寄生虫〈ダイエットから花粉症まで〉
藤田紘一郎　サナダから愛をこめて〈信じられない「海外病」のエトセトラ〉
藤田紘一郎　踊る腹のムシ〈グルメブームの落とし穴〉
藤本ひとみ　ウィーンの密使〈フランス革命秘話〉

藤本ひとみ　時にはロマンティク
藤本ひとみ　聖アントニウスの殺人
藤野邦夫　幸せ暮らしの歳時記
藤野千夜　少年と少女のポルカ
藤野千夜　おしゃべり怪談
藤野千夜　恋の休日
藤沢　周　ソロ
船山　馨　お登勢
福井晴敏　Twelve《トゥエルブ》 Y.O.《ワイオー》
福井晴敏　亡国のイージス(上)(下)
藤木美奈子　女子刑務所〈女性看守が見た「泣き笑い」全生活〉
藤木　稟　イツロベ
辺見　庸　反逆する風景
星　新一　エヌ氏の遊園地
星　新一　ノックの音が
星　新一　盗賊会社
星　新一　おかしな先祖
星　新一編　ショートショートの広場①〜⑨
堀　和久　夢空幻

講談社文庫　目録

講談社文庫　目録

三浦哲郎　曠野の妻
宮城まり子編　としみつ
三浦綾子　ひつじが丘
三浦綾子　自我の構図
三浦綾子　死の彼方までも
三浦綾子　毒麦の季《とき》
三浦綾子　岩に立つ
三浦綾子　青い棘《とげ》
三浦綾子　イエス・キリストの生涯
三浦綾子　あのポプラの上が空
三浦綾子　心のある家
三浦綾子　小さな一歩から
三浦綾子　増補決定版 言葉の花束〈愛といのちの792章〉
三浦光世　三浦綾子　愛に遠くあれど〈夫と妻の対話〉
星野富弘　三浦綾子　銀色のあしあと
宮尾登美子　一絃の琴
宮尾登美子　女のあしおと
宮尾登美子　花のきもの
宮尾登美子　天璋院篤姫(上)(下)
宮尾登美子　東福門院和子《まさこ》の涙
皆川博子　花櫓
宮本輝　二十歳《はたち》の火《ほ》影《かげ》
宮本輝　命の器
宮本輝　避暑地の猫
宮本輝　ここに地終わり海始まる(上)(下)
宮本輝　花の降る午後
宮本輝　オレンジの壺(上)(下)
宮本輝　朝の歓び(上)(下)
宮本輝　ひとたびはポプラに臥す1～6
峰隆一郎　特急「富士」「はやぶさ」殺人交差
峰隆一郎　特急「あずさ12号」美しき殺人者
峰隆一郎　特急「日本海」最果ての殺意
峰隆一郎　新幹線「のぞみ6号」死者の指定席
峰隆一郎　新幹線「やまびこ8号」死の個室
峰隆一郎　寝台特急「瀬戸」鋼鉄の柩
峰隆一郎　特急「北陸」「富士」個室殺人の接点
峰隆一郎　寝台特急「さくら」死者の罠
峰隆一郎　暗殺密書街道
峰隆一郎　特急「白山」悪女の毒
峰隆一郎　飛騨高山に死す
宮城谷昌光　侠骨記
宮城谷昌光　春の潮
宮城谷昌光　夏姫春秋(上)(下)
宮城谷昌光　花の歳月
宮城谷昌光　重《ちょう》耳《じ》(全三冊)
宮城谷昌光　春秋の色
宮城谷昌光　介《かい》子《し》推《すい》
宮城谷昌光　孟嘗君　全五冊
宮城谷昌光　春秋の名君
宮城谷昌光他　異色中国短篇傑作大全
水木しげる　コミック昭和史1〈関東大震災～満州事変〉
水木しげる　コミック昭和史2〈満州事変～日中全面戦争〉
水木しげる　コミック昭和史3〈日中全面戦争～太平洋戦争開始〉
水木しげる　コミック昭和史4〈太平洋戦争前半〉
水木しげる　コミック昭和史5〈太平洋戦争後半〉
水木しげる　コミック昭和史6〈終戦から朝鮮戦争〉
水木しげる　コミック昭和史7〈講和から復興〉

水木しげる　コミック昭和史8〈高度成長以降〉
水木しげる　総員玉砕せよ!
水木しげる監修　オフィス妖怪図鑑
水木しげる絵 大泉実成文　水木しげるの妖怪探険〈マレーシア大冒険〉
宮脇俊三　古代史紀行
宮脇俊三　平安鎌倉史紀行
宮脇俊三　全線開通版・線路のない時刻表
宮脇俊三　徳川家康歴史紀行5000キロ
水野麻里　セカンド・ヴァージン症候群
宮部みゆき　ステップファザー・ステップ
宮部みゆき　震える岩〈霊験お初捕物控〉
宮部みゆき　天狗風〈霊験お初捕物控㈡〉
宮子あずさ　看護婦泣き笑いの話
宮子あずさ　看護婦が見つめた人間が死ぬということ
宮子あずさ　内科病棟24時〈生命を愛する看護婦たちの物語〉
みわ明　旅の達人がすすめる名湯・秘湯ベスト500
みつはしちかこ選　カミさん川柳
宮本昌孝　夕立太平記
宮本昌孝　尼首二十万石

宮本昌孝　春風仇討行
宮本昌孝　北斗の銃弾
宮本昌孝　影十手活殺帖
宮城由紀子　部屋を広く使う快適インテリア術
水谷加奈　ON AIR〈女子アナ恋モード、仕事モード〉
宮脇樹里　コルドン・ブルーの青い空〈女ひとり、ロンドンシェフ修行〉
皆川ゆか　機動戦士ガンダム外伝〈THE BLUE DESTINY〉
村上龍　限りなく透明に近いブルー
村上龍　海の向こうで戦争が始まる
村上龍　コインロッカー・ベイビーズ(上)(下)
村上龍　アメリカン★ドリーム
村上龍　ポップアートのある部屋
村上龍　走れ!タカハシ
村上龍　愛と幻想のファシズム(上)(下)
村上龍　村上龍全エッセイ〈1976~1981〉
村上龍　村上龍全エッセイ〈1982~1986〉
村上龍　村上龍全エッセイ〈1987~1991〉
村上龍　テニスボーイ・アラウンド・ザ・ワールド
村上龍　超電導ナイトクラブ

村上龍　イビサ
村上龍　長崎オランダ村
村上龍　フィジーの小人
村上龍　368Y Par4 第2打
村上龍　音楽の海岸
村上龍　村上龍料理小説集
村上龍　村上龍映画小説集
村上龍　ストレンジ・デイズ
村上龍 坂本龍一　EV. Café——超進化論
村上龍 山岸隆　「超能力」から「能力」へ
向田邦子　眠る盃
向田邦子　夜中の薔薇
村上春樹　風の歌を聴け
村上春樹　1973年のピンボール
村上春樹　羊をめぐる冒険(上)(下)
村上春樹　カンガルー日和
村上春樹　回転木馬のデッド・ヒート
村上春樹　ノルウェイの森(上)(下)
村上春樹　ダンス・ダンス・ダンス(上)(下)

講談社文庫　目録

村上春樹　遠い太鼓
村上春樹　国境の南、太陽の西
村上春樹　やがて哀しき外国語
村上春樹　アンダーグラウンド
村上春樹　スプートニクの恋人
村上春樹　佐々木マキ絵　羊男のクリスマス
村上春樹　糸井重里　夢で会いましょう
村上春樹・文　安西水丸・絵　ふわふわ
U・K・ル＝グウィン　村上春樹訳　空飛び猫
U・K・ル＝グウィン　村上春樹訳　帰ってきた空飛び猫
U・K・ル＝グウィン　村上春樹訳　素晴らしいアレキサンダーと、空飛び猫たち
村田信一　最前線ルポ戦争の裏側〈イスラームはなぜ戦いをやめないのか〉
群ようこ　驚典
向山昌子　アジアへごはんを食べに行こう
室井佑月　Piss《ピス》
森村誠一　人間の証明
森村誠一　背徳の詩集
森村誠一　暗黒凶像
森村誠一　殺人の祭壇

森村誠一　夜行列車
森村誠一　暗黒流砂
森村誠一　殺人の花客
森村誠一　ホームアウェイ
森村誠一　殺人の詩集《プラトニック・ラブ・ストーリー》
森村誠一　純愛物語
森村誠一　殺人のスポットライト
森村誠一　復讐の花期〈君に白い羽根を返せ〉
森村誠一　殺人プロムナード
森村誠一　流星の降る町〈『星の町』改題〉
森村誠一　青春の神話
森村誠一　死の器(上)(下)
森村誠一　完全犯罪のエチュード
森村誠一　影の祭り
森村誠一　殺意の接点
森村誠一　レジャーランド殺人事件
森村誠一　殺意の逆流
森村誠一　情熱の断罪
森村誠一　残酷な視界

森瑤子　夜ごとの揺り籠、舟、あるいは戦場
森瑤子　甲比丹《カピタン》
守誠　英会話・やっぱり・単語
守誠　通じる・わかる・英会話〈『英会話・やっぱり・単語』実践編〉
守誠　ビジネス英語・なるほど・単語
守誠　大ワザ小ワザ・すぐしゃべれる・英会話
毛利恒之　月光の夏
毛利恒之　月光の海
毛利衛　宇宙実験レポート〈スペースシャトル エンデバーの旅〉
森まゆみ　抱きしめる、東京〈町とわたし〉
森田靖郎　東京チャイニーズ〈裏歌舞伎町の流氓たち〉
森田靖郎　新宿幇〈東京チャイニーズ〉
森田靖郎　密航列島
森田靖郎　TOKYO犯罪公司《コンス》
森博嗣　すべてがFになる〈THE PERFECT INSIDER〉
森博嗣　冷たい密室と博士たち〈DOCTORS IN ISOLATED ROOM〉
森博嗣　笑わない数学者〈MATHEMATICAL GOODBYE〉
森博嗣　詩的私的ジャック〈JACK THE POETICAL PRIVATE〉
森博嗣　封印再度〈WHO INSIDE〉

講談社文庫　目録

森　博嗣　まどろみ消去〈MISSING UNDER THE MISTLETOE〉
森　博嗣　幻惑の死と使途〈ILLUSION ACTS LIKE MAGIC〉
森　博嗣　夏のレプリカ〈REPLACEABLE SUMMER〉
森　博嗣　今はもうない〈SWITCH BACK〉
森　博嗣　数奇にして模型〈NUMERICAL MODELS〉
森　博嗣　有限と微小のパン〈THE PERFECT OUTSIDER〉
森　博嗣　地球儀のスライス〈A SLICE OF TERRESTRIAL GLOBE〉
森　博嗣　黒猫の三角〈Delta in the Darkness〉
森　博嗣　人形式モナリザ〈Shape of Things Human〉
森　博嗣　森博嗣のミステリィ工作室
森枝卓士　私的メコン物語〈食から覗くアジア〉
森　浩美　推定恋愛
諸田玲子　空っ風
森　慶太　2002年版買って得するクルマ 損するクルマ〈新車購入全371台徹底ガイド〉
森福　都　吃《きっ》逆《ぎゃく》
盛川　宏　モリさんの釣果《ちょうか》でごちそう
柳田邦男　ガン回廊の朝《あした》(上)(下)
柳田邦男　ガン回廊の炎(上)(下)
柳田邦男　いのち〈8人の医師との対話〉

柳田邦男　この国の失敗の本質
柳田邦男　20世紀は人間を幸福にしたか
柳田邦男・伊勢英子　はじまりの記憶
山田風太郎　婆沙羅
山田風太郎　甲賀忍法帖〈山田風太郎忍法帖①〉
山田風太郎　忍法忠臣蔵〈山田風太郎忍法帖②〉
山田風太郎　伊賀忍法帖〈山田風太郎忍法帖③〉
山田風太郎　忍法八犬伝〈山田風太郎忍法帖④〉
山田風太郎　くノ一忍法帖〈山田風太郎忍法帖⑤〉
山田風太郎　魔界転生(上)(下)〈山田風太郎忍法帖⑥⑦〉
山田風太郎　江戸忍法帖〈山田風太郎忍法帖⑧〉
山田風太郎　柳生忍法帖(上)(下)〈山田風太郎忍法帖⑨⑩〉
山田風太郎　風来忍法帖〈山田風太郎忍法帖⑪〉
山田風太郎　かげろう忍法帖〈山田風太郎忍法帖⑫〉
山田風太郎　野ざらし忍法帖〈山田風太郎忍法帖⑬〉
山田風太郎　忍法関ヶ原〈山田風太郎忍法帖⑭〉
山田風太郎　新装版戦中派不戦日記
山村美紗　三十三間堂の矢殺人事件
山村美紗　ヘアデザイナー殺人事件

山村美紗　京都新婚旅行殺人事件
山村美紗　京都愛人旅行殺人事件
山村美紗　京都再婚旅行殺人事件
山村美紗　大阪国際空港殺人事件
山村美紗　小京都連続殺人事件
山村美紗　グルメ列車殺人事件
山村美紗　天の橋立殺人事件
山村美紗　愛の立待岬
山村美紗　山陽路殺人事件
山村美紗　ブラックオパールの秘密
山村美紗　花嫁は容疑者
山村美紗　平家伝説殺人ツアー
山村美紗　卒都婆小町が死んだ
山村美紗　伊勢志摩殺人事件
山村美紗　火の国殺人事件
山村美紗　十二秒の誤算
山村美紗　小樽地獄坂の殺人
山村美紗　京都・沖縄殺人事件
山村美紗　京都清水坂殺人事件

2002年12月15日現在